JENNIFER ROBERSON

Herrin der Täler

Buch

Königliche Intrigen und politischer Verrat bestimmen das Geschehen in Schottland um 1700. Vor dem Hintergrund dieser gewalttätigen Zeit und dieser rauen Landschaft ereignet sich die atemberaubende Liebesgeschichte eines Mannes und einer Frau, die gemäß ihrer Vorbestimmung von Geburt an Feinde sein sollten: Denn dem erbitterten Feind ihres Clans, Alasdair Og MacDonald, darf die zauberhafte Catriona Campbell niemals begegnen – geschweige denn vertrauen. Doch er allein erfreut sie schon während der Kindheit mit vielen kleinen Gefälligkeiten. Im Laufe der Jahre erweise sich ihre Herzen stärker als jede tödliche Gefahr. Furchtlos geloben sie sich ihre Treue und Liebe, während der holländische König William gegen die schottischen Rebellen konspiriert, die den im Exil befindlichen James Stuart zurück auf den Thron holen wollen. Catriona und Alasdair leben ihre Leidenschaft – doch sie werden damit zu Schachfiguren im unerbittlichen Spiel um die Macht.

Autorin

Jennifer Roberson ist Autorin einer Reihe von historischen und fantastischen Romanen, darunter zwei erfolgreiche Fantasy-Zyklen. Ihr wird von zahlreichen Kritikern und Kollegen eine große Karriere als Autorin prophezeit. Sie lebt in Arizona und arbeitet an einer Fortsetzung von »Herrin der Wälder« und an einer großangelegten historischen Fantasy-Saga.

Von Jennifer Roberson ist außerdem erschienen:

Die Herrin von Sherwood (35654)

JENNIFER
ROBERSON

HERRIN
DER TÄLER

Roman

Ins Deutsche übertragen
von Susanne Gerold

BLANVALET

Die Originalausgabe erschien unter dem Titel
»Lady of the Glen«
bei Kensington Publishing Corp., New York.

Umwelthinweis:
Alle bedruckten Materialien dieses Taschenbuches
sind chlorfrei und umweltschonend.

Blanvalet Taschenbücher erscheinen im Goldmann Verlag,
einem Unternehmen der Verlagsgruppe Random House.

Sonderausgabe September 2002

Umschlaggestaltung: Design Team München
Umschlagfoto: Artothek/Christie's
Druck: Elsnerdruck, Berlin
Made in Germany · Titelnummer: 35850
ISBN 3-442-35850-7
www.blanvalet-verlag.de

1 3 5 7 9 10 8 6 4 2

Vorwort

Im siebzehnten Jahrhundert war die schottische Politik untrennbar mit der englischen verbunden; Schottland wurde von London aus von englischen Monarchen regiert. Doch den Unvereinbarkeiten im Hinblick auf Sprache, Kleidung und Gebräuchen, genau wie den vielen Feldzügen zum Trotz, die das Ziel hatten, Schottland zu unterwerfen, sollte dem Land im Jahre 1603 eine besondere Form der Rache zuteil werden: ausgerechnet in Schottland musste sich die unverheiratete Elizabeth I. nach einem Erben für den englischen Thron umschauen, und so wurde nach ihrem Tod James VI. von Schottland zu James I. von England.

Jahrzehnte später stürzte Oliver Cromwell die Monarchie, doch sein Regime war nur von kurzer Dauer. Schließlich nahm Charles II., ein Stuart, den Thron seines hingerichteten Vaters wieder in Besitz. Aber die Königin war unfruchtbar, und nach Charles' Tod ging der Thron an seinen Bruder James – einen Mann, der sowohl die Engländer als auch die Schotten mit neuen Gebieten versorgte, die es zu umkämpfen galt. Außerdem war James II. katholisch, und England war protestantisch.

Auf dem Höhepunkt der politischen Unruhen drängten sich starke Männer in den Vordergrund und verlangten den Thron von James, der ein schwacher und in politischer Hinsicht gefährlicher König war. Einer dieser Männer war Archibald Campbell, der neunte Earl of Argyll, ein Schotte, der den Duke of Monmouth, den illegitimen Sohn von Charles II., unterstützte. Der Versuch, James den Thron zu entreißen und seinen unehelichen Neffen darauf zu setzen, schlug jedoch fehl, und Monmouth und Argyll wurden hingerichtet.

Auf diese Weise bedrängt, floh der katholische James II. aus England; er ging nach Frankreich und überließ den Thron seiner protestantischen Tochter Mary, die William von Oranien geheiratet hatte, der, was seine Herkunft anging, zur Hälfte Stuart war, dessen Erziehung jedoch durch und durch holländisch gewesen war.

Nun, da James im Exil war und William und Mary gemeinsam regierten, begann für England eine Phase innerer Stabilität. Aber da war der Krieg mit Frankreich, den William unbedingt gewinnen wollte, und so nahm die Bedeutung von Schottland zu. William brauchte Männer. Er wollte Schotten. Mit Vorliebe Highlander, wilde, treu ergebene Kämpfer, die sich als Kanonenfutter eigneten.

Die Highlander selbst waren traditionell durch Clan-Rivalitäten und Blutfehden zerstritten. Nur ein starker Mann würde sie einen und dazu bringen können, den Eid zu brechen, den sie dem ins Exil geflüchteten König James – einem Stuart und Schotten – geleistet hatten, um stattdessen William und Mary die Treue zu schwören. Der Earl of Argyll, ein Campbell, war tot. Aber ein anderer schob sich nun in den Vordergrund: Grey John Campbell, der Earl of Breadalbane. Und er, der eng mit dem Lowland-Schotten Sir John Dalrymple, dem Master of Stair, zusammenarbeitete, heckte einen Plan aus mit dem Ziel, die Highlander im Namen von William und Mary zu vereinen.

Doch um alte Eide zu lösen und neue zu leisten sind friedliche Zustände nötig. Und der Frieden in den Highlands wurde teuer mit dem Blut von Glencoe erkauft.

So höret und lauschet
den Weisen meines Dudelsacks,
die von gemetzelten Männern und
geplünderten Tälern berichten,
vom Banner der Campbells und der Freude der Sieger!

– Dudelsack-Weise von Breadalbane

Glen Lyon

Sommer 1682

– schön, er war so schön… schöner, schöner Prinz – ein Märchenprinz, ein wunderschöner Märchenprinz –

Sie erfand die Melodie während des Gehens, summte sie stumm vor sich hin, damit weder ihr Vater, der Laird Glenlyon, noch einer ihrer Brüder – Robbie, Jamie, Dougal oder Colin – sie hören konnten. Sie hätten sie ganz sicher ausgelacht oder gar Schlimmeres getan. Aber sie weigerte sich, ihnen ein *Sgian dhu* zu bieten, die Möglichkeit, ihr die Klinge ins Herz zu stoßen.

– mit silbernen Strähnen und blitzenden Zähnen

Mit feierlichem Ernst schritt Catriona Campbell auf der Mauer dahin. Es war eine Mauer aus aufgetürmten Feldsteinen, bestehend aus Trümmern, Schiefer und Zinn… mit einer Zugbrücke, die über den Burggraben in die magische Burg führte, wo sie sicherlich ihren in Gefangenschaft dahin siechenden Prinzen finden würde, den schönen Prinzen, den Märchenprinzen, mit silbernen Strähnen und blitzenden Zähnen.

– schön, er war so schön… Cat kaute auf ihrer Unterlippe und grübelte. Es war keine Steinmauer, auf der sie stand, sondern eine Schlange, eine silberne Schlangenbrücke, die über den Graben führte, der voller Nixen war und unter dem Einfluss einer Hexe stand. Sie würde über die Zauberschlange zur anderen Seite des Grabens wandern und ihren Märchenprinzen retten.

– mit silbernen Strähnen und blitzenden Zähnen… Das Überqueren der Schlangenbrücke verlangte einiges von ihr: dass

sie ihre Schuhe opferte, zum Beispiel, wozu sie auch augenblicklich bereit gewesen war; dass sie sich vollkommen konzentrierte, als sie ihre knochigen Ellenbogen wie die Flügel einer zischenden Wildgans vom Körper hob; dass sie, was am wichtigsten war, ihre Zunge immer schön hinter den Zähnen behielt. Eine Lücke zwischen den Zähnen verhinderte jedoch, dass ihr das gelang, denn Cat, gerade mal zehn Jahre alt, hatte erst eine Woche zuvor ihre Vorderzähne verloren.

»Alte Vettel!«, hatten ihre Brüder schadenfroh im Chor trompetet, kaum dass sie die Lücke entdeckt hatten. »Zahnlose alte Schachtel!«

Worauf Cat mit hochtrabendem Spott geantwortet hatte, dass ihre Zähne wenigstens nachwachsen würden, im Gegensatz zu denen, die der fünfzehnjährige Robbie bei einem Faustkampf mit einem Cousin verloren hatte; er würde ewig auf sie verzichten müssen.

Der Streit, der erst zehn Tage zuvor im Innenhof von Chesthill, dem Haus des Lairds, stattgefunden hatte, wäre beinahe in einen richtigen Kampf ausgeartet, wenn nicht ihr ältester Bruder Robbie, der den Chor selbst angeführt hatte, eingeschritten wäre. Robbie hatte seine Schwester kurzerhand hochgehoben, zu dem Fass getragen, das draußen zum Sammeln von Regenwasser stand, und ihren Kopf unter Wasser getaucht…

Derart gefangen, fuchtelte Cat wütend mit Armen und Beinen herum und schrie ihren ganzen Zorn in Form von Luftblasen heraus, so dass das Wasser wild hin und her schwappte. Dann endlich wurde ihr klar, dass es besser war, ihren Atem zu schonen, statt ihn durch wildes Fluchen weiter zu erschöpfen. Also beruhigte sie sich wieder und hütete sorgfältig das letzte bisschen Luft, das noch in ihren Lungen geblieben war, wobei sie sich des Drucks auf den Ohren, der Schwärze vor den Augen und des Geschmacks des wirbelnden Wassers nur zu bewusst war.

Der kräftige Robbie gab ihr einen Klaps auf den Hintern, als wäre sie ein gerade erst entwöhntes Kalb, und zog sie dann wieder aus dem Wasser. »Also, Cat, das wird dich hoffentlich lehren, dich besser zu benehmen.«

Still und geduldig ließ Cat zu, dass ihr Bruder sie wieder auf den Boden stellte. In ihrem Kopf war eine Stimme, *ihre* Stimme – diejenige, die sie gewöhnlich vor den anderen verborgen hielt. – *warte, Cat… warte* –

Robbie grinste, und die Lücke zwischen seinen Zähnen wurde sichtbar. »Also, Cat-«

– *also* – Sie spuckte das Wasser ganz bewusst in einem kräftigen Strahl aus – einem Strahl, der Robbie mitten ins Gesicht traf. Verblüfft lockerte er augenblicklich seinen Griff, so dass Cat sich vollends befreien und davonstürmen konnte, noch ehe Robbie oder einer der anderen, die ebenso erstaunt dreinblickten, sie zurückhalten konnten.

– *ich werde dich schlagen* – Eine bösartige, gemeine Freude ließ Cats Brust anschwellen, während sie rasch weiterlief, um ihnen zu entkommen.

Sie riss die Tür auf, schoss ins Haus, zögerte drei Uhrenschläge lang und schlug ihnen dann die Tür vor der Nase zu.

Stille. Es waren weder Schreie noch Drohungen zu hören, und niemand riss heftig die Tür auf. Zur Flucht bereit, lauschte Cat auf das Rütteln am Riegel, auf die pubertären Flüche, die Kakophonie ihrer Brüder, die wild entschlossen waren, das jüngste Mitglied der Familie, noch dazu ein Mädchen, zu bestrafen. Sie hatten es sich zur Gewohnheit gemacht.

Ganz sicher würden sie kommen. Bisher waren sie immer gekommen.

Cat war von den Hüften aufwärts nass, und Wasser tropfte auf den polierten Eichenboden ihres Vaters. Eine unangenehme Vorahnung schnürte ihr die Kehle zu. Sie sah mit düsterer Miene zum nächsten Fenster und fragte sich, ob ihre

Brüder wohl so verwegen sein mochten und einbrechen würden. Glas war teuer; eine zerbrochene Scheibe würde vermutlich durch einen Fensterladen ersetzt werden, und sie alle würden in der grauen Düsternis des noch Monate entfernten schottischen Winters aufs Tageslicht verzichten müssen.

Und dann wurde die Tür endlich aufgerissen. Cat zuckte zusammen, bereitete sich darauf vor, wegzulaufen. Sie spürte, wie sich in ihrer Kehle der Schrei bildete, den sie gleich von sich geben wollte – mit der gleichen Kraft, mit der die Männer des Clans schrien, wenn sie mit dem Claymore, dem tödlichen schottischen Breitschwert, die Luft zerteilten.

Aber der Schrei verkam zu einem schwachen Hauch; Entsetzen bemächtigte sich ihrer und hielt ihre nackten Füße auf dem Holzfußboden fest.

– *nicht Robbie* – Auch nicht Jamie oder Colin oder Dougal, sondern ein Mann, den sie nicht kannte. Cat schnappte nach Luft. – *so riesig* –

Er war in der Tat der größte Mann, den sie jemals gesehen hatte, *in ihrem ganzen Leben*, selbst in ihren Träumen. Er war so unglaublich groß, dass er sich beim Betreten des Hauses bücken musste, um sich nicht den Kopf mit der weißen Mähne am Türsturz zu stoßen... *nachdem* er die schwere Holztür aufgestoßen und mit rüdem Geschrei die Aufmerksamkeit auf sich gezogen hatte. – *wie einer von Vaters Bullen* –

»Ich bin's, MacIain«, rief er. »Bin gekommen, um mit einem Campbell zu sprechen, aye? Ohne Dolch und ohne Schwert, nur mit sanften Worten und Nettigkeiten auf der Zunge!« Er blieb gleich hinter der Tür stehen, und plötzlich waren noch andere Männer da, aber keiner von ihnen gehörte zu ihrem Vater. »Ich bin Glencoe«, brüllte er, »und ich bin hier, um mit Glenlyon zu sprechen!«

Wie versteinert durch seine riesige Gestalt, seinen donnernden Ton und seine überwältigende *Präsenz* stand Cat immer noch tropfend vor ihm und starrte ihn einfach nur an.

Sie konnte nicht glauben, dass jemand im Hause ihres Vaters so herumbrüllte, so wütende Worte von sich gab.

Der Riese sah schließlich auf sie herab. Sie sah die weiße Mähne, die auf seine breiten Schultern herabfiel, sah die dichten Brauen über den blauen Augen, den eleganten, zurückgekämmten Schnurrbart, den dichten, schneeweißen Bart.

Zeus! entschied sie schlagartig, überwältigt von den Geschichten, die ihre Brüder von den Herren des Olymp erzählt hatten. Aber dieser Zeus war ganz offensichtlich ein Schotte: Sie sah ein kariertes Plaid mit einer kreisrunden Spange quer über einer gelbbraunen Jacke, sah das silberne Clan-Abzeichen sowie den Zweig an der dunkelblauen Kappe, die nach Highlander-Sitte leicht schräg auf seinem Kopf saß.

Das Abzeichen glänzte im schwachen Licht etwas und zog ihren Blick an. Doch es war der Zweig, der ihre Aufmerksamkeit erregte, ein purpurner Heidekrautzweig, der verriet, wer dieser Riese war und was er wollte, welche Behandlung er, seine Clankameraden und die Vasallen verdienten, die sich hinter ihm im Türeingang versammelten.

Ihre Brüder sah sie jedoch nicht. Waren sie weggelaufen, als sie gesehen hatten, mit wem sie es zu tun hatten? Hatte MacIain sie verjagt?

Cat fühlte sich gedemütigt. Bedächtig spuckte sie ihm vor die Füße, die in glänzenden, mit Silberschnallen versehenen Lederschuhen steckten. »Klopft man in Glencoe nicht an die Tür?«, fragte sie mit dem redegewandten Spott einer Zehnjährigen, die mit dem Wissen um blutige Clanfehden aufgewachsen war. »Hat man Euch keine Manieren beigebracht, dass Ihr Euch wie normale Menschen benehmen könnt, statt solch ein Gebrüll von Euch zu geben?«

Die tief in den Höhlen liegenden blauen Augen schienen jetzt geradezu in Flammen zu stehen. Er beugte sich hinab und griff mit seinen großen Händen nach ihren Unterarmen, umfasste sie. Aus der Tiefe seiner plaidgeschützten Brust erscholl ein dumpfes Grollen. »Weißt du denn nicht, wer ich bin?«

Sie wusste es. Sie alle kannten ihn, verfluchten ihn beim Whisky. »Allerdings weiß ich das! Ihr seid MacDonalds von Glencoe: die Galloway-Herde, und ihr seid gekommen, um Glen Lyon noch mehr Kühe wegzunehmen!«

Seine gewaltigen Finger gruben sich noch fester in ihre zerbrechlichen Arme, die nur von dem nassen Leinen geschützt waren. Er hob sie mit einer Leichtigkeit vom Boden, als wäre sie nichts weiter als ein Zweig Heidekraut. Er hob sie hoch und hielt sie in die Luft, und es oblag vollkommen seiner Laune, ob er sie wieder absetzen oder fallen lassen würde.

– *lass mich bloss nicht fallen* – Sie hätte es ihm durchaus zugetraut; wütend genug war er ja. Aber er tat es nicht. Er zog sie zu sich heran – sie hing immer noch in der Luft – und hielt ihr sein bärtiges Gesicht dicht unter ihre Nase. »Und haben die Campbells *dir* keine Manieren beigebracht?«

Er tat ihr weh, doch sie bezweifelte, dass er das wusste. Er war so riesig und sie so dünn. Zweifellos hatte er vergessen, wie fest sich sein Griff um ihre Arme anfühlen musste. Und ihre Arme waren ziemlich mager – so mager wie alles an ihr.

»Ich *bin* eine Campbell!«, schrie sie. »Und Glenlyon hat mir genau die Manieren beigebracht, die ich im Umgang mit MacDonalds brauche!«

»So, hat er das? Aber wieso sollte er es getan haben? Was könnte der Laird mit einer scharfzüngigen Küchenmagd wie dir schon anfangen?«

Sie schnappte nach Luft. Er hatte sie tatsächlich als Küchenmagd bezeichnet! Ihr Vater würde wütend sein.

Aber im Augenblick war ihr Vater gar nicht da. »Lasst mich runter«, sagte sie. »Lasst mich *runter*, MacDonald, und nehmt Eure Hände vom Körper einer echten Campbell!«

Er lachte. Der Riese *lachte*, warf den großen Kopf mit den

wüsten, schneeweißen Locken in den Nacken. Und dann setzte er sie wieder ab, stellte sie auf den Boden und nahm seine Hände von ihren Armen. Sie unterließ es, sie zu reiben.

»Eine echte Campbell, ja? Nun, dann hol mir mal deinen Laird, Mädchen, und sag ihm, dass MacIain hier ist und mit ihm sprechen will.«

»Ich bin sicher, dass er das schon weiß«, entgegnete sie kühl, »bei dem lauten Geschrei, das Ihr veranstaltet habt.«

Und in der Tat wusste ihr Vater es, ob nun wegen des lauten Geschreis oder nicht, aber schlagartig war er *da*: verblüfft, erstaunt, stirnrunzelnd, sich jedoch jeglicher Worte enthaltend, die dazu hätten führen können, dass Dolche oder Schwerter blankgezogen wurden. Ihre Brüder, die sich jetzt in seiner Gegenwart mutig und kühn gaben, standen hinter ihm und warfen ihr verwunderte und ungläubige Blicke zu.

Hatten sie ihm denn nichts zu sagen? Hatten die Campbells einem MacDonald nichts zu sagen? Nun, wenn die anderen es nicht taten, dann tat *sie* es; und sie würde es sagen, oder nicht? Unabhängig davon, was andere davon hielten!

Jetzt traten andere Männer hinter MacIain ins Haus, Highlander allesamt, die wie er Kilts und Hosen und Kappen mit hellen Heidekrautzweigen daran trugen und finstere MacDonald-Gesichter aufgesetzt hatten. Sie mochte keinen von ihnen, denn sie wusste nicht, was sie wollten, und ihr missfiel ganz besonders die Art, wie sie sie beiseite stießen, hierhin und dorthin, bis sie ganz allein an der offenen Tür stand, hinter dem Meer aus großen MacDonalds.

Die ihr Vater hereinbat.

MacDonalds, in ihr Haus.

Die Welt musste untergegangen sein. Oder sie würde es bald tun; ziemlich sicher hatten die MacDonalds vor, sie alle umzubringen.

Wo sind UNSERE Männer? Wo waren die Campbell-

Männer, die dem Laird von Glenlyon die Treue geschworen hatten?

Die einzigen Männer, die sich im Hause ihres Vaters befanden, waren der Laird selbst, der nach seinem Landbesitz Glenlyon genannt wurde, ihre Brüder, die eigentlich noch Jungen waren, sowie ein hartgesichtiger Haufen von Glencoe-MacDonalds, die für sie die ganze Zeit über *der Feind* gewesen waren und das vermutlich auch in Zukunft sein würden.

Catriona Campbell war, wie ihre Brüder zuvor, mit Gutenachtgeschichten über die Feindschaft zwischen ihnen und den MacDonalds groß geworden: Geschichten über Raubzüge, bei denen die MacDonalds das Vieh Glenlyons stahlen, Glenlyons Besitz plünderten, Glenlyons Männer verletzten. Und in ihren wilden, zornigen Träumen ersann Glenlyons einzige Tochter eine perfekte Rache.

Jetzt wollte sie die Tür zuwerfen, in der Hoffnung, MacIain so an seine Verfehlung zu erinnern; welcher Mann ließ schon Haustüren offen stehen? Aber da war eine andere Hand und verhinderte das Schließen der Tür, hielt sie absichtlich auf.

Sie blickte hoch und reckte ihr Kinn. Die Stimme in ihrem Kopf war laut. *Halt mich bloß nicht auf!*

Sie zerrte barsch an der Tür, um sie ihm zu entreißen, aber er ließ nicht los, was sie nur noch zorniger machte. Sie starrte ihn finster an, wünschte sich, ihm gegen das Schienbein treten zu können, damit er seine Aufmerksamkeit auf etwas anderes lenkte. Aber etwas an seiner Haltung hielt sie davon ab.

Er war kein Riese wie MacIain, sondern so groß wie andere normale Männer, sofern groß das Gegenteil von klein war. Und er lächelte sie ein bisschen an, ganz ohne Boshaftigkeit, als verstünde er ihre Gefühle, die Wut, die Vorbehalte, den Schmerz.

Cat lächelte nicht zurück. *Ein MacDonald!*

Der Mann sah auf sie herab, aber in seinem Gesicht fehlte der Spott von MacIain. Er musterte sie mit ernster Miene, betrachtete ihr Gesicht, die Haltung des Kinns, die Tränen der Demütigung, die in ihren Augen standen.

»Komm mit nach draußen«, sagte er sanft. »Überlassen wir die anderen ihren Angelegenheiten.«

»Cat«, warnte Robbie; er war der Älteste und kannte die MacDonalds am besten.

Und genau aus diesem Grund verließ sie das Haus – um es Robbie zu zeigen.

Es war ein schöner Tag, und abgesehen von den Stellen, wo die MacDonalds gegangen waren, glitzerten Tautröpfchen auf dem Boden. Als Ehrerbietung gegenüber dem Sommer und weil es dem Brauch der Highlander entsprach, war Cat barfuß, und ihre Füße hinterließen Abdrücke auf der Erde. Sie musterte ihre schlammverschmutzten Zehen einige Zeit und fragte sich im Stillen, was er wohl von einer barfüßigen, tropfenden und hitzköpfigen Campbell halten mochte, doch dann wurde sie wieder wütend, als sie sich daran erinnerte, dass es ziemlich unwichtig war, was er von ihr hielt – denn sie war von Glen Lyon und er von Glencoe.

Er verschränkte die Hände hinter dem Rücken, als wollte er andeuten, dass er nichts Böses im Schilde führte, keinen Dolch in der Hand hatte, aber so leicht ließ sie sich nicht täuschen. – *Man kann einen Dolch auch HINTER dem Rücken verbergen!* Sie legte die Stirn in finstere Falten und biss die Zähne zusammen, um ihn davon abzuhalten, an so etwas auch nur zu denken.

Er äußerte sich nicht zu ihrer nassen Kleidung, obwohl sie nicht zu übersehen war. Er lächelte. »Kleine Campbell«, sagte er ohne jede Spur von Spott, »mein Vater ist ein schroffer Mann. Aber er meint es nicht böse, er ist einfach nur viel zu sehr mit dem beschäftigt, was ihn nach Glen Lyon und in das Haus seines Feindes geführt hat.«

»Das war *seine* Entscheidung«, betonte sie und hob trotzig ihr Kinn. »Sagt ihm, er soll seinen Männern verbieten, unsere Kühe zu stehlen.«

Sein Lächeln wurde breiter. »Nun, das will ich gerne tun, für dich, obwohl ich bezweifle, dass es viel nützen wird. Wir machen das schon seit Jahren, weißt du … und die Campbells erwidern uns diese Gunst.«

Sie wusste, dass es stimmte, was immer sie auch empfinden mochte. Ihre und seine Familie betrieben seit Jahren einen – wenn auch unfreiwilligen – Handel mit schwarzem Vieh, der in der Dunkelheit unzähliger, nur vom Mondlicht erhellter Highland-Nächte stattfand.

Er nahm auf der Bank neben der Tür Platz, zog das eine Bein hoch und schlang die Hände darum. Unentschlossen zögerte sie noch etwas – der Mann war immerhin ein MacDonald. Nach einer Weile verwarf sie jedoch die Möglichkeit, zu verschwinden, und setzte sich neben ihn, achtete allerdings sorgsam auf einen gewissen Abstand zwischen ihnen. Sie betrachtete die Rinnsale, die noch immer von ihren nassen Zöpfen tropften. »Ihr seid der Sohn von MacIain?«

»Der zweite«, erklärte er. »Alasdair *Og*, weil ich jünger bin, aber du kannst mich auch Dair nennen. Dair gefällt mir besser als Sandy. Zu viele Männer heißen schon so.«

Sie nickte heftig. »Und zu viele Mädchen heißen Catriona, deshalb nennt mich mein Vater Cat.«

»Cat Campbell.« Er grinste. »Cat, die Katze. Ich habe erlebt, wie du deine Krallen ausgefahren hast.«

»Das ist auch nötig gewesen«, sagte sie geradeheraus. »Er war unhöflich – und außerdem hat er gebrüllt.«

Er nickte; ihre Offenheit, an der sich so viele andere stießen, schien ihm nichts auszumachen. »MacIain flüstert nur selten. Nicht einmal dann, wenn er mit seinen Söhnen spricht.« Seine weißen Zähne blitzten kurz auf. »Nur bei seinem Enkel ist er etwas ruhiger.«

»Ihr habt eine Frau?« Sie hielt ihn eigentlich für zu jung dafür. Oder auch wieder nicht; er musste mindestens sechzehn sein. Er war ein Mann, kein Junge mehr.

Er grinste erneut, ungeachtet der Tatsache, wer *er* war oder wer *sie* war: Glenlyons Tochter. Fältchen bildeten sich um seine Augen, als er lächelte. »Nicht ich; mein Bruder John. In meinem Haus gibt es keine Frau.« Er blickte sie an. »Und du, bist du bereits versprochen?«

Ein Gefühl der Demütigung zog ihre Brust zusammen, versetzte ihr einen scharfen Stich. Aber ihr Ton verriet nichts außer Verachtung für unwissende Leute. »Ich? Nein … wer wollte auch –« Sie brach ab; sie würde ihm ebenso wenig ein *Sgian dhu* in die Hand geben wie ihren Brüdern, die nur zu erpicht darauf waren, sie zu quälen! Schließlich wusste sie sehr gut, was sie war; ihre Brüder hatten keine Scheu, es ihr immer wieder zu erklären.

Der tropfenden Zöpfe überdrüssig, presste Cat sie zusammen. Die Finger, mit denen sie durch die Haare fuhr, waren lang, groß und knochig, und die dünne, blasse Haut war dort, wo sie nicht verschorft war, von blauen Adern übersät. Die Zöpfe selbst hatten in trockenem Zustand die Farbe von flammendem Rot, in nassem jedoch die von rötlichem Kastanienbraun. Ihr Vater hatte einmal gesagt, dass aber auch gar nichts Geheimnisvolles an ihr wäre, weder, was ihren Geist noch ihr Äußeres betraf. Sie hatte ihn gefragt, was er mit Geheimnisvolles meinte, denn sie kannte das Wort nicht, aber er hatte nur gelacht und gemeint, sie würde es eines Tages schon verstehen.

Cat verstand es noch immer nicht. Sie überlegte, ob MacIains Sohn es wohl tat, der sie jetzt schweigend musterte.

Argwöhnisch warf sie ihm aus den Augenwinkeln einen Blick zu. Seine Miene war aufrichtig, als er sie jetzt betrachtete, täuschte nichts vor, das er nicht auch meinte – weder Widerspruch noch Bestätigung.

Dafür, dass er ein MacDonald war, hatte er Verstand. Er machte ihr keine falschen Versprechungen, indem er sie hübsch nannte oder ihr einen gut aussehenden Ehemann in Aussicht stellte. Aber er war ein MacDonald; vielleicht war es auch nur eine andere Form von Quälerei. Trotzdem freute sie sich darüber, denn die Wahrheit war ihr wichtig. Sie hasste Unwahrheiten und Lügen, selbst wenn sie gut gemeint waren.

Er musterte sie kritisch, aber nicht unfreundlich, so wie ihr Vater, wenn er einmal im Jahr an ihrem Geburtstag lauthals seiner Verzweiflung darüber Ausdruck verlieh, dass er für Glenlyons unscheinbare Tochter einen Ehemann finden musste. Bei ihren Brüdern war es etwas anderes; sie taten es fröhlich und mit Absicht.

Alasdair Og – *Dair* – MacDonald lächelte leicht, als verstünde er, was in ihrem Kopf vorging. »Keine Schönheit, nein«, meinte er schließlich leise, »noch nicht. Aber du wirst älter, Cat Campbell, und das, was du jetzt noch an dir hasst, sieht dann möglicherweise ganz anders aus.«

Höhnisch versuchte sie die schroffen Geräusche nachzuahmen, die sie von ihren Brüdern kannte, wenn die die Vasallen nachahmten. Darüber lächelte er noch stärker.

Er schlug das andere Bein über, hielt jetzt das andere umschlungen und lehnte lässig mit dem Rücken an der Wand. Das Sonnenlicht brachte das silberne Clan-Abzeichen zum Glänzen. »Bei mir ist es jedenfalls so gewesen.«

»Bei Euch?«

»Ich bin zu früh geboren worden, und sie haben sich lange Zeit Sorgen gemacht, ob ich überhaupt überlebe, weil ich immer so klein war.« Er zuckte elegant die Schultern. »Das ging vierzehn Jahre so, Cat – ich war so lange Zeit kleiner als alle anderen, dass die Leute schon tuschelten, ich wäre möglicherweise ein Wechselbalg und gar nicht der Sohn von MacIain.«

»Ein Wechselbalg!«

Er grinste, warf ihr einen Blick zu. »Du hast MacIain gesehen. Fast sieben Fuß groß ist er… und John ist drei Finger über sechs.«

Sie versuchte, die Länge seines zusammengefalteten Körpers abzumessen. »Ihr seid jetzt aber nicht mehr klein.«

»Ich bin gewachsen. Jetzt bin ich stattliche sechs Fuß groß.« In den Augenwinkeln bildeten sich wieder Fältchen. »Aber es ist spät passiert, sehr spät. Da hatte ich mich schon lange damit abgefunden, für immer ein Winzling zu bleiben.«

Sie packte einen ihrer durchnässten Zöpfe und schloss ihre Hand darum. »Und Ihr glaubt, es könnte mir genauso gehen?«

»Ich bin sogar ziemlich sicher, dass es dir so ergehen wird.« Seine warmen Augen hatten das Braun von hellem Apfelwein, dunklem Whisky und etwas, das ihr Vater Brandywein nannte. Er hatte ihr das Getränk einmal gezeigt, bevor er es in einem einzigen Schluck runtergespült hatte. »Abgesehen davon werden sie so oder so einen Ehemann für dich finden, egal, was passiert. Glenlyons Tochter ist schließlich was wert.«

Glenlyons Tochter ist nichts wert. Aber das sagte sie nicht laut. »Wieso seid ihr zu uns gekommen?«

»MacIain möchte einen Waffenstillstand.«

Sie kam sich vor wie ein Dudelsack, aus dem langsam die Luft herausgepresst wurde. »Mit *Glenlyon*?«

Er nickte reuevoll. »Wir haben ein Problem mit den MacGregors.«

Cat war zwar erst zehn Jahre alt, aber in den Highlands war man mit zehn Jahren beileibe nicht zu jung, um nicht die Geschäfte der Erwachsenen verstehen zu können. Sie hatte die Geschichte der Campbells gelernt, und auch die der anderen Clans. Der Clan der MacGregors war vor langer Zeit zerbrochen, als die Krone den Bannbrief verhängt hatte, und sie hatten alles verloren: Häuser, Vieh, Ernte, Besitztümer, selbst ihren Namen. Die wenigen, die übrig geblieben waren, versuchten, sich als Banditen über Wasser zu halten, wo immer es ihnen möglich war; sie lebten meist im Geheimen und wenig besser als Tiere. Viele von ihnen hausten in der morastigen, welligen Ebene von Rannoch Moor, die sich zwischen Glencoe und Glen Lyon erstreckte. Aber einige von ihnen lebten dicht bei Glencoe und stahlen den MacDonalds das Vieh.

Cat lachte beinahe. Die MacDonalds, die den Campbells die Kühe stahlen, ersuchten die Campbells um Hilfe gegen die MacGregors, die den *MacDonalds* das Vieh stahlen.

MacIains Sohn lachte beinahe selbst, als er ihre Erheiterung sah. Aber es war ein trockenes, schiefes und hübsches Lächeln, mit blitzenden Zähnen, das von seiner Fähigkeit zur Ironie kündete, und beinahe sofort, trotz ihrer Neigung, trotz seines und ihres Namens, war Cat überwältigt von dem Lächeln, dem Gesicht, den darin strahlenden Augen.

Aber er war noch immer der Feind; sie durfte ihm nicht nachgeben.

Mit hochrotem Gesicht saß sie da und runzelte die Stirn; sie suchte nach Worten, die ihn daran erinnern sollten, wer sie waren und wo er war, und dass er mit einer Tochter von Glenlyon sprach. »Ihr habt graue Strähnen.«

Seine Hand fuhr augenblicklich hoch, und er fingerte unter der Kappe an dem schwachen silbernen Reif auf den ansonsten schwarzen Haaren. »Achtzehn Jahre alt und schon grau«, sagte er bedauernd. »Das ist ein Familienfluch.«

»So schlimm ist es gar nicht«, versicherte sie; ihre Feindseligkeit schrumpfte dahin angesichts seiner Zerknirschung. Sie wusste nur zu gut, was es bedeutete, mit dem eigenen Erscheinungsbild unzufrieden zu sein. »Es ist noch immer zum größten Teil schwarz.«

»Aber es wird weiß sein, bevor ich vierzig bin.« Sein Lächeln kehrte zurück und übte seinen ganzen Zauber auf sie aus. »Besonders durch den Umgang mit Campbells.«

Der Singsang seines Schottischs kam und ging, war manchmal kräftig, manchmal verschleiert durch Nuancen eines anderen Akzents, den sie nicht kannte. Sie musterte ihn genauer. Ein Schotte, ja, und ein Highlander, geboren im Schatten der Teufelstreppe westlich von Rannoch Moor. Er trug eine Hose unter dem Kilt, eine lange Hose im Schottenmuster wie die Vasallen, und hatte sich das Plaid quer über die Schulter geworfen. Auf dem Kopf hatte er eine Kappe mit Abzeichen und Heidekrautbüschel – genau wie alle anderen. Dennoch war etwas anderes um ihn. *Er ist nicht wie die anderen.* »Seid Ihr in England gewesen?«

Er schüttelte den Kopf und lächelte. »Im Land der Sassenachs? Oh, nein. Letztes Jahr war ich in Frankreich, und da werde ich auch wieder hingehen.« Sein trockener Humor kam wieder zum Vorschein. »MacIain hat eine außerordentliche Vorliebe für das Vornehme, wo immer er es finden kann; erst hat er John nach Paris geschickt, jetzt schickt er Alasdair Og.« Er zuckte mit den Schultern. »Ich werde schon bald wieder zurückkehren.«

»Sofern Ihr die MacGregors überlebt.«

Er grinste einnehmend; von *seinen* Zähnen fehlte keiner. »Oh, ich denke, das werde ich. Wir sind gute Kämpfer, Mädchen… und ich habe die Absicht, ewig zu leben.«

Ihr lief ein kalter Schauer den Rücken hinab. »Niemand lebt ewig.«

»Schottland wird es, Mädchen. Kennst du nicht die Geschichten, die man sich mit dem Dudelsack erzählt?«

Cat zog eine Grimasse. »Mein Vater spielt Dudelsack. Sobald er *fou* ist.«

Dair MacDonald lachte. »Es ist schon schwer, den Dudelsack nüchtern zu spielen – aber *betrunken* ist es unmöglich!«

»Ein ganzer Sack voll heulendem, schreiendem Wind, wie

Gänse über einem See.« Cat seufzte unglücklich. »Auld Robbie der Rote ist letztes Jahr gestorben – er war der Dudelsackspieler unseres Clans. Seither ist uns nichts als der Lärm meines Vaters geblieben.«

Alasdair Og nickte mitfühlend, doch sein Mund zuckte. »Dann komm nach Glencoe, Mädchen, und höre unseren Big Henderson. Er wird deine Tränen trocknen.« Er beugte sich zu ihr herab, und seine Schulter streifte ihre, während er warmherzig und weich weitersprach. »Du hast hübsche Augen, Mädchen... blaugrün und leuchtend. Das sind Augen, die einen Highlander gern nach Hause zurückkehren lassen.«

Cat lächelte süßlich. »*Nach* einem Raubzug?«

Er warf den Kopf in den Nacken und lachte laut, beinahe so, wie sein Vater es getan hatte. Aber die dichten Locken unter seiner mit Heidekraut geschmückten Kappe waren schwarz und nicht weiß, nur von wenigen grauen Strähnen durchzogen.

Die Tür öffnete sich, und ein großer MacDonald streckte sein Gesicht heraus, eingerahmt von schwarzen Haaren, die noch reichhaltiger mit Silber durchsetzt waren. »Alasdair«, sagte er, »du wirst drinnen gewünscht. Was machst du überhaupt hier draußen?«

»Ich vertreibe mir die Zeit mit einer scharfzüngigen Campbell-Tochter.« Mit einem heimlichen Lächeln für Cat erhob Dair sich mit lässiger Anmut. »Es war richtig, dass sie ihn zurechtgewiesen hat, John; es ist nicht das Haus unseres Vaters.«

Cat warf MacIains Erben nur einen einzigen, zaghaften Blick zu. Stattdessen blickte sie lieber Dair an, der vor der Tür stand. Sie wollte etwas zu ihm sagen, ihm für seine Freundlichkeit und sein Verständnis danken. Aber die Worte schienen ihr zu entgleiten, und etwas ganz anderes entschlüpfte ihrer Kehle. »Hört auf, unsere Kühe zu stehlen.«

John starrte sie verblüfft an. Aber Dair verstand sie, und wieder lachte er laut. Seine Augen strahlten geradezu in dem Gesicht, das so dunkel war wie das eines Spaniers. Und dann sagte er Lebwohl und folgte seinem Bruder ins Haus, in *ihr* Haus, und schloss die Tür hinter sich, so dass sie allein zurück blieb.

Sie wünschte sich nichts sehnlicher, als dass er wieder herauskäme.

Obwohl er ein MacDonald war und sie Glenlyons Tochter.

Die Erinnerungen waren äußerst lebhaft. Cat stand oben auf der Mauer, die als Brücke über den Graben führte, und rief sich das Treffen mit allen Einzelheiten ins Gedächtnis zurück. Sie hatte seither jede Nacht von ihm geträumt.

– er war so schön… Die Schlangenbrücke blieb stumm, während Cat ihre Tücken bedachte. Es waren nicht mehr viele Stufen übrig. *– ein wunderschöner Märchenprinz mit silbernen Strähnen…* Er befand sich dahinter, in der Burg. Sie musste nur den Graben überqueren, die Ketten zerreißen, den Bann –

»*Cat*!« brüllte Robbie hinter ihr.

Die Schlangenbrücke löste sich auf, und damit verlor sie auch ihr Gleichgewicht. Cat stand oben auf der Mauer und fuchtelte mit den Armen herum. Jamie, Dougal und Colin sahen es, sie johlten und jubelten, packten sie an den Fersen und schüttelten sie.

Auch ihre Würde war jetzt dahin, und mit der Koordination war es gänzlich vorbei. Cat fiel hin und landete unbeholfen auf ihrem Hinterteil im Torf und Dung, was ihren Brüdern nur noch mehr Anlass zum Sticheln gab.

Sie hielt die Tränen der Scham zurück und starrte sie an. Robbie grinste, entblößte dabei die Lücke zwischen den Zähnen. »Es ist vorbei mit den MacDonalds«, sagte er.

»Oder soll ich dir wieder den Kopf waschen, damit du sie vergisst?«

Sie rappelte sich auf, machte sich zur Flucht bereit. »Sie haben bessere Manieren als du!« Sie dachte an Alasdair Og, an den schönen, wunderschönen Prinzen mit den silbernen Strähnen.

»Oh, haben sie das?« Robbie war mit seinen fünfzehn Jahren der älteste von ihnen. Sie alle hatten rote Haare, wenn auch Cats am leuchtendsten waren; die Jungen kamen mehr nach ihrem Vater, und in ihrem Rot war mehr Gelb. »Seit MacIain letzte Woche hier war, haben wir von dir nichts anderes gehört als MacDonalds, MacDonalds, MacDonalds.«

»Na und?« Cat wischte sich Schmutz von ihrer engen Hose; sie hoffte, dass ihre Brüder die Röte nicht bemerken würden, die sich jetzt auf ihren Wangen ausbreitete. »Es gibt jetzt ein Abkommen – wir sind keine Feinde mehr!«

»Nein? Sind wir das nicht mehr?«, spottete Jamie. »Und was ist dann mit dem Vieh, das sie letzte Nacht gestohlen haben?«

»Letzte Nacht?« Cat starrte ihn an. »Letzte Nacht?«

Dougal nickte. »Sie sind im Mondschein gekommen und haben vierzehn Kühe mitgenommen.«

»Haben sie nicht!«

»Haben sie wohl!« Vier Gesichter blickten sie finster an. Das von Robbie war besonders düster. »Dann geh doch und frag Vater, du Nervensäge. Er wird dir schon die Wahrheit sagen.«

»Vater und MacIain haben einen Waffenstillstand geschlossen!«

»Das beweist nur, wie viel den MacDonalds ein Eid wirklich wert ist«, höhnte Robbie. »Geh und frag ihn, Cat.« Seine Miene änderte sich, und die Streitsucht wich einem Ausdruck von Ekel. »Das heißt, falls er seinen Mund lange genug vom Whiskyglas fernhalten kann, um es dir zu sagen.«

Ich will ihr dreckiges Geschwätz gar nicht hören. Cat drehte ihnen den Rücken zu. *Sie sind nichts als widerliche Stänkerer.*

»*Er* war auch dabei!«, rief Robbie, als sie auf das Haus zustapfte. »Einer der Vasallen hat ihn gesehen!«

Sie fragte nicht nach. Diese Befriedigung würde sie ihnen nicht geben. Und sie musste auch gar nicht fragen, sie wusste auch so, wer gemeint war. Sie wusste es nur zu gut.

Es machte sie wütend, dass sie dieses Wissen benutzen konnten, um sie zu verletzen, ja, dass sie ihnen diese Waffe selbst in die Hand gegeben hatte. Aber noch schlimmer waren der Schmerz, das Bedauern und die Trauer, als sie begriff, dass Glenlyons Tochter dumm genug gewesen war, sich der Überzeugung hinzugeben, dass ein MacDonald jemals die Wahrheit sagen konnte.

Die Stimme in ihrem Kopf war auffallend still. Kein Tadel, keine Strafe, kein Klagen, keine Ungläubigkeit. Vielleicht hatte sie es tief in ihrem Innern die ganze Zeit über gewusst.

Die Tränen waren heiß, als sie dann kamen, und so heftig wie die schmerzhafte Demütigung. Ihr verschmiertes Gesicht war noch nass, als sie die Tür aufstieß. Sie schlug sie mit einem lauten Knall hinter sich zu, verbannte damit auch die Erinnerungen an freundliche Worte und noch freundlichere Augen.

Das heißt, sie versuchte, sie zu verbannen.

Die Stimme in ihrem Kopf machte jetzt der in ihrer Kehle Platz. »Er ist kein bisschen besser«, sagte sie mit erstickter Stimme. »Kein bisschen besser als alle anderen!«

Jemand rüttelt am Riegel. Sie macht einen Schritt darauf zu und streckt schon die Hand danach aus, doch im gleichen Augenblick schwingt die Tür auf, und sie sieht eine wilde Szenerie:

– ein Schneegestöber, das zum Schneesturm wird –

– Männer, die sich in ihrem Innenhof zusammendrängen –

– rotberockte Soldaten mit Musketen und Schwertern –

Ihre Münder und Nasen sind mit Tüchern verhüllt. Der Mann im Türrahmen hebt seine Muskete. »Campbell?«, fragt er scharf.

Fragen gehen ihr durch den Kopf, aber ihre Lippen formen nur eine einzige. »Was tut Ihr hier?«

Er hebt das Gewehr und schießt.

ERSTER TEIL

1685

1

Cat Campbell kauerte hinter einem von Mücken umschwirrten Torfhaufen; sie versteckte sich vor Robbie und dem Mädchen, die sich nur einen Steinwurf entfernt etwas weiter den Hügel hinunter aufhielten. Zuerst war sie entsetzt gewesen, als sie festgestellt hatte, dass ihr Bruder so etwas tat, dass er einer Frau einen Kuss aufdrückte – *nein, Mairi Campbell ist noch ein Mädchen, nicht viel älter als ich* –, aber Robbie, der jetzt mit seinen achtzehn Jahren durchaus als Mann galt, hatte sich schon immer genommen, was er wollte – sei es von seiner Schwester oder von seinen jüngeren Brüdern. Er war der Älteste, der Erbe – Glen Lyons Zukunft –, und sie hatten keine andere Wahl, als dem zukünftigen Laird zu geben, was er verlangte.

Cat verzog das Gesicht. *Robbie würde sofort zugreifen, wenn er könnte!*

Aber noch konnte er es nicht. Noch war sein Vater die Autorität, auch wenn er trank. Robbie würde also warten müssen.

Aber nicht, was Mairi Campbell betraf.

Cat legte die Stirn in Falten. Der beißende Gestank des trocknenden Torfs, der aus dem Hügel herausgestochen worden war, stach ihr in die Nase und hinterließ einen unangenehmen Geschmack in ihrem Mund. Aber es war nicht *ihr* Mund, dem jetzt ihre Aufmerksamkeit galt, sondern die Münder, die etwas unterhalb von ihr geradezu aneinander klebten, sich suchten, aneinander saugten, schmatzten.

»Sie tut es«, murmelte Cat. »Sie tut es genauso wie Robbie.« Und so schlimm wie ein Bock mit einem Schaf, ein Hund mit einer Hündin, wenn auch etwas höflicher; Mairi schien diese Aufmerksamkeit jedenfalls zu *wollen.*

Cat nagte an ihrer Unterlippe. Die Bewegungen waren verwirrend und ohne Würde. Wie konnte Mairi sich nur so zur Schau stellen? Wie konnte sie Robbie so bestimmen lassen, was sie tat?

»Niemals«, erklärte sie dem Torf, »niemals werde ich so viel von mir aufgeben, wie ... *das*–«

Und höchstwahrscheinlich würde ein Kind die Folge sein; die Schafe und Hündinnen wurden häufig genug trächtig, wenn sie sich mit dem männlichen Tier derart verbanden. Diese Gedanken führten sie zu ihrem Vater und zu ihrer Mutter, an die sie sich kaum erinnerte.

Cat verzog wieder das Gesicht. In der Tat eine abstoßende Vorstellung, dass ihre Mutter solche Freiheiten, eine solche Entwürdigung ihrer Person zugelassen hatte. Fünf Kinder waren die Folge gewesen; diejenigen, die gestorben waren, gar nicht mitgezählt. Und Robbie, der als Erster von ihnen geboren war, schien ziemlich erpicht darauf zu sein, eine ebenso zahlreiche Kinderschar in die Welt zu setzen, wie sein Vater es vor ihm getan hatte.

Mairi Campbell, entschied Cat, war eine Närrin. Es sei denn, sie *wollte* ein Kind – oder sie wollte womöglich sogar Robbie.

Dieser Gedanke war es wert, dass sie länger bei ihm verweilte. Während Cat sich von den beiden abwandte und gegen die Torfballen lehnte, sann sie über die unerwartete und seltsame Vorstellung nach, eine Schwester zu haben.

Die Menge in Inchinnan war wie eine hungrige Meute, die von Erwartung genährt wurde. Alasdair Og MacDonald befand sich in ihrer Mitte, und wenn er auch weniger hungrig war als die anderen, so spürte er doch ihre Erwartung, konnte sie riechen und schmecken. Der Gefangene musste so rasch wie möglich herausgebracht werden, sonst würde sich der Marquis von Atholl – der Sieger, der die Hinrichtung durchführte – schon bald der schwierigen Aufgabe gegenübersehen, die Männer unter Kontrolle zu halten – jene Männer, die ihn gegen den Mann unterstützt hatten, dem er jetzt den Tod bringen würde.

Dair kaute geistesabwesend auf seiner Unterlippe. *Eine hungrige Meute, die schon zu lange gehungert hat.* Und die Blut mit Blut vergelten wollte, die es dem Verlierer, der so verwegen gewesen war zu versuchen, den einen König durch einen anderen zu ersetzen, heimzahlen wollte. *Sie hassen ihn auch wegen seines Titels…* Und wegen seines Namens, seines Erbes, und wegen des Blutes ihrer Sippe, das in den Jahrzehnten seiner Macht und in den Jahrzehnten vor seiner Geburt vergossen worden war: Er war der neunte Earl of Argyll, Archibald Campbell, einst mächtigster Mann in Schottland. *Jetzt nichts weiter als ein Verräter, der zum Tode verurteilt war.*

Der Marktplatz war voller Jakobiter – Highlander, die König James trotz seines Pfaffentums die Treue geschworen hatten. Er war immerhin ein Stuart, das heißt, er war ein Schotte – und sie hatten ja auch gar nicht so sehr für James gekämpft, als vielmehr *gegen* Argyll und den Clan der Campbells; die politischen Grillen Englands interessierten sie nicht besonders. Was diese Männer, die Lairds und Chiefs und Vasallen, beschäftigte, war vielmehr das Ende der Macht der Campbells.

Es war Mitte Mai und warm, sogar noch wärmer als gewöhnlich, was man daran erkennen konnte, dass die vielen Männer auf dem Platz Wollkleidung trugen. Wie immer spürte Dair die riesige Gestalt seines Vaters neben sich, die ihn um einiges überragte. Man hatte ihn nach seinem Vater benannt, dann jedoch, damit man ihn nicht mit anderen verwechseln konnte, *Og* hinzugefügt; als Dair älter geworden war, hatte er allerdings nur zu sehr gespürt, dass eine solche Unterscheidung unnötig gewesen war.

Die Menge rührte sich. Die Meute stellte die Nackenhaare auf und bildete träge eine Gasse, durch die der Anführer den Schurken führte, der ebenso sehr wegen seines Erbes und seiner Clan-Zugehörigkeit sterben würde wie dafür, dass er an einen anderen König als James geglaubt hatte.

Dair war gezwungen, sich mit der Menge zu bewegen, als sie sich teilte; er sah von Argyll nicht das Geringste. Er sah nur das wilde Gesicht seines Vaters, das unter dem Schnurrbart und Vollbart beinahe verschwand, sah das Glitzern in seinen Augen. »Campbell«, murmelte MacIain, »dein Vieh wird sich noch vor dem Ende dieses Monats in meinem Tal befinden.«

Dair sah an ihm vorbei zur Mitte des Marktplatzes. Beim Mercat Cross stand das Schafott, das auch Maiden genannt wurde – die Frau, die kein Mann wollte. Die Maiden war auf einer Holzplattform befestigt, an deren vier Ecken sich Räder befanden, damit sie einfacher von einem Ort zum anderen geschafft werden konnte. Die Stahlklinge hing noch oben; sie war bis jetzt unbefleckt vom Blut Argylls und glänzte im hellen Sonnenlicht des Highlands. *Wie viele Nacken sie wohl küssen wird?*

Seine Gedanken wurden jäh unterbrochen, als MacIain seinem Zweitältesten die schwielige Hand auf die plaidbehangene Schulter legte und so fest zupackte, dass Dair beinahe das Gesicht verzog. »Zähle deine Kühe«, polterte der Laird. »Jeder Tropfen Campbell-Blut ist eine Kuh, die wir nach Glencoe holen!«

Die hin und her wogende Menge ließ eine Gasse in dem Meer aus Kilts und Plaids frei, so dass Dair jetzt gute Sicht hatte. Umgeben von dem Feind ging der neunte Earl of Argyll festen Schrittes auf die Mitte des Platzes zu, wo die Maiden auf ihn wartete.

»Ein Verräter zeugt einen Verräter«, murmelte MacIain. Dann wiederholte er mit einer Stimme, so laut wie Löwengebrüll: *»Ein Verräter zeugt einen Verräter!«*

Argyll verhielt seinen Schritt, als er den Ausruf hörte und die Unruhe, die sich daraufhin in der Menge ausbreitete; der achte Earl, sein Vater, war ebenfalls ein Verräter gewesen. Dair wusste, dass dieser Tag der Beginn einer neuen Legende war: Weil Vater und Sohn hingerichtet wurden, würde man sagen, dass die Lenden dieser Sippe befleckt waren.

Er sah seinen Bruder an. John war der Erbe, nicht er; John, nicht Alasdair Og, würde von seinem Vorgänger beurteilt werden. Er selbst war vollkommen frei und konnte tun, was immer er zu tun gedachte – *und meine Lenden haben damit nicht das Geringste zu tun!*

Argyll blieb jetzt stehen, als er den Feind erreicht hatte, von dem der Schrei ausgegangen war – den weißhaarigen Riesen von Glencoe, der allen als MacIain bekannt war. Dort also stand er, wenn auch nur kurz, und nahm es mit den starren, unerschütterlichen Blicken der Meute auf; er bezeugte eine Feindseligkeit und Gehässigkeit, die zwar auf Gegenseitigkeit beruhte, aber schon bald eine gänzlich einseitige Angelegenheit sein würde, weil nur ein Mann, der den Kopf auf den Schultern trug, zu einer Highland-Fehde beitragen konnte.

Argylls Nasenflügel bebten, als würde er einen üblen Gestank wittern. Im Gegensatz zu MacIain hatte er nicht das Gesicht eines schwertschwingenden Kriegers, sondern das eines Mannes, der Worte schwang – Worte, die Männer gegen Männer aufbrachten, Schotten gegen Schotten, Highlander gegen Highlander.

Der Earl of Argyll achtete nicht auf seinen verschmutzten Kilt und den zerrissenen Mantel, die Spritzer von Matsch und Schlamm und die Haare, die von einem unverschämten Wind zerzaust wurden, der auf seinen Rang nicht die geringste Rücksicht nahm. Er trug keine Kappe auf dem Kopf, was ihn auf Dair seltsam verletzlich wirken ließ: Der Kopf wirkte wie eine Distel auf einem allzu schlanken Halm. Würde es dem Vollstrecker nach Beendigung seiner Aufgabe gelingen, das ergrauende Haar zu ergreifen und die grässliche Beute hochzuhalten?

Argylls Gesicht war stoppelig und verschmiert. Er hielt den durch blaue Flecken verunstalteten Mund fest zusammengepresst, öffnete ihn erst dann leicht, als er mit seltsam schwacher Stimme zu sprechen begann. »Es gab schon vor mir Campbells, und es wird auch nach mir welche geben. Aber was wird man von Glencoe sagen, wenn alle MacDonalds tot sind?«

Schweigen erfasste all jene, die so nah standen, dass sie seine Worte hatten hören können. Umgeben von so viel kleineren Männern musste MacIain seine Stimme nicht sonderlich erheben, auch seine Hand nicht hochhalten oder auf sonstige Weise die Aufmerksamkeit seiner Familie und all der anderen auf dem Marktplatz auf sich ziehen. Er lächelte. Er deutete mit einer raschen Kopfbewegung zur Maiden. Seine Zähne blitzten kurz in der Masse aus weißen Locken auf. »Lasst sie nicht warten, Eure Frau. Sie mag keinen kalten Schwanz, aye?«

Während die Männer lautstark ihren Beifall für die vulgäre Äußerung herausbrüllten, wurde Argyll zur Maiden geleitet. Er machte keinerlei Anstalten, etwas zu sagen, möglicherweise seine Unschuld zu erklären; er hatte den falschen Mann unterstützt und würde jetzt dafür sterben, ebenso, wie vor ihm sein Vater, der mächtige Marquis, wegen seiner Überzeugung hingerichtet worden war.

Doch noch während die Klinge der Maiden sich senkte, blickte Argyll, Clanchief der Campbells, MacIain tief in die Augen. Der Blick wurde unterbrochen, als die Klinge herunterfuhr und den Nacken durchtrennte, als der windzerzauste

Kopf in einer Fontäne spritzenden Blutes auf den fleckigen Holzboden fiel.

MacIain kniff die Augen zusammen. Sein Kopf hob sich ein winziges Stück, als er das Kinn etwas reckte. Die Nasenflügel über dem wunderbaren Schnurrbart bebten kurz. Noch während sein Mund sich zu einer harten Linie verkrampfte, verhärteten sich seine Augen.

Diese Jagd war also beendet – doch es würde eine neue geben. Wie sein Vater und sein Bruder wusste Dair viel zu viel über die Campbells, um daran zu glauben, dass die Macht des großen Clans mit dem Tod eines einzigen Mannes beseitigt werden konnte. Es würde andere Campbells geben.

»Es gibt immer andere«, murmelte Dair leicht beunruhigt.

Der Earl of Breadalbane, Grey John Campbell, hatte noch nie eine Gelegenheit verstreichen lassen, die seinen Plänen entgegenkam. In seinem teuren Stadthaus in Edinburgh in der Nähe des Holyrood-Palastes nahm Breadalbane die Nachricht von der Hinrichtung des Earls of Argyll mit genau so viel ernster Betroffenheit und tiefem Bedauern auf, wie es den Hinterbliebenen angemessen war. Argyll war sein Neffe gewesen. Er zog sich in seine privaten Gemächer zurück, goss sich einen Whisky ein und trat dann langsam und bedächtig an das mit einem Mittelpfosten versehene Fenster, von dem aus er einen Blick auf Canongate hatte, die Fortsetzung jener vornehmen Meile, die das Schloss von Edinburgh mit dem Holyrood-Palast verband.

Es war vollkommen dunkel, abgesehen von der flimmernden Lichterkette der Palastlampen und dem verschwommenen Leuchten der Fackeln hoch oben auf dem massiven Fels, auf dem das Schloss stand. Breadalbane starrte die schwarze Burg an. Er war ein kräftiger Mann und seinem toten Neffen nicht unähnlich: klare, graue Augen, eine schmale, hervorstehende Nase, dünne, zusammengepresste Lippen, eine schöne Haut und rote, jetzt ergrauende Haare, was bei Highlandern nicht unüblich war. Er war nicht mehr jung mit seinen fünfzig Jahren, aber er war auch nicht so alt, dass er die politische Bedeutung der Situation nicht begriffen hätte.

Breadalbane leerte das Whisky-Glas fast vollständig, genoss den kräftigen torfigen Geschmack. Er konnte die Hinrichtung vor seinem geistigen Auge sehen – in dem Bericht hatte es geheißen, dass Argylls Vereinigung mit der Maiden kurz und tödlich gewesen war.

Argyll ist tot.

Ein unerwartetes Gefühl ließ ihn zittern, der restliche Whisky schwappte gegen das kostbare Glas, doch der Earl hatte sich rasch wieder unter Kontrolle. Er war kein Mann, der seine innere Verfassung in seiner äußerlichen Haltung offenbarte, denn er versuchte stets zu vermeiden, dem Feind ein Claymore zu reichen.

Argylls Tod war von großer Bedeutung. Die Feinde der Campbells würden sich rühren, um die traditionell starke Stellung von Argylls – und damit auch Breadalbanes – Clan für sich selbst zu erlangen, möglicherweise gar die räuberischen MacDonalds selbst, jener Clan, der von allen anderen, aber besonders von den Campbells und ganz sicher von Breadalbane, besonders verachtet wurde. Die Ländereien der MacDonalds waren weitläufig, ihre Anzahl gewaltig.

Die zusammengepressten Lippen öffneten sich für ein paar feindselige Äußerungen. »Ihre Frauen sind wie Hasen«, murmelte Breadalbane, »und ihre Männer besteigen sie wie Rammler. Und sie stehlen den Campbells die Kühe, um die gierig aufgerissenen Münder ihrer Brut zu stopfen!«

Argyll ist tot.

Breadalbane stand einen Augenblick wie gebannt da und starrte in die Dunkelheit. Der Clan der Campbells war durch einen einzigen Hieb des Schafotts seines Anführers beraubt worden.

Argyll ist TOT.

Plötzlich lachte er kurz und zufrieden auf und hob das Glas, um einen stummen Toast auf den Hingerichteten auszubringen. Jetzt herrschte er an Stelle seines Neffen über den Clan. Und er würde einen Weg finden, die MacDonalds zu vernichten.

Der Laird von Glen Lyon nahm die Rohrflöte von den Lippen und ließ sie sinken. Kein durchdringendes Wehklagen des Dudelsacks mehr – jetzt blieb nichts weiter zurück als ein Knäuel aus rotbemaltem Leder auf seinem Schoß.

Jesus Christus... Er atmete schwerfällig aus, entleerte seine Lungen, wie sich auch die Pfeifen des Dudelsacks entleerten, während er sich wünschte, ein ebenso tiefes Stöhnen hervorbringen zu können, wie es das Klagen und Schnaufen seines Instruments war. Aber es war niemand da, um ihn wieder zu füllen, die Lippen wieder an die Rohrflöten zu legen und seinem Geist neues Leben einzuhauchen, damit er die Luft wieder mit einer erhabenen Kriegsmusik erfüllte, einem Schlachtruf, der ihn so aufwühlte, dass er mit dem Gefühl, unverwundbar zu sein, auf den Feind zugehen konnte.

Er war nicht unverwundbar. Der Kampf, den er kämpfte, war persönlich, und der Feind war er selbst.

Er schaute sich im Zimmer um, betrachtete die spärliche Möblierung, eine Ausstattung, die so nackt war wie sein Inneres. Chesthill war kein riesiges, eindrucksvolles Landgut wie die der Engländer oder der wohlhabenden Lowlander. Es war nicht einmal eine Burg, geschweige denn ein Palast. Es war ein einfaches, aus Stein errichtetes Highland-Haus, groß genug für Glenlyon, seine Tochter, seine Söhne und eine Hand voll treuer Bediensteter. Er war Laird von ganz Glen Lyon, aber er war nicht reich. Er war auch nicht arm. Bankrott nannte man das, was er war.

Es war dunkel, abgesehen von dem rauchigen Licht der

Öllampe, die auf dem Tisch seitlich von ihm neben einer Karaffe und einem Silberbecher stand. Die Lampe gab nur wenig Licht, denn das Glas war von öligem Rauch rußgeschwärzt, und nur ein paar Flecken, die von Fingerabdrücken herrührten, war es zu verdanken, dass überhaupt noch etwas Licht nach außen drang.

Wenn es doch nur einen anderen Weg gäbe... Glenlyon bewegte sich in seinem Sessel – eine unbeholfene, unbeabsichtigte Geste der Abwehr, der Akzeptanz, der beständigen Verzweiflung. Seine Bewegung brachte den Dudelsack ein letztes Mal zum Klagen. Aber weder führte er die Rohrflöten erneut an den Mund noch legte er sie zur Seite; es schien, als habe er das Instrument völlig vergessen, als es zwischen ihn und die Sessellehne rutschte, während er sich vorbeugte und nach dem Whisky griff.

Während er trank und Trost in der schroffen Verführung des Alkohols fand, hörte er ein Kratzen vor der Tür. *Nein, nein – nicht jetzt.* Aber Wünschen half nichts. Wenn so etwas möglich gewesen wäre, gälte er längst wieder als Mann der Ehre, als ein Mann mit Würde, dessen sämtliche Schuld bezahlt und dessen Erbe unangetastet war.

Es kratzte erneut an der Tür, diesmal noch dringlicher. Er war versucht, es gänzlich zu ignorieren; ein Diener, der keine Antwort erhielt, würde irgendwann weggehen. Aber er kannte das Geräusch. Es war Cat und kein Diener. Müde ließ sich der fünfte Laird von Glen Lyon gegen die Rückenlehne des Sessels sinken und rief seine Tochter herein.

Sie war bereits zum Schlafen gekleidet, und eigentlich hätte sie um diese späte Stunde auch schon längst im Bett sein müssen. Ein zerrissenes Schottentuch, das sie zum Schal gefaltet hatte, hing unordentlich über dem schäbigen Nachtgewand um ihre dünnen Schultern. Ihre Haare waren nachlässig zu Zöpfen geflochten, und an der Seite hatte sich eine Strähne gelöst und hing ihr ins Gesicht. Es war von dem gleichen schillernden, unverkennbaren *Rot* wie die Zöpfe selbst, sogar in diesem schwachen Licht. Er hatte seiner Tochter weder das gelbliche Erdbeerrot seiner eigenen, inzwischen ergrauenden Haare vererbt, noch die wässrig-graublauen Augen, mit denen er die Welt betrachtete.

Die Erkenntnis stach wie ein böser Stachel; er hatte gut aussehende Jungen gezeugt, und eine nicht gut aussehende Tochter. *Was soll ich mit diesem Mädchen nur machen? Welcher Mann wird sie haben wollen?*

Mit bloßen Füßen betrat Cat das Zimmer und blieb zwei Schritte von der Tür entfernt stehen, als würde sie seine Stimmung spüren. Als wollte sie sich die Möglichkeit zur Flucht offen halten. Glenlyons Lächeln wirkte etwas schief, als er ihr vorausschauendes Denken erkannte, die Sorgfalt, mit der sie sich dem Mann näherte, der sie gezeugt hatte.

Er war nicht so *fou*; er hatte nicht so viel getrunken, dass er ihre Entschlossenheit nicht bemerkt hätte. Er sah sie in ihren Augen, in ihrem emporgereckten Kinn, dem trotzigen Mund. »Morgen«, sagte sie.

»Morgen«, bestätigte er; es war nicht nötig, es näher zu erklären.

Der Blick aus den blaugrünen Augen war fest. »Kann ich mitkommen?«

»Nein. Das geht nicht.«

Der breite Mund – zu breit für ihr Gesicht, wie er beiläufig dachte – presste sich eine Spur stärker zusammen. »Du hast mir versprochen, dass ich mit nach Edinburgh kann.«

»Du kannst auch mitkommen – aber nicht morgen.«

Sie reckte das Kinn in die Höhe. »Ich bin jetzt dreizehn.«

Er lächelte. Als er den Becher an die Lippen setzte, stieg ihm der willkommene Geruch des Whiskys in die Nase und bat ihn geradezu, ihn zu schlucken. Speichel sammelte sich in seinem Mund. Er genoss den Geruch nach Torf, begrüßte die Schärfe, den Geschmack, die Wärme, die Ermächtigung – und die Flucht. »So alt?«

Es war eine Herausforderung, keine Frage. »Kein kleines Kind mehr.«

Er schwenkte den Whisky im Glas. Der scharfe Geruch des Getränks, der sich durch die Bewegung verstärkte, brachte seine Augen zum Tränen.

»Wieso kann ich morgen nicht mitkommen?« Das Plaid rutschte ihr von der Schulter, und sie zog es wieder hoch. Bei der kurzen, ungeduldigen Bewegung sah er, dass die vorstehenden Knöchel abgeschürft waren und im Lampenlicht feucht glänzten. »Du wirst Robbie mitnehmen –«

»Nein, werde ich nicht.«

Sie stockte mitten im Satz, zog die Brauen viel sagend hoch. »Du wirst Robbie *nicht* mitnehmen …«

»Wie ich gerade gesagt habe.« Genug des Wartens. Er trank, schluckte gleichmäßig. Er sah die Schärfe in ihrem Blick, der sich kurz auf den Becher richtete, als ob sie dem Whisky seine Unnachgiebigkeit vorwerfen wollte, dann sah sie zur Seite. »Ich nehme niemanden mit, Cat. Ich allein bin vorgeladen worden.«

»Vorgeladen!« Ihr Erstaunen war offensichtlich. »Wer könnte *dich* vorladen? Du bist der Laird von Glen Lyon!«

Seine Hand zitterte. Whisky schwappte über den Becherrand, tropfte zwischen seinen verkrampften Fingern hindurch auf seinen Oberschenkel, auf die Wolle seines Kilts, wo er ein kleines Stück weiterrann, bis er langsam einsickerte. Er nahm seine andere Hand zu Hilfe, und das Zittern hörte auf, aber Glenlyon spürte es noch immer. Das Zittern war, wie er wusste, nur die äußere Manifestation seiner sich krümmenden Seele.

»Wer?«, wiederholte sie.

»Breadalbane.«

Der angespannte Zug um ihren Mund löste sich. »Oh.«

Sie wusste es. Alle wussten es. Nach Argylls Hinrichtung hatte der Earl of Breadalbane, Inhaber eines halben Dutzends weiterer Titel, die Lücke gefüllt. Ihm gehörte jetzt der Campbell-Clan, denn er hatte die Macht an sich gerissen, noch bevor von den anderen überhaupt jemand auf die Idee gekommen war, über einen Nachfolger nachzudenken. Während des Zustands der Unordnung und der Unklarheit war es leicht für den Earl gewesen, sich die Führung des Clans anzueignen. Sie würden ihm gehorchen und ihm gegenüber Rechenschaft ablegen, bis er sich als unfähig erwies.

Und jetzt war Glenlyon von Glen Lyon aufgefordert worden, Rechenschaft abzulegen. Er und Breadalbane waren Cousins, aber da war noch mehr, was sie verband. Mehr als die natürliche Treue, die er einem Earl oder Verwandten schuldete. Es war das *Comhairl'taigh*, ein Eid, den Glenlyon schriftlich geleistet hatte und mit dem er Argyll und Breadalbane die gemeinsame Führung seines Hauses übertragen hatte.

Weil er sie selbst nicht mehr ausüben konnte.

»Wieso?«, fragte Cat scharf. »Wieso hat er dich vorgeladen?«

Er trank. Sie fragte aus Vorsicht, aus Anteilnahme – aus dem Bedürfnis heraus, ihn zu beschützen, nicht, weil sie ihn anklagen wollte. Aber er konnte es ihr nicht sagen. Er konnte es niemandem sagen. Er konnte nicht die Worte bilden, die angemessen erklärt hätten, was er getan hatte.

»Wieso?«, wiederholte sie.

»Geh ins Bett«, befahl er schroff.

Sie war entsetzt. »*Vater* –«

Widerspruch oder die Bitte um Antwort, er wusste es nicht. Er hatte sie niemals geschlagen oder ihr sonst einen Grund gegeben, vor ihm zusammenzuzucken. Er hatte sie auch kaum angeschrien, obwohl ihre Brüder sicher nutzbringender waren als sie. Er tolerierte sie mit dem Gefühl nachdenklicher, wenn auch distanzierter Zuneigung, obwohl er kein sehr offener Mann war. Aber sie war so anders als andere Mädchen, und er gehörte ohnehin nicht zu den Männern, die eine Frau verstanden, egal welchen Alters. Also behandelte er seine Tochter so wie seine Söhne; es war weit weniger anstrengend, als sich daran erinnern zu wollen, welche Eigenschaften er einem Mädchen hätte beibringen sollen. Seine Frau wäre entsetzt, aber Helen war tot. Es war an ihm gewesen, die fünf Kinder großzuziehen, was er in seiner unvorbereiteten, umsichtigen Weise auch getan hatte, aber es war ihm weit leichter gefallen, Cat in einen Topf mit ihren Brüdern zu werfen, als nach einer anderen Frau Ausschau zu halten.

Es gab Frauen, mit denen er schlafen konnte. Er musste sie nicht heiraten. Genauso wenig, wie sein Erbe Mairi Campbell heiraten würde.

»Robbie ist derjenige, gegenüber dem ich Rechenschaft ablegen muss«, sagte er mit fester Stimme. »Er ist ein erwachsener Mann.« Cats Mund bekam einen harten Zug. Er schnitt ihr das Wort ab, noch bevor sie zu einer Antwort ansetzen konnte. »Und auch die anderen.«

»Ich lege mir selbst gegenüber Rechenschaft ab«, entgegnete Cat.

Er nahm den Becher von den Lippen. »Wessen Blut ist das da auf deinem Kinn? Deins?«

Verblüfft über seine überraschende Frage berührte Cat ihr Kinn und betastete die verschorfte Stelle. Ihr Mund zuckte kurz. »Colins.« Sie sah seinen Gesichtsausdruck und reagierte sofort mit Trotz. Ihr Schottisch wurde deutlich breiter. »Er hat gesagt, ich hätte ein Gesicht wie ein Frosch, dann hat er mich eine blöde, erbärmliche Ziege genannt – also habe ich ihm einen Schlag verpasst.« Sie kratzte an der Kruste herum, schnippte sie dann zufrieden weg. »Ich habe ihm einen Schlag auf die Nase verpasst.«

Verzweiflung mischte sich mit Abscheu. Mit lautem Knall stellte er seinen Becher auf den Tisch. »Geh ins Bett, Cat – und wasch dir das Gesicht. Ich habe genug von diesem Unsinn. Damit beweist du nichts weiter, als dass du wirklich noch ein Kind bist.«

Seine Worte trafen sie, wie er sah, aber sie gestattete sich nicht, sich zu bedauern. Sie warf ihm einen Blick purer Verachtung zu, drehte sich abrupt um und schritt davon, die Tür schlug sie laut hinter sich zu. Sie kreischte in den Angeln.

Glenlyon wartete. Einen Augenblick später ertönte noch einmal ein ähnlicher Knall, als sie die Tür zu ihrem eigenen Zimmer schloss, und er hörte, wie sie den Riegel vorschob. Sie weinte gewöhnlich nicht viel, höchstens vor Wut oder Enttäuschung. Wenn sie es jetzt tun wollte, wenn es genug Grund dazu gab, würde sie Vorsichtsmaßnahmen treffen, damit niemand – am allerwenigsten einer ihrer Brüder – es sehen konnte.

Glenlyons Mund zuckte. »Am allerwenigsten ihr Vater.«

Es war kalt im Zimmer, aber er schwitzte, befleckte das Leinenhemd unter seinem Plaid. Robert Campbell ignorierte sein körperliches Unbehagen und starrte auf die Tür. Cat war fort, aber er sah sie. Er sah ihr Gesicht vor sich, den angespannten Körper, als sie nachgefragt hatte, ohne zu betteln.

Ein dünnes, unscheinbares und unbeholfenes Mädchen, zu groß für ihr Alter und mit eckigen Knie- und Ellenbogengelenken sowie Füßen und Händen, die beinahe so groß wie die eines Jungen waren. Und sie hatte ein loses, ungezogenes und übereifriges Mundwerk, eine Vorliebe für ganze Schichten aus Blut, Schorf und Schmutz – zum Teil bei sich selbst, zum Teil bei anderen –, die nur den einen Zweck erfüllten, die Blässe ihrer Haut zu verbergen, durch die das Blut wie zermatschte Trauben in Augenlidern und Ellenbogen, Handgelenken und Kniekehlen hindurchschimmerte.

Er war Glenlyon. Es konnte durchaus sein, dass ein Mann

sie heiraten wollte – wenn die Mitgift hoch genug war. Aber er hatte ihre Mitgift verspielt. Er hatte alles verspielt. Er hatte selbst die Münze verspielt, die Breadalbane ihm gegeben hatte, um seine Schulden begleichen zu können. *Und jetzt habe ich noch mehr Schulden...*

Breadalbane ließ ihn vorladen.

Verzweiflung erfasste ihn. Mit zitternder Hand griff er nach dem Becher und führte ihn zum Mund. Er spülte den Rest Whisky hinunter, in der Hoffnung, so das Feuer betäuben zu können, aber die Kohlen brannten gleichmäßig in den Trümmern seines Geistes. Sie würden ihn zu Asche schrumpfen lassen, ihn schutzlos dem kalten Wintersturm von Breadalbanes Zorn aussetzen.

Comhairl' taigh.

Er hatte seinen Eid überschrieben. Er würde auch seine Tochter überschreiben, wenn es einen Mann gab, der sie haben wollte, mit oder ohne Mitgift.

Doch Cat war sicher. Sie war immer noch *Cat.*

2

Cat lag bäuchlings auf dem Torfboden am Rande des Baches. Dass der Boden feucht war und ihre Kleidung durchnässte, bereitete ihr kein besonderes Unbehagen; den einen Ärmel ihres schäbigen Hemdes ließ sie sogar bewusst ins Wasser hängen, in der Hoffnung, die gefleckte Forelle mit Hilfe eines kleinen Liedes in ihre Hand locken zu können.

Solcherlei Bemühungen beeindruckten die Forelle jedoch nicht. Cat dachte daran, sie zu kitzeln, aber dafür hatte sie weder die nötige Geduld noch genügend Übung. Ein Haken war natürlich am besten, aber der Einzige, den sie besaß, hatte sich an einem störrischen Baumstumpf verfangen. Jetzt benutzte sie ihren Körper als Stock und ihren Gesang als Köder.

Schatten bewegten sich, verdeckten die Sonne. »So wirst du nie was fangen.«

Cat hörte auf zu singen, presste die Zähne zusammen. »Werd ich doch.«

»Oh, nein – du hast sie mit deinem Lärm verjagt, aye?« Robbie, der Älteste, streckte sich der Länge nach neben ihr aus, um den Strom und ihren Arm zu begutachten. »Bisher ist nichts weiter passiert, als dass dein Arm nass geworden ist.«

Die gefleckte Forelle schoss unter einen durch Riedgras geschützten Granitauswuchs. Cat warf Robbie einen finsteren Blick zu, der ihn jedoch nicht dazu veranlassen konnte, seine Anwesenheit zu erklären. »Hat Mairi dich für einen richtigen Mann sitzen lassen?«, fragte sie spitz.

Robbie fühlte sich nicht im Mindesten provoziert und lachte, stellte dabei die Lücke zur Schau, wo sich eigentlich ein Eckzahn befinden sollte, und fuhr sich mit der rauen Hand durch die roten Haare. »Mich sitzen lassen? Oh, nein! Was könnte sie schon Besseres kriegen als den Sohn des Lairds, aye? Und bisher hat sie sich nicht beklagt, dass ich kein richtiger Mann wäre.«

Noch immer versuchte Cat ihn herauszufordern; besser, sie quälte ihn als umgekehrt. »Und, hast du ihr gesagt, dass du sie heiraten willst?«

Die gleichmäßigen Brauen zuckten; im Gegensatz zu den anderen Brüdern sah er ihr sehr ähnlich, doch da er ein Mann war, passten die gleichen Gesichtszüge, die sie auch hatte, auf angenehme Weise zu ihm. »Ich habe nicht vor, sie zu heiraten. Wieso sollte ich ihr dann so etwas sagen?« Er hielt inne. »Was weisst *du* überhaupt von Mairi und mir?«

Cat schwieg. Sie wollte nicht verraten, dass sie den beiden nachspioniert hatte.

Robbie wirkte nicht im Geringsten beunruhigt darüber, dass sie möglicherweise etwas wusste. »Es ist ihre Zeit«, erklärte er Mairis Abwesenheit ohne Umschweife. »Sie gehört nicht zu denen, die einen Mann wollen, wenn sie ihre Regel haben.«

Cat spürte, wie ihr die Röte in die Wangen stieg, bis ihr Gesicht in Flammen zu stehen schien. Sie war weder eine Närrin noch blind; sie wusste, was die Regel war, und sie wusste auch, wie Kinder gemacht wurden. Aber sie wusste nicht, wie sie darüber mit ihrem Bruder reden sollte, der sie viel zu lange damit aufgezogen hatte, dass sie noch keine richtigen Brüste hatte.

Robbie rollte sich mit übertriebener Hingabe auf den Rücken, grub die Schulterblätter in den Torf. Er legte schützend eine Hand über die Augen, um sie vor der Sonne abzuschirmen. »Nun ist er also weg, und ich bin an seiner Stelle Laird.«

Aus Gewohnheit begann Cat sofort zu protestieren. »Noch nicht. Er ist schließlich noch nicht tot, aye?«

»Weg«, wiederholte er lakonisch. Dann fügte er etwas nachdenklicher hinzu: »Glaubst du, dass Breadalbane ihm noch mal Silber gibt?«

Sie starrte ins Wasser, bis ihre Augen brannten. »Der Earl ist kein Narr. Er muss gewusst haben, dass Glenlyon nicht aufhören kann zu wetten und wieder alles verliert.«

»Nun – er ist das Oberhaupt des Clans, aye? Er wird tun, was zu tun ist.« Robbies Ton wurde härter. »Aber ich werde das Pech haben, dass Vater mir nichts hinterlassen wird, wenn er unter der Erde ist – nichts als leere Weiden.«

»Zähl das Silber und die Kühe lieber nicht zu früh«, wies Cat ihn mit einiger Schärfe zurecht. »Noch bist du nicht Glenlyon.«

Robbie grub seine Hinterbacken noch behaglicher in den Torf. »Das hat er aber selbst gesagt, Cat: Solange er weg ist, bin ich an seiner Stelle Laird.«

Sie ließ ein derbes Geräusch hören. »Und was bringt dir das?«

Robbies leises Lachen wurde von seinem Ärmel gedämpft. »Die Möglichkeit, ein Mann zu sein.«

»*Mairi* hält dich doch jetzt schon für einen, aye?«

»Nein, ich meine nicht nur Mairi. Ich meine … etwas anderes.«

Das alles klang sehr verdächtig. »Etwas anderes?«

»Etwas, das dich nichts angeht, weil du ein Mädchen bist. Männersache, Cat.«

»Du meinst, du trinkst seinen Whisky.«

Robbie grinste. »Oh, das haben wir schon getan.«

»Was also dann? Du hast mit Mairi geschlafen, den Whisky des Laird getrunken – obwohl es eine Überraschung ist, dass er überhaupt etwas für dich übrig gelassen hat, aye? – also, was gibt es noch zu tun?«

»Männersache«, antwortete er, immer noch grinsend.

Cat setzte sich auf. Der Tag war jetzt ruiniert. Robbie war gekommen, um sie aufzuziehen, um sie wieder einmal daran zu erinnern, dass sie nichts von dem tun konnte, was die anderen, die Männer, tun konnten. »Es ist nicht gerecht«, murmelte sie.

»Was?« Robbie rollte sich wieder herum, dieses Mal, um sich auf einer Hüfte und einem Ellenbogen aufzustützen. Er blinzelte sie aus blaugrünen Augen an. Ihren eigenen Augen. »Dass du nur ein Mädchen bist?«

Noch dazu eins mit einem unscheinbaren Gesicht. Sie wartete darauf, dass er das sagen würde. Aber dieses Mal tat Robbie es überraschenderweise nicht.

»Oh, Cat …« Er grinste und gab ihr mit der flachen Seite seiner schwieligen Hand einen leichten Schlag auf die eckigen Knie. Es war eine Männerhand, breit und kräftig, aber der Schlag war nicht so fest, dass er wehtat. »So ist nun mal die Welt, Mädchen … Männer tun, was Männer tun, und

Frauen – nun, sie…« Robbie lachte. »Frauen stellen ihre Männer zufrieden.«

»So, wie Mairi dich zufrieden stellt.«

Er ließ sich wieder auf den Rücken sinken und schloss die Augen. »Eine Zeit lang, aye.«

Eine Zeit lang. Dann würde er zu einer anderen gehen. Er war der Sohn des Laird und würde eines Tages selbst Laird sein. Es gab viele Mädchen für Robbie. *Wen gibt es für mich?*, fragte sie sich und schämte sich dann für ihre eigene Frage. Und noch mehr schämte sie sich für das Männergesicht, das sich, verborgen in ihren Gedanken, vor ihr geistiges Auge schob: mit silbernen Strähnen und blitzenden Zähnen.

»Kümmerst du dich dann mal ums Essen?«, fragte Robbie träge.

Cat zog eine Schulter hoch, doch er konnte es nicht sehen. »Geht nicht.«

Robbie lachte leise. »Nicht, indem du dem Fisch was vorsingst. Ich glaube nicht, dass sie Ohren haben.«

Sie hielt ihren Blick fest auf den Boden gerichtet, wütend darüber, es zugeben zu müssen. »Ich habe meinen Haken verloren.«

»*Schon wieder?*«

Sie antwortete nicht. Angelhaken waren etwas sehr Kostbares in den Highlands.

Nach einer Weile setzte Robbie sich auf und beäugte sie; er bemerkte ihre Verlegenheit, ihre Verdrossenheit, und verzog den Mund zu einem schiefen Grinsen. »Na, dann komm mal mit.« Er erhob sich, beugte sich zu ihr hinab, packte ihre Hand und zog sie hoch. »Ich gebe dir einen von meinen.«

Diesmal – zum allerersten Mal – zog er sie nicht auf. Cat erkannte den Unterschied. Und sie war verblüfft.

Sie kam zu dem Schluss, dass Mairi Campbell möglicherweise gar nicht so schlecht für ihren Bruder war, wenn sie es schaffte, ihn etwas zu zügeln.

Im Schankraum einer gut gehenden Taverne in Inveraray saß MacIain von Glencoe mit seinen Söhnen an einem kleinen Tisch. Heute Nacht würden sie sich in ihre Plaids wickeln und auf dem ausgetretenen Fußboden schlafen, denn es gab keine Zimmer mehr. Tausende von strahlenden Highlandern befanden sich nach dem Sieg auf dem Rückweg; sie hatten sämtliche Quartiere gemietet oder auf ungehobelte Weise einfach mit Beschlag belegt.

Dair hockte auf einem niedrigen Stuhl; er hatte seine Ellenbogen aufgestützt und hielt einen verbeulten Zinnbecher mit Wein in den Händen, bemüht, ihn vor dem Überschwappen zu bewahren. Er beugte sich nach vorn und ließ seinen Blick durch den Schankraum schweifen, während er den Becher zum Mund führte. Der Wein war süßer, als ihm eigentlich lieb war, aber die Bierfässer waren alle leer. Sein Vater und sein Bruder tranken Whisky.

Inveraray war deutlich größer als Inchinnan. Die Armee, die der Marquis von Atholl hatte aufmarschieren lassen, um Argyll zu besiegen und jene zu unterwerfen, die mit James als König unzufrieden sein mochten, wurde nicht länger auf dem Schlachtfeld benötigt. Der Kampf war siegreich beendet und der Anführer hingerichtet worden; so war nichts weiter zu tun, als die Belohnung einzuheimsen – Atholl hatte versprochen, dass die Clans, die seine Männer unterstützt hatten, nicht nur mit Münzen bezahlt würden, sondern auch mit dem Recht zu plündern.

Dair warf seinem Vater einen Blick zu. Atholl hatte ihnen tatsächlich Argyllshire versprochen – das würde MacIain gefallen.

Unzählige Männer hielten sich in kleinen Grüppchen in der Taverne auf, Vasallen und Ghillies, die wie Hühner um die Hennen kreisten, die ihre Lairds waren: MacDonalds von Keppoch und Glencoe, Stewarts vom nahe gelegenen Appin. Er kannte keinen der Stewarts persönlich, ganz im Gegensatz zu seinem Vater. MacIain kannte sie alle. Dair begegnete strahlenden, lachenden Blicken, und er nickte, wenn ihm jemand einen Gruß zurief, hob lächelnd seinen Becher, um einen weiteren Toast auf den Sieg über die Campbells und seinen Vater zu erwidern. Die meisten waren *fou*, trunken vom Whisky und dem Jubel, und so waren rasch geschlossene Freundschaften sowie ein oder zwei Faustkämpfe nur zu natürlich.

»Alasdair!« Sein Vater nannte ihn niemals Dair. »Wo hast du bloß deine Ohren? Hast du denn gar nichts von dem mitgekriegt, was ich gesagt habe?«

Die Männer vom Clan der MacDonalds, die hinter seinem Vater standen, verstummten jetzt. Dair, schlagartig zum Mittelpunkt von MacIains Aufmerksamkeit geworden, war sich ihrer Bewegungen nur zu bewusst, als sie sich vorsichtig mit den Ellenbogen anstießen, teilnahmsvoll die Brauen wölbten, ihre Kappen ablegten oder zurechtrückten, sich an Köpfen und Bärten kratzten, an den Plaids zupften, hinter vorgehaltenen Händen oder in Becher und Krüge hineinlächelten.

»Nun?«, donnerte MacIain.

»Willst du sie haben?« Dair war nicht im mindesten verlegen; er war genauso fröhlich wie die anderen. Archibald Campbell war tot. Seiner Macht war damit ein Ende bereitet worden. Die größte Bedrohung für die MacDonalds, die MacLeans und Stewarts, war damit abgewendet. In dieser Nacht konnte er es mit seinem Vater aufnehmen.

Die weißen Brauen über den scharfen Augen zogen sich zusammen. »Was sollte ich haben wollen?«

»Meine Ohren.« Dair nahm seine Kappe ab und fuhr sich durch die zerzausten Haare. »Du hast meine Ohren gezeugt, aye? – sie gehören dir.«

Die dichten Brauen schienen jetzt die Stirn hochzuwandern, so erstaunt war MacIain. »Bei Gott, ich sollte sie dir vom Kopf reißen, du Welpe!«

Dair zupfte bedeutungsvoll an einem Ohrläppchen. »Das habe ich gehört. Es sind also gute Ohren; willst du sie nun oder nicht?«

MacIain versetzte einem der in Frage kommenden Ohren einen kräftigen Schlag mit seiner riesigen Hand, achtete aber darauf, dass er das Trommelfell nicht zerstörte. »Dafür verdienst du Schläge! Aye, ich habe sie gezeugt – ich habe mehr als nur *Ohren* gezeugt, du dummer Junge!« MacIain riss Dair die Kappe aus den feuchten Fingern und schleuderte sie ihm ins Gesicht. »Hast du nun mitgekriegt, was ich gesagt habe?«

»Genug.« Dair grinste und ließ die Kappe zu Boden fallen; seine Ohren waren im Augenblick sicher. »Wir erhalten das Recht zu plündern.«

»Und wo?«

»Auf dem Land der Campbells. Argyllshire.« Dair konnte nicht anders – seine Aufmerksamkeit wurde von einem aufblitzenden Lichtschein gefangen genommen, der von einem Stück Metall hinten in der Ecke stammte. Ein Mann rührte sich, ließ sich nieder, als einer seiner Clanleute Platz machte. Das Abzeichen auf seiner Kappe blitzte silbern. »Was die genauen *Einzelheiten* betrifft –«

Die riesige Hand holte wieder aus. Dair duckte sich unter dem Schlag, aber selbst abgeschwächt war er noch kräftig genug; MacIain versetzte ihm einen so harten Hieb gegen die Seite des Kopfs, dass er ins Wanken geriet. »Das habe ich genauestens erklärt! Die Einzelheiten!«

»Himmel –« Wein schwappte über Dairs sorgfältig gehüteten Becher und spritzte in großem Bogen auf sein Hemd. Das meiste sickerte durch das Plaid hindurch, so dass das safrangefärbte Hemd darunter die Farbe von getrocknetem Blut annahm.

John MacDonald nippte an seinem Whisky und lachte. »Aye, jetzt siehst du aus, als hättest du deinen Teil geleistet. Ein Mann, der nach der Schlacht noch sauber ist, kann das nicht von sich behaupten!« Er zupfte an seinem fleckigen Ärmel. Seine eigenen kleinen Wunden verheilten ordentlich, aber das Hemd musste dringend gewaschen werden.

Dair schleuderte seine Kappe auf den Boden. »Ich bin sauber, weil ich bade... und weil ich schneller bin als du.« Er lachte und duckte sich vor Johns Hand, die jetzt auf ihn zukam. »Aber wenn du ehrliches Blut möchtest, kannst du mir ja die Nase einschlagen – vorausgesetzt, du kriegst sie zu fassen!«

John schob seinen Becher beiseite und beugte sich vor, um sich zu erheben, doch MacIain hielt ihn zurück. »Jetzt nicht. Lass seine Nase in Ruhe; er braucht sie noch für die Frauen; sie bevorzugen einen hübschen Burschen.« Das Glitzern in den Augen des Riesen strafte den harten Ton Lügen. »Argyllshire«, sagte er mit schwerer Stimme. »Ich habe es aufgeteilt. Willst du wissen, welchen Teil du kriegst?«

»Welchen *ich* kriege?« Dair war verblüfft. »Du gibst Argyllshire mir?«

»*Einzelheiten!*« MacIains Augen leuchteten hell. »Kilbride. Weißt du, wo es liegt?«

Dair nickte kurz. »Ich kenne es.«

»Dann geh nach Hause«, befahl MacIain. »Nimm den Weg über Kilbride und schaff die Kühe von dort nach Glencoe.«

Dair überlegte, während er die letzten Tropfen Wein trank. »Wer begleitet mich? John?«

MacIain räusperte sich und beugte sich vor, um auszuspucken, verfehlte nur knapp die Schuhe eines Clanmitglieds. »John wird über Loch Fyne erst nach Cowal und dann nach Ardintennie gehen. Er sagt, dass John Campbell ein paar neue Bücher hat.«

Dair lachte und blickte seinen Bruder an. »*Und* Kühe?«

John zuckte gleichgültig die Schultern, während er seinen Becher betrachtete. »Die Kühe bringe ich MacIain. Die Bücher brauche ich für mich selbst.«

MacIain grinste breit und kurz. »Es gibt genug Kühe für uns alle, aye?«

Dair blickte die anderen an, musterte diesen oder jenen, sah ihre Augen, die vor Erwartung und vom Whisky glänzten. »Wer geht also mit mir?«

Jetzt wurde sein Vater sachlich. »Einige der Männer von Appin.« MacIain fuhr mit seiner riesigen Hand durch die Luft, deutete auf eine Schulter, auf der eine gewaltige Schnalle steckte. »Der Bursche dort hinten. Der mit den rotblonden Haaren – siehst du ihn?«

Dair betrachtete ihn. Der Mann, den sein Vater gemeint hatte, war derjenige, dessen Abzeichen ihm bereits zuvor aufgefallen war. Stewart von Appin spürte die aufmerksam musternden Blicke, die der Haufen bewaffneter MacDonalds plötzlich auf ihn richtete, und er antwortete mit einem freundlichen, breiten Lächeln, das seine gleichmäßigen Zähne enthüllte. Seine scharfen blauen Augen blitzten.

Dair blickte seinen Vater wieder an. »Ich sehe ihn.«

MacIain nickte. »Robert Stewart. Ein zukünftiger Laird; sein Vater ist ein alter Mann und liegt im Sterben. Der Sohn hat das Sagen.«

Dair wölbte die Brauen. »Robbie Stewart von Appin?«

»Ihm gehört Castle Stalker. Er ist zwar noch beinah ein kleines Kind« – bei diesen Worten entblößte MacIain in einem wilden Grinsen die Zähne –, »aber er hat bereits einen Haufen Männer getötet.«

»Und einen Haufen Kühe gestohlen?« Dair erwiderte das Grinsen und nickte. »Soll John die Bücher bringen. Der Stewart und ich werden das Vieh nach Hause treiben … und was wir sonst noch so finden.« Er erhob sich ein wenig, beugte sich vor, um John den Whisky wegzunehmen, dann hob er den Becher in die Richtung des Stewarts von Appin. »Ein Beinahe-Laird und der Sohn eines Lairds – wir werden dir Ehre machen, MacIain.«

MacIain grunzte. »Das will ich auch hoffen. Sonst lasse ich dir die Ohren abreißen und ins Feuer werfen.«

John holte sich seinen Whisky zurück. »Und dann werden die Mädchen sich nach *mir* umdrehen!«

»Du bist verheiratet«, meinte Dair trocken. »Dafür würde Eiblin *dir* die Ohren abreißen.«

John fingerte an einem Ohrläppchen, das ganz von ergrauenden Haaren umgeben war, und seufzte reumütig. »Aye, das würde sie. Aber es kommt auf das Mädchen an, ob es das wert ist.«

Dair wusste es besser. John liebte seine Frau, und sie erwiderte das Gefühl. Sein Bruder würde ebenso wenig daran denken, mit einer anderen Frau zu schlafen, wie Eiblin daran dachte, ihm die Ohren abzureißen.

Er warf seinem Vater einen Seitenblick zu, dann betrachtete er Robert Stewart. Der Erbe von Appin lächelte leicht und warf ihm einen abwägenden Blick aus klaren, blauen Augen zu. Dann hob er gemächlich seinen Becher und tippte sich in ruhigem, respektvollem Salut an seine Kappe – eine Geste, die sowohl Herausforderung wie auch Zustimmung war.

Die Campbells von Glen Lyon waren trotz ihres Namens und des Titels ihres Vaters kein wohlhabender Clan. Robbies abgetragene Hosen im Schottenmuster wurden nacheinander an seine Brüder weitergereicht: zuerst an Jamie, dann an Dougal, schließlich an Colin. Cat ging leer aus; sie war ein Mädchen und er ein Junge.

Aus diesem Grund stahl Cat eine alte Hose, die am Hosenboden beinahe durchgescheuert war und deren ausgefranste Säume man abgeschnitten hatte, und band sich einen Gürtel um die Taille, damit sie nicht herunterrutschen konnte. Sie war größer als ihre beiden jüngsten Brüder, der sechzehnjährige Dougal und der fünfzehnjährige Colin, und etwa genauso groß wie Jamie mit seinen siebzehn Jahren – und der war wiederum fast so groß wie der achtzehnjährige Robbie. Sie nahm außerdem ein fleckiges Hemd, ein schlammverschmiertes Plaid und eine Kappe, um ihre Haare zu verbergen, sowie einen der alten Dolche ihres Vaters, den sie hinter den zweimal um ihre Taille gewundenen Ledergürtel steckte.

»Ihr wollt wohl ohne mich losziehen?« Sie stopfte die stramm geflochtenen Haare unter die Kappe, von der sie das Abzeichen entfernt hatte. Sie wusste nur zu gut, dass das Silber im Mondlicht glänzen und sie verraten würde. »Plant ruhig, was ihr wollt, aye? – aber ich bleibe ganz sicher nicht allein zurück!«

Der Laird war erst drei Tage fort, da heckten sie bereits einen Raubzug aus. Cat fand das durchaus in Ordnung – »Es ist an der Zeit, dass wir uns unsere Kühe von den MacDonalds zurückholen!« –, aber sie fand es gar nicht in Ordnung, dass ihre Brüder sie davon ausschließen wollten. Schließlich war sie auch eine Campbell, genau wie sie.

Die einsame Kerze in dem Tonbecher tropfte, während sie ihr schwaches, flackerndes Licht in dem winzigen Raum verteilte, der kaum mehr als eine Art Wandschrank war. Er enthielt ein Bett, eine Kiste mit abgegriffenen Verschlüssen und einem Scharnier, einen in die Ecke gezwängten Tisch, der nur noch drei statt ursprünglich vier Beine hatte, und einen einzelnen, wackeligen Stuhl.

Es war fast an der Zeit, zu gehen. Cat musterte ihr Gesicht kritisch in dem kleinen Spiegel, den sie aus der Truhe geholt hatte. Das Glas war in der Mitte gesprungen, aber der schmutzverschmierte Elfenbeinrahmen hielt die beiden Hälften zusammen. Helen Campbell hatte ihrer Tochter wenig hinterlassen, das ihr gefiel, denn sie bevorzugte die Pfeifen, Dolche und Claymores ihres Vaters. Der Spiegel erwies sich jedoch von Zeit zu Zeit als durchaus praktisch.

Cat lachte leise. »Auch wenn er für eine Lady gedacht war und nicht für eine Viehdiebin!«

Sie stockte, drehte ihren Kopf so, dass sie besser hören konnte. Von unten erklang ein Geräusch, das sie nicht einordnen konnte, dann hörte sie unterdrückte Stimmen. Sie konnte die Worte nicht verstehen, aber sie wusste, dass zwei ihrer Brüder dabei waren, denn sie waren gerade im Stimmbruch. In ein paar Wochen würden Jamie und Dougal wie Männer klingen, aber noch befanden sie sich irgendwo im Niemandsland zwischen Jungen und Erwachsenen.

Sie runzelte die Stirn, denn sie wusste nur zu gut, was sie vorhatten. Sie glaubten, sie wüsste nichts von ihren Plänen, aber nur ein tauber Mann hätte ihr Flüstern überhören können, nur eine blinde Närrin hätte die verstohlenen, aufgeregten Blicke, die Dougal und Colin sich den ganzen Tag über zugeworfen hatten, übersehen können. Robbie und Jamie waren etwas besser gewesen, aber auch ihnen hatte sie es angemerkt.

Sie hörte, wie jemand den Riegel an der Vordertür zurückschob, und den erstickten Ausruf von jemandem, der offensichtlich seinen Fuß an einer Stelle gehabt hatte, wo er nicht hingehörte; dann war ein kurzer tadelnder Klaps zu hören, der zweifellos von Robbie stammt – er wusste am besten von allen, welches Risiko sie eingingen. So sehr sie ihren ältesten Bruder auch verabscheute, er war jedoch – gewöhnlich – kein Dummkopf.

Gewöhnlich.

Cat grinste wild ihr verzerrtes Spiegelbild an und zischte den alten Schlachtruf ihres Clans. »*Chruachan!*« Sie war schließlich eine Campbell. »Mit oder ohne Brüder, ich bringe Glen Lyon eine Kuh zurück!«

In Edinburgh saß Robert Campbell von Glen Lyon angespannt in einem Sessel und wartete auf den Earl of Breadalbane. Das Zimmer war klein, dunkel und spärlich möbliert. *Wie die Seele meines Cousins!*

Kein Whisky. Kein Dudelsack. Keine Würfel. Nichts, was ihn hätte beruhigen können, was seine Gedanken hätte beschäftigen können, seine unruhigen Hände und den Kopf, während er auf den Mann wartete, der nach der Hinrichtung des Earls of Argyll die Führung des Campbell-Clans an sich gerissen hatte.

Er rieb mit den Fingerspitzen über die faltigen Lider. Seine Augen waren müde von der langen Reise von Glen Lyon, den vielen Stunden ohne Schlaf, der düsteren Atmosphäre des Grafenzimmers, das lediglich von einer einzigen, rußgeschwärzten Lampe erhellt wurde.

»Herrgott, will er mich denn die ganze Nacht hier warten lassen?« Glenlyon rutschte noch tiefer in den Sessel und kaute an einem eingerissenen Fingernagel, bis der Nagel so weit abgekaut war, dass das Fleisch darum herum zu bluten begann. Als der Finger zu sehr schmerzte, nahm er einen anderen. Es ging ihm gar nicht darum, den Nagel oder die Nagelhaut zu zerstören, er wollte nur einfach seine innere Anspannung lösen, die allzu offensichtlich der Ruhe widersprach, mit der er vor den Mann treten wollte – diesen Mann, dem er in seiner Verzweiflung, Ohnmacht und Hilflosigkeit den Eid des *Comhairl'taigh* geschworen hatte.

Der Riegel klickte. Hastig erwachte Glenlyon, wischte sich die blutigen, feuchten Finger an dem von der Reise verschmutzten Kilt ab und zupfte seinen Umhang zurecht. *Hätte mir mehr Zeit nehmen sollen.* Er fuhr rasch mit einer Hand durch die Haare und raffte jene Würde und jenen Anstand zusammen, mit denen er Grey John Campbell, dem Earl of Breadalbane, gegenübertreten konnte.

Der Earl trat ein und schloss die Tür hinter sich. Er trug unter dem einen Arm ein in Leder gewickeltes Kästchen mit Scharnieren aus Bronze. Seine Haltung und seine Miene spiegelten ganz die Rechtschaffenheit eines Mannes wider, der davon überzeugt war, in allen Dingen grundlegend Recht zu haben.

Glenlyon erhob sich, reckte das Kinn und drehte sich so geflissentlich um, dass sein Plaid hin und her schwang. In vollkommener Höflichkeit neigte er den Kopf, um zumindest die Grafenwürde anzuerkennen, wenn auch nicht den Mann, der sie besaß. »Cousin.«

Der Riegel ratterte wieder, als Breadalbane ihn losließ. »Wir werden ungestört sein«, erklärte er ruhig. »Du kannst also aufrichtig mit mir sprechen. Es wird uns niemand belauschen. Das hier betrifft nicht nur den Clan, sondern es ist auch eine Familienangelegenheit.«

Glenlyon wartete angespannt, während der Earl zu seinem Tisch ging und sich setzte. Mit gewandter Geste bedeutete er seinem Gast, ebenfalls wieder Platz zu nehmen, was Glenlyon nach einer kurzen Pause auch tat. Er blickte anzüglich auf den Krug auf der Anrichte.

Es war offensichtlich, dass Breadalbane seinen Blick sah, es aber bewusst unterließ, ihm etwas anderes anzubieten als einen Sessel, sein Dach – und die Ehre seiner Anwesenheit. *Guter Gott – verweigert er wirklich einem Verwandten die Gastfreundschaft?* Glenlyon biss die Zähne zusammen. *Oder nur mir?*

Der Earl stellte das Kästchen zwischen sie, dann legte er seine schlanken Finger auf den Holzdeckel. Der Blick seiner grauen Augen war fest, aber undurchdringlich; es war ihm nicht zu entnehmen, ob es sich um etwas anderes als ein ruhiges Gespräch handeln würde. »Hast du alles ausgegeben, Robin?«

Glenlyon begann zu schwitzen, obwohl es in dem Zimmer eher kühl war. Breadalbane war immer dann am gefährlichsten, wenn er sich besonders vertraulich gab. »Ich habe meine Schulden bezahlt.«

Der Earl spürte Glenlyons Streitsucht und lächelte nur schwach. »Natürlich. Du bist ein ehrenvoller Mann, nicht wahr?«

Gerade, weil sie von Freundlichkeit umhüllt war, traf die Klinge ihn um so schärfer. Campbells Haut begann zu kribbeln. *Er weiß, dass das Silber weg ist – die ganzen fünftausend* – Ohne auch nur ein bisschen davon für Rückzahlung der Schulden verwendet zu haben.

Glenlyon spannte sich noch mehr an, als die hellen Augen des Earl jetzt unerwartet aufblitzten. »Ich habe an Jean Campbell gedacht, bevor ich zu dir kam. Eine Ehrfurcht gebietende Frau, deine Mutter – und des Leichenschmauses durchaus würdig, den du für sie arrangiert hattest.«

Die Freundlichkeit seines Gegenübers machte ihn argwöhnisch, daher wählte Glenlyon seine Worte mit Bedacht. »Das kann ich nicht leugnen.«

»Und noch immer erzählt man sich die Geschichte vom Steinewerfen.« Breadalbanes Lächeln wurde breiter. »Wie du verhindern wolltest, dass die MacGregors oder die Appin-Stewarts einen Campbell schlagen konnten, und nach diesem Hirten geschickt hast, der sie besiegen sollte.«

Jetzt löste sich auch der letzte Rest Anspannung. Glenlyon lachte erleichtert. »Guter Gott, ja! Dieser erbärmliche MacGregor hat doch tatsächlich geglaubt, kein anderer könnte so weit werfen wie er!«

»Durch den Baum …«

»Durch den am *weitesten* entfernten Baum; durch die Astgabel … aber ich habe nach MacArthur geschickt.«

»Der angelaufen kam –«

»– ohne seine Kappe oder sein Plaid abzunehmen –«

»– und den Stein sogar noch weiter geworfen hat.«

»Ein Raufbold, dieser MacArthur!«

Breadalbane lachte. »Und bei der Feier hast du deine Mutter den ganzen Tag lang nicht beerdigt, sondern noch ein Whiskyfass angestochen und die Leute gebeten, weiter zu feiern.«

»Diese Meisterleistung hatte es verdient!«

»Und so ist sie erst am Tag danach beerdigt worden.« Der Earl nickte, und um seine Augen bildeten sich Fältchen, als er lächelte. »Niemand ist nach Hause zurückgekehrt, ohne deine Gastfreundschaft zu rühmen.«

»Das haben sie getan.« Stolz ließ Glenlyons Brust anschwellen. »Es hat weder vorher noch nachher einen ähnlichen Leichenschmaus gegeben, und auch keine Frau wie Jean Campbell.«

»Die von sechzehn Kindern angemessen betrauert worden ist.« Breadalbanes Mund wurde breiter. »Eine gute Frau – eine *streitbare* Frau –, das war meine Tante. Sie wäre damals stolz auf dich gewesen, Robin ... im Gegensatz zu heute.«

Die Anspannung kehrte in einer einzigen, großen Welle zurück. *Ein Seitenhieb; er hat mir die Klinge geradewegs in die Rippen gebohrt!* Glenlyon schluckte den trockenen Kloß hinunter, der sich in seiner whiskylosen Kehle gebildet hatte, und setzte sich aufrechter hin. Die blutenden Finger drückten neue Falten in seinen Kilt. »Nun sag schon, was du zu sagen hast, John. Ich habe den ganzen Weg nur auf mich genommen, um es zu hören, aye?«

»Ich weiß.« Breadalbane öffnete die Haspe des Kästchens und nahm den Deckel ab. Er zog aus dem Innern ein gefaltetes Stück Papier hervor. »Aber es sind nicht meine Worte. Es sind *deine* Worte, Robin. Der Eid, den du selbst geschworen hast.«

Er hatte eine Unterredung erwartet, sogar mit einer gewissen Härte und Strenge gerechnet, aber nicht mit einer solch erniedrigenden Demütigung. Es schmerzte. »Gütiger Himmel, John. Ich bin kein kleines Kind, das man so behandeln –«

»*Comhairl' taig.*« Breadalbanes Stimme klang sanft, seinem Ton fehlte jede Feindseligkeit. Sein Highland-Dialekt verblasste, wich einer präziseren Sprache. »Du hast vor den Bürgermeistern von Perth und Edinburgh erklärt, dass du mit deiner Lebensweise deine Ländereien und deine Familie in den Ruin getrieben hast. Und dass du allein unfähig bist, sie zu retten.«

Der Druck in Glenlyons Brust nahm wieder zu. *Ich platze…* wie ein übervoller Dudelsack würde er in einem Schrei, der die Dachsparren von Breadalbanes schönem Stadthaus zum Erzittern bringen mochte, seine Wut hinausschleudern, seine Scham und seine Bitterkeit.

»Das hast du doch erklärt, Robin, nicht wahr?« fragte Breadalbane.

Mit einem leichten Zischen antwortete Glenlyon. »Aye, das habe ich erklärt.«

Der Blick, mit dem Breadalbane ihn musterte, war nicht unfreundlich. Er strich sich über die schmale Oberlippe und fuhr dann fort, laut die Worte vorzulesen, die seinem Verwandten auch noch den letzten Rest Würde nahmen.

Glenlyon starrte unbewegt geradeaus. Sein Nacken war wie aus Stein.

Als der Earl mit Vorlesen fertig war, breitete sich Stille in dem Raum aus. Dann brach Glenlyon in scharfes, ironisches Lachen aus, das beinahe wie Gebrüll klang. »Er ist tot, dieser Argyll, und jenseits solcher Eide, mögen es nun seine oder meine sein!«

Der Earl antwortete nicht sofort. In der Pause hörte Glenlyon das Prasseln von unerwartetem Regen, der gegen die mit einem Mittelpfosten versehenen Fenster schlug. Auf dem Rückweg zur Taverne würde er nass werden.

Breadalbanes Haltung veränderte sich nicht, ebenso wenig sein Gesichtsausdruck. »Ich bin nicht tot.«

»Guter Gott, John –«

»Campbell oder nicht, ich werde keine weiteren Schulden mehr begleichen.«

Glenlyon schoss vom Sessel hoch. »Dann werde ich mich selbst darum kümmern! Glaubst du, ich will dein Silber? Ich werde mich um meine Angelegenheiten selbst kümmern –«

Breadalbane schnitt ihm das Wort ab. »– *wie leicht ich mich bei der Verwaltung meiner Angelegenheiten überlisten und täuschen lasse* –«, zitierte er Glenlyon.

»Dann verkaufe ich eben alles vom Tal, das ich besitze, du erbärmlicher Bastard, damit kein einziger Grashalm mehr einem Campbell gehört –«

»– *dessen Rat und Vorschläge ich anzunehmen mich jetzt entschließe, und von dem ich hiernach in allen meinen Angelegenheiten und Geschäften geleitet werde.*«

Tränen drohten jetzt auch den letzten Rest Würde zu tilgen, der ihm bisher noch geblieben war. »Himmel, John, du lässt mir ja gar keine Wahl!«

Breadalbane ließ das Papier sinken. Es knisterte unter dem entschlossenen Druck seiner Finger. »Es ist der Whisky, der dir keine Wahl lässt. Der Whisky, die Würfel und *deine Charakterschwäche.*«

»Ich habe einmal eine Armee für dich geführt –«

»Ich weiß, Robin. Aber seitdem verschuldest du deine Familie. Deine Männer, denen gegenüber du Verpflichtungen hast, kommen zu mir, weil sie von dir nichts zu erwarten haben. Sie kommen zum Oberhaupt des Campbell-Clans. Zu dem Mann, der deinen Eid des *Comhairl' taigh* hält.« Zum ersten Mal lag eine Spur Verachtung im Ton des Earl. »Ich habe sie häufig bezahlt, wie du weißt, und niemals hast du es mir zurückgezahlt. Nun, dieses Mal werde ich sie nicht bezahlen.«

Das verzweifelte Bemühen, Tränen der Wut und Enttäuschung zurückzuhalten, schnürte ihm die Luft ab. »Dann werde ich tun, wozu du mich zwingst. Du hast es dir selbst zuzuschreiben, John! Ich werde alles verkaufen, bis auf das, was Helen gehört hat.« Glenlyon griff nach der Kappe, die auf dem Sessel lag, und setzte sie sich mit eckigen Bewegungen auf. »Und du verleugnest jede Gastfreundschaft, wenn du einem Mann den Whisky verweigerst!«

Breadalbane erhob sich nicht. »Und du hast keine Ehre, wenn du deiner Familie das Vermächtnis von Glenlyon nimmst. Aber es könnte tatsächlich noch einen Weg geben, sie wiederherzustellen ... wenn das, woran ich arbeite, Früchte trägt.« Dann wurde seine Stimme hart. »Setz dich, Robin!«

Glenlyon sackten die Beine weg, und sein Hintern sackte donnernd in den Sessel. Er war schon immer ein Mann gewesen, der dem Gebrüll eines anderen Folge geleistet hatte; er kannte kein eigenes. Und auch der Whisky vermochte ihm wenig zu bieten, obwohl er gierig nach ihm dürstete, obwohl er ihm verfallen war.

Es war weiter zu den Ländereien der MacDonalds, als Cat erwartet hatte. Sie ritt auf ihrem zottigen Pferd, das eigentlich mehr ein Pony war, in immer angespannterem Schweigen dahin; nichts, aber auch gar nichts verriet ihr die Gegenwart ihrer Brüder, die in einiger Entfernung vorausritten. Sie betete, dass das Pony auf dem schmalen Pfad bleiben und keinen Lärm verursachen würde, vor allem nicht vorhatte, seine Verwandten weiter vorn zu begrüßen. Aber ihre Aufregung hatte sich schon vor einiger Zeit gelegt, und die scharfe Wachsamkeit hatte sich in eine vollkommen unerwartete Müdigkeit verwandelt.

Ein Halbmond stand am Himmel, aber trotzdem gab es genug Licht, so dass sie das Gelände um sich herum erkennen konnte. Der Pfad, auf dem sie ihren Brüdern folgte, umrundete die Sümpfe von Rannoch Moor und würde sich schließlich durch Stechginster, Heidekraut und die steinigen Felsauswüchse der oberen Abhänge hindurchwinden. Die von Quellen und Regenwasser gespeisten Bäche führten jetzt Wasser und schnitten feuchte Wege durch den hügeligen Torf bis hinunter in die schwarze Erde.

Cat warf den Kopf in den Nacken, um den Mond anzustarren. Das Abenteuer hatte an Reiz verloren, ihre Entschlossenheit geriet ins Schwanken; ein Teil von ihr wünschte sich sehnlichst, umzukehren – ihre Brüder würden niemals erfahren, dass sie überhaupt so weit gekommen war, also konnte man ihr nichts vorwerfen –, doch ein anderer Teil wollte sich eine solche Feigheit nicht eingestehen. Sie war gekommen, um eine Kuh zu stehlen – *»wiederzuholen!«* –, und genau das würde sie auch tun.

Es war Sommer, aber die Nächte in den Highlands waren kühl. Sie spürte den Nebel, der über ihre Wangen und ihre Nase strich. Sie war dankbar, dass sie das Plaid und die Kappe hatte.

Das Pferd stolperte. Cat zog seinen Kopf mit einem kräftigen Ruck am Zügel zurück und presste ihm, als es langsamer wurde, die Fersen in die Flanken, um es weiterzudrängen – bevor sie ernsthaft erwägen konnte, umzukehren. *»Chruachan«*, murmelte sie und verließ sich darauf, dass die Magie dieses Wortes ihre Entschlossenheit und Zuversicht stärken würde. *»Chrua –«*

Sie brach ab, atmete mit einem Zischen aus. Mitten in der Dunkelheit sah sie eine kleine, gleichmäßige Flamme, die noch heller brannte als der Mond.

Cat zitterte heftig. Wo waren ihre Brüder? Weiter vorn? Oder waren sie wieder umgekehrt? – *sehen sie das Feuer* –? Sicher hatten sie es gesehen; *sie* hatte es ja auch gesehen. Was bedeutete, dass sie, wenn sie auch nur ein bisschen Verstand besaßen, abgestiegen waren und sich im Schutz der Dunkelheit zwischen den Felsen und in den Büschen versteckten, um hangabwärts auf das Feuer zu starren und herauszufinden, wer es in Gang gebracht hatte.

»MacDonalds.« Eine Woge aus Angst und Bestürzung drehte ihr den Magen um. Sie wusste so gut wie ihre Brüder, dass die meisten Männer von Glencoe fortgegangen waren,

um gegen Argyll zu kämpfen; nur wenige waren zum Schutz zurück gelassen worden. Doch selbst ein einziger MacDonald stellte für die Kühe der Campbells eine Bedrohung dar.

Sie fuhr sich über die trockenen Lippen, kaute dann auf der Unterlippe herum. Sie musste keinem MacDonald gegenübertreten, und ihre Brüder auch nicht. Sie mussten nur die nächste Herde finden, so viele Tiere zusammenholen wie möglich und sie ohne großen Aufruhr zurück nach Glen Lyon treiben.

So schwer konnte das doch nicht sein. Männer taten es die ganze Zeit über. Und wenn sie und ihre Brüder wussten, wo die MacDonalds waren – nämlich bei der Feuerstelle –, konnten sie ihnen auch leicht ausweichen.

Cat nickte heftig, und neuer Mut erfüllte sie. Es bestand keine Gefahr. Sie musste sich nur verbergen und schlau sein. Und beides, dachte sie, erforderte nicht unbedingt einen Mann.

Weiter vorn wieherte ein Pferd; es musste eins von ihren Brüdern sein. Ihr eigenes antwortete augenblicklich.

Panik ergriff sie. Sie beugte sich zum Nacken des Tiers herab und tätschelte ihm den Hals. In breitem Schottisch bat sie um Ruhe. »Uh, sei still –«

Aber es war zu spät. Das Feuer flackerte auf, als würde neues Holz nachgelegt, und sie sah die Umrisse von Männern, hörte die verhassten Stimmen von MacDonalds. Dolche und Schwerter blitzten auf.

Sie zitterte am ganzen Leib; das hier war viel schlimmer, als sie erwartet hatte. Cat dachte spontan daran, zu fliehen, ihr Pferd zu wenden und auf dem Weg zurückzukehren, den sie gekommen war. Ungeduldig trommelte sie gegen die Flanken ihres Reittiers. Umzukehren wäre jedoch vorhersehbar, und ihr Instinkt sagte ihr, dass in vorhersehbaren Taten die größere Gefahr lag.

– *sie werden uns umzingeln* – Sie hörte Hufscharren weiter

vorn auf dem Pfad, irgendwo zwischen ihr und dem Feuer. Sie sehnte sich danach, auf ihre Brüder zu warten oder zu ihnen zu reiten, doch ein Gefühl, das noch viel intensiver war als ihre Angst, trieb sie dazu, nur an sich zu denken.

Sie summte einen stummen Schlachtruf vor sich hin, um die grauenhafte Angst zu ersticken. Dann verließ sie mit ihrem Pferd den schmalen Pfad und suchte Schutz zwischen dem Geröll, hinter verworrenem Heidekraut und buschigen Eichen, die auf den mit verwitterten Steinen übersäten Hügeln wuchsen. Sie sprang vom Pferd und warf sich bäuchlings auf den Boden, krabbelte an den Rand des Abhangs, um einen Blick zum Feuer hinunter zu werfen –

– und krabbelte panikerfüllt zurück, als vom Feuer beschienene Gestalten den Abhang herauf stolperten. Ihr Pferd wieherte wieder.

»Cat!« Die Stimme klang quietschig; es war Dougal, der sich jetzt über den Rand des Abhangs schob. »Cat – bist du das?« Colin war bei ihm, kroch mit großen Augen hinter die Geröllhalde, wobei er die Ponies am Zügel hinter sich herzog.

Ihr Herz platzte beinahe, so laut hämmerte es in ihrer Brust. Cat hob ihren Blick vom Boden. »Wo ist Jamie?« Es war kaum mehr als ein Keuchen. Sie spuckte Dreck aus. »Wo ist Robbie?« Sie wünschte, dass Robbie bei ihnen wäre. Sie *brauchten* Robbie. Er würde wissen, was zu tun war. Er hatte es zumindest immer behauptet.

Dougal drückte Colin die Zügel in die Hand und machte dem jüngsten Bruder klar, die Pferde hinter den Abhang zu bringen. Dann deutete er mit einem Nicken seines Kopfes zum Feuer. »Er ist da hinten. Er hat uns weggeschickt, als die Pferde gewiehert haben. Cat, das sind *MacDonalds*.«

Die Angst rang ihr ein schroffes Lachen ab. »Das sollten sie wohl, aye? Wir sind auf ihrem Land.«

»Nein.« Es war Colin, der Kleinste von ihnen, der sich mit

den Zügeln in der Hand niedergekauert hatte, während die zwei Pferde daran zogen. »Nein, Robbie sagt, das ist es nicht.«

Dougal unterbrach ihn, sprach selbst weiter. »– wir haben Glencoe noch gar nicht erreicht, nicht einmal annähernd. Wir sind noch auf Rannoch. Sie sind *hierher* gekommen –«

Cat wurde zornig, als sie die ganze Bedeutung dieser Worte erfasste. »Sie sind wegen *unserer* Kühe hier!« Die Furcht löste sich rasch auf und wandelte sich in verletzten Stolz. »Wo sind Robbie und Jamie?«

Weiter unten hörten sie einen Triumphschrei. Silhouetten vermischten sich, eine Gestalt, von zwei anderen gehalten, wurde zum Feuer geführt. Sie wehrte sich vergeblich.

Entsetzt murmelte Dougal ein Stoßgebet. Colin zog die Ponies näher zu sich heran; Cats Pferd hatte sich etwas entfernt, um zu grasen.

Sie grub die Nägel in die Erde, während sie den Gefangenen angestrengt in dem Versuch musterte, ihn zu erkennen. – *lass es Jamie sein… lass Robbie frei sein… Robbie wird wissen, was zu tun ist* – Sie spürte Schuld und Scham in sich aufsteigen, weil sie James etwas wünschte, was ihr selbst ein solches Entsetzen bereitete.

Dougal umklammerte Cats Unterarm mit einer Hand. »Wieso bist du hergekommen? Was tust du überhaupt hier? Robbie hat nichts davon gesagt, dass du mitkommst!«

Es war einfacher, wütend zu sein. »Das hat er nicht, oder? Nicht Robbie! Er glaubt, dass ich nutzlos bin.« Cat blickte nach unten, in der Hoffnung, ihre Brüder würden ihre Tränen nicht sehen. War es Robbie, den sie gefangen genommen hatten?

Ein anderer Gedanke beschlich sie. *Ist Alasdair Og bei ihnen?*

Es machte sie wütend, dass sie an einen MacDonald denken konnte, ohne ihn als ihren Feind vor sich zu sehen, wenn auch nur für einen kleinen Augenblick. Um ihre Schuldgefühle zu dämpfen, blickte sie Dougal anklagend an. »Du hättest nicht herkommen sollen. Du hättest bei Robbie und Jamie bleiben sollen!«

Dougal wischte sich mit einem Unterarm über das Gesicht. Er war kreidebleich vor Sorge, die Augen kaum mehr als dunkle Höhlen. Seine Haare waren eigentlich fast so rot wie ihre; jetzt waren sie kaum mehr als ein gelbliches, blutiges Gewirr, das unter seiner Kappe hervordrang. »Robbie hat uns weggeschickt. Als sie die Pferde gehört haben.«

»Ihr hättet bei ihm bleiben können –«

»Aber er hat uns *weggeschickt* –«

Das Mondlicht und die Angst beraubten Colins Gesicht nicht nur aller Linien und Vertiefungen, sondern auch des Geistes, der ihn zum Menschen machte. »Wir sollen nach Hause zurückkehren, hat er gesagt. Er hat uns zurückgeschickt.«

»Ihr wollt Robbie und Jamie zurücklassen?« Cat ballte eine Faust und versetzte ihm einen leichten Schlag auf die Schulter. »Du idiotischer Feigling, wir sind *Campbells* –« Sie blickte an Dougal und dem Geröll vorbei auf das Feuer, wo sie die Schemen von Männern und das Aufblitzen eines blankgezogenen Schwertes sah. »Campbells, wisst ihr –« Sie gab so leise wie möglich den Schlachtruf der Campbells von sich. »*Chruachan!*«

»Cat – Cat, *nein*... sie dürfen nicht erfahren –« Dougal packte sie bei der Schulter, drückte sie gegen ihr Pferd. »Geh –«

»Sie sollen es aber erfahren!« spuckte sie und entwand sich seinem Griff. »Sie sollen glauben, dass wir mehr Männer haben als sie ...« Cat runzelte die Stirn. »Wie viele sind es? Wie viele von ihnen sind da unten?«

Colin saugte an einem aufgerissenen Daumen. »Zehn«, antwortete er leise, ohne den Daumen aus dem Mund zu nehmen.

»Vier«, erklärte Dougal.

»Was nun, zehn oder vier?« Mit finsterer Miene starrte Cat

wieder auf das Feuer. Ihre Kopfhaut juckte unter der Kappe unangenehm; ein Schauer lief ihr über den Rücken. Sie bemerkte mehrere Gestalten, aber keine von ihnen blieb lange genug stehen, als dass sie vernünftig hätte zählen können.

»*Chruachan!*«, kam der heisere Schrei vom Feuer der MacDonalds, und alle verharrten vor Schreck.

Sie sah, wie ein Mann von einem anderen niedergeschlagen wurde und zu Boden sank. Dann erklang eine andere Stimme, eine außerordentlich tiefe Stimme, die die vom Mondlicht erhellte Nacht und das Moor mit dem Slogan der verhassten MacDonalds erfüllte. »*Fraoch Eilean!*«

Cat war wie erstarrt. »Robbie –«, stieß sie atemlos hervor. »Sie haben Robbie gefangen genommen –«

»Lauf!« Douglas Stimme kippte, noch während Colin sich daranmachte, auf sein Pferd zu steigen.

»Kommt da *runter*!« Cat sprang auf und bekam Colins nachlässig befestigtes Plaid zu fassen. Sie riss ihn aus dem Sattel. »Wenn sie Robbie und Jamie haben, müssen wir sie befreien!«

»Wir?« Dougal schüttelte den Kopf, während Colin, der von seiner Schwester auf den Boden gezerrt worden war, wieder aufstand. Das Plaid hatte sich von der Fibel gelöst und fiel in großen Wellen um seine Füße. »Wir sind nur zu dritt, und du bist nur ein Mädchen –«

Cat schloss die Hand um den Dolch ihres Vaters. »Selbst ein Mädchen ist besser als ein Feigling, aye? Wir müssen sie nur ablenken und glauben lassen, dass hier noch viel mehr von uns sind. Und James ist auch noch irgendwo da draußen – also macht ihr mit? Es geht um Robbie!«

Ihre Gesichter waren angespannt und weiß. Dougal und Colin tauschten angsterfüllte Blicke, dann sahen sie ihre Schwester wieder an.

»Habt ihr euer Gehör verloren?«, fragte sie. »Es ist unser Bruder, den sie haben – den die *MacDonalds* haben!«

Dougal nickte zögernd. Seine Stimme klang, endlich einmal, wie die eines Mannes. »Wir lassen die Pferde hier. Zu Fuß sind wir leiser.«

Cat grinste. Sie war jetzt ungeduldig. Als sie aufstand, zeichnete sie sich klar vor dem Nachthimmel ab; es war Zeit, ihre Aufgabe zu erfüllen.

»*Chruachan!*«, rief sie wieder, ließ ihr Pferd los und drehte sich mit einem Ruck um, wollte den Hügel hinabstürzen. »*Chru –*«

Sie prallte kopfüber gegen einen Mann mit Plaid und Kappe, der sich mit aufblitzendem Dolch in der Hand direkt aus dem Heidekraut vor ihr erhob. Die andere Hand schloss sich fest um ihren Unterarm und riss sie hoch. »*Fraoch Eilean*«, sagte er leichthin, »das klingt in meinen Ohren viel besser!«

Cat holte tief Luft. »Lauft!«

Und Dougal und Colin liefen.

– *lauft – oh, lauft* – Sie grinste den MacDonald, in dessen Gesicht sich Überraschung abzeichnete, wild an; er hatte noch nicht begriffen, wie viele Campbells sich hinter dem Abhang versteckt hatten. Sie sah es an seinen Augen, an seinem Mund, an der Anspannung der Muskeln über den Wangenknochen, die im Feuerschein jede Farbe verloren zu haben schienen.

Das Grinsen verlor sich aus ihrem Gesicht. Er war ein MacDonald. Sie war eine Campbell. »*Chruachan*«, sagte sie heiser und spuckte vor seinen Füßen aus.

Er schüttelte sie. Er *schüttelte* sie, als wäre sie nichts weiter als ein ungezogenes Hündchen. »Das reicht jetzt«, schnappte er und drückte ihren Arm noch kräftiger.

Cat versuchte, sich dem Griff zu entwinden, dann folgte sie ihm ohne weitere Gegenwehr den Weg hinab, der zum Feuer führte. Sie rutschte auf dem losen Geröll aus, aber er ließ nicht locker. Als sie die Feuerstelle erreicht hatten, fühlte sich ihr Arm mehr wie ein Stück Holz denn wie einer ihrer Körperteile an.

Es waren fünf, nicht zehn. Und keiner von ihnen war erwachsen. Sie waren, wie Cat voller Bestürzung erkannte, nicht viel älter als Robbie, wenn überhaupt; ein oder zwei von ihnen waren eher noch jünger.

Sie blickte sie der Reihe nach an, musterte ihre jungen, schmalen und blassen Gesichter, die unruhigen Blicke, die sie sich aus weit aufgerissenen Augen zuwarfen, die angespannten, erwartungsvollen Mienen.

Sie konnte nicht anders. Sie musterte sie, beäugte sie, hielt Ausschau… *kein Alasdair Og*… Die Reaktion folgte rasch: überwältigende Erleichterung. Ihr schöner Prinz mit den grauen Strähnen war nicht unter diesen Dieben.

Dann suchte sie Robbie, während Scham ihr die Röte ins Gesicht trieb – Scham darüber, dass sie an einen MacDonald dachte, wo doch MacDonalds ihre Brüder gefangen genommen hatten. Er stand da, einen Dolch bedrohlich gegen sein Rückgrat gedrückt, einen anderen gegen die Seite. Seinen eigenen Dolch und sein *Sgian dhu* hatten sie beiseite geworfen, es lag außer Reichweite. Auch Cat wurde der Dolch rüde aus dem Gürtel gerissen und mit einem dumpfen, metallischen Klang auf den von Robbie geschleudert. Der Stahl blitzte im Feuerschein.

Robbie blickte grimmig drein, als er sah, wie sie in den Feuerschein geführt wurde. Ein Schnitt verlief über den einen Wangenknochen, und sein Mund war geschwollen und blutverschmiert. Sie hatten ihm zwar nicht die Hände gebunden, aber sie waren leer, und das würden sie auch bleiben: Zwei MacDonalds mit blankgezogenen Dolchen standen rechts und links von ihm und erinnerten ihn daran, wie es war, wenn Stahl in seinen Körper drang.

Sie spürte selbst die Spitze eines Dolchs an ihren Rippen, durch Plaid und Hemd hindurch. Sie spürte, wie die Finger des festgehaltenen Arms allmählich taub wurden. Sie roch Whisky und Wolle, den scharfen Geruch höchster Anspannung.

»Ist nur ein Junge«, murmelte einer der MacDonalds und starrte Cat an. Dann grinste er mit einem Blick auf Robbie. »Nimmst du Kinder mit, wenn du Vieh stehlen gehst?«

Robbie hob sein blutiges Kinn. »Ihr seid selbst nicht sehr alt, oder? Hat einer von euch schon einen Bart?«

Keiner hatte einen. Cat sah, wie ihre Münder sich anspannten, wie Augen sich verengten. Feuerschein spiegelte sich auf Stahl, als einer seine Dolchspitze an Robbies Seite zurechtrückte.

Sie biss sich auf die Zunge und behielt ihren Einwand für sich. Für die anderen war sie ein Junge. Instinktiv begriff sie, dass es am besten war, sie in diesem Glauben zu lassen.

Holz knisterte im Feuer, und alle fuhren zusammen. Robbie zog eine Grimasse, als einer der Dolche ihm die Haut aufritzte. Cat wartete erstarrt. Niemand sagte etwas. Es war totenstill, bis auf das Knistern des Feuers und dem Knirschen der Schuhe auf Stein. Sie schluckte trocken, starrte Robbie unverwandt an. Er würde etwas tun. Ja, das würde er.

Sie zitterte unwillkürlich, fuhr dann zusammen, als sich der Griff um ihren Arm noch verstärkte. Sie spürte die Spannung in der Luft, eine unterschwellige, wachsende Ängstlichkeit, und überraschend durchzuckte sie die Erkenntnis, dass keiner von denen, die sie gefangen hielten, wusste, was zu tun war. Die Männer waren mit Atholl weggegangen oder plünderten Argylls Ländereien; die jungen Männer, die zurückgeblieben waren, hatten es auf das Vieh abgesehen, nicht auf Menschen. Keiner von ihnen war erfahren genug, um mit gefangenen Campbells umgehen zu können.

»Wer bist du?«, fragte einer scharf. »Welcher Campbell bist du?«

Cat starrte ihren Bruder aus geweiteten Augen an, bat ihn

um Rat, der ihr in Form einer hochgezogenen Schulter erteilt wurde: *»Sag, was du willst.«* Sie schluckte mühsam, versuchte, ihrer Stimme einen rauen Ton zu verleihen. »Colin.«

»Colin? Colin? Colin und Robert?« Einer der MacDonalds, die bei Robbie standen, grinste. »Der Säufer hat einen Sohn, der Robin heißt, und ein anderer heißt Colin. Dann haben wir also Glenlyons Kinder geschnappt?«

Der »Säufer«. Die Demütigung schmerzte. Sie sah die gleiche Reaktion in Robbies Miene, spürte die wütende Kränkung darüber, dass die MacDonalds von Glenlyons Schwäche wussten und seine Kinder damit quälen konnten.

»Glenlyons Kinder?«, fragte ein anderer, und ein Dritter riss einen zotigen Witz über den Laird von Glen Lyon und sein Verhältnis zu Schafen.

Der MacDonald, der Cats Arm festhielt, grub die Dolchspitze tiefer in ihre Rippen. Es war ein leichter Schmerz, eine armselige Verhöhnung, die ihr klarmachen sollte, dass sie verloren hatten. Cat wand sich unter dem Schmerz mit zusammengebissenen Zähnen und schwor sich stumm, keinen Laut von sich zu geben.

»Bist *du* etwa ein Schaf? Hast du Wolle auf dem Kopf?« Er piekste sie wieder, kicherte und riss ihr mit einer blitzschnellen Bewegung die Kappe vom Kopf. »Hast du –« Aber der Spott versiegte, und er japste vor Schreck nach Luft, als geflochtene Zöpfe herabfielen.

»– ein Mädchen!«, platzte einer heraus.

»– Mutterschaf –«, höhnte ein anderer.

Robbies Wut sprach Bände, seine Hilflosigkeit war offensichtlich. Aber die Erkenntnis kam rasch. *Sie gehen nicht davon aus, dass ein Mädchen kämpft* – Cat ballte die eine Hand zur Faust, wirbelte herum und ließ sie mit aller Macht auf den Jungen herabsausen, der sie festhielt. Der Schlag landete mitten auf seiner Nase. *»Chruachan!«*, rief sie wütend, als er zu bluten begann.

Der Junge fiel rücklings zu Boden, und Robbie machte einen Satz nach vorn, als die anderen sich rührten. »Fasst sie bloß nicht an –« Er versuchte, seine Arme frei zu bekommen. »Cat… Cat… *lauf* –«

Cat taumelte zur Seite. »Robbie!«

»Cat! *Lauf!*« Er versuchte erneut, sich loszureißen, lenkte die Aufmerksamkeit der anderen von ihr ab und auf sich.

Er hatte beinahe Erfolg damit. Die verblüfften MacDonalds griffen nach ihm, schrien sich gegenseitig zu, den Campbell nicht gehen zu lassen.

»Cat… *lauf!*«

Sie stolperte, fiel hin, rappelte sich wieder auf.

Robbie schrie wütend auf. Cat wirbelte herum… sah den Kampf, den Stahl, die unbeholfenen Bewegungen. Sie sah ein Gewirr aus Gliedmaßen, als die MacDonalds ihren Bruder zu Boden zerrten. Einer von ihnen hockte auf seinem Rumpf und drückte ihn flach auf den Boden, ein anderer kniete auf seinen Schultern, drückte ihm einen Ellenbogen gegen das Ohr.

Ich kann ihn nicht allein lassen… Cat konnte das Gesicht ihres Bruders nicht mehr erkennen. Von dem Erben Glenlyons war unter dem Haufen Kilt tragender MacDonalds nicht mehr viel zu sehen, genauso wenig wie von den achtlos auf dem Boden verstreuten Dolchen und dem *Sgian dhu*. Die Waffen lagen neben ihrem Bruder, neben all den vielen Körpern.

Der Junge, dem sie die Nase eingeschlagen hatte, hielt sich die Hand schützend vors Gesicht, räusperte sich und spuckte Blut. Cat griff nach den in der Nähe herumliegenden Steinen und begann, sie auf die MacDonalds zu werfen.

Einige von ihnen trafen auf Körper. Dann murmelte der, dessen Nase sie gebrochen hatte, etwas Unverständliches; er bekam einen ihrer Zöpfe zu packen und riss sie daran zu Boden. Kreischend fiel sie hin, und er zerrte sie an dem Zopf über den steinigen Boden. Er presste noch immer eine Hand gegen die stark blutende Nase.

Sie packte ihren Zopf dicht an der Kopfhaut, um den Schmerz etwas zu mildern, griff gleichzeitig mit der anderen Hand nach Steinen. Der MacDonald sah das, riss erneut kräftig an dem Zopf und wickelte ihn sich um die Hand. Er würde nicht loslassen, begriff sie, sondern dafür sorgen, dass er mehr bekam als nur ihren Zopf.

Jemand rief etwas, doch Cat verstand nicht, was. Aber der MacDonald, der an ihrem Zopf zerrte, ließ abrupt los.

Cat lag bäuchlings auf dem harten Boden. Sie wandte ihren Kopf zu den anderen und sah, wie sie sich langsam erhoben, zurückwichen und mit leichenblassen Gesichtern auf den Körper starrten, der schlaff auf dem Boden lag.

Es war Robbie Campbells Körper, auf den sie starrten.

»*Robbie* –« Cat mühte sich auf Hände und Knie. »*ROBBIE* –«

Der MacDonald, der ihr am nächsten stand, drehte sich ruckartig zu ihr um; er stellte ihr einen Fuß auf die Schulter, und noch bevor sie aufstehen konnte, hatte er sie wieder zu Boden gedrückt.

»Wir wollten nicht, dass –« begann einer, wurde jedoch von einem anderen rasch zum Schweigen gebracht.

»Kommt, wir verschwinden«, forderte einer seine Verwandten auf.

»Aber das haben wir nicht gewollt!«, rief noch ein anderer. »Nicht so etwas –«

»Ewan, komm da weg!«

Während Cat zu ihrem Bruder krabbelte, verzogen sich die MacDonalds, lösten sich aus dem Fackellicht und verschwanden in den Schatten. Sie hörte die Geräusche der Pferde. Die Geräusche ihrer Flucht. Sie hörte die Geräusche der MacDonalds, die den Erben Glenlyons getötet hatten.

Zuerst schaffte sie es nicht, ihn umzudrehen, denn er war

schwer und vollkommen schlaff. Schließlich packte sie Robbies Hemd und zerrte ihn auf die Seite, dabei grunzte sie vor Anstrengung laut. Ein Arm fiel auf ihren Oberschenkel. Cat starrte auf das blutverschmierte Hemd. Auf den Dolch, *ihren* Dolch, nach dem Robbie gegriffen hatte, als sich die MacDonalds auf ihn gestürzt hatten. Mit ihrem Gewicht und ihrer Wucht hatten sie ihm die Klinge, die dazu gedacht gewesen war, ihn zu verteidigen, nur umso tiefer in den Bauch getrieben.

Ihren Dolch. Den Dolch ihres Vaters, den sie gestohlen hatte.

Sein Mund hing schlaff herab, schmutzverschmiert. Blut klebte an seinem Kinn. An der einen Wange klaffte ein tiefer Riss. Seine Augen standen weit offen, erstarrt, entsetzt – tot. Sie starrten in die Dunkelheit.

Cat war, als starrten sie sie an.

»*Robbie!*«, schrie sie.

Und schrie und schrie und schrie, bis die Nacht von ihrer Trauer widerhallte.

3

Robert Stewart von Appin johlte laut und riss sich die staubige Kappe vom Kopf. Er fuhr sich mit der Hand durch die rotblonden Haare, brachte sie dabei so sehr durcheinander, dass sie in Büscheln vom Kopf abstanden. »Bei den Wunden Jesu, MacDonald, aber gibt es in ganz Schottland einen schöneren Ort? Hast du jemals eine so berauschende Burg gesehen?«

Das hatte Dair in der Tat – in Edinburgh, Inveraray, Stirling. Dennoch räumte er liebenswürdig ein, dass Castle Stalker jeder anderen Burg in jeder Hinsicht überlegen war. *Am besten ist es, Robbie diese Meinung zu lassen, sonst versucht er den ganzen Tag lang, mich zu überzeugen!*

Dann aber meldete sich sein Gewissen. Stewarts geliebtes Heim war wirklich beeindruckend: Castle Stalker stand aufrecht da, genau rechteckig geformt aus perfekt behauenem Stein, es erhob sich auf einer winzigen, beinahe baumlosen Insel namens Loch Laich aus dem Wasser von Loch Linnhe – einem so großen Loch, dass man schon ein Boot brauchte, um von einem Inselchen zum nächsten zu gelangen. Die Burg wirkte wie ein strenger, unerschütterlicher Wachposten, der sich zur Verteidigung seiner Bewohner vor dem blauen Loch und dem Grün der Berge in die Höhe reckte; ein dreister, feindseliger Clanchief würde eine unangenehme Begrüßung erleben, wenn er versuchen sollte, den dort wohnenden Clan zu verdrängen und durch seinen eigenen zu ersetzen.

Aber so dumm war Dair nicht. Er war MacIains Sohn, wenn auch der Zweitgeborene, doch er hatte nichts im Sinn mit der Burg, und schon gar nicht mit der Position eines Laird.

Stewart stellte sich in den Steigbügeln auf. »Die schönste Burg in ganz Schottland!«

Dair grinste, als die Männer von Appin laut ihre Zustimmung brüllten. Er unterließ es bewusst, seinen eigenen Leuten einen Blick zuzuwerfen, denn er wusste, er würde in ihren Gesichtern jenes Gefühl sehen, das auch seine Seele beherrschte: eine tiefe Liebe für die schroffe Erhabenheit der Berge von Glencoe, den wilden Fluss, den sich auftürmenden Berg namens Pap, die vielen senkrecht abfallenden Schluchten, die den Granitfels zerfurchten.

Appins Loch Laich war so wie hundert andere Inselchen, die sich wie Perlen einer zersprungenen Kette verteilten, und Castle Stalker war von der harten, klaren Schönheit eines geschliffenen Diamanten. Dair bevorzugte jedoch den einfachen Edelstein, den Glencoe verkörperte.

Er rückte sich im Sattel zurecht, da sein Hintern vom langen Sitzen schmerzte. Er war nicht in der Stimmung, sich lange aufhalten zu lassen, da Glencoe nur wenige Meilen entfernt war. Aber er und seine Leute hatten den Stewarts versprochen, ihnen dabei zu helfen, die gewaltigen Mengen an Beutegut und ihren Anteil am Vieh nach Hause zu schaffen. Und kaum hatten sie Appin betreten, hatte der überschwängliche junge Stewart-Erbe, der Dairs Müdigkeit und Unruhe gar nicht zu bemerken schien, darauf bestanden, dass er den ganzen Weg mit nach Castle Stalker kam.

»Du wirst doch nicht die Gastfreundschaft meines Hauses ablehnen?«, erklärte er jetzt.

Dair, wie alle Clan-Angehörigen mit der heiligen Moral der Highlands ausgestattet, dachte an seinen Vater und dessen Beharren auf ordentliches Benehmen. Er konnte sich nur zu gut vorstellen, wie sein Vater reagieren würde, wenn er erfuhr, dass *sein* Sohn so dumm gewesen war, die Gastfreundschaft eines zukünftigen Laird auszuschlagen, dessen Clan den MacDonalds traditionellerweise freundlich gesinnt war.

Und jetzt zogen sich auch noch die Wolken über dem Land zusammen. Es würde bald Regen geben. »Ich komme mit«, stimmte Dair also zu.

Robert Stewart, an der Spitze des Zugs aus Ghillies und Vasallen, die sich um das ergatterte Vieh kümmerten, nickte nüchtern; er hatte keine andere Antwort erwartet. »Wir werden ein paar Tiere schlachten lassen, und ein Barde wird Lieder über die Stewarts von Appin vortragen.« Er grinste verschlagen. »Kommt aus dem Regen und lernt meine Schwester Jean kennen, die zweifellos ganz eingenommen von den vielen Männern Glencoes sein wird!«

Dair warf ihm einen Blick von der Seite zu, dann zeigte er mit deutlicher Skepsis in Richtung Burg. »Ist sie denn hübsch, Eure Schwester?«

Stewarts Lachen erhob sich laut gen Himmel, hallte von

der Burg auf dem felsigen Inselchen zurück. »Guter Gott, MacDonald, natürlich ist sie hübsch! Sie sieht so aus wie ich!«

Unwillkürlich lachte Dair, legte sich in gespieltem Schmerz eine Hand aufs Herz. »Ein kühner Schlag, Stewart!«

Stewart nickte nüchtern. »Ich bin sehr gut, ob mit dem Dolch oder einem *Sgian dhu* –« Er grinste. »Und stellt Euch mir niemals in den Weg, wenn ich ein Claymore in der Hand halte!«

Dair grinste. Was das betraf, waren sie ganz und gar einer Meinung. *Aber wenn es jemals zu einem Kampf kommen sollte* – Er brach den Gedanken ab, blickte den Beinahe-Laird von Appin an, der in diesem Augenblick etwas Ähnliches zu denken schien. *Wenn es jemals zu einem Kampf kommen sollte, möchte ich Robert Stewart lieber an meiner Seite haben.*

Solche Männer waren es, solche unbarmherzigen, rücksichtslosen und entschlossenen Männer waren es, aus denen ein stärkeres Schottland erstehen würde.

Cats Hose war zerrissen. Sie erinnerte sich nicht daran, wann das geschehen war, nur dass die schwachen Fäden des ohnehin arg mitgenommenen Hosenbodens an einer Stelle gänzlich aufgegeben hatten und ihre Verantwortung für die Wahrung ihrer Würde fallen gelassen hatten.

Sie hatte keine Würde mehr. Ihr stand auch nicht der Sinn danach, sich darum zu scheren. Sie war zu sehr mit ihrem Kummer beschäftigt, der sie in dem Versuch, nach Hause zurückzukehren, unbarmherzig durch die Dunkelheit trieb, sie über den schmalen Weg stolpern, immer wieder straucheln ließ. *Da ist Robbie – ich muss mich um ihn kümmern* – Wenn sie Chesthill erreichen konnte, oder auch nur die Hütte eines Vasallen, würde ihr jemand helfen können. Darin würde sie ihn nicht enttäuschen, wie sie es an anderer Stelle getan hatte.

Die Schuldgefühle überfielen sie mit gnadenloser Härte. *Ohne mich wäre er nicht tot.*

Sie quälte sich mit solchen Gedanken. Vielleicht waren ihre Hosen deshalb zerrissen? *Ohne mich wäre er nicht tot.*

Sie hörte ein Geräusch und blieb abrupt stehen. *MacDonalds...* Kamen sie zurück? Hatten sie vor, sie auch noch zu töten? Cat schlang die Arme um den Körper, zitterte in der Dunkelheit.

Ohne mich wäre er nicht tot. Ohne die MacDonalds auch nicht. Aber es war *ihr* Dolch gewesen, der Dolch, den ihr Vater wegen all der Kerben beiseite gelegt hatte. Sie hatte den Dolch genommen, um Kühe zu stehlen, doch er hatte Robbie getötet.

Ohne mich... Cat hörte Steine klappern. Dann ein unterdrücktes, schnaufendes Geräusch. Noch während sie sich zur Flucht rüstete, stolperte ein Kalb aus der Dunkelheit heraus und blieb vor ihr stehen, starrte sie mit großen Augen an.

»*– nur eine Kuh –*« Cat griff nach dem Plaid vor ihrer Brust und atmete hastig. Sie bebte, als die Furcht sich auflöste, einem durch Mark und Bein gehenden Zittern – eine Reaktion auf ihre Panik – Platz machte.

Eine Kuh. Ein Kalb. Ein Campbell-Kalb oder ein MacDonald-Kalb. Sie hielt es für wahrscheinlicher, dass es nach Glen Lyon gehörte, da die MacDonalds zum Stehlen gekommen waren, noch bevor sie es hatte tun können.

Cat lachte leise, dann biss sie sich auf die Lippe, um sich zum Schweigen zu bringen. Sie jammerte wie eine alte Frau. »– mutiges Kalb«, sang sie und bemerkte seine Unbeholfenheit. »Ein mutiges und gutmütiges Kalb –« Es war eindeutig weniger schmerzhaft, an lebende Kälber zu denken statt an tote Brüder.

Sie legte dem Kalb die Hand auf die feuchte Schnauze. Sein Atem war warm und roch nach Sommergras. Sie beugte sich zu ihm herab, blies ihm ihren eigenen Atem in die Nüstern. Es scheute.

Ein kleines Campbell-Kalb.

Der Gedanke kam ihr schlagartig. *Robbie würde wollen, dass ich es nach Hause bringe.*

Robbie würde es wollen.

Für Robbie.

Robbies Kalb.

Hinter ihr, in einiger Entfernung von dem Geröll, erlosch das Feuer, um das sich niemand mehr kümmerte, neben der Leiche ihres Bruders zu Asche und Glut. Es war ein kleines, wenig anziehendes Feuer gewesen, gedacht für Männer, die darauf aus gewesen waren, Vieh zu stehlen; jetzt war es der matte Tribut an Glenlyons erschlagenen Sohn, den ungestümen, hitzigen jungen Campbell-Erben, der eines Tages Laird geworden wäre. Die Glut würde noch vor dem Morgengrauen erlöschen, wie Cat wusste. Aber bei Tagesanbruch würde sie wieder zurück sein, und das Licht des Feuers wäre nicht nötig.

Robbies Kalb schnaufte wieder.

Wenn sie ihren Gürtel abnahm, würde sie ihre Hosen gänzlich verlieren. Also löste Cat ihr Plaid und drehte es zu einem Seil zusammen. Dann band sie es dem Kalb um den Nacken und wandte sich in Richtung Glen Lyon. *Wir gehen nach Hause, mutiges Kalb.*

Sie dachte kurz an Mairi Campbell, die jetzt ohne Robbie dastand. Und falls ein Kind unterwegs war, würde es niemals seinen Vater kennen lernen. Es würde nichts von ihm haben als das Wissen, von ihm gezeugt worden zu sein, und den Namen eines Mannes, der schon lange tot war.

Regen fiel prasselnd gegen die Fensterscheiben, als in Edinburgh der Earl of Breadalbane auf Glenlyon herabblickte. Die Nasenflügel bebten leicht: Abscheu. Misstrauen. Doch der Earl hatte gelernt, auch einen möglichen Verbündeten, der sich als ungeeignet herausstellte, nicht von sich zu stoßen, um später einmal seinen Vorteil nutzen zu können. *Und das werde ich tun – ich werde ihm eine Aufgabe geben. Eines*

Tages werde ich ihn einsetzen. »Robin.« Er wartete, bis Glenlyons umherschweifende Aufmerksamkeit wieder zu ihm zurückgekehrt war. »Du bist kein politischer Mann.«

Glenlyon rückte sich gereizt zurecht. »Was kümmern mich solche Dinge? Könige tun, was sie wollen. Das Parlament tut, was es will. Die Politik hat mit den Highlands nichts zu schaffen.«

Breadalbane wählte seine Worte mit Bedacht. »Es ist keine Frage von Schuld, wenn man nicht mit den Vorgehensweisen des Kronrats, mit den Whigs und den Tories vertraut ist – Gott weiß, sie sind voller widerlicher und ungeheurer Intrigen.« Er tippte mit einem Finger auf das Papier. »Aber da ist die Sache mit dem König.«

Verärgert runzelte Glenlyon die Stirn.

»Es gibt Widerstand gegen James.«

Glenlyon rührte sich. »Argyll ist tot.«

Und ersetzt von seinem Sohn, dem zehnten Earl of Argyll… Innerlich verzog Breadalbane das Gesicht. Glenlyon war mit Blindheit geschlagen, mit beharrlicher Blindheit. »Es ist eine andere Opposition. James ist Katholik. Er hält den Thron, obwohl Katholiken gewöhnlich davon ausgeschlossen sind. Das Parlament schaut, zumindest im Augenblick, zur Seite. Doch bei all den Männern, die die Macht lieber behalten möchten, die sie dem Commonwealth abgetrotzt haben, ist James unpopulär.«

Glenlyons Miene drückte Verständnislosigkeit aus.

Der Earl dachte kurz darüber nach, ob es wohl eine natürliche Veranlagung seines Verwandten war, von solchen Angelegenheiten unberührt zu bleiben, oder ob der Whisky ihm zu viel von seinem Verstand geraubt hatte. Geduldig fuhr er fort. »James hat den Thron trotz seines Glaubens besteigen dürfen, weil sein Bruder Charles nicht in der Lage gewesen ist, mit seiner unfruchtbaren Königin Kinder zu zeugen… und weil nach den Turbulenzen von Cromwells Interregnum niemand Interesse an einem politischen Umbruch gehabt hat. Auf diese Weise ist das protestantische England zu dem Katholiken James und seiner ebenfalls katholischen Frau gekommen … Es gibt jedoch einige, die es vorziehen würden, wenn seine Tochter an seiner Stelle auf dem Thron sitzen würde. Mary.«

Er wartete auf eine Bemerkung von Glenlyon. Es kam keine. *Der Whisky hat ihm tatsächlich den Verstand geraubt!* Langsam und die Worte überdeutlich aussprechend fuhr er fort. »Mary ist Protestantin. Ihr Vater trotzt der Kirche von England … aber Mary hat den richtigen Glauben, und sie hatte genügend Weitblick und Menschenverstand, um einen Protestanten zu heiraten, wenn auch einen Calvinisten: den Holländer William von Oranien.« Er wartete wieder. »Hast du das verstanden?«

»Was hat das alles mit Schottland zu tun?«, fragte Glenlyon verdrießlich.

Breadalbane musste seine ganze Geduld zusammennehmen, um nicht laut aufzuschreien. »*Alles* hat mit Schottland zu tun! Mary ist eine Stuart, ja? Ihr Ehemann ist es nicht. Er ist Holländer. Er hat andere Interessen, andere Dinge, die ihm wichtig sind.«

»Guter Gott – glaubst du wirklich, das ist für mich von Bedeutung?« Glenlyon war tatsächlich ratlos, und sein offensichtliches Unwissen machte ihn gereizt. »James. Mary. Wo liegt da der Unterschied?«

»Der Unterschied heißt *Macht*, Robin. Bis zum Sturz Argylls ist Clan Campbell der mächtigste Clan in ganz Schottland gewesen. Unsere Position ist im Augenblick gefährdet … da sind die MacDonalds, gegen die wir uns behaupten müssen.«

Er hielt inne. Er fragte sich kurz, ob sein unwissender, bankrotter Cousin auch nur ein bisschen von dem verstand, was er ihm nahe legte. Man hätte es Verrat nennen können.

Ich nenne es Überleben. »Verrückt, was?« Breadalbane nippte an seinem Whisky; er lächelte über den Rand des Glases hinweg seinen verwirrten Verwandten an, während er von Verrat sprach. »All unsere Hoffnungen auf einen König zu setzen, der innerhalb des nächsten Jahres ersetzt werden wird.«

Glenlyon blieb stumm. Der Regen plätscherte gegen die Riegel der Fenster. Die Lampen vom Holyrood-Palast waren nur als schwach glühende Flecken in der Dunkelheit zu erkennen. Der Earl wusste nicht, ob Glenlyon über die Tragweite dessen grübelte, was er angedeutet hatte, oder ob er sich überhaupt etwas aus den Auswirkungen machte, die sein Land verändern würden. Aber es war üblich, dass Highlander sich mehr um ihr Vieh als um Politik kümmerten.

Breadalbane nahm das gefaltete Stück Papier und legte es wieder in das Lederkästchen zurück. Dann schloss er den Deckel, machte den Verschluß zu und sah seinen Verwandten wieder an. Es war an ihm, eine Verpflichtung einzugehen, ein Opfer zu bringen, sonst würde Glenlyon ihm auch dann nichts bieten, wenn er es am dringendsten brauchte. »Ich habe Charles während und nach der Restauration unterstützt«, sagte er. »Ich habe James gegen Argylls Torheit unterstützt, indem ich die Hälfte vom Clan Campbell zu Hause und damit von den kürzlichen Feindseligkeiten fern gehalten habe. Aber ich bin überzeugt, dass die Tage unseres gegenwärtigen Monarchen gezählt sind, Robin – und ich bin kein Mann, der seinen Clan ins Elend gestoßen sehen möchte, nur weil die Politik von den Sassenachs in London bestimmt wird.«

Zwei rote Flecken erschienen jetzt auf Glenlyons Wangen. »Du willst James jetzt nicht mehr unterstützen?«

»Die wahre Macht liegt darin, den Mann zu unterstützen, der sich am ehesten auf dem Thron halten wird. James wird ihn verlieren, denke ich… und eine Frau wird ihn von ihm erben. Aber William von Oranien ist kein Narr; er wird seine eigenen Entscheidungen treffen. England wird zuerst antworten, und Schottland wird folgen.« Breadalbanes Blick war starr und fest. »Ich ziehe es vor, zu führen.«

Glenlyon saß vollkommen still da. Dann rührte er sich wie ein gerade erwachter Hund und richtete sich auf. Er blickte auf das Kästchen auf Breadalbanes Tisch. »*Comhairl'taigh.*«

»In der Tat.« Der Earl fuhr mit der Hand über den gewölbten Deckel. »Wenn ich in meinem Bemühen, Clan Campbells Überlegenheit zu bewahren, Erfolg haben will, brauche ich die Unterstützung von Breadalbane und Glenorchy, die mir unterstehen, und Glenlyon, das dir gehört.« Er schwieg. »Im Augenblick zumindest.«

Robert Campbell bleckte die Zähne. »Aber vor mir hast du doch gar keine Achtung!«

»Du bist einmal Soldat gewesen, das vergesse ich nicht.« Breadalbane lächelte bedeutungsvoll. »Es steckt noch immer etwas Wertvolles in dir, Robin. Das und *dich* werde ich eines Tages bei einer anderen Gelegenheit einfordern.«

Glenlyons fahles Gesicht verwandelte sich jetzt in etwas, das einer zum Leben erwachenden Maske glich. Seine Stimme fand neue Stärke, dröhnte laut. »Und bis dahin?«

Breadalbane breitete die Hände aus. »Bis dahin kehrst du nach Glen Lyon zurück. Achte auf das Vieh. Lass keinen MacDonald einen Fuß auf Campbell-Land setzen, damit es keine Tragödie gibt.« Er erhob sich und schob den Stuhl zurück. »Willst du jetzt einen Whisky mit mir trinken, Robin? Auf die Vernichtung der MacDonalds?«

Glenlyon, den die veränderte Situation mit Freude erfüllte, lachte ein bisschen zu laut, als er jetzt aus dem Stuhl aufsprang. »Himmel, John. Ich dachte schon, du hättest mich ohne wieder weggeschickt.«

Breadalbane erschauerte innerlich. »Was für ein Schotte – was für ein Highlander! – wäre ich, wenn ich einem Mann die Gastfreundschaft verweigern würde?« Er berührte seinen Cousin kurz an der Schulter, dann ging er zur Anrichte. Er goss zwei Gläser voll und übergab eins davon den zittrigen Händen. Er wartete.

Glenlyon ließ einen hastigen Toast verlauten – »*Chruachan!*« – und stürzte den Whisky in einem einzigen Schluck hinunter.

Breadalbane, etwas weniger hastig, nahm nur einen kleinen Schluck. »Und auf die Monarchie!«

Verwirrt ließ Glenlyon das Glas sinken. Whisky glänzte auf seiner Lippe. »Auf – James?«

Breadalbane lächelte, enthielt sich aber einer Antwort.

Auf James. Auf Mary. Auf William. Er würde der mächtigsten Person dienen, im Namen seines Clans, seines Gottes, und in seinem eigenen Namen.

Als Dair MacDonald geschützt vor dem Regen, der jetzt den See verhüllte, in Castle Stalker speiste, war er Jean Stewart gegenüber keineswegs blind. Wie die anderen Männer von Glencoe hatte er sie sofort bemerkt, als sie die Halle betreten hatte; niemand konnte sie übersehen. Niemand konnte sie nicht anblicken und nicht für sich wollen. Und er war kein Papist oder Heiliger, der sich der Enthaltsamkeit gegenüber Frauen verschrieben hätte.

Robbie Stewart lümmelte sich in seinen Sessel und zog die rotbraunen Augenbrauen hoch. Er hatte ein lebhaftes Gesicht, dessen Züge geradezu dafür geschaffen schienen, sich häufig zu bewegen, und er nutzte diese Möglichkeit ausgiebig. Gerade jetzt lächelte er gütig, und seine Augen strahlten in leuchtendem Blau.

Seine Schwester stellte sich rechts hinter Dair. Er roch ihr Parfüm, während sie sich mit eleganten, sicheren Bewegungen nach vorn beugte und nach seinem Hornbecher griff, ihn aufnahm, um ihn erneut mit Whisky zu füllen. Sie übte ihre Aufgabe als Kastellanin überzeugend aus, sich ihrer Pflicht durch und durch bewusst. Doch keiner der anwesenden Männer dachte nicht an jene Pflichten, die sie nur zu bereitwillig auf sich nehmen würden, gäbe sie ihnen die Erlaubnis dazu.

Mit leise gemurmeltem Dank nahm Dair den gefüllten Becher wieder zurück. Er sah sie nicht an. Er sah stattdessen ihren Bruder an, der breit grinsend in den Anblick seines eigenen Bechers vertieft war, als hätte er nichts anderes im Sinn als den Geschmack des Whiskys.

Nach kurzem Zögern ging Jean weiter. Er spürte, wie sie wegging, und er war sich ihres offensichtlichen Interesses an ihm so bewusst wie ihrer unübersehbaren Reize. Er beachtete sie nicht weniger als jeder andere Mann, mochte er nun MacDonald oder Stewart sein, denn man mußte sie einfach beachten. Und sie wusste es. Und er wusste, dass sie es wusste. Es war ein um so listigeres Spiel, wenn es im Verborgenen blieb, aber dennoch gespielt wurde.

Robbie stellte seinen Becher wieder ab. Wie eine Katze streckte er sich, beugte sich dann in einstudierter Unbekümmertheit vor. Das Lampenlicht glänzte auf seinen borstigen Haaren, gab ihnen den Schimmer von purem Gold. »Aye«, meinte er ruhig. »Ich sehe es. Ich kenne es. Und ich werde mich nicht einmischen – sie kann tun, was sie will, meine Jean… aber ein weiser Mann weiß, dass ich ein sehr beschützender Bruder bin.« Er streckte seinen Becher aus, um mit Dair anzustoßen. »Und Ihr werdet tun, was *Ihr* wollt, aye? Ein weiser Mann weiß jedoch, dass ich den Mann töten werde, der ihr Schmerz zufügt.«

Der Regen machte Cat wütend. Aber mit ihm kehrte auch ihre Entschlossenheit zurück; das Kalb aufzugeben, nachdem sie es so weit geschafft hatte, nachdem sie so oft in breite und schmale Bäche gefallen war – und in den klebrigen Rand eines Sumpfes –, wäre wie das Eingeständnis einer Niederlage, und das würde sie nicht tun.

Die Nässe war keine Bürde; sie war schon vorher vollkommen durchnässt gewesen. Als der Regen jetzt durch die dicken Haare auf ihre Kopfhaut trommelte, reckte sie ihr Gesicht gen Himmel und lachte laut. »Bist du mit den MacDonalds verwandt, dass du mir meine Kuh stehlen willst? Nun, das wirst du nicht. Es gehört mir, dieses mutige Kalb – und es wird mit mir nach Glen Lyon kommen!«

Blitze antworteten auf den Donner. Das Kalb, das sie an ihrem zu einem Seil gedrehten Plaid führte, machte einen Satz zur Seite.

Cat hätte das Behelfsseil beinahe losgelassen. »Nein, nein – mach dir keine Sorgen. Mutiges Kalb, gutmütiges Kalb –« Sie zog fester an der durchnässten Wolle. »Du bist jetzt eine Campbell-Kuh; das warst du vermutlich auch schon vorher. Drum komm mit mir, und vergiss das armselige Gras in Glencoe. Es gibt Besseres in Glen Lyon!«

Ein Bach kreuzte den Pfad. Er floss schnell dahin, der Wasserstand war durch den Regen gestiegen. Cat trat hinein, und als sie auf der anderen Seite wieder herausstieg, war ihr klar, dass sie einen Schuh verloren hatte. Aber es war unwahrscheinlich, dass sie ihn wiederbekommen würde, der Bach war einfach zu reißend.

Sie wandte ihr Gesicht wieder dem Himmel zu. »Das war ein armseliger Schlag, das da! Hier – du kannst den anderen auch noch haben!« Sie zog sich den verbliebenen Schuh aus und warf ihn in die Dunkelheit. »Ich bin eine *Campbell*, hast du gehört? Etwas Erbärmliches wie das eben kann eine Campbell nicht besiegen!«

Das Kalb protestierte wieder, drehte den Kopf herum und zerrte an der behelfsmäßigen Leine. Cat kontrollierte das Plaid und rückte es zurecht, prüfte seine Stärke. Es war gute Wolle, oder war es zumindest bisher gewesen, hergestellt in Glen Lyon. »Ein oder zwei Mal kümmerlich dran zerren wird es nicht zerreißen …« Sie schubberte das Kalb zwischen den knubbeligen Hörnern, bürstete das feuchte Haar mit einem geschickten Drehen ihrer großknöcheligen Finger. »Siehst du, alles ist gut –«

Der Himmel wurde bereits heller, und das Gebiet um Rannoch Moor mit seinen tückischen Sümpfen, den von Fäulnis befallenen, wild wuchernden Bäumen, der ganzen unheimlichen Pflanzenwelt war jetzt zu erkennen. Im Gefolge des Blitzes krachte der Donner so laut, dass Cat beinahe befürchtete, ihr Schädel würde bersten.

Sie legte eine Hand ans Ohr. *Kann Donner mein Ohr zerstören?*

Er raubte zumindest dem Kalb den Mut. Von Panik ergriffen, riss es sich von dem behelfsmäßigen Seil los.

Während Cat mehrmals heftig die Augen zusammenkniff, als der nächste Blitz über den Himmel zuckte, sah sie den Schwanz des Kalbes herumwirbeln, als das verwahrloste Tier unbeholfen von ihr weg und zurück in die Dunkelheit lief.

Sie sprang hinterher. »Warte … *warte* –« Sie stolperte drei Schritte, immer noch das Plaid fest in der Hand, immer noch bestrebt, das Kalb zu fangen »– du kannst nicht einfach so weglaufen! *Warte* –«, wollte ihm das selbst gemachte Seil um den Kopf binden, es aus Rannoch Moor heraus und zum sanfteren Gebiet von Glen Lyon führen … *wo es seine Zeit mit gutem Campbell-Vieh verbringen kann …*

Plötzlich und unerwartet begann sie zu weinen, wurde von heftigen Krämpfen geschüttelt. Sie hörte auf, das Kalb zu rufen, forderte den Himmel nicht mehr mit einem Campbell-Ruf heraus, aus Angst, der Sturm könnte sie verzehren – »*MacDonald-Wolken*« – und in dieser Nacht einem weiteren Clanmitglied von Glen Lyon das Leben rauben.

Cat ließ sich ohne schützenden Hosenboden in den Dreck sinken, in nichts weiter gekleidet als abgetragene Kniehosen, die schuhlosen Fersen in den Matsch gebohrt. Sie wühlte mit den Fingernägeln in ihren Haaren, bis die Nägel die Kopfhaut beinahe aufgescheuert hatten. Das zerrissene, ruinierte Plaid spiegelte ihre Verwirrung wider, wie es so von ihren starren Fäusten herabhing. »*Ochone*«, jammerte sie in traditioneller gälischer Klage. »*Ochone, ochone* –«

Robbie war tot. Robbie war tot.

Und ich habe das Kalb verloren.

Das mutige, gutmütige Kalb.

Robbie war tot.

– *oh Gott, oh Gott* –

Was würde ihr Vater sagen –

– *was würde er SAGEN?* –

– wenn er erfuhr, dass der Dolch, den er weggelegt hatte, derjenige gewesen war, durch den sein Erbe den Tod gefunden hatte?

»*Oh – oh* –« Sie verbarg ihr Gesicht in der durchnässten Wolle und begann, sich im Regen hin und her zu wiegen. – *ochone* – Hin und her, hin und her, während der Donner um sie herum laut krachte.

Ochone. Ochone.

Robbie. Tot.

Sie erschauerte bei dem Gedanken. Es war einfacher, an das Kalb zu denken. Damit waren keine Schuldgefühle verbunden.

Die Steinmauern erstickten den Donner, der drinnen nur als gedämpftes Grollen zu hören war, wie das Knurren eines mit seinem Herrn unzufriedenen Jagdhunds. Jean Stewart stand bei der Tür, die zur Halle führte, und zählte die Männer; zählte *einen* Mann. Als Zwillingsschwester, Appin und Kind rücksichtsloser Stewarts beanspruchte Jean ihr eigenes, zehnfaches Maß an Unnachgiebigkeit und launischem Highland-Stolz. Sie war, wie ihr Bruder, reichlich gesegnet mit Ehrgeiz und erbarmungslos, wenn es darum ging, ihre Ziele zu verfolgen.

Alasdair Og MacDonald. Nicht blind ihr gegenüber – kein Mann war ihr gegenüber blind –, aber offensichtlich gleichgültig, vorsichtig, umsichtig. *Oder er ist von Robbie gewarnt worden…* Was sie außerordentlich reizte. Hier war ein Mann, den *sie* wollte, der sie anscheinend nicht so sehr wollte, dass er bereit war, ihren Bruder herauszufordern. Jean nahm es als persönliche Beleidigung wie auch als Herausforderung. Sie würde dafür sorgen, dass er sie beachtete. Sie würde dafür sorgen, dass er sie verehrte. Sie würde seinen Körper bekommen, seine Seele.

Sie würde ihn zum Gefangenen machen, wie sie es bei so vielen anderen Männern getan hatte, und dann, wenn sie seiner überdrüssig war, würde sie ihn aus seinem Kerker werfen.

Der Donner grollte wieder. Jean Stewart lächelte. *Er wird sich fügen, aye?*

Zunächst. In dieser Nacht, an diesem Tag, in dieser Woche. Bis der nächste Mann vorbeikam, mit nichts weiter unter dem Kilt als dem allzu flüchtigen, von Gott gegebenen Reichtum.

Es sind keine Schüsse zu hören, auch keine Angst- oder Wutschreie, nicht die triumphierenden Schlachtrufe der Campbells. Es ist vorüber, und niemand ist zurückgeblieben.

Sie rennt, bis sie über ein Hindernis direkt vor der Tür stolpert. Der Schmerz raubt ihr den Atem, und ehe sie sich versieht, liegt sie ausgestreckt auf dem Boden.

Erst nach einer Weile, als ihre Sinne das Hindernis als einen Körper erkennen, bemüht sie sich, aufzustehen, in einem wilden Versuch, vor der Leiche zurückzuweichen.

Ihr Sturz hat den Schnee über dem Körper verwischt. Sie sieht die Hose um seine Knöchel, das blutverschmierte Nachtgewand, die rotgetränkten, einst weißen Haare. Nichts ist von seinem Antlitz geblieben als der mattweiße Kieferknochen.

ZWEITER TEIL

1689

1

Der Abend dämmerte, als Dair am fernen Horizont das Feuer sah. Zuerst war es nur ein winziger Fleck, eine kleine Flamme, die in der Ferne auf den Hügeln auf und ab tanzte. Doch auch ohne etwas Genaueres erkennen zu können, wusste er sogleich, worum es sich handelte. Der Wind hatte ihnen bereits Gerüchte – und auch einen Namen – zugetragen: *James Graham, Viscount Dundee.*

Sein Blick fiel durch ein schmales Fenster auf den Loch und die Bergspitzen dahinter. Er sah, wie das Feuer erwachte, wie es sich erhob und über die Hügel ergoss. Auf und ab, auf und ab, den Hängen und Böschungen folgend, schließlich zu den tiefer gelegenen Hügeln bis zum Rand des Lochs. Es war ein wunderbarer Tanz, ein alter Tanz – der Tanz von tausend Männern; Tausende und Abertausende hatten ihn vor ihnen getanzt, Nordmänner und Pikten und Schotten, die immer noch in ihren Hügelgräbern unter dem Torf schliefen.

Dair schloss die Augen. Selbst hinter geschlossenen Lidern konnte er die Flamme sehen, und auch die quirlige Rauchschwade, die ihr folgte und sich dann in der Dunkelheit verlor. Er hörte die Dudelsackpfeifen, die den Pibroch – die Kriegsweise – erklingen ließen, und er hörte das Klirren der frisch geschärften Klingen, den Schlachtruf der Männer – *seiner* Männer, der Männer Glencoes: der MacDonald-Männer. Das Feuer in der Ferne entzündete einen Funken in seinem Blut, so dass er schließlich ebenfalls in Flammen zu stehen schien – bis schließlich gar sein Gemächt davon erfasst wurde und sich die feinen Härchen auf seiner Haut aufrichteten.

Er öffnete die Augen. Das Feuer brannte noch immer, rückte qualmend näher. Es war nicht frei und unkontrolliert, sondern wurde getragen; eine bewusst entzündete Flamme, deren Bedeutung den Männern – wenn auch nicht in all ihren Einzelheiten – geradezu unwillkürlich klar war. Und zwar allen Männern – denen von Appin, von Glencoe, von Argyllshire und von Breadalbane. Es gab nicht einen einzigen Highlander, der die Bedeutung dieser Flamme nicht kannte.

Dundee braucht uns.

Dair hörte zwar nicht, wie sie hereinkam, aber er wusste sofort, dass sie es war. Er hatte sich ihren Geruch eingeprägt, ihren Schritt, die Art, wie sie den Kopf hielt, das Wiegen ihrer Hüften, die rauchige Stimme. Er kannte sie durch und durch, alle ihre Angewohnheiten.

Sie stellte sich neben ihn, ohne ihn zu berühren. »Es ist soweit, aye?«

Er blickte weiter auf die Flamme, die in der Dunkelheit leuchtete und immer näher rückte. Obwohl die Stimme aus seiner Kehle, aus seinem Mund kam, schien sie einem völlig anderen Mann zu gehören. Er war jetzt mehr als Alasdair Og, MacIains zweitgeborener Sohn; jetzt war er ein Highlander, der genau wusste, welche Aufgabe ihn erwartete. »Es ist soweit.«

»Robbie hat gesagt, dass es so kommen würde.«

Dair lächelte schwach. »Dein Bruder ist kein Lügner. Er … ist nur manchmal etwas umständlich.«

Sie lachte leise, wurde dann wieder ernst. »Du wirst gehen.« Es war keine Frage, sondern eine Feststellung; soviel wusste sie inzwischen. Sie hatte sich Mühe gegeben, ihn kennen zu lernen.

Er wandte sich weder zu ihr um, noch streckte er seine Hand nach ihr aus; er neigte lediglich den Kopf ein bisschen.

Er konnte den Blick nicht vom brennenden Kreuz lösen, und die damit verbundene Botschaft brachte sein Blut in Wallung. »Ich bin ein Mann, Jean.«

Sie rührte sich etwas. Er sah ihr Profil, sah die klar geformte Nase, die geschwungenen Brauen, die süße, scharfe Linie ihres Kinns, die Fülle ihrer Unterlippe. Eine rotblonde Strähne verdeckte eines ihrer Augen, das so blau war wie die ihres Bruders, und kringelte sich auf ihrer Wange. In dem anderen Auge sah Dair die Spiegelung des brennenden Kreuzes, das ihn in die Schlacht rief.

Ich bin ein Mann, Jean. Was sonst sollte ein Mann tun?

»Für James«, sagte sie, und Verachtung lag in ihrer Stimme.

»Er ist König.«

»Er ist in *Frankreich.*«

»Aber er ist immer noch König *von* Schottland und England.«

Jean Stewart lachte verbittert. »Es war dumm von ihm, wegzugehen. Es ist immer schwer, zurückzubekommen, was man verloren hat, aye?« Jetzt wandte sie sich ihm zu, und auch in ihrem anderen Auge brannte das Kreuz. »Ich will dich nicht verlieren, Dair. Komm zu mir zurück. Du wirst gehen, und auch Robbie wird gehen – guter Gott, ich *weiß*, ihr seid Männer! –, aber ich will, dass ihr beide zurückkommt!«

Der Ghillie mit dem brennenden Kreuz hatte jetzt das Ufer des Sees erreicht und blieb stehen. Er reckte das Kreuz in die Höhe. »*Robert Stewart, Laird von Appin; Robert Stewart, sein Sohn; sowie alle Ghillies, Clankrieger und Vasallen!*«, rief er. »*Im Namen von James, dem König von Schottland und England: Die loyalen Schotten werden zur Schlacht gerufen!*«

Jean atmete hörbar aus. »Schwöre es! Schwöre, dass ich dich zurückbekommen werde!«

»*Im Namen von James, König von Schottland und England –*«

Ihre Zähne blitzten im Schein des Feuers kurz auf. »Alasdair Og MacDonald –«

»– die loyalen Schotten werden zum Krieg gerufen!«

Auf den Wellen des in Ufernähe flachen Wassers von Loch Laich spiegelten sich die Flammen. Schließlich antwortete eine Stimme von der Tür unter Dairs Fenster; es war der junge Robert von Appin, der dem Ghillie etwas zubrüllte. »Wollt Ihr mir nicht drinnen die Botschaft übermitteln? Ihr könntet im Namen des Königs einen Whisky mit mir trinken!«

Der Mann bückte sich und löschte die Flamme. Seine Stimme klang klar und deutlich. »Ich werde kommen. Werdet Ihr es auch tun?«

Robbie Stewart lachte. »Aye, ich werde kommen und für Jamie kämpfen … im Sommer gibt es hier ohnehin nicht viel zu tun.« Er trat aus dem Schatten der Burg und ging auf den See zu. »Wartet einen Augenblick. Ich werde Euch ein Boot schicken.«

»Nicht viel zu tun?« Jean Stewart lachte. »Er hat ja auch keine Frau …« Sie drehte sich stürmisch zu Dair um, bekam mit beiden Händen sein Hemd zu fassen. »Wenn du es mir nicht mit Worten schwören willst, finde ich einen anderen Weg … es sind nur zwei Schritte bis zum Bett –« Sie ließ sein Hemd los und griff in die Haare in seinem Nacken. »Oder willst du mich hier haben?«

Das brennende Kreuz war im Wasser von Loch Laich gelöscht worden, doch in ihrem Bett entfachten sie es erneut – in einer Schlacht, die von ihnen ganz allein geführt wurde.

»Tot?«, rief Glenlyon. »Robbie ist tot?«

Cat spürte, wie die Kleidung an ihrem Körper klebte. Sie schwitzte, und vor Angst, Übelkeit und Scham war ihr ganz heiß. Sie hatte ihren Vater angelogen, was den Tod seines Sohnes betraf.

Was sonst hätte sie tun können? Hätte sie ihm die Wahrheit sagen sollen? Hätte sie ihm sagen sollen, dass sie am Tod des jungen Mannes, der einmal der sechste Laird von Glenlyon hätte sein sollen, genauso schuld war wie die MacDonalds?

Sie war feige. Und sie wusste es.

Aber es war so einfach, den MacDonalds die Schuld zu geben. Wenn sie nicht gewesen wären, wenn sie sich nicht eingemischt hätten, würde Glenlyons Erbe noch leben.

Es war gar nicht so sehr gelogen.

Ein Knoten lag in Cats Bauch, so schwer und schmerzhaft wie die Erinnerung. Sie massierte das Gewebe ein bisschen, in der Hoffnung, den Schmerz dadurch etwas zu lindern, aber es half nichts.

Auf der anderen Seite ihrer dünnen Tür, hinter seiner eigenen, spielte ihr Vater auf dem Dudelsack.

»Robbie…«, murmelte Glenlyon, und seine Gesichtszüge erschlafften.

Cat ballte die nackten Zehen zusammen und presste sie gegen den Boden, als wollte sie sie hineinbohren. Ihre Arme waren steif, die Fäuste gegen die Oberschenkel gepresst. Sie umklammerte mit beiden Händen den groben Stoff, grub ihre abgebrochenen Nägel hinein.

Sie wartete, während ihr Vater über dem Schreibtisch gebeugt dasaß, die Hände so fest um den Kopf gelegt, dass sie schon befürchtete, er würde ihn zermalmen.

»Geh«, sagte er.

Cat krümmte sich im Bett. Robbie war jetzt vier Jahre tot… und sie war inzwischen eine Frau, jedenfalls nach Aussage von Una, die auch Lady Glenlyon gedient hatte. Una zufolge war Cat sogar schon seit zwei Jahren eine Frau, doch sie selbst fühlte sich gar nicht als solche; ihre Regel war, wie sie fand, nichts als eine Unannehmlichkeit, die sie nur noch mehr von ihren restlichen Brüdern entfernte. Männer waren nicht gezwungen, sich Gedanken um solche Sachen wie griffbereite Tücher oder Krämpfe im Unterbauch zu machen.

Robbie muss sich um nichts mehr Gedanken machen.

Auch ihre Brüste schmerzten. Cat legte die Hand um eine, drückte sie leicht durch den Stoff des Nachtgewandes hindurch. Noch ein Jahr zuvor war die Haut dort so fest wie eine Kniescheibe gewesen.

Cat hasste es, zu nähen. Aber sie musste zusammen mit Una neue Miederteile für ihre Kleider nähen, um sie noch etwas länger tragen zu können. Da sie nicht genug Silber besaßen, um neuen Stoff zu kaufen, mussten sie zusehen, wie sie mit dem zurechtkamen, was Cat bereits besaß – bis sie sich so weit entwickelt hatte, dass sie die Kleider ihrer Mutter tragen konnte.

Sie dachte wieder an ihre Brüder, die noch am Leben waren: Jamie, Dougal, Colin. Sie wussten es nicht. Für sie war sie noch immer einfach nur *Cat*, nicht eine Frau. Wenn sie es gewusst hätten, wäre sie von ihnen aufgezogen worden. Und das hätte sie nicht ertragen können.

Cat biss sich auf die Unterlippe. Sie nahm an, dass einige Mädchen stolz waren, wenn sie zur Frau wurden und den Beweis ihrer Fruchtbarkeit als Zeichen dafür erhielten, dass sie heiraten und eigene Familien gründen konnten. Aber sie wollte das alles gar nicht, jedenfalls noch nicht. Sie zog das Leben vor, das sie jetzt führte, unberührt von den Pflichten, die ihr Vater kannte. Kinder kriegen und die Männer versorgen, das sollten ruhig die anderen tun, die anderen Beinahe-Frauen. Cat wollte etwas Besseres. Sie wollte mehr.

Sie verzog das Gesicht, als ein neuer Krampf sie schüttelte. *Ich wünschte, ich wäre ein Junge.*

Nicht nur wegen der Regel, der Krämpfe oder der Tatsache, dass das Anschwellen ihrer Brüste ihren ganzen Oberkörper veränderte. Wenn sie ein Junge gewesen wäre, hätte sie Robbie vielleicht helfen können. Und dann wäre er noch am Leben.

Doch da war noch mehr. Cat spürte, dass sie zu etwas anderem ausersehen war, als sich einfach nur den Strömungen zu fügen, die das Leben als Frau mit sich brachte. *Lieber stehle ich eine Kuh, als dass ich einem Mann das Essen zubereite.*

Sie war jetzt eine Frau. Die Welt in ihrem Innern hatte sich verändert, genauso wie die äußere Welt. Und in beiden war sie gefangen.

Die Dudelsackpfeifen verstummten mit einem letzten Aufheulen. In der nachfolgenden, gesegneten Stille entspannte Cat sich etwas. Die Krämpfe und der Lärm waren vorüber. Jetzt konnte sie endlich schlafen.

Doch kurze Zeit später öffnete sie abrupt die Augen, als sie das Geräusch von Pferdehufen im Hof hörte. »Vater –?« Aber diese Möglichkeit verwarf sie sogleich wieder; er würde in seinem Sessel schlafen. »– oh, GOTT –« Sie schwang sich aus dem Bett und war mit einem Satz beim Fenster, schob die Läden zurück.

Sie sah, was sie befürchtet hatte: ihre drei Brüder saßen mit Kappen und Plaids bekleidet auf den Pferden, umgeben von einer Hand voll Ghillies. Der Vollmond ergoss sein sanftes Licht über die Hügel, die sich in ihrem sommerlichen Gewand präsentierten, aber es blitzte kein Metall auf: ihre Brüder trugen weder Abzeichen noch Spangen oder blankgezogene Dolche – nichts, was sie hätte verraten können.

»Das dürfen sie nicht!«, fluchte Cat leise. Sie schnappte sich ihren Schal, warf ihn sich über das Nachtgewand, riss die Tür auf und rannte die Treppe herunter, immer zwei Stufen auf einmal nehmend. »– das *dürfen* sie nicht –«

Sie achtete nicht darauf, dass sie barfuß war. Sie musste ihre Brüder aufhalten, bevor sie Chesthill verließen, bevor sie Glen Lyon verließen und nach Rannoch Moor gingen; bevor sie nach Glencoe zu den MacDonalds gingen und dort starben.

Die Hunde bellten, während Cat aus dem Haus rannte. Sie sah, wie ihre Brüder die Pferde zügelten, wie sie sich mit bleichen Gesichtern abrupt zu ihr umdrehten, als sie die Tür so heftig aufriss, dass sie mit voller Wucht gegen die Wand krachte. Sie kümmerte sich jedoch nicht darum, sondern lief auf ihre Brüder zu.

»Jamie!« Es war sein Pferd, das sie zu fassen bekam; sie riss so heftig an den Zügeln, dass das Pferd mit aufgerissenem Maul stehen blieb. »*Du wirst nicht gehen*, Jamie! Keiner von euch geht!«

»Lass los!«, rief Jamie. »Himmel, Cat –«

»Ihr DÜRFT nicht gehen!«, rief sie.

Jetzt meldete sich Dougal zu Wort. »Cat, das geht dich nichts an.«

»Das geht *mich* nichts an?« Sie klammerte sich an die Zügel, sich nur vage der feuchten Nüstern bewusst, der aufgestellten Ohren, der weißgeränderten Augen. »Hast du es etwa schon vergessen? Hast du Robbie schon vergessen?«

Colin drängte sein Pferd zu ihr. Sie spürte die Wärme des Tiers an ihrer Schulter, den Druck von Colins Schuh an ihrer Hüfte. »Cat – wir haben Robbie nicht vergessen. Aber das ist jetzt *vier Jahre* her. Wir sind jetzt Männer, keine Jungen mehr!«

»Auch Männer sterben!«

Jamie fluchte, riss erfolglos an den Zügeln, die Cat noch immer fest umklammert hielt. »Die jammernde Frau kannst du woanders spielen. Wir haben keine Zeit für solche Sachen!«

Dougal war weniger brutal. »Cat, in Gottes Namen … es ist vorbei. Es ist geschehen. Robbie ist jetzt vier Jahre tot.«

»Wir haben genug Vieh.« Sie klammerte sich weiter an Jamies Zügel, ungeachtet der Anstrengungen von Mensch und Pferd. »Seid ihr auf der Weide gewesen? Habt ihr es gezählt? Wir haben *genug* Vieh!«

Jamie lachte. »Wir haben niemals genug Vieh! Himmel, Cat, *lass endlich los* –« Er wurde ärgerlich. »– hast du dein Highlandblut vergossen und durch Sassenachblut ersetzt?«

»Dann geht nach Appin!«, rief sie. »Geht von mir aus dahin, aber nicht nach Glencoe.«

»Jamie, warte.« Colin hob beschwichtigend eine Hand. Er

war weniger ungeduldig, weniger schroff. Mit seinen achtzehn Jahren war er kein Junge mehr, aber auch noch nicht ganz ein Mann. »Cat… wir können uns nicht für immer verstecken. Die MacDonalds nehmen uns unsere Kühe weg, ohne dass wir uns dagegen wehren… findest du nicht, dass es an der Zeit ist, sie zurückzuholen?«

Sie ließ James' Pferd immer noch nicht los. Selbst wenn er mit dem Dolch die Zügel durchtrennt hätte, hätte sie nicht losgelassen. »Ich will nicht noch einen Bruder verlieren.«

»Dann bleib hier und halt dich raus!« schnappte James. »Er ist schließlich *deinetwegen* gestorben. Wärst du uns nicht gefolgt, wäre Robbie noch am Leben.«

Ihr Gesicht brannte. Cat bebte heftig. *–ich habe ihnen doch nichts gesagt… ich habe ihnen NICHTS von dem Dolch gesagt –*

»Lass los«, sagte Dougal. »Cat… die MacDonalds sind weg. Dundee hat das brennende Kreuz zu den Lochs geschickt. Sie haben geantwortet. Sie sind nach Dalcomera gegangen, um gegen die Sassenachs zu kämpfen.«

»Jakobiten-Narren«, murmelte Jamie. »Sie sollten William unterstützen. Wenn ich schon in einer Schlacht sterben muss, dann wenigstens für einen König, der an der Macht ist, und nicht für einen, der sich in Frankreich rumtreibt!«

»Ich würde gerne gegen die Jakobiten kämpfen«, sagte Dougal ernst. »Wenn Breadalbane nicht angeordnet hätte, dass wir zu Hause bleiben.«

»Er ist ein Weib«, erklärte Jamie angeekelt. »Genau wie unser Vater. Ein Brief von Breadalbane, und wir alle sind entmannt!«

Es interessierte Cat nicht, wer König war und wer nicht, und wer wen vom Krieg abhielt. Sie wollte nur eins: ihre Brüder davon abhalten, nach Glencoe zu gehen, um Vieh zu stehlen. »Die MacDonalds sind damals auch weg gewesen, oder? Und trotzdem ist Robbie gestorben!«

Colin glitt von seinem Pferd und reichte Dougal die Zügel. Der Druck seiner Hände war sanft, aber entschieden, als er ihre Finger einen nach dem anderen vom Leder löste. Sie war weder eine kleine Frau noch eine schwache, aber er war letztendlich doch größer und kräftiger als sie. »Geh ins Bett, Cat.« Er nickte Jamie zu, eine stumme Aufforderung, sich zurückzuziehen. »Wenn du morgen früh aufwachst, ist nichts weiter geschehen, als dass wir ein paar Kühe mehr auf den Weiden haben.«

»Colin –« Ihr Protest erstarb. Übelkeit breitete sich in ihrem Bauch aus, kitzelte ihre Kehle. Sie wollte ausspucken, sich von der Schuld befreien. *–keiner von ihnen weiß, dass es mein Dolch gewesen ist* – »Colin, geh nicht«, brachte sie würgend hervor. »Versprich es mir.«

»So etwas werde ich nicht versprechen.« Er führte sie von den Pferden weg, in Richtung Haus. »Geh ins Bett.«

Ihr Widerstand war nutzlos, und ein Gefühl der Hilflosigkeit bemächtigte sich ihrer. Sie war davon überzeugt, dass ihr Schädel gleich platzen würde, so wütend und ohnmächtig fühlte sie sich. »Dann tötet sie alle!«, schrie sie. »Tötet alle MacDonalds und bringt es hinter euch, denn dann können sie euch nicht mehr töten!«

»Geh ins Haus«, befahl Jamie. »Colin – steig auf. Wir gehen.« Er blickte seine Schwester noch einmal an. Der Schimmer des Mondes ließ seine Miene etwas sanfter erscheinen, aber sie hörte den Abscheu in seiner Stimme. »Bei Gott, Cat, geh endlich rein – du bist nicht gerade ein passender Anblick für einen Mann!«

Ihr Unterbauch verkrampfte sich wieder. Cat griff unbeholfen nach ihrem Schal, bevor er ganz von ihrem Körper rutschte; die eine Ecke der Wolle war durchnässt. Sie war wirklich kein passender Anblick, wie sie erkannte: Jamies Pferd hatte eine breite Schleimspur auf ihrem Nachtgewand hinterlassen, ihr Zopf hatte sich zum Teil gelöst, so dass ihr die zerzausten Haarsträhnen vor dem Gesicht hingen, und der Saum ihres Nachtgewandes war aufgegangen und schleifte über den feuchten Boden. Ihre nackten Zehen waren Schlamm verschmiert und blitzten zwischen den Fetzen hindurch.

Aber es ging um mehr als nur um ihr Erscheinungsbild, und die Ghillies, die ihrem Vater dienten, kannten sie natürlich. Sie wussten längst, dass die Tochter ihres Laird nicht so wie andere Mädchen und Frauen war.

Cat reckte ihr Kinn, schob jeden – ohnehin vergeblichen – Versuch beiseite, ihre Kleidung in Ordnung zu bringen. »Geht nicht, Jamie. Du bist jetzt der Erbe. Robbie ist tot, und du wirst an seiner Stelle einmal Laird sein.«

Doch keiner von ihnen hörte auf sie. Sie waren Männer, und sie war eine Frau. Als ihre Brüder von den Schatten verschluckt wurden, begriff Cat, dass alles umsonst gewesen war: ihre Einwände, ihre Ängste, ihre Wut. Sie sahen sie im besten Falle als ihre Schwester, doch für die Geschicke der Welt hatte sie nach Auffassung ihrer Brüder nur eine geringe Bedeutung.

Cat drehte sich mit einer heftigen Bewegung um und schritt zur Tür. Sie schloss sie von außen und setzte sich auf die Bank daneben, verbarg die Füße unter dem Schal. Sie verspürte keinerlei Neigung, wieder ins Bett zu gehen; sie würde warten, bis die Männer wieder zurückkehrten – wann immer das auch sein mochte.

Das Gefühl, nutzlos zu sein, war äußerst schmerzhaft. Es fühlte sich wie ein Stein in ihrem Bauch an, der immer weiter anschwoll, bis er selbst in ihrer Kehle saß. »Tötet sie alle«, brachte sie erstickt hervor, wütend darüber, dass sie weinte. *Bis auf Alasdair Og –*

Der einmal nett zu ihr gewesen war.

Dair hatte sich auf einem Granitfelsen im Schatten von Craigh Eallaich niedergelassen. Er hockte einfach gedankenverloren da, die Knie unter den Kilt gezogen – er weigerte sich, Hosen in der Schlacht zu tragen. Mit der einen Hand fuhr er sich abwesend und ohne jeden Erfolg durch die dunklen Haare, die jetzt noch deutlicher mit Grau durchsetzt waren; die andere hing locker über einem Knie. Er starrte in die Ferne, ohne wirklich etwas zu sehen, und richtete seinen Blick auf andere Clanmitglieder, die sich um ihre Waffen kümmerten und bemüht waren, gute Laune an den Tag zu legen. Indem sie laut über dürftige Witze und freundschaftlich gemeinte Beleidigungen lachten, errichteten sie Stein für Stein eine Mauer um sich herum, die ihnen helfen sollte, sich vor düsteren Vorahnungen und Sorgen zu schützen – und die ihnen half, sich die Zeit zu vertreiben, die sonst nie vergangen wäre.

Seine staubige, blaue Kappe lag auf seinem Oberschenkel, geschmückt mit dem silbernen Clan-Abzeichen und einem Zweig purpurfarbenem Heidekraut sowie der roten Feder von James Graham, Viscount Dundee. An der einen Wade hatte er sein *Sgian dhu* befestigt und in seinem Gürtel steckte ein Dolch. Die Tartsche, der hölzerne Rundschild, war mit messingbeschlagenem Leder bezogen und hatte einen Dorn in der Mitte; sie lehnte neben ihm am zinngrünen Felsgestein. Zu seinen Füßen lag das Claymore, das gefürchtete schottische Claymore aus Stahl, das in seiner schmucklosen, aber tödlichen Schlichtheit von außerordentlicher Eleganz war.

Er sah Jeans Gesicht vor seinem geistigen Auge, sah ihre Augen, ihre Begierde, spürte ihren geschmeidigen Körper unter seinem zucken – und die sofortige Reaktion seines Körpers, der sich jetzt auf die Schlacht vorbereitete.

Er grinste trübselig. *Es wird eine andere Schlacht werden, aye?* Und dennoch eine Schlacht – aber eine, in der ein Krieger es mit einem anderen Krieger zu tun hatte, nicht mit einer Frau, und es würde auch ein anderes, weit unbequemeres Schlachtfeld sein, als das Bett von Jean Stewart es war.

Dair blinzelte. Es waren nur noch ein oder zwei Stunden bis Sonnenuntergang. Die Hitze des Sommertags kühlte gegen Abend ab, und eine Brise brachte den Geruch von Gras, Heu, Erde, Stein, Wasser und den Geschmack von Whisky mit. Sie waren von hohen Bergen umgeben. Hinter ihm erhob sich der Craigh Eallaich mit seinem zerklüfteten Antlitz über hochgelegenen sanften und weniger sanften Hängen. Der Juli neigte sich dem Ende zu, und in Glencoe war das Vieh bereits auf den Sommerweiden, um für den bevorstehenden Winter gemästet zu werden; hier mästete Dundee seine Männer mit den Zielen der Jakobiten.

Dair hörte Schritte hinter sich. Er erkannte seinen Bruder an dessen Schatten, noch bevor er ihn sprechen hörte. »Denkst du an Jean Stewart?«

Dair lächelte schief. »Und du denkst doch sicher an Eiblin, aye?«

Mit einem Seufzer hockte MacIains Erbe sich neben seinem jüngeren Bruder auf die Fersen. Tartsche und Claymore fielen scheppernd zu Boden. »Die meisten Männer tun das vor einer Schlacht: sie denken an ihre Frauen und an ihre Kinder.« Sein Blick hatte etwas Grüblerisches, während er einen Grashalm aus dem Boden rupfte und ihn von der Erde befreite, bevor er ihn in den Mund steckte. »Wirst du sie heiraten?«

Dair schaute in die untergehende Sonne und kniff seine Augen zusammen. »Ich weiß es nicht, John.«

John war inzwischen noch grauer geworden, bis auf die Augenbrauen, die noch immer dunkel waren. »Du weißt es nicht? Wie viele Jahre seid ihr jetzt zusammen? Vier?«

»Nicht ganz.« Dair machte eine abwehrende Geste mit der Hand. »Eine Woche hier, einen Monat dort...« Er seufzte und kratzte sich am Bart; keiner von ihnen hatte sich angesichts der bevorstehenden Schlacht rasiert.

John grinste. »Genug Zeit, um eine Frau zu kennen!«

Dair, der sich sowohl über sich als auch über die Anwesenheit seines Bruders ärgerte, nahm seine Kappe und begann, das Heidekraut und die scharlachrote Feder unter dem Abzeichen zurechtzurücken. Die Tätigkeit nahm seine gesamte Aufmerksamkeit in Anspruch – genau das, was er wollte. Doch als er nicht antwortete –

»Alasdair –«

Seine Ruhe verflüchtigte sich. »Ich *weiß* es nicht, John! Himmel, ich bin erst sechsundzwanzig – ich habe noch soviel Zeit!«

John behielt den Grashalm im Mund, als er antwortete. »Mit sechsundzwanzig hatte ich bereits eine Frau *und* ein Kind.«

»Das ist etwas anderes«, erklärte Dair. »Du wirst Clanchief sein, ich nicht.«

»Sie wäre eine gute Partie, Alasdair. Die Appin-Stewarts und die Glencoe-MacDonalds sind beinahe blutsverwandt... und wenn man sich die Geschichte in Erinnerung ruft, ist der Laird der Appin sogar unser Oberhaupt. Wir haben ihm früher einmal lebenslange Unterstützung gewährt.«

»Erinnere nur Robbie nicht daran.«

John lachte leise. »Hat es denn damit zu tun? Dass sie Robbies Schwester ist?«

Dair seufzte und warf die Kappe ins Gras neben sich, streckte die Beine aus, um die Knie etwas zu entspannen, während er sich auf die Ellenbogen stützte. »Bevor du Eiblin geheiratet hast, hast du da jemals eine Frau gehabt, die dich nachts zufrieden gestellt hat – Himmel, besser als jede andere! –, aber tagsüber schwierig gewesen ist?« Er beugte sich wieder vor und fuhr sich mit den gespreizten Händen durch die Haare, die vollkommen wirr von seinem Kopf abstanden. »Gott, ich weiß es wirklich nicht... sie ist alles, wovon ein Mann nur träumen kann, John – erst recht vor einer Schlacht –, aber...« Seine Stimme spiegelte eine Mischung aus Verzweiflung, Ohnmacht und Verärgerung wider. »Ich *weiß* es einfach nicht! Ich habe nicht die passenden Worte dafür!«

»Hübsch genug, um mit ihr zu schlafen –«

» – Himmel –«

» – aber nicht so hübsch, um mit ihr zu leben.« John nahm den Halm aus dem Mund und runzelte die Stirn, wedelte mit dem Halm hin und her. »Sie werden von dort kommen, sagt MacIain.«

Ein anderes Thema, Gott sei Dank – Dair drehte seinen Kopf in die Richtung, in die John deutete. »Von dort?«

»Über den Pass. Killiecrankie.« Er nahm den Halm wieder in den Mund. »Es ist fast soweit. Die Mackays sind gerade dabei, über die andere Seite zu uns zu stoßen.«

Dair bekam eine Gänsehaut. »Wo ist Dundee?«

»Dort.« John nahm den Halm in die Hand und deutete mit ihm auf etwas. »Und die Dudelsackspieler –«

Noch während er sprach, ließ ein einzelner Dudelsack ein tiefes Summen über die Hänge und Böschungen erschallen. Ein anderer stimmte mit ein, und noch einer, und noch einer, bis jeder Clanspieler auf Craigh Eallaich den Ruf verkündete.

»Gott im Himmel –« Dair schoss vor seinem Bruder aufrecht in die Höhe. »Dundee?«

»Und MacIain, und Ewan Cameron von Lochiel, und Clanranald MacDonalds, MacDonalds von Sleat, Macleans, selbst der Laird von Duart – und Robbie Stewart von Appin, an Stelle seines Vaters.« John MacDonald grinste und erhob sich langsam, griff nach der Tartsche und dem Claymore. »Wir werden sie mit eingezogenem Schwanz zu William zurückschicken und König Jamie nach Hause holen!«

Der Craigh Eallaich vervielfachte den Klang der Dudelsackpfeifen, bis die ganze Welt davon erfüllt zu sein schien. Von überall her kamen Männer, trugen Äxte, Tartschen, Claymores, ein paar sogar Musketen, Dolche und *Sgian dhus*; auf den Köpfen hatten sie ihre Kappen mit dem Scharlachrot unter einem Hauch von Silber.

Ein Zittern erfasste Dair. Er spürte, wie sich sein Bauch zusammenzog, sein Gemächt heiß wurde und sich die Haare aufrichteten. Es war beinahe eine sexuelle Spannung, eine überwältigende emotionale und körperliche Reaktion, die ihn ganz und gar erfasste, ihn schüttelte, bis er nur noch oberflächlich und gepresst atmete und ihm die Tränen in den Augen standen.

– Dundee –

– saß in einen scharlachroten Mantel gehüllt auf seinem Pferd; ein mit Blättern geschmückter Hut; ein Hauch von Silber in seiner Hand: der Becher mit Wein für den Toast. Um ihn herum hatten sich die Clanchiefs versammelt: MacIain, Appin, Lochiel-

– und von überall ertönte das Geräusch der Dudelsackpfeifen, verschluckte die Welt und schickte den Pibroch aller Pibrochs in den Sonnenuntergang hinaus, den klagenden Kriegsgesang, der dazu gedacht war, die Herzen aller Highlander anschwellen zu lassen, ihren Willen zu formen, ihre Überzeugungen-

– Clanranald, Sleat, Maclean –

Licht verbreitete sich wie eine Seuche: hier und da… und dort… und hier und auch da… Fackeln fingen Feuer und wurden hochgehoben, um dem Sonnenuntergang zu trotzen.

– MacNeills, MacLeods, MacLachlans –

Dair lachte leise, aber glücklich. Neben ihm betete John fieberhaft für den Sieg, für Dundee, für die MacDonalds.

– Grants, Frasers, MacMillans –

Dundee trank mit den Clanchiefs, dann ließ er den Blick über die Masse aus Tartschen und Stahl schweifen. Die Dudelsackpfeifen verstummten abrupt, hinterließen eine erwartungsvolle Stille, die fast genauso laut zu sein schien. Dair hielt die Luft an, aus Angst, Dundee sonst nicht verstehen zu können.

»Sie sind Sassenachs«, erklärte Dundee mit geübtem Spott. »Sie sind Lowlander und Sassenachs, und sie kennen nichts anderes als das, was ein Holländer ihnen sagt, der sich selbst König nennt.« Ein aufkommender Wind zerrte an den Fackeln. Niemand sagte etwas. Dann sprach Dundee weiter. »Wir sind *Highlander*!«, donnerte er. »Kämpfen wir also auch wie Highlander!«

Dair zitterte wieder. Eine schreckliche, süße Freude erfüllte seine Brust.

Dundee wartete, bis der Jubel der Männer sich gelegt hatte, dann fuhr er etwas ruhiger fort. »Sollen sie über den Pass kommen… sollen sie ruhig herunterkommen… sollen sie ruhig in unsere Behausungen hier bei Killiecrankie kommen – bei dem Ausruf ›*Claymore*‹ werden wir uns wie echte Gälen auf sie stürzen, damit sie, bevor sie ihre Seelen aufgeben, erfahren, wie die Gälen früher gewesen sind!« Er reckte seinen Becher in die Luft. »Generäle – erhebt die Standarten! Im Namen Gottes und im Namen von König James, lasst uns den Feind besiegen!«

Dair und John MacDonald rissen gleichzeitig ihre Dolche aus den Gürteln und reckten sie hoch in die Luft. »*Fraoch Eilean!*«, brach es aus ihren Kehlen heraus, noch während oben auf dem Hügel MacIains eigenes, donnerndes Gebrüll zu hören war. »MacDonalds für König James!«

Dair fuhr mit dem linken Arm durch den Lederriemen an der Unterseite seiner runden Tartsche. Der kleine, mit einem einzigen Dorn versehene Schild saß genau an seinem Ellenbogen und schützte seinen Unterarm; beim Angriff der von oben heranstürmenden Feinde würde er darüber hinaus seinen Kopf schützen.

Zuerst die Tartsche. Dann, auf Befehl, den Dolch mit der langen Klinge in die linke Hand, in die rechte das Claymore.

Mackays Truppen, so hatte Dundee seinen Anführern erklärt – die es an ihre Männer weitergegeben hatten –, bestanden aus Lowland-Schotten und kürzlich Verpflichteten, die sich nur geringer oder gar keiner Erfahrung und Übung rühmen konnten. Wenngleich es also stimmte, dass Mackays Männer Musketen besaßen – im Gegensatz zur Mehrheit von Dundees Highlandern –, waren diese Männer nicht mit den alten Kampfweisen der Gälen vertraut. Sie würden einen ersten, gewaltigen Angriff führen und Clankrieger würden ihr Leben lassen – doch die leer geschossenen Luntenmusketen mussten nachgeladen werden, und in diesem Moment, in den ersten rauchverhüllten, von Panik erfüllten Augenblicken, würden die Highlander angreifen.

Dair grinste etwas angespannt, als er den Sitz seiner Tartsche überprüfte. »Die Lowlander wissen gar nicht, was eine wirkliche Schlacht ist.«

»MacDonald!« Eine Hand legte sich auf Dairs Schulter, drückte sie kurz auf vertraute Weise. »Himmel, MacDonald, das wird wirklich ein Sieg!«

Dair zog eine Augenbraue hoch. »Hast du deine Stewarts im Stich gelassen, Robbie?«

»Gott behüte, nein.« Robert Stewart von Appin grinste, als er sich hinhockte. Seine Tartsche saß am linken Ellenbogen, doch er hatte den Dolch noch nicht blankgezogen. Er legte das Claymore auf den Boden neben sich. »Ich bin doch nicht verrückt und glaube, dass die MacDonalds raffiniertere Kämpfer sind als die Stewarts... ich dachte nur, ich sollte dich vielleicht einladen, neben ein paar *richtigen* Männern zu kämpfen.«

Dair spottete. »Du hast nie mit MacIain gekämpft, sonst würdest du nicht so verächtlich über uns sprechen.« Er reckte das Kinn. »Sieh ihn dir nur an, Robbie, und dann denk noch mal über das nach, was du eben gesagt hast.«

Stewart blinzelte in Richtung Dundee, der von einem Haufen von Lairds umgeben war. Doch sie alle überragte der weißmähnige Alasdair MacDonald, der MacIain, dessen Plaid-Fibel in der untergehenden Sonne aufblitzte.

Robbie zuckte mit den Schultern. »Das ist ein Mann, nicht? MacIain.«

»Dann bring deine Stewarts hierher, damit ihr mit *uns* den Sieg feiern könnt; du bist nichts als ein erbärmlicher Kerl, nicht mal so viel wert wie ein einziges Barthaar dieses Mannes!«

Robbie lachte, und die Haut um seine Augen legte sich in Fältchen. »Nun gut… eines Tages werde ich es sein. Nach dieser Schlacht vielleicht.« Er wühlte unter seinem gewaltigen Plaid nach etwas. »Ich habe da etwas für dich… ich habe es ihr versprechen müssen.« Er brachte seine Hand wieder zum Vorschein. In seiner Handfläche lag eine Goldkette mit einem Medaillon. »Es ist natürlich von Jean. Sie hat mich einen Eid schwören lassen, dass du es erhältst, bevor wir auf den Feind treffen.« Sein Mund zuckte etwas. »Sie hat gewusst, dass du es von ihr nicht annehmen würdest, weil du sie dann für zu weibisch gehalten hättest.«

Dair lächelte. »Manchmal ist sie noch stolzer als du. Gott möge dem Mann vergeben, der Narr genug ist, Jean Stewart für schwach zu halten!«

Robbies Miene blieb ernst. »Nur ein einziger Mann ist von Bedeutung.«

»*Und* ihr Bruder.«

»Und ihr Bruder, ja, aber es liegt ein gewisser Unterschied darin, ob sie an mich denkt oder ob sie an den Mann in ihrem Bett denkt!« Robbie streckte eine Hand aus. »Willst du es haben?«

Dair nahm das Medaillon an sich. Er schob den winzigen Riegel zurück und öffnete den Deckel; im Innern kringelte sich eine Strähne aus rotblondem Haar auf einem Stück blauem Samt.

»Es war das Medaillon unserer Mutter«, sagte Robbie etwas zögernd. »Du musst es wirklich achten, MacDonald.«

Dair lächelte; Robbie war gewöhnlich nicht rührselig. »Ich werde es in Ehren halten. Es wird mir Glück bringen.« Er schloss den Deckel wieder und steckte das Medaillon in das Lederband, mit dem er sein *Sgian dhu* befestigt hatte.

Stewart nickte. »Am besten, wir überleben beide, oder wir sterben beide. Denn wenn nur einer von uns nach Castle Stalker zurückkehrt, wird Jean den anderen dafür erdolchen.«

Dair lachte laut auf. »Ja, das würde sie.«

»Sie hat mich schwören lassen, dass ich mich um dein Wohlergehen kümmere, MacDonald… Ich weiß nur nicht, wie ich das machen soll, wenn du hier bist und ich dort bin.«

»Frag Jean doch mal, ob *sie* bereit ist, ihren Clan aufzugeben… mal sehen, was sie dazu sagt.«

»Nun – für eine Frau ist das nicht so schlimm, aye? Sie muss nichts weiter tun, als einen Mann heiraten.« Robbie grinste verschlagen, und seine blauen Augen leuchteten. »Aber das hast du nicht von mir gehört… sie würde mir die Zunge dafür rausreißen!«

»Oder deine Eier, wie ich Jean kenne.« Ein Leuchten in der Ferne erregte Dairs Aufmerksamkeit. Er starrte es angestrengt an, blinzelte in Richtung Killicrankie-Pass. Seine Muskeln versteiften sich. »Himmel… es ist Mackay!«

Robbie schoss hoch, angespannt wie ein Jagdhund. Er stieß einen zischenden Laut aus, in freudiger Erwartung. »Ja, es ist Mackay…«

Als die Lowland-Truppen des Generals sich den Pass hinunter auf die tieferen Abhänge von Craigh Eallaich zuwälzten, war Dundees Stimme zu hören, der seine Highlander ermahnte. »Claymore! Für die Gälen!«

Robbies Gelächter verklang in der Luft, als die Dudelsackpfeifen wieder ertönten. »Für die Gälen, ja? Himmel, sie sind ja um nichts besser!«

Jetzt ist es also endlich soweit… Dairs Haut prickelte, als er sich aufrichtete. Gemeinsam mit allen anderen Highlandern löste er geschickt seine Fibel und legte das Plaid ab, schälte sich aus der schweren Wolle. Seine Worte schienen wie aus weiter Ferne zu kommen. »Wenn du die Appin-Männer anführen willst, solltest du jetzt besser verschwinden. Uns bleibt nicht mehr viel Zeit…«

Die Dudelsackpfeifen erhoben sich klagend über den Abhängen. Fackel- und Sonnenlicht blitzte auf den blankgezogenen Klingen auf. »Himmel, MacDonald…« Robbie packte Dair einen Augenblick stürmisch an der Schulter. Seine Finger gruben sich in seine Haut. »Wir werden den Barden etwas geben, worüber sie singen können!«

»Ja, das werden wir«, erwiderte Dair etwas schroff und packte Robbies Unterarm. »Und jetzt *geh*!«

Robbie ging zurück, befreite sich noch während des Gehens ebenfalls von seinem Plaid. Dair wandte sich dem Pass zu, beobachtete Mackays Männer. Sein Plaid lag unordentlich zu seinen bloßen Füßen. Er zog seinen Dolch, dann beugte er sich hinab und nahm sein Schwert auf. »*Fraoch Eilean*«, murmelte er und suchte in dem Gewimmel um Dundee herum nach dem Gesicht seines Vaters.

Er fand es: ein Adlergesicht in einem Kopf auf gewaltigen Schultern. Auch MacIain hatte sein Plaid abgelegt. Der stolze, wilde Laird bleckte kurz die Zähne, dann warf er den Kopf in den Nacken und stimmte in die Rufe Dundees mit ein.

»*Claymore!*«

Eine Menge Wolle blieb zurück, ein riesiger Haufen traditionell gemusterter Plaids, als Dundees Highlander barfuß und nicht mit Hosen bekleidet in der alten Tradition der Gälen ihre Dolche zogen, die Claymores ergriffen und den Namen ihres König riefen, während sie den Feind attackierten.

2

Cat, die sich nur auf Unas Drängen hin bereit erklärt hatte, die Kunst der Nadelarbeit zu erlernen, begann unglücklich damit, jeden Stich wieder aufzutrennen, den sie in dem abgetragenen, vergilbten Batist gemacht hatte – ebenso auf Unas Wunsch hin. In ihrem Innern brodelte es, und sie wusste, dass sie trotzig war.

– Ich bin nicht dazu da, um ruhig zu sein –

»Catriona.«

– Ich bin nicht dazu da, um Hemden zu säumen –

»Catriona.«

Una nannte sie immer nur bei ihrem richtigen Vornamen. Seit dem Tod von Lady Glenlyon ein Jahrzehnt zuvor hatte sie sich mit bemerkenswerter Hingabe der Aufgabe verschrieben, der Tochter ihrer ehemaligen Herrin vornehmes Verhalten beizubringen. Cat wusste jedoch besser als alle anderen, dass sie darin nicht sonderlich erfolgreich gewesen war. Sie zog noch immer Hosen Kleidern vor, obwohl sie nur selten Gelegenheit hatte, sie tragen zu können: an ihrem siebzehnten Geburtstag hatte der Laird erklärt, dass sie jetzt eine Frau war und er es nicht mehr dulden würde, dass seine Tochter in den Hosen ihrer Brüder herumlief.

»Catriona, pass auf den Faden auf… nein, nicht so! Er darf nicht zerreißen. Das Garn ist teuer.«

Cat biss die Zähne zusammen, während sie daran arbeitete, die Nähte zu lösen. Der Faden, einst fast vollkommen weiß, war von den Bemühungen ihrer unbeholfenen, schmutzigen Finger inzwischen ganz dunkel geworden. »Alles ist teuer, aye? Statt die Münzen für solche Dinge wie Garn auszugeben, verschwendet mein Vater sie für das Würfelspiel oder Whisky –«

»*Catriona!*«

»Ist doch wahr.« Sie kümmerte sich nicht darum, dass der Faden riss, und auch nicht um Unas leisen Protest. »Ich bin doch nicht blind. Er ist die meiste Zeit *fou*, und wenn er überhaupt spricht, dann mit seinem Becher –« Cat schloss sofort den Mund, als sich auf Unas Wangen zwei leuchtendrote Flecken bildeten. *Krieg jetzt bloß keinen Anfall, Una!* Sie zog ein finsteres Gesicht. »Du kannst mich schlagen, wenn ich lüge, aber nicht, wenn ich die Wahrheit sage. Er hat die Sägemühle und die Flussrechte an einen Lowlander verkauft –«

»Das geht dich nichts an«, sagte Una fest. Licht blitzte auf ihrer Stahlnadel, die noch kostbarer als das Garn war, während sie kleine, peinlich genaue Stiche machte; ihre Finger waren sauber und hinterließen keinerlei Rückstände. »Es ist Sache deines Vaters, sich darum zu kümmern.«

»Und er kümmert sich hervorragend darum!« Cat blickte auf die ruinierte Nadelarbeit, musterte den gerissenen Faden und den zerknitterten, schweißverdreckten Stoff. »Du verlangst von mir, dass ich seine Hemden säume, als wären gesäumte Hemden das, was er braucht. In Wirklichkeit sollte man ihm die Geldbörse zunähen, damit er nicht unser ganzes Silber ausgibt!«

Una öffnete den Mund – wie ein Fisch, dachte Cat –, um zu antworten, aber was sie sagen wollte, ging in dem Krachen unter, mit dem die Tür aufschwang.

Cat war froh über alles, was die Arbeit an den Hemden unterbrach, aber als ihr ältester Bruder über die Türschwelle trat, vergaß sie die Näharbeit ganz und sprang auf. »Jamie –?«

Sein Gesicht war leichenblass und so angespannt, dass sie die Äderchen sehen konnte. Sie dachte erst, dass er krank war, bis sie den harten Glanz in seinen Augen sah, die dünne Linie seines Mundes, die zu Fäusten geballten Hände, während er sich links und rechts am Türrahmen abstützte.

»Gott im Himmel«, sagte Jamie mit belegter Stimme, »ich

sollte den Mann erschießen, ich sollte … wenn ich nur den Mumm hätte, es zu tun.«

Hinter ihm drängte sich Dougal mit lautem Protest vorbei; er war ebenso wütend und außerdem verärgert, weil Jamie ihm den Weg versperrte. Nur Colin, der als Letzter eintrat, schien weniger erzürnt; Cat erkannte jedoch, dass seine Miene statt von Wut von Entsetzen gezeichnet war, während er die Tür sorgfältig wieder schloss. Selbst seine Lippen waren weiß.

Sie blickte wieder auf Jamie. Ihr Herz pochte vor Sorge wie wild. – *ich habe ihn NIE so wütend gesehen* – »Was ist geschehen?«

Jamie drehte sich um und knallte die Fäuste gegen das polierte, kostbare Glas, das klirrend zerbarst. Cat zuckte zusammen. Unas entsetzter Ausruf ging in seinen wütenden Schreien unter. »Bei Gott, ich werde dafür sorgen, dass kein Murray Freude an diesem Haus hat!«

»Jamie!« Dougal, dessen Wut deutlich nachließ, je zorniger sein älterer Bruder wurde, legte ihm eine Hand auf die Schulter. »Er hat Chesthill nicht verkauft. So zerstörst du nur dein eigenes Haus!«

»Oder deine Hand«, erklärte Cat, doch ein Blick in Jamies Gesicht hielt sie davon ab, zu ihm zu gehen, seine Hand auf Splitter oder Schnitte hin zu untersuchen – er war einfach zu wütend. »Was ist los?«

Colin klang heiser. »Die Murrays.«

»Die Murrays?« Es machte keinen Sinn, überhaupt keinen. Sie hatten mit den Murrays nichts zu schaffen. »Was ist mit den Murrays?«

James drehte sich um, riss die vergilbten Vorhänge herunter, die seine Mutter am Tag nach ihrer Hochzeit am Fenster angebracht hatte. Wieder äußerte Una einen Einwand, und wieder ignorierte er sie. »Die Murrays von Atholl«, sagte er mit gepresster Stimme, »ihnen gehört jetzt Glen Lyon.« Er blickte Una an, warf ihr die blutverschmierten Vorhänge vor die Füße. »Glaubst du, dass das hier noch wichtig ist? Das alles wird eines Tages Murray gehören, wenn wir nicht dafür sorgen, dass dieser Bastard nicht auch noch dieses Haus verkauft!«

Cat rutschte das ungesäumte Hemd aus den Händen. »Er hat *Glen Lyon* nicht verkauft!«

»Doch. Um die Schulden zu bezahlen.« James' Mund war wutverzerrt. »Er hat kein Silber, sagt er, da die Gläubiger ihm im Nacken sitzen ... Himmel, dieser Mann wird uns noch alle vernichten –«

Dougal berührte wieder vorsichtig seine Schulter. »Wir werden schon etwas von ihm kriegen, Jamie. Da ist immer noch Chesthill, und das Land, das unsere Mutter als Mitgift mit in die Ehe gebracht hat –«

James ließ sich von diesen Worten jedoch nicht beeindrucken, schüttelte sie genauso ab wie die Hand seines Bruders. »Verstehst du es denn nicht? Versteht es keiner von euch?« Tränen standen ihm in den Augen, als er von Dougal zu Colin blickte, dann kurz Cat ansah. »Es wird nichts für uns übrig bleiben ... wir werden nichts anderes als Vasallen sein und Murray von Atholl Pacht für das Land zahlen, das jahrhundertelang den Campbells gehört hat –« Seine großen Hände ballten sich wieder zu Fäusten, die er wild in die Luft stieß. »Ich werde der sechste Laird von Glen Lyon sein, und es wird keinerlei Bedeutung haben!«

Cat starrte ihn an; ihr Entsetzen lähmte sie, ebenso wie das Ausmaß seiner Wut. Dann sickerte langsam die Erkenntnis in sie ein, wie finstere Pinselstriche auf einer zerbrechlichen Leinwand, und schließlich begriff sie. Sie verstand nur zu gut.

Es war schwer, in der angespannten Stille zu atmen. Cats Mund war trocken. Ihre Lippen waren taub. *Vasallen... von Atholl Murray, auf dem Land der Campbells.* Sie blickte von einem zum anderen: von Colin zu Dougal und schließlich zu James, der anstelle von Robbie der Erbe war. Ihre Brüder, die in Wohlstand und Macht hineingeboren worden waren, waren aufgrund der Dummheit und Schwäche ihres Vaters, aufgrund seiner Achtlosigkeit und seiner Ichbezogenheit verarmt und um ihre Zukunft gebracht worden, so wie sie ihre Mitgift verloren hatte, mit der sie einen Ehemann hätte bekommen können.

Es mochte durchaus Gründe für einen Mann geben, eine einfache Frau zu heiraten, wenn sie eine Mitgift besaß. Aber niemand heiratete eine einfache Frau, die nichts hatte, denn sie besaß keinen Wert. Und Cat würde weder einen Namen noch den Stolz ihrer Familie haben, denn *er* hatte alles verschachert.

Dair MacDonald hatte es vor langer Zeit gesagt: »*Glenlyons Tochter ist etwas wert.*« Cat schluckte mühsam. Aber Glenlyon selbst ist nichts wert… und seine Kinder sind es noch weniger!

Sie zitterte kurz, dann schob sie das Frösteln, das von dem zerbrochenen Fenster herrührte, als armselige Sorge beiseite. Es war nicht wichtig. Nichts davon war wirklich wichtig.

Und während ihre Brüder verständnislos dreinblickten, hob sie bedächtig das zur Hälfte gesäumte Hemd ihres Vaters vom Boden auf und zerriss es vor Unas entsetzten Augen in kleine Stücke. »Soviel zu deinen Säumen! Nie wieder nähe ich etwas für den Mann, der Glen Lyon verkauft hat!«

Die Geräusche waren schrecklich. Dairs Erfahrungen, was eine Schlacht betraf, hatten sich bis Killiecrankie auf kleine, rasch beendete Geplänkel beschränkt, und er hatte nie mit einer solchen Kakophonie gerechnet, wie die im Krieg herrschte: der klagende Gesang der Dudelsackpfeifen, das Klirren von Stahl auf Stahl, die Ermahnungen der Befehlshabenden, das Abfeuern der Musketen, das so klang, als würden

Knochen bersten, der hämmernde Schlag der Trommeln, die Rufe der Lebenden und das Wehklagen der Sterbenden.

»*Claymore!*«, rief Dundee.

»*Claymore!*«, brüllten die Lairds.

»*Claymore!*«, schrien auch die Highlander, als sie Craigh Eallaich hinter sich ließen und auf die Streitkräfte Mackays zuschwärmten.

Die erste Angriffswelle brandete in den Pass von Killiecrankie. Der Highlander direkt vor Dair fiel augenblicklich; er hauchte sein Leben in einer Fontäne aus Blut und Fleischfetzen aus. Dundee hatte jedoch deutlich erklärt, dass bei dem ersten Angriff Hunderte von Highlandern getötet oder verwundet werden würden und dass eine zweite, noch schwerere Angriffswelle nur dadurch zu verhindern wäre, wenn sie Mackays Soldaten so rasch wie möglich in den Nahkampf verwickelten.

Dair sprang über den gefallenen Schotten hinweg und fuhr mit seinem wüsten Angriff fort, schwang das Claymore. In diesem Augenblick fühlte sich seine Klinge so leicht an, als wäre sie aus Gras und nicht aus Stahl, als wäre sie eine Verlängerung seines Arms, seiner Hand, seines Herzens, seiner Seele. Mit der linken Faust umklammerte er den Dolch, bot so den gegnerischen Streitkräften, die nach der ersten Angriffswelle unbewaffnet dastanden und damit beschäftigt waren, das Bajonett zu befestigen, um die den Berg hinabströmenden barfüßigen Gälen abzuwehren, eine zweiklingige Bedrohung –

Dundee hat das hervorragend geplant… Aber der Gedanke verflüchtigte sich sogleich wieder, löste sich in dem schießpulverbedeckten Gesicht eines Mannes auf, der sich in Dairs Sichtfeld schob. Ein Mann, ein junger Mann, ein verängstigter junger Mann, der sein Gewehr leergeschossen und keine Verteidigung mehr hatte; das Bajonett glitt ihm aus den zitternden Fingern, als er das Gewehr fallen ließ und davonrannte.

Ein zweiter Mann tauchte auf: ein anderes Gesicht, noch mehr schwarzes Schießpulver in die vor Furcht bleiche Haut gerieben; hervortretende Augen, ein gaffender Mund, dann gebleckte Zähne, als die Lippen zuckten; und eine Muskete mit dem Bajonett, die herumschwang, um sich Dair in den Bauch zu bohren –

Dair wirbelte herum, bot dem Mann seine Seite anstelle des Bauches und schützte sich mit der Tartsche, dann versetzte er dem Mann, der von dem Manöver überrascht wurde und nach vorn taumelte, hoch oben in der scharlachrot bekleideten Schulter einen Stich mit dem Dolch. Die Klinge blieb kurz stecken, verhakte sich in Muskeln und Knochen und Ledergehenk. Dair riss sie los, als der Mann sich mit einem Aufschrei drehte und ins Heidekraut fiel, sich den Kopf an einem Stück Granitfels stieß.

– *ein anderer* – Dair fuhr herum, ließ seinen Dolch fallen, als er beide Hände um den Griff seines Claymores legte. Er schwang es mit der Kraft seiner Hüfte, seiner Schultern, Ellenbogen und Handgelenke – die Beine ausgebreitet, die bloßen Füße fest auf dem Heideboden: »Fraoch Eilean!« Der Mann fiel in einem Blutschwall, während der silberne Stahl sich rot färbte.

Dair war in diesem Augenblick allein, ganz und gar für sich: das Klagen der Dudelsackpfeifen wurde schwächer, wie auch das Kreischen von Stahl auf Stahl, das Grunzen, die Schreie, die Rufe; das Krachen der Musketen, die noch immer nicht von den Dolchen oder Schwertern der Highlander zum Schweigen gebracht worden waren. Er hörte nur den Lärm seines eigenen Überlebenskampfes: das Keuchen seines Atems, das Rasseln in seiner Kehle, das erstickte, beinahe tierische Knurren, als er sich neben dem toten Mann behauptete und seinen eigenen Tod abwehrte, der in der Gestalt eines Mannes von Mackay durch die Heide auf ihn zugeschlichen kam.

Dair, der etwas höher am Berg stand und somit eine bessere Position hatte, hob das Claymore und schwang es abwärts auf den Mann. Der Stahl spaltete seinen Schädel in zwei Hälften, und Blut und Hirn spritzten auf, als die Klinge sich durch den Nacken hindurch zum Rumpf grub, wo sie schließlich in den Rippen stecken blieb. Im Fallen glitt der Körper vom Schwert und sackte schlaff vor Dairs Füßen zusammen; er stolperte, ging kurz in dem blutverschmierten, glitschigen Gras in die Knie, griff dann nach dem ebenfalls blutverschmierten Claymore und erhob sich wieder. Sein Atem brauste in seiner Brust.

»MacDonald!«

– *Robbies Stimme* – und eine Klinge war neben ihm, und das schwarzverschmierte Gesicht von Robert Stewart, als er einen weiteren Hieb abwehrte und das mit einem Bajonett gespickte Gewehr beiseite stieß.

Eine beißende Wolke aus Schießpulver wirbelte über die Böschung, verhüllte die Sicht. Dair hörte Robbie vor Anstrengung grunzen, einen Fluch zischen, und dann die vergnügten Laute eines Mannes, der erfolgreich einen Mann hatte töten können, bevor der ihn getötet hatte ... *oder bevor er einen Freund getötet hatte*... Und dann war ein anderer Mann da, ein anderer Feind... und Robbie war bereits ein paar Schritt weiter weg, verhüllt von dem schwarzen Rauch –

Dair wirbelte herum, brachte das Claymore beinahe zu spät hoch; die Klinge traf mit einem lauten, metallischen Kreischen, das in seinen Ohren schmerzte, auf das Bajonett. Er schob es weg, aber es war schwer, auf dem vor Blut glitschigen und von Männern übersäten Boden sicheren Halt zu finden. Gefangen in einem Gewirr aus leblosen Armen und Beinen, die sich auf dem durchtränkten Boden ausbreiteten, taumelte Dair – *jetzt viel zu nah dran* –, das Gesicht vor ihm vor Wut verzerrt, als es in seinen Blick geriet. Er schaffte es nicht, das Claymore rechtzeitig herumzudrehen, um mit der Klinge zu antworten, stattdessen bot er den Knauf an, stieß ihn gegen das von Schießpulver geschwärzte Gesicht, als wollte er es mit Stahl behämmern.

– muss ihn zurückdrängen… Platz gewinnen – Der Mann fiel kurz zurück, drängte dann wieder nach vorn, ermutigt von Dairs Unfähigkeit, das Claymore richtig zu schwingen. Das Bajonett war rot gefärbt, glänzte feucht im Schein der untergehenden Sonne. *– hat also seinen Highlander gehabt… jetzt ist er hungrig auf einen MacDonald –* Dair warf sich über die auf dem Boden ausgebreiteten Körper, rollte sich ab *– er-stich dich nicht selbst, Alasdair Og! –* und kam sofort wieder auf ein Knie, das Claymore erhoben.

Mackays Mann hatte nicht damit gerechnet, dass Dair so schnell war, und wurde aufgespießt. Noch im Sterben sackte er nach vorn und riss Dair mit seinem Gewicht das Schwert aus der Hand; auf einem Bein kniend griff er nach dem blutverschmierten Griff, wünschte sich seinen Plaid herbei, um es sauberzuwischen –

Ein Schuh, und ein Fuß darin. Im Augenwinkel.

Dair warf sich der Länge nach auf den von Felsen übersäten Torf. Die Klinge folgte ihm unfehlbar, schnitt durch die losen Fetzen seines Hemdes zwischen Oberarm und Rücken. Sie schlug auf der Tartsche eine Kerbe, rutschte dann ab. Dairs Seite fing augenblicklich an zu brennen, noch als die Rippe dem Stahl trotzte. *– so schlimm ist es nicht…* Er drehte sich, presste die Hände auf den Boden, stieß sich hoch, während er gleichzeitig nach seinem *Sgian dhu* griff. Der Stoff zerriss, sein Hemd war an den Boden genagelt *– also steckt die Klinge fest –*

Mit einer ausholenden Bewegung seiner Tartsche stieß er die leere Muskete, die trotz des fest verankerten Bajonetts keine Bedrohung mehr darstellte, beiseite und griff nach der scharlachroten Jacke. »Für *James* –« Er stieß dem Soldaten das *Sgian dhu* tief in den Leib. Die Waffe war weder Schwert noch Dolch, und ihre Klinge war kurz. Aber von der Hand eines Highlanders richtig geschwungen, war das *Sgian dhu* dennoch tödlich.

Die Dudelsackpfeifen schrien. Das taten auch die Sassenachs. Als der tote Mann zur Seite fiel, klammerte sich Dair an sein *Sgian dhu.* Blut rauschte in seinen Ohren, und als er sich umdrehte und blinzelte, sah er den letzten Schimmer der Sonne versinken, die gerade hinter der Silhouette der Berge unterging. Ungläubig betrachtete er den Rückzug: rotberockte Männer verließen zu Hunderten das Schlachtfeld, ließen ihre gefallenen Kameraden, Musketen, Schwerter und Williams Anliegen zurück, während sie auf den Tross beim Fluss zurannten.

»– gewonnen –« Dair blinzelte wieder. Die Dudelsackpfeifen auf Craigh Eallaich ließen eine schrille Siegesmusik ertönen.

Er ließ sich an Ort und Stelle zu Boden sinken. Er zitterte jetzt wie ein Kind, frierend und geschwächt und müde. Er wollte lachen, weinen, schlafen, bei Jean Stewart liegen, Fleisch essen und Whisky trinken, bis sein Kopf voll davon war und er vom Zustand der Lebenden in einen weniger grausigen geriet, einen Zustand mit weniger Schmerz, weniger Erschöpfung, weniger überwältigender *Schwäche* –

»MacDonald.« Ein Mann hockte sich neben ihn. »Hier. Lass mich deine Wunde verbinden.«

Benommen verzichtete er auf jeglichen Widerstand, als ihm jemand half, die arg mitgenommene Tartsche vom Arm zu streifen und beiseite zu legen. Dair zwinkerte. »Robbie –?«

Hände betasteten seinen Körper. »Du musst den Arm heben – oh, ich weiß … Ich habe im Augenblick keinen Whisky, aber später –« Robbie Stewart bückte sich etwas, um unter Dairs erhobenen Arm zu blicken. »Ein Hautlappen … hier –«

Dair zischte. »Himmel, Robbie – das schmerzt schon genug, auch ohne dass du mit deinen Fingern darin herumpulst!«

Robbie zog seine Hand wieder zurück. »Hässlich, aber nicht sehr tief. Vom Knochen ist etwas abgesplittert, aber darunter ist noch alles ganz.« Robbie zog die Reste des blutverschmierten Hemdes über die Wunde, dann verband er Dairs Rippen.

Die vollen, blutroten Farben des Feldes verschwammen schlagartig zu einem pastellfarbenen Etwas, und Dair biss die Zähne zusammen. »Das Plaid eines Stewarts?«

Robbie klang barsch, während er den Verband festzog. »Es wird genügen, bis wir sauberes Leinen finden.«

Dair schloss die Augen. Sein Körper wollte sich dem Zittern überlassen, sich ergeben; er bebte in allen Gelenken, weich wie Haferschleim. Gelächter wand sich die Kehle herauf, geistlos und unangebracht; er wollte wie ein Dudelsack für den Sieg von James heulen, in dem Wissen, dass der Feind mit gleicher Stärke an William glaubte, und dass der Kampf auch anders hätte ausgehen können und die Dudelsackpfeifen dann keine Siegesweise, sondern einen Trauermarsch gespielt hätten.

Robbie arbeitete sehr methodisch, legte das Plaid über Dairs linke Schulter und stopfte das Ende über seiner Brust zusammen. Er tätschelte den Stoff. »Es muss ein dicker Mann gewesen sein, MacDonald.« Sein junges Gesicht war schmutzig. Ein Blutspritzer hing an einem Wangenknochen. Sein rotblondes Haar war zerzaust, aber er schien unversehrt. »Der Stewart ist tot, Dair. Er wird sein Plaid nicht vermissen. Und du deines auch nicht; hier.«

Dair nahm sein eigenes, zusammengeknülltes Plaid entgegen. Doch im Augenblick schaffte er es nicht, es anzulegen. »Ich wäre ohne dich gestorben, aye?«

Robbie zuckte die Schulter. »Du warst mit dem Mann beschäftigt, dem du den Schädel gespalten hast, erinnerst du dich? Der andere hätte dich gekriegt.«

Dair setzte sich vor Schmerz aufrecht hin. »Jean wird dir dankbar sein.«

»Oh, und du nicht? Zu stolz, um zuzugeben, dass ein Appin-Stewart einem Glencoe-MacDonald das Leben gerettet hat?«

»Nicht zu stolz.« Dair lächelte. »Zu müde.«

Robbie lachte. »Nun, dann werde ich mir deinen Dank morgen abholen, in Ordnung?« Er blickte auf. »Oh, da kommt John.«

Dairs Bruder hockte sich zu ihnen. Er hatte sich die Zeit genommen, sein Plaid um die Lenden zu falten, und hielt es mit einem Gürtel an Ort und Stelle. Sein Hemd war zerrissen und verschmiert, sein Gesicht voller Blut und Schießpulver, aber auch er war noch wohlauf. »Alasdair?«

»Es ist nur ein Schnitt«, erklärte Dair kurz, »und durchaus die Sache wert, oder? Wir haben schließlich gewonnen.« Er deutete mit einem Nicken auf den Fluss. »Mackay zieht sich zurück.« Er schluckte; in seinem Mund war ein metallischer Geschmack. »Was ist mit MacIain?«

»Unversehrt, genau wie ich.« Einen Augenblick lang musterte John ihn unbewegt, als wollte er die Wahrheit über den Zustand seines Bruders herausfinden. Dann entspannte er sich. »Aber es ist ein hohler Sieg –«

»Was?«, explodierte Stewart. »Himmel, wir haben *gewonnen*! Wir haben die Streitkräfte des Holländers in die Flucht geschlagen!«

Johns Miene war ernst. »Dundee ist verwundet. Die Lairds haben ihn in ihre Plaids gewickelt und nach Castle Blair gebracht, aber es sieht ziemlich böse aus, Robbie. Man muss davon ausgehen, dass er es nicht überleben wird.«

»Dundee?« Dairs Zunge fühlte sich belegt an. »Aber – ohne ihn –« Er neigte den Kopf, stützte die Stirn in der hohlen Hand auf. »Wir sind mutig, John. Wir alle. Wir brauchen einen Stuart, oder einen Graham …«

»Der Stuart ist in Frankreich, und er wird nicht wiederkommen, ehe wir sein Reich nicht gesichert haben«, erklärte

John. »Und der einzige Graham, der noch in Schottland ist und uns während James' Abwesenheit zusammenhalten könnte, wird dieses Kommando nicht überleben.« Er fuhr sich mit der verkrusteten Hand durch die zerzausten Haare, und die grauen Strähnen färbten sich rot vor Blut. »Die Lairds werden sich bei Blair treffen. Möglicherweise kommt es noch zu einer Allianz, auch ohne Dundee. Aber …« Er seufzte und schloss kurz die Lider; nach einem Sieg folgte oft Erschöpfung anstelle großen Jubels. »Wir haben Männer verloren. Nicht so viele wie Mackay, aber es gibt auch nicht sehr viele Männer von Glencoe, die wir ohne Probleme entbehren könnten.«

»Und auch nicht von Appin«, stimmte Robbie ihm zu. »Am besten kehren wir nach Hause zurück.«

Der Tag war vorüber. Fackeln zuckten im Wind, warfen ein willkürliches Licht auf die Toten, die Sterbenden, die Lebenden. »Wir gehen mit MacIain nach Blair«, erklärte John, »und dann nach Perth. Es war Dundees Plan, und sein Nachfolger, Colonel Alexander Cannon, wird diese Anweisung in die Tat umsetzen. Aber Dunkeld liegt auf dem Weg … dort liegt ein Regiment des Earl of Angus, der William und den Lehren des Covenanters Richard Cameron die Treue geschworen hat. Das müssen wir zuerst besiegen.«

»Cameronianer«, murmelte Robbie. »Himmel, ich hasse einen Mann, der Gott über einen wahren Stuart-König stellt.«

John lachte leise. »Nur nicht so abfällig – sie sind äußerst stark in ihrer Liebe zum Herrn.«

Der Appin-Stewart zog seinen blutverschmierten Dolch und rupfte Gras aus, um die Klinge zu säubern. »Und ich bin mit dem hier stark, aye?«

Der Earl of Breadalbane war gewöhnlich ein Mann mit großer Selbstbeherrschung. Sie sich anzueignen, hatte seine ganze Kraft und Ausdauer gefordert, während er in dem

Haushalt des schwachen Mannes aufgewachsen war, der ihn gezeugt hatte. Doch er war wild entschlossen gewesen, die Dummheiten seines Vaters nicht zu wiederholen – ein Verhalten, das er gewöhnlich strikt einhielt, das jedoch gleich in der ersten Sekunde verflog, da er Chesthill betreten und seinen widerspenstigen Verwandten begrüßt hatte. »Wie konntest du nur so dumm sein, Robin? Das Land gehört den *Campbells*, nicht den Murrays!«

Glenlyon war das Entsetzen anzusehen, als der Earl so unvermittelt in sein Haus platzte, noch ganz mit dem Staub der Reise bedeckt. Doch dann machte sich verletzter Stolz breit. Er reckte sich. »Dies ist mein Haus«, erklärte er mit erbärmlicher Würde. »Hier wird nicht geschrien.«

»Dein Haus! *Dein* Haus?« Breadalbane klopfte sich den Staub von der Schulter. »Hast du es denn nicht auch schon verkauft?«

Glenlyon öffnete den Mund, schloss ihn jedoch gleich wieder. Er blickte auf seine Söhne, die mit bleichen Gesichtern an der Tür standen. »Verschwindet.«

Breadalbane schenkte ihnen kaum Beachtung; sie waren kurz nach ihm hereingekommen und warteten jetzt still und gespannt – wie argwöhnisch lauernde Wolfshunde, denen die Sache nicht ganz geheuer war. Drei übrig gebliebene Söhne... Der älteste war von MacDonalds getötet worden, erinnerte er sich – *der Teufel hole sie alle!* –, aber die anderen waren jetzt mit den Angelegenheiten der Männer vertraut, und ganz sicher waren sie weit viel versprechender als ihr unbeherrschter Vater. Es war offensichtlich, dass sie von Robert Campbells Dummheit ebenso wenig begeistert waren wie der Earl, und es war deutlich, dass sie am liebsten Einwände gegen den Befehl ihres Vaters erhoben hätten, das Haus zu verlassen. Er konnte es in ihren Augen lesen.

Aber sie taten es nicht. Mit verächtlicher Miene riss der älteste – James, glaubte er, als er versuchte, sich an ihre Namen zu erinnern – die Tür so heftig auf, dass sie gegen den Pfosten krachte, und ging dann mit steifen Schritten hinaus, gefolgt von seinen Brüdern.

Zurück blieb ein Mädchen, das sich dem Befehl ihres Vaters widersetzte; ebenfalls Glenlyons Kind, wie der Earl wusste, obwohl sie ihm kein bisschen ähnelte.

Breadalbane sagte nichts, als sie entschlossen im Zimmer stehen blieb, das Kinn trotzig in die Höhe gereckt. *Unverschämtes Pack… scheint ihr nichts auszumachen, wer es sieht; glaubt sie, dass sie in Anwesenheit eines Gastes geschützt ist –?*

Sie war ein dünnes Mädchen und so groß wie ein Mann, was ihr etwas Unbeholfenes, Ungeschicktes gab. Die willkürlich geflochtenen Haare schimmerten in einem lebhaften Rot, wie auch die geraden Augenbrauen. Die Augen darunter waren von einem außerordentlich strahlenden Blau. Er sah den feuchten Schimmer in diesen Augen, sah, wie ihr Mund kurz zuckte. Sie war offensichtlich wütend darüber, dass er ihre Tränen sah.

Sie unterließ es, ihren Vater anzusehen. Ihr fester Blick, so direkt wie der eines Mannes, richtete sich stattdessen auf Breadalbane. »Werdet Ihr es verhindern?«, fragte sie. »Werdet Ihr rückgängig machen, was dieser trunksüchtige Narr angerichtet hat?«

»Cat!« Mit zwei Schritten war Glenlyon bei ihr, und seine flache Hand knallte gegen ihre Wange. »So redest du nicht mit dem Earl – und du lässt uns jetzt *sofort* allein!«

Seine Ohrfeige verursachte augenblicklich einen roten Fleck auf ihrer Wange. Sie bekam leicht Flecken, wie Breadalbane erkannte; das Blut floss zu dicht unter der Oberfläche. Der Schlag hatte sie zum Weinen gebracht, aber es war offensichtlich, dass sie die Tränen verachtete. *Ein einfaches Mädchen mit gewöhnlichem Aussehen…* Und doch war ihr wilder Stolz beinahe greifbar.

»Werdet Ihr es rückgängig machen?«, fragte sie wieder.

Robin hatte dieses Mädchen zu sehr verwöhnt, oder er hatte sich zu wenig um sie gekümmert, dass sie so halsstarrig geworden war. Was nur eine weitere Sünde war; das Mädchen hätte längst verheiratet sein und einem Mann den Haushalt führen müssen – einem Mann, der sich besser dazu eignete, ihr zu befehlen. »Wenn es in meiner Macht steht, werde ich das tun.« Wenn auch ihr Ungehorsam keine Antwort verdiente, dann doch ihr Stolz, wie Breadalbane spürte. »Wir können nicht zulassen, dass das Land der Campbells den Murrays übertragen wird.«

»Gut.« Sie blickte ihren Vater wieder an. Ihr Mund zuckte kurz. »Dann hat sich der Schlag doch gelohnt, aye?«

»*Cat* –« Ohne auf ihn zu achten, ging sie rasch hinaus und schloss die Tür hinter sich.

Breadalbane blickte seinen Cousin an. Er konnte seine Verachtung nicht unterdrücken. »Es ist eine Erleichterung zu wissen, dass zumindest irgendjemand in dieser Familie es verdient hat, wenn ich den Verkauf rückgängig mache.«

Glenlyons Hände zitterten. »Ich brauche Whisky. Wirst du mit mir einen …«

Der Earl schnitt ihm das Wort ab, klopfte erneut seine staubigen Kleider ab. »Ich bin nicht hergekommen, um mit dir Whisky zu trinken, Robin. Du wirst dich ohne Whisky mit mir befassen müssen. Genau das und andere Dummheiten sind es schließlich gewesen, die aus dir dieses Zerrbild gemacht haben.«

Glenlyons Lippen zuckten. »Du lehnst meine Gastfreundschaft ab? Was für ein Highlander bist du eigentlich?«

»Einer, der in großer Sorge um seinen dummen Cousin ist, der Land und Pachtrechte ohne irgendwelche Gewissensbisse verkauft … und das alles für Schulden, die er aufgrund eines Übermaßes an ›Gastfreundschaft‹ angehäuft hat!« Breadalbane rümpfte die Nase. Er war hungrig und durstig, aber er würde die Gastfreundschaft, die Glenlyon verschachert hatte, nicht annehmen. »Du hast deine Söhne um ihr väterliches Erbteil gebracht, Robin. Willst du, dass sie als Vasallen auf diesem Land arbeiten und Murray Pacht zahlen müssen?«

Glenlyons Gesicht war aschfahl. Er wischte sich die Stirn mit dem Handrücken, strich die vom Trinken aufgeschwemmte Haut glatt. »Sie werden ihr Land bekommen.«

»Wann?«

»Bevor ich sterbe. Bevor sie ein Recht zu erben haben.«

»Wie?«

»Ich werde es von Murray zurückkaufen –«

»Ich frage dich noch einmal: Wie? Mit deinen Gewinnen?« Der Earl machte sich gar nicht erst die Mühe, einen freundlichen Ton anzuschlagen oder eine versöhnliche Miene aufzusetzen. »Es wird keine ›Gewinne‹ geben, nur ›Verluste‹. Und wenn du verloren hast, womit willst du *diese* Schulden dann begleichen? Mit den kräftigen Rücken und Gliedmaßen deiner Söhne? Mit der Jungfräulichkeit deiner Tochter?«

Das Geräusch, das sich Glenlyons Kehle entrang, war ein einziger Protest aus Wut und Schmerz. Wäre er ein anderer Mann gewesen, hätte er bei Breadalbane möglicherweise Mitleid oder Bedauern hervorgerufen, und der Earl hätte seine schroffen Worte zurückgenommen. Aber er war Glenlyon, und er wusste, wer er war und was er getan hatte, und so war bei seinem Besucher nur Spott die Folge, und ein deutlicher Ekel angesichts der Tatsache, dass ein enger Verwandter ein solcher Narr sein konnte.

»Ich habe dir geschworen, dir kein weiteres Silber mehr zu geben«, erklärte der Earl, »und ich werde meinen Eid nicht brechen. Aber um das Wohl deiner Kinder und der von ihnen gezeugten Kinder willen werde ich zu Murray gehen und alles Notwendige unternehmen, um diesen Handel rückgängig zu machen.«

Glenlyon hielt sich eine Hand vor den Mund. »Er wird nicht zuhören.«

»Schuldest du ihm so viel?«

»Er ist ein gieriger Bastard«, murmelte Glenlyon. »Wenn er Silber in deinen Taschen riecht, wird er nur mehr fordern.«

»Nun, wenn nötig, werde ich diese Angelegenheit vor Gericht bringen. Ich werde tun, was getan werden muss.«

»Wie?«

»*Comhairl'taigh*«, sagte Breadalbane kurz angebunden. »Du hast die Verwaltung deiner Ländereien und deines Besitzes dem Earl of Argyll und mir überschrieben. Der alte Earl ist tot, aber sein Sohn hat seine Nachfolge angetreten. Daher haben nur er und ich das Recht, Land und Pachtrechte zu verkaufen.«

Glenlyon klappte die Kinnlade herunter. »Du würdest Murray von dem Eid erzählen? Das war doch eine Privatangelegenheit!«

»Es gibt keine Privatangelegenheiten im Hause eines Narren, es sei denn, er tötet sich in einem Anflug von Dummheit.« Breadalbane blickte an seinem Cousin vorbei. »Trink also ruhig deinen Whisky – oder ertränk dich in ihm, aye? –, damit du vergessen kannst, was du getan hast. Aber wenn du gestorben bist und Gott deinen Wert abwägt, erinnere dich daran, denn er wird dich zweifellos als fehlerhaft erkennen und dir genug Zeit in der Hölle lassen, um deine Taten zu bereuen.«

»Aber – so *warte* doch!«

Doch der Earl hatte schon die Tür geöffnet und verließ den einzigen Zufluchtsort, den Robert Campbell noch besaß.

Als Dair erwachte, spürte er feuchte Hände und heißes Wasser auf seinem Körper, und er hörte die raue Stimme seines Vaters. »Wird er es schaffen, John?«

»Mit etwas Ruhe, genügend Essen und guter Pflege – ja, er wird es schaffen.« Es war sein Bruder, der sich mit sicheren, sanften Händen um ihn kümmerte, ihm den linken Arm über die nackte Brust legte, um mit dem Tuch besser an die Wunde zu kommen. »Es ist nicht so schlimm, wie es aussieht – ein loser Hautlappen und ein abgesplitterter Knochen –, aber das Fieber schwächt ihn. Er sollte hier auf Blair bleiben, und wir sollten ohne ihn nach Dunkeld gehen.«

Die Verwirrung hatte ihn voll im Griff, doch die Worte seines Vaters klärten die Wolken ein bisschen, die seinen Verstand verhüllten. Dair öffnete den Mund, um Einspruch zu erheben und zu erklären, dass es ihm in der Tat sehr gut ging, dass er ganz und gar nicht krank war. Seine vom Fieber rissigen Lippen öffneten sich und begannen zu bluten.

»Herrgott«, donnerte MacIain. »Er sieht so kümmerlich aus wie ein zu früh geborenes Kalb.«

»– nicht –« brachte Dair heraus und öffnete die verklebten Lider. Der Raum verschwamm langsam zu einem unklaren Etwas: Steinwände, Holzbalken, der Geruch von Feuchtigkeit und Verzweiflung. Castle Blair … hier war Dundee also gestorben – wann? Er konnte sich nicht erinnern. Er konnte sich nur an wenig erinnern, seit sie von Killiecrankie nach Blair aufgebrochen waren. Zwischen den beiden Stationen hatte eine Reise stattgefunden, aber es waren ihm keinerlei Einzelheiten mehr im Gedächtnis. »Wie lang –?« Er gab es auf; er klang mehr wie eine Gans denn wie ein Mann, und seine Stimme hatte etwas Niedergeschlagenes.

John benetzte das Tuch in einer ausgebeulten Zinnschüssel, dann betupfte er die Wunde vorsichtig wieder. »Wir sind vor drei Tagen hier angekommen. Bis gestern hast du einen guten Eindruck gemacht … aber bis du zusammengebrochen bist, hat keiner von uns deine Wunde sehen dürfen. Du hast darauf bestanden, dass sie von allein heilen und dir keine Probleme bereiten würde. Du bist zu stark, als dass du ihr viel

Beachtung geschenkt hättest.« Sein Mund zuckte kurz, und seine Worte klangen jetzt tadelnd. »Und vor allem dickköpfig, Alasdair – denn jetzt wirst du hier bleiben müssen, während wir anderen weiterziehen.«

Dair erhaschte einen Blick auf das missmutig dreinblickende Gesicht seines Vaters, der in einiger Entfernung von der groben Pritsche auf dem Steinboden thronte wie Moses auf dem Berg: Die weiße Mähne fiel über die gefurchten Brauen, hinunter auf die gewaltigen Schultern. Die dichten, weißen Brauen zogen sich über den wilden, durchdringenden Augen zusammen.

– *Ich habe ihn enttäuscht* – Der Gedanke war so schmerzhaft, dass Dair sich trotz Johns Einwand heftig rührte, was er auch sogleich bereute. Aber die Bewegung weckte ihn nun vollends auf, und seine sich allmählich klärenden Sinne verrieten Dair, dass sich auch andere in ähnlichen Zuständen in diesem Raum befanden, der eine Art Hospital geworden war. Es stank heftig nach dem Mief ungewaschener, verwundeter und sterbender Männer: nach Blut, Urin, Exkrementen, dem beißenden Schweißgeruch des Fiebers sowie dem verfaulenden Fleisch von Verletzungen, die durch Musketenkugeln, Schwerter, Messer und Bajonette entstanden waren – oder durch die Säge, die ein Mann in der Absicht schwang, befallene Gliedmaßen abzutrennen, bevor sie den ganzen Körper vergiften konnten.

Er hörte die Männer um sich herum Gebete murmeln, hörte, wie sie stöhnten, wie kleine Kinder schluchzten und im Fieberwahn sprachen. Aber er kümmerte sich in diesem Augenblick nicht um die anderen, denn MacIain schaute äußerst bedrohlich drein. »Ich werde gehen«, erklärte Dair sofort, denn er wusste, dass durch seine Verletzung bedingte zusätzliche Schwierigkeiten auch nur halb so anstrengend zu ertragen wären wie das Missfallen seines Vaters. »Ich werde mit dir gehen ... das Fieber ist gesunken, und mein Kopf ist wieder klar.«

»Du wirst nicht gehen«, knurrte MacIain. »Himmel, Alasdair, in diesem Zustand könntest du nicht einmal ein *Sgian dhu* heben, geschweige denn ein Claymore! Du wirst hier bleiben!«

»Die Wunde ist offen und trocknet; es dauert jetzt nicht mehr lange, bis sie verheilt ist.« John tupfte die Wunde vorsichtig ab und drückte mit sanften Fingern den losen Hautlappen nach unten. »Wenn wir wieder zurück sind, geht es dir immerhin gut genug, um reisen zu können.«

Dairs Lachen klang schwach, verfing sich in seiner Kehle, so dass nur ein leichter Hauch übrig blieb. »– bin ganz sicher, dass es nicht lange –«

»Und daher wirst du es nicht tun!«, erklärte MacIain.

Verzweiflung verdrängte jetzt jede Schwäche; er würde sich *nicht* das Stigma des unfähigen Kriegers aufdrücken lassen. »Was ist mit Perth?«, fragte er. »Wir müssen dorthin, wenn wir bei Dunkeld waren … wenn ich also nicht rechtzeitig nach Dunkeld kommen kann, könnte ich euch dort treffen.«

Zornige weiße Brauen trafen sich über der Nasenwurzel. »Ich werde nicht zulassen, dass mein Sohn vorzeitig über die Lichtungen reitet! Du könntest vom Pferd fallen und dir das Genick brechen, und niemand würde dich bis zum nächsten Frühling finden … willst du mich derart entehren?«

Das Bedauern darüber, nicht mitreisen zu können, verflüchtigte sich sofort, und auch das Gefühl, versagt zu haben. Dair kannte diese Schroffheit, und er hätte am liebsten laut gelacht. Es gab Augenblicke, da konnte MacIain auch mit seinem rauen Auftreten seine wahren Gefühle nicht verbergen, was ihm aber keiner seiner Söhne je zu sagen wagte. Stattdessen lächelte er trocken und fügte sich dem Wunsch seines Vaters. »Nein, ich werde MacIain nicht derart entehren.«

»Gut.« MacIain nickte heftig. »Du wirst hier bleiben, während wir nach Dunkeld gehen. Wir treffen uns später bei Perth – sofern du dazu in der Lage bist. Und auf keinen Fall früher, verstanden? Hast du das gehört?«

»Ja, ich habe es gehört.«

»Das hoffe ich!« Mit wehendem Plaid drehte MacIain sich auf den Fersen herum und verließ den Raum.

John holte neues Leinen hervor. »Wir sollten dich aufsetzen, damit ich dich verbinden kann.« Er schob eine Hand hinter Dairs nackten Rücken und half ihm so, sich aufzurichten. »Du solltest morgen einen Boten schicken; MacIain wird sich Sorgen machen, wenn er nichts von dir hört.«

Dair kämpfte darum, sich hinzusetzen, und biss die Zähne gegen den Schmerz und die überwältigende Schwäche zusammen. »Er würde es nicht begrüßen, wenn er aufgehalten wird.«

»Eine Nachricht von seinem Sohn würde er sehr begrüßen. Hier – heb deinen Arm ...« John begann, das Leinen um Dairs Brust zu wickeln, die Bandage gegen seine Wunde zu drücken. »Es ist für einen Vater immer besser zu wissen, was aus seinem Sohn geworden ist, bevor er in den Kampf geht.«

»– Himmel, John! –« Dair zischte, als die Binde auf die Wunde drückte. »Er wird dich an seiner Seite haben«, stieß er zwischen immer noch vor Schmerz zusammengebissenen Zähnen hindurch hervor.

»Er muss es wissen, Alasdair.« John band das Leinen fest. Der Blick seiner Augen war fest. »Und ich auch.«

»Also gut.« Schweiß lief ihm die Schläfen hinab. Dair war zu schwach, um sich richtig zu streiten. »Einverstanden, ich schicke eine Nachricht.«

»Gut. Und jetzt lehn dich zurück ... ich weiß, Junge – ich weiß.« Johns angespannte Miene war wie ein Spiegel, in dem Dair seine eigene sehen konnte. »Ruh dich aus. Du bist ein tapferer Kerl – in ein oder zwei Tagen wirst du schon auf dem Weg nach Perth sein.« Er hielt ihm einen Becher kühles

Wasser an die Lippen. »Und dann geht es zurück nach Glencoe … sofern du nicht erst nach Appin gehen willst.«

Dair trank das ganze Wasser aus, dann runzelte er die Stirn. »Appin?«

»Loch Laich.« John stellte den Becher ab und legte das blut- und schmutzverschmierte Plaid wieder über Dairs bandagierte Brust; es gab keine Decken. »Um Jean Stewart zu zeigen, dass ihr MacDonald noch ganz ist; dann muss sie nicht ihren Bruder kastrieren, weil er sich nicht um dich gekümmert hat.«

Dair brachte ein mühsames Lächeln zustande, während er spürte, wie er sich dem Abgrund näherte. »Das würde sie. Zuerst Robbie – und dann mich …«

Sein Bruder lachte leise. »Ich bezweifle, dass sie *dich* kastrieren würde, Alasdair … es würde irgendwie den Spaß verringern.«

»– Medaillon …«, murmelte Dair, als er sich an Robbies Worte vor der Schlacht erinnerte.

»Es ist hier.« John legte seinem Bruder die Kette in die Hand. »Träume von ihr, Alasdair … und dann reite so schnell wie möglich nach Perth. Wir brauchen jeden Mann.«

Dair lächelte schwach. »Auch einen Mann, der so kümmerlich aussieht wie ein zu früh geborenes Kalb …?«

»So was hat er nicht über dich gesagt, als wir dich hergetragen haben. Du hast anscheinend länger durchgehalten, als wir erwarten durften.« John klopfte ihm kurz auf die Schulter. »Schlaf jetzt. Ich treffe dich dann bei Perth.«

»John –« Sein Bruder drehte sich um. »Dundee ist tot. Ich kann mich daran erinnern.«

»Ja. Er ist beerdigt worden.«

»Und dann haben die Lairds sich versammelt.«

John blickte ernst und feierlich drein. »Sie haben sich versammelt. Sie haben unter Eid geschworen, Colonel Cannon zu dienen.« Er ließ seinen Blick rasch durch das Zimmer schweifen, dann neigte er sich etwas zu Dair hinab. »Dieser Cannon ist kein Dundee – dieser Feldzug wird nur so lange dauern, wie wir untereinander Frieden halten können. Aber jetzt gibt es erst einmal eine Chance … dafür hat Mackay gesorgt.«

»Mackay hat den Kampf überlebt?«

»Oh, ja … und er ist ein ungestümer Mann, dieser General Sir Hugh Mackay von Scourie.« Die Haut um Johns Augen legte sich in Falten, als er lächelte, und das nahm seinem Gesicht die Müdigkeit und Anspannung. »Er hat eine Botschaft geschickt, in der er Straferlass und Entschädigung anbietet.«

»Aber – er hat *verloren*!« Dair war erstaunt. »Aus welchem Grund sollte er dem Sieger so etwas anbieten?«

»Stolz? Er ist ein Schotte, ein *Highlander*, wenn er auch schon zu lange im Dienste des Holländers – und seiner holländischen Frau! – steht und sich von uns abgewendet hat. Er dient jetzt der Sache der Sassenachs.« John zuckte die Schulter. »Vielleicht auch Wut? Aber auch wenn es nicht seine Absicht war, erfüllt es seinen Zweck … denn er hat mit seinem Angebot auch jene Lairds erzürnt, die möglicherweise nach Dundees Tod das Interesse verloren hätten. Sie haben ihm einen Brief zurückgeschickt, in dem sie ihm versichern, dass sie eher mit dem Schwert in der Hand sterben würden, als den Treueeid zu brechen, den sie unserem Herrscher gegenüber geleistet haben.«

»MacIains Worte.«

»Ich gehe davon aus, dass er bei der Wortwahl nicht ganz unbeteiligt war.« John grinste. »Aber zunächst einmal sind wir alle vereint. Wir werden erst dann nach Hause zurückkehren, wenn unsere Aufgabe beendet ist. Erst Dunkeld, dann Perth, und alles noch vor dem Winter.«

Dair rührte sich wieder. »Ich sollte hier nicht so rumliegen.«

»Aber genau das wirst du tun. Du hast es MacIain versprochen.« Er erhob sich. »Und vergiss nicht, uns zu benachrichtigen.«

»Nein.« Dair schloss die Augen. *Gib auf MacIain Acht… gib auf dich selbst Acht…* Aber als er das Geräusch von Johns sich entfernenden Schritten hörte, begriff er, dass die Worte nur in seinem Kopf erklungen waren.

3

Der Earl of Breadalbane saß an seinem Tisch beim westlichen Fenster seiner Burg und nahm erneut den Brief von Sir John Dalrymple, dem Master of Stair, in die Hand, der wohl im Augenblick der mächtigste Schotte war, da König William ihm Gehör schenkte. Es gefiel Breadalbane gar nicht, dass nicht *ihm* diese Gnade zuteil wurde, aber immerhin war er es, den Dalrymple zu Rate zog. Zumindest schätzte Dalrymple ihn. *Wenn auch aus keinem anderen Grund, als mich zu benutzen; nun, so sei es also – ich werde ihn ebenso benutzen wie er mich; ich werde Glenlyon benutzen, ich werde seine Tochter benutzen, ich werde alle benutzen, die nötig sind!*

Der Brief war vierzehn Tage zuvor gekommen; er hatte ihn seither jeden Tag mehrmals gelesen. Er überflog ihn auch jetzt wieder, obwohl er ihn inzwischen Wort für Wort auswendig kannte. »… *weswegen vorgeschlagen wird, dass möglicherweise ein Friede jenseits der Anwendung des Schwertes erreicht werden könnte, indem man sich zunutze macht, dass bestimmte rebellische Clans die persönliche Sicherheit ebenso wertschätzen wie das Silber.*«

Der Earl verstand nur zu gut, was Dalrymple da von sich gab: dass die Krone die Clans bestechen würde, damit sie nach Hause gingen und James sowie dessen zum Scheitern verurteilte Sache vergaßen.

Breadalbane strich sich mit einer Fingerspitze über die Unterlippe. Vielleicht war seine Sache ja gar nicht so zum Scheitern verurteilt. Vielleicht schwächte König William, der mit Holland und Frankreich beschäftigt war, seine Stellung in England schon allein dadurch, dass er sie vernachlässigte; weder liebte noch schätzte er das väterliche Erbteil seiner Frau, es sei denn, es half ihm gegen Frankreich.

James war ein dummer Narr, der dazu neigte, die wahre Macht seiner Untertanen zu unterschätzen, aber er war dennoch ein direkter Abkömmling des Königshauses. James hatte einen echten Anspruch auf die Krone, der ihm aufgrund persönlicher und politischer Unfähigkeit abhanden gekommen war – und aufgrund der Frage der Religion.

Breadalbane las laut weiter. »… *›dass vielleicht ein Friede jenseits der Anwendung des Schwertes…‹*« Vielleicht mochte es so sein; nur ein Narr würde es ganz ausschließen. Gelegentlich erwies sich irgendeine Alternative als wesentlich brauchbarer als die ursprüngliche Idee oder Absicht. Vielleicht konnte ein Friede wirklich –

Ein Klopfen ertönte an der Tür. Breadalbane rief seinen Diener herein, und Sandy betrat das Zimmer. Er trug einen versiegelten Brief bei sich.

Schon wieder Murray –? Der Earl nahm den Brief entgegen. Oder Glenlyon –? *–ah! Keiner von beiden* – Er riss ihn auf, überflog ihn hastig und sprang mit einem Satz auf die Beine. Es kostete ihn einige Mühe, seine Stimme unbewegt klingen zu lassen. »Pack meine Sachen und lass die Kutsche zur Abfahrt vorbereiten… ich werde nach Edinburgh fahren.«

Der Diener verschwand sofort. Breadalbane stand da und ließ den verschmutzten, zerknitterten Brief auf den Tisch sinken, wo er auf die ältere Korrespondenz vom Master of Stair fiel. In Anbetracht der Neuigkeit, die er gerade erhalten hatte, sah der Earl sich in keinster Weise veranlasst, auf Stairs Rat hin irgendwie tätig zu werden.

»Noch nicht«, sagte er laut. »Solange noch Blut den Hang hinabrinnt, werden sich Narren wie die MacDonalds ganz sicher nicht durch Silber beeinflussen lassen.«

Es sei denn, das Silber, das es zu rauben galt, stammte von den Campbells, von ihm zum Beispiel oder von seinem Verwandten Robin, deren Ländereien auf dem Rückweg des Wolfes lagen.

»Sie werden nach Hause zurückkehren«, mutmaßte er. »In einer Woche, in einem Monat, in sechs Wochen … die Glencoe-Männer werden durch mein Land nach Hause zurückkehren, und sie werden jede Campbell-Kuh und jedes bisschen Campbell-Silber stehlen.«

Ein anderer Mann wäre auf Castle Achallader geblieben und hätte gegen sie gekämpft. Aber der Earl of Breadalbane war nicht gerade für seine Entschlossenheit und Durchsetzungsfähigkeit bekannt, wenn es nicht um Dinge des Verstands oder des Wirtschaftens ging; er heuerte gewöhnlich andere an, die er für sich kämpfen ließ. Seine Aufgabe war es demnach, die Flucht nach Edinburgh zu ergreifen und darauf zu warten, dass der Winter dem Krieg ein Ende bereitete.

Diesmal hatten die Highland-Jakobiten gewonnen, doch im Frühling würden Williams Streitkräfte zurückkehren. Am schwächsten waren die Clans nach einem harten Winter, und dann mochte die Aussicht auf Silber durchaus das Versprechen auf Blut überwiegen.

Bevor Dair sein Krankenlager verlassen konnte, musste er ein paar Dinge erledigen, damit er als wahrer Sohn MacIains wieder zu erkennen war. So befestigte er das schmutzverkrustete Plaid wieder an der einen Schulter und setzte sich die Kappe auf die Haare, die so zerzaust waren, dass es unmöglich war, sie allein mit Hilfe der Finger zu kämmen. Dann steckte er Jean Stewarts Medaillon zu dem *Sgian dhu*, suchte sich seine Tartsche und das Claymore und erhob sich vorsichtig von der Pritsche.

Er hatte nicht viel bei sich außer seinen Waffen, seiner ständig besser werdenden Gesundheit sowie seiner blutverschmierten und schweißverdreckten Kleidung. Aber er hatte die Schlacht überlebt, während mehr als sechshundert Highlander beim ersten Angriff gestorben waren, viele weitere in den nachfolgenden Kämpfen Mann gegen Mann.

Es war Zeit, nach Perth zu reiten. Sicher war der Kampf bei Dunkeld inzwischen zu Ende. Er würde sich mit seinen Verwandten und Clanmitgliedern treffen und seine Hilfe anbieten, was die Sache der Jakobiten betraf – bevor der Herbst hereinbrach und mit ihm der erste Schnee kam, der Glencoe vor Eindringlingen verschließen würde – oder, wenn man es aus anderer Sicht betrachtete, der seine Einwohner daran hindern würde, andere Ländereien wie die der Campbells auf der Suche nach vierbeinigem Gut aufzusuchen.

Dair griff nach seinem Claymore und der Tartsche und begann die mühselige Reise von seiner Pritsche bis zur entfernten Tür. *Es werden sich noch andere auf den Weg nach Perth machen… ich werde nicht alleine sein –*

Doch als er gerade die Tür erreicht hatte und auf der Schwelle stand, fuhr er zurück und knallte mit dem Rückgrat gegen den Türsturz. Der Schmerz, der kurz in seiner Seite aufflackerte, als der Griff des Claymores gegen ihn drückte, verflüchtigte sich rasch wieder. Im Korridor und von der anderen Seite der Mauer her erklangen laute Rufe, und eine Gruppe schmutziger Männer in zerrissenen, blutverschmierten Plaids kämpfte sich die Treppe hoch, stützte andere Männer, deren Plaids ebenfalls blutverschmiert und verdreckt waren, nur dass deren Blut rot und feucht war und nicht braun und getrocknet.

»Himmel –« Um Platz zu machen, drückte Dair sich dicht an den Türpfosten, während Clanmitglieder neue Verwundete und Sterbende in die behelfsmäßige Krankenstation schleppten. Augenblicklich wurde die Pritsche, auf der er noch kurz zuvor gelegen hatte, von jemandem belegt, der kaum älter als ein Junge war, von dessen Unterarm das Fleisch in Fetzen hing und den Blick auf einen zertrümmerten Knochen freigab.

Dair war an den Geruch kranker und sterbender Männer gewöhnt, aber dieser Geruch hatte eine neue Note: blutgetränkte und geräucherte Wolle, versengte Haare, sterbendes, verbranntes und verwesendes Fleisch.

Er löste sich von der Wand, umklammerte die Tartsche und das Claymore, obwohl er sich dadurch nicht weniger hilflos fühlte. »Was ist geschehen?«

Aber es antwortete ihm niemand, alle waren zu sehr beschäftigt, als dass sie auch nur ein einziges Wort für ihn hätten erübrigen können. Noch mehr Verwundete wurden in die Kammer getragen, bis alle Pritschen belegt waren. Plaids wurden ausgebreitet oder Männer auf den nackten Steinboden gelegt. Clanmitglieder hockten sich neben sie, sprachen mit den Verletzten; andere machten sich daran, die behelfsmäßigen Verbände abzunehmen, und untersuchten die Wunden, die unter dem Transport zusätzlich gelitten hatten.

Dairs Kehle schnürte sich schmerzhaft zu. Er schrie nur drei Worte über den Lärm der Todgeweihten hinweg: »*Fraoch Eilean! MacIain!*«

Einige bewegten ihre Köpfe, beantworteten den alten Schlachtruf. Ein Mann, der in der Nähe der Tür kniete und dem Clan-Abzeichen nach ein MacDonald von Keppoch war, wandte ihm sein rußgeschwärztes Gesicht zu. Seine Zähne blitzten weiß inmitten der schmutzverschmierten Maske auf. »Er ist am Leben. Ich habe ihn gesehen, als wir Dunkeld verlassen haben.« Ein kurzes, humorloses Lächeln ließ seine von Blasen umgebenen Mundwinkel zucken. »Es ist nicht leicht, ihn zu übersehen.«

»Und mein Bruder? John MacDonald von Glencoe?«

»Der war nicht dabei.« Der Mann räusperte sich, spuckte schwarzen Schleim aus, dann zuckte er die Schultern. »Aber ich weiß es nicht genau. Wir haben Dunkeld verlassen, so schnell es ging.«

»Dann sind die anderen nach Perth gegangen?«

Der Keppoch-MacDonald schüttelte den Kopf. »Niemand geht nach Perth, haben die Lairds gesagt. Die Straßen von Dunkeld sind voll mit unseren Toten … wieso sollten wir bei Perth noch mehr Männer opfern?«

Dair nickte dankend, dann betrat er den Korridor, um seinen Vater zu suchen.

»MacDonald!« Jemand legte ihm die Hand auf den Arm und hielt ihn so fest, dass es schmerzte. »Gott, Jean wird mich wirklich prügeln! Du bist so dünn wie ein Grünschnabel!«

»Robbie?« Dair bückte sich so weit, dass er Tartsche und Claymore auf den Boden fallen lassen konnte, dann griff er den Stewart bei den Schultern. »Ich habe gehört, dass es meinem Vater gut geht, aber was ist mit John?«

»Ein bisschen angesengt ist er, aber ansonsten heil und wohlauf –« Robbies Stimme klang heiser. Sein Grinsen verflog, als er Dairs Arme umklammerte. »Mach dir keine Sorgen um sie – es geht ihnen gut.«

Dair schwankte etwas, als die Anspannung sich löste. Er taumelte gegen die Wand, ohne auf seine schmerzende Rippe zu achten. »Gott … *Gott*, Robbie –« Die Woge der Erleichterung war so mächtig, dass sie seine Glieder zum Zittern brachte. – *wieder ein zu früh geborenes Kalb* – »Was ist geschehen? Warum gehen wir nicht mehr nach Perth?«

Stewart stank nach Rauch und verbranntem Fleisch, aber es war nicht sein eigenes. »Sie haben die Stadt angezündet.«

»Dunkeld?«

»Sie haben sie niedergebrannt.« Robbie schüttelte den Kopf; seine blauen Augen blitzten wie Flammen in dem schmutzigen Gesicht. »Sie haben ihre eigenen Behausungen niedergebrannt –«

»Die Cameronianer?« Dair schnappte nach Luft. »Ich dachte, du hättest gemeint, dass *wir* –«

Robbie schüttelte den Kopf. »Drei Stunden haben wir hart gekämpft, dann sind wir in die Stadt gegangen. Die Cameronianer haben gewartet, bis wir alle in den Häusern waren, dann haben sie die Türen verriegelt und sie angezündet. Sie wollten, dass wir in den Flammen der Hölle versengen, haben sie gesagt. Covenantische Narren! Religion ist doch kein Grund, für den es zu sterben lohnt.« Er hob einen Arm und wischte sich mit dem Handrücken über die Stirn, schmierte sich Ruß und Dreck über die Nase und die eine Wange. »Dunkeld ist jetzt nichts weiter als ein rauchender Haufen aus Geröll und verbranntem Holz.« Er schwieg. »Und Leichen.«

»Unseren?«

»Unseren. Ihren. Zu vielen.« Robbie blickte grimmig drein, und um seinen von Blasen verunstalteten Mund war ein fester Zug. Funken hatten eine Reihe schwarzer Narben auf dem einen Wangenknochen hinterlassen. »Es ist vorbei, Alasdair Og. Zu viele Tote so kurz vor dem Winter ... wir müssen nach Hause zurückkehren und uns vor dem ersten Schnee um unser Land kümmern.« Er leckte sich behutsam über die geschwollenen Lippen. »Die Lairds werden eine Charta unterzeichnen, dass sie sich wieder auf dem Feld treffen, sollten das gemeinsame Wohl oder die Ziele von König James es erfordern, aber für den Augenblick ist der Kampf erst mal vorbei.«

Stewart schloss kurz die Augen. Er hatte seine Neuigkeiten mitgeteilt, und seine Ängste hatten sich aufgelöst. Dair konnte die Erschöpfung in Robbies Gesicht und Haltung erkennen, als die Hände mit den eingerissenen Fingernägeln zuckten. »Robbie –«

Aber Stewart fuhr fort. Seine Worte klangen abgehackt und verschwommen, aber das kam nicht vom Whisky oder Wein. »Colonel Cannon schickt uns für den Winter nach Hause… unterwegs sollen wir dafür sorgen, dass wir uns von den Ländereien der Campbells eine Entschädigung besorgen… wir sollen Achallader niederbrennen, sagt er, und sämtliche Güter von Breadalbane plündern.« Das Grinsen kam rasch und wild, ungeachtet der verletzten Lippen. »Als bräuchten wir dafür einen *Befehl*!«

Durch die verzogenen Fensterläden fielen Sonnenstrahlen, landeten in einem schrägen Muster scharf wie die Klinge eines Claymores auf dem Deckel einer ledergebundenen Truhe. Cat kniete vor ihr, zögerte einen Augenblick und öffnete dann mit geschickten Fingern die Haspe. Staubwolken wirbelten auf, als sie den Deckel leise gegen die Wand lehnte. Das Licht glänzte schmutzig grün und mattgold auf den angelaufenen Messingbeschlägen.

Cat wartete einen Moment und hielt die arg mitgenommenen Lederbänder mit steifen Fingern fest, dann kramte sie in den Kleidungsstücken herum. Sie spürte etwas Hartes, betastete die Form, zögerte, und zog den Gegenstand dann so hastig heraus, dass sie ihre Meinung nicht mehr ändern konnte. Doch bevor sie sich traute, in die zerbrochene Oberfläche hinein zu blicken, oder sie auch nur *an*zuschauen, drückte sie den Spiegel an die Brust.

»Ein winziger Blick, weiter nichts…« Doch sie konnte es nicht über sich bringen. Sie hatte nie einen Hinweis erhalten – weder von ihrem Vater, ihren Brüdern, den Vasallen, Bediensteten, Clanmitgliedern oder Una –, dass der Spiegel etwas enthüllen würde, das es wert war, anzusehen, dass er ihr etwas zeigen würde, das irgendwer, irgendjemand – *selbst ich!* – als angenehm empfinden würde.

Am Tag machte es ihr nichts aus. In der Nacht machte es

ihr sehr viel aus, und sie träumte von dem Feind, dessen redegewandte Zunge ihr keine leeren Schmeicheleien über eine nicht vorhandene Schönheit vorgesetzt hatte, sondern der ihr in seiner Aufrichtigkeit wirkliche Hoffnung geboten hatte.

Sie hatte diese Hoffnung niemals aus den Augen verloren. Wein, so hieß es, wurde mit jedem Jahr besser; konnte man nicht das Gleiche auch von Menschen sagen?

Es gab natürlich das Wasser, das einen eigenen Spiegel bildete und eine verwässerte Wiedergabe von Catriona Campbell bot, aber dies hier war ein echter Spiegel, den ihr Vater vor vielen Jahren Lady Glenlyon aus Edinburgh mitgebracht hatte. Er war im Laufe der Jahre zerbrochen, und das Elfenbein der Fassung war vergilbt und gesprungen, aber er war immer noch besser als Wasser. Auf einer immerzu glatten, niemals veränderten Oberfläche würde sie die wirkliche Cat Campbell sehen.

»Ein winziger Blick, nichts weiter –« Sie sprang auf, als unten die Tür aufgerissen wurde und gegen die Mauer knallte. *Jamie –?* Ihr ältester Bruder öffnete eine Tür niemals leise, wenn ein lauter Knall ihn besser anzukündigen vermochte. Es klang nach Jamie, aber wenn er es wirklich war, war er früh wieder zurück. Der Herbst stand bevor, und Cat war – abgesehen von Una – allein im Haus. Die anderen Frauen waren noch auf den Sommerweiden, und die Männer kümmerten sich um die Ernte.

»*Chruachan!*« schrie die Stimme.

– nicht Jamie – Und auch nicht ihr Vater oder Una. Ein Junge. Ein Junge, den sie nicht kannte. Cat ließ den Spiegel fallen, ungeachtet des zerbrechlichen Glases, und rannte auf die Treppe zu. Sie rannte nicht von dem Schrei weg, sondern auf ihn zu, wie es ein Mitglied der Campbells tun sollte, und als sie die Stufen hinuntergestürmt kam, begriff sie, dass es nur eines gab, was den Jungen eines Pächters unerwartet

und unangekündigt zum Hause des Lairds trieb, einmal abgesehen vom Verkünden des Campbell-Schlachtrufs.

Barfuß, in Hosen und safrangefärbtem Hemd, blieb Cat zwei Stufen vor dem Ende der Treppe stehen, als sie sich blankem Stahl gegenübersah.

»MacDonalds –«, krächzte der Junge an der Tür, aber das war jetzt nicht mehr nötig. Sie wusste sehr gut, wer sie waren und was sie wollten, die Spitze des Claymores nur einen Fingerbreit von ihrer Kehle entfernt.

»Es sind einige«, sagte der Schwertschwinger, »nicht alle.« Er hob eine Hand und winkte Cat zu sich, wedelte mit seinen anmaßenden Fingern. »Komm her zu mir, Mädchen… komm schon *her*!« Seine Stimme klang jetzt noch herrischer, als sie sich versteifte und darauf vorbereitete, einfach kehrtzumachen und davonzulaufen »– oder du wirst meine Klinge zu spüren bekommen.«

Er meinte, was er sagte; sie spürte die kalte Berührung des Stahls, als es in die Grube zwischen den Schlüsselbeinen stieß. Wenn sie auch nur schluckte, würde er sie verletzen.

»Komm her«, sagte er und bewegte die Klinge mit äußerster Präzision, als sie auch die letzten Stufen hinunterkam. Sein Grinsen enthüllte weiße Zähne in einem schmutzigen, von Brandblasen vernarbten Gesicht. »Nun, eine nach der anderen, und hübsch langsam – hast du da einen Dolch hinter dem Rücken?«

Sie hatte keinen. Sie wünschte, sie hätte einen. *Noch eine Stufe…* Langsam einatmen; es erforderte ihre ganze Willensanstrengung, nicht zu zittern, damit ihr das Schwert nicht in die Haut schnitt und er sich nicht an ihrer Angst weiden konnte. Sie stand jetzt auf dem Steinboden, der sich unter ihren nackten Füßen kühl anfühlte, und stellte höchst erstaunt fest, dass sie größer war als er.

Auch er war überrascht; er zwinkerte mit den blauen Augen, wölbte die rotblonden Augenbrauen und lachte.

Seine Lippen waren so verbrannt, dass Bläschen entstanden waren, wie sie sehen konnte; die abgestorbene Haut kringelte sich über der neuen. »Himmel, Mädchen –« Er hielt inne. »*Bist* du überhaupt ein Mädchen?« Er streckte seine Hand aus – die Finger hatten eingerissene Nägel –, und griff nach den Falten ihres Hemdes, während er das Schwert zur Seite hielt. »Was hast du denn da unter dem Stoff?«

Cat reagierte unwillkürlich, stieß mit einer scharfen Seitwärtsbewegung seinen Arm weg. Sie dachte nicht an das Schwert, das er noch immer in der anderen Hand hielt, sie dachte nur an seine Finger, an seine abgebrochenen Nägel, an seine vertraulich zupackende Hand. »Rühr mich ja nicht an, MacDonald!«

Seine Überraschung währte nicht lange. Er bekam ihr Handgelenk zu packen und griff kräftig zu, zerrte sie daran zur Tür. »Ein Junge mit Brüsten, aye? Oder ein Mädchen mit einem Jungengesicht?« Er warf einen raschen Blick an ihr vorbei, dann gab er mit einer ruckartigen Kopfbewegung seinen Männern einen Befehl. Währenddessen schlich sich der Junge des Pächters hinaus, um wegzulaufen. »Durchsucht das Haus«, befahl er seinen Leuten. »Ich will alles haben, was irgendwie von Wert ist… Platten, Spieße, Kerzen – alles! Lasst für Glenlyon nichts übrig… er ist nichts weiter als ein versoffener Mann. Soll er doch in seinen Whisky weinen!«

»Nein!«, schrie Cat; sie besaßen ohnehin nur noch wenig, wo ihr Vater alles verkauft hatte, was ihnen irgendwie einen Silberpenny eingebracht hätte. »Rührt mein Haus nicht an!«

»Dein Haus? *Dein* Haus?« Sein Griff wurde fester. Er war kein MacDonald, wie sie begriff. Das Abzeichen seiner Kappe, so schmutzverkrustet es auch sein mochte, deutete auf einen anderen Clan. »Dann bist du wohl Glenlyons Balg?«

»Lasst das!«, rief sie empört, als einer der Männer jenseits der Türschwelle damit anfing, die Spitzenvorhänge ihrer

Mutter abzureißen, die Una in mühsamer, sorgfältiger Arbeit nach Jamies stürmischem Wutanfall wieder geflickt hatte.

Ihr Häscher schüttelte sie. »Ich frage dich: bist du eine Glenlyon?«

Cat fiel der Kopf in den Nacken, und ein starker Schmerz zuckte ihr durch den Schädel. Obwohl er kleiner war als sie, war er weder leicht noch schwach. Seine Finger an ihrem Handgelenk waren so fest wie Draht.

»Seine Tochter«, murmelte sie und hasste sich gleichzeitig wegen der Tränen, die ihr in die Augen traten.

»Die Tochter des Laird? Dann bist du bestens geeignet, den Mann da draußen zu bedienen. Er muss sich die Kehle kühlen.« Er nahm einem Clankameraden einen der Becher ab, die der sich bereits genommen hatte, und hielt ihn ihr unter das Kinn. »Whisky.«

Cat starrte ihm ins Gesicht. Er ist jung, dachte sie, jünger als Jamie. *Ich sollte Angst haben* – und das hatte sie auch, aber nicht so viel, dass sie keinen klaren Gedanken mehr hätte fassen können, dass sie die Folge dieses Geschehens nicht mehr hätte bedenken und einschätzen können, oder dass sie – *ich bin größer!* Sie verscheuchte den Gedanken sofort wieder. Er würde ihr wehtun. Jeder Versuch zu fliehen, während er sie noch festhielt, würde fehlschlagen, würde ihr nicht das Geringste einbringen, und er würde sie verletzen.

Er lachte, als hätte er ihre Absicht erraten. Ein Beben ging durch ihren Körper. Den Becherrand hart gegen das Kinn gepresst, nickte Cat so ruhig, wie es ihr überhaupt möglich war.

Sie hatten den Whisky ihres Vaters bereits geplündert, aber jetzt goss einer der Männer den Becher voll. Der Geruch des Alkohols brachte ihre Augen zum Tränen und stieg ihr zu Kopf. Sie trat zur Tür, während um sie herum die MacDonalds geplünderte Gegenstände hinaustrugen; sie beraubten Chesthill selbst solch kleiner Reichtümer wie Zinnlöffel und

Platten. Draußen ging es nicht weniger verrückt zu, denn die Männer schleppten ihre Beute auch von den Nebengebäuden herbei. Eisen und Zinn klirrten, wurden auf Pferde geladen, die bereits mit gestohlenen Gegenständen bepackt waren.

– sie haben die Häuser der Pächter ausgeraubt – Von weiter oben des Glens hörte sie die Rufe jener MacDonald-Männer, die sich um das Vieh gekümmert hatten, Schafe, Ziegen und Pferde; jetzt trieben sie die Tiere zusammen. *– sie werden uns nichts lassen... sie werden uns gar nichts lassen...* Cat biss sich auf die Lippe. Wenn es überhaupt einen Trost gab, dann den, dass Lord Murray von Atholl genauso viel verlieren würde wie ihr Vater. Aber der Winter würde hart sein, furchtbar hart, wenn nicht gar unmöglich. In ihrer Gier, in ihrer Wildheit würden die MacDonalds dafür sorgen, dass nichts zurückblieb, wovon die Campbells leben konnten. *Besser, uns geradeheraus zu töten, als uns so dem Hungertod auszuliefern!*

Zwei Pferde scharrten träge auf dem von Hufen aufgewühlten Boden, der noch immer matschig vom morgendlichen Regen war. Das eine Tier war reiterlos, aber auf dem anderen saß jemand. Sie weigerte sich, den Kopf zu heben und dem Blick des Mannes zu begegnen, dem sie den Whisky ihres Vaters in dem Becher ihres Vaters reichen sollte. Durch einen Schleier bitterer Tränen hindurch sah Cat einen Fuß im Steigbügel, ein nacktes, von blauen Flecken überzogenes Knie, das sich an den Pferderumpf schmiegte. Der Kilt hatte das tiefe Schwarzgrün und das volle Karmesinrot, das die MacDonalds bevorzugten.

Cat starrte fest auf den matschigen Boden, während sie auf das Pferd zuging. *Ich werde ihn nicht ansehen* – Sie blieb bei dem Steigbügel stehen, presste die Zähne so fest aufeinander, dass ihr der Kiefer schmerzte. Als eine Hand herunterkam, um den Becher aufzunehmen, stülpte sie ihn absichtlich um. »*Chruachan*«, murmelte sie wütend.

Der Whisky platschte gegen ihre nackten Füße, ließ

Matsch an ihren Knöcheln aufspritzen und verschmutzte die aufgerissenen Säume ihrer geborgten Hosen, aber sie kümmerte sich nicht darum. Sie frohlockte. *Chruachan. Chruachan. Ich werde es so lange sagen, bis ich sterbe… für den toten Robbie und für Glen Lyon –*

Jemand packte sie von hinten an den Haaren. Der Griff riss ihren Kopf zur Seite, und nach einem kräftigen Schubs landete sie mit ausgestreckten Gliedmaßen auf dem Boden. Cat fand sich auf Kinn, Hüfte, Ellenbogen und Schultern wieder, dann grub sie den Ellenbogen noch tiefer in den Matsch, als sie sich aufrichtete. Sie blickte benommen drein, während eine grauenhafte Mischung aus Whisky und Pferdepisse ihren schlecht geflochtenen Zopf verschmutzte.

Una wird wütend sein, dachte sie wie betäubt.

Der Mann mit dem Claymore stand neben ihr, stellte die Spitze auf dem matschigen Boden auf, so dass der glänzende Stahl matt wurde. »Dann trink du ihn also. Wenn du dich weigerst, einen MacDonald oder Stewart zu bedienen, musst du dich selbst bedienen!«

Stewart. *Stewart*, kein MacDonald; er hatte es am Anfang abgestritten. Vermutlich von Appin, es lag ähnlich entfernt wie Glencoe.

Glencoe.

Immer noch ausgebreitet auf dem Boden, blickte Cat hoch. Sie beachtete den Stewart nicht weiter, sondern starrte stattdessen auf den Mann auf dem Pferd, den MacDonald, den Sohn des Laird, dem sie hatte den Campbell-Whisky bringen sollen.

Der Stewart neben ihr rührte sich. »Himmel, Dair, du bist so bleich wie eine Leiche –« Er vergaß sie schlagartig, trat auf das Pferd zu. »Wir holen dich da runter, ja?… Wir bringen dich ins Haus –«

Seine Augen hatten noch immer das gleiche Whiskygold, auch wenn sie jetzt tiefer in den Höhlen lagen, als sie in Erinnerung hatte, und außerdem von blauen Flecken umrahmt waren. Das schmale Gesicht war noch schmaler und bleicher, beinahe hager; schmutzige Schlieren betonten zusätzlich die eingefallenen Wangen unter den ausgeprägten Wangenknochen, die kräftigen Konturen seines Schädels. Die einst schwarzen Haare, die sich unter der Kappe in alle Richtungen sträubten, waren noch mehr mit Grau durchzogen, als Cat in Erinnerung hatte. Er war unrasiert; dunkle Stoppeln umrahmten seinen Kiefer und bewiesen, dass nur die Haare auf seinem Kopf den matten Silberton annahmen.

»Ich werde nach Glencoe weiterreiten«, sagte Alasdair Og. »Dort wird es einen herzlicheren Empfang geben als hier.«

»Noch herzlicher als auf Castle Stalker? Hier –« Der Stewart riss einem vorbeigehenden Mann etwas aus der Hand und warf es Dair MacDonald zu. »Nimm von den Campbells auch etwas für Jean mit.«

Der Gegenstand glänzte kupferfarben im Sonnenlicht. Cat starrte ihn wütend an. *Sogar den Kessel meiner Mutter!*

Dair reichte dem Appin-Stewart die Zügel des reiterlosen Pferdes. »Reitet schon mal voraus. Mein Pferd lahmt etwas – ich werde euch schon einholen.«

»Aber –«

»Reitet weiter. Die Männer sind hier fertig.«

Die Stimme klang noch genauso, wie sie sie in Erinnerung gehabt hatte, wenn auch ein bisschen mitgenommen, als wäre sie von allzu vielem Rufen und Schreien ganz erschöpft.

Cat spürte, wie die Clanmitglieder das Haus mit der Beute verließen, die sie in Tischleinen gestopft hatten und jetzt auf die Pferde banden oder sich über die Schultern warfen. Einer nach dem anderen stieg auf, tauschten sich dabei lachend und scherzend über die Beute aus, die sie gemacht hatten. Dann lenkten sie ihre Pferde auf den Pfad zu. Schließlich ritt auch der Stewart unter Glenlyons Tor hindurch, dabei etwas von Narren und Wahnsinnigen murmelnd.

Dair MacDonald sah ihnen nach, dann drehte er sich wieder um. Sein Ausdruck war sehr ernst, aber Cat, die im Matsch saß, bemerkte den bestimmten Zug um seinen Mund, als wären da andere Worte, die er gerne gesagt hätte, jedoch verschwieg.

»Wenn ich absteige, komme ich nicht wieder hoch«, meinte er schließlich.

Bei einem anderen Mann hätte sie dies als Entschuldigung gewertet. Aber sicher nicht bei einem MacDonald; ein MacDonald würde niemals absteigen, um einer Campbell beim Aufstehen zu helfen. Und eine Campbell würde sich auch nicht von einem MacDonald helfen lassen. *Ich werde nicht zulassen, dass er mich berührt.*

Cat fühlte sich benommen, als sie sich langsam wieder erhob. Die nasse Hose klebte an ihren Oberschenkeln. Ihr mit Matsch verdreckter Zopf klebte im Nacken und auf dem Hemd, und sie spürte den nach Whisky riechenden Matsch an ihrem Kinn, die Tropfen, die ihren Nacken hinunter rannen. Sie reckte ihr schmutziges Kinn, um jedwedem Spott im Voraus zu begegnen, aber dann erschien völlig unerwartet das Bild von Lady Glenlyons französischem Parfüm vor ihrem geistigen Auge, das ein Mädchen absichtlich beiseite gelegt hatte, weil sie nicht daran geglaubt hatte, seines Duftes würdig zu sein.

Ein wildes Lachen zwängte sich durch ihre Kehle. – *Whisky und Pferdepisse* – Sie spürte einen Schluckauf und biss sich auf die Lippe, unterdrückte den Impuls. »Geh«, sagte sie mit fester Stimme. »Hast du nicht genug angerichtet?«

Er ignorierte ihre Worte jedoch, offensichtlich mit etwas ganz anderem beschäftigt. »Catriona –? *Cat*?«

Das Gefühl von Demütigung zerrte an ihr. Noch sieben Jahre später kannte er sie, selbst ihren *Namen*… Ein Klagelaut stieg in ihr auf, erstarb noch in der Kehle. Es war also schlimmer, viel schlimmer. Sie hatte erwartet, ihn nie wieder zu sehen; dass er sie nie wieder sehen würde, konnte sie ertragen, aber zu wissen, dass er sich *erinnerte…* zu wissen, dass er sie in einem solchen Zustand sah, so voller Wut und ganz und gar jeden Stolzes beraubt. Sie biss sich kräftig auf die Lippe, in der Hoffnung, der Schmerz würde die ungewollt aufsteigenden Tränen zurückhalten. Die abgebrochenen Fingernägel gruben sich in ihre Handflächen.

»Cat –« Aber er brach ab. Sein Mund bewegte sich steif, dann verschloss er sich zu einer festen, dünnen Linie. Mit unendlicher Behutsamkeit kletterte er vom Pferd.

Er hat gesagt, wenn er absteigt, kommt er nicht wieder hoch… Aber jetzt *war* er abgestiegen, so dass der Matsch aufspritzte. Er platschte ihr gegen die bloßen Füße und Knöchel, doch er achtete nicht darauf.

Cat warf den Kopf in den Nacken. Sie erwartete, dass er sich von ihr abwendete, um den verletzten Huf seines Pferdes zu untersuchen; er war der Grund, weshalb er noch geblieben war, als alle anderen schon wegritten.

Aber er tat es nicht. Stattdessen streckte er ihr den Kessel entgegen.

Cat starrte den MacDonald verständnislos an. Als er weder den Kessel zurückzog noch etwas sagte, legte sie ihre zitternden Hände auf das eingebeulte Metall. Ihre Fingerspitzen berührten sich, und sie zog den Kessel hastig an sich. Sie starrte auf die schwieligen, jetzt leeren Männerhände, denn sie brachte es nicht über sich, ihm ins Gesicht zu sehen, in seinen Augen das Mitleid zu sehen, die Anteilnahme, das Verständnis für das, was sie empfand. Er würde es wissen. Er würde verstehen. Wie er Jahre zuvor auch verstanden hatte.

Cat umklammerte den beschädigten Kessel und bemühte sich, nicht zu weinen. Sie hörte, wie er sich abwandte, sah den matten Glanz des Silbers. Er bewegte sich steif, als ob seine Gelenke schmerzten. Sie erinnerte sich daran, dass eine Schlacht bei Killicrankie gefochten worden war, dass die

Jakobiten gewonnen hatten. Er und andere wie er, die für König James gekämpft hatten, hatten die Männer von König William besiegt.

Sie wollte die Frage laut stellen: *Wie viele Männer hast du getötet?* Aber sie tat es nicht, denn sie wusste, er würde es ihr nur deshalb sagen, weil sie danach fragte: Er hatte seine Ehrlichkeit bereits sieben Jahre zuvor gegenüber einer jungenhaften Tochter eines Laird bewiesen. Eine Schlacht war wichtiger. Der Sieg schrie laut nach der Wahrheit.

Und doch würde er es ihr sagen, *weil* sie fragte, und weil es die Wahrheit war, angesichts des Todes nicht zu frohlocken. Sie betete, dass er nicht darüber frohlockte, dass er nicht ein geringerer Mann geworden war als der, den sie in ihren Träumen erschaffen hatte.

Er stieg auf und murmelte leise etwas. »Sei kein frühgeborenes Kalb, Alasdair Og –« und dann saß er, mit aschfahlem Gesicht und schwitzend, auf und nahm die Zügel wieder in die Hand, rückte Kilt, Plaid, Claymore und Tartsche zurecht. Das Abzeichen seiner Kappe blitzte silbrig im rosafarbenen Licht des Herbstes.

Cat umklammerte den Kessel. Als er sein Pferd hinter den anderen her lenkte, sah sie, dass es ganz und gar nicht lahmte.

Der Wind raschelt in den Bäumen. Es liegt kein Geruch von qualmendem Torf in der Luft, auch nicht der von gekochtem Fleisch oder Fisch, der auf flachen Steinen im Feuer gebraten wird. Es gibt keinen anderen Geruch als den der Bäume, des Gebüschs und des Torfs.

Das Glen ist geblieben, umgeben von Klippen und Gipfeln, von einem Fluss durchtrennt, doch niemand lebt hier, trotz der offensichtlichen Fruchtbarkeit. Das Glen ist aller Bewohner bar, abgesehen von den natürlichen Wildtieren. Aber es sind keine MacDonalds da.

Cat reitet unbeirrt zu dem Haus, das sie und Dair bewohnt haben, und ignoriert die Häuser der anderen. Sie findet dort die gleiche Zerstörung vor wie bei den anderen: verkohlte Balken und zerbrochene Steine, die durch die Hitze zusammengefallen waren, eingestürzte Dächer. Der Wind hat die Ruinen von Asche befreit, so dass nur die festen Balken sich noch unverschämt gen Himmel recken, zusammengefallen wie eine Handvoll umgefallener Stöcke.

Nichts ist noch übrig, das von menschlicher Behausung gekündet hätte. Kein Stück Kleidung, keine Zinnplatte, kein Parfüm aus Frankreich. Nur der Schutt des Massakers, des Feuers und der Plünderung, und die Blumen, die im späten Frühling aus der geschwärzten Erde sprießen.

DRITTER TEIL

1691

1

Es gab Straßen, die sich im Besitz verschiedener Clans befanden; auf ihnen wurden die Kühe zu den Weiden und von dort wieder zurück getrieben. Um einen solchen von Hufen aufgewühlten und mit Felsbrocken übersäten Weg handelte es sich auch hier, und wenn er auch breiter war als ein natürlicher Pfad, so war er ganz sicher nicht besser und schon gar nicht gepflastert, wie es bei jenen Straßen der Fall war, die die Römer im Land der Engländer gebaut hatten. Aber es war dennoch eine Straße, und sie war von Felsen, Heidekraut und Farn gesäumt und wand sich quer durch die Berge, die die nördliche Seite von Glencoe bewachten.

Genau diese Straße hatten die Glencoe-MacDonalds erklommen, um den Engländern, die es gewagt hatten, in die Highlands zu kommen, zuzusehen, wie sie mit ihren Lowland-Schoßhündchen einen Haushalt errichteten. Schon seit Killiecrankie hatte es entsprechende Gerüchte gegeben, doch jetzt bewahrheiteten sie sich. König William hatte den Rat von General Sir Hugh Mackay, der bei Killiecrankie besiegt worden war, befolgt und die Erlaubnis gegeben, in der Nähe von Inverlochy ein Fort zu errichten. Der Standort war wohl überlegt, lag es doch auf einer schmalen Landzunge im Schatten des Nevis, wo einst Gearasdan Dubh Nan Inbhir-Lochaidh, die Schwarze Garnison, gestanden hatte. Erinnerungen wurden somit aufgewühlt, und MacIain von Glencoe, der von seinen Söhnen und einigen anderen Männern begleitet wurde, äußerte freimütig seine Vermutung, dass absichtlich an diesen Erinnerungen gerührt wurde.

Das Fort war noch nicht ganz fertig, wenngleich es sich der Vollendung näherte. Die kräftigen Wälle bestanden aus einer Mischung von Erde, Stein und Holz und würden eine beachtliche Barrikade gegen einen Feind bilden. Im Innern standen schlichte Gebäude, in denen Munition und Vorräte gelagert wurden und Offiziere untergebracht waren. Draußen drängte sich eine Reihe von Zelten, und es gab planlose Anfänge von Torfhütten, die noch seltsamer aussahen als die Scheunen, in denen die Clans den Sommer zu verbringen pflegten. Der gewöhnliche Mann, der als Soldat in einer solchen Hütte überwinterte, war somit schlechter dran als der ärmste Highlander.

Die MacDonalds machten sich nicht die Mühe, ihre Anwesenheit zu verbergen. MacIain und seine Söhne standen auf der Bergkuppe und blickten auf das Fort hinunter, so dass die Männer, die dort unten arbeiteten, sie sahen und erkannten. Es würde keine Kämpfe geben; im Augenblick strebte niemand eine Schlacht oder ein Geplänkel an. Es handelte sich lediglich um ein Auskundschaften. Man nahm gegenseitig Maß.

MacIains weiße Haare wehten in der Brise, die über den Berg strich und das Farnkraut in Bewegung brachte. Er hatte, rein aus Gewohnheit, eine Reihe von Waffen bei sich, darunter auch sein Claymore und die Donnerbüchse. Trotzdem sorgte er dafür, dass jene im Fort die Männer sahen, die ihm die Waffen trugen, und auch den Ghillie, der ihn über die Bäche trug, damit seine Schuhe trocken blieben: er war immerhin der Chief eines Highland-Clans.

Dair und John standen nebeneinander und zählten – jeder für sich – die rotberockten Sassenachs. Es war noch früh; es würden weitere Männer kommen. Sie mussten also dafür sorgen, dass diese Männer sich von Anfang an unwohl fühlten, und ihnen das Leben möglichst schwer – wenn nicht gar unmöglich – machen. Unabhängig davon, wie viele Soldaten in dem Fort untergebracht waren, musste es ihnen immer an Vorräten und Kleidung oder Dingen wie Töpfen, Kesseln, ja selbst Löffeln mangeln. Es war eine einfache Aufgabe, die überwiegend darin bestand, Versorgungszüge zu überfallen, die sich von Atholl und Badenoch herwanden, und so viele Vorräte wie möglich zu stehlen. Glencoe würde davon profitieren können, nicht aber die Sassenachs.

MacIains Stimme grollte, obwohl er leise sprach. »Sie werden Patrouillen aussenden, um uns zu vertreiben und in Ruhe Nahrung beschaffen zu können. Sie halten sich für schlau und schicken schottische Truppen aus… aber wir sind keine Narren, aye? Auch von anderen Schotten lassen wir uns nicht nehmen, was Glencoe gehört.« Seine Augen leuchteten wie Torffeuer in den tiefen, faltigen Höhlen. »Wir nehmen ihnen die Kühe weg.«

Dair nickte und lächelte leicht. Es war eine einfache und unblutige Lösung. Selbst unter Schutz wagten die Soldaten aus Angst vor Vergeltungsschlägen der Clans kaum, sich allzu weit vom Fort zu entfernen, und jene, die es doch tun sollten, würden nur wenig Essbares finden. Der Mangel an Vieh sowie die ausgeraubten Versorgungszüge würden die hungrige Armee rasch demoralisieren. Sie würden sich natürlich etwas einfallen lassen – möglicherweise würden sie versuchen, ihre Vorräte per Schiff über Loch Linnhe herzuschaffen –, aber das waren Pläne, die einige Vorbereitung erforderten. Die Lowland-Regierung würde sich aus Stolz und Trotz erst einmal weigern, sich mit der Verfrachtung der Vorräte per Schiff zu beschäftigen, und wenn die Vorräte dann endlich eintrafen, würde die Garnison bereits krank und halb verhungert sein.

Dair strich sich eine Haarsträhne aus dem Gesicht. *Hungrige Männer kämpfen nicht so gut…* Eine Bewegung von MacIain weckte seine Aufmerksamkeit. Sein Vater zog ein angelaufenes und angeschlagenes Fernglas aus der Jackentasche, das er einmal von einer Reise nach Frankreich mitgebracht hatte. Er hielt es sich vor die Augen und blickte auf das Fort hinunter.

Als er es wieder absetzte, lächelte er wie ein kleines Kind. »Es ist genau so, wie ich es mir gedacht habe«, erklärte er und steckte das Fernrohr zurück. »Sie haben bereits einen Friedhof angelegt.«

Colonel John Hill, Engländer und ehemaliger Constable von Belfast, jetzt Kommandant des Forts Ihrer Königlichen Majestät bei Inverlochy, das erst kürzlich nach seinem holländischen König benannt worden war, stand vor den Toren und starrte auf die felsigen Hügel. Hinter der Kuppe erstrahlte die untergehende Sonne, aber die Silhouetten waren deutlich genug, und ein Mann wie Hill wusste, dass die in der Umgebung lebenden Highlander ein solches Fort als Bedrohung empfinden mussten. Er wusste auch, dass Highlander dort oben waren, denn ein zu Tode erschrockener englischer Soldat hatte es ihm gesagt; zweifellos waren es MacDonalds, und wer klug genug war, um zu begreifen, dass die Highlander ein direktes, natürliches Interesse an dem neu errichteten Fort William hatten, konnte rasch die ganze Tragweite ihres Erscheinens erfassen.

General Sir Hugh Mackay neben ihm rührte sich. »Ich sollte eine Patrouille hochschicken, die sie zurück in ihre Hütten treibt.«

Kommandant Hill reagierte auf die Bemerkung nicht, konnte jedoch ein leichtes Zucken seiner Mundwinkel nicht unterdrücken. Er verstand sehr gut, dass Mackays Stolz noch von der Niederlage bei Killiecrankie gekränkt war, aber er wusste auch, dass eine solche Patrouille dem Stolz des Generals nicht sehr viel nützen würde – im Gegenteil, er würde eine weitere Niederlage erleiden. Hier im Heidekraut, in den Hügeln und den Klippen waren die Highlander zu Hause; sie würden sich kaum von hungrigen und schlecht gekleideten

Soldaten besiegen lassen – von Soldaten zudem, die mehr an etwas zu essen interessiert waren als daran, einen Schotten zu töten oder zu ergreifen.

»Sie sind gekommen, um uns zu beobachten, nichts weiter«, sagte Hill ruhig. »Es wäre gut, wenn wir uns an den Anblick ihrer Plaids und ihrer Schwerter gewöhnen – wir werden sie noch den ganzen Sommer hindurch zu sehen kriegen.«

Mackay verzog den Mund zu einer bitteren Linie. »Wir verschwenden nur Zeit. Breadalbanes Plan wird zu nichts führen; Ihr solltet die Häuser abbrennen, das Vieh stehlen und ihre Ernte vernichten.«

Kommandant Hill antwortete nicht. Er hatte eine ganz und gar andere Meinung, was den Campbell-Earl anging; er hielt ihn für einen Mann, der sich ganz dem Ziel verschrieben hatte, für sich selbst das Beste herauszuholen. Im Augenblick sprach Breadalbane von Verträgen und von Frieden, aber Hill hatte Gerüchte gehört, denen zufolge der Earl, selbst ein Highlander, insgeheim von Krieg sprach.

»Es bleibt Euch überlassen«, sagte Mackay. »Es ist Eure Aufgabe, die Highlander gefügig zu machen. Der König hat die Iren am Fluss Boyne geschlagen, doch jetzt gibt es eine neue Bedrohung. Eine französische Flotte liegt vor Beachy Head; von den Schiffen könnte eine Invasion ausgehen … es ist an der Zeit, dass ich mich um Soldaten kümmere und nicht darum, Forts zu errichten.«

Hill war nicht traurig bei der Vorstellung, dass Mackay gehen würde, obwohl er natürlich sein Bedauern darüber äußerte. Mackay war ein Schotte, aber sein jahrelanger Dienst bei der Schottischen Brigade hatte dafür gesorgt, dass sein Nationalismus von einer etwas lebhafteren Hingabe an William von Oranien übertüncht wurde. Er verachtete seinen schottischen Kameraden, während Hill den wilden Stolz und die lebhafte, den Traditionen verhaftete Kultur der Highlander bewunderte.

»Wenn ich in der Lage wäre, die Regierung davon zu überzeugen, dass man mir das versprochene Fleisch und andere notwendige Dinge schickt – wie etwa die Betten, die wir immer noch nicht haben –, wäre ich durchaus zufrieden mit dem, was ich hier zu tun habe«, sagte Hill. »Aber lasst mir Engländer anstelle von Schotten hier, und alles wird gut werden.«

»Nein.« Mackay schüttelte den Kopf. »Ihr bekommt Kompanien vom Clan Grant und Clan Menzies – und vier Kompanien mit Campbells aus dem Regiment des Earl of Argyll.«

Hill fühlte, dass er unsicher wurde. »Das Land hier gehört den MacDonalds. Wenn wir Campbells herholen –«

»Das Land hier gehört denen, die in der Lage sind, es zu halten«, unterbrach Mackay ihn etwas schroff. »Auf der anderen Seite des Lochs sind die Camerons und die Macleans, im Osten die Murrays und Menzies, noch näher sogar die Hendersons. *Und* die Campbells.« Er schaute auf den Berg, der voller MacDonalds war, deren Klingen immer wieder aufblitzten. »Es sind Viehdiebe, nichts weiter; man sollte sie alle hängen.«

Hill war nicht mehr der Jüngste und äußerst kurzsichtig; er konnte das Aufblitzen nicht sehen. Aber er wusste, dass es dort war. »Wenn Ihr einen Mann hängen wollt, weil er Vieh stiehlt, werdet Ihr halb Schottland hängen müssen«, sagte er leise.

Mackay wandte ihm sein Gesicht jetzt ganz zu. »Ich bin Soldat! Ich kenne meine Pflicht!«

Hill ging auf Mackays Zorn nicht ein; er nahm dem Mann seine Enttäuschung und seine Wut nicht einmal übel. »In der Tat, unsere Pflicht gilt dem König … aber im Augenblick hat der Friedensplan Vorrang vor gewaltsamen Auseinandersetzungen.«

»Frieden«, murmelte Mackay. »Er verzögert lediglich unsere Möglichkeiten, uns diese Wilden gefügig zu machen.«

»Ich habe einige Erfahrung im Umgang mit solchen Männern«, begann Hill etwas zaghaft; er war nicht der Mann, der die Konfrontation suchte oder schwülstige Worte liebte. »Diese Highlander sind sicher ein stolzes und ehrenhaftes Volk, aber ganz und gar einsichtig, wenn etwas klar und deutlich vor ihnen liegt. Ein Mann, der das im Hinterkopf behält, könnte sie durchaus davon überzeugen, die Claymores und Tartschen beiseite zu legen.«

»Es sind Wilde!«

»Wilde, was ihre Art zu kämpfen, was ihren Stolz, ihre Ehre angeht; in der Tat, sie sind anders als alle anderen, abgesehen von den Iren, die ihnen sehr ähnlich sind.« Der Kommandant lächelte; nach seiner Dienstzeit in Belfast hatte er allen Grund, die Iren zu kennen. »Aber es ist auch Güte in ihnen, wenn man ihnen die Gelegenheit gibt, sie zu zeigen.« Er blinzelte in Richtung Bergkuppe. »Es ist meine Aufgabe, ihnen mit *Würde* zu begegnen, mit dem Versprechen von Stärke. Das werden sie respektieren.«

Mackay starrte ihn an. »Das also habt Ihr vor? Ihr wollt ihnen Güte versprechen?«

»Ich will ihnen mit Respekt begegnen«, erwiderte Hill schlicht. »Wenn Ihr sie verachtet, werdet Ihr auch Verachtung ernten.«

General Sir Hugh Mackay von Scourie, von den »Wilden« besiegt, die ihn jetzt von der Bergkuppe aus anstarrten, bellte ein höhnisches Lachen. »Und wie könnte dieser *Respekt* dort Erfolg haben, wo unsere militärische Stärke versagt hat?«

Hill lächelte sanft; er wollte den General, der in Williams Gunst stand, nicht beleidigen, aber er wollte auch nicht, dass dieser Mann den Kommandanten des Forts – ihn – für unfähig hielt, auch nur die einfachsten Vorgänge zu begreifen. »Ich habe das Versprechen von John Stewart von Ardshiel, der eng verbunden ist mit dem Laird von Appin, dass er und seine Leute auf meine Kommandantur nicht mit der Zurschaustellung von Waffen reagieren. Ich habe das Versprechen von Coll MacDonald von Keppoch, dass er und Ewan Cameron von Lochiel noch immer dazu bewegt werden können, andere Clans davon zu überzeugen, sich nicht zu erheben, wenn man es ihnen – in seinen eigenen Worten – ›ermöglicht zu leben‹.«

»›Ermöglicht zu leben?‹ Wenn man sie *besticht*, meint Ihr wohl.« Mackays Mund verzog sich. »Ein unehrenhafter Weg, einen Krieg zu gewinnen … und ich bezweifle, dass ein Highlander sein Versprechen hält!«

Hill seufzte innerlich, behielt jedoch seinen gelassenen Ton bei. »Wenn ich auch nur das Leben eines einzigen Mannes retten kann, sei er nun Sassenach oder Highlander, werde ich Gott dafür danken.«

Mackays Gesicht wurde wieder von glühendem Rot überzogen. Er murmelte irgendwelche Verwünschungen, während er sich abwandte. »Ich habe Pflichten, um die ich mich kümmern muss.«

Hill spürte Erleichterung in sich aufsteigen, als der General davonstapfte. Er betete Nacht für Nacht um Frieden, in dem Wissen, dass Menschen wie Hugh Mackay und John Dalrymple, dem Master of Stair und nun auch Minister für Schottland, der ein Eingreifen der Hauptstreitmacht befürwortete, auf diesem Weg immer neue Hindernisse auftürmten. Aber er hatte es Männern wie Mackay und Stair zu verdanken, dass er als alter Kämpfer Kommandant geworden war – weil sie glaubten, dass seine Erfahrungen im Umgang mit den Jakobiten nutzen und er dabei helfen könnte, diese noch in Freiheit lebenden Menschen zu unterwerfen.

»Und ich werde meine Erfahrung auch nutzen, wenn sie mir die Erlaubnis dazu geben.« Hill schützte seine Augen vor dem Glanz der untergehenden Sonne. Es gab Männer bei den Clans, denen er durchaus vertraute, denen er glaubte, dass sie ihr Wort hielten, auch wenn sie sich ansonsten nicht immer sehr ehrenvoll benahmen. Aber für einen Highlander war ein Eid – also ein Versprechen – eine Frage der Ehre – etwas, das die Engländer nicht in ihrer ganzen Tragweite verstanden. Sollte sich ein Laird vor die anderen stellen und sie davon überzeugen, dass sie ihren rechtmäßigen Monarchen James entehrten, wenn sie William tolerierten, würden sämtliche noch so sorgfältig durchdachten Pläne Hills wirkungslos in sich zusammenfallen.

»Ein einziger Mann nur«, murmelte er, »ein alter Fuchs wie MacIain von Glencoe könnte alles zunichte machen.«

Breadalbane hatte Achallader an die MacDonalds verloren, als sie auf dem Weg von Killiecrankie dort vorbeigekommen waren; der Earl, der viele schöne Burgen besaß, hatte sich daher nach Kilchurn am Ufer von Loch Awe zurückgezogen und sich sofort darangemacht, den Schaden zu reparieren, den sein Ruf genommen hatte.

Ein Klopfen erklang an der Tür seines privaten Arbeitszimmers. Breadalbane schüttete etwas Sand auf die Unterschrift am Ende des gerade vollendeten Briefes, dann legte er ihn beiseite und bat die Person vor der Tür herein.

Es war nicht sein Diener Sandy, wie der Earl erwartet hatte, sondern sein ältester Sohn Duncan, den er nicht mochte, niemals gemocht hatte und auch nicht als Erben wünschte. Abgesehen davon, dass er den König um die Erlaubnis bitten konnte, Duncan zugunsten von John, seinem zweiten Sohn, zu übergehen, konnte er jedoch nichts dagegen tun.

Breadalbanes Mund zuckte missmutig, aber er hatte deswegen kein schlechtes Gewissen. »Ja?«

Duncan Campbell war ein dünner, schmalschultriger junger Mann mit langen, knochigen Gliedern. Der Nacken war kurz, und der Schädel darauf ein bisschen zu groß, wie Breadalbane fand, und so hielt er seine Gestalt für wenig gelungen proportioniert. Duncans Haut war fahl, die Haare eher braun als schön, weil kein Leben in ihnen war und sie eng am Schädel klebten.

John sollte an seiner Stelle sein. »Ja?«, wiederholte er.

Duncan Campbell schloss die Tür hinter sich, kam seinem Vater jedoch keinen Schritt näher. »Ich möchte dir etwas sagen.«

»Du hast immer etwas zu sagen«, bemerkte sein Vater, »aber ich kann mich an nichts erinnern, das es wert gewesen wäre, dass ich es mir angehört hätte.«

Röte überzog die fahle Blässe von Duncans Gesicht. Die Augen waren braun, aber so dunkel, dass kein Unterschied zwischen Pupille und Iris auszumachen war. »Ich möchte heiraten.«

Das waren überraschende Neuigkeiten, obwohl Breadalbane seine Überraschung nicht zeigte und seine nüchterne Miene unverändert blieb. »Möchtest du das?«

»Ja.«

»Und ist dieser Wunsch etwa vergangene Nacht beim Whisky über dich gekommen, im Bett irgendeiner Hure – oder hat dir jemand diese Idee in den Kopf gesetzt?« Der Earl wusste, dass es Männer gab, die ihre Töchter einsetzten, wenn sie sich eine Verbesserung ihrer Position davon versprachen.

Duncan errötete auf unschöne Weise. Seine blasse Haut wurde deutlich dunkler, dabei gleichzeitig auch unangenehm fleckig. »Ich denke schon –«

»Du denkst!«

»– seit einiger Zeit darüber nach«, beendete sein Sohn unbeirrt den Satz.

»Ah.« Es sah Duncan ähnlich, Dinge mit sich selbst abzumachen anstelle den Rat seines Vaters zu suchen; John war da anders. »Und hast du eine Frau ausgewählt? Oder bist du so weit noch nicht gekommen?«

»Weit genug«, entgegnete Duncan grimmig und unversöhnlich. »Ihr Name ist Marjorie.«

»Ist Marjorie eine Campbell?«

Überraschung flackerte in Duncans Miene auf; sein Vorstellungsvermögen ließ den Gedanken, dass Frauen von anderen Clans auch mögliche Ehefrauen waren, gar nicht erst aufkommen. »Ja, Marjorie Campbell. Von den Lawers.«

Breadalbane schnaubte. »Es war ihre Idee, nicht wahr?«

Duncan streckte seinen großen Kopf jetzt noch etwas mehr vor, und er reckte den kurzen Nacken, so weit es ging. »Es war meine Idee.«

»Aber sie weiß, was du bist, wenn ich tot bin?«

»Wer wüsste das nicht?«, entgegnete Duncan mit kurz aufflackernder Schärfe. »Es gibt wohl keinen Menschen in Schottland, der Breadalbane nicht kennt.«

Der Earl lächelte. »Wohl nicht, was? Also Marjorie Campbell von Lawers möchte gerne Countess werden?«

»Sie möchte meine Frau werden.«

»Das ist dasselbe, mein Junge. Nicht jetzt, aber in ein paar Jahren. Niemand lebt ewig.«

In den dunklen Augen war nichts zu erkennen. »Wenn es dasselbe wäre, müsste sie sich dann nicht an dich halten? Du hast drei Frauen überlebt. Du magst ein alter Mann sein, aber du hast mehr Substanz als der ›winzige Duncan‹, aye? Ja, ich weiß, was sie sagen, und ich weiß auch, was du antwortest: Wenn die Geburt die Reihenfolge nicht vorgeben würde, wäre John der Erbe.«

»Ich habe es niemals vor dir verborgen.«

»Das hast du allerdings nicht. Du hast mir immerhin die Ehre erwiesen, ehrlich zu mir zu sein.« Duncans Lächeln war schwach und ernst. »Im Augenblick jedoch möchte ich ein Campbell-Mädchen heiraten, und dazu brauche ich deine Einwilligung. Noch bin ich dein Erbe.«

»Dann ist das eine sehr ernste Angelegenheit, dieser Wunsch von dir, zu heiraten. Ich muss darüber nachdenken.« Der Earl lächelte dünn, als er Duncans Entsetzen sah. »Sag dem Mädchen, sie soll warten. Das wird uns genug Zeit verschaffen herauszufinden, ob sie gebären kann.« Er machte eine beiläufige Geste. »Du hast gesagt, was du sagen wolltest. Lass mich jetzt allein, damit ich darüber nachdenken kann.«

Breadalbane zweifelte nicht daran, dass Duncan noch mehr hatte sagen wollen, aber sein Sohn verließ sofort das Zimmer. Es gab Augenblicke, da zweifelte der Earl am Verstand des Jungen, und es gab andere Augenblicke, wenn auch weit seltenere, da konnte er durchaus Reste davon entdecken.

Ein Mann ohne Verstand war niemals eine Bedrohung. Ein Mann, der gerade mal über ein bisschen Verstand verfügte, ließ sich jedoch häufig leicht beeinflussen.

Er wagte es nicht, Duncan seinen Willen zu lassen, damit er nicht auf die Idee kam, sich in politische Angelegenheiten einzumischen. Er würde immerhin eine der mächtigsten und wohlhabendsten Positionen in ganz Schottland erben. Selbst jetzt würden die Männer auf Duncan hören, und einige von ihnen, Feinde, würden versuchen, ihn gegen den Vater aufzubringen, für den er keine Liebe empfand.

»Darin stimmen wir überein«, murmelte der Earl vor sich hin, bevor er in Gedanken versank. »Ein Campbell-Mädchen für Breadalbanes Erben …«

Er musste nicht lange nachdenken, und dann ging alles ganz schnell. Er nahm einen Bogen frisches Papier, tauchte seine Feder in die Tinte und begann mit seiner sorgfältigen Handschrift die Worte, von denen er wusste, dass sie die richtige Antwort erzeugen würden.

Er wäre gerissen wie ein Fuchs, hieß es, und glatt wie ein Aal. Nun, sollte es sich doch bewahrheiten. Ein Mann, der in einem anderen Menschen Macht spürte, nahm sie sich, beherrschte sie und zerstörte sie.

Oder er heiratete sie.

Cat befand sich auf der Schwelle zwischen schlafen und wach sein, als würde sie eine Schwertschneide entlangtaumeln. Fiel sie auf *diese* Seite, würde sie wach sein… fiel sie auf die andere, würde sie schlafen. Es war ein Gefühl, das sie sehr genoss, denn in der noch immer kalten, dunklen Märznacht war es unter der Decke mollig warm, und sie wollte sich diesen Genuss nicht nehmen lassen.

Es nahm ihn ihr auch niemand. Aber *etwas* tat es: ein schriller, heulender Ton, der sie von der Schneide des Schwerts abrupt in den Zustand des Wachseins riss. »Himmel«, flüsterte sie wütend. »Dieser Mann gibt keine Ruhe!«

Sie dachte daran, ihre Ohren mit dem Kopfkissen, ihren Fingern oder den Laken zuzustopfen, und sich wieder zurückzulehnen, aber der Klang des gequälten Dudelsacks war laut genug, um die Gebeine in den Gräbern aufzustören. Doch statt ihre Ohren daran zu hindern, den Lärm zu hören, sollte sie lieber ihren Vater daran hindern, ihn von sich zu geben. Sicher würde es niemand sonst tun: Der Laird trank wieder.

Gereizt stieß Cat die Decke von sich und erhob sich aus dem Bett, ließ die mollige Wärme hinter sich zurück. Sie warf ihren schweren Zopf über die eine Schulter, als sie nach einem Wollumhang griff. Rasch wickelte sie sich das Teil um die Schultern und ging zur Tür, riss sie in ihrer Eile so hastig auf, dass sie ihr beinahe aus der Hand gerutscht wäre. Sie bekam sie jedoch noch zu fassen und fluchte, wie sie es von den Vasallen kannte – in dem Wissen, dass ihr Vater es verabscheute –, und marschierte zur Treppe, die nach unten zum Zimmer ihres Vaters führte.

Cat öffnete die Eichentür. Das schwache Licht einer rußgeschwärzten Öllampe traf ihre Augen, denn ihr Vater saß meist im Dunkeln. Er umklammerte den stoffumwickelten Dudelsack, als wären die einzelnen Pfeifen eine Frau und er ihr hungriger Sohn.

Das Mundstück war ihm aus dem Mund geglitten, hing jetzt an seiner Wange. Sie sah es feucht glänzen, und beschämt über den Ekel, der in ihr aufstieg, vermutete sie, dass es Speichel war.

Dann begriff sie, dass es sich um Tränen handelte. Der Laird von Glen Llyon weinte.

Cat stand vollkommen still da. Die Läden waren verriegelt, die Vorhänge heruntergelassen; das Zimmer war stickig und wirkte beengend, und es roch nach Whisky, Rauch und bitterer Einsamkeit sowie den beißenden Ausdünstungen eines Mannes, der sich weniger um den Geruch seines Körpers kümmerte als um den des Whiskys.

Sie schämte sich seinetwegen, und auch für ihn: Er war Glenlyon, *noch* war er Glenlyon und Laird, trotz der Exzesse, die ihn nahezu zerstört hatten und noch immer darauf lauerten; er war ein Campbell und daher gebührte ihm der Respekt, den das Campbell-Blut im von den Campbells errichteten Schottland einbrachte, wenn auch aus sonst keinem Grund; er war immer noch ein Highland-Schotte, wenn auch manche inzwischen sagten, dass seine Sympathien für die Engländer ihn in einen Sassenach verwandelt hätten.

Er hat sonst niemanden. Wenn ich mich von ihm abwende, ist er verloren. Die Schamgefühle verschwanden. Er war kein Mann, den sie bewundern konnte, denn der Whisky hatte alle derartigen Gefühle zunichte gemacht, aber er war immer noch ihr Vater.

Cat betrat leise den Raum, obwohl sie wusste, dass er sie sehr wohl gesehen hatte, trotz des schwachen Kerzenlichts im Korridor jenseits der geöffneten Tür. Sie ging zu ihm, kniete sich nieder und legte ihm sanft ihre Hände aufs Knie. »So schlimm kann es doch nicht sein.«

Die rußende Lampe beleuchtete ihn von der Seite, warf harte Schatten über sein mitgenommenes Gesicht und umgab sein verblassendes, rotblondes Haar mit einem Kranz aus Licht. In seiner Jugend war er einmal ein strahlender, gut aussehender Mann gewesen. Jetzt war er beinahe sechzig, aber er sah weit älter aus. Das Trinken hatte seiner Haut zugesetzt, hatte tiefe Ringe um die Augen und Hängebacken gebildet. Sein Gesicht war aufgedunsen, er war ungekämmt, roch nach Whisky und schmutzigen Zähnen.

Glenlyon blinzelte. Wässrig blaue Augen blickten sie unter rotblonden Wimpern hervor an. Die feuchten, zu einem Lächeln verzogenen Lippen zitterten, als er die Tränen wegwischte. »Das kommt vom Dudelsack, Mädchen. Das Jammern und Wehklagen des Dudelsacks …« Er brach ab. Er blickte sie an und legte seine Hand auf ihre.

Cats Kehle verengte sich. Sie schluckte schmerzhaft. »Überlass Hugh Mackenzie den Dudelsack. Er ist so gut wie Auld Archibald der Rote … und auch ruhiger dabei.«

Glenlyon starrte sie an, den Dudelsack noch immer an die Brust gedrückt. »Es ist Breadalbane.«

Cats Mund zuckte. »Dieser erbärmliche, nichtsnutzige Mann … was hat er jetzt wieder mit dir zu schaffen?«

»Er hat mir angeboten, meine Schulden zu begleichen.«

Sie gab ein respektloses Geräusch von sich. »Dann verlangt er eine Gegenleistung dafür, aye? Nun, wenn nicht jetzt, dann eines Tages. Er hat geschworen, dir kein Silber mehr zu geben.«

Glenlyon rieb sich müde über die schlaffe Haut. »Es sieht schlimm aus, Cat, sehr schlimm … es war das Einzige, was mir eingefallen ist. Die Gläubiger wollen ihr Silber, und ich habe keins mehr.«

Sie konnte die bittere, von Scham verursachte Feindseligkeit nicht unterdrücken. »Die MacDonalds haben uns vor zwei Jahren nach Killiecrankie nicht sehr viel gelassen, und du hast so viel an Murray verkauft … geht es jetzt etwa um Chesthill?«

Farbe trat auf seine Wangen. Mit einer unbeholfenen, wütenden Bewegung warf er den Dudelsack auf den Boden.

Cat schnappte nach Luft. Es war nicht der Dudelsack, der ihr Herz stillstehen ließ, sondern der Blick ihres Vaters. »Hast du es verloren?«, rief sie.

Der schlaffe Kiefer spannte sich an. Seine trüben Augen blitzten kurz auf, als er Anstalten machte, gegen die Frechheit seiner Tochter zu protestieren. »Breadalbane hat sich bereit erklärt, die Schulden zu bezahlen; Chesthill gehört noch immer mir.«

Cat sprang auf die Beine; sie hielt den weichen Wollumhang eng um die Schultern gewickelt. »Aber wie lange noch?« fragte sie. »Bis zum nächsten Mal? Bis jeder Earl of Schottland dein Jammern und Bitten mit einem Nein beantwortet? Was ist *dann*, Glenlyon – willst du dann deinen Clan verkaufen?«

Er blickte Cat an. »Ich dachte daran, meine Tochter zu verkaufen.«

Sie war augenblicklich still. Sie stand bebend vor ihm, die Fingernägel in die Arme gegraben. »Du bist *fou*«, warf sie ihm vor. »Du bist betrunken – sonst würdest du so etwas nicht sagen.«

»Ja, ich bin betrunken«, stimmte er ihr zu. »Könnte ich meine Tochter nüchtern verkaufen?«

»Das hast du nicht getan«, erklärte sie. »An wen solltest du mich verkaufen? An *wen*?«

»Breadalbane.«

Cat lachte schroff. »Er hat bereits drei Frauen gehabt und hat auch genug Söhne. Was sollte er mit mir wollen?«

Die Pupillen seiner Augen verschluckten in der Dunkelheit das Blau seiner Iris. Er heftete seinen leeren, starren Blick auf Cat, ohne dass sie ihn hätte deuten können. Dann veränderte sich der Blick, als er über ihren Körper strich, über ihre Brüste, ihre Hüften, ihre Füße. Und bevor Glenlyon den Blick wieder senkte, leuchtete in seinen Augen ein Wissen auf, das Cat nicht begriff.

Er holte langsam und hörbar Luft, atmete dann wieder aus. »Ich habe meine Tochter nicht verkauft.«

Die Erleichterung ließ Cat beinahe wanken, aber sie gehörte nicht zu jenen, die leicht in Ohnmacht fielen. Sie schluckte die Trockenheit in ihrem Mund hinunter und leckte sich über die Lippen.

»Aber ich *könnte* es tun«, erklärte er.

Die Panik hatte sich gelegt; sie wusste, wie sie mit dieser Stimmung umgehen musste. Ihr Mund verzog sich ungläubig. »Ein Vater muss zahlen, nicht verkaufen … das ist der Sinn der Mitgift. Er wird wollen, dass du mir Silber mitgibst und dir nicht welches geben.«

Glenlyons Mund leugnete das; sein Blick wich ihrem jedoch aus.

»Also«, meinte Cat, »der Earl will deine Schulden begleichen. Was ich wissen möchte, ist: *wieso*? Er hat sich geweigert, als du ihn zuvor darum gebeten hast, und er hat auch den Verkauf an Murray von Atholl nicht rückgängig gemacht. Er hat in diesen vergangenen zwei Jahren ziemlich wenig für uns getan … warum bietet er es dir dann ausgerechnet jetzt an?«

»Wir sind Cousins«, sagte er weich.

»Es war *Argyll*, der dir eine Stellung in seinem Regiment gegeben hat. Breadalbane hat nichts getan.«

»Wir sind Campbells. Der Mann kümmert sich um sein Haus.«

»Es ist seit Jahren Argylls Haus, seit sein Vater hingerichtet worden ist –« Cat runzelte die Stirn. »Breadalbane und Argyll sind beide Campbells, sich aber nicht wirklich freundlich gesinnt. Sie sind immer Rivalen gewesen, diese Earls, jeder wollte die Ehre für sich haben, den Clan Campbell zu führen … es ist eine Sache zwischen ihnen, aye? Wer kümmert sich um den verarmten Glenlyon?« Sie dachte darüber nach. »Wenn Breadalbane ein solches Angebot macht, möchte ich wissen, was es ihm bringt.«

Glenlyon schüttelte den Kopf. »Er hat nichts verlangt. Er tut es aus reiner Loyalität dem Clan gegenüber. Er ist Laird von Glenorchy, Cat, und ein Anführer. Trotz unserer Zwistigkeiten liegt ihm das Wohl der Campbells sehr am Herzen.«

Cats Mund zuckte wieder. »Grey John Campbell mag als Glenorchy geboren sein, aber er hat sicher nicht aufgrund seiner Großzügigkeit den Titel Earl of Breadalbane erhalten... und er ist auch nicht durch selbstlose Güte so mächtig geworden.« Sie fuhr mit ihren Fingern durch den Zopf. »Ist er nicht ein Anhänger von König William? Oder war es Königin Mary?«

»Nein, von Sir John Dalrymple, dem Master of Stair; *der* ist aber ein Anhänger von William.« Glenlyon kratzte an den ersten Spuren eines Bartes, der als blasser Schatten von mattem Silber an seinem Kinn zu sehen war. »Was spielt das für eine Rolle, Cat? Er wird meine Schulden begleichen.«

Die Antwort kam etwas zu rasch. »Damit du wieder von vorn anfangen kannst.«

Er erhob keine Einwände, nicht einmal mit einem Blick, obwohl sie glaubte – oder hoffte –, dass er es tun würde. Aber Glenlyon war zu sehr vom Trinken und den Schulden geschwächt, um die Feinheiten ihres Tons, ihrer Haltung und ihres Gesichtsausdrucks überhaupt bemerken zu können.

Cat schüttelte den Kopf; sie spürte eine große Leere in sich und eine Trauer, die nicht abnehmen wollte. Jetzt bat sie ihn, in der Hoffnung, dass sie ihn damit aus seiner dumpfen Gleichgültigkeit – eine Folge seiner üblichen Verzweiflung – herausreißen konnte. »Du hast schon so viel verschwendet. Verschwende nichts mehr, *verliere* nichts mehr; lass uns unsere Köpfe wieder aufrecht tragen.«

»Er hat darum gebeten, dass du nach Kilchurn kommst«, sagte er abrupt, als hätte er nichts von dem, was sie gesagt hatte, mitbekommen; vermutlich hatte er das auch gar nicht.

Cat starrte ihn an. »Wer?«

»Breadalbane«, antwortete er. »Sein Erbe ist noch unverheiratet.«

Entsetzt schwang Cat herum und wich zwei Schritte von ihrem Vater zurück, bevor sie begriff, was sie da tat. Dann, als sie es bemerkte, drehte sie sich wieder zu ihm um und blickte ihn direkt an. »Wieso hat er mich ausgesucht? Ich bringe seinem Erben keine Mitgift, keine Ehre …« Sie konnte von den anderen Dingen, die sie nicht zu bieten hatte, nicht sprechen, aber Breadalbane hatte sie zwei Jahre zuvor selbst gesehen. Er wusste es.

»Ich habe ihn nicht nach seinen Gründen gefragt.«

Weil du das Silber zu sehr brauchst. Cat spannte die Muskeln um den Kiefer an. »Willst du, dass ich ihn heirate?«

Er war nicht so betrunken, wie sie geglaubt hatte. Die Tränen auf seinem Gesicht waren getrocknet. »Ich möchte, dass du nach Kilchurn gehst, um dort eine Zeit lang als Gast des Earls of Breadalbane zu weilen.«

»Um seinen Sohn zu heiraten«, sagte sie tonlos, »damit du deine Schulden bezahlen oder neue machen kannst.«

»Um seine Gastfreundschaft zu genießen; er ist immerhin ein Highlander.«

»Das bin ich auch«, sagte sie fest. »Das bin ich auch, Glenlyon.«

Cats Vater lächelte. »Glaubst du, das weiß ich nicht? Glaubst du, das *sehe* ich nicht?«

Sie glaubte nicht, das er das tat; sie glaubte, dass er nichts sah außer dem Würfelspiel, Schulden und verlorenem Silber. »Also warum dann?«

»Weil dir der Mann möglicherweise gefällt!«, rief Glenlyon, während er errötete. »Du weißt, dass ich dir nicht viel mitgeben kann … und du bist kein Mädchen mehr. Du verdienst eine solche Chance, die ich dir nicht bieten kann.«

Zwei Jahre zuvor hatte sie jede Hoffnung und jeden Traum aufgegeben – damals, als die Worte des Stewart verklungen waren, als der MacDonald sie verraten hatte. Sie war die Tochter eines Laird und stand deshalb über einem gewöhnlichen Vasallen oder Ghillie. Aber sie war die verarmte, jungenhafte Tochter eines Laird und daher in den Augen eines anderen Laird oder seines Sohnes zu bemitleiden, auch wenn keiner es zugeben würde.

Dies war in der Tat ihre beste und einzige Chance. Er konnte ihr nichts anderes bieten. Aber sie war darauf nicht vorbereitet.

»Es ist möglicherweise eine gute Partie«, meinte ihr Vater müde. »Aber ich werde dich mit keinem Mann verheiraten, den du nicht respektierst… so *fou* bin ich denn doch nicht.«

Cat lachte beinahe. Aber sie konnte es nicht wirklich, denn sie wollte nicht nach Kilchurn gehen. Nicht unter diesen Umständen.

Sie kniete sich hin und sammelte die Dudelsackpfeifen ein, erhob sich wieder und legte sie ihrem Vater in den Schoß. »Und wenn ich sage, dass ich nicht will?«

»Ich werde dich nicht zwingen, Cat. Du bist meine Tochter, keine Kuh«, sagte er entrüstet.

Dieses Mal lachte sie, aber nur ein bisschen, und das Geräusch erstarb so rasch, wie es erklungen war.

Sie blickte ihren Vater geradeheraus an. »Vielleicht mag er mich ja gar nicht – Breadalbanes Erbe. Ich bin nicht so wie andere Frauen.«

Ihr Vater starrte sie an. Und dann begann er zu lachen.

In dem kleinen Steinhaus roch es nach verbranntem Torf, Whisky und Feuchtigkeit, obwohl es den ganzen Tag über nicht geregnet hatte. Das Haus war nicht sehr wohlhabend oder vornehm, sondern kaum mehr als ein schlichter, rechteckiger Bau aus grobbehauenem Stein und einem Schieferdach. Dair war ein Mann, der nicht viel Luxus brauchte, obwohl er in Frankreich reichlich davon gesehen hatte. Wenn er sich mit seinem Vater oder seiner Mutter traf, dann ohnehin in MacIains Haus bei Carnoch, eine kurze Wegstrecke entfernt das Tal hinauf.

Doch das Haus war auch weit davon entfernt, einem Viehstall zu ähneln; überall waren die Spuren einer Frau zu erkennen. Es war klein, aber gemütlich, und auch der Besuch war angenehm: Er und Robbie Stewart saßen zufrieden am Tisch bei einer Partie Backgammon.

Stewart beugte sich vor, damit Dair ihn ansah. »Du ziehst ein Gesicht, das ist so lang wie mein Schwanz!«, rief er. »Glaubst du, ich hätte das noch nicht bemerkt?«

Das Backgammon-Spiel bot offensichtlich keine Ablenkung mehr, genauso wenig wie der Whisky. Dair schob seinen Hornbecher beiseite. »Die Zunge deiner Schwester ist ebenso scharf wie deine«, bemerkte er ruhig; trotzdem war zu spüren, dass er sich über etwas ärgerte.

Stewart grinste. Seine blauen Augen leuchteten, und kleine Fältchen bildeten sich in den Augenwinkeln. Das hitzige Temperament, das er sonst gewöhnlich hatte, war jetzt verschwunden. »Oh, ja, das hat sie, meine Jean, eine scharfe Zunge … aber was stört dich das, so lange sie weiß, wie sie sie im Bett zu benutzen hat?«

Dair verzog das Gesicht. Robbies Zunge war häufig sehr locker, und er neigte zu vulgären Sprüchen. Die dabei zum Ausdruck kommende Schlauheit war zwar höchst amüsant, aber Dair mochte es nicht, wenn sie sich gegen ihn richtete. »Noch ein bisschen schärfer«, meinte er spitz, »und sie könnte sie als Schwert benutzen. Und ich mag es nicht, ein Schwert mit ins Bett zu nehmen.«

Stewart lachte laut. »Oh, aye – und meine Jean hat so viel Übung darin, es zu schwingen, dass es äußerst schmerzhaft sein wird.« Er grinste, und die rotblonden Haare kringelten sich auf dem Leinenkragen. »Wo ist Jean eigentlich heute Abend? Hast du sie aus dem Haus verbannt?«

Wenn ich glauben würde, dass sie auch ginge, aye... Dair lächelte leicht und verdrängte den Gedanken an Jean. Sie verbrachten neuerdings mehr Zeit damit, sich zu streiten, als dass sie Freundlichkeiten austauschten. »Sie ist oben in Carnoch bei meiner Mutter und MacIain.«

»Also dann, soll ich ihr etwas sagen? Soll ich sie vor deiner grauenhaften Laune warnen?«

Dair schüttelte den Kopf. Nur selten sprach er mit Robbie über Jean, dazu standen sich die beiden viel zu nahe. Als Zwillinge verteidigten sie sich gegenseitig bis in den Tod. Dair hielt es für unwahrscheinlich, dass Robbie sich auf seine Seite stellen würde, wenn es um eine Auseinandersetzung mit seiner Schwester ging.

»Ich werde es ihr selbst sagen.« Wenn sie es nicht schon längst wusste. Und das musste sie eigentlich, denn sie hatten den Großteil des Tages miteinander verbracht, bevor sie sich gegenseitig verspottet hatten – obwohl sie sich wie immer bemüht hatte, seine Laune im Bett etwas zu glätten. *Und ich werde es langsam leid...* Doch diesen Gedanken verdrängte Dair rasch wieder. Er wollte nicht noch mehr Zeit damit verschwenden, an Jean Stewart zu denken.

Robbie lehnte sich auf seinem Stuhl zurück. »Was du brauchst, ist ein ordentlicher Viehraub, und mehr Kühe für Glencoe...!«

Dair nickte. »Wie weit ist es nach Appin? Wie viele Kühe sollen wir stehlen?«

Robbie lachte laut. »Nein, nein, nicht *meine* Kühe. Ich dachte eher an das Vieh der Campbells.«

Die Verlockung war groß. Dair war rastlos, wie auch Robbie, und er fühlte sich durch das Fort in der Nähe von Inverlochy eingeengt. Aber es gab noch immer Dinge, die sie bedenken mussten. »Das Vieh ist noch nicht auf den Weiden«, sagte er. »Es ist noch in der Nähe von Glenlyons Haus beim Winterfutter.«

»Was die ganze Sache um so spannender macht.« Robbie zuckte die Schultern. »Es ist einfacher im Sommer, wenn die Leute in den Hütten und die Kühe auf den Weiden sind, aber was ist schon dabei? Das Risiko ist natürlich größer, wenn wir jetzt gehen … aber es ist für Glenlyon auch viel ärgerlicher.«

Glenlyon zu ärgern war nicht unbedingt das, was Dair im Sinn hatte; er war mehr daran interessiert, Vieh zu stehlen, als Blut zu vergießen. Aber man konnte kein Vieh stehlen, ohne den Laird zu verärgern, dem es gehörte. MacIain war der beste Beweis dafür, wann immer den MacDonalds Vieh gestohlen wurde.

Aber andererseits entsprach es Robbies Naturell, Leute zu ärgern. Besonders die Campbells, wenn er auch weniger Grund dafür hatte als die MacDonalds. Der Erbe von Appin genoss es einfach, Vieh zu stehlen, wem immer es auch gehören mochte. Und wenn sich auch der Reichtum der Highlander in Vieh bemaß, ging es Robbie um etwas anderes: Ihm ging es darum, Risiken einzugehen.

Dair tat es des Viehs wegen. »Nun«, meinte er schließlich. »MacIain wird es wissen wollen.«

Robbie schnaubte. »MacIain wird *mitkommen* wollen.«

Dair lächelte und schüttelte den Kopf, während er sich erhob. »Er hat ein neues Buch aus Frankreich erhalten. Er wird tagelang zu nichts zu gebrauchen sein.«

Robbie stand ebenfalls auf, griff nach Dairs restlichem Whisky und spülte ihn hinunter. »Bücher sind reine Zeitverschwendung. Sie können weder ein Schwert führen noch mit einem Mädchen ins Bett gehen.«

Dair grinste. »Und auch keine Campbell-Kuh stehlen.«

Robbie kam um den Tisch herum und gab ihm einen freundschaftlichen Schlag auf die Schulter. »Oder guten Whisky saufen.«

Es gab, dachte Dair trocken, unzählige Dinge, die Bücher ebenfalls nicht tun konnten, doch auch einiges, was sie durchaus leisteten. Aber das sagte er Robbie nicht, denn er hätte es nicht verstanden. *Er wird bis Glen Lyon all die Dinge aufzählen, die sie NICHT tun können!* »Hol deine Vasallen«, sagte er. »Ich werde zu MacIain gehen und es ihm sagen, dann schnappe ich mir ein paar MacDonalds.«

»Aber nicht zu viele«, warnte Robbie, »sonst macht es keinen richtigen Spaß.«

2

Cat erwachte, als sie jemanden laut rufen hörte. Kleine Torfkörnchen schwebten in dem Dämmerlicht, das durch die Ritzen in den Wänden und den im Laufe der Zeit arg mitgenommenen Ledervorhang fiel. Sie lag auf dem Boden und drehte sich um, verhedderte sich dabei halb in ihrem Plaid, dann setzte sie sich auf und versuchte, die Müdigkeit in ihren Augen wegzublinzeln. Jetzt erwachte auch Una.

– *Ich kenne diese Stimmen nicht* – Zuerst war sie erschreckt, dann, als sich ihre Panik auflöste, verspürte sie einen Hauch Erleichterung. Cat zerrte das verdrehte Plaid unter ihrer Hüfte hervor und blickte Una an, deren Gesicht ganz blass geworden war. »Wenn es Ärger gibt, werden Angus und die anderen sie aufhalten.«

Dann hörte sie einen unterdrückten Ruf, einen erstickten Schrei; etwas donnerte gegen eine Wand, so dass Torfstücke zu Boden fielen und das Gefühl von Erleichterung sie schlagartig wieder verließ.

Cat kämpfte sich auf die Beine, während Una ein Stoßgebet sprach; sie schob den Wollstoff beiseite und griff nach ihrem *Sgian-dhu*, das sie unter dem schweren, feuchten Stoff versteckt hatte. Sie trug immer eins bei sich, seit zwei Jahre zuvor die MacDonalds auf ihrem Rückweg von Killiecrankie Glen Lyon überfallen hatten. Zweifellos würde Una darauf hinweisen, dass es nicht die Aufgabe einer Frau war, ein Messer am Bein zu verstecken, aber das störte Cat nicht sehr. Una war nicht immer so dumm. *Sie wird nichts sagen, solange die Gefahr nicht vorüber ist.*

»Tritt einen Schritt zurück, Una«, sagte Cat und winkte sie zu sich. »Sie dürfen dich nicht kriegen, wenn sie durch die Tür kommen –«

Noch während sie sprach, wurde der Vorhang beiseite geschoben, und Männer drangen in die Hütte, Männer, die sie nicht kannte, allesamt Highlander in Kilts und Hosen und mit Kappen – *keine Campbells darunter!* Cat zuckte zusammen, ebenso wie Una, und es war, als hätte man sie zehn Jahre in die Zeit zurückgeschickt, als MacIain von Glencoe vor zehn Jahren nach Chesthill gekommen war und gefordert hatte, mit ihrem Vater zu sprechen.

Sie war plötzlich wieder klein, so unendlich klein und unbedeutend gegenüber dem riesigen Laird von Glencoe –

Aber die alte Erinnerung verblasste, wurde durch eine neuere ersetzt, als MacDonalds in ihrem Haus gewesen waren und die Vorhänge ihrer Mutter heruntergerissen hatten.

Sie drückte sich gegen die Wand, die am weitesten von den Eindringlingen entfernt war, und kochte innerlich vor Wut. Das dämmte die Angst ein bisschen ein, denn jetzt hatte sie etwas, worauf sie ihre Aufmerksamkeit richten konnte. Als Kind war sie in den Händen von MacIain außerordentlich hilflos gewesen; sieben Jahre später hatte ein Stewart mit einem Schwert an ihrer Kehle ihren Gehorsam erzwungen. Aber sie war kein Kind mehr. Jetzt war sie richtig erwachsen und zornig, sehr zornig sogar – so zornig, dass sie daraus Mut schöpfte, und anstelle der Hilflosigkeit fand sie eine kalte, wohl überlegte Stärke.

Die Männer betraten die Hütte, blieben aber bei der Tür

stehen. Ihr Erstaunen war aufrichtig, und verwundert starrten sie sie an. »*Herr im Himmel*«, flüsterte jemand. Ein anderer schlug das Kreuzzeichen vor der Brust, murmelte etwas von rothaarigen Frauen und schlechten Omen.

Ein wildes, ungezähmtes Lachen stieg in ihr auf, ließ sich nur durch große Anstrengung unterdrücken. *Sie haben nicht erwartet, uns hier zu finden!* Es war wie damals beim Viehraub, als junge, unerfahrene MacDonalds anstelle von Kühen ein paar Campbells aufgegriffen hatten.

Und dann dachte sie an ihren ältesten Bruder, an den seit sechs Jahren toten Robbie, der längst unter der Erde verrottete wie die Nordländer in ihren Hügelgräbern. Die Erinnerung gab ihr eine Waffe in die Hand. Die Erinnerung verlieh ihr Stärke. Sie schloss die Hand fester um den Horngriff ihres *Sgian-dhu*. Diesmal würden sie ihr die Klinge nicht wegnehmen.

Ein Mann mit rotblonden Haaren schritt durch die jetzt vorhanglose Tür und ließ dämmriges Licht herein. Er war nicht groß – kleiner als sie sogar –, aber was ihm an Größe mangelte, machte er an Breite wett, mit einer kompakten, kraftvollen Gestalt. In seinem Blick war etwas, das es ihr unmöglich machte, wegzuschauen, wie eine von der Katze fixierte Maus.

Ihre Wut ließ nach. Sie gab ein leises Geräusch von sich. Ihre Hand um den *Sgian-dhu* war plötzlich feucht vor Schweiß. Sie vergaß ihren toten Bruder, vergaß den Überfall, bei dem sie erst ein Kalb gewonnen und dann wieder verloren hatte, wie sie auch ihren Bruder verloren hatte. Sie erinnerte sich an eine andere Zeit, einen anderen Überfall, und an einen Stewart anstelle der MacDonalds.

Dieses Mal gab es kein Claymore. Wie die anderen Männer in der Hütte war er mit Dolch und *Sgian-dhu* bewaffnet, aber er hatte kein Schwert dabei.

Er lächelte breit, und das Leuchten in den blauen Augen

verstärkte sich. »Oh. Ein hübsches Mädchen bei einem Stelldichein mit ihrem Geliebten«, sagte er.

Cat war schockiert und unfähig, etwas zu erwidern. Sie hatte eine ähnliche Situation wie damals erwartet: Gelächter, Lachen, eine Demütigung in der Art, wie sie sie bereits zuvor erlebt hatte. Ganz sicher aber hatte sie nicht mit einer solchen Bemerkung gerechnet, die ihre Brüder von sich gaben, wenn sie versuchten, ein Campbell-Mädchen für sich zu gewinnen. Auf diese Art von Kampf war sie ganz und gar nicht vorbereitet.

Cat spürte, wie sich ein Knoten aus Angst in ihrer Kehle bildete, größer und größer wurde. Sie war geübt, was Spott betraf – offenen oder versteckten – und wie eine Harfensaite für ein bestimmtes Lied gestimmt, von dem sie geglaubt hatte, dass er es spielen würde. Aber die Noten waren dieses Mal anders, und sie kannte die Worte nicht.

Er blieb vor ihr stehen. Lächelnd streckte er die Finger aus, um eine Locke zu berühren.

Völlig unvermittelt riss Cat das tödlich scharfe *Sgian-dhu* hoch und fügte seinen unverschämten Finger eine leichte Verletzung zu. Sie verspürte das Gefühl einer vagen Zufriedenheit, als sie das Entsetzen in seinem Blick sah, während er seine Hand zurückriss und die Finger an den Mund presste.

»Nein.« Sie war erleichtert, als sie hörte, wie fest ihre Stimme klang. Seine vulgäre Art verwandelte ihren verletzten Stolz wieder in Mut. »Dies ist das Land der Campbells – kehrt zu euren Glencoe-Hütten und Stewart-Burgen zurück. Lasst mich und Una in Frieden.«

Der Mann hob den Kopf und musterte sie, während er seine verletzte Hand vom Mund nahm. »*Jungenhaftes Mädchen*«, hatte er sie genannt. Ein »*Junge mit Brüsten*«. Sicher würde er sich daran erinnern.

Cat jedenfalls hatte es niemals vergessen.

»Ich bin der Erbe von Appin; niemand, weder Mann noch

Frau, sagt *mir*, wohin ich gehen soll oder was ich zu tun habe.«

Dafür hasste sie ihn – für das, was und wer er war, was er getan und zu tun angedeutet hatte. Sie zweifelte nicht daran, dass das, was er tun wollte – falls er die Möglichkeit dazu bekam –, ihr Selbstvertrauen und ihre Selbstachtung untergraben würde. »*Ich* tue es aber«, sagte sie mit klarer Stimme. »Eine Campbell sagt dir, dass du gehen sollst.«

Er lachte. »Und ein Appin tut, was ihm gefällt!«

Sie hätte ihm am liebsten das Messer in die Kehle gerammt, damit er die Klinge hätte schmecken können. Er und seinesgleichen – Männer wie Dair MacDonald – nahmen anderen Menschen im Namen der Arroganz ihren Stolz und ihre Würde. »Ein Appin tut, was ihm gefällt?« Sie nahm es mit seinem Blick auf. »Dann ist er kein Mann, aye? – nichts als ein verkommener, selbstbezogener Protz, der nicht einmal soviel Grips besitzt wie die Kühe, die er von Männern stehlen wollte, die weit besser sind als er.«

Es war ein gutgezielter Schlag. Das Leuchten in Stewarts Augen verglomm. Eine Art Wut trat an seine Stelle, bemächtigte sich seiner Schultern, raubte seiner Haltung auch das letzte bisschen Anmut.

»*Robbie.*«

Cat zuckte zusammen. Die Stimme hatte klar und deutlich geklungen, und die bei der Tür versammelten Männer teilten sich, um Platz zu machen – die MacDonalds rasch, die Stewarts etwas langsamer. Und dann betrat er den Raum, und sie sah ihn deutlich vor sich.

Etwas in ihrem Innern hüpfte, schrumpfte dann jedoch zu einem kleinen Häufchen zusammen. *Er ist nicht besser als der Stewart.*

»Robbie«, sagte Dair MacDonald mit ruhiger, fester Stimme. »Wir sind wegen der Kühe hier, nicht wegen Frauen.«

Robbie. Sein Name war *Robbie*. Es ärgerte sie maßlos. Er

beschmutzte mit seinem Namen das Ansehen ihres toten Bruders.

»Sieh sie dir nur an!«, rief Stewart.

»Ich sehe sie«, sagte Alasdair Og unverändert ruhig.

»Verdammter Narr«, erklärte Cat. »Ich bin Glenlyons Tochter. Soll *ich* dir die Zunge aus deinem geschwätzigen Mund reißen, oder willst du, dass er es selbst tut?«

Einen Augenblick sah sie die Überraschung in Dairs whiskyfarbenen Augen; hatte er sie nicht erkannt? Aber er musste sie erkannt haben – wie konnte ein Mann vergessen, wen er gedemütigt hatte?

Die Überraschung verschwand aus seinem Blick, der jetzt durchdringender wurde. »Cat«, meinte er – wie sie fand, unnötig vertraut –, »du solltest deine Zunge lieber selbst im Zaum halten.«

Stewart fuhr herum. »Du kennst dieses Mädchen? Dann wartet sie also auf dich?«

Dairs Stimme klang unverändert, aber sein Mund zuckte leicht. »Es ist deine Idee gewesen, hierher zu kommen, aye? Wie hätte ich es dann planen können?«

Der düstere Ausdruck verschwand aus Stewarts Gesicht, und er strahlte wieder. »Ja, so ist es!« Er grinste; seine gute Laune war wieder hergestellt. »Du suchst also keine Vergnügungen mit anderen Frauen, während Jean zu Hause auf dich wartet!«

Cat starrte Dair an. Die Wut ermöglichte es ihr, unverblümt von Dingen zu sprechen, die Frauen gewöhnlich mieden. »Ich soll meine Zunge im Zaum halten? Nein, das werde ich nicht tun. Nicht, wenn es darum geht, ob er mich ins Bett kriegt … ich habe einen besseren Geschmack!«

Dair machte jetzt einen einzigen, lautlosen Schritt nach vorn und blieb neben dem Stewart stehen, ohne ihn zu berühren. »Das ist nicht unsere Art, Robbie – willst du etwa einen Bannbrief riskieren?«

Robbie fuhr herum. »Glaubst du, *Glenlyon* würde so weit gehen und die Krone bemühen? Diese Leute vom Kronrat sind zur Zeit ganz sicher mit anderen Dingen beschäftigt… sie würden sich damit gar nicht erst abgeben.«

»Zumindest bräuchten sie dann keinen anderen Grund mehr, um gegen uns vorzugehen«, meinte Dair. »Ewan Cameron hat Colonel Hill bei Fort William erklärt, dass er und die Camerons die Waffen nicht erheben werden, und du weißt sehr gut, dass auch MacDonalds und Stewarts dasselbe getan haben. Aber wir haben es nicht getan, aye? Keiner von uns. Es wäre genau die Entschuldigung, die sie bräuchten, um uns die Sassenachs auf den Hals zu hetzen!«

Sie konnte nicht schweigen, nicht, wo sich ein MacDonald für sie einsetzte. Ihr Campbell-Stolz ließ das nicht zu. Cat nutzte die Möglichkeit und setzte ihren Stoß mit Bedacht. »Ich bezweifle, dass die Earls of Breadalbane und Argyll ignorieren, was hier geschehen ist… vermutlich werden sie dafür sorgen, dass den Appin-Stewarts das gleiche Schicksal wie den MacGregors widerfährt!«

Sie hätte Robbie genauso gut auch einen Schlag ins Gesicht versetzen können. Er richtete seinen hitzigen Blick auf sie und sagte etwas auf Gälisch, das jedoch vor Wut so verzerrt klang, dass sie es nicht verstehen konnte. Cat bezweifelte, dass überhaupt jemand es verstand; seine Wut war jetzt nicht mehr zu übersehen.

»Robbie.« Wieder war es Dair MacDonald, der ruhig und gelassen vortrat und sich zwischen Cat und Robert Stewart stellte. Er wandte sich an seinen Freund. »Ich bitte dich, lass sie in Ruhe.«

»Wieso?« Der Stewart stieß das Wort aus, als wäre es ein scharfes Schwert. »Was kümmert es dich, ob ich von dem Mädchen einen Kuss will? Wieso ist sie dir so wichtig? Sie ist deine Feindin, MacDonald – genau wie Glenlyon! Du hast sie gehört, sie hat eine scharfe Zunge, aye?«

»Robbie«, wiederholte Dair ruhig. »Du wirst dieses Mädchen nicht küssen.«

Stewart forderte ihn direkt heraus. »Wie willst du mich daran hindern?«

»Indem ich dich an Ort und Stelle bewusstlos schlage und dann eigenhändig nach Hause trage.« Dair grinste. »Ihr seid uns zahlenmäßig unterlegen, aye? Wir sind zehn, ihr seid nur vier.«

Cat konnte nicht länger schweigen. Sie traute den Absichten des MacDonald nicht. »Und was habt ihr mit *meinen* Männern gemacht? Habt ihr sie alle im Schlaf erstochen?«

Dair sah sie nicht an; er war zu sehr mit Stewart beschäftigt. »Ich werde dich zu ihnen bringen, Mädchen, sobald wir Robbies Antwort haben.«

Stewart sah Cat an, ihr *Sgian-dhu*, dann wieder den MacDonald. Sein Mund zuckte. »Himmel, MacDonald – glaubst du, es bedeutet mir soviel? Sie ist nur eine verfluchte Campbell – es gibt andere, noch dazu willigere als sie. Sie ist es nicht wert, dass man um sie kämpft!« Er gab Dair zur Bekräftigung seines guten Willens einen leichten, freundschaftlichen Schlag auf die Schulter, aber Cat sah den Blick in seinen Augen. Er war nicht wirklich versöhnt, was immer er auch sagen mochte. »Lass gut sein, MacDonald … wir sollten uns um das Vieh kümmern!«

Dair warf Cat einen Blick zu. Sie sah das Zucken seines Mundes, doch das angedeutete Lächeln entfaltete sich nicht. »Wir haben wegen des Sturms hier Halt gemacht; wir wussten nicht, dass ihr hier wart. Aber dann haben wir die Pferde draußen gesehen und den Ghillie vor der Tür.«

Cat dachte an Angus, an die Rufe vor der Tür. »Habt ihr ihm etwas getan?«

»Er hat einen kleinen Kratzer am Nacken abgekriegt, als er versucht hat, sich von meinen Männern loszureißen«, erklärte Dair. »Er wartet mit den anderen in einer anderen Hütte.«

»Ich möchte sie sehen.«

»Und ich habe dir versprochen, dass ich dich zu ihnen bringe.« Dair drehte sich um und sah Robbie an, als wollte er ihn davon abhalten, zu widersprechen.

Robbie wirbelte augenblicklich herum, und das an seiner Schulter befestigte Plaid vollzog die Bewegung in einer Woge.

Zufrieden wandte sich Dair an Cat. »Komm mit, Cat… Ich bringe dich zu deinen Männern.«

Der Earl of Breadalbane, der die Tochter seines Cousins erwartete, trank Whisky, während die Sonne unterging und er den letzten Brief des Master of Stair aus Flandern durchging. Es ging darin um die widerspenstigen Highlander und seinen Vorschlag, sie zu zähmen. Es gefiel ihm, dass Stair in seinem Schreiben auch sein Vertrauen in Breadalbanes Fähigkeiten ausdrückte. Es gefiel ihm sogar sehr.

Der Earl rief seinen Diener zu sich. Als Sandy Campbell kam, lächelte Breadalbane ihn an. »Benachrichtige alle Clans. Alle, ja? Nicht nur die Campbells, Sandy. Verkünde ihnen – erinnere sie daran –, dass ich nicht nur ein Earl bin, sondern ein Clanchief wie sie, und dass ich mir sehr wohl der Anforderungen bewusst bin, die die Ehre meiner Chief-Kameraden mit sich bringt.«

Er genoss den torfigen Geschmack des Whiskys und bedachte seine Worte sorgfältig, ehe er weitersprach. »Sag ihnen außerdem, dass sie Recht darin haben, den Worten eines Sassenachs – *dieses Hills* von Fort William – zu misstrauen, der genau in diesem Augenblick Intrigen gegen sie schmiedet, und dass sie ihr Augenmerk auf einen Highlander richten sollen, einem rechtmäßigen Chief, der sie aus den Kriegswirren in eine Zeit des Friedens führen wird. Ein solches Unterfangen verlangt geradezu danach, dass der Ehre Genüge getan wird, und ich werde nicht zulassen, das sie von Lowland-Schotten, Sassenachs oder einem holländischen König missachtet wird.«

Der Diener wartete stumm.

Breadalbane leerte den Whisky und stellte den Becher beiseite. »Ich schätze ihre Worte, Sandy, wie auch ihren Stolz. Sag ihnen, sie sollen Ende Juni nach Achallader kommen, wo wir gemeinsam über die Zukunft eines Stuart-Schottland reden werden.« Als der Diener gegangen war, goss Breadalbane sich neuen Whisky ein und lächelte leise vor sich hin, den Blick auf die geschlossene Tür gerichtet. »Achallader«, murmelte er, »damit keiner der Clanchiefs übersehen kann, was ich an die MacDonalds verloren habe. Und wenn ich, trotz unserer offensichtlichen Feindschaft, sogar den erbärmlichen, viehstehlenden MacIain von Glencoe zu unserer Zusammenkunft in die Ruinen Achalladers hole, werden sie mir meine Aufrichtigkeit abnehmen!«

Dair zog Cat aus der Hütte und nahm ihr das *Sgian-dhu* ab, bevor sie Einwände dagegen erheben konnte. Dann schleppte er sie zur nächsten Hütte, die nur zwanzig Schritt entfernt stand. Er schob den Ledervorhang beiseite und drängte sie ins Innere, wo andere MacDonalds warteten und Glenlyons Männer bewachten.

Er sah die Erleichterung auf den Gesichtern all der Campbells, und er sah auch, wie diese Erleichterung kurz darauf der Scham Platz machte – der Scham darüber, dass sie darin versagt hatten, sie zu beschützen.

Cat ignorierte Dair vollkommen und blickte von einem ihrer Leute zum anderen. »Es sind Viehdiebe«, sagte sie geradeheraus. »Können wir etwas anderes von ihnen erwarten, als dass sie wie gewöhnliche Diebe mitten in der Nacht kommen und uns die Klingen an die Kehlen setzen?«

Dair musterte die Campbells. Sie alle starrten Cat fasziniert an, verblüfft über ihre Heftigkeit. Dann begann derjenige, den sie Angus genannt hatte, zu lächeln, aber er besaß immerhin genug Anstand – *oder Weisheit?* –, um zu versuchen, es vor den MacDonalds zu verbergen.

»Sie können uns nicht festhalten«, fuhr sie fort und warf den MacDonalds einen scharfen Blick zu, »und sie werden uns auch nicht töten, nur um uns zum Schweigen zu bringen. Ich bin Glenlyons Tochter, und sie wissen sehr gut, was den MacGregors geschehen ist und was mit geächteten Clans geschieht.«

Farbe kehrte in die Gesichter der Campbells zurück, und ihre Augen leuchteten wieder. Jetzt waren sie wütende Männer, die nach Rache dürsteten. Dair spürte die neuerwachte Wachsamkeit der gefangenen Campbells, die damit einhergehende Anspannung seiner eigenen Männer. Er packte Cat und zerrte sie aus der Hütte heraus, noch bevor sie irgendetwas sagen konnte, was einen Aufruhr hätte verursachen können.

»Himmel, MacDonald – hörst du endlich auf, mich wie ein stumpfsinniges Rindvieh hin und her zu zerren?«

Er achtete nicht auf ihren Widerstand. »Ungestüme Worte, aye? Und sehr gut geeignet, deine Leute in den Tod zu befördern.« Er führte sie um die Hütte herum. »Wir haben ihnen nichts getan; abgesehen von ein oder zwei Beulen hat niemand etwas abgekriegt. Willst du schuld sein, wenn mehr passiert?«

Cat stolperte über einen Stein, fing sich aber wieder und drehte sich zu ihm. Sie achtete nicht auf den Arm, den er noch immer fest umklammert hielt. »Ich werde nicht zulassen, dass sie dadurch entwürdigt werden, dass Glencoe-Männer sie gefangen halten«, erklärte sie. »Dein Clan hat keine Ehre. Wie sollten sie da welche von deinen Männern erwarten?«

Die Heftigkeit ihres Tons versetzte ihm einen Schlag. Dann drangen die Worte zu ihm durch und kitzelten seinen Stolz.

»Dann sollte ich Robbie vielleicht doch gestatten, sich seinen Kuss zu holen, und zusehen, was du dann sagst, aye?«

Wut zeichnete sich kurz auf ihrem Gesicht ab, dann verhärteten sich ihre Züge zu einer Mischung aus bitterem Zorn und Hilflosigkeit. »In Gottes Namen, MacDonald, was erwartest du von mir? Was soll ich ihnen denn sonst sagen?«

Er öffnete den Mund und setzte zu einer Antwort an, aber er hatte den Faden verloren. Er wusste, was er hatte sagen *wollen*, aber das lag jetzt in quälender Weise außer Reichweite, weggeweht von der anschwellenden Brise, die die rote Haarsträhne packte und herumwirbelte, um sie dann in unbeabsichtigter Schüchternheit über einen ihrer ausgeprägten, spitzen Wangenknochen zu legen.

»Nun?«, drängte sie, und er erinnerte sich daran, dass sie ihm eine Frage gestellt hatte.

Er wandte den Blick von ihrem Gesicht ab, aus dem sie ungeduldig die Strähne strich. »Ich erwarte, dass du ihnen sagst – dass du ihnen nahe legst, sich nicht auf einen Kampf einzulassen.«

»Wieso? Würdest du das tun? Würdest du das tun, wenn du an meiner Stelle wärst?«

Es lag eine unwiderlegbare Logik in ihren Worten, besonders, da sie von einer Campbell kamen, und er wurde wütend. Er verlor gänzlich das Interesse an der Haarsträhne und der Wange und blickte sie finster an.

»Sieh mich nicht so wütend an, MacDonald«, schnappte sie. »Es ist Glen-Lyon-Land, auf dem wir uns befinden, nicht Glencoe.«

»Aber wir haben die Waffen.«

»Und wir unsere Zungen, aye?« Es beeindruckte sie eindeutig nicht, was er als seinen Sieg empfand. »Und du weißt als Highlander nur zu genau, dass eine Zunge eine ebenso scharfe Waffe ist wie ein Dolch, wenn man damit umzugehen weiß. Erwartest du etwa, dass wir sie nicht nutzen?«

Das bezweifelte er. Er *wusste*, dass es so war; er selbst hätte alles benutzt, was in Reichweite gewesen wäre. Sein finsteres Gesicht wurde beinahe noch finsterer.

»Wirst du uns gehen lassen?«, fragte sie.

»Das werde ich nicht. Würdest du das tun an meiner Stelle?« Er wölbte die Brauen in einem Anflug von Ironie.

Ihre Brauen waren zwar gerade, aber doch sehr aussagekräftig; sie zog sie empor, wie er es mit seinen gemacht hatte, erwiderte seine Ironie, aber mit einer vernichtend wirkungsvollen Spur von Herablassung. Er hatte so etwas auch schon bei Jean gesehen. – *Ist das eine Gabe der Frauen?* –

»Da *wir* seit einiger Zeit kein Vieh mehr von Glencoe gestohlen haben, weiß ich es nicht«, erklärte Cat. »Ich selbst bin nicht an deiner Stelle, und es ist unwahrscheinlich, dass ich es jemals sein werde.«

Das glaubte er nur zu gern; er kannte nicht eine einzige Frau, die sich gemeinsam mit Männern aufmachte, Vieh zu rauben. – *Aber ich zweifle nicht daran, dass diese hier es durchaus versuchen könnte!*

»Lass meinen Arm los«, sagte sie kühl. »Und hör auf, mich so anzustarren.«

Bis zu diesem Augenblick hatte Dair gar nicht gemerkt, dass er sie angestarrt hatte. Jetzt, wo sie ihn darauf aufmerksam gemacht hatte, konnte er den Blick nicht mehr von dem Gesicht abwenden, das einmal unscheinbar ausgesehen hatte, es aber jetzt eindeutig nicht mehr war. Wäre da nicht die Farbe ihrer Haare und ihrer Augen gewesen – *und ihre Campbell-Zunge!* –, er hätte schwören können, dass es sich um ein ganz anderes Mädchen handelte.

Er hielt ihren Arm weiterhin umklammert. Er ließ sie immer noch nicht los, als wollte er etwas von ihr. »Wenn du schwörst, nicht geradewegs in diese Hütte zu laufen und die Männer weiter mit Worten aufzuhetzen, werde ich in Erwägung ziehen, dich loszulassen.«

»Das werde ich nicht tun! Würdest du es tun? Würde das überhaupt jemand tun? Wieso glaubst du dann, dass ich es tun sollte?«

Dair spürte ein Lachen in sich aufsteigen, das er nur durch äußerste Willensanstrengung unterdrücken konnte. Er hatte keine andere Antwort erwartet; sie hatte schon als kleines Mädchen in so etwas nicht eingewilligt, und jetzt, da sie eine Frau war, war sie noch weniger geneigt, es zu tun. »Dann werde ich deinen Arm für alle Fälle weiter festhalten.«

Der Zug um ihren Mund hatte etwas entschieden Aufrührerisches. Der Mund selbst war wie ein großer, stolzer Fleck unter der herrisch emporgereckten Nase, deren senkrechte Linie die bemerkenswert lebendigen Gesichtszüge genau halbierte.

Nicht gerade langweilig, diese Cat Campbell – Dair zog ein finsteres Gesicht. Er konnte sich nicht daran erinnern, dass er jemals zuvor ihren Mund, ihre Nase oder ihre Gesichtszüge bemerkt hatte – in Teilen oder als Gesamtheit –, aber jetzt sah er sie unausweichlich vor sich. Wie auch den Rest von ihr.

»Cat Campbell«, murmelte er. »Gütiger Gott, *Cat Campbell* –« Seine Selbstbeherrschung schwand dahin. Das Drängen in seinem Innern brach sich freie Bahn, und Dair begann zu lachen.

»Du verfluchter Bastard«, schimpfte sie wütend und schwang ihren freien Arm hoch, um ihm eine Ohrfeige zu geben.

Er wich weit genug zurück, dass der Schlag an seinem Kinn abprallte. »Himmel, Cat – *warte*!« Es tat weh, aber nicht so sehr, wie es geschmerzt hätte, wenn sie sein Ohr getroffen hätte. Er bekam ihren Arm zu packen und konnte verhindern, dass sie es noch einmal versuchte, dieses Mal möglicherweise mit einem besseren Ergebnis. »Was ich meine, ist –«

Sie wand sich unter seinem Griff, riss schließlich einen

Arm los und strich sich eine Locke aus dem Gesicht, die ihr wütendes, strahlend-blaues Auge verdeckte. »Glaubst du, ich bleibe hier still stehen und lasse zu, dass du mich beleidigst? Glaubst du, ich weiß nicht, wieso du über mich lachst? Heilige Mutter, MacDonald, hattest du vor, Glenlyons Tochter zu jagen, um zu sehen, was jetzt aus ihr geworden ist?«

Er begegnete ihrem Zorn mit Gelassenheit, denn er wusste, wie wütend es alle Menschen machte, wenn die andere Person, mit der man stritt, so beherrscht war. Es war eine sehr feinsinnige Waffe, die er schon früh im Leben kennen gelernt hatte. »Wir sind der Kühe wegen gekommen.« Er wusste, dass sie das ebenfalls wusste; wieso hätten MacDonalds auch sonst nach Glen Lyon reiten sollen?

Als ihr Gesicht sich noch mehr verfinsterte, ließ er sämtliche Ironie beiseite und rückte mit der Wahrheit heraus. »Es war nicht als Beleidigung gemeint. Himmel, Cat, wieso auch?«

Sie schluckte sichtlich. Ihre Stimme klang nicht mehr ganz so fest. »Ihr seid auch letztes Mal der Kühe und all der anderen Dinge wegen gekommen, nicht?«

»Cat –«

»– und trotzdem war genug Zeit, mir zu sagen, was ich bin.« Plötzlich standen Tränen in ihren Augen, die ihre Wut erneuerten und ihre Würde zerstörten, die sie trotz ihres angeschlagenen Zustands Stein für Stein aus Trümmern um sich herum errichtet hatte. »Ich weiß, was ich bin, MacDonald. Ich weiß, was dieser Stewart zu mir gesagt hat, und was *du* zweifellos gesagt hast: ›Glenlyons jungenhafte Tochter‹!«

Er war nicht der Mann, dem die Worte eines anderen Menschen so leicht die Sprache verschlugen. Aber in diesem Augenblick, angesichts eines solchen Vorwurfs, war er ganz und gar sprachlos.

Die Tränen quollen jetzt über. »Himmel, nicht schon wieder – siehst du?« Sie war sichtlich beschämt, und ebenso wütend auf sich wie auf ihn. »Also gut. Es ist vorbei, ja? Meine Schwäche ist entlarvt. Bring mich jetzt zu den anderen in die Hütte und sag diesem Bastard von Appin, dass du es Glenlyons Tochter gezeigt hast. *Wieder einmal.*«

Jetzt wusste Dair, was ihr angetan worden war, jetzt kannte er die Worte, die in den langen Jahren ihrer Kindheit gefallen waren – einer harten Kindheit, die nur insoweit sanfte Züge gehabt hatte, als sie selbst dafür gesorgt hatte, was schon allein angesichts der vielen ständigen Verhöhnungen der anderen nicht einfach gewesen war. Er konnte die Worte in ihrem Schweigen hören, konnte sie von ihren wütend blitzenden Augen ablesen – Worte, die gesprochen worden waren, um sie zu sticheln, um ihren Stolz zu verletzen. Doch sie hatte die Worte ernst genommen, denn es gab wenig Grund und noch weniger Entschuldigungen dafür, zu glauben, ein Junge würde nur so zum Spaß den Stolz eines Mädchens verletzen.

Er *wusste* es; er war selbst ein Mann, der einmal ein Junge gewesen war. Ein stiller, zu klein geratener Junge, der häufig von anderen als Wechselbalg bezeichnet worden war, über den man hinter MacIains Rücken getuschelt hatte, wenn der Klatsch mal wieder nicht verstummen wollte.

Dair schaute ihr in die Augen und sah den Selbsthass, den bitteren Vorwurf, dass sie vor ihren schlimmsten Feinden so hilflos gemacht worden war und somit umso mehr verletzt werden konnte.

Er öffnete den Mund, um ihr zu sagen, dass sie eine Närrin war, aber er schloss ihn wieder. Sie würde glauben, dass er log, egal, was er sagte.

Und doch konnte er nicht zulassen, dass sie so etwas glaubte. »Da ist ein Fels hinter dir. Ich möchte, dass du dich dort hinsetzt.« Er führte sie zu dem Felsen und wartete, bis sie richtig saß, dann stellte er sich vor sie. Er ließ seine Hand ihren Arm entlanggleiten, bis er ihr Handgelenk zu fassen bekam, dann nahm er seine andere Hand und bog ihre Finger gerade, um die Verkrampfungen zu lösen. Er hatte Pferde und Welpen besänftigt; er glaubte fest daran, dass es ihm auch bei ihr gelingen würde. »Du hast lange Finger«, sagte er. »Ich erinnere mich an die Zeit, als sie völlig verschorft waren; ich habe es gesehen, als wir damals mit MacIain gekommen sind.«

Sie versuchte, die Hand zu einer Faust zu ballen, und ihre Augen blitzten, als er es ihr nicht gestattete. Ihr Gesicht verzerrte sich kurz, als würde seine Berührung sie krank machen, aber da war auch Wut, und ein bittersüßes Bedauern.

»Aber jetzt nicht mehr«, sagte er. »Oh, ja, es wird immer mal wieder passieren, genau wie bei mir, aber was ist schon dabei? Die Haut darunter ist so hell und glatt, wie es bei der Arbeit, die eine Frau tut, zu erwarten ist, und das ist nichts, was man beklagen müsste.« Er schloss seine Hand noch fester um ihr Handgelenk. »Du hast schöne Knochen, *gute* Knochen, gut gebaut und schön gewachsen; sie werden unter der Arbeit, die dich erwartet, unter den Kindern, die du gebären wirst, nicht zusammenbrechen.« Ihr Ellenbogen war stocksteif; er lockerte auch ihn, dann stellte er langsam einen Fuß auf den Felsen, um sein Gewicht etwas zu verlagern, während der andere Fuß ihren Rock berührte. »Und was dein Gesicht betrifft –«

Er brach schlagartig ab. Er hatte nichts weiter als das einfache Aufzählen ihrer Gesichtszüge im Sinn gehabt, um sie davon zu überzeugen, dass sie nicht befürchten musste, ausgelacht zu werden. Aber jetzt plötzlich war er ihr nah gekommen, sehr nah, und die Gesichtszüge, die für sich gesehen nichts weiter waren als Gesichtszüge, verbanden sich jetzt zu einem ganzen –

– Himmel, was tue ich hier.... tue ich das für sie oder für mich? –

Dair ließ sie augenblicklich los und wich auf steifen Beinen ein paar Schritte zur Seite, bevor es ihm gelang, stehen zu bleiben. Er verharrte am Rand des Felsens und starrte in die Ferne.

Der Wind schnappte nach den losen Falten seines Kilts und zupfte an seinen Haaren; er trug keine Kappe. Er begrüßte den kühlen Hauch, das Versprechen des Sommers, die Möglichkeit, sich zu erholen, während er auf dem heidebewachsenen Hügel stand; am Himmel kreiste ein Adler, unter dessen windzerzausten Flügeln sich das Tal in so üppigem Grün erstreckte, dass ihm schier das Herz in der Brust zerspringen wollte.

»Warum tust du das?«, fragte sie. »Um mich zu demütigen? Diesmal mit Worten, weil es keinen Matsch gibt, keinen vergossenen Whisky oder keine Pferdepisse?«

Er drehte sich in einer schroffen Bewegung zu ihr um. Sie saß noch immer auf ihrem Felsen, als hätte sie verstanden, dass er nicht länger eine körperliche Bedrohung für sie war.

»Hast du die Sprache verloren?«, drängte sie weiter. »Suchst du nach neuen Worten?«

Es war schwer, etwas zu sagen. Sie war ungestüm und stolz und hübsch, wie das Glitzern von Stahl im Sonnenlicht, wie die Klinge eines tödlichen Claymores, das in seiner Einfachheit von überwältigender Eleganz war. »So einer bin ich nicht.«

»Oh, nein?« Sie war von seinem Geständnis offensichtlich unbeeindruckt. »Willst du etwa behaupten, dass du nicht gelacht hast, als der Appin-Stewart mich ein jungenhaftes Mädchen genannt hat?«

Windstöße zerrten wieder an ihm, hoben das Plaid, das von der Schulter zur Hüfte herabhing. Das Gewicht der Fibel zähmte es etwas, zog an seiner Schulter. »Du hast mich nur drei Mal gesehen, und niemals habe ich dich anders als mit großer Achtung behandelt. Und nein, ich habe nicht gelacht; er hat mir niemals davon erzählt.«

»Und jetzt? Was ist das jetzt, MacDonald?«

»Das?« Er wollte lachen, aber sie würde es missverstehen. Obwohl das Gelächter seinem eigenen Unglück galt, nicht ihrem. »*Das* ist ein Mann, der sich vor der Schönheit einer Frau verbeugt.«

Sie wich zurück, als hätte er sie geschlagen.

Bei einer anderen Frau hätte er es für einen offensichtlichen Schachzug gehalten und insofern als wenig erheiternd empfunden; es schmeckte nach Jean Stewart, die schön war und es wusste, ihn aber dennoch zu Schmeicheleien herausforderte. Aber das hier war nicht Jean … »Sag mir jetzt nicht, du hast nicht in den Spiegel gesehen.«

»Er ist zerbrochen«, gab sie zurück. »Ich habe ihn vor zwei Jahren zerbrochen, an dem Tag, als ihr zu uns gekommen seid.«

»Dann werde ich dir einen anderen geben.« Es war nur ein kleiner Ersatz für die anderen Dinge, die sie verloren hatte, doch er hatte sonst nichts anzubieten.

Sie setzte sich kerzengerade auf. Der Wind kam jetzt von hinten, löste noch mehr Haarsträhnen aus ihrem Zopf. Er wehte um ihr Gesicht, unterstrich die klare Linie ihres Kiefers, das kampflustige Kinn.

Sie war nicht im eigentlichen Sinne schön … so, wie Jean schön war, oder andere Frauen, die ihn kurz angezogen hatten; in der Tat wusste er, dass ein *zivilisierter* Mann niemals ihre Gesichtszüge in Gedichten rühmen würde. Aber die Barden würden es tun: Sie war wie das wieder geborene alte gälische Schottland mit den heidebewachsenen Hängen, über die einst muskulöse Helden geschritten waren; ein menschliches Abbild der wilden, barbarischen Highlands, weniger eine Frau als das Vermächtnis jener Generationen, die vor ihnen hier mit Schilden und Schwertern und Äxten entlangmarschiert waren.

Er hatte die hervorragende Nase eines Highlanders, und

da der Wind von hinten kam, konnte er ihren Geruch wahrnehmen. Es war nicht der exquisite Duft nach französischem Parfüm, das Jean bevorzugte und er besorgte, sondern sie roch nach Torf und Rauch und Wald, nach Seife und Wolle und feuchtem Moos, und eindeutig auch nach Frau; sie roch nach all den Dingen, die er in der harten Welt der Highlands am liebsten mochte.

Sie runzelte die Stirn. »Was ist los, MacDonald?«

Sein Bekenntnis ging über das hinaus, was er eigentlich hatte sagen wollen, aber er bereute es nicht; es war die ungeschminkte Wahrheit und daher ehrenvoll. »Ich gebe mir Mühe, eine Campbell nicht zu küssen.«

Sie sprang auf und wich zwei Schritte zurück. »Mich zu küssen!«

»*Nicht* zu küssen!« Dair grinste; nach diesem Geständnis mußte er es nicht länger vor sich selbst leugnen, und er fühlte sich erleichtert. »Das ist ein Unterschied, wie du weißt.«

Die Farbe wich langsam wieder aus ihrem Gesicht, betonte lediglich noch die Wangenknochen etwas stärker. »Aber – wieso?«

Er lachte. »Wieso ich es wollen könnte? Oder wieso ich es *nicht* wollen sollte?« Und dann verflog die Erleichterung und machte einem gewaltigen Bedauern Platz. Das Mädchen verdiente eine bessere Behandlung … eine weit bessere Behandlung als die, die er ihr bieten konnte – die ein MacDonald einer Campbell bieten konnte. *Dieser Hass ist uns nicht angeboren… er ist im Laufe der Jahre entstanden, ist verherrlicht worden, von Barden besungen, auf dem Dudelsack gespielt worden –*

Dair fluchte plötzlich und blickte weg, stark blinzelnd über die Weide. »Gütiger Himmel, ich bin ein Narr … aber immer noch ein Mann, nicht wahr? – und einer, bei dem noch alle Teile in bester Ordnung sind. Und diese Teile kümmern sich nicht darum, *welche* Namen wir tragen!«

Sie gab ein kleines Geräusch von sich, einen schwachen

Hinweis darauf, dass sie begriff. Dann meinte sie etwas unsicher: »Du bist nichts als ein verfluchter MacDonald, der gekommen ist, um unsere Kühe zu stehlen.«

Er drehte sich zu ihr um und grinste. »Ja, das stimmt, deshalb sind wir gekommen, aber –«

Ihr Ton fing sich wieder; es lag eine neue Schärfe darin. »Und ob du nun deinen Dolch benutzt oder deine Zunge, du findest immer einen Weg, mich zu verletzen.«

Jetzt verlor er die Geduld. »Himmel, Cat, ich bin nicht gekommen, um dich zu verletzen!«

Sie starrte ihn an. »Du bist ein verfluchter MacDonald.«

»Und du bist eine verfluchte Campbell.« Sein Gesicht verdüsterte sich. »Nun, hatten wir das nicht schon hinter uns? Haben wir uns nicht schon einmal gegenseitig mitgeteilt, wer wir sind? Und hat es irgendwelche Fragen beantwortet? Kennst du mich dadurch besser?«

»Du bist nichts als ein Viehdieb –«

»Herrgott, Cat! Hast du vergessen, wie oft die Campbells nach Glencoe gekommen sind, um Vieh zu stehlen? Ich könnte Lieder darüber singen!«

Sie wurde plötzlich aschfahl im Gesicht.

»Was ist?«, fragte er scharf. »Du wirst doch nicht in Ohnmacht fallen, oder?« Es passte so gar nicht zu ihr; er war sich sicher, dass sie nicht zu dieser Art Frauen gehörte. Eher würde sie den Felsen zu Staub zermalmen, als dass sie eine solche Schwäche gegenüber einem MacDonald offenbarte.

»Das werde ich nicht«, erklärte sie wie aus weiter Ferne. »Und nein, ich habe nicht vergessen, wie die Campbells nach Glencoe gegangen sind – oder wie Campbells es vorgehabt hatten und dabei einen Mann – einen Jungen! – verloren haben, ehe sie zurückgekehrt sind.«

Dair spürte, dass da noch mehr sein musste; dass ihre Antwort nur dazu diente, ihn abzulenken. »Was ist geschehen, Cat?«

Da ihre Haut so weiß war, konnte sie nicht verbergen, wie ihr das Blut in die Wangen schoss. »Du würdest es mir doch nicht glauben!«

»Ich muss dich nur ansehen, um zu wissen, dass etwas geschehen ist, etwas, das du bedauerst. Ich bitte dich, sag es mir.«

»Das werde ich nicht.«

»Weil es einfacher ist, mich, einen MacDonald, anzuschreien, als mir die Wahrheit zu sagen?«

Cat starrte ihn an. »Ich habe dir nichts zu sagen.«

Er begriff, dass sie unerbittlich war, dass sie nur einen einzigen Gedanken verfolgte: dass nichts von dem, was er sagte, etwas anderes als eine Beleidigung sein konnte. Und er war ganz bestimmt nicht vertrauenswürdig, weil er ein MacDonald war. Und er wusste, wenn er ihr nicht Wiedergutmachung bot, eine Möglichkeit, ihren Stolz zurückzuerlangen, würde sie ihn für immer verfluchen für das, was sie in ihm sah, für das, was sie in ihren Gedanken aus ihm *gemacht* hatte, was aber ganz und gar nicht mit dem übereinstimmte, wie und wer er wirklich war.

Er reichte ihr das *Sgian-dhu*. »Nimm es.«

Cat starrte ihn an. Sie rührte sich nicht.

»Nimm es. Nimm es zurück.« Er machte ein paar Schritte auf sie zu und streckte ihr das *Sgian-dhu* mit dem Griff zuerst entgegen. Er lächelte. »Versteck es in deinem Hemd oder unter deinem Plaid, Cat. Aber zeig es nicht Robbie, wenn es irgendwie geht, damit er es dir nicht wegnimmt.«

»Er würde mir mehr nehmen als *das*, dieser vulgäre Bastard!«

»Nun, ja…« Dair seufzte. »Robbie ist keiner, der sich zu jungenhaften Mädchen hingezogen fühlt, Cat. Nimm das als Beweis für die Wahrheit meiner Worte, wenn du mir schon nicht glauben willst.«

»Wieso sollte ich dir auch glauben?«

»Weil wir gekommen sind, um Vieh zu stehlen, und weil wir vier von deinen Männern in der Hütte festhalten. Wenn es anders wäre, würde ich doch wohl eher versuchen, dich zu demütigen, als dir zu schmeicheln, aye?«

Cat stand unentschlossen da. Er sah die Zweifel in ihren Augen, die Verwirrung und die Hoffnung; sie würde sich hassen, wenn sie begriff, dass er durch ihren zerbrechlichen Schild aus Stolz die darunter liegende Unsicherheit gesehen hatte, dass er erkannt hatte, wie sehr sie sich danach sehnte, ihm glauben zu können – nicht nur, weil sie schön sein wollte – obwohl er glaubte, dass jede Frau danach trachtete, schön zu sein, wie jeder Mann nach Potenz trachtete –, sondern weil es bedeutete, dass sie weit mehr war, als alle ihr bisher gesagt hatten.

Für mich selbst. Ich *war es, der ihr gesagt hat, sie würde sich eines Tages verändern, entpuppen…* Dair musste beinahe lachen. *Ich bin gleichzeitig Prophet und Bekehrter!* Und dann verschwand die Erheiterung, ersetzt von einem intensiven Gefühl, das nicht nur plötzlich, sondern auch vollkommen unerwartet war – besonders bei einem Mann, der eigentlich nicht so leicht zu verführen war. »Cat«, sagte er kurz angebunden, »geh wieder in die Hütte.«

Sie hielt sein Verhalten für grob, und das war es auch. Es forderte ihren Trotz heraus. »Wieso?«

»Weil ich mir, wenn du noch einen Augenblick länger hier bleibst, meinen Kuss doch noch holen werde.«

Sie reckte ihr Kinn, als wäre es eine Tartsche. »Ich habe ein Messer.«

Er brachte ein Lächeln zustande. »Dieser Kuss wäre es möglicherweise wert, dafür zu sterben.«

Sie versetzte ihm einen leichten Stich mit der Dolchspitze; es gefiel ihr, ihn zusammenzucken zu sehen. »Das ist für deine Lüge, MacDonald. Niemand würde für einen Kuss sterben.«

»Geh hinein«, sagte er nur leise.

Etwas in ihren Augen veränderte sich. Der Mund wurde weicher, als wollte sie die Lippen öffnen, dann kam der harte Zug wieder zum Vorschein. Sie drehte sich um.

Er sah die schwingende Bewegung ihrer Haare, die in einem wunderschönen Zopf über ihren aufrechten Rücken fielen. Die Sonne glitzerte auf der Klinge, als sie das Messer wieder in den Falten ihres Plaids verbarg und unsicher zu der Hütte zurückging, in der er sie gefunden hatte.

Dair ließ sich auf dem Felsen nieder; er fühlte sich plötzlich unsicher und unbeholfen. Er zog die Knie hoch und umfing sie mit verschränkten Armen, dann ließ er den Kopf sinken und fuhr sich mit den Fingern durch die Haare. Leise fluchte er vor sich hin, fluchte über sich und seine Dummheit, während er darauf wartete, dass der Schmerz in seinen Lenden endlich nachlassen würde.

»Himmel«, murmelte er laut. »Genügt mir Jean denn nicht?«

Nein. Sie genügte ihm nicht.

Ganz offensichtlich tat sie das nicht.

3

Im Hause MacIains saß Jean Stewart still auf dem Stuhl neben Lady Glencoe und stopfte Strümpfe. Sie hätte gerne etwas gesagt, hielt jedoch den Mund; sie war eine Frau, eine Stewart, und die anderen waren Männer, MacDonalds, abgesehen von dem einen Campbell. *In der letzten Zeit habe ich meine Zunge ohnehin viel zu häufig benutzt.*

Sie hatte Dairs Blick gesehen und wusste, dass sie zu weit gegangen war. Es war nicht ihre Absicht gewesen, aber es war auch nicht ihre Art, sich zurückzuhalten, die Worte zurückzuhalten, wenn ein Mann eine entsprechende Bemerkung machte.

Sie wollte es nicht, sie wollte nicht darauf anspringen, sondern so unbeteiligt scheinen, dass niemand sie glaubte reizen zu können. Aber Dair wußte genau, was er sagen mußte. Dair brachte sie jedes Mal aufs Neue dazu, hochzugehen.

Wenn er sich einverstanden erklären würde, zu heiraten... Aber das tat er nicht, nicht formell jedenfalls. Sie hatte es für unnötig gehalten; sie lebten öffentlich zusammen, wie es dem Brauch der traditionellen Eheschließung entsprach, wenn keine Kirche und kein Kirchenmann für eine richtige Hochzeit in der Nähe waren, aber selbst bei solchen Übereinkommen gab es Verpflichtungen und Bindungen. Es gab erklärte Absichten. Ungesetzliche Eheschließungen waren demnach trotzdem Eheschließungen, solange eine solche Absicht als vorhanden galt.

Es gab drei Bedingungen, unter denen eine solche Eheschließung vom schottischen Gesetz anerkannt wurde: wenn es eine gegenseitige Übereinkunft gab, die vor zwei Zeugen ernsthaft erklärt worden war; wenn dem Heiratsversprechen sofort der Vollzug der Ehe im Hochzeitsbett gefolgt und später von Zeugen bestätigt worden war; und wenn sie ein Jahr und einen Tag öffentlich als Mann und Frau zusammengelebt hatten.

Aber sie hatten sich nicht erklärt, außer zu ihren eigenen Begierden. Dair hatte ihr und sie hatte ihm kein Versprechen gegeben. Und schließlich war ihr Zusammenleben so häufig unterbrochen gewesen, dass niemand mit Sicherheit behaupten konnte, sie hätten ein Jahr und einen Tag zusammengelebt, es sei denn, man zählte alle Teile der Jahre zusammen.

Für den Fall, dass die zwei nach einem Jahr und einem Tag an einer Weiterführung ihrer Beziehung nicht interessiert waren, gewährte das schottische Gesetz ihnen die Möglichkeit, sich zu trennen. Auch dann, wenn nur einer von ihnen die Trennung wünschte.

Der Stoff in Jeans Händen zitterte etwas, bis es ihr gelang, sich zu beruhigen, in der Hoffnung, dass Lady Glencoe es nicht gesehen hatte. *Ich habe ihm viel zu lange seine Freiheit gelassen!* Sie hatte die Beziehung mit ihm genossen genau wie er auch. Zu Beginn war das Bedürfnis nach mehr, der Wunsch nach einem Heiratsversprechen gar nicht aufgekommen. Er war immer wieder zu ihr zurückgekehrt, trotz der verschiedenen Trennungen, und das hatte ihr genügt. Jean wusste, dass *sie* genügte; kein Mann, der ihr Bett teilte, blieb unbefriedigt zurück.

Aber Dair MacDonald war anders als andere Männer. Seine Seele war komplizierter, seine Bedürfnisse waren vielschichtiger. Er war kein Mann, dem das Bett allein genügte; er wollte mehr von einer Frau, als Jean zu geben bereit war. Sie war nicht in der Lage, mehr zu geben, als sie besaß, denn sie verstand gar nicht, was es war, das er wollte. *Was mehr konnte es für einen Mann geben, als den Körper einer Frau zur Verfügung zu haben?*

Er hatte von Geist gesprochen, von Idealen. Er hatte von den verborgenen, inneren Räumen gesprochen, die eine Person ganz machten, die sie zu mehr als nur einem Körper machten. Sie hatte festgestellt, dass sie seine Worte nicht begriff, und es ihm in der einzigen Weise mitgeteilt, die sie kannte: indem sie seinen Mund mit ihrem verschloss, indem sie seine Fragen zum Schweigen brachte, seine Grübeleien, sein Sinnieren über solch verwirrende Dinge wie die Angelegenheiten des Fleisches.

Eines Tages hatte er aufgehört zu fragen. Eines Tages hatte er aufgehört, sich mitzuteilen. Für Jean war es eine Erleichterung gewesen; sie begriff die Bedürfnisse des menschlichen Körpers instinktiv und machte sich nichts daraus, über den Geist zu sprechen, über die Ideale, die verborgenen, inneren

Räume. Solche Dinge lagen jenseits ihres Verständnisses. Solche Dinge verunsicherten sie.

Erst jetzt, in dieser Zeit, fiel ihr auf, wie Dair die Schlüssel machte und in der Hand hielt, wie er sie aufforderte, sie zu nehmen und die Tür zu den Widersprüchlichkeiten aufzuschließen, die sie weder verstand noch anzuerkennen wagte.

Zu oft hatte sie die Schlüssel genommen. Zu oft hatte sie die Tür geöffnet. Zu oft waren durch die auf diese Weise geöffnete Tür die kleinen, verzweifelten Ängste geschlüpft, die wiederum eigene Schlüssel herstellten, bis sie die Tür zuwarf und stattdessen jene öffnete, die zu dem Raum führte, in dem das häufig benutzte Bett stand.

Es war der einzige Schlüssel, den *sie* machen konnte. Aber er benutzte ihn immer seltener.

Ihre Finger arbeiteten geschickt, während sie in MacIains Haus saß und den anderen lauschte. Es waren Männergespräche, die sie nichts angingen; sie war eine Stewart, keine MacDonald, und sie brachten den Campbells weit weniger Feindseligkeit entgegen, trotz der gelegentlichen Raufereien um gestohlenes Vieh. Die Appin-Stewarts schuldeten dem Earl of Argyll, der ein Campbell war, die Lehnstreue, und wenn auch im Laufe der Zeit solche Verbindungen schwächer geworden waren, wirkten Traditionen lange nach, und Highlander ehrten Traditionen. Die Appin-Stewarts waren seit langem die Verbündeten der Glencoe-MacDonalds, doch es war noch allgemein bekannt, wer früher wem Loyalität geschuldet hatte.

Während die Männer miteinander sprachen, verknotete sie den Faden und biss ihn ab, ohne den Blick von MacIain, seinem ältesten Sohn, und dem Mann, der sie besuchte, zu nehmen. Er war ein Campbell, aber er betrat das Haus der MacDonalds unter dem Schutz der Gastfreundschaft, und das war ein heiliges Band, das kein Highlander je zu zerreißen wagte. Er sprach zögernd und bemühte sich, kein böses

Blut zu erregen, nahm höflich den dargebotenen Whisky und MacIains schroffe Wünsche für sein Wohl entgegen.

Jean musterte die Augen der anwesenden Männer. MacIains lagen in tiefen Höhlen unter buschigen Brauen, waren im Lampenlicht nicht zu erkennen; Johns waren, wie er es wohl wünschte, von ruhiger Nachdenklichkeit, während die des Campbell-Boten den Ausdruck eines Mannes hatten, der die Minuten seines Lebens zählte und sich fragte, wann er endlich zur Tür geleitet werden würde und dem Laird entfliehen konnte.

Sie fragte sich, was Dair wohl gesagt hätte, wenn er den Campbell hätte hören können. Er war weniger zurückhaltend als John, wenn es darum ging, seine Meinung zu äußern, aber er war ein vorsichtiger Mensch; sie wusste, er würde keine Worte verwenden, die als Beleidigung missverstanden werden konnten. Doch seine Augen, die seine Gedanken nur vor jenen verschleierten, die ihn nicht gut kannten, offenbarten gewöhnlich unverhohlen das, was er dachte.

Er kann sein Herz nicht verbergen. Nicht vor mir. Jean nahm die Nadel wieder auf und widmete sich einem anderen Strumpf, während der Campbell erklärte, dass der Earl of Breadalbane MacIain von Glencoe bat, nach Achallader zu kommen. Er äußerte sich nicht darüber, dass MacIain und seine Männer auf ihrem Rückweg von Killiecrankie die Burg bis auf die Grundmauern niedergebrannt hatten, aber das Wissen um dieses Geschehen stand zwischen ihnen. Jean konnte es deutlich sehen.

Sie erwartete, dass MacIain lachen würde; glaubte der Mann wirklich, dass er auf eine solche Falle hereinfiel?

Aber MacIain lachte nicht. Er lauschte nachdenklich, dann fragte er den Campbell, wer seine Einwilligung bereits gegeben hatte.

»Die Stewarts«, antwortete der Mann ohne Umschweife, und Jean dachte an Robbie; er würde als Nächstes gefragt werden. »Und die Macleans und Camerons. Selbst MacDonald von Glengarry, der Major General Thomas Buchan und Sir George Barclay beherbergt.«

»Sie werden kommen?«, platzte John heraus. »Sie stehen doch auf der Seite von König James.«

»Sie stehen für das Anliegen der Stuarts«, sagte der Campbell, »und das tut auch mein Herr, der Earl.«

Diese Woche, dachte Jean zynisch. *Was wollte Breadalbane nur, dass er so geschickt log und seine Ghillies ausschickte, falsche Wahrheiten zu verbreiten?*

»So viele Clans antworten also dem Ruf eines Campbells«, bemerkte MacIain.

»Es geht nicht um den Aufruf eines Campbells«, beharrte der Mann des Earl ruhig. »Es geht um Schottland und die Zukunft von König James.«

»Also gut.« Ein Lächeln breitete sich auf dem bärtigen Gesicht MacIains aus. »Wir werden nicht zu Hause bleiben, wenn das Schicksal unseres Landes auf dem Spiel steht. Es waren die MacDonalds, die es zuerst in der Hand hielten … aber das wisst Ihr nicht, oder? Die Campbells sind erst viel später dazu gekommen.« Als der Mann sich auf die Lippe biss, um eine Erwiderung zu unterdrücken, bleckte der alte Mann die Zähne zu einem wilden Grinsen. »Es gibt keinen Mann in ganz Schottland, der sich mehr um das Land sorgt als Alasdair MacDonald, selbst ein direkter Abkömmling der Lords der Inseln, die einst die Könige der Gaelen waren. Es wäre wohl kaum eine ordentliche Versammlung, wenn *er* zu Hause bliebe!«

Robert Campbell, genannt Glenlyon, stand auf einem Hügel unweit von Chesthill und starrte auf den Pfad. Von der Kuppe aus konnte er auf einen Teil des Glens blicken und sein Haus sehen, die Nebengebäude und die Anordnung kleinerer Behausungen in der Nähe, die rußgeschwärzten Hütten aus Torf und Holz, die sich auf dem welligen, mit steinigen Böschungen gesprenkelten Land verteilten.

Glen Lyon.

Über fünfundzwanzig Meilen hinweg erstreckte sich das fruchtbare Glen, an seinen Enden vom Loch Tay und Loch Lyon begrenzt; viele Männer hatten seine Schönheit gepriesen und ihm Namen wie das Tal des Schwarzen Wassers oder das Tal der Gekrümmten Steine gegeben. Das Glen mit seinem Reichtum an Kiefern und Lachs war im Laufe der Jahrhunderte von vielen Clans besiedelt worden: den MacDairmuids, MacArthurs, MacCallums und MacGregors und schließlich den Stewarts, von denen der erste Campbell, Colin der Schwarze, es durch das Recht der Waffen erlangt hatte. Die Rechtmäßigkeit des Besitzes war schließlich durch die Krone bestätigt worden, wodurch es den Nachbarn zwar weiterhin offen stand, so viel Vieh zu stehlen, wie es ihnen möglich war, sie aber niemals das Land zurückholen konnten, auf dem dieses Vieh weidete.

Es war das Kreuz des fünften Laird von Glen Lyon, dass er der Schulden wegen verkauft hatte, was seine Ahnen zweihundert Jahre bewahrt und gepflegt hatten.

Jetzt wurde er nach Stirling gerufen, um als Soldat die Aufgabe zu erfüllen, die ihm der letzte Earl of Argyll – wie sein Vater der Rivale Breadalbanes – übertragen hatte. Mit acht Shillingen pro Tag fühlte Glenlyon sich allerdings nicht nur mäßig bezahlt, sondern auch schlecht behandelt, was seinen Rang betraf. Er hatte Silber erwartet, um seine Schulden bezahlen zu können, nicht den Rang eines Captains. Aber es war nun mal geschehen, und er war gerufen worden. Er hatte Pflichten in Argylls neuem Regiment, um die er sich kümmern musste.

Er sprach es laut vor sich hin. »Captain Robert Campbell.«

Ein schlichter, unmelodischer Klang. Aber wenn er wieder ein richtiger Laird werden wollte, ein Mann, über den die

Barden in ihren Liedern sangen, musste er sich als würdig erweisen. Er würde tun, was man ihm sagte, was immer es auch war, und er würde die Welt wissen lassen, dass Robert Campbell, direkter Nachfahre von Colin Campbell, der Glen Lyon als Erster zu seinem Besitz gemacht hatte, mehr war als ein trunksüchtiger Mann, der jedem Silber schuldete.

Dair überquerte den vom Regen durchnässten Torf so lautlos, dass seine Schritte nicht zu hören waren. Er hatte angenommen, dass sie ins Innere der Hütte zurückgekehrt war, aber auch Cat hatte sich Zeit gelassen. Sie merkte nicht, dass er sich näherte, daher war ihrer Miene keinerlei Bitterkeit für Männer wie die MacDonalds anzumerken. Er spürte, dass er sich danach sehnte, diesen Augenblick mit all seiner Unschuld festzuhalten und sie immerzu anzusehen – ohne jene Missstimmigkeiten, die der Fehde entsprangen, die zwischen ihren Clans herrschte und auch sie beide zu verderben drohte.

Er fragte sich, ob sie sich etwas Ähnliches wünschte, ob ihr ein solcher Gedanke schon einmal gekommen war oder ob die alte Feindschaft sich zu tief in ihr Herz gegraben hatte und sie sich so sehr mit solchen Gedanken schützte, dass sie zu eigenen gar nicht in der Lage war? *Wie sieht es denn bei mir aus?...* Aber Männer besaßen die Freiheit, eine Frau anzusehen und an etwas anderes als Blut und Kampf und deren Auswirkungen zu denken. Eine Frau musste vorsichtig und rein sein, sie musste solche geschmacklosen Gedanken verabscheuen, während ein Mann hinsehen konnte, ohne Angst haben zu müssen, dass er zu viel über sich verriet.

Es war einfacher, spürte Dair, solche Gedanken zu verdrängen, zumal, wenn man eigentlich mit anderen Merkwürdigkeiten beschäftigt war. Eine Frau war in jeder Hinsicht an Gepflogenheiten gebunden, und dazu zählte nicht zuletzt das Wissen um die Notwendigkeit und Bedeutung von Namen.

Den Blick auf Cat Campbell gerichtet, wünschte Dair jedoch, dass es anders wäre; er wünschte, dass sie einmal die Feindschaft und das Vermächtnis ihrer Clans beiseite schieben und nur an sich selbst denken könnten.

Sie lehnte mit nach hinten gelehnten Kopf an der Hütte, die Augen geschlossen, die Arme in die karmesinroten Ärmel geschoben, als wäre ihr kalt – oder als versuchte sie, sich gegen ungewollte Gedanken zu schützen.

Er wusste, was für Gedanken das waren, und er wusste auch, dass es einfacher war, sie zu verleugnen, als ihnen nachzugeben. Es war leichter, die Impulse abzuwehren, die dazu aufforderten, Dinge von einer anderen, einer neuen Seite aus zu betrachten. Denn wenn man das tat, lösten sich die Grundfesten des Lebens auf und verwandelten sich in *Unsicherheiten* – und dann würde die Feindschaft zwischen den Campbells und den MacDonalds nicht länger als notwendig erscheinen.

Er hatte es getan. Er hatte die Dinge von der anderen Seite aus betrachtet und war sich jetzt keiner Sache mehr sicher – außer, dass er sich in etwas verheddert hatte, das möglicherweise zu verworren war, als dass er es jemals auflösen konnte… und dass es weit einfacher war, zu ignorieren, was er hatte auskundschaften wollen. Um sich nicht gänzlich in etwas zu verlieren, das zu flüchtig, zu unmöglich war, als dass er es überhaupt hätte in Erwägung ziehen sollen.

Aber Dair wusste nur zu gut, dass auch unmögliche Dinge in der Lage waren, sich in seine Gedanken zu schleichen, ob er es wollte oder nicht. Es war der Fluch jener Vorstellungskraft, die den Schotten die Magie verlieh, Lieder und Sagen zu erschaffen, der Stimme und dem Dudelsack Leben einzuhauchen – die es ihnen ermöglichte, aus der Unwirklichkeit Kraft zu ziehen, um etwas anderes daraus zu erschaffen.

Er zögerte kurz, dann ging er auf die Hütte zu, auf die Frau, die dort wartete. Er musste nur die Hand ausstrecken und ihren Ärmel berühren, aber es war nicht seine Art, so etwas zu tun. Sie würde ihn dafür verschmähen, und er wäre, so dicht, wie sie wieder vor ihm stand, trotz all seiner Entschlossenheit sehr versucht, doch mehr als nur den Stoff zu berühren.

Ihre blassen Lider, durch die bläuliche Äderchen hindurchschimmerten, waren von feinen, rotgoldenen Wimpern umgeben, deren Farbe etwas weniger kräftig als die ihrer Haare war. Es widerstrebte ihm, sie zu stören, aber er musste es tun. Als er leise ihren Namen sprach, ganz aus der Nähe, fuhr sie wie ein erschrecktes Reh zusammen. Er sah in ihrem Gesicht ein Erwachen, das seinem eigenen Bedauern ähnelte, und bedauerte ihres umso mehr: eine kurze, flüchtige Unschuld, von der Erkenntnis vertrieben, wer er war, wer sie war, und dass die unverhüllte Wahrheit noch schmerzhafter war als alle gut gemeinten Lügen.

Doch unter der täuschenden Oberfläche, tief im Innern des Körpers, gab es keine Geheimnisse; noch während er sie ansah, verhärtete sie sich wie Mörtel unter der Sonne.

»Komm rein.« Die Worte klangen schroffer, als er beabsichtigt hatte, aber Schroffheit verbarg die Wahrheit, und die Wahrheit konnte er sich nicht leisten. »Es wird wieder regnen, und du wirst doch nicht nass werden wollen, nur um Robbie zu trotzen?«

Er sah ihrer Miene an, wie sehr sie – eine Campbell – sich wünschte, ihm – einem MacDonald – zu widersprechen, und es stimmte ihn traurig. Aber ein rascher Blick zum Himmel sagte ihr, dass er die Wahrheit sagte. Cat starrte ihn einen Augenblick aus der harten Maske ihres Gesichts an – *erwartet sie, dass ich einen Meißel benutze?* –, dann drehte sie sich abrupt um und ging ihm in die Hütte voraus, während er den Vorhang zur Seite hielt.

Drinnen lief Robbie Stewart wie eine schottische Wildkatze auf und ab, unzufrieden damit, untätig herumsitzen zu müssen. »Nun?« fragte er scharf, als er ihnen das Gesicht zuwandte. »Nun, Alasdair Og, was ist jetzt mit unserem Ritt im Mondenschein?«

Dair hatte wenig Lust auf eine Unterhaltung. Er zuckte gleichgültig die Schultern; Vieh war es jedenfalls nicht, was seine Gedanken beschäftigte. »Wir sollten zurückreiten.« Robbie sagte nichts, wartete nur. Dair spürte, dass er noch mehr sagen sollte, und so fügte er hinzu, was ihm gerade einfiel. »Wir können später noch einmal hierher zurückkehren.«

Das war doch etwas, das musste genügen, auch wenn Stewarts Miene hasserfüllt war. »Das ist aber nicht die Art, wie *ich* meine Gäste unterhalte, indem ich sie wie einen Haufen junger Küken hierhin und dorthin scheuche.«

Das Bild war so unpassend, dass Dair laut auflachte, erleichtert darüber, seine Gedanken auf etwas vollkommen Harmloses richten zu können. »Junge Küken, in der Tat! Ich bezweifle, dass Glenlyon uns so nennen würde … und was das Unterhalten von Gästen angeht – hast du nicht einen netten Ritt gehabt?«

Robbie verzog das Gesicht zu einer finsteren Miene, und sein Blick wanderte zu Cat, als wollte er eine harsche Bemerkung machen. Aber er unterließ es und zog es vor, Dair anzuknurren. »Hätte ich ein Glen entlangreiten wollen, wäre ich in Appin geblieben.«

Cats Stimme klang zwar gedämpft, aber voller Ironie. »Auf eurer gestohlenen Burg.«

Überrascht schnappte Robbie nach Luft. Er wirbelte zu ihr herum, und sein Plaid bauschte sich auf. Erstaunen breitete sich auf seinem Gesicht aus – ein Ausdruck, der bei ihm so ungewohnt war, dass Dair, ebenso verblüfft über Cats Aussage, nicht sie ansah, sondern seinen Freund musterte. Er lachte laut. »Diesen Schlag hast du nicht erwartet!«

Robbie ignorierte ihn vollkommen. »In unserer gestohlenen Burg?« Dann wurde er schroffer. »Unsere Burg ist nicht gestohlen, du blödes Weibsstück! Castle Stalker gehört den Stewarts!«

Glenlyons Tochter lächelte. Dair spürte, wie sich sein Mund spöttisch verzog. *Gib ihr einen Dolch – diese Frau kann sich wahrhaftig mit dem Mann messen –*

»Oh, nein, das glaube ich nicht«, entgegnete Cat leichthin. Dann, nach einer wohl überlegten Pause, fügte sie hinzu: »Kennst du denn eure eigene Geschichte nicht?«

»Kenne ich –« Robbie brach ab, und Röte stieg ihm in die Wangen. Er war kein besonders gut aussehender Mann, aber es lag jetzt eine Skrupellosigkeit in seiner Haltung, seinen Augen und seinem Mund, die bestimmte Frauen ebenso anzog wie ein gutes Erbe oder ein hervorragender Ruf.

Dairs Erheiterung schwand. *Cat ist keine von diesen Frauen –*

Als hätte Robbie seinen Gedanken geahnt, wurde seine angespannte Miene weicher. Er konnte charmant sein, wenn er wollte; er wusste, wie man Frauen verführte. Dair hatte häufig genug gesehen, wie die Frauen darauf reagiert hatten.

»Klär mich doch auf«, bot Robbie an. »Erzähl mir meine Geschichte.«

Dair sah kurz Verachtung in ihren Augen aufflackern, dann verbannte sie das Gefühl, als hätte sie begriffen, dass Gefühle zu einer Waffe werden konnten, die sich gegen sie selbst richteten. »Castle Stalker ist eine Burg der Campbells.«

»*War*«, entgegnete Robbie; Dair war überrascht, dass sie ihm auch nur soviel entlockt hatte.

Cat schüttelte den Kopf. »Vor mehr als achtzig Jahren hat ein Appin-Stewart sie gegen das mit acht Rudern versehene Boot eines Campbells eingetauscht. Gegen ein *Boot*, Mann! Das war natürlich dumm, aber es ist nun mal geschehen… die Appin-Stewarts haben sich allerdings geweigert, den Handel zu vollziehen.«

Robbie grinste jetzt völlig unerwartet. »Hättest du das etwa getan?«

Cat zog ein Gesicht. »Es ist immerhin ein Handel gewesen –«

»Es ist Unsinn gewesen«, erklärte Robbie fest. »Sie waren betrunken, alle beide … und der Stewart wird nicht umsonst ›der Dummkopf‹ genannt.« Er kaute gedankenvoll an seiner Backe, dann grinste er sie mit strahlenden Augen an. »Möchtest du nicht mitkommen und Castle Stalker sehen, wenn du es für eine Campbell-Burg hältst?«

Cats Gesicht war angespannt und bleich. »Mein Vater ist der Trinker. Glaubst du, *ich* bin betrunken genug, um so blöd zu sein?«

Robbies Lächeln löste sich schlagartig auf und machte einer beinahe greifbaren Zielstrebigkeit Platz. Dair, ein Mann und ähnlichen Bedürfnissen gegenüber nicht unempfänglich – er hatte seine eigenen erst einen Moment zuvor gespürt, als sie draußen auf dem Felsen gesessen hatte –, wusste, was es war, was es bedeutete. Cat, die vollkommen unschuldig dreinblickte, tat es jedoch offensichtlich nicht; sie sah den Stewart wachsam an, ohne jedes Verständnis für männliche Begierde und das manchmal überwältigende Verlangen, sie ohne jedes Vorspiel, ohne ausführliche Erklärung zu befriedigen.

»Ich glaube, dass du ein sehr hübsches Mädchen bist«, sagte Robbie. Und er streckte die Hand aus, um sie zu berühren, wie er es schon zuvor versucht hatte.

Aus dem Ködern wurde die Jagd. Dair spannte sich an, bereit, einzuschreiten, aber Cat brachte die Hand mit dem *Sgian-dhu* hoch, das er ihr zurückgegeben hatte. Noch während Robbie die Hand zu ihr ausstreckte, färbte sein Blut die Klinge rot. »Himmel –«

Sie unterbrach Robbies Protest mit ruhigen Worten. »Rühr mich nicht an, Stewart.«

Dair wartete. Robbie war unberechenbar; selbst er wusste

nicht, was der Appin-Stewart tun würde. Er wusste nur, dass Cat es ihm nicht danken würde, wenn er ihre Kämpfe für sie ausfocht – und dass er, trotz ihrer Wünsche und Robbies Absichten, den jungen Erben daran hindern würde, der Tochter Glenlyons etwas anzutun.

Es wird uns vielleicht entzweien… Es würde mehr als das bewirken; es war geradezu eine Einladung, die manchmal recht turbulente Verbindung zu zertrennen, die sie miteinander verband. Und doch konnte Dair keine andere Möglichkeit erkennen. Er würde nicht zulassen, dass Cat Campbell in Gefahr geriet, nicht einmal aus Freundschaft zu Robbie Stewart, denn trotz ihrer Ignoranz, trotz ihrer offensichtlichen Vorurteile hatte er in seiner Jugend und als Erwachsener schon viel zu viel von sich preisgegeben.

Aber das Band hielt, und es war nicht notwendig, es zu zerreißen. Robbie fluchte und leckte sich den Finger, musterte sie kurz, wie sie wütend dastand, und wandte sich dann ganz von ihr ab. Er warf Dair einen finsteren Blick zu. »Hast du deinen Verstand verloren, dass du ihr das Messer gelassen hast? Sie hat mich jetzt schon zum zweiten Mal geschnitten!«

Die Spannung knisterte wie morgendliches Eis unter einem Schritt. Dair entspannte sich; er konnte sich ein Lächeln nicht verkneifen. »Ich hab mir gedacht, so wie ich dich kenne, würde sie es vielleicht brauchen.«

»Aye, nun…« Stewarts finsterer Blick löste sich allmählich auf. Er hatte seine gute Laune wieder, wenngleich er etwas wehmütig wirkte. »Ich werd schon nicht dran verbluten. Aber ich schwöre dir, es war es wert, das Mädchen erröten zu sehen.«

Und das Mädchen war wirklich errötet, was sie ebenso wütend machte, wie es Robbie erheiterte. Sie sah Dair an. »Was wirst du mit mir und meinen Männern jetzt tun?«

»Ich schicke euch nach Hause«, antwortete er. »Wir sind der Kühe wegen gekommen, nicht deinetwegen.«

Robbie zog die rotblonden Brauen hoch. »Und werden wir sie Glenlyon direkt vor die Tür legen, damit er uns bis zum Mittag hängen kann?«

»Ich wollte nicht nach Hause.« Cat zögerte, als die beiden Männer sie verblüfft ansahen, dann setzte sie zu einer näheren Erklärung an. »Ich bin unterwegs nach Kilchurn Castle. Und wenn ihr mir die Erlaubnis gebt, werden wir uns sogleich wieder auf den Weg machen.«

Dair blickte sie eindringlich an. »Kilchurn… Breadalbane ist dort, heißt es. Was hast du mit Grey John zu schaffen?«

Cat reckte das Kinn. »Das ist etwas, das nur die Campbells betrifft.«

»Was die Campbells betrifft, geht auch häufig einen *MacDonald* etwas an –«

»– *und* einen Stewart«, mischte Robbie sich ein.

»– und ist daher von Interesse für mich.« Dair würdigte Robbie keines Blickes; er wollte von Cat die Wahrheit hören. »Wieso sollte Glenlyon seine Tochter zu Breadalbane schicken?«

Cat antwortete nicht. Es war Robbie, der es an ihrer Stelle tat. »Er hat Söhne, dieser Earl…« Sein Lächeln breitete sich auf dem ganzen Gesicht aus, brachte seine Augen zum Strahlen. »Für wen bist du ausersehen? Wahrscheinlich für den Erben; Duncan ist noch unverheiratet…« Robbie klang nachdenklich. »Breadalbane hasst seinen Erben.« Als Cat ihn anstarrte, zuckte er die Schultern. »Es ist nur zu bekannt, Mädchen… Duncan Campbell ist nicht der Sohn, dem er seine Titel vererben möchte; er bevorzugt den zweitgeborenen Sohn – der allerdings, wenn ich mich recht entsinne, bereits verheiratet ist.« Wieder das nachlässige Schulterzucken, aber auch ein Glanz in seinen Augen, der seinen gleichgültigen Ton Lügen strafte. »Vor einem Jahr hat es geheißen, dass meine Schwester Jean Duncan Campbell heiraten würde…« Er warf Dair einen fröhlichen Blick zu. »War es nicht so?«

Dair wollte in diesem Augenblick ganz sicher nicht an Jean denken, gleichwohl erinnerte er sich lebhaft daran – sie beide, er und Jean, hatten leidenschaftlich Einwände erhoben, was Robbie sehr erheitert hatte.

Er spielt jetzt mit uns, wie er es damals mit Jean und mir getan hat… Doch er antwortete mit einem bloßen Schulterzucken; er würde Robbie die Befriedigung nicht verschaffen, die er sich erhoffte.

Das Grinsen des Stewart wurde breiter. »Er wäre keine so schlechte Partie gewesen, alles in allem; Stewarts und Campbells haben sich schon öfter verheiratet.« Der Blick, mit dem er Cat bedachte, war eindeutig schlüpfrig. »Aber meine Jean, eine mutige, kühne Stewart, wollte nichts von ihm wissen – sie war wild entschlossen, keinen Mann zum Ehemann zu nehmen, der noch immer Gefahr lief, enterbt zu werden.« Das Glitzern in seinen Augen verriet, dass ihm sehr wohl bewusst war, wie gewinnsüchtig das klang, was er sagte. Aber Dair wusste, dass Robert Stewart sich noch nie darum gesorgt hatte, was andere dachten. »Sie hat es vorgezogen, einen MacDonald im Bett zu haben« – er warf einen Blick auf Dair –, »wo Titel weit weniger bedeuten als das Schwingen eines Schwertes.«

Die vulgären Worte ließen Cats Wangen karmesinrot erglühen. Aber sie blickte Robbie nicht an, genauso wenig wie Dair; stattdessen heftete sie ihre Augen auf die Fibel seines Plaids. »Also gut«, meinte sie, »werdet ihr uns also gehen lassen?«

Dair war wenig geneigt, zu antworten; er grübelte lieber über verschiedene Möglichkeiten. Etwas sträubte sich mit aller Macht in ihm, daran zu denken, wie sie einen anderen Mann heiratete, mochte er nun Breadalbanes Sohn sein oder nicht. Dafür hatte er Robbies Zorn wirklich nicht riskiert… *Und Duncan Campbell ist auch nicht der richtige Mann für sie. Himmel, jeder weiß, dass sein eigener Vater ihn verachtet; was für eine Ehe sollte das wohl werden?*

Es war dumm, so zu denken. Er dachte trotzdem so, angetrieben von einer bösartigen Lust zu streiten, die seinem Wesen eigentlich fremd war. »Ist das wahr?«

Seine Fibel konnte ihre Aufmerksamkeit nicht länger fesseln; Cat begegnete seiner Verachtung mit ebenso großer Streitlust. »Und wenn ich nein sage? Lässt du mich dann eher laufen?«

Er zog ein finsteres Gesicht, gerade, als auch sie die Stirn in Falten legte. »Das würde ich natürlich nicht tun.«

»Also gut, es ist wahr.« Die Wangen färbten sich unter der blassen Oberfläche so leicht, wie eine Welle die Oberfläche des windgepeitschten Loch kräuselte. »So viel bin ich nicht wert, aye?«

Robbie kicherte. Dair wusste, was er dachte; ein Mann wie Robert Stewart würde nach einer Bezahlung verlangen, die nichts mit Münzen zu tun hatte, und allein daran würde er ihren Wert messen. Er blickte Robbie mit Absicht nicht an; Stewart hätte eine witzige Bemerkung erwartet, vielleicht sogar einen verständnisvollen Blick, mit dem er sein Einverständnis erklärte.

Dair sah stattdessen Cat an und schüttelte den Kopf. »Ich habe es bereits gesagt, wir sind der Kühe wegen hergekommen, nicht deinetwegen.«

»Dann lass uns frei.«

Stewart seufzte und verschränkte die Arme vor der Brust. »Mädchen, Mädchen, hast du denn gar keinen Verstand? Ich bin ebenfalls nicht blöd und werde nicht zulassen, dass *mich* jemand Dummkopf nennt… wenn wir dich und deine mutigen Jungs jetzt gehen lassen, werden sie versuchen, uns zu erdolchen, sobald wir den Blick abwenden.« Er strahlte Dair an. »Obwohl das sicher eine spannende Vorstellung ist, angesichts der zu erwartenden Unterhaltung.«

Dair beachtete Robbie nicht. »Wir werden dich das Glen runterschicken«, erklärte er Cat, während er in Unas Richtung nickte. »Du und deine Dienerin und zwei Campbell-Männer – die übrigen müssen noch ein bisschen hier bleiben.«

Robbie nickte. »Bis wir das haben, weswegen wir gekommen sind.«

Cat war erstaunt. »Du hast doch nicht vor, *jetzt* noch Kühe zu stehlen!«

Dair runzelte die Stirn, als er sah, wie sich auf Robbies Gesicht ein breites Grinsen ausbreitete; ein solches Risiko würde das Ganze nur um so spannender machen. »Wir kehren am besten sofort nach Glencoe zurück.«

»Nein«, widersprach Robbie. »Nein, nein, noch nicht, ich werde mich nicht mit leeren Händen dem Gelächter MacIains stellen.« Er saugte gedankenvoll an den Wunden, die Cat ihm beigebracht hatte. »Wir sind der Kühe wegen gekommen und werden sie mitnehmen, auch jetzt noch.« Er grinste, und seine Augen strahlten. »Das wird Glenlyon wie saure Sahne in der Kehle sitzen – glaubst du, er wird dran ersticken? Himmel, sein Körper wird ewig halten, bei dem vielen Whisky, mit dem er ihn von innen gebadet hat. Wenn er nicht unter die Erde kommt, wird uns sein erbärmliches Gesicht ewig verfolgen!«

Dair nahm Cat das Messer aus der Hand, noch bevor sie es erheben konnte. Der Griff um ihr Handgelenk war fest, drückte schmerzhaft gegen ihre Knochen. »Tu das nicht«, sagte er leise.

Sie wand sich, wehrte sich, hielt inne. Ohne sich zu regen, starrte sie ihn aus leuchtenden, wütenden Augen an. »Du würdest dasselbe tun«, erklärte sie angespannt. »Wärst du an meiner Stelle, Alasdair Og, würdest du dasselbe tun!«

Dair hätte nie geglaubt, dass allein das Aussprechen seines Namens ihn so in Wut versetzen könnte. Aber sie benutzte wie eine Waffe, was er fast zehn Jahre zuvor einem kleinen Mädchen als Geschenk gegeben hatte. »Ja, das würde ich«, gestand er mit fester Stimme. »Aber im Augenblick seid ihr zu zweit, und wir sind zwölf.... Ich denke, die Chancen stehen eindeutig zu unseren Gunsten.«

Robbie schnaubte. »Wenn sie so schlecht wettet wie ihr Vater, weiß sie nicht einmal, wie sie ihre Chancen überhaupt einschätzen soll!«

Dair sah die Tränen der Wut und blickte rasch zur Seite, damit sie ihn nicht mit den anderen in einen Topf werfen konnte, die sich über sie lustig machten. »Vier Männer«, sagte er. »Sie werden dich unversehrt das Glen hinunterbringen, während wir weiter unseren Geschäften nachgehen.«

»Ich hole sie mir wieder«, versprach Cat. »Jede einzelne Campbell-Kuh.«

Der Erbe von Appin lachte. »Ich würde nur zu gern zusehen, wie du das versuchst!«

Dair wählte vier Männer aus. Er trug ihnen auf, Cat, ihre Dienerin und zwei Campbell-Männer bis nach Balloch zu begleiten, wo sie wieder umkehren würden; Balloch wurde von Campbells bewohnt, und es mochte sich als schwierig erweisen, zu entkommen, sollten Cats Männer um Hilfe rufen.

Dann führte er Cat aus der Hütte und brachte sie in der feuchten Morgendämmerung zu ihrem Pferd. Ein MacDonald sattelte es für sie. Dair half ihr beim Aufsteigen. Es kostete ihn unerwartet viel Mühe, seine Hände wieder von ihr zu lösen. »Die Männer werden dafür sorgen, dass dir nichts geschieht.«

»Mir *ist* bisher nichts geschehen«, versetzte sie. »Du bist es doch, der mir schaden will.«

»Cat –« Doch dann ließ Dair davon ab, ihr zu widersprechen, und er verdrängte den Wunsch, sie möge freundlich von ihm denken. Stattdessen sagte er ihr die Wahrheit; mochte sie daraus machen, was sie wollte. »Ich habe dir nicht schaden wollen. Wenn ich es gewollt hätte, wäre es geschehen.«

Ihre Verachtung war offensichtlich. »Indem ihr euch abgewechselt hättet, du und der Appin?«

Seine Gesichtshaut fühlte sich an, als wäre sie straff über einen Stein gespannt und drohte jeden Augenblick an seinen scharfen Kanten zu zerreißen. »Robbie ist Robbie«, sagte er mit so steifem Mund, dass er Schwierigkeiten hatte, die Worte zu formen. »Ich bin Dair MacDonald. Du solltest uns nicht verwechseln.«

Cat lachte, aber es klang seltsam, als würden Bitterkeit und Scham darin mitschwingen. »Du schläfst mit Stewarts Schwester, du reitest mit ihm los, um Kühe zu stehlen … wie könnte ich euch da *nicht* verwechseln? Ihr seid ein und derselbe, nehme ich an; du hast mir keinen Anlass gegeben, einen Unterschied zu erkennen.«

Ihre Worte veranlassten ihn, zurückzuschlagen, wenn auch nur, um seine eigene Schuld zu verdrängen – die Befürchtungen, dass er und Stewart sich in der Tat sehr ähnlich waren. Bevor sie noch mehr sagen konnte, riss er den Saum ihres Kleides hoch und steckte das Messer in die Scheide zurück, die sie ans Bein gebunden hatte. »Wenn du schon eins tragen willst, solltest du lernen, wann und wie du es benutzt. Ansonsten wirst du nichts erreichen, als dass du deinem Feind eine Waffe in die Hand gibst.« Er ließ ihr Kleid wieder herunter.

»Ich nehme an, das hast du in all den kühnen Schlachten gelernt, in denen du gekämpft hast. Dies hier ist eine Abwechslung, aye? Statt Menschen das Leben zu nehmen, stehlt ihr Kühe?«

Er dachte wieder an Jean und an das Messer aus Worten, mit dem sie ihn bluten ließ. Aber ihre Klinge war aus Verzweiflung geformt, aus dem Mangel an Verstehenkönnen. Er war nicht in der Lage, die Worte in seinem Herzen zu erklären, und Jean in ihrer Unwissenheit war unfähig, sie für ihn zu sprechen. Stattdessen stach sie immer wieder auf das Geschwür ein, in der Überzeugung, ihn zu schonen, und schnitt ihm doch umso tiefer ins Herz.

Jean konnte nicht verstehen. Cat Campbell würde es. »Ich war bei Killiecrankie.«

Das genügte für sie, wie er wusste – es war sogar mehr, weit mehr als genug. Die Worte zeugten von seiner Männlichkeit, wenn auch nicht von seiner Potenz, doch erst zu spät, während sie bereits zusammenfuhr, fiel ihm ein, dass Glenlyons Tochter aufgrund der Folgen sehr wohl wusste, wer bei Killicrankie gewesen war.

Sie verzog kurz den Mund, während er zu einer Erklärung ansetzte. Sie ließ ihn nicht zu Wort kommen. »Es ist eine mutige Schlacht gewesen… aber noch viel mutiger war es, Glen Lyon alles wegzunehmen – selbst unseren Stolz.« Sie umfasste die Zügel mit weißen Knöcheln und zitternden Händen. »Menschen sind gestorben«, erklärte sie ihm, »die einen durch äußere Verletzungen, die anderen in ihrem Innern. Und nun sage mir, *MacDonald*, wie ich mich wohl bei dir sicher fühlen sollte.«

Als Governor Hill erfuhr, dass der Earl of Breadalbane vom König die Ermächtigung erhalten hatte, mit den Clans zu verhandeln, war er zuerst erstaunt, dann ungläubig und schließlich erzürnt. Er arbeitete selbst daran, den Highlands den Frieden zu bringen, mischte sich mit aufrichtigen Worten und ehrlicher Freundlichkeit unter die Leute, von denen er ebenfalls gerecht behandelt wurde. Er hatte die Hoffnung gehegt, dass seine Bemühungen durch die Bereitschaft der Highlander, König William die Treue zu schwören und James nicht weiter zu unterstützen, gekrönt werden würden. Wenn auch Breadalbanes Vorgehen ähnlich war, mußte Hill doch erkennen, dass ein großer Teil seiner Arbeit nutzlos geworden war, oder zumindest von einem Mann vereinnahmt wurde, der selbst ein Highlander war und dessen wahre Interessen – was den Ausgang der Ereignisse anging – niemand wirklich ahnen konnte.

Er hielt sich weder für einen kleinlichen noch gehässigen Mann, aber jetzt war seine Geduld erschöpft. Ein Mann, der nichts weiter im Sinn hatte als die Interessen Schottlands, würde sicher nicht angehört werden, wenn er keine Beweise für die Doppelzüngigkeit der anderen Männer vorbringen konnte, und so machte er sich daran, freundliche Clanmitglieder zu befragen, die die Aufforderung erhalten hatten, bei dem noch Wochen in der Zukunft liegenden Treffen in Achallader zu erscheinen. Breadalbane selbst maß er an seinem eigenen Versprechen, den Clans Silber zu geben; Hill wusste, dass der Earl ein ziemlich gefährliches Spiel spielte.

Der Kommandant erhielt seine Informationen von Chiefs wie Ewan Cameron von Lochiel, der vom Campbell-Earl nichts wissen wollte, oder dem beeindruckenden MacDonald von Glengarry, der ihm klarmachte, dass er es vorzog, seine Zeit mit Überfällen auf Ross zu verbringen, statt Breadalbanes Lügen zu lauschen.

Und doch würden manche den Lügen glauben. Silber bedeutete viel für die Clans, deren Leben sich im Winter außerordentlich schwierig gestaltete. John Hill wusste sehr gut, dass womöglich auch jene, die Breadalbane eigentlich verachteten, sich mit ihm bei Achallader treffen würden; es lag kein Risiko darin, hinzugehen, aber es konnte eine Menge für sie dabei herausspringen.

Der Kommandant von Fort William konnte nur wenig gewinnen, aber alles verlieren. Er war gefangen zwischen einem holländischen König, den ein Lowland-Schotte beriet, der die Highlander verabscheute, und einem Highlander – einem Campbell-Earl –, der eine ganze Kiste voller unterschiedlicher Kleider besaß, von denen er den jeweiligen Umständen entsprechend eines auswählte.

Hill verschloss sein Tintenfass und legte die Feder beiseite.

Jemand wird leiden. Jemand muss leiden. Er ordnete seine Unterlagen, glättete die Eselsohren. *Es wird ein Exempel mit denen statuiert werden, die unschuldig oder ganz und gar unwichtig sind, um zu beweisen, dass die Macht der Highlands unbedeutend ist, verglichen mit der eines vereinigten Parlaments und eines Königs, der keine Rebellion duldet.*

Als sie auf den Weg stießen, der nach Balloch führte, zügelte Cat ihr Pferd. Sie wartete, bis Una zu ihr trat und die vier berittenen MacDonalds, die als ihre Eskorte ausgewählt worden waren, sich zu den Campbell-Ghillies Angus und Ewan gesellten. Sie senkte beschämt den Blick, was nicht gänzlich gespielt war; sie hätte nur zu gern eine andere Möglichkeit gewählt, hätte es eine Alternative gegeben. Aber ihre Begleiter waren Männer, und so gab es nur eine Sache, auf die sie sich verlassen konnte.

»Ihr werdet hier warten«, sagte sie kurz angebunden. »Ich muss mich um meine weiblichen Bedürfnisse kümmern.«

Sie fragten nicht nach; sie wussten Bescheid. Sie sah, wie sie Blicke tauschten, sah die kleinen Gesten der Körpersprache: ein Augenzwinkern, ein Zucken des Mundes, hochgezogene Schultern. Ein Mann sah über das Torfmoor hinweg zu einer von Steinen gekrönten Anhöhe, auf der ein Baum sich aus einer Felsspalte erhob. Sie würde dem Schamgefühl einer Frau, die mit Männern ritt, Genüge tun.

»Da vorn«, erklärte einer, während die anderen ihren Blick wachsam auf Angus und Ewan gerichtet hielten, deren Wangen aus Mitgefühl für die Tochter ihres Laird rot glühten.

Dabei gab es gar keinen Anlass zur Scham, wie Cat befand, handelte es sich doch um ein nur zu natürliches Bedürfnis. Für einen Mann spielte das jedoch gewöhnlich keine große Rolle, denn er war eher in der Lage, sich ungehindert zu erleichtern; sie dagegen benötigte einen gewissen Schutz, ein bisschen Umsicht und Geduld. Und vor allem mehr Zeit.

Unas Gesichtsausdruck war zu einem Ausdruck der Ungläubigkeit erstarrt. *Glaubt sie etwa, dass ich mich den ganzen Weg bis Kilchurn zurückhalten kann?* Cat besänftigte den Drang, zu lachen, und konzentrierte sich darauf, den Fuß aus dem Steigbügel zu nehmen. »Una – du kommst mit mir.« Es war unbedingt notwendig, dass sie mitkam.

Una lenkte ihr Pferd neben sie und stieg ab, um Cat dabei zu helfen, sich zu erleichtern. Cat achtete nicht auf den aufgewühlten und holprigen Torfboden, auf dem sie ging, sondern marschierte geradewegs auf den Felsen zu, auf dem sich der Baum erhob. Das Gelände war so, wie sie es gehofft hatte: Hinter dem Felsen und dem Baum war ein Loch, und dahinter eine Rinne, die leicht abwärts in die Richtung zurückführte, aus der sie gekommen waren.

Sie blickte sich besorgt um und war froh zu sehen, dass alle MacDonalds abgestiegen waren und sich um ihre eigenen Bedürfnisse kümmerten. »Una – rasch!« Die Frau murmelte etwas von unschicklicher Eile, während Cat über den Felsauswuchs kletterte und sich bäuchlings auf den Boden legte. »Hör zu, Una – du wirst jetzt gleich zurückgehen und sie um ein Stück Leinen bitten.«

»Leinen!«

»Sag ihnen, dass ich keins habe!«, zischte Cat. »Sag ihnen, dass ich meine Regel vorzeitig bekommen habe, und dass ich mich in einer unangenehmen, verzweifelten Lage befinde … sag ihnen, ein Hemd genügt –«

»*Catriona Campbell* –«

»Sie werden eine Zeit lang darüber streiten, denn keiner von ihnen wird sein Hemd *dafür* hergeben wollen –«

»Glaubst du wirklich, ich könnte sie um so etwas bitten?« Una war schockiert. »Catriona, wir haben unser eigenes Leinen –«

»Aber wir brauchen *ihres.*« Cat sah sie mit blitzenden Augen an. »Denk doch mal nach, Una! Wenn wir verhindern wollen, dass unser Vieh gestohlen wird, müssen wir sofort handeln.«

Una presste die Lippen aufeinander. »Ich werde mit keinem Mann – und schon gar keinem MacDonald! – über solche Dinge sprechen.«

Cat starrte sie unnachgiebig an. »Das wirst du doch«, sagte sie mit klarer, fester Stimme. »Du wirst tun, was immer ich dir sage, Una, hast du mich verstanden? Du kannst mich nicht aufhalten. Aber du kannst mir helfen.«

»Ich werde mit den MacDonalds nicht über so etwas –«

»Du wirst gehen und sie um Leinen bitten. Angus wird dir sein Hemd anbieten, um mir die Peinlichkeit zu ersparen – *denk nach*, Una! –, aber du wirst es ablehnen, da er ein Campbell ist, und dann wird es einer der MacDonalds tun müssen –«

»Besser ein *Campbell*-Hemd als –«

»– und wenn du das Hemd hast und hierher zurückgekehrt bist, werde ich weg sein.«

Una fiel die Kinnlade herunter. »Du wirst weg sein?«

»Ich werde auf dem Weg da sein; genau dafür mache ich diesen ganzen Mummenschanz doch nur!«

»Du kannst nicht den ganzen Weg zurück nach Chesthill gehen!«

Himmel Herrgott, diese Frau ist ja so dumm! Was sagt das eigentlich über meine Mutter aus, die sie so lange an ihrer Seite behalten hat? »Ich *muss* ja auch gar nicht den ganzen Weg nach Chesthill zu Fuß gehen. An der Hütte sind zusammen mit den Männern, die noch dort festgehalten werden, auch Pferde zurückgeblieben. Ich werde mich nicht mit ihnen anlegen – ich weiß sehr gut, dass ich ihnen unterlegen bin –, ich will nur ein einziges Pferd. Wir sind noch gar nicht so weit weg von den Hütten, Una. Und auch wenn du es noch so gerne hättest – ich bin keine schwache Frau, aye? Glaubst du etwa, ich könnte das nicht schaffen?«

Una starrte sie so ungläubig und voller Entsetzen an, so dass Cat am liebsten laut geflucht hätte. Aber das hätte Una nur zu weiteren Ausrufen verleitet, und dafür war nicht genügend Zeit.

»Dann bleib also hier«, zischte Cat. »Sie werden kommen und nachsehen… ich wollte mir nur etwas mehr Zeit verschaffen, wobei du mir gut hättest helfen können. Ich erkenne jedoch, dass es dir wichtiger ist, über solche Dinge nicht mit MacDonalds zu sprechen, als dafür zu sorgen, dass das Vieh deines Laird nicht von Glencoe-Männern gestohlen wird.«

Wie erwartet, fügte Una sich in dem Augenblick, da sie daran erinnert wurde, wessen Vieh es war, das auf dem Spiel stand, und wessen Tochter sie diente. Mit steifen Bewegungen drehte sie sich um und begann, langsam zu den Männern zurückzuklettern.

Cat seufzte. Die Loyalität dieser Frau war ein Segen Gottes, aber ihr Verstand… Bemüht, den Kopf unten zu halten, schob sie sich tiefer in die Spalte und wandte sich der Rinne zu. – *So weit ist es gar nicht… und auch kein so großes Risiko, wenn es darum geht, sich den MacDonalds zu widersetzen!*

Ganz besonders Dair MacDonald.

4

Als Glenlyon auf der Straße einer Reihe von Vasallen und Ghillies begegnete und erfuhr, dass sein Vieh in Gefahr war, entging ihm zunächst etwas Wesentliches: nämlich, dass seine Tochter, die zerzaust auf einem schnaubenden Pferd ritt, ihm die Nachricht überbrachte. Sie hatte die Tunika hochgeschoben, um besser reiten zu können, was dazu führte, dass auf beiden Seiten des Pferdes ihre langen, bestrumpften Beine zu sehen waren. Das Arisaid – ein kürzeres Plaid für Frauen in Form eines Schals – hatte sich von der Fibel losgerissen und hing jetzt unordentlich von ihrem Gürtel, und auch ihr Zopf hatte sich durch den harten Ritt gelöst.

Sie hatte, erklärte sie, auf dem Weg zurück nach Chesthill an jedem Hof, an jeder Hütte Halt gemacht und versucht, Männer um sich zu scharen, die bereit waren, für Glen Lyons Kühe zu kämpfen – doch sie machte auch deutlich, dass die Männer weit weniger bereit waren, für Glen Lyons Laird zu kämpfen.

Die Bemerkung schmerzte ihn sehr. Glenlyon starrte sie an – und die Männer, die sie mitgebracht hatte.

Cat saß auf dem Pferd, ohne sich um ihr Äußeres zu kümmern; es war ihr sichtlich egal, was die anderen über sie dachten. Mit einer ungeduldigen, wilden Bewegung ihres Kopfes schüttelte sie die vom Wind zerzausten Haare wieder zurück. »Du musst gehen«, erklärte sie noch ganz außer Atem, bevor er etwas sagen konnte. »Auf der Stelle… ich glaube, sie haben es auf das Vieh abgesehen, das in der Nähe von Rannoch Moor ist – sie trauen sich nicht, näher heranzukommen…«

»Cat.«

»Sie werden nehmen, was sie kriegen können, und sofort verschwinden, um keine Zeit zu verlieren…«

»Cat –«

»Sie sind zwölf, aber er hat sie aufgeteilt – zwei sind zunächst bei der Hütte geblieben, aber vermutlich sind sie jetzt weg, und vier haben uns nach Balloch begleitet –« Sie holte hastig Luft. »Das heißt, es sind nur sechs Männer da, um die Kühe zu stehlen –«

»Catriona… *Herrgott*, steigst du jetzt endlich von diesem Pferd?«

Verwundert über seinen Ton, starrte sie ihm direkt in die Augen. »Was? Ich soll absteigen? Willst du etwa, dass ich zu Fuß gehe?«

»Ich will, dass du *absteigst*!«, rief er. »Wo ist Una? Wieso ist sie nicht bei dir?«

Die leichte Röte, die ihr der Wind während des Ritts in die Wangen getrieben hatte, war bereits wieder verschwunden; an ihre Stelle war eine leichte Blässe getreten, und ein Glanz war in ihren Augen, der weder von Entsetzen noch Trauer herrührte. Glenlyon kannte diesen Blick.

»Es geht um die *Kühe*«, sagte Cat kurz und bündig. »Sie werden sie kriegen, wenn du noch lange zögerst.«

»Zieh dein Kleid runter«, befahl er. »Es ist keine einzige Dienerin bei uns, und du tauchst hier auf wie eine … wie eine *Hure*.«

Cat fuhr zusammen. Er hörte die Bewegung unter den Männern, als sie ihre Blicke und ihre Aufmerksamkeit von ihr abwandten, sich daranmachten, Zügel zu überprüfen, Plaids und Steigbügel zurechtzurücken. Sie vermieden es, sich irgendwie ein Interesse an dem anmerken zu lassen, was da zwischen Vater und Tochter vor sich ging. Dennoch spürte Glenlyon ihr Missfallen. Es hing beinahe greifbar in der Luft. Sie respektierten seine Tochter mehr als ihn.

»Ich bin hergekommen, um dich vor Viehdieben zu warnen«, erklärte Cat mit fester Stimme. »Wirst du gehen?«

– Sie wäre ein besserer Laird als ich… Und das schmerzte am meisten, dass die Männer, die ihm einst die Treue geschworen hatten, eine Frau für geeigneter hielten als ihn, einen erwachsenen Mann, der bereits andere Männer in die Schlacht geführt hatte. Cat dagegen hatte höchstens ihre eigenen, persönlichen Rebellionen für die kleinen, unbedeutenden Dinge geführt, die sie für so wichtig gehalten hatte. Sie war schon immer dickköpfig und schwer zu zügeln gewesen. Jetzt begriff er, was ihm seine Freundlichkeit, sein Mitgefühl, seine Laschheit gebracht hatten; es wurde Zeit, sie zu verheiraten, damit ein anderer Mann sich mit ihr abmühen konnte.

Er runzelte die Stirn. »Wo ist Una? Was hast du mit ihr gemacht?«

»Nichts habe ich mit Una gemacht! Und ich bezweifle sehr, dass sie etwas mit ihr gemacht haben; bei ihrem grimmigen Gesicht und dem frechen Mundwerk wird ein Mann wohl kaum schwach werden –«

»Cat!«

»– ich nehme daher an, dass sie Una, Angus und Ewan zurückgelassen haben, um zu ihren Diebeskameraden zurückzukehren, *die in der Zwischenzeit unser Vieh stehlen* –«

»Kümmere dich um deine Kleidung«, befahl er ungehalten. »Wir werden uns um die Kühe kümmern –«

»– dann gehst du also –«

»– während du nach Chesthill zurückkehrst –«

»Wirst du *gehen*?«

»– weil ich nicht zulassen werde, dass meine Tochter so von Männern gesehen wird.« Er richtete sich auf, reckte das Kinn und blickte die Männer an, die ihn nach Stirling begleiten sollten, sowie die anderen, die Cat mitgebracht hatte. »Wir haben genug Kühe; sie werden uns keine nehmen.«

»Gott im Himmel, sie werden zurück in *Glencoe* sein, noch bevor du dein Pferd gewendet hast!«, schrie sie. »Ist es dir wichtiger, dass meine Beine bedeckt sind, als dass du die paar Kühe zurückholst, die wir für das erbärmliche bisschen Silber bekommen haben?«

Sie war eine Waffe, ihre Zunge, und noch dazu gut geschärft: Er warf ihr einen finsteren Blick zu, in dem Wissen, dass sie mit jedem Wort seine Autorität annagte, ihm auch noch das letzte bisschen Würde nahm, das ihm geblieben war. Er wusste aber auch, dass es ihr *darum* nicht ging: Sie wollte nur die Kühe.

Er lenkte sein Pferd in Richtung Rannoch. »Wir werden unsere Kühe zurückbringen, wenn sie sie bereits gestohlen haben; vielleicht auch einen MacDonald.«

»Und einen Stewart«, murmelte sie düster.

»Geh nach Haus, Cat.«

»Siehst du nicht? – Ich gehe. Ich *geh ja schon*!«

Endlich versuchte sie, wenn auch mit geringem Erfolg, die hochgesteckte Tunika zu lösen und den Leinen- und Wollstoff über die Knie zu ziehen. Es war eine groteske Geste, aber etwas anderes war kaum von Cat zu erwarten gewesen. *Ich habe sie verhunzt. Una hat mich gewarnt, als Helen gestorben ist… aber jetzt ist es zu spät.*

Doch während er zusah, wie sie aufrecht im Sattel sitzend in Richtung Glen Lyon verschwand, konnte er einen gewissen Stolz nicht unterdrücken, auch wenn er durch das Gefühl von Schuld etwas getrübt wurde. Früher einmal hatte es ihm nichts ausgemacht, was sie von Cat gesehen hatten, und die Frage, was für Gedanken sie hegen mochten, hätte ihn höchstens zum Verzweifeln bringen können – zu groß, zu dünn und zu jungenhaft war sie gewesen. Sie hätten nichts als klobige Knie und blasse Haut gesehen, die an verschiedenen Stellen voller blauer Flecken gewesen war. Und wenn er auch glaubte, dass sie an verschiedenen Stellen unter den Strümpfen noch immer eine Reihe blauer Flecken hatte, gab es wohl keinen Mann, der nicht den Atem angehalten hätte bei dem Anblick, den Cat Campbell geboten hatte, als sie halb bekleidet und windzerzaust wie eine stürmische Kriegerin aus alten Legenden herangeritten gekommen war.

Früher einmal hätte er sie aus Angst versteckt, dass sie ausgelacht werden würde. Jetzt dagegen hätte er sie versteckt, um zu vermeiden, dass ein Mann auf sie reagierte, der weniger vorsichtig war, was die Tochter des Laird betraf.

Inzwischen doch von einigem Wert, aye? Und sie würde ihren Wert zweifellos auch als Schwiegertochter von Breadalbane beweisen.

»Catriona, Countess Breadalbane«, murmelte er und gab schließlich seinem Tross und Cats aufgelesenen Männern den Befehl, das zurückzuholen, was die MacDonalds zu stehlen versuchten.

Cat sah, wie ihr Vater und seine Männer sich aufmachten. Sie hatte schon früh gelernt, dass es einen schmalen Grat zwischen der Wahrheit und der Unwahrheit gab, und sie hatte auch gelernt, wie man sich bewegen musste, um nicht auf die eine oder andere Seite zu stürzen. Ihr Vater hatte ihr befohlen, nach Chesthill zurückzukehren, weil er nicht wollte, dass seine Männer sie so sahen. Für ihren Vater bedeutete das zweifellos, dass sie dort blieb; Cat sah das eindeutig anders. Es bedeutete lediglich, dass sie ging, nicht dass sie blieb, und um nicht dort bleiben zu müssen, genügte es völlig, ihre Kleider zu wechseln, damit sie nicht so offensichtlich dem ähnelte, was ihr Vater eine Hure genannt hatte – eine Bemerkung, die ihr überdies nahe legte, dass ihr Vater wissen musste, wie eine aussah, im Gegensatz zu ihr. Es war, wie Cat fand, eine zuverlässige Schlussfolgerung, dass ihr Vater mit solchen Frauen Kontakt gehabt haben musste, was sie nur noch mehr in der Überzeugung bestätigte, dass sie besser als er geeignet war, ihr Verhalten zu beschreiben.

Also ritt Cat nach Chesthill zurück, wo sie die gegürtete Tunika mit den karmesinroten, versilberten Ärmeln auszog und den Arisaid ablegte. Stattdessen zog sie eine Hose an, die sie sich von ihrem Vater geborgt hatte, sowie ein Hemd, das sie – mehr schlecht als recht – für ihn genäht, aber dann für sich behalten hatte; außerdem befestigte sie ein riesiges Plaid quer über Brust und Schulter, steckte einen Dolch in den Gürtel und verließ das Haus wieder, um aufzusitzen. Das arme Tier war ganz außer Atem und konnte nicht sehr schnell laufen, aber sie hatte kein anderes zur Verfügung. Möglicherweise war dennoch genug Zeit, um ihren Vater einzuholen, bevor er die MacDonalds erreichen würde.

Rannoch Moor war ein aufgewühlter Landstrich zwischen Glen Lyon und Glencoe und äußerst tückisch wegen seiner Sümpfe. Verkrüppelte Bäume sprenkelten das Moor, das noch sein Winterkleid trug: dicke, trübe Flecken Heidekraut einer noch trüberen Jahreszeit sowie wucherndes Farnkraut, das sich mit den goldfarbenen Teppichen aus Gras vermischte. Im Sommer würde das blühende Heidekraut das Moor in ein Flammenmeer verwandeln, aber noch war es ein steiniges Ödland aus Sümpfen, storchengliedrigen, verkrüppelten Bäumen und der leblosen Vegetation, die erst im Frühjahr zum Leben erwachen würde. Grelle Grün- und Olivtöne gaben schon jetzt Hinweise darauf, und auch die ersten Anzeichen von Blumen waren zu sehen, aber Dair empfand angesichts dieser Landschaft eine unbarmherzige, düstere Vorahnung, während er mit den anderen das Vieh vom Land der Campbells näher zu dem der MacDonalds trieb.

Robbie hatte sich beklagt, dass es nicht genug wäre und dass Dair viel zu vorsichtig und zurückhaltend wäre, indem er sich auf die kleine Herde beschränken wollte, die Rannoch am nächsten war, statt tiefer ins Herz von Glen Lyon einzudringen. Doch Dair wusste es besser; er wusste, dass sie zu viel riskierten, wenn sie sich zu nahe an Chesthill und andere von Glenlyons Söhnen bewohnte Siedlungen heranwagten. Er spürte, dass es genug war, die Kühe einzusammeln, die an der Grenze von Glenlyons Land waren, und dass sie sie in den Schutz ihres eigenen Landes treiben sollten, ohne die Aufmerksamkeit von Campbells auf sich zu ziehen. Wenn sie es geschafft hatten, ein gutes Stück in Rannoch Moor einzudringen, ohne entdeckt zu werden, konnten sie möglicherweise sogar bei Tageslicht unbemerkt davonkommen.

»Wir sind nur *sechs*«, sagte Dair, als Robbie an seine Seite kam und wieder anfing, sich zu beklagen.

Stewart runzelte die Stirn. »Man braucht nicht mehr als ein oder zwei Mann, um so wenige Kühe zu treiben – es sind doch nur *Kühe*! –, aber ich wollte dir eigentlich nur sagen, dass die anderen bald hier sein werden; dann sind wir mehr als sechs.«

»Wir können ein anderes Mal wiederkommen, Robbie.«

»Aber jetzt sind wir schon einmal hier, und es scheint mir einfacher, das Vieh sofort einzutreiben, als den ganzen Weg noch mal auf uns zu nehmen.«

»Und es scheint *mir* einfacher, nach Hause zu bringen, was wir bereits haben –« Er brach mitten im Satz ab, denn ein Stück blanker Stahl, das im Sonnenlicht aufblitzte, erregte seine Aufmerksamkeit. »– *Himmel, ROBBIE* –«

Es kam plötzlich, urplötzlich, und war der Beweis all seiner Befürchtungen, aber das war nun nicht mehr wichtig. Was jetzt wichtig war, war das nackte Überleben, während aus dem Heidekraut und den hüfthohen Farnen Männer stürzten, die in das tiefe Grün und Schwarz gekleidet waren, das die Campbells bevorzugten. Überall blitzten jetzt Dolche im Sonnenlicht auf. Alle Highlander wussten, dass die trüberen und gedämpfteren Karos trotz ihrer auffälligen Muster einen Menschen besser verbargen als echte Farben.

»*Creag ab Sgairbh!*«, schrie Robbie und wendete sein Pferd.

Dair nahm sich nicht die Zeit für Schlachtrufe. Sie waren sechs, nur sechs, und die anderen noch weit weg, möglicherweise auch bereits tot. Er wollte die Falle nicht auslösen, sondern ihr entkommen. MacDonalds und Stewarts waren zwischen dem Vieh verteilt, kümmerten sich um die widerspenstigen Tiere und waren von geringem Nutzen, wenn es darum ging, eine Art Streitmacht zu bilden. Doch die Campbells hatten sich zu einer solchen Streitmacht verbunden und stellten eine alles andere als geringe Bedrohung dar.

»*Chruachan*!«, rief jemand, und Dair begriff verbittert, dass die Campbells genügend Zeit hatten, um ihre Blutgier mit Schlachtrufen anzustacheln. Es würde vermutlich das Blut der MacDonalds und der Stewarts sein, das auf dem Boden vergossen werden würde.

Er zügelte sein Pferd heftig, riss es von einem Mann weg, der mit der blanken Klinge in der Hand vom Boden hochschoss. Aber der Mann hatte nicht auf ihn, sondern auf das Tier gezielt: Mit einer raschen Bewegung zerschnitt er dem Pferd die Kniesehne und verwandelte es in ein dreibeiniges Häufchen Elend.

Dair hatte nicht die Zeit, nachzudenken, er musste sofort handeln. Trotzdem fragte er sich, wer die Warnung wohl ausgegeben hatte, wer es gewusst hatte und in der Lage gewesen war, so viele Männer zusammenzubringen. Bei den Viehdiebstählen handelte es sich gewöhnlich um rasche Überfälle, nicht um richtige Kämpfe; und doch waren so viele Männer hier, dass sie locker einige Dörfer hätten bewohnen können.

Das Pferd taumelte, kämpfte verzweifelt darum, das Gleichgewicht zu halten. Campbell-Männer schwärmten herbei und griffen nach den Zügeln, zertrennten eine zweite Kniesehne und zerrten dann das übel zugerichtete Tier zu Boden, während Dair versuchte, sich aus den Steigbügeln zu lösen.

– es sind zu viele – Und das waren sie wirklich. Innerhalb weniger Sekunden lag er unten, das zuckende Pferd auf einem seiner Beine. Er fluchte, wand sich, griff nach dem Dolch. Verschiedene Hände zerrten an ihm. Sie rissen ihm den Dolch aus der Hand und zerrten ihn von dem um sich schlagenden Pferd weg, noch während es sich herumrollte, bewahrten ihn so vor einem Beinbruch. Jetzt lag er der Länge nach ausgestreckt auf dem Boden; er spürte Steine unter seiner Wirbelsäule, während sein Schädel halb im Torf steckte und ihm die Beine und Arme zu Boden gedrückt wurden. Eine Dolchspitze kitzelte seine Kehle, als ein Campbell ihm langsam sein Knie in den Magen drückte. »Keine Bewegung«, warnte der Mann.

Um ihn herum erklangen Rufe und die Geräusche der

Kühe. Staub wurde von ungestümen Hufen aufgewirbelt. Er hörte Männer murmeln, dann das Schnauben von erschöpften Pferden und schließlich einen unterdrückten Ausruf.

– *Robbie* – Dair spannte sich an, und der Dolch bohrte sich etwas in die Haut, so dass es zu bluten begann; auch das Knie drückte sich fester gegen seinen Bauch.

»Tötet ihn nicht«, sagte jemand. »Der Laird will selbst entscheiden, was er mit ihm macht.«

»Dann hat er drei statt vier; der, den Malcom sich vorgenommen hat, ist bereits tot.«

– *Himmel, lass es nicht Robbie sein* –

»Wo ist der Laird?«

»Auf dem Weg«, erklärte ein anderer.

Dair starrte den Mann an, der ihm den Dolch an die Kehle drückte. Er war weder jung noch alt, hatte gewöhnliche Gesichtszüge und lange, braune Haare sowie noch braunere Augen. Als er seinen Gefangenen angrinste, entblößte er einen abgebrochenen Schneidezahn. »MacDonald? Oder Stewart? Wir haben den Schlachtruf der Stewarts gehört. Was für einer bist du?«

Dair schwieg, schmeckte Schmutz und Blut in seinem Mund und spürte die Bitterkeit der Erkenntnis. Er würde unverheiratet und ohne einen Sohn sterben, der seinen Namen weitertragen konnte, und MacIain und seine Frau würden nur noch John haben.

»Nun, das spielt auch keine Rolle«, meinte der Campbell mit einer wegwerfenden Handbewegung. »Du wirst schnell sterben, ob du nun ein Stewart bist oder ein MacDonald … da kommt der Laird. Er wird über dich richten.«

Der Druck des Knies wurde schwächer. Ein Mann näherte sich, blinzelte auf Dair hinab. »Wir haben drei? – Nun, nicht ganz so viele, wie ich gehofft hatte.«

»Vier«, meinte einer der Männer etwas zaghaft. »Aber einer ist versehentlich erstochen worden.«

»Nun, wie auch immer… wir haben also drei für den Galgen.« Er war erbärmlich alt geworden, seit Dair ihn vor zehn Jahren zum letzten Mal gesehen hatte, aber der Mann war fraglos noch immer Robert Campbell. Seine Augen schienen unaufhörlich zu schielen, und schlaffe Tränensäcke hingen herab, während der einst so kräftige Kiefer jetzt ebenfalls kraftlos nach unten hing. »Sie sind die Galgenvögel, und ich denke, ein Baum wird sich gut als Campbell-Galgen eignen.«

– *Er erkennt mich nicht…* Es schien ihm unbegreiflich, dass ein Mann einen anderen hängen konnte, ohne zu wissen, wen er da eigentlich hängte. *Das ist also Cats Vater…*

Er versuchte, etwas von ihr in dem Mann zu erkennen, aber er fand nichts. Dair sah, dass Glenlyon einmal ein gut aussehender Mann gewesen sein musste – man sagte es von ihm, obwohl er auch vor zehn Jahren bereits mitgenommen ausgesehen hatte –, doch mittlerweile hatte das Trinken ihn vollständig ruiniert. Er war nichts weiter als ein alternder, willensschwacher Mann, der aber im Augenblick dennoch die Macht besaß, MacIains Sohn in den Tod zu schicken.

»Gibt es hier einen geeigneten Baum?«, fragte Glenlyon.

»Dort oben«, antwortete jemand. »Auf der Hügelkuppe.«

»Gut.« Glenlyon wandte sich um und betrachtete den Hügel, auf dem ein einsamer Baum stand. »Dort sollen sie gehängt werden. Danach bindet ihr ihre Leichen auf die Pferde und schickt sie zu MacIain. Die Nachricht wird genügen, was die Sache mit dem Campbell-Vieh angeht.«

– *Er weiß nicht, wer ich bin…* Aber Dair vermutete, dass es auch keine Rolle spielte. Er war ein Viehdieb, ein Plünderer, ob er nun ein Stewart oder ein MacDonald war. Glenlyon würde an jedem Mann Vergeltung üben, wenn er ihn dabei erwischte, wie er Vieh vom Land der Campbells stahl.

Es ging rasch vonstatten. Dair wurde wider Willen auf den Bauch gedreht, das Gesicht in den steinigen Boden gedrückt, während sie ihm die Hände hinter dem Rücken fesselten. Dann zerrten sie ihn hoch.

»Steig auf«, wies ein Campbell ihn an.

Das alles ging so schnell, viel zu schnell –

»Hebt ihn hoch«, befahl ein anderer.

Sie hielten seine Arme fest. Hände umfassten seine Beine, packten ihn bei den Knien und hoben ihn hoch; er wurde wie ein frisch getötetes Stück Wild quer über das Pferd geworfen. – *nicht so schnell… nicht so rasch* – Hände drückten und zogen an ihm, zerrten so lange an ihm herum, bis er im Sattel saß. – *lasst ihr mir denn gar kein bisschen Zeit*?

Es war nicht sein eigenes Pferd, das verletzt am Boden lag und bald schon sterben würde, sondern eines, das seinem Cousin Hugh MacDonald gehörte. *Wo ist* –? Noch während sie seine Beine beiderseits des Pferdes nach unten zerrten, suchte er nach Hugh – und fand ihn im Heidekraut inmitten eines Steinhaufens mit durchschnittener Kehle und blutverschmierten Augen.

Sie drehten Dairs Pferd herum, so dass er den Baum sah, der als Galgen dienen würde: ein Seil mit einer Schlinge hing bereits über einem Ast. Der Baum war in der Tat geeignet, denn die Äste waren nicht sehr verzweigt, und außerdem war er groß und stark genug, dass nicht nur ein berittener Mann unter ihm Platz hatte, sondern er auch dessen Gewicht aushalten würde, wenn man das Pferd unter ihm wegjagte.

Zwei andere Männer befanden sich in der gleichen Lage wie er; der eine war einer von Robbie Stewarts Leuten, den Dair nur flüchtig kannte, der andere war Walter, ein MacDonald, der mit der Schwester seiner Mutter verheiratet war.

Robert Stewart war nicht zu sehen. *Ein Mann tot, haben sie gesagt, und damit haben sie Hugh gemeint…* Dann musste Robbie entkommen sein. Von den sechs waren Robbie und ein anderer entkommen, während Hugh MacDonald bereits tot war und die drei anderen gehängt werden sollten.

Glenlyon stand bei dem Baum, den einen Fuß auf einen Stein gestützt. Er gab einen Befehl, und das Pferd des Stewart wurde nach vorn gebracht.

Dair war froh, dass Robbie überlebt hatte, als er sah, wie sie dem Stewart die Schlinge um den Hals legten und dem Pferd einen Klaps gaben. Robbie hing sehr an Traditionen und würde dafür sorgen, dass entsprechende Lieder von ihnen allen gesungen werden würden.

Dair zuckte nicht zusammen, als der Schrei des Stewart schlagartig abbrach. Er hatte einen guten Tod gehabt, denn sein Genick war rasch gebrochen; das war immer noch besser, als qualvoll zu ersticken.

Dann kam Walter an die Reihe, der den Sohn seines Laird mit weit aufgerissenen Augen anstarrte, während Campbell-Männer den toten Stewart auf sein Pferd banden.

Walters Pferd wurde unter den Baum geführt. Die Schlinge wurde ihm um den Nacken gelegt und festgezurrt. »Alasdair –?«

Er wusste, was Walter wollte: eine Erklärung, eine Absolution, ein Wort vom Sohn seines Laird, wodurch es ihm leichter fallen würde zu sterben. Aber solche Dinge fielen ihm jetzt nicht leicht, denn er würde Walter schon in Kürze in den Tod folgen.

»*Alasdair* –«

Dair öffnete den Mund. Er starrte Glenlyon so lange an, bis der ihn ansah, dann gab er Walter alles, was ihm möglich war. »*Fraoch Eilean.*« Als Glenlyon die Stirn runzelte, wiederholte er das Gesagte in Worten, von denen er wusste, dass der Campbell-Laird sie verstand: »*Per mare per terras.*« Es war der Slogan des MacDonald-Clans: »*Bei See und bei Land*«.

»Jetzt weißt du es«, sagte Dair.

»Wartet –«, begann Walter, doch das Pferd wurde weggestoßen, wie als Antwort auf den MacDonald-Schlachtruf. Walter starb nicht so schnell. Er stieß wild um sich und gab würgende Geräusche von sich, während er in der Schlinge hing, und Dair brach bei seinem Anblick am ganzen Körper der kalte Schweiß aus.

– entehre MacIain nicht, oder deine Mutter –

Als Walter nur noch schlaff herabhing, nahmen Campbell-Männer ihn ab.

– entehre John nicht –

Sie banden die Leiche auf das Pferd und schickten es los.

– entehre Glencoe nicht –

Sie nahmen die Zügel von Dairs Pferd und führten es unter den Baum.

– Himmel, Alasdair Og… entehre DICH SELBST nicht –

Die Schlinge, die sie ihm um den Nacken legten, schnitt in seine Haut.

Cat sah zuerst die Kühe. Dann sah sie den von Granitfelsen gekrönten Hügel mit dem einzigen Baum als Zepter, umgeben von Campbells, die wie Untertanen aussahen, die einem König huldigten. Ein Mann saß auf einem Pferd und hatte eine Schlinge um seinen Hals.

– oh nein, nein –

Das hatte sie nicht gewollt, das nicht, ganz und gar nicht, nichts davon – nicht das Sterben, nicht den Tod. Sie hatte es schon deshalb nicht gewollt, weil sie in ihren Gedanken überhaupt niemals bis zu diesem Punkt gekommen war; sie hatte nicht weiter gedacht als bis zu dem Augenblick, da die MacDonalds ergriffen werden würden, da sie davon abgehalten werden würden, weitere Campbell-Kühe zu stehlen.

»Wartet!« Mit großer Mühe brachte sie das Wort hervor, aber so laut, dass es weithin zu hören sein musste. Trotzdem hörten die Männer auf dem Hügel es nicht, oder sie beachteten es nicht. Das Pferd wurde davongejagt, der Mann aus dem Sattel gerissen, so dass er jetzt mit den Füßen wild um sich strampelnd in der Schlinge hing, bis er erstickt war.

Ein weiteres Pferd wartete. Ein weiterer Mann wartete. Dieser Mann war ein MacDonald, wie sie erkannte.

Plötzliches Entsetzen ergriff sie. Cat trieb dem Pferd die Fersen in die Flanken und drängte es zwischen dem Vieh hindurch. Ihre Augen waren auf den inzwischen schlaff herabhängenden Körper gerichtet. »Nein, nein – *wartet* –«

Sie nahmen die Leiche herunter, brachten das bebende Pferd zurück und warfen den Mann quer über den Sattel, banden ihn fest und jagten das Tier mitsamt seiner Last unter höhnischen Rufen davon.

– *wartet* – Sie wünschte, sie hätte ein Claymore bei sich, das sie hätte benutzen können, um das Vieh vor sich aus dem Weg zu treiben. Aber sie besaß nichts als ihre Füße und ihre Lunge, und beides setzte sie bis zur Erschöpfung ein, fluchend und rufend, wild um sich tretend und boxend, um das Pferd durch die Kuhherde zu bringen.

Sie starrte jetzt auf Dair, der wartend auf dem Pferd saß. »Halt!«, schrie sie.

Oben auf dem Hügel führten die Campbells sein Pferd unter den Galgenbaum.

»Halt!«

Sie legten ihm die Schlinge um den Hals.

»*CHRUACHAN*!«

Das hörten sie. Als sie die versammelten Campbells erreichte, wandten sie ihr endlich die Gesichter zu. Sie sah Männer, die sie gut kannte, und auch Männer, die sie kaum kannte. Sie sah ihren Vater, der einen Fuß auf einem Stein abstützte, als würde er sich entspannen. Sie sah Dair MacDonald, die Hände hinter dem Rücken zusammengebunden, das Seil um seinen Nacken.

»Nein!« schrie Cat. »Halt –«

Glenlyon hob seine Hand, wie er es zuvor getan hatte, als Zeichen, dass fortgefahren werden sollte.

»Tu das nicht –«, rief Cat, »– tu das *nicht*!«

Endlich war sie hindurch; Menschen machten schneller Platz als Kühe. Sie hielt oben auf dem Hügel an, starrte schockiert auf das schmutzige, blutverschmierte Gesicht von Dair MacDonald, der sich ihr jetzt zugewandt hatte, aber zum Teil verdeckt war durch das raue Hanfseil hinter seinem Ohr.

– *Das ist mein Werk*... Er war blass, sehr blass, geradezu kreidebleich abgesehen von den Stellen, wo Blut und Schmutz seine Wangen verschmierten. Die braunen Augen blickten schwarz und trostlos, ihnen fehlte vollkommen jener Glanz, den sie zuvor dort gesehen hatte, und vergebens suchte sie in ihnen die vertraute bernsteinfarbene Whiskywärme. Sie wusste, wieso sie sie nicht fand; die Augen waren vollkommen erstarrt durch den Augenblick, durch die Schlinge, das Beben des Pferdes, auf dem er unfreiwillig saß und das ihn allein dadurch umbringen konnte, indem es zufällig einen Schritt zur Seite machte.

Cat sah den Campbell, der die Zügel des Pferdes hielt, streng an. »Lass bloß nicht los«, erklärte sie mit vollem Nachdruck.

»Cat.« Es war ihr Vater.

»Lass bloß nicht los!«

Dieses Mal nickte der Mann.

Glenlyon nahm seinen Fuß von dem Stein. »Cat, wieso bist du hergekommen? Ich habe dich doch nach Hause geschickt.«

Sie warf wieder einen Blick auf Dair und sah stattdessen Robbie Campbell, den toten Robbie, ihren Bruder, ihren von einem MacDonald ermordeten Bruder. Sie sah die Blässe wieder, die erstarrten, festen, blutverschmierten Gesichtszüge, sie sah, wie starr er sich hielt, wie reglos seine Gliedmaßen, sein Kopf waren, damit ihm bloß nichts geschah, damit er bloß nicht getötet wurde. Es war wieder Robbie, der tote Robbie Campbell, der nicht aus Feindseligkeit heraus getötet worden war, sondern im Verlauf eines bedeutungslosen Handgemenges, bei dem er hatte zurückgehalten werden sollen. Es war ihr Dolch gewesen, ihr geliehener Dolch, der zu seinem Tod geführt hatte.

Und es war ihre Warnung gewesen, die die Campbells hierher gebracht hatte, wo Dair MacDonald gefangen genommen worden war und seines Namens wegen ebenso hängen würde wie wegen seines Verbrechens.

»Nein«, sagte sie.

»Das ist Männersache«, erklärte Glenlyon. »Geh nach Hause, Cat.«

Sie konnte den Blick nicht von Robbies Gesicht – das auch das von Dair war – abwenden. »*Ich* habe ihn getötet.«

So. Jetzt war es heraus, jetzt hatte sie es vor allen gestanden, vor allen, die glaubten, dass der Sohn ihres Laird von einem Glencoe-MacDonald getötet worden war.

– ich habe das getan… wie jetzt auch das hier –

Unterhalb des Hügels begannen die Kühe sich zu verteilen und in einer Trägheit und Unbekümmertheit zu grasen, die den Männern, die sich hier versammelt hatten, um Viehdiebe zu hängen, ganz und gar fremd war. Bis auf die Geräusche, die die Tiere von sich gaben, herrschte eine absolute, beinahe greifbare Stille. Die Männer starrten sie an und warteten; sie hatte sie gebeten zu warten, und so warteten sie. Jetzt war es an ihr zu erklären, was sie hier zu suchen hatte, wo Männer gerade dabei waren, andere im Rahmen einer Vergeltungsmaßnahme zu töten – etwas, das von den Highlandern nie in Frage gestellt wurde.

Sie musste ihnen erklären, weshalb sie einen MacDonald nicht töten sollten, der allem Anschein nach einen Campbell getötet hatte. Oder zwei. *Wie auch wir MacDonalds getötet haben.*

Er hatte ihr die Frage selbst gestellt: ›*Hast du vergessen, wie oft die Campbells nach Glencoe gekommen sind, um Vieh zu stehlen?*‹ Ihre Brüder hatten es getan. Sie hatten es in jener Nacht vorgehabt, in der Robbie gestorben war, und sie hatten es vier Jahre später auch wirklich getan, so sehr sie auch versucht hatte, sie davon abzuhalten. Sie waren zum Viehstehlen nach Glencoe geritten und hatten Kühe nach Hause gebracht. Ein Teil von ihnen waren Campbell-Kühe gewesen, daran zweifelte sie nicht, aber genauso viele hatten sicherlich auch den MacDonalds gehört.

Die Frage der Schuld stellte sich zwischen ihnen nicht, abgesehen von diesem einen Fall, wo die Verantwortung ungleichmäßig verteilt war. Diese Tatsache, dieses Wissen allein genügte, dass sie, wenn auch aus keinem anderen Grund, den sie offen hätte zugeben können, versuchen musste, seine Hinrichtung zu verhindern.

»Wir sind ihm etwas schuldig«, sagte Cat und sah, wie die Campbells die Stirn runzelten und die Augen zusammenkniffen. Was konnten sie einem MacDonald schon anderes schulden als den Tod, der ihn jetzt erwartete? »Wir sind ihm wegen seiner Freundlichkeit etwas schuldig«, fuhr sie fort. »Und wegen eines ehrenvollen Verhaltens, das niemand außer mir zuzugeben bereit ist. Er ist für mich eingetreten, als ein anderer Mann mir etwas antun wollte.« Sie sah in das unbeherrschte Gesicht ihres Vaters. »Ich bin es gewesen, aye?... *Ich* habe Robbie getötet. Ich habe deinen alten Dolch genommen – die Jungen wollten mich nicht mitnehmen, weil ich ein Mädchen war... also bin ich ihnen heimlich gefolgt. Ich habe deinen Dolch genommen und bin ihnen *gefolgt* – und dann wurden Robbie und ich gefangen, und die MacDonalds haben ihn festgehalten. Aber es ist *mein* Fehler gewesen, dass er gestorben ist, denn er ist in den Dolch gefallen.« Sie zitterte, und ihr war kalt, und sie weinte. »Es war nicht ihre Absicht gewesen, ihn zu töten. Er hat versucht, sich zu befreien und ist dabei gestürzt – und sie haben sich auf *ihn* gestürzt und mit ihm gerungen – und dieser Dolch, *mein* Dolch lag da –«

»Cat.« Glenlyon wirkte niedergeschlagen. »Cat, hör auf –«

»– es war *mein* Dolch, in den er *gefallen* ist, und dann sind sie alle weggerannt; sie wussten, was passieren würde, was man sagen würde ... und genauso ist es ja auch gewesen: MacDonalds haben Robbie Campbell getötet, den Erben des Laird – aber das stimmt nicht, es *sind* keine MacDonalds gewesen – ich bin es gewesen ... ich allein ...« Es gelang ihr gerade noch rechtzeitig, einen großen Schluchzer zu unterdrücken, bevor er sich ihrer Kehle entringen konnte. »Wir sind ihm etwas schuldig, diesem MacDonald ... er – ganz besonders er – hat uns niemals anders als gerecht und ehrenvoll behandelt. Ich schwöre es. Gebt mir eine Bibel, eine Reliquie ... ich schwöre es.« Sie sah Dair an, als sich der Schmerz in ihrer Brust ausweitete und wilde Trauer sich ihrer bemächtigte – um den Bruder, der tot war, und um den Mann, der gleich sterben würde. »Du darfst *ihn* nicht hängen.«

Glenlyon rieb sich mit den Händen das Gesicht. Die Haut war ganz geschwollen und faltig vom vielen Trinken. Seine Augen blickten leblos und wässrig drein, und die Haare waren strähnig und ergraut. In Cats Augen war er ein alter Mann, der durch seine Worte nur noch älter wurde, und als er sie jetzt mit einem solch leeren Blick ansah, ahnte sie voller Angst, was in ihm vorging. Ihre Befürchtung war nicht unbegründet, denn einer von den Galgenvögeln stand noch immer mit der Schlinge unter dem Baum da und forderte geradezu dazu auf, gehängt zu werden. Alles, was getan werden musste, war, dem Pferd einen Klaps zu geben.

Sie öffnete den Mund, um Glenlyon zu sagen, wer Dair war, in der Hoffnung, es würde etwas nützen, doch dann schloss sie ihn rasch wieder. Es würde möglicherweise nur das Gegenteil bewirken. Der Laird hatte einen Sohn verloren. In seiner Trauer mochte Glenlyon es durchaus für angemessen halten, MacIains Sohn zu töten, damit der Glencoe-Laird am eigenen Leib einen solchen Schmerz kennen lernte.

»Ich habe dir das gesagt«, sagte sie rau, »damit du ihn nicht tötest.«

Glenlyons trübe Augen waren düster und blitzten. »Wann hättest du es mir sonst gesagt? Hättest du es überhaupt jemals getan?«

Cat sah von ihrem Pferd auf ihn herab und bebte. »Ich habe es Gott gesagt«, antwortete sie. »Es war mir klar, dass Er mich eines Tages dafür bestrafen wird. Aber ich habe keinen Sinn darin gesehen, dich auch noch zu bestrafen.«

»Mich!«

»Ich habe gedacht, es wäre leichter für dich zu glauben, die MacDonalds hätten es getan. Du hast sie sowieso gehasst. Ich wollte nicht-« Es war schwer, das zuzugeben, noch viel schwerer, als sie es sich all die vielen Male vorgestellt hatte. »Ich wollte nicht, dass du mich hasst.« Jetzt war es endlich heraus.

»MacDonalds *haben* es getan!«

»Aber sie haben es nicht gewollt. Ich habe es gesehen... Und ich sehe es immer wieder vor mir, sobald ich daran denke.« Cat blickte auf Dairs bleiches, verletztes Gesicht. Sie konnte die Wunde sehen, die von dem Dolch stammte, der ihm an die Kehle gesetzt worden war. Etwas Blut war den Hals hinuntergelaufen. »Es ist so einfach, ihnen die Schuld zu geben. Sogar für etwas, was die Campbells selbst zu verantworten haben. Aber ich werde nicht zulassen, dass dieser Mann gehängt wird... er hat immerhin versucht, uns etwas von dem zurückzugeben, was man uns genommen hat.«

»Er hat versucht, uns etwas zurückzugeben?«, entrüstete sich ihr Vater. »Es waren MacDonalds, die Glen Lyon auf dem Rückweg von Killiecrankie geplündert haben!«

»Und dieser MacDonald hier hat mir den Kessel meiner Mutter zurückgegeben!« Cat blickte jetzt Glenlyon wieder an; sie wusste, dass er die Tränen in ihren Augen sehen konnte. Galten die Tränen dem MacDonald oder ihrer Mutter? »Sicher, es ist nur ein Kessel – aber mehr, als wir sonst gehabt hätten.«

»Ein Kessel.« Ekel schwang in seinen Worten; so etwas wie ein Kessel hatte keinerlei Bedeutung für Glenlyon, der lieber in Einheiten von Whisky und Würfeln maß.

»Mir ist viel zu wenig von meiner Mutter geblieben«, sagte Cat etwas unsicher. »Der Kessel ist jetzt das Einzige, was ich von ihr habe.«

Ihre Worte erzürnten ihn. »Aye? Ist das so? Und was hast du von mir? Was hast du von *mir*? Himmel, Cat – es waren *meine* Lenden, die dich gezeugt haben, was du nur zu gerne vergisst!«

Sie starrte ihn an, reglos angesichts des plötzlichen Ausbruchs von Wut und Ärger. »Von dir?«

»Von mir! Hast du denn nichts von mir? Oder ist es dir zu peinlich, es anzuerkennen?«

Beschämt warf sie einen Seitenblick auf die Campbells, dachte an die Würde, die ihm schon zuvor abhanden gekommen war und die er jetzt erneut verlor. »Vater –«

»Sie wissen, wer und was ich bin!«, sagte er. »Herrgott, Cat, du hast mich so oft verletzt, dass ich kein Blut mehr zu vergießen habe. Du kommst zu mir und sagst mir, dass MacDonalds und Stewarts unser Vieh gestohlen haben, dann ziehst du erneut deinen Dolch – nämlich den in deinem Mund! – und beraubst mich meiner Würde. Aber jetzt, wo du den Folgen eines Viehraubs gegenüber stehst, kriegst du Angst und bettelst um sein Leben!«

Sie wich zurück. »Weil –«

»Weil er nett zu dir gewesen ist, wie du sagst. Nun, mir gegenüber ist er nicht nett gewesen.« Glenlyon zog sein Schwert. »Es ist an der Zeit, das du lernst, was Verantwortung bedeutet, Cat. Du kannst sie nicht mal so und mal so auslegen, wie es dir gerade in den Sinn kommt. Es gibt nur einen Weg –«

»Nein … *nein* –« Sie sprang vom Pferd. »Nein, Glenlyon …

NEIN –« Sie stolperte und fiel hin, landete schmerzhaft auf Händen und Knien. »Vater… *tu das nicht* –«

Er wandte sich von ihr ab und blickte zu dem Galgen, unter dem sich der MacDonald befand. Er gab dem Pferd mit der flachen Seite einen Schlag auf den Rumpf –

»*NEIN* –«

– sah zu, wie der Mann von seinem Pferd gerissen wurde –

» – Oh Himmel…« –oh Gott, oh Gott, nein –

– und durchtrennte mit einem sauberen Hieb das Seil. »So.« Er wandte sich seiner Tochter zu, während Dair kraftlos zu Boden sackte. »Gehängt, aber nicht tot. Das erfüllt unser beider Interessen, nehme ich an.« Er starrte seine Campbell-Männer an. »Die von euch, die mit mir nach Stirling unterwegs waren, sollen sich bereitmachen; wir haben noch einen langen Weg vor uns. Die Übrigen, die der Kühe wegen hier sind, werden sie nach Hause zurücktreiben. Wir sind hier fertig.«

Cat kniete auf dem Boden neben dem ausgestreckten Körper. Die gelösten Haare lagen im Dreck, eingeklemmt unter ihren Knien. »Vater –«

»Und du siehst zu, dass du nach Kilchurn kommst«, sagte er zu ihr. »Breadalbane wird nicht ewig warten.«

Zitternd hockte sie sich auf die Fersen und drückte die blutenden Handflächen gegen die Hose. »*Wieso*?«

»Wieso was? Dies hier oder das?« Glenlyons Gesicht verzog sich kurz, wurde dann wieder normal. »Weil du mich beschämt hast, Mädchen. Es ist Zeit für dich zu lernen, dass nicht immer alles so geht, wie du es dir gerade vorstellst.« Er deutete mit einer Kopfbewegung zu ihrem Pferd. »Steig auf, Cat. Du reitest mit uns, bis sich unsere Wege trennen.«

»Aber –« Sie sah zu Dair, der noch immer mit zusammengebundenen Armen auf der Seite lag. Er atmete; sie konnte sehen, wie seine Brust sich hob und senkte, wie Staub aufwirbelte, wenn er jedes Mal geräuschvoll ausatmete. »Aber was ist mit –«

»Steig auf. Er atmet noch, aye? Durch den Marsch wird er wieder zu Verstand kommen.«

Cat dachte daran, sich ihm zu widersetzen. *Er kann nichts tun, wenn ich nein sage. Er kann mich nicht zwingen.* Aber dann sah sie noch einmal den Mann an, den ihr Vater gehängt hatte, und sie schwieg. Sie würde sein Leben nicht noch einmal riskieren.

Sie erhob sich und ging zu ihrem Pferd, nahm die herabhängenden Zügel in die Hand. Sie hätte so gerne Einwände erhoben, darauf bestanden, ihm ein Pferd zurückzulassen, aber sie tat es nicht. Sie hatte ihm das Leben gerettet; sie würde jetzt nichts tun, was ihm den Tod bringen konnte.

Cat stieg auf. Während die Campbells sich versammelten, um die Kühe auf ihre richtige Weide zurückzubringen, ritt sie neben ihrem Vater davon, ohne sich noch ein einziges Mal umzusehen.

Dair blieb noch eine Zeit lang auf dem Boden liegen, für den Fall, dass einer der Männer seine Meinung änderte und sich entschloss, auf dem Weg zurück nach Hause einen MacDonald zu töten. Vielleicht waren drei noch nicht genug, vielleicht genügte es nicht, dass bereits zwei MacDonalds und ein Stewart gestorben waren, weil sie die Kühe der Campbells gewollt hatten.

Vielleicht waren es auch mehr; sie hatten zwei Männer an der Hütte zurückgelassen und vier Cat als Begleitung mitgegeben. Vielleicht waren auch sie tot. Und sie konnten nicht einmal Kühe als Ausgleich mit nach Hause nehmen; Dair war sich allerdings gar nicht so sicher, ob eine Hand voll Kühe das Leben eines einzelnen Menschen aufwog.

Er dachte an Killicrankie, an Dundees stolze Worte und seinen gewöhnlichen Tod durch eine Musketenkugel, die sich in seine Brust gebohrt hatte. Er dachte an die Männer, die er im Namen von König James getötet hatte, aber auch im

Namen der Überlegenheit der MacDonalds, und in seinen Ohren hörte er den »MacDonald-Marsch«. Krieg war Krieg: Männer starben auf beiden Seiten, und welche Seite die Schlacht gewann, hing davon ab, welche Seite am Ende des Tages noch über mehr Männer verfügte oder welcher Seite die Männer nicht weggelaufen war.

Aber das hier, das war kein Krieg. Das war keine Schlacht. Und es hatte auch nichts mit dem König zu tun.

Es hatte nur etwas mit den Zwistigkeiten der Clans zu tun, und mit den jungen Männern, die so sehr in alltäglichen Abläufen eingespannt waren, dass sie in der Gefahr Ablenkung von irdischen Sorgen suchten. Wenn nicht gerade Krieg herrschte, konnte man Überfälle durchführen. Das war in ganz Schottland oberhalb der Lowlands so; um den Clan zu ernähren, um die Herden zu vergrößern, um seine Pflichten zu erfüllen.

Seine Pflicht war es jetzt, am Leben zu bleiben, und nach Hause, nach Glencoe zurückzukehren.

Er hatte lange genug zitternd und keuchend dagelegen. Die Campbells waren mit ihrem Vieh verschwunden. Der Staub hatte sich gelegt. Die gewohnten Geräusche von Vögeln, Wind und Insekten waren auf den Hügel zurückgekehrt, auf dem noch immer ein langes Seil einsam vom Baum hing und auf dem MacIains zweiter Sohn sich mit Blut im Mund schließlich bemühte, auf die Beine zu kommen, damit er noch einmal die Welt sehen konnte, von der er geglaubt hatte, sie für immer verlassen zu müssen.

Er rollte sich auf den Bauch, zog dann die Beine unter den Körper. Mit einem kräftigen Ruck hievte er sich hoch, stützte die Hände auf und versuchte, so auf allen Vieren das Gleichgewicht zu halten. Er spuckte Blut und Schmutz aus, spürte dabei die Wunde an der Lippe, die er sich bei dem verzweifelten Versuch beigebracht hatte, nicht so zu schreien wie Walter, und seinen Clan nicht zu entehren.

Er mühte sich weiter, kämpfte sich auf die Knie und ließ sich auf die Fersen nieder, während die abgetrennte Schlinge gegen seine Brust baumelte, dann schließlich kam er auf die Beine, schwankte dabei unbeholfen hin und her, weil er die Arme nicht einsetzen konnte, um das Gleichgewicht zu halten. Aber endlich stand er aufrecht da und schaute den letzten Zeichen der Campbells hinterher, die gerade eben noch hier gewesen waren: ein schwaches Aufblitzen von Stahl sowie eine Staubwolke, die von dem zurückgeholten Vieh aufgewirbelt wurde.

Dair blinzelte. Er war froh, dass Cat gegangen war.

Als er sicher war, dass er seinen Beinen trauen konnte, verließ er den Hügel. Die Muskeln in seinen Oberschenkeln zitterten. Zuerst machte er nur kleine Schritte, denn er musste sich auf jeden Einzelnen konzentrieren – eins, und eins, und eins –, doch als das Zittern schließlich nachließ, vergrößerte er seine Schritte. Eins-zwei-drei –

Er blieb erst wieder stehen, als er die Leiche bei den Felsen erreicht hatte: Hugh MacDonald, sein Cousin. Er war verblutet. Sein Blut hatte sich in einer schmutzigen Pfütze gesammelt, tränkte das trockene Gras.

Es war ihm unmöglich, seinem Cousin die Augen zu schließen, weil seine Hände hinter dem Rücken zusammengebunden waren.

»*Fraoch Eilean*«, krächzte er, und der Wind strich über das Moor.

Dann wandte er sich nach Westen und begann, nach Hause zu gehen.

Leere. Ein leeres Haus, ein leeres Herz. Chesthill war ohne ihren Vater, der sich selbstvergessen dem Whisky hingab, eine noch größere Karikatur, als wenn er da war. Cat hatte sich in dem Haus oft allein gefühlt, obwohl er anwesend gewesen war, denn er hatte sich – abgesehen von seinem Bedürfnis zu trinken – so wenig bemerkbar gemacht. Jetzt war er jedoch ein anderer Mann geworden, wirkte mächtiger als sonst, als sie ihre Chancen abgewogen hatte, einer Bestrafung zu entgehen.

Er hatte sie nur selten geschlagen; das letzte Mal war in Anwesenheit von Breadalbane gewesen, als der Earl gekommen war und ihren Vater wegen seiner Dummheit, Glen Lyon zu verkaufen, gemaßregelt hatte. Dieses Mal wünschte sie geradezu, er *hätte* sie geschlagen, obwohl sie es so sehr hasste, und erst recht die wilden Tränen, die unweigerlich damit verbunden waren. Doch dann hätte sie ihn wegen der Erniedrigung hassen können, die er *ihr* zugefügt hatte, statt ihn für das zu verabscheuen, was er Dair MacDonald angetan hatte.

Er hatte ihr nicht erlaubt, bei ihm zu bleiben. Sie hatte einem toten Mann, der wider Erwarten doch noch lebte, nicht erklären dürfen, wieso sie die Wahrheit über Robbies Tod erst nach so langer Zeit enthüllt hatte, obwohl durch ihr Schweigen dem Hass neue Nahrung zugeführt worden war.

Es gab andere Gründe. Es gab immer andere Gründe; sie war eine Campbell, er ein MacDonald.

Cat stand im Vorderzimmer des Hauses. Die Tür hinter ihr war offen, so dass Sonnenlicht ins Innere fiel und frische Luft hereinstrich, während sie beschloss, dass es Zeit war, die Verantwortung für das zu übernehmen, was sie anderen schuldig war – so, wie ihr Vater es ihr aufgetragen hatte.

Er hatte es klar und deutlich gesagt: »*Es ist an der Zeit, dass du lernst, was Verantwortung bedeutet, Cat. Du kannst sie nicht mal so und mal so auslegen, wie es dir gerade in den Sinn kommt.*«

Aber sie *hatte* die Verantwortung übernommen. Für den Tod ihres Bruders und für das Leben von Dair MacDonald. Und Glenlyon bestrafte sie dafür.

»Verflucht seist du«, entfuhr es ihr. »Wenn auch nur deshalb. Du hast es getan, weil es dir peinlich gewesen ist, dass ich, eine Campbell, um das Leben eines MacDonalds gebettelt habe.«

In dem schrecklichen Augenblick, als sie geglaubt hatte, dass Dair sterben würde, war auch sie einen Tod gestorben: sie war den Tod gestorben, der jedes Kind ereilte, wenn es plötzlich alt genug wurde, um das Kind in den Eltern zu erkennen und sich einzugestehen, dass der Vater trotz seines Alters nicht weiser war als sie. Das Ende dieser Unschuld wurde hundertfach verstärkt durch die anderen, viel schmerzhafteren Tode: den der Liebe zu ihrem Vater, dem des Stolzes auf ihren Namen, den Tod der festen Überzeugung, dass es immer eine Rechtfertigung für die Vergeltung gab, mit der ein Campbell auf das Verbrechen eines MacDonalds antwortete.

Dair MacDonald lebte noch. Sie nahm an, dass es eines Tages Lieder darüber geben würde: über den Mann, den Glenlyon gehängt hatte. Aber sie und ein halbes Dutzend anderer, darunter Dair und Glenlyon, kannten die Wahrheit: Ihr Vater hatte das Seil als Vergeltungsmaßnahme durchtrennt, nicht aus Barmherzigkeit; er wollte alle wissen lassen, dass der MacDonald sein Leben nur seiner Gnade zu verdanken hatte.

Nur ein starker, ein mutiger Mann konnte seinen größten Feind überleben lassen und ihm das Gefühl geben, selbst ohne Mut zu sein – wodurch sein eigener umso mehr erstrahlte. Robert Campbell, Laird von Glen Lyon, über den alle anderen lachten, hatte mit einem einzigen Schwerthieb seinen Namen und seinen Ruf zum großen Teil wieder hergestellt.

Er hat sich selbst wieder zu einem Mann erhoben. Im Namen seiner Tochter.

Campbell, die Zielscheibe des Spotts; Glenlyon, der betrunkene Mann, war für niemanden eine Gefahr, außer für sich selbst. Campbell der Held, Glenlyon, der mutige Laird, war ein Mann, den andere rühmen würden, dem sie folgen würden, und solches Lob würde ihn mit dem Willen und der Fähigkeit ausstatten, genau jene Taten zu vollbringen, die er benötigte, um sein Leben wieder zu ordnen.

Um mein Leben zu ordnen. Cat hätte am liebsten um den Verlust ihrer Freiheit getrauert, aber alles, was sie tun konnte, war aus Erleichterung darüber zu weinen, dass ihr Vater, aus welchem Grund auch immer, es für angemessen gehalten hatte, das Seil zu durchtrennen.

Eine Bestrafung, die so daherkam, war ein erträglicher Schmerz.

Dair traute der Hand zuerst nicht, die er auf seinem Körper spürte. Es war nur *eine* Hand; die andere hielt die Zügel eines Pferdes. »Dair – oh, Gott im Himmel –« Er wurde zurückgehalten, zum Halten gezwungen. Er blieb stehen. Jetzt waren beide Hände mit seiner Schlinge beschäftigt, lösten sie und zogen sie ihm über dem Kopf.

Dair begann zu zittern.

»Ganz ruhig –« Robbie Stewart ließ das Seil zu Boden fallen, zog seinen Dolch und schnitt die Fessel an Dairs Rücken durch. Dairs Arme waren endlich wieder frei, und er ließ sie herabsinken. »Oh, ich weiß – ich weiß, was du fühlst … Warte, warte.«

Er drehte sich abrupt um und ging weg. Dair hörte, wie er mit leiser Stimme mit einem anderen Mann sprach, dann vernahm er das Geräusch sich eilig entfernender Hufe.

»Es ist besser so«, sagte Robbie. »Es ist besser, wenn nur ich es sehe, Dair, ich weiß … aber es muss dir nicht peinlich sein.«

Er kniete nieder, weil er plötzlich nicht mehr stehen konnte, weil er nicht mehr aufhören konnte, zu zittern. Seine Schultern schmerzten, als er die Arme nach vorn nahm und die Handgelenke vor dem Bauch kreuzte. Die Steine drückten sich schmerzhaft in seine Knie. Ein Krampf erfasste seinen Bauch, strömte dann hinterlistig in seine Lenden und raubte seinen Muskeln jegliche Kraft.

Er beugte sich heftig nach vorn und biss sich auf die Lippe. Er spürte, wie das Blut hervorquoll, schmeckte es im Mund. Erst jetzt spürte er den bitteren Geschmack der unterdrückten Furcht, die sich, endlich frei und in Sicherheit, nun richtig zeigte, seinen kräftigen Körper ergriff und ihm seine Selbstachtung nahm, indem er der Tatsache nicht mehr ausweichen konnte, dass er gehängt worden war –

– und der großen Erleichterung, dass er es überlebt hatte und von einem Freund gefunden worden war.

»Ich weiß«, sagte Robbie heiser. »Eine Schlacht ist etwas Gerechtes, Sauberes… dem Tod in einer Schlacht steht ein Mann zwar mit Furcht gegenüber, aber er hört den Dudelsack, er hört die Schlachtrufe, und er weiß, er ist nicht allein. Er überwindet seine Furcht im Rausch des Blutes. Aber das hier – *das* hier…« Er atmete geräuschvoll aus. »Das ist weder gerecht noch sauber – und es ist keine Schande für einen Mann, froh zu sein, es überlebt zu haben, und zu weinen…« Robbie legte ihm die Hand auf die Schulter, packte seinen Oberarm kräftig. »Ich achte dich nicht geringer wegen dem, was ich getan habe«, sagte Stewart, »und was ich wieder tun würde; und was ich tun *würde*, wäre ich an deiner Stelle.«

Es waren nicht so sehr die Worte als vielmehr der Ton. Dair fühlte sich in diesem Augenblick wie ein kleines Hündchen, das auf die Stimme eines Mannes antwortete, der verstand, was es hieß, unendliche Angst zu haben, sich unendlich erleichtert zu fühlen, der die unzähligen Verwicklungen des neuen Lebens verstand, das mit dem Ende des alten begonnen hatte.

Er spuckte Blut aus. Er drückte die Handflächen gegen den Boden und stemmte sich hoch, so dass er aufrecht wie ein Mann dastand und auf die Welt schaute, die Glenlyon ihm zurückgegeben hatte.

Nicht Glenlyon. Seine Tochter.

Dair sah das Pferd an. Sein Körper erstarrte; er war ganz und gar unfähig, auf das Tier zu steigen. Es war zu plötzlich, zu rasch, zu ähnlich. Es war ein Pferd gewesen, das ihn bereitwillig in den Tod geführt hätte, obwohl ihn ein Schwert davor bewahrt hatte.

»Aye«, meinte Robbie und schickte sein Pferd mit einem Klaps auf den Hintern weg. »An einem solchen Tag ziehe ich es ebenfalls vor, zu Fuß zu gehen.«

5

Der Earl of Breadalbane hielt sich niemals lange in der Küche von Kilchurn auf, was sein ältester Sohn sehr wohl tat, noch dazu häufig. Gewöhnlich trank er dort Bier, aß etwas und klatschte mit dem Küchenpersonal.

Es war eine Angewohnheit, die Breadalbane sehr missfiel, ihn jedoch angesichts von Duncans Neigung zu zweifelhaften Bekanntschaften nicht besonders überraschte; aber immerhin war es seine eigene Küche, und es waren seine eigenen Bediensteten. Und so dachte er, während er sich zur Küche aufmachte, dass Duncan sich seine Zeit immer noch besser unter dem Dach seines Vaters vertrieb als in den Tavernen.

Breadalbanes Erbe saß an dem riesigen Holztisch, an dem gewöhnlich die Mahlzeiten für die großen Feiern zubereitet wurden, neben sich eine halb verschlungene Fleischpastete und Bier. Er war gar nicht glücklich, seinen Vater zu sehen. Aber auch der Earl war ungehalten, ärgerte sich über Duncans schadenfrohes Grinsen, wie er mit vollem Munde so dasaß. Es lag eine Verdrossenheit in seinem fahlen Gesicht, eine Feindseligkeit in seinen Augen, die den Earl an seinen eigenen Vater erinnerte – *möge seine erbärmliche Seele in Frieden ruhen*! –, der nur selten die Welt und die sich daraus ergebenden Notwendigkeiten so gesehen hatte, wie er es tat. Und jetzt offenbarte der Enkel genau den gleichen Mangel an Einsicht wie sein Großvater.

Das Küchenpersonal war verblüfft, als der Earl hereinkam. Der Earl verscheuchte es sogleich aus der Küche; es kümmerte ihn nicht, dass vermutlich das Essen darunter leiden würde, denn hier ging es um etwas, das er für weit wichtiger hielt als den Geschmack des Fleisches.

»Sie ist hier«, erklärte Breadalbane ohne große Vorrede. »Sie ist in dem Zimmer, das für sie vorbereitet worden ist. Bevor ich dir gestatte, sie zu sehen, möchte ich sicherstellen, dass du sie auch so behandelst, wie es dir als Erben angemessen ist.«

»Wieso?«, fragte Duncan, immer noch den Mund voll Fleisch und Teig. »Befürchtest du etwa, dass ich sie verhöhnen oder ihr mitteilen könnte, dass ich eigentlich eine andere Frau heiraten will?«

»Das befürchte ich allerdings … und du würdest es auch tun.«

Duncans Lächeln hatte weder etwas Heiteres noch Freundliches. »Ja, das würde ich.« Er nahm das Bier und trank genüsslich.

Der Earl wusste sehr wohl, dass sein Sohn versuchte, ihn aus der Fassung zu bringen. Nun, dazu war mehr nötig als seine armseligen Manieren. »Ihr Vater mag ein Mann sein, dem wir wenig Respekt schulden, aber sie hat die Höflichkeit der Breadalbanes durchaus verdient –«

Duncan stellte seinen Krug mit einem solch lauten Knall ab, dass der Inhalt über den Rand schwappte. »Höflichkeit! Von dir?«

»Von dir.« Der Earl ging in der Küche auf und ab, wobei er sich geistesabwesend einprägte, wie viel Mehl für Brot benutzt wurde; wie wichtig sein Salzvorrat war; wie die Kräuter aufbewahrt wurden. »Ich weiß zwar nicht, was du Marjorie Campbell von Lawers versprochen hast, aber du solltest dein Versprechen auflösen; sie ist nicht diejenige, die du heiraten wirst. Ich habe meine Gründe dafür, gute Gründe, die du zweifellos bestreiten wirst, aber es ist entschieden. Und ich glaube, sie ist eine gute Partie, Duncan… ich habe sie vor zwei Jahren gesehen – oder war es vor drei Jahren? Damals, als ich nach Glen Lyon gegangen bin. Sie hat ihren eigenen Kopf, etwas, wofür du mir noch dankbar sein wirst. Sie ist sicher kein Wachs.«

Duncan riss sich ein Stück Brot ab. »Und, ist sie hübsch? Oder gibst du mir eine unscheinbare Frau, um die Schulden anderer Leute zu begleichen, während ich eigentlich die haben könnte, die ich mir selbst ausgesucht habe?«

»Ich habe dich niemals angelogen, Duncan, und das werde ich auch jetzt nicht tun. Nein, sie ist nicht hübsch. Niemand würde das von ihr sagen.«

»Ah.« Auf Duncans fahlem Gesicht breiteten sich jetzt wieder die roten Flecken aus, die immer auftraten, wenn er wütend war. »Wieso heiratest du sie eigentlich nicht selbst? Du hast deine Gründe, wie du sagst. Du machst nicht den Eindruck, als würdest du schon bald sterben… wieso musst du sie dann mir aufhalsen? Und ich frage mich, ob du sie nicht ohnehin John gegeben hättest, wenn er nicht schon verheiratet wäre… das heißt, falls du ihm überhaupt jemals eine Frau gegeben hättest, die nicht schön ist. Hat er etwa was Besseres verdient als ich?«

»Das hat er allerdings«, erklärte der Earl und fuhr damit fort, die Küche zu begutachten. »Schon deshalb, weil er höflich ist. Habe ich dir beigebracht, so zu sprechen?«

»Die Notwendigkeit hat es mich gelehrt – ich bin schließlich dein Sohn, aye? Und ich bin nicht völlig blöd. Ich weiß, wann es an der Zeit ist, mich zu verteidigen.« Duncan steckte sich Brot in den Mund, kaute kräftig darauf herum, dann zuckte er die Schultern. »Nun, ich kann wohl nicht viel dazu sagen, oder? Es ist ja bereits alles entschieden. Bleibt also nur, dass die beiden sich treffen: Breadalbanes Erbe, der sie gern gegen eine andere eintauschen würde, und die farblose Tochter eines Trunksüchtigen.« Er schwieg und schluckte. »Hast du ihr von mir erzählt? Hast du sie vor meinen Angewohnheiten gewarnt?«

Breadalbane schnüffelte an dem köchelnden Inhalt eines Topfes auf dem Herd. »Ich habe sie noch nicht gesehen. Ich hatte etwas zu erledigen. Aber ich werde sie gleich zu dir schicken.«

»Ohne Vorwarnung?« Duncan lachte, spülte das restliche Brot mit Bier hinunter. »Sollen wir beide uns also einfach fügen? Und ungeliebt bleiben?«

Breadalbane seufzte. »Sie wird nicht ungeliebt bleiben, sofern du nicht vorhast, ihr deine Liebe zu versagen.«

»Ihr? Nein.« Duncans Lippen zuckten. »Nur dir.«

Der Felsen war so hoch wie ein Mann und maß in Breite und Länge so viel wie zehn nebeneinander stehende Männer. Unzählige Risse und Spalten verliefen senkrecht durch den zerklüfteten Granit, Streifen und Rillen, die Wind und Wetter im Laufe der Zeit hineingefressen hatten. Im Winter war der Felsen nichts als grau, und Abwechslung boten höchstens die Flecken aus verdorrtem, gelb gefärbtem Gras sowie die ockergelben Flechten, doch im Frühling erstrahlte er nur so vor Fülle an neuem Leben, das in den fruchtbaren Nischen aus Erde und Samen spross.

Der Legende nach war der riesige Fels in der Mitte des Glens einmal ein Heiligtum der Druiden gewesen. Dair wusste es nicht genau. Er wusste nur, dass er ein Ort der

Stille und der Einsamkeit war, ein Ort, an dem man ungestört nachdenken konnte, wenn man hoch oben thronte.

Die abgeflachte Kuppe des Felsens war voller Vertiefungen, so dass sich in den zerklüfteten Spalten Regenwasser sammelte und Erde ablagerte. An anderen Stellen ragten spitze Kanten in die Höhe, so dass man aufpassen musste, wohin man den Fuß setzte, wenn man über den Grat des Felsens wanderte. Obwohl die Formation nicht einmal annähernd so hoch war wie der Pap von Glencoe, der sich über das Glen erhob, und auch nicht so tückisch wie die Teufelstreppe zwischen dem Glen und Rannoch Moor, so hatten die harten Kanten doch etwas Unversöhnliches.

Er stand eine ganze Zeit still auf dem Felsen und ließ sich den Wind ins Gesicht blasen. Er spürte die Feuchtigkeit von Loch Linnhe, der sich am westlichen Ende des Tals befand, und des in der Nähe vorbeifließenden Coe, der sich mitten durch das von Bergen eingefasste fruchtbare Tal wand. Er roch den erdigen Reichtum des Frühlings, den schweren Geruch von verbranntem Torf und einen Hauch von gebratenem Wild. Er genoss die sanfte Berührung des Windes, aalte sich in ihr, bis ihm schlagartig die Ähnlichkeit mit den Liebkosungen von Jean Stewart klar wurde. Abrupt setzte er sich auf die Kante des gewaltigen Felsens, wo er von Kiefern vor dem Wind geschützt war.

Dair war nicht sehr überrascht, als sein Blick auf John fiel, der von seinem Haus her auf den Felsen zu kam; sein Bruder verstand ihn besser als die meisten anderen. Er sah, wie der Saum seines Kilts hin und her schwang, als er das Tal entlangschritt, den kleinen Sandy auf dem Arm. Er verließ jetzt die Straße und wandte sich direkt dem Felsen zu, kletterte jedoch nicht auf der rückwärtigen Seite hoch, sondern blieb auf dem kiesbestreuten Platz an seinem Fuße stehen. Der Felsen war nicht so hoch, dass er sich weit hätte zurückbeugen und schreien müssen, um mit Dair zu reden. »Jean ist im Haus.«

Stumm betrachtete Dair seinen nach ihm benannten Neffen, der an der Fibel zupfte, die das Plaid seines Vaters an der Schulter festhielt. Der kleine Sandy würde eines Tages selbst MacIain sein, der vierzehnte dieses Namens, nachdem John MacDonald Laird geworden war.

»Sie hat gesagt, dass sie mit Eiblin sprechen will«, erklärte John und schützte seine Fibel und den Stoff mit der Hand. »Eiblin hat mich mit Händen und Füßen und hochgezogenen Augenbrauen zur Tür geschoben. Da es eher selten vorkommt, dass ich aus meinem eigenen Haus geworfen werde, dachte ich, dich nach dem Grund dafür zu fragen.«

Dair seufzte, malte mit einem Zweig zufällige Muster in die feuchte Erde, die sich in einer Felsnische gesammelt hatte. »Eiblin wird es dir später schon erzählen. Sie erzählt dir doch sonst auch alles.«

»Weil sie meine Frau ist, deshalb. Das würdest du wissen, wenn du verheiratet wärst.« John stellte seinen Sohn auf das grüne Gras und gab ihm einen Stock in die Hand. »Aber wieso sollte ich darauf warten, dass meine Frau mir heute Abend etwas erzählt, was mein Bruder mir jetzt schon sagen könnte?«

»Es ist dein Haus, John. Du musst nicht zulassen, dass eine Frau dir darin befiehlt.«

»Da spricht aber wirklich jemand, der nicht verheiratet ist!«

Dair schnitt eine Grimasse. Dann blickte er seinen Bruder an und zog einen Mundwinkel hoch. »Deine Haare sind fast so weiß wie die von MacIain.«

»Und sie werden wahrscheinlich noch weißer sein, wenn du mir endlich die Wahrheit sagst.« John schwieg. »Es geht um Jean, nicht?«

»Himmel.« Dair seufzte. »Du solltest raufkommen, John. Es macht keinen Sinn zu stehen, wenn man sitzen kann.«

»Oh, aye – ich wollte dich nicht belästigen, für den Fall, dass du keine Gesellschaft willst.«

»Ich habe dich doch gerade gebeten, raufzukommen.«

John beugte sich zu seinem Sohn herab. »Ich bin da oben« – er deutete auf die Felsenkrone –, »also lauf ja nicht zum Fluss, sonst komme ich sofort runtergeflogen und hol dich zurück.«

Der kleine Sandy war im Augenblick jedoch ganz und gar mit seinem Stock und den Spuren beschäftigt, die er damit im Gras und auf dem dunklen Boden hinterließ. Er schien nicht darauf aus zu sein, zum Fluss zu laufen, und so ging John zur Rückseite des Felsens und kletterte eine Reihe von Stufen hinauf, die Gott gnädigerweise geformt hatte, als er den Felsen geschaffen hatte. Er marschierte über die unebene Kuppe und blieb neben Dair stehen, schaute auf die grüne Aussicht um sie herum. »Es ist der beste Ort im ganzen Glen für ein Leuchtfeuer. Man würde es von jedem Haus aus sehen.«

»Hast du mich gesehen?«

»Ich wusste, dass du hier bist. Ich musste dich nicht sehen.« John fand eine Stelle neben seinem Bruder, wo er sich niederlassen konnte, und rückte die Falten seines Kilts zurecht. »Sie reden über Frauensachen. Da ist es hier besser für mich.« Er griff in seine Tasche und zog eine flache, lederumwickelte Flasche heraus. Er nahm den Stöpsel ab und hob sie kurz hoch. »*Slàinte.*« Er trank und reichte die Flasche seinem Bruder.

Dair nahm sie dankbar an. »*Slàinte.*« Der Whisky brannte in seiner Kehle.

Eine lange Zeit schwiegen sie gemeinsam, in völlig entspannter Atmosphäre; ihre enge Beziehung beruhte sowohl auf Vertrauen als auch auf Anteilnahme, und keiner der beiden pflegte den anderen anzutreiben, wenn der die Zeit zum Reden noch nicht für gekommen hielt.

Aber meine Zeit wird kommen, nicht? Dair tastete in einer Vertiefung neben sich nach Kieseln und warf sie einen nach dem anderen weg, zielte auf einen Baum hinter seinem Neffen. »Du hast in Killiecrankie etwas gesagt, kurz bevor die Männer anfingen, den Dudelsack zu spielen.«

John legte seinen Kopf in den Nacken und blinzelte gen Himmel. »Ich erinnere mich nicht so gut daran wie du. Das Warten auf die Schlacht hat mich damals ziemlich mitgenommen.«

»Du hast gesagt, dass ein Mann durch eine Schlacht dazu gebracht wird, an seine Frau und seine Kinder zu denken.«

»Das ist auch meistens so. Aber es ist kein *Gesetz*.«

Dair grub seinen Daumen in eine winzige Spalte des unnachgiebigen Gesteins. »Als sie mir die Schlinge um den Hals gelegt haben –«

Er brach ab; sein Brustkorb verengte sich, und seine Kehle zog sich schmerzhaft zusammen. Er spürte das Seil wieder, seine Berührung und den Schmerz; er spürte, wie sich der Sattel und das Pferd unter ihm bewegten, wie er aus den Steigbügeln gerissen wurde, spürte die Schwerelosigkeit des Falls, den Ruck, als das Seil sich hinter seinen Ohren spannte und die Haut aufschürfte; aber das Ohr war nichts, war gar nichts …

Es war das Seil –

– die Schlinge

– der Ruck, der ihm den Atem nahm

– so dass ihm die Stimme versagte

– und sein Denken aussetzte …

– bis auf die Erkenntnis, dass er niemanden in der Welt zurückließ, in dem er weiterleben würde.

Eine Zeit lang sagte er gar nichts, denn er konnte die Worte nicht finden, hatte nur die Gefühle, und die waren sehr persönlich und überaus mächtig. Die ruhige Anwesenheit Johns fröstelte ihn, denn er wusste, dass sein Bruder niemals von ihm verlangen würde, etwas auszusprechen, das er nicht sagen wollte. Und doch wusste Dair, dass er sprechen musste, wenn er wollte, dass die innere Verletzung ebenso heilte wie die Haut an seinem Nacken.

»Als sie mir die Schlinge um den Hals gelegt haben und Glenlyon seine Hand hob, habe ich an MacIain gedacht und an dich, und an Glencoe und an meine Mutter. Ich habe an die Kinder gedacht, die ich nie zeugen würde. Aber ich habe nicht ein Mal, nicht ein *einziges* Mal an Jean gedacht.« Der Daumen glitt ab. Er sah John an. »Würdest du einem Mann raten, eine Frau zu heiraten, an die er – den Tod vor Augen – keine Sekunde gedacht hat?«

Es war Jahre her, dass Duncan es geschafft hatte, Breadalbane wütend zu machen, und so gelang es ihm auch jetzt nicht. Der Earl behandelte ihn wie immer: er gab ihm Befehle, in dem Bewusstsein, dass Duncan sie befolgen würde, weil er sie immer befolgte. Er war zwar streitsüchtig, aber ihm fehlte die Initiative, die ihn zu einem wirklich aufrührerischen Menschen hätte machen können. Er hatte nicht den Mumm, sich seinem Vater anders als mit Worten zu widersetzen.

Worte waren eine Waffe, die der Earl nur zu gut verstand, und er war weit besser darin, diese Waffe zu schwingen, als sein Erbe es jemals sein würde. »Geh nach draußen in den Garten, Duncan – ich werde dir Glenlyons Tochter schicken. Und sei freundlich zu ihr; sie wird mit uns nach Achallader kommen.«

»Nach Achallader! Wann?«

»In ein paar Wochen. Es gibt mit den anderen Clans etwas zu besprechen.«

»Achallader ist nichts als eine Ruine!«

»Ja, das stimmt. Wir werden wie die Highlander unter unseren Plaids schlafen, und das einzige Dach über unseren Köpfen wird der Himmel sein.« Breadalbane lächelte. »Du bist noch immer ein Highlander, wie du weißt, auch wenn du deine Zeit mit Lowlandern und Sassenachs in den Tavernen verbringst.«

»Sie sind immer noch eine bessere Gesellschaft als die, die du für mich auswählen würdest.«

»Sie sind nur bei dir, weil du *mein* Sohn bist. Hast du keine Augen im Kopf, Duncan? Keine Ohren? Sie machen dir Versprechungen, weil sie wissen, dass du eines Tages Breadalbane sein wirst; du solltest ihnen nicht so viel Vertrauen schenken.«

»Während du zu den Clans gehst?« Duncan schüttelte den Kopf und stellte das Bier ab. »Du bist Williams Mann, Vater – sie werden dir nicht zuhören.«

»Sie werden zuhören. Es könnte Silber für sie dabei rausspringen.«

Aber er sprach nicht von dem, was der Eid sonst noch bringen würde, denn Duncan konnte seine Zunge nicht im Zaum halten. Breadalbane wusste nur zu gut, vor welcher Wahl die Lairds standen. Wenn sie nicht schworen – unabhängig, ob aus einem triftigen Grund oder wegen des Wetters –, würden sie innerhalb eines Jahres tot sein. William gab ihnen auf Anraten Stairs nicht mehr als sechs Monate.

»Es sind Jakobiten«, beharrte Duncan. »Sie werden jemandem wie *dir* nicht zuhören.«

»Eines Tages werden sie es tun. Heute. Morgen… Wer weiß das schon?« Breadalbane lächelte. »Komm mit mir nach Achallader, da kannst du das eine oder andere lernen. Du bist schließlich derjenige, der mit ihnen umgehen muss, wenn ich unter der Erde liege.«

»Und soll ich ernten, was du gesät hast?« Duncan nahm sein Messer wieder auf. »Lieber würden sie dich erdolchen, als dass sie deinen Worten lauschen. Und wenn sie das Silber erst haben, warum sollten sie dir dann noch zuhören?«

»Oh nein, nein. Sie werden mir zuerst zuhören, dann erst mein Silber nehmen… oder *sich einverstanden erklären*, es zu nehmen. Es ist eine ganz andere Sache, es von Edinburgh oder London hierher schaffen zu lassen.«

Duncan war erstaunt. »Es ist also noch gar nicht hier?«

»Ich müsste schon ein großer Narr sein, wenn ich etwas mitnehmen würde, das die Highlander mir stehlen könnten.« Breadalbane schüttelte den Kopf. »Du hast dich zu lange bei den Lowlandern aufgehalten; es ist an der Zeit, dass du dich an deine Herkunft erinnerst.«

Duncan stieß das Messer mit Wucht nach unten, so dass es zitternd im Holz stecken blieb. »Ich soll mich daran erinnern, dass ich von Viehdieben aufgezogen wurde, aye?« Er lachte rau. »Der Schwarze Duncan mit der Kutte. Mein Namensvetter. Er ist nicht besser gewesen als jeder andere räuberische Highlander, eher noch schlimmer als die meisten! Er hat nichts gekauft, was er nicht auch hätte stehlen können –«

»Er war ein sparsamer Mensch, der Schwarze Duncan.«

»– noch dazu mit List und Tücke, wann immer er konnte, und mit Morden, wenn es nicht möglich war. Um Himmels willen, Vater, du willst doch nicht, dass ich in seine Fußstapfen trete?«

»Meine Frage ist: Folgst *du* ihnen?«

Duncan fiel die Kinnlade herunter. »Du glaubst von mir, ich würde John vertreiben?«

»Der Schwarze Duncan hat es mit seinem Bruder getan, den *sein* Vater bevorzugt hat.«

»John würde mich aber besiegen! Du weißt das! Er ist in allem besser als ich –«

Der Earl schnitt ihm das Wort ab. »Dann solltest du dich auch daran immer erinnern.«

Die Farbe wich wieder aus Duncans Gesicht. »Es trifft tatsächlich zu, was man von dir sagt!«

»Tut es das?«

»›Die Regierung kann ihm nur trauen, wo seine eigenen Interessen offen zutage treten …‹«, zitierte Duncan.

Breadalbane lächelte spöttisch. »Kaffeehaus-Geschichten. Reine Zeitverschwendung, die Flugblätter zu lesen; man kann nie sicher sein, ob das stimmt, was sie schreiben.«

»›– er kennt weder Ehre noch Religion, es sei denn, sie decken sich mit seinen eigenen Interessen‹ –«

»Hast du das alles auswendig gelernt?«

»Das habe ich. Ich weiß, dass es die Wahrheit ist – möglicherweise die Einzige, die ich über dich kenne.« Duncan lachte. »Ziemlich scharfsinnig, wie sie dich beschrieben haben… es ist auch eine Radierung dabei gewesen –«

»Genug«, unterbrach Breadalbane. »Geh in den Garten und lerne deine Frau kennen.«

»Glenlyons Tochter?« Duncan gab ein schroffes Geräusch von sich. »Dann sollte ich wohl besser Whisky und Würfel mitnehmen.«

Breadalbane erinnerte sich an den Trotz, den sie vor ihrem Vater an den Tag gelegt hatte, an den Hieb, den sie ausgehalten hatte – und der auch zehnmal so stark hätte sein können, wenn er denn sichergestellt hätte, dass der Earl alles in seiner Macht Stehende tun würde, um Glen Lyon von Murray von Atholl zurückzubekommen. Er hatte es nicht getan, was nicht hieß, dass er es nicht versucht hätte, doch der Earl of Atholl hatte ihn abgewiesen.

Jetzt schüttelte er den Kopf. »Sie ist nicht ihr Vater, Duncan. Vergiss das nie.«

Als Cat sich anschickte, in den eingezäunten Garten des Earl zu gehen, fand sie die Tür wie als Aufforderung leicht angelehnt. Dennoch ging sie nicht sofort hinein, denn sie konnte nicht. Sie stand wie gebannt da, ähnlich einem Hasen, der kurz davor war, wegzulaufen, aber nicht wusste, welcher Weg die beste Fluchtmöglichkeit bot.

Es war nicht gerecht, sie wusste das. Duncan Campbell hatte etwas Besseres verdient. Sie nahm an, dass auch sein

Vater etwas Besseres verdient hatte, auch wenn sie wenig geneigt war, dem Earl mehr Freundlichkeit entgegenzubringen, als die guten Sitten von ihr verlangten. Sie erinnerte sich nur zu deutlich daran, wie Breadalbane sich geweigert hatte, die Schulden ihres Vaters zu bezahlen, wie er daher gezwungen gewesen war, Glen Lyon zu verkaufen, und wie der Earl es entgegen allen Versprechungen nicht geschafft hatte, den Verkauf an Murray von Atholl rückgängig zu machen.

Und jetzt will er, dass ich seinen Erben heirate… Cat nahm an, dass es Breadalbanes Art war, die Dinge doch noch zu berichtigen; ihr Vater war trotz seiner Not immer noch Glenlyon und hatte einen nicht unbedeutenden Ruf. Sie selbst war ebenso eine Campbell wie Duncan, und sie waren blutsverwandt. Es hätte ihnen auch schlechter ergehen können.

Sie hatte nichts dagegen, zu heiraten. Sie wollte einen Ehemann, einen Haushalt, Kinder. Sie wusste, dass eine Heirat bestimmte Dinge erforderte und dass sie sowohl bezüglich ihrer Ideale wie auch ihres Verhaltens Kompromisse machen musste, und ihr war klar, dass ein Mann bei solchen Kompromissen weniger litt als eine Frau, weil man von ihm erwartete, dass er keine machte. Sie war durchaus willens, zu tun, was notwendig war, um ein geregeltes Leben zu führen. Aber sie hatte erwartet, eines Tages einen Campbell von Glen Lyon zu heiraten, einen Mann, den sie kannte, oder einen Bekannten aus einem benachbarten Glen. Jetzt, da sie auf der einen Seite der Mauer stand, sich vollkommen der Tatsache bewusst, dass auf der anderen möglicherweise ihr zukünftiger Ehemann, ein Fremder, wartete, fühlte sie sich ganz und gar nicht danach, ihn kennen zu lernen, sondern wäre am liebsten weggerannt.

Cat holte tief und geräuschvoll Luft. »Duncan Campbell«, murmelte sie leise. »Gott – ich müsste nicht einmal meinen Namen ändern!«

Aber ihr Rang würde sich ändern, und damit auch ihre

bisherige Welt. Beim Tode seines Vaters würde er Earl werden und sie Countess. Dem neuen Earl würden ein halbes Dutzend Burgen gehören, die überall im Land der Campbells verstreut waren, ebenso wie ein Stadthaus in Edinburgh. Sie bezweifelte sehr, dass sie Glen Lyon jemals wieder sehen würde.

Cat vermutete, dass die meisten Frauen sich freuen würden, aber nicht einmal dieses Wissen brachte ihr Frieden. Sie machte sich ebenso wenig aus dem Rang wie aus dem Mann, auch wenn sie ihn noch nie zuvor gesehen hatte.

»Sei nicht verrückt«, murmelte sie und trat durch das offene Tor.

Zuerst glaubte sie, allein zu sein, wurde jedoch gleich eines Besseren belehrt. Ein Mann war anwesend; er arbeitete an einem Stück Erde, aus dem eine Fülle an Reben vermischt mit einzelnen Rosen emporwuchs. Ihrem ungeübten Auge erschien der Garten sehr verwildert, aber seltsamerweise hatte er trotz seiner Unordnung etwas äußerst Anziehendes. Es schien unnötig zu sein, all die Wildheit zu verjagen, sie zurechtzustutzen, aber genau das war es, was der Mann gerade tat.

Duncan? Duncan Campbell? Aber das sagte sie nicht laut. Es war besser für sie, ihn ohne sein Wissen zu beobachten, ohne die starre Höflichkeit, die sie einander entgegenbringen würden, weil sie nicht wussten, was sonst zwischen ihnen herrschen konnte.

Er kniete vor einer Mauer und beschnitt Reben und Schilfrohr. Er war kein Diener; seine Kleider stellten das eindeutig klar, auch wenn sie durch die Arbeit schmutzig geworden waren. Cat beobachtete die sparsamen Bewegungen, die saubere Präzision, mit der er Stiel oder Rohr auswählte und abtrennte, sie dann von dem Busch zog und an die Seite legte. Haufen von abgeschnittenem, weggeworfenem Grün lagen in dem Garten herum, bewiesen seine Fortschritte.

Sie konnte nicht sprechen. Sie konnte die Stille nicht

brechen, die, einmal zerstört, niemals mehr die Gleiche sein würde.

Jemand hatte viel Zeit damit verbracht, diesen Garten zu entwerfen. Ein Steinweg war Jahre zuvor auf einem eleganten, kurvigen Gehweg zwischen den Beeten angelegt worden, aber im Laufe der Zeit hatte ungezähmter Bewuchs sich dort ausgebreitet. Jetzt waren die grasbewachsenen Steine sehr uneben und voller Stolperfallen, und Büsche zerrten beinahe bei jedem Schritt an ihrem Kleid, als sie auf die Mitte des Gartens zuging, wo eine Bank aufgestellt worden war.

Schließlich blieb Cat stehen, kämpfte gegen die Hindernisse an und zupfte tückische Halme und Dornen von ihrem aus Leinen und Wolle gewebten Kleid. Sie hatte ihr bestes Stück angezogen, eine riesige mit karmesinroten Ärmeln versehene Tunika aus sanftem Grün und Schwarz vor einem Hintergrund aus ungebleichtem, cremefarbenem Elfenbein, die mit einem grün gefärbten Ledergürtel zusammengebunden war. Der Arisaid, weniger lebhaft in den Farben, war schön und weich und wurde von einer schweren Fibel mit einem knollenförmigen, rötlichen Bernstein aus einem der Highland-Flüsse vor der Brust zusammengehalten.

Während Cat sich von den Dornen befreite, hörte sie den Mann überrascht murmeln, dann erklang ein Rascheln in den Büschen. Im nächsten Augenblick kniete er auch schon neben ihr und nahm ihr die Mühe ab, ihre Kleider zu befreien. Seine Fingernägel waren schmutzig, aber er gab sich die größte Mühe, seine Kleidung sauber zu halten. Seine Finger arbeiteten schnell und geschickt, und kurz darauf war sie von den Dornen befreit.

Er lächelte sie an. »Er sieht schrecklich aus, aye? Ich bin weg gewesen und konnte mich nicht darum kümmern, deshalb wird es mich jetzt wohl einige Tage kosten.« Dann wurde er plötzlich ernst und betrachtete ihren Gesichtsausdruck; sie fürchtete schon, er könnte die nervöse Anspannung sehen, die sich ihrer Glieder bemächtigt hatte. Er erhob sich und deutete auf die Bank. »Wollt Ihr Euch nicht setzen? Ich habe Gerstenmehlkuchen und eine kleine Flasche mit Bier dort.«

Cat nahm die Einladung nur zu gerne an; ihre Knie zitterten so sehr, dass sie dankbar für die Möglichkeit war, sich setzen zu können. Während sie ihr Kleid glatt strich, griff er nach einem in Leinen gewickelten Paket und der eingebeulten Zinnflasche. Er öffnete sie und säuberte den Hals, dann reichte er ihr den Kuchen in einer sauberen Serviette.

Cat gelang es mit Mühe, zu trinken, ohne zu würgen. »Ihr seid der Sohn des Earl, kein Diener«, meinte sie, während sie ihm die Flasche zurückgab.

Er grinste, ohne ihre Worte als Beleidigung aufzufassen. »Kein Diener, nein, obwohl – so, wie ich aussehe! Nun, mein Vater würde mir vermutlich die Ohren lang ziehen und mich ins Haus schicken, damit ich mich in besseren Kleidern präsentiere.«

Sie brach den warmen Kuchen in zwei Hälften und reichte ihm eine. »Ist der Earl hier?«

Er nahm das dampfende Stück an und dankte mit einem kurzen Nicken. »Im Haus. Habt Ihr ihn noch nicht gesehen?«

Cat schüttelte den Kopf. »Sein Ghillie hat mir die Nachricht gebracht, dass ich herkommen soll, um Euch zu treffen.«

»Aye … mein Vater hat gerade viel zu tun, so kurz vor dem Treffen in Achallader.«

»Achallader?« Cats Finger erstarrten und zerkrümelten den Kuchen. »Ich dachte, Achallader ist nach der Schlacht von Killiecrankie zerstört worden.« Von den MacDonalds, bevor sie nach Glencoe gekommen sind. *Bevor Dair MacDonald mir den Kessel meiner Mutter zurückgegeben hat.*

»So war es auch, dank MacIain und seinesgleichen.« Sein Ton bewies, dass die Erinnerung bitterlich schmerzte. »Aber es ist von den Clans schneller zu erreichen, und darüber hinaus bezweifle ich nicht, dass der Earl seine eigenen Gründe hat. Der Earl hat immer seine Gründe.« Er schob sich etwas Kuchen in den Mund. »Catriona, nicht?«

Etwas hielt sie davon ab, ihm die kurze Variante zu verraten, die sie eigentlich bevorzugte. Er war ganz ungezwungen, aber sie war im Augenblick an nichts anderem als einem förmlichen Umgang interessiert; die Unschlüssigkeit, die mit jedem vergehenden Moment mehr und mehr zutage trat, gefiel ihr ganz und gar nicht. Er schien freundlich, sich der Manieren und ihrer verständlichen Zurückhaltung nur zu bewusst. »Und Ihr seid Duncan.«

»Ich? Oh nein… ich bin John. Duncan ist mein Bruder. Er ist es, den Ihr heiraten sollt; ich habe schon eine Frau.« Er schluckte den Kuchen hinunter, wischte geschickt die Krümel vom Mund und erhob sich dann. »Ich nehme an, dass Duncan auf dem Weg hierher ist. Ich werde mein Werkzeug einpacken und euch allein lassen.«

Nicht Duncan… Ganz und gar nicht Duncan, sondern der zweite Sohn, von dem es hieß, dass der Earl ihn bevorzugte. *Ich muss noch einmal ganz von vorn beginnen*!

John Campbell packte seine Sachen zusammen und drehte sich um, zog dann die Brauen hoch. »Ah, da kommt er ja. Achtet auf den Regen, denn der Himmel verdüstert sich.« Und mit diesem seltsamen Ausspruch – es waren keinerlei Wolken am Himmel zu sehen – verschwand er durch das Tor.

Dair stellte fest, dass es gar nicht so einfach war, seinem Bruder die Wahrheit mitzuteilen, obwohl sie sich so nah standen. Dair war alles andere als stolz auf sich. Als er nach dem Urteil Glenlyons nach Glencoe zurückgekehrt war, hatte er mit Jean, die in seinem Haus gewartet hatte, kein einziges Wort gesprochen. Er war geradewegs in sein Schlafzimmer gegangen, in dem Bewusstsein, dass sie folgen würde, und hatte sich ohne weitere Vorbemerkungen – er wusste, dass sie keine brauchen würde – darangemacht, nicht nur in der primitivsten Weise überhaupt den Beweis seines Überlebens zu führen, sondern gleichzeitig sein Bedürfnis nach einem Kind zu stillen. Er wusste, dass sie ihn verstand und – ausgehungert, wie sie war – ihn dabei unterstützte. Er wusste, dass das Feuer, das zwischen ihnen loderte, den Schmerz wegbrennen würde, dass es die Wut wegbrennen würde, die Erinnerung an die Schlinge um den Nacken, an all das, was dort oben auf dem Hügel unter dem Galgen geschehen war.

– Galgenvögel, in der Tat; ich habe die Wahrheit dieses Namens bewiesen! Nur, dass er überlebt hatte.

Aber das Feuer zwischen ihnen war auf unerklärliche Weise allzu rasch erloschen, der Samen ebenso schnell verteilt, seine Gabe angenommen, ihre Absolution gegeben; und doch war er im Kopf wie auch an Samen leer, und unfähig, beides in Jean Stewarts Bett aufs Neue zu füllen.

Sie war wütend gewesen, als sie seinen Nacken gesehen hatte, hatte gegen Glenlyon gewütet, mit Vergeltung gedroht. Aber in ihm war weder Furcht noch Hass. Und er hatte im Gegensatz zu ihr auch gewusst, dass das Feuer sich in seiner Feuersbrunst selbst verzehrt hatte. Es gab keine Nahrung mehr, die es hätte aufbrauchen können. Er hatte es schließlich in der letzten Feuersbrunst erschöpft, und er hatte nicht die Kraft oder den Mut, nach neuem Zündholz oder einem Feuerstein zu suchen.

Er wusste sehr gut, dass er möglicherweise sein Ziel erreicht hatte: in einem oder zwei Monaten würde Jean es ihm mitteilen. Aber dieses Wissen bot ihm keine Freude, keinen Frieden und keinen Triumph, keine Rechtfertigung oder Vergeltung.

Dair nahm an, dass es nicht so sehr darauf ankam, wie ein Kind gezeugt wurde, sondern lediglich, dass es so war; aber er war nicht mehr unter dem Galgenbaum mit einer Schlinge um seinen Nacken. Er war kein Mann mehr, der aufgrund der erzürnten Bitten einer Frau und der persönlichen Gründe eines Trunksüchtigen vom Teufel zurückgebracht worden war, sondern ein Mann, der weit mehr verlangte, als Jean ihm geben konnte – weit mehr jedenfalls als ein Kind, das ihm eine Frau gebar, die gerade zufällig sein Bett mit ihm teilte.

Jean hatte ihm geboten, was möglich war, weil er es gefordert hatte, weil er es von ihr verlangt hatte, ohne ihr eine andere Wahl zu lassen, denn er hatte nur an sich selbst gedacht. Er hasste sich dafür genauso sehr wie Glenlyon, der ihn dazu gebracht hatte.

»Was ich will«, erklärte Dair mit einiger Anstrengung, »ist das, was MacIain und unsere Mutter haben. Was du mit Eiblin hast. Ich sehe es. Ich weiß es. Ich will es für mich selbst. Aber –«

John wartete.

Es strömte jetzt alles in einem Schwall heraus, aber es war, sowohl was den Inhalt als auch die mitschwingenden Gefühle anging, sehr entschieden. »Jean ist nicht die Frau, die mir das geben kann.«

John stützte seine Ellenbogen auf den Knien auf und beugte sich nach vorn und starrte nach unten auf seinen Sohn. Eine dichte Locke silbriges Haar hob sich in der Brise, strich über die immer noch dunkle Augenbraue. »Es ist nicht bei allen so«, meinte er schließlich. »Du bist nicht wie ich, und Jean ist nicht wie Eiblin. Das heißt aber nicht, dass es für euch keinen Grund gibt, gemeinsam ein Haus zu errichten.«

»Ich bin achtundzwanzig … ich habe mein Haus bereits errichtet.« Dair starrte angestrengt in die Ferne: ein Dunst aus Grün, Gold und Purpur, der farbenfrohe Hintergrund des Himmels. »Aber die Zimmer sind alle leer, selbst wenn sie darin ist.«

Nach einer Weile seufzte John und zerriss einen Streifen Kiefernrinde mit den Händen. »Dann würde ich sagen, dass es nur eine Möglichkeit gibt. Du schuldest ihr eine Entscheidung.«

»Das weiß ich, aye? Aber ich will ihr nicht wehtun.«

John zupfte die Rinde in Fetzen, die er Stück für Stück wegwarf, während er seinen Bruder ansah. »Du bist jung, Alasdair, und du kennst die Frauen nicht so gut, wie du glaubst.«

»Aber –«

»Mit ihnen zu schlafen ist nicht dasselbe, wie mit ihnen zu leben«, erklärte John. »Streite darüber nicht mit mir, Alasdair – du würdest verlieren. Jeder Mann in diesem Glen, der eine Frau hat, kann dir das bestätigen.«

Dair seufzte. »Ich werde nicht mit dir streiten.«

»Gut. Was ich dir sagen will, ist – und das ist wahr –, dass du nicht verhindern kannst, ihr wehzutun. Es sei denn, du heiratest sie.«

»Aber –«

»Es stimmt, dass eine Eheschließung auf freundschaftliche Weise gelöst werden kann, wenn beide Seiten das wollen – aber will Jean das? Wird Jean ihre Töpfe und Pfannen und ihr Nähzeug packen und sanftmütig nach Castle Stalker zurückkehren, ohne dir ein böses Wort an den Kopf zu werfen?«

Dair wusste, dass dem nicht so war. »Nein, das wird sie nicht tun.«

»Sie wird es nicht. Was bedeutet, dass du nach einer Möglichkeit suchen musst, wie du ihr die Wahrheit sagen kannst. Und sie *wird* schmerzen, Junge … sie wird sogar sehr schmerzen.«

Dair schloss die Augen. »Oh, Gott … Gott, John – ich habe bei Killiecrankie gekämpft und bin verwundet worden, und vor knapp einer Woche bin ich fast durch eine Schlinge der Campbells gestorben. Aber du kannst mir glauben, dass ich das hier für noch viel schlimmer halte.«

»Ja«, pflichtete John ihm bei. »Ich weiß das. Aber als Gott

die Frau für den Mann erschaffen hat, hat er nicht versprochen, dass es einfach sein würde… Sandy! Sandy, was habe ich dir gesagt? Du sollst nicht zum Fluss gehen… oh, Himmel –« John drückte seinem Bruder die Flasche in die Hand und erhob sich, klopfte sich den Dreck vom Kilt. »Und genauso wenig hat er versprochen, dass es einfach sein würde, *Kinder* zu haben!«

Cat blieb, wo sie war, den Kuchen, der in der Serviette auf der Bank neben ihr lag, hatte sie ganz vergessen. Ihre Hände waren plötzlich ganz feucht, und sie wischte sie hastig an ihrem Kleid ab.

»Sagt mir«, fragte Duncan gleich, als er sie sah, »gefällt er Euch besser? Das geht allen so.«

Cat war so erstaunt, dass jegliche neu erwachte Nervosität von ihr abfiel und sie ihn anstarrte. »Ich habe ihn kaum kennen gelernt!«

Duncan zuckte die Schulter, was den ohnehin nicht sehr langen Hals nur noch kürzer erscheinen ließ. »Niemand braucht lange dazu. Er ist ein hübscher Junge, mein Bruder, hat ein warmherziges Lächeln und ein gutes Herz. Deshalb bevorzugt mein Vater ihn; ich bin schwierig.«

Jetzt war ihre Nervosität gänzlich verflogen. *Das hat John also gemeint, als er gesagt hat, dass Wolken unterwegs wären. Es ging gar nicht um das Wetter, sondern um seinen Bruder!* »Seid Ihr denn schwierig?« Cat versuchte rasch, ihn einzuschätzen, und antwortete ihm auf gleichem Niveau. »Ist das ein Naturzustand, oder habt Ihr ihn Euch erarbeitet?«

Duncan Campbell, der jetzt vor ihr stand, verschränkte die Hände hinter seinem Rücken. Er war ganz und gar nicht wie sein jüngerer Bruder, der größer, dunkler, freundlicher und zweifellos auch hübscher war. »Ich habe ihn mir erarbeitet und arbeite weiter daran«, erklärte er, »denn es ist das einzige, worin ich gut bin. Mein Vater wird Euch das bestätigen.«

»Dass Ihr daran arbeitet? Oder dass es so *ist*?«

»Dass es so ist. Es ist ein Naturzustand, aye? Aber ich gebe gern zu, dass ich mir Mühe gebe, mein Wesen ihm gegenüber noch unerträglicher zu machen; er hat mich schließlich gezeugt und mir geholfen, das zu werden, was ich bin. Er kann nur sich selbst die Schuld geben. Meine Mutter ist sehr jung gestorben. An ihm ist es, das Korn zu ernten.«

»Es könnte auch süßeres Korn sein.«

»Nicht an seinem Tisch.«

Sie blickte ihn schief an; aufgewachsen mit vier Brüdern war dies ein Kampf, mit dem sie vertraut war. »Ihr seid nicht mehr so jung. Es ist an der Zeit, Euren eigenen Tisch aufzustellen.«

»Das hatte ich auch vor«, stimmte er ihr zu. »In der Tat, das hatte ich wirklich vor – bis er eingeschritten ist.«

»Ah.« Instinktiv begriff Cat, und sie fuhr etwas zusammen. »Ihr wollt also nicht heiraten.« Sie grinste. »Nun, das ist nicht so ungewöhnlich, aye? Ich will es auch nicht.«

»Ihr habt damit nichts zu tun.« Hohn lag in seiner Stimme.

»Ich habe damit nichts zu tun?« *Du erbärmliches, missratenes Stück –*

»Nein. Ich bin *sein* Sohn, der Sohn des Earl of Breadalbane – der noch eine Menge anderer Titel trägt...« Er winkte ab. »Aber das werdet Ihr ja bereits wissen, schließlich hat man Euch geschickt, mich zu heiraten.«

»Oh, ja, ich kenne Euer Erbe. Ich habe mein eigenes; ich bin *auch* eine Campbell.«

Die Betonung war beabsichtigt und sorgte dafür, dass er eine kleine Pause machte. Er musterte sie wieder abschätzend. »Aber euer Vater ist kein Earl.«

»Nichts weiter als ein kleiner Laird, aye?«, meinte sie fröhlich. »Glenlyon von Glen Lyon.« Es war ein verzweifelter Versuch, Würde zu bewahren, und sie wusste, wie leicht er sie zerstören konnte, wenn er mit dem angekratzten Ruf ihres

Vaters vertraut war. Aber noch würde sie den Kampf nicht aufgeben.

»Aye«, pflichtete er ihr bei. »Aber Ihr müsst wissen, dass das nicht so viel ist wie eine Grafschaft.«

Cat lächelte freundlich, wurde dann aber etwas schärfer. »Nicht alle wollen eine Grafschaft.«

Er seufzte ergeben. »Ich zum Beispiel will sie nicht.«

Das kam unerwartet. Sie musste sein Benehmen überdenken. »Ihr wollt sie gar nicht? Die meisten Erben wollen so etwas.«

»Oh, ich habe nichts gegen Reichtum. Ich habe auch nichts gegen Macht. Aber ich habe etwas gegen ihn.«

»Er wird nicht mehr hier sein, wenn Ihr erbt«, erinnerte sie ihn trocken.

»Aber bis dahin ist er es noch.«

Sie begann Duncan Campbell besser zu verstehen, als er sich selbst verstand; sie waren sich sehr ähnlich. »Also kämpft Ihr gegen ihn, indem Ihr unfreundlich zu seinen Gästen seid?«

»Das ist immerhin eine Möglichkeit.« Er grinste, und obwohl er niemals ein so hübscher Mann wie sein Bruder sein würde, war er gar nicht mehr unattraktiv, sobald ein aufrichtiges Lächeln sein fahles Gesicht erhellte. »Es ist nicht Eure Schuld. Doch wenn ich nett zu Euch wäre, würdet Ihr ihm das sagen. Und ich möchte lieber, dass Ihr ihm sagt, wie unhöflich ich war.«

»Das seid Ihr.«

»Dann bin ich zufrieden.«

Cat nahm die Flasche in die Hand. Sie fühlte sich jetzt deutlich besser als noch vor ein paar Minuten. »Euer Bruder hat Bier und Kuchen hier gelassen. Möchtet Ihr davon etwas haben?«

»Ich habe erst vor einer Stunde gegessen. In der Küche.« Das leichte Lächeln war verschlagen. »Und es war ein ordentlicher Rückschlag für ihn, mich dort zu finden.«

»Will er nicht, dass Ihr in der Küche seid?«

»Wo ich mit dem Küchen- und dem Dienstpersonal esse? Oh, nein! Ich bin sein *Erbe*, nicht wahr? Ich habe mich ordentlich zu verhalten.« Er setzte sich neben sie. Er berührte ihr Kleid nicht, sondern hielt soviel Abstand, wie möglich war. »Bin ich unfreundlich genug gewesen? Werdet Ihr ihm davon erzählen?«

Cat grinste. »Wenn Ihr mich darum bittet, werde ich es sicher nicht tun.«

»Wieso nicht?«

»Weil ich es nicht tun werde, wenn Ihr es von mir verlangt.«

Er zog die Augenbrauen zusammen. »Wieso nicht?«

»*Weil* Ihr es wollt.«

»Ihr seid ein streitsüchtiges Miststück!«

»In Eurer Anwesenheit nehme ich Eure Angewohnheiten an.« Sie nahm ihm die Flasche wieder ab. »Es ist nicht sehr überraschend, wieso er John bevorzugt. Der *ist* nämlich höflich.«

»Ihr könnt ihn aber nicht haben. Er ist verheiratet.«

»Das hat er mir gesagt.«

»Allerdings *könntet* Ihr ihn haben – als Mätresse.«

Cat lachte, weil er nicht gewollt hatte, dass sie lachte, und weil sie wirklich erheitert über sein so offensichtlich kleinliches Verhalten war. »Das möchte ich nicht.«

»Es wäre einfacher, als mich zu heiraten.«

»Das glaube ich.«

»Was ohnehin nicht geschehen würde, wenn ich ein Wort mitzureden hätte.« Seine Wangen färbten sich. »Das ist nicht unhöflich gemeint, sondern die Wahrheit.«

»Die Wahrheit trägt viele Kleider. Einige sind schöner als andere.«

»Das stimmt. Aber dieses Mal wollte ich Euch wirklich nicht verletzen. Es ist die Wahrheit, und ganz und gar kein Kleid.«

»Zuvor wolltet Ihr mich also verletzen?«

»Das wollte ich.« Duncan lächelte. »Er hat gesagt, Ihr wärt nicht hübsch.«

Darauf war sie nicht vorbereitet. Es kam absolut unerwartet und machte sie vollkommen sprachlos.

Er ließ ihr nicht die Zeit, nach einer Antwort zu suchen. »Und weil Ihr hübsch *seid*, habe ich nichts als Unfreundlichkeit für Euch übrig.«

Jetzt war sie ganz und gar schockiert; diese Art Kampf war ihr überhaupt nicht vertraut. »*Wieso*?«

Die Farbe wich langsam aus seinen Wangen, und er wirkte wieder fahl und bleich. »Weil *ich* es nicht bin«, erklärte er mit fester Stimme. »Weil ich *nicht* hübsch bin, und ich weiß das und Ihr wisst das, und alle anderen wissen es auch; und weil er mir auf jede erdenkliche Weise erklärt hat, dass ich niemals ein Mann wie er oder wie John sein würde.«

Der Wunsch zu lachen drängte tief aus ihrem Innern an die Oberfläche. Cat presste die Hand vor den Mund, um das Lachen daran zu hindern, ihrem Mund zu entschlüpfen.

»Herrgott«, rief er. »Lacht Ihr –?« Er sprang auf und baute sich vor ihr auf, wütend wie ein zerzauster Reiher, wenngleich sein Hals wesentlich kürzer war. »Ihr tut es! Ihr tut es! Ihr seid also nicht besser als er … Ich sollte Euch reinbringen und zu meinem Vater führen und ihm gratulieren, dass er eine Frau gefunden hat, die genauso ist wie er!«

»*Halt*!« rief Cat, und als er schließlich den Mund hielt, konnte sie wieder sprechen. »Ich lache doch gar nicht über Euch.«

»Ihr habt aber gelacht –«

»Aber nicht über Euch! Gott im Himmel, Duncan Campbell, hat er Euch denn gar nichts von mir erzählt?«

»Er hat gesagt, dass –«

»– ich nicht hübsch bin. Hat er das nicht gesagt? *Hat er das nicht gesagt?*«

Er presste den Mund zu einer harten Linie zusammen. »Das hat er.«

»Nun, er hatte auch Grund dazu.« Sie wartete einen Moment. »Setzt Euch.«

Nach einem Augenblick folgte er ihrer Aufforderung.

»Ich weiß nicht, was er gesagt hat, aber höchstwahrscheinlich war es wahr«, erklärte Cat. »Man hat mich mit einer ganzen Reihe von Namen belegt.« Der Schmerz war nur schwach; er verstand sehr gut, wie es war, so verächtlich gemacht zu werden. »Aber den größten Teil meines Lebens – und sicherlich auch, als er mich das letzte Mal gesehen hat –, war keiner dieser Namen freundlich.«

»Im Namen Gottes –«

»Ich weiß, Duncan. Ich weiß es nur zu gut. Ihr müsst nichts erklären. Ich bin in der gleichen Situation gewesen.« Sie legte die krümeligen Überreste des Kuchens auf die Serviette. »Aber erklärt mir etwas anderes. Etwas, das Ihr zuvor gesagt habt. Ihr habt gesagt, wir würden nicht verheiratet werden, wenn Ihr ein Wörtchen mitzureden hättet.«

Sein Profil war starr. »Das würden wir auch nicht.«

»Wegen des Earl? Sagt Ihr das, um ihn zu ärgern?«

»Ich ärgere ihn, wo immer ich kann, aber das habe ich gesagt, weil ich Euch wirklich nicht heiraten will. Ich will Marjorie heiraten.«

Sie war verblüfft; sie hatte nicht damit gerechnet, dass es eine andere Frau geben könnte. »Marjorie?«

»Campbell, natürlich. Gibt es einen Namen, der sich besser für eine Campbell eignet?«

Cat dachte, dass das durchaus so war, ganz und gar sogar, aber sie unterdrückte diesen Gedanken, denn er hätte es nicht verstanden. Sein Bruder hätte es nicht verstanden. Sein Vater hätte es ebenfalls nicht verstanden, und auch ihr eigener nicht.

Und auch ich verstehe es nicht. Sie holte tief Luft und starrte angestrengt auf die der Bank gegenüberliegende Mauer, musterte die verschlungenen Reben. »Ich glaube, Ihr schuldet mir jetzt etwas Höflichkeit.«

»Tue ich das?«

Wegen Marjorie, die er an ihrer Stelle heiraten wollte; weil sie ausgestoßen worden war, bevor sie überhaupt verheiratet worden waren; weil sie überhaupt nicht hatte kommen wollen, aber dennoch gekommen war – und alles umsonst! Aber nichts davon hätte sie jemals zugegeben. »Ich bin einen weiten Weg hergekommen. Das Mindeste, was Ihr mir schuldet, ist etwas Höflichkeit.«

»Ich habe Euch nicht eingeladen.«

»*Ich* habe mich auch nicht eingeladen.«

Nach einem Augenblick verzog er den Mund zu einem schiefen Lächeln – der Ansatz eines reuevollen Eingeständnisses. »Nein, das habt Ihr nicht.«

»Und sie haben weder mich noch Euch gefragt.«

»Das haben sie nicht.«

»Und wir sitzen hier im Garten und können zusehen, wie wir damit zurechtkommen, während alle anderen wissen, dass wir ohnehin nichts ändern können.« Cat holte tief Luft. »Liebt Ihr sie?«

»Das tue ich.«

»Weiß sie es?«

»Ich habe es ihr gesagt.«

»Ah. Dann weiß sie auch, dass es eine Schwierigkeit gibt.«

»Eine Schwierigkeit. Ja, eine ›*Schwierigkeit*‹.« Er war angeekelt. »Ich habe keine Lust, Euch zu heiraten. Ich will Marjorie heiraten.«

»Dann tut es.«

Duncan antwortete nicht sofort. Er starrte unentwegt auf das Gras, das zwischen den runden Steinen hervorspross. »Er ist der Earl.«

Es waren nur vier Worte, und doch lag in ihrer festen Einfachheit die ganze Kraft der Macht und Wahrheit: egal, was sie glaubten, egal, was sie bevorzugt hätten, der Mann, der das Spiel ins Rollen gebracht hatte, hatte die Kontrolle über die einzelnen Stücke.

»Gott im Himmel«, murmelte Cat. Und dann kam ihr die Ironie der ganzen Sache in den Sinn. »Wisst Ihr, es hätte auch noch schlimmer kommen können.«

Duncan sah sie verwirrt an. »Wie hätte es noch schlimmer kommen können?«

»Es hätte sein können, dass Ihr mich wollt, ich aber Euch nicht will, oder aber ich Euch wollte, Ihr aber nicht mich wollt.« Sie lächelte ihn an und wirkte auf eine Weise erheitert, die trotz ihrer Eindringlichkeit um nichts weniger ehrlich war. »Zumindest können wir uns so – egal, was mit uns geschieht – sicher sein, dass wir uns gegenseitig nicht wollen.«

Nach einer Weile grinste er – ein zögerndes Eingeständnis. »Das passt doch, oder nicht?«

Cat runzelte die Stirn und richtete all ihre Aufmerksamkeit auf die Falten ihres Kleids. »*Er ist der Earl.*« Duncans Worte hatten alles Notwendige gesagt. Und sie hatte nur zu gut verstanden.

Sie seufzte und sah ihn an. »Ich nehme an, es gibt Eheschließungen, die auf Schlimmerem als gegenseitigem Desinteresse basieren.«

Zum ersten Mal sah sie den wirklichen Duncan Campbell. Er legte die Maske der Vorbehalte ab und enthüllte sein wahres Gesicht, das jung und leidenschaftlich und vollkommen ernst war, als er sich bemühte, die Wahrheit zu sagen, ohne sie zu verletzen. »Aber ich *will* Euch nicht heiraten.«

Es schmerzte. Nicht, weil er sie nicht heiraten wollte, sondern weil er dazu gezwungen werden und es sein ganzes Leben bereuen würde. Sie hatte so viele Jahre mit Menschen zugebracht, die sie aus bestimmten Gründen ablehnten … jetzt hatten ihr gleich zwei Männer unabhängig voneinander erklärt, dass sie hübsch war, dass sie gut aussah – und sie musste feststellen, dass es nach all den Jahren, in denen sie nicht hübsch gewesen war, in denen sie nicht gut ausgesehen hatte – was sie von anderen immer wieder erzählt bekommen hatte –, keine Rolle mehr spielte.

Keiner von beiden wollte sie: der eine nicht, weil er damit alle bisherigen Überzeugungen hätte aufgeben müssen, und der andere nicht, weil er eine andere liebte.

Cat starrte die Mauer an. »Gut«, meinte sie. »Und ich will *Euch* nicht heiraten.«

Und sie wusste, als sie die Worte voller Inbrunst aussprach, dass sie durch und durch wahr waren.

6

Dair suchte in seinem Haus die Sachen – überwiegend Waffen – zusammen, die er für das Treffen bei Achallader benötigte. Sein Vater war der MacIain, und so war es notwendig, dass der Laird ein beeindruckendes Gefolge aus Männern erhielt, die ihn – ausgestattet mit den Trophäen, die sie bei Killiecrankie und in anderen Schlachten errungen hatten – unter Dudelsackklängen in das Land der Campbells begleiten würden.

Viele Männer von Glencoe wollten mitgehen, einige indes konnten nicht; es war Sommer, und das Vieh war draußen auf den Weiden. MacIains Zug würde also vielleicht nicht ganz so beeindruckend sein, obwohl Dair wusste, dass es auch noch einen anderen Grund gab – Killiecrankie und die Verluste, die sie bei Dunkeld erlitten hatten.

In beiden Schlachten waren Glencoe-Männer gestorben. Es war etwas leichter, an die Toten von Killiecrankie zu denken, denn die Schlacht war sauber gewesen, der Sieg – abgesehen von Dundees Tod – ruhmreich. Dunkeld dagegen war ein verheerendes Desaster gewesen. Zu viele MacDonalds waren tot in den brennenden Straßen zurückgeblieben – *und zu viele davon waren Glencoe-MacDonalds gewesen.*

Aber jene, die MacIain begleiteten, würden dafür sorgen, dass niemand an ihrer Hingabe und an ihrer Loyalität zweifelte. Der Laird würde ein ganzes Regiment aus persönlichen Bediensteten benötigen: den Handlanger, der bei den Mahlzeiten hinter ihm stand; den *Bladair*, seinen Sprecher; den Barden; den Dudelsackspieler Big Henderson sowie dessen Ghillie; den *Ghillie-mhor*, der das Claymore des Laird tragen würde; den *Ghillie-cosfluich*, der ihn über Bächer und Flüsse tragen würde; den Packträger; den Ghillie, der sein Pferd durch trügerisches Gelände führen würde, und verschiedene *Ghillie-nuithes*, die neben seinem Pferd herlaufen würden.

Dair kramte ein sauberes Hemd hervor, einen frisch gebürsteten Hut mit Adlerfeder und Heidekrautzweig, die schmuckvollste Plaidbrosche, die er besaß, sein Breitschwert, eine spanische Muskete, eine Lochaber-Axt, einen Dolch, eine Tartsche, eine mit Beschlägen versehene Felltasche, sein *Sgi-an-dhu*, und legte die Sachen vor das Zimmer, in dem er sich am Morgen rasch umziehen konnte.

Es war Dämmerung, und der Abend rückte schnell heran. Er war allein – Jean war noch oben im Glen im Haus seines Bruders –, und im Ofen brannte das Torffeuer, während auf dem Tisch eine einzige Kerze flackerte.

Das Licht spiegelte sich auf dem Zinn und dem Kupfer: der Schutt seines Lebens, die Überbleibsel seiner zwei Besuche in Frankreich. Er war weder reich noch arm, aber durchaus in der Lage, einer Frau das Leben zu bieten, das sie sich wünschte. Er würde niemals Clan-Chief sein, aber er war der Sohn eines Clan-Chiefs, weshalb man sich sein ganzes Leben an ihn erinnern würde.

Es war eher eine mechanische Tätigkeit, die Dinge ordentlich herauszulegen, abgesehen davon, dass er darauf achten musste, in Achallader etwas zu haben, das seine Würde unterstrich. Trotzdem konzentrierte er sich auf jeden einzelnen Gegenstand, denn sobald er das eine oder andere berührte – die Fibel, die Kappe oder sonst etwas – musste er an Jean Stewart denken, die sich sonst immer um solche Dinge gekümmert hatte. Sie hatte sein Haus zu ihrem gemacht; überall waren die Frühlingsblumen zu sehen, die sie in Hornbechern verteilt hatte, und in der Luft hing der Duft nach französischem Parfüm, das er von Paris mitgebracht hatte und mit dem sie gewiss nicht geizte.

Dair runzelte die Stirn, als er die Auswahl an Gegenständen auf der Bank neben dem Feuer sah. Wenn er die Angelegenheit verdrängte, entehrte er Jean, die es besser verdient hatte, und deshalb unterdrückte er die Gedanken nicht länger. Er ließ sie ungehindert herein, gestattete ihnen, sich wie ein *Sgian-dhu* in etwas hineinzubohren, das er nur als Feigheit bezeichnen konnte – ein erbärmliches Zögern, Jean von seinen wahren Gefühlen zu berichten, von seinem wahren Bedürfnis, zu beenden, was sie sechs Jahre lang, wenn auch mit Unterbrechungen, verbunden hatte.

Er hielt es für das Beste, mit ihr zu sprechen, bevor er aufbrach. Dann konnte sie in Ruhe ihre Sachen zusammensuchen und nach Castle Stalker zurückkehren, ohne dass er zusah und ohne dass alle in Glencoe begriffen, was da vor sich ging. Auf diese Weise konnte sie sich ein bisschen Würde bewahren, die er ihr ja auch aufrichtig zugestand; erst wenn sie wieder auf Castle Stalker war, würden die anderen ahnen, dass sie nicht mehr nach Glencoe kommen würde. Bis dahin würde man über Breadalbane und Achallader und das Ergebnis der Zusammenkunft sprechen – wie immer es auch aussehen mochte –, und über König James in Frankreich, über König William in Flandern und den Master of Stair, über Königin Mary in London und den Kronrat, über John

Hill und seine Garnison bei Inverlochy, über Thomas Livingstone und seine Armee in den Gebirgsausläufern … *und über die raffinierten Flottengeschütze bei Fort William und die kanonenbestückten Patrouillenboote auf Loch Linnhe –*

Plötzlich und vollkommen unerwartet kam er sich klein und unbedeutend vor; er wurde von der Überzeugung überwältigt, dass alles, was er über sein Volk und Schottland wusste, vor großen Erschütterungen, wenn nicht gar vor der Vernichtung stand. Das alte, vertraute Leben veränderte sich – tatsächlich hatte es sich bereits verändert; es war möglich, dass Breadalbane den Traditionen mit nichts weiter als Lippenbekenntnissen huldigte, indem er die Clans zu einer Versammlung berief, in denen über ihre Loyalität gegenüber James gesprochen werden sollte. Doch Dair kannte nur das alte, vertraute Leben. Er war ein Highlander, und die Franzosen in Paris hatten ihm wiederholt erklärt, dass er trotz seines ruhigen Äußeren ein zu stürmisches Herz für sie hätte, und dass er, bevor er in den Dienst von Louis treten oder sogar an James' protzigen Hof gehen könnte, erst gezähmt werden müsste.

Dair blickte auf die Waffen, die im Kerzenlicht aufblitzend auf der Bank lagen. Er dachte wieder an Killiecrankie, an Mackays Lowland-Soldaten und die englischen Truppen, die als zivilisiert galten, während man die Highlander als Barbaren bezeichnete. Er hörte wieder die Dudelsackmusik, hörte Dundees Rede, den Ruf seines Vaters und die Worte des Barden; er spürte regelrecht, wie sich die Haare auf seiner Haut aufgerichtet, seine Lenden vor Erwartung gekribbelt hatten.

Er war, was er *war*: ein Gäle, der sich Schottland und dem Leben im Highland verschrieben hatte.

Es gab noch vieles andere, woran Dair MacDonald hätte denken können, während er über sein Leben sinnierte, aber jetzt hatte sich Jean in seine Gedanken geschlichen. Er fürchtete sich davor, ihr die Wahrheit zu sagen, wie er niemals zuvor etwas gefürchtet hatte, abgesehen von dem Augenblick, als er zum ersten Mal einen Mann hatte töten müssen.

»Himmel –«, begann er, und dann rüttelte jemand am Riegel, und die Tür schwang auf und Jean trat ein.

Und als er sie im dämmrigen Licht vor der Tür stehen sah, wusste er, dass er ihr nichts sagen würde, gar nichts; er *konnte* ihr einfach nichts sagen, weil es ganz und gar nicht ihr Fehler war, dass er sich von ihr entfremdet hatte, sofern er ihr denn wirklich nahe gewesen war, abgesehen von dem, was im Bett geschehen war.

Danach, versprach er sich im Stillen. *Wenn die Highland-Frage geklärt ist, werde ich die Sache mit ihr klären.*

Wenn er es schaffte.

Wenn sie ihn ließ.

Und wenn Robbie ihn ließ, der ebenso wenig begeistert sein würde wie seine Schwester.

Castle Kilchurn thronte auf einer kleinen, steinigen Erhebung auf einer Halbinsel am Rande von Loch Awe. Die Burg bestand aus einem fünfstöckigen Bergfried, der dem Wasser zugewandt war, während sich hinter ihm ein niedrigeres, rechteckiges Turmhaus erhob. Zu bestimmten Zeiten war die Burg vom Land abgeschnitten und wurde zur Insel; zu anderen Zeiten konnte man sie über einen morastigen Zugang erreichen. Im Hintergrund waren die rötlichbraunen und vor Heidekraut nur so strahlenden Abhänge des Ben Cruachan zu sehen, während das flache Gelände zwischen den Hügeln und der grausilbrig schillernden Burg von einem Streifen grüner Bäume gesäumt wurde.

Der Earl of Breadalbane war kein Mann für sanfte Worte, nicht einmal in Gedanken, und er verschwendete seine Zeit nicht damit, die Landschaft zu bewundern. Für ihn war das Schönste überhaupt, eine Aufgabe zu erfüllen, die seinem Namen weiteren Ruhm bescherte, seinem Besitz weitere

Ländereien, seinen Schatztruhen weitere Münzen, seinem Haus einen neuen Status. Doch in diesem Augenblick, als er voller Zufriedenheit über seine Pläne für das wenige Tage später stattfindende Treffen bei Achallader durch ein Fenster des Bergfrieds auf die spiegelglatte Oberfläche von Loch Awe blickte, wurde er von etwas überwältigt, womit er niemals gerechnet hatte. Am Rand des Loch stand eine Frau, bei deren Anblick er sämtliche Gedanken an die Clans, den König und seine eigene Rolle bezüglich der Zukunft Schottlands vergaß.

Sie war der Inbegriff von Schottlands Vergangenheit und Gegenwart, wie sie da so am Ufer des Wassers wandelte. Er sah ihre karmesinroten Ärmel, das Aufblitzen von Knöpfen und Broschen, die leuchtenden, geflochtenen Haare. Sie war nicht weit genug weg, dass er ihre Größe oder ihre Haltung nicht hätte abschätzen können, und er wusste, dass es Glenlyons Tochter war, die dort ganz allein in der untergehenden Sonne stand und eine Hand schützend über die Augen hielt, um einen Blick auf die andere Seite des Loch zu werfen.

Dann ließ sie die Hand sinken. Breadalbane sah, wie sie sich bückte und die Schuhe auszog, sie beiseite stellte und die Gewänder über die Knie zog. Sie trug keine Beinkleider, und ihre helle Haut blitzte kurz auf, dann watete sie in die riedbestandenen Untiefen hinaus, während die Oberfläche des Sees von kleinen Wellen gekräuselt wurde.

Unter anderen Umständen hätte er sich von ihrer Ungezwungenheit abgestoßen gefühlt, von dem schmutzigen, feuchten Kleidersaum, den ein solches Verhalten mit sich bringen musste, aber diesmal war dem nicht so. Er lächelte. In diesem Augenblick war sie all das, was war und all das, was je sein konnte: eine stolze, unnachgiebige Campbell aus einem alten Geschlecht, von dem er hoffte, dass es seinem eigenen endlich wieder Lebensgeist einhauchen würde, so wie er ja auch eine bestimmte Jagdhündin mit einem bestimmten

Hund zusammenbrachte, um ein bestimmtes Ergebnis zu erzielen.

Eine solche Frau braucht Duncan, um seinen Samen zu stärken... Und der Earl war überzeugt davon, dass Catriona Campbell dies leisten konnte. Sie war alles, was ihr Vater nicht war, in jeder Hinsicht, die für einen Mann zählen mochte; verheiratet mit Duncan, der trotz seiner Haltung ein direkter Abkömmling vom Schwarzen Duncan mit der Kutte war, und der zumindest ein kleines bisschen Ehrgeiz und ein paar Fähigkeiten besitzen mochte, konnte sie durchaus Enkel gebären, auf die der Earl stolz sein konnte. Er wünschte sich, in dem Glauben sterben zu können, dass seine Ländereien an Erben übergingen, die sie angemessen verwalteten.

Hinter ihm rührte sich eine Jagdhündin. Der Earl warf ihr einen raschen Blick zu, sah, wie das Tier sich streckte, nieste und sich dann wieder neben dem größeren Hund zusammenkauerte. Er musste lächeln; sie hatte ein hübsches, rehbraunes Fell, schwarze Ohren und eine ebensolche Schnauze und war äußerst klug. Der große Hund mit dem scheckigen Fell war der beste Jäger, den er jemals gezüchtet hatte, und so hegte er große Hoffnungen, was die Nachkommen der beiden betraf.

Er wandte sich wieder dem Fenster zu und sah, dass Glenlyons Tochter nicht länger allein war; eine einzelne Gestalt bahnte sich ihren Weg von der Burg her zu der Frau am Ufer. Es war Duncan, der hergekommen war, um mit ihr zu sprechen.

Bei seinem Ruf drehte sie sich um, die Gewänder immer noch hochgehoben. Sie ging nicht aus dem Wasser und machte auch keinerlei Andeutungen, dass sie es vorhatte, sondern stand einfach nur still da, aufrecht wie ein Speer oder ein Claymore, die Haare flammendrot in der untergehenden Sonne, und wartete darauf, dass er zu ihr kam.

Es war ein Bild, dessen unterschwellige Bedeutung möglicherweise nur wenige bemerkten, doch Breadalbane war kein Mann, der solche Dinge ungenutzt vorüberziehen ließ; sie mochten sich als wichtig erweisen, wenn man wusste, wie man sie zu deuten hatte.

Sie hatten sich getroffen. Sie waren weder Fremde noch Feinde. Sie akzeptierten die gegenseitige Anwesenheit ohne Erwartung an vorgeschriebene Verhaltensweisen, und sie gaben auch keine Hinweise auf Feindseligkeit oder falsche Bescheidenheit zu erkennen.

Breadalbane lächelte. Er hatte sie schon früher gesehen, hatte mit ihr gesprochen. Sie war in vielerlei Hinsicht die junge Frau, an die er sich erinnerte, aber in der wichtigsten Hinsicht überhaupt war sie ganz und gar nicht so, wie sie einst gewesen war. Und sie eignete sich hervorragend für seinen Erben, der ihren Wert sicher ebenfalls durch die Augen eines Mannes sehen würde – selbst der wenig anziehende Duncan.

– *Es wird funktionieren, nicht?* Sie würde ihn nach Achallader begleiten und erleben, wie Duncan als Erbe den Eid leistete, und wenn sie dann schließlich zurückkehrten, würde nichts weiter zu tun sein, als sie zu einer Kirche zu geleiten.

Vorsichtig watete Cat durch das scharfe Schilf, hielt den Saum ihrer Tunika hoch und blieb dann stehen, als Wasser an ihren Knöcheln hochspritzte. Es fühlte sich unaussprechlich gut an, sich das Gesicht von der untergehenden Sonne wärmen zu lassen, deren glühendes Rotgold selbst durch die geschlossenen Lider hindurch zu spüren war.

Eine alte Melodie kam ihr in den Sinn, ein Fetzen eines Kinderliedes. – *er war so schön… mit silbernen Strähnen und blitzenden Zähnen* – Cat riss erschreckt die Augen auf und hielt zitternd inne. Sie erinnerte sich genau an die Melodie, an die Worte, an den, der sie ausgelöst hatte –

»Catriona!«

Damit war die friedliche Stimmung dahin, doch andererseits wurde sie von unerwarteten Erinnerungen verschont. Cat drehte sich um und sah Duncan; sie lächelte zufrieden mit sich selbst, als er sich näherte. Der Stachel der Abneigung, die er ihr entgegengebracht hatte, hatte inzwischen an Kraft verloren; sie hatte niemals erwartet, einen Mann mehr mit ihrem Äußeren als mit ihrer scharfen Zunge für sich gewinnen zu können, trotz Dair MacDonalds Worten, und so war sie nicht wirklich enttäuscht, dass Duncan Campbell ihr eine andere Frau vorzog. Es bedeutete lediglich, dass sie früher als erwartet nach Glen Lyon zurückkehren würde, um sich um das Haus ihres Vaters zu kümmern, während der in Stirling weilte – oder wo immer ihn die Armee auch hinschicken mochte. Dort würde sie dann wieder die ungestörte Freiheit genießen, die, soweit sie sich erinnern konnte, alles war, was sie sich jemals gewünscht hatte.

Duncan Campbell war schließlich bei ihr angekommen. Er musterte sie mit schiefem Blick, tadelte sie jedoch nicht.

»Kommt rein«, sagte Cat einladend, wenn auch in dem Wissen, dass er sich weigern würde. »Es ist kalt, aber nicht so schlimm wie im Winter.«

»Nein, lieber nicht.«

Sie lächelte. »Würde Marjorie reingehen?«

Sein Gesicht verfinsterte sich kurz. »Sie würde mich um Erlaubnis fragen.«

»Wie langweilig. Und würdet Ihr es ihr erlauben?«

»Ich weiß es nicht.«

Das überraschte sie nicht. Sie provozierte ihn absichtlich. »Ein Mann, der die Gesellschaft des Küchenpersonals mehr schätzt als die, die sein Vater für geeigneter hält, wird sich doch nicht durch ausgezogene Schuhe und Beinkleider abschrecken lassen … oder?«

Er verzog das Gesicht, was ihn nicht gerade hübscher machte. »Ich bin nicht gekommen, um mich mit Euch zu streiten, Catriona.«

Cat grinste. »Bin ich etwa schwierig? So schwierig wie Ihr?«

Er zögerte einen kurzen Augenblick, dann grinste er sie an. In seinem Gesicht spiegelte sich eine Entschlossenheit, die weniger ernst war als jene, die er bisher zur Schau getragen hatte. »Ziemlich schwierig; aber das ist eigentlich *mein* Bereich, wie Ihr Euch erinnert; *ich* bin Meister darin ... können wir vielleicht über etwas anderes sprechen?«

Sie musterte das Schilf neben ihren Füßen, an dem sich das Wasser brach. »Worüber denn?«

»Marjorie Campbell.«

»Oh, Marjorie.« Cat plantschte am Ufer herum, drückte ihre Zehen in den Boden des Sees. »Was gibt es da noch zu sagen?«

»Ich möchte, dass Ihr sie bei Achallader kennen lernt.«

Es lag ein verzweifelter Unterton in seiner Stimme, der sich mit einer unsicheren, vagen Hoffnung mischte. Cat brach ihr Geplantsche ab und verharrte reglos, neugierig geworden. »Wieso das, Duncan? Wollt Ihr, dass wir Freundinnen werden? Erwartet Ihr, dass sie mich mag, wo ich doch die Frau bin, von der der Earl möchte, dass ich Euch an ihrer Stelle heirate?«

»Ich erwarte – ich erwarte ...« Er fuhr sich mit beiden Händen durch die Haare und strich sie nach hinten. »Ich *weiß* nicht, was ich erwarte ... nur, dass Ihr dann vielleicht seht, wieso ich sie liebe, und wieso ich Euch nicht lieben kann.«

Es war eine sehr eigentümliche Erwartung. Cat stand mucksmäuschenstill da, während das Wasser ihre Knöchel umspielte. »Ist das wichtig?«

»John hat gesagt –«

Sie ließ ihn den Satz nicht beenden. »*John* hat gesagt; ich dachte, Ihr macht Euch nichts aus dem, was Euer Bruder gesagt oder getan hat.«

Duncan seufzte und schloss die Augen. Schweißtropfen rannen an einer Schläfe herab, bis er sie ungeduldig wegwischte. »John hat gesagt, ich könnte zu meinem Vater sagen, was ich wollte, aber ich hätte keinen Grund, Euch gegenüber unhöflich zu sein.«

Sie konnte nicht anders, als eine ironische Antwort zu geben. »Dann ist es kein Wunder, wieso die Leute ihn bevorzugen; er hat Verstand, dieser John.«

Er schaute sie finster an. »Ich dachte, Ihr würdet mich heiraten wollen, egal, wie ich bin ... dass Ihr unbedingt Countess werden wolltet. Aber Ihr sagt, dass das nicht so ist, und ich habe gedacht, dass Ihr, wenn Ihr Marjorie kennen lernt, vielleicht versteht –«

»– und dass ich dann nicht ›schwierig‹ sein würde, wenn Ihr den Earl um die Auflösung dieser Vereinbarung bittet.« Ihr war nicht länger nach Lachen zumute, auch nicht nach Provokation; er war ihr, wie sie begriff, gar nicht so unähnlich. »Das ist nicht nötig. Ich habe es Euch doch schon gesagt: ich will Euch nicht heiraten.«

»Aber –« Seine Verwirrung war offensichtlich. »Was werdet Ihr dann tun?«

Cat drehte sich etwas zur Seite und betrachtete den Horizont, hinter dem die Sonne gerade versank. Es stand alles klar vor ihr, unerwartet, aber vollkommen klar, als hätte Gott ihre Schädeldecke geöffnet und einen Gedanken hineingepflanzt. Dies war die Gelegenheit; sie musste sich nur entschließen, sie zu ergreifen. Duncan wusste nicht, dass er ihr eine Waffe oder einen Schlüssel reichte; sie musste nur noch entscheiden, was von beidem sie wollte und in welcher Weise sie es benutzen wollte.

Eine kühle Brise strich über ihre Haut. *So verfährt Breadalbane mit den anderen...* ebenso Argyll sowie viele andere Männer, die es auf höhere Positionen abgesehen hatten.

Es war Macht und Versprechen zugleich. Cat schmeckte sie zum ersten Mal und entdeckte ihre Verlockung, die sanfte Verführung, sich in ihren Fallen zu verfangen, die süße

Grausamkeit ihrer Möglichkeiten. Endlich verstand sie. *So also sind die Männer… So also denken einige von ihnen.* Sie lächelte, während sie über den Loch blickte. *Es ist gar kein so gewaltiger Schritt, wenn der Mann, auf dessen Rücken man seinen Streit austrug, es auch verdient hat.*

Cat warf Duncan einen schiefen Blick zu. »Ihr wisst, dass mein Vater Schulden hat…«

»Ja, das weiß ich.«

»Und Ihr wisst, dass er jetzt in der Armee ist, aber immer noch Schulden haben wird; auch bei den Soldaten gibt es Würfelspiele, und er wird nicht jetzt damit aufhören.«

Sein Ton klang weniger überzeugt. »Das weiß ich.«

»Dann wisst Ihr auch, dass Euer Vater mich unmöglich ohne Bezahlung für die Umstände, die er mir bereitet hat, nach Hause zurückschicken kann; Euer Verhalten mir gegenüber ist eine Beleidigung, und es gibt Kosten, die beglichen werden müssen.« Sie wandte sich ihm zu, um ihn direkt anzusehen; sie achtete nicht darauf, ob Wasser aufspritzte. »Ich will es nicht für mich. Ich brauche es nicht. Aber der Earl hat die Bedürfnisse von Glenlyon schon zwei Jahre lang ignoriert.«

Duncan starrte sie stumm an; er war den Feinheiten ihrer Worte gegenüber unempfänglich. Sie begriff in diesem Augenblick, wieso sein Vater an ihm verzweifelte. Ihr berechnendes Vorgehen wurde in diesem Augenblick von aufwallenden Gefühlen zunichte gemacht: Breadalbane hatte ihren Vater verraten, ihr Haus, sie selbst.

»Wir sind Campbells, aye? Und wir verdienen eine bessere Behandlung! Er ist das Oberhaupt des Hauses Glenorchy… und es ist an der Zeit, dass er den Campbells dient, die in Not sind!«

Die Farbe verschwand aus Duncans Gesicht. »Das ist Erpressung!«

Eisige Tropfen liefen Cats Rückgrat hinunter, obwohl ihre Haut in Flammen zu stehen schien, so heiß war ihr. »Ich kümmere mich um mein Haus«, sagte sie fest. »Ich kümmere mich um meinen Vater. Und jetzt befehle ich Euch, dass Ihr Euch um *Euren* Vater kümmert, um *Euer* Haus, und dass Ihr Marjorie Campbell in Euer Haus holt.«

Nach einem langen Augenblick knisternder Stille lachte Duncan Campbell. »Herrgott!«, rief er. »Ihr seid meinem Vater wahrlich ebenbürtig!«

Cat starrte ihn an. *Er macht es einem so einfach, eine Hand voll Schmutz aufzunehmen und sie ihm ins Gesicht zu reiben!* Aber sie ließ sich nicht dazu hinreißen. Sie hatte bewusst die Methoden des Earls angewandt, und der Erfolg war überwältigend.

»Nun«, sagte sie schließlich. »Das mag als Beleidigung oder als Schmeichelei gemeint sein – sagt mir nicht, was von beidem! –, Ihr wäret ohnehin voreingenommen. Ich nehme an, das Einzige, was eine Rolle spielt, ist, dass wir beide aus dieser Sache herauskommen und bekommen, was wir wollen. Wenn mich das Eurem Vater ebenbürtig macht, habe ich keinen Grund, mich zu beklagen.«

Duncan, der jetzt damit beschäftigt war, darüber nachzudenken, grinste schließlich. Cat drehte sich wieder um; sie war zufrieden, dass sie ihm auf so einfache, billige Weise zu so viel Glück verhelfen konnte, und dass sie gleichzeitig Glenlyons Schulden bezahlt hatte.

Er stand in der Tür, die linke Schulter an den Türrahmen gelehnt; er trug Leinen und sein Clanmuster und war wegen der Sommerwärme barfuß. Jean Stewart kannte Alasdair Og gut genug, um zu verstehen, dass er nicht so gedankenverloren war, wie es schien; tatsächlich war er sich ihrer Bewegungen nur zu bewusst, aber hartnäckig darauf bedacht, nicht darauf zu reagieren.

Sie vermutete, dass es nicht wichtig war, dass er auf ihre Bewegungen reagierte; nach sechs Jahren mit unzähligen

Unterbrechungen kannten sie ihre Körper gegenseitig so gut wie ihre Gedanken und Absichten.

Seine Absicht im Augenblick war es, sie nicht zu beachten; ihre war es, ihn aus seiner unnachgiebigen Haltung zu locken.

Da war natürlich Achallader, schon seit Tagen seine Entschuldigung. Und es war ja auch nicht ganz unwahr, denn auch alle anderen Männer in Glencoe bereiteten sich darauf vor, MacIain zu der Versammlung zu begleiten, die Breadalbane einberufen hatte.

Er hatte sich Zeit genommen und seine Sachen ordentlich herausgelegt, so dass sie keine Arbeit damit gehabt hatte. Bisher hatte sie sich um solche Dinge gekümmert, wie es für eine Frau üblich war, und bisher war er mehr als glücklich darüber gewesen, dass sie das Polieren seiner Waffen und das Falten seiner Gewänder übernommen hatte. Jahrelang hatte er ihr erlaubt, solche Dinge zu tun, aber dieses Mal, zum ersten Mal, hatte er es selbst getan.

Sie war im oberen Teil des Glen im Haus seines Bruders gewesen und hatte einige Zeit mit Eiblin verbracht, aber das war keine Erklärung. Er hätte gewartet; das hatte er bisher immer getan. Dieses Mal jedoch hatte er es nicht getan, und als sie von ihrem Besuch zurückgekehrt war, hatte sie sich um nichts anderes kümmern können als um seine Melancholie.

Aber dagegen gibt es doch Mittel, aye?... Und wie immer hatte er auch diesmal auf die Behandlung reagiert, die sie ihm mit ihrem Körper bot. Aber sie hatte etwas in seinen Augen gesehen, die Wärme, die seine whiskyfarbenen Augen sonst ausgestrahlt hatte, war verschwunden, und sie begann zu begreifen.

Er wandte sich stumm von ihr ab und stellte sich so in den Türrahmen seines schiefergedeckten Steinhauses, dass er über den Glen blicken konnte, statt in ihre Augen sehen zu müssen.

Ihr Magen krampfte sich zusammen. Zum ersten Mal in ihrem Leben wusste Jean nicht, was sie tun sollte. Als Mädchen war sie hübsch gewesen, und die meisten Männer hatten darauf reagiert; als Frau war sie noch schöner geworden, und die Männer hatten wieder darauf reagiert. Sie wusste nicht, was sie brauchten, abgesehen von ihrem Körper; vor Dair MacDonald hatte niemals einer auch nur angedeutet, dass sich ein Mann etwas anderes wünschen konnte.

Sie konnte nicht Schach spielen. Beim Backgammon verlor sie, und er zog es vor, beim Spielen einer echten Herausforderung gegenüberzustehen. Sie sang mäßig, hatte keine Übung im Harfenspiel, nähte, webte, färbte und kochte wie die meisten Frauen im Glen, vielleicht sogar besser als die meisten. Ihre Fähigkeiten lagen in ihrer Gesellschaft, ihrer Weisheit im Bett; wenn ein Mann nichts von beidem wünschte, hatte sie nichts mehr, das sie hätte anbieten können.

Durch seine Distanz, seinen Rückzug beleidigte er sie nicht, sondern er nahm ihr jeden Lebenszweck. Während einige Männer ihre Frauen schlugen, wurde Jean Stewart dadurch kleiner und kleiner, dass ein Mann sich ihr gegenüber gleichgültig verhielt.

Sie ging zum Bett und schlug die Laken zurück. Sie hatte frische Kräuter unter die Kissen gelegt, für einen süßeren Schlaf. Mit Sorgfalt nahm sie ihren Gürtel ab, löste die Brosche, den Arisaid. Die knöchellange Tunika schmiegte sich verführerisch an ihren Körper. Aber auch die Tunika legte sie ab, so dass sie vollkommen nackt dastand.

Jean löste ihren Zopf, dann ließ sie die Haare über Schultern und Brüste fallen. »Alasdair«, sagte sie.

Er drehte sich halb um. Dann wandte er sich ihr ganz zu und begann zu sprechen. »Ich werde zu MacIain gehen…« Er ließ den Satz unbeendet, und ein Schweigen, so schwer wie eine Mauer, breitete sich zwischen ihnen aus.

»Ich bin fünfundzwanzig«, sagte sie schlicht, »und heute Nacht so reif wie jede Nacht. Kannst du das leugnen?«

Er lächelte schwach. »Ich bin nicht blind, oder? Außerdem ist es hell genug, um es sehen zu können.«

»Du brauchst kein Licht. Bisher hast du jedenfalls keins gebraucht.«

Aber es *war* Licht da, weiches Licht, das sich auf der Brosche und dem Abzeichen spiegelte, und er rührte sich nicht, weder, um es zu löschen, noch um eine neue Flamme zu entfachen.

»Dair«, sagte sie.

Jetzt löste er sich vom Türrahmen, doch er schloss die Tür nicht. Er ging einfach zu ihr und legte seine Hände auf ihre nackten, nach französischem Parfüm duftenden Schultern, und er sagte ihr, dass sie sehr hübsch war, und dass das sogar ein blinder Mann wissen musste.

»Und was ist mit einem, der sehen kann?«, fragte sie. »Alasdair Og MacDonald?«

»Ich sehe es«, antwortete er. »Und ich empfinde angemessene Ehrfurcht vor deiner Schönheit.«

Jean lachte schwach. »*Das* will ich nicht!«

»Du hast es immer gewollt«, erklärte er.

Sie hatte keine Lust, das jetzt mit ihm zu besprechen. »Kommst du?«

»Jetzt nicht.«

So etwas hatte er noch nie zu ihr gesagt. »Jetzt nicht«, wiederholte sie. »Jetzt nicht?«

»Ich will hoch zu MacIain; da ist noch etwas, das wir besprechen müssen.«

Jean reckte das Kinn. In ihrem Kopf wirbelten alle möglichen Worte herum, die dazu geeignet waren, ihn aufzuhalten, ihn zu locken, mit ihm zu streiten, ihn lächerlich zu machen, doch keines davon brachte sie über die Lippen. »Ich will dich«, sagte sie nur, »ich will dich, wie ich dich niemals zuvor gewollt habe.«

»Jean –«

In ihren Wangen war jetzt genauso viel Wärme wie zwischen ihren Schenkeln. »Ist unsere Liebe alt geworden?«, fragte sie. »Ist sie abgestanden? Willst du, dass ich bettele, dass ich dir etwas Neues anbiete oder etwas erfinde, das wir noch nie probiert haben?«

»Himmel, Jean –«

»Sag es mir«, sagte sie, »und ich werde es für dich tun. Ich werde es *mit* dir tun.«

Seine Hände lagen noch immer auf ihren Schultern. Er bewegte sie jetzt, ließ sie hinabgleiten, nicht empor; nicht hoch zu ihrem Gesicht, das er so oft auf diese Weise umfasst hatte, sondern hinab zu den Ellenbogen, die er sanft drückte. »Das ist es nicht, Jean. Mir geht zu viel im Kopf herum.«

Sie legte eine Hand auf seinen Kilt und ließ sie dann unter die Wolle gleiten, griff gekonnt nach ihm, aber sie wusste jetzt, was er ihr nicht sagen wollte.

»Ein Mann hat zwei Arten von Verstand«, sagte sie verzweifelt. »Der eine ist in seinem Kopf, der andere über seinen Eiern...« Sie kannte nicht einen Mann in Schottland, der bei ihrer Berührung schlaff geblieben wäre; sie kannte nicht einen Mann im Highland, der bei ihrem Anblick nicht erregt gewesen wäre.

– außer Dair MacDonald...

Er löste seine Hände von ihr. »Ich werde vor Anbruch der Dämmerung zurück sein.«

Sie sah, wie er sich umdrehte, wie er wegging, wie er lange genug stehen blieb, um die Tür zuzuziehen, damit sie nicht allen in Glencoe ihre Nacktheit würde zeigen müssen.

Jean lachte laut auf. Sie rannte hinter ihm her zur Tür und riss sie auf, trat über die Schwelle und stand dort, wo alle, die Augen im Kopf hatten, sehen konnten, welchen Reichtum sie ihm anbot.

»*Alasdair Og*!« So etwas hatte sie nie zuvor getan, sie glaubte immer noch, ihn verführen zu können.

Aber er war fort, er kam nicht zurück, und alles war umsonst.

Es sind keine Schüsse zu hören, auch keine Angst- oder Wutschreie, nicht die triumphierenden Schlachtrufe der Campbells. Es ist vorüber, und niemand ist zurückgeblieben.

Sie rennt, bis sie über ein Hindernis direkt vor der Tür stolpert. Der Schmerz raubt ihr den Atem, und ehe sie sich versieht, liegt sie ausgestreckt auf dem Boden.

Erst nach einer Weile, als ihre Sinne das Hindernis als einen Körper erkennen, bemüht sie sich, aufzustehen, in einem wilden Versuch, vor der Leiche zurückzuweichen.

Ihr Sturz hat den Schnee über dem Körper verwischt. Sie sieht die Hose um seine Knöchel, das blutverschmierte Nachtgewand, die rotgetränkten, einst weißen Haare. Nichts ist von seinem Antlitz geblieben als der mattweiße Kieferknochen.

VIERTER TEIL

1691

1

Sie sind wie Jagdhunde, erkannte Cat, *sie sind gekommen, um sich selbst zu beweisen…* alles strotzte nur so vor Lochaber-Äxten, Bögen, Musketen, Claymores und bespickten Tartschen, die wie Nackenfedern über den Schultern der Leute aufragten.

Sie kamen aus allen Teilen der Highlands, hatten ihre vertrauten Höhlen zurückgelassen, um mit Sorgfalt und Präzision neue Gebiete zu markieren, eine argwöhnische, neue Meute mit verschiedenen Stammbäumen, die in angespannter Erregung darauf wartete, dass der Hundebesitzer erschien.

– *Aber er ist bereits da…* Und das war Grey John Campbell of Breadalbane tatsächlich, er ging durch den Schutt aus Geröll und geschwärzten Steinen, die in unordentlichen Haufen dalagen, verstaubt und überwuchert von Gras. Inmitten des vom Feuer zerstörten Mauerwerks ragten die Steine der Kelten immer noch aufrecht wie Menhire in die Höhe, erhoben sich starr wie eine Rippe über dem grasbewachsenen Hügel. Er lächelte, immerzu lächelte er, bot nichts als ernsthafte Schmeicheleien und vorsichtige Höflichkeiten, sprach nie von dem Schaden, der Beleidigung, die Glenorchy und dem Clan Campbell widerfahren war.

Zwei Tage später, nachdem die ersten Treffen hinter ihnen lagen, beruhigte sich die Meute etwas, überließen sich die Männer jetzt den weniger wichtigen Verpflichtungen. Sie erinnerten sich daran, dass sie keine Hunde, sondern Highlander waren, und Männer. Dudelsäcke spielten *Ceol beag*, die kleine Musik aus Strathspeys und Reels, lebhaften schottischen Volkstänzen, und *Ceol mead-honach*, den Freudentänzen und Arien, seltener *Ceol mor*, die große Musik, jedoch ohne jene Märsche und schwülstigen Worte, unter denen sie in den Krieg marschierten. Sie waren ja auch für den Frieden gekommen.

Es gab Usquabae zu trinken, Würfelspiele und Backgammon zum Wetten, Schach als Herausforderung, Feldspiele wie das Steinewerfen und *Camanachd*, oder Hockey, leichtfüßige Schwerttänze und viel Rindfleisch zum Essen. Niemand erkundigte sich allerdings danach, von welchen Weiden die Tiere stammten, aus Angst, sie könnten gestohlen sein – was somit ein Thema berührt hätte, von dem der Earl eindeutig erklärt hatte, dass es nicht der Grund des Zusammentreffens war.

Cat wusste nicht, wieso sie dort war, höchstens deshalb, weil der Earl wollte, dass sein Erbe sie besser kennen lernte. Duncan war jedoch ganz und gar nicht geneigt, überhaupt irgendwelche Zeit mit ihr zu verbringen, da Marjorie da war, sie war mit einem Pulk von Campbell-Verwandten aus Lawers angereist. Ohne Vorwarnung war Duncan eines Tages plötzlich verschwunden, verloren in dem Wald aus farbenprächtigen Clanmustern und blitzendem Stahl, und als sie ihn in der Menge der Kappen tragenden, barfüßigen Männer suchte, sah sie nur solche, die ihm ähnelten, aber ihn selbst fand sie nicht.

Inmitten dieser Armee aus Highlandern – die sich allerdings nicht versammelt hatten, um gegen einen gemeinsamen Feind zu kämpfen, abgesehen von ihrem gemeinsamen Argwohn gegen den Hundehalter – fühlte Cat sich eingezwängt. So wandte sie sich ab und bahnte sich ihren Weg durch das unbearbeitete Kornfeld, wo weder die Pferde gegrast hatten noch andere Menschen bisher gewesen waren.

Auf und davon. Allein. Wo sie in Ruhe nachdenken konnte,

wo sie nicht fliehen musste, trotz seines Namens, trotz seines Clanmusters, dem Wahlspruch auf seinen Lippen, dem Heidekrautzweig auf der Kappe mit der einzelnen Adlerfeder.

Mit silbernen Strähnen und blitzenden Zähnen.

Der Earl of Breadalbane war ein hervorragender Gastgeber und Herr der einberufenen Versammlung; er antwortete auf die gelegentlich feindseligen und argwöhnischen Blicke mit Ungezwungenheit und Höflichkeit. Es war zu erwarten gewesen, dass die Chiefs Zweifel an ihm hegen würden, einige ihm sogar Respektlosigkeit entgegenbrachten; er war, wie alle wussten, die andere Hälfte von Clan Campbells mächtigen zwei Häusern Glenorchy und Argyll. Der Earl of Argyll war beinahe zwangsläufig zu Williams Mann geworden; die Stuarts und deren Unterstützer hatten dafür gesorgt, dass Archibald Campbells Vater und sein Großvater hingerichtet worden waren, und so konnte er ihnen kaum Liebe entgegenbringen. Seine Loyalität gegenüber William, selbst wenn sie politisch motiviert war, war demnach unantastbar, und kein Jakobit konnte ihm trauen.

Und doch war es Vertrauen, das er brauchte, wenn auch nicht absoluten Respekt; und er wusste nur zu gut, was er sagen musste, um dieses Vertrauen zu erringen. Zunächst einmal ließ er die Highlander sie selbst sein, ließ sie in der rauen Kameradschaft und der freundlichen Rivalität der Clans schwelgen, die oft Feinde, jetzt jedoch im Namen des Earl Verbündete waren. Er ließ sie an den Frieden glauben, während sie sich von Campbell-Vieh nährten und Campbell-Whisky tranken, ließ sie sich durch die Gesänge der Barden und die Musik von Dudelsack und Harfe an die Ahnen erinnern. Er ignorierte den gelegentlichen Ausrutscher zum *Ceol mor*, den Kriegsmärschen, den die Harfenspieler immer wieder mal anstimmten, um die Herzen einmal mehr zu bewegen.

Vor allem aber sorgte er dafür, dass sie zufrieden waren,

was ihren Namen betraf – ihr Geschlecht, ihr Wesen, das sie zu Highlandern und Untertanen der Highlander-Gesetze machte: er beschwor das heilige Vertrauen in das Gesetz der Gastfreundschaft, das alle Menschen verstanden und niemand anzweifelte, das kein normaler Mensch je brechen würde, und unter dem auch eingeschworene Feinde zusammen aßen, selbst wenn sie sich noch kurz zuvor gegenseitig an die Gurgel gegangen waren.

Es war diese Gastfreundschaft, die er jetzt im Schatten von Achalladers geschwärztem Mauerwerk darbot, während die MacDonalds inmitten jener Zerstörung saßen, die sie selbst angerichtet hatten. Er war vom Geschlecht der Highlander, besaß den Stolz eines Highlanders und spürte seine eigene, angeborene Verwandtschaft mit ihrer Geschichte, den Bräuchen und Traditionen. Aber er war zielstrebig und brillant, was er auch wusste, und er wusste außerdem, wie er seine Brillanz für seine Ziele nutzen konnte, um mehr zu sein als jemand *vom* Clan Campbell, sondern sein Anführer anstelle von Argyll, der als ein Mann galt, dem Schottland viel zu verdanken hatte.

Ah, ich bin einer von ihnen, aber klüger, aye?... Und er würde sie so benutzen, wie es notwendig war, um das Antlitz von Schottland zu verändern.

Im Augenblick hingen das Land und seine Zukunft noch von dem Vertrauen der Highlander ab, das nicht leicht zu erringen war. Aber er wusste, dass die größte Kraft in der Einigkeit lag, und dass, wenn er ihnen gestattete, diese Einigkeit so einzusetzen, wie sie sie gegen Hugh Mackay bei Killiecrankie eingesetzt hatten, er verlieren würde.

Die Stärke, die in der Einigkeit liegt, muss mir auf andere Weise dienen. Und um das zu erreichen, würde er sie zerstören.

Robbie Stewart kroch im Schmutz herum. Dair, der sich an dieser ungewöhnlichen Haltung ergötzte, grinste schweigend, die Arme vor der Brust verschränkt; er hätte es gern gesehen, wenn Robbies Kriecherei von Demut gezeugt hätte, aber der Ursprung war Prahlerei, nicht die Bitte um Absolution.

Er selbst kniete weder, noch kroch er ebenfalls herum, sondern sah von oben aus zu. Er war dort gewesen, kannte die Formationen, die Worte, erinnerte sich genau an den Ausgang der Schlacht – und noch viel mehr an die Schmerzen, die ihm seine Verletzung bereitet hatte.

Aber Robbie hielt sich nicht lange mit solchen Dingen wie Verletzungen oder Männern wie Dair MacDonald auf, sondern war ganz bei seiner eigenen Sache, bei seinen Appin-Stewarts, bei Dundees Strategien.

Es gab Männer, die aus dem einen oder anderen Grund nicht bei Killiecrankie gewesen waren; aus Höflichkeit fragte sie jedoch niemand, weshalb sie ferngeblieben waren, und es wurden auch keine Erklärungen abgegeben. Aber sie zeigten gespannt ein starkes Interesse an dem, woran sie keinen Anteil gehabt hatten, und Robbie war niemals ein Mann gewesen, der seinen Stolz auf seine Leistungen verheimlicht hätte. Der junge Erbe von Appin hatte seinen Teil zum Sieg beigetragen, und er sah keinen Grund darin, dies nicht zu erwähnen.

Dair kratzte sich am Ellenbogen, vertrieb sich die Zeit damit, zuzusehen, wie Appins Erbe mit seinem Dolch Linien in den Torfboden malte.

»Hier«, meinte Robbie. »Hier sind die Weiden von Craigh Eallaich – und da ist der Pass von Killiecrankie, über den Mackay, dieser erbärmliche Dummkopf, die Sassenachs und die Lowlander geholt hat…«

Und noch etwas anderes fügte er hinzu, etwas Vulgäres und wenig Schmeichelhaftes; die Männer um ihn herum lachten und schlugen Bestrafungen für Mackay vor.

»So sind sie heruntergekommen –«

Die Dolchspitze zog eine Linie.

»– und wir sind von *hier* gekommen –«

Eine andere Linie …

»– und die Dudelsäcke haben gespielt, und Dundee hat davon erzählt, was wir sind, und wer wir sind, und dass wir die Erben der Gälen sind …«

Und weiter ging es, voll schmutziger Beredsamkeit wie immer bei Robbie, was zwar nicht vor Wahrheit strotzte, aber den gewünschten Effekt hatte. Appin wusste, wie man eine Geschichte erzählen musste, um die Zuhörer zu fesseln.

Mit diesem Abstand und sauber im Dreck aufgemalt war Killiecrankie viel einfacher zu ertragen. Und es hatte geradezu etwas Bezwingendes, was Dundees Genie, seinen Heldenmut und den Mut der Clans betraf. Die jungen Männer, die sich um Robbie versammelt hatten, waren tief beeindruckt, auch wenn sie nur gelegentlich eine Bemerkung machten oder eine Frage stellten.

Ein junger Mann neben Dair kaute an seiner Unterlippe, ganz gefangen von Robbies Geschichte. Dair lächelte leise in sich hinein. Er bewegte sich etwas, so dass die untergehende Sonne sich auf seiner Brosche spiegelte und die Aufmerksamkeit des jungen Mannes weckte.

Er musterte Dairs Miene, doch was er sah, gefiel ihm anscheinend nicht. Er kniff seine blauen Augen zusammen. »Seid Ihr dabei gewesen, oder zweifelt Ihr an seinen Worten?«

Es war eine Herausforderung, aber nicht sehr streitsüchtig gemeint; er war ganz eingenommen von Robbies Erzählung und seinem persönlichen Einsatz und Mut. Er hielt nicht viel von einem Mann, der daneben stand und vor sich hin grinste.

Dair zögerte. »Oh, ich zweifele nicht an seinen Worten; aber ich bin in der Tat dabei gewesen. Er erzählt die Geschichte eben aus der Sicht der Stewarts.«

Damit zog er Robbies Aufmerksamkeit auf sich; der Appin-Erbe mochte es nicht, wenn seine Zuhörer abgelenkt waren. »Wie sieht es denn aus *deiner* Sicht aus? Besser als aus meiner, meinst du das?«

»Das kommt ganz darauf an, welchem Clan du angehörst«, erwiderte Dair trocken.

Robbie reichte ihm seinen Dolch, mit dem Griff zuerst. »Hier, nimm. Zeig es mir, aye? Und den anderen.«

»Es ist deine Geschichte, Robbie.«

»Dann unterbrich mich bitte nicht.« Sein finsterer Blick verschwand gleich wieder, als er sich erneut seinen Zeichnungen zuwandte. »Wir sind also hier, und –«

Der junge Mann neben Dair richtete seine Aufmerksamkeit nicht sofort auf Robbie. »Und wo seid Ihr gewesen?«

»Ich war bei MacIain«, antwortete Dair, »wie es die Pflicht eines jeden Glencoe-Mannes war.«

Der andere grinste. »*Per mare per terras.*«

Das MacDonald-Motto … »Oh. Ihr seid …«

»Keppoch.«

Dair nickte. »Dann seid Ihr mit Coll hergekommen?«

»Ja. Obwohl ich nicht weiß, ob dieses Treffen die Reise wert ist; ich habe noch nie einen Campbell getroffen, der aufrichtige Gastfreundschaft geboten hätte.«

Robbie fuhr dazwischen. »Wollt Ihr jetzt hieraus etwas lernen, junger MacDonald von Keppoch, oder wollt Ihr dem Mann zuhören, der mir bei Killiecrankie sein Leben verdankt hat?«

Die Wirkung war überwältigend, genau wie Robbie es beabsichtigt hatte. Alle Blicke richteten sich auf Dair, der jetzt laut seufzte. »Man kann viel lernen von einem Mann, der so mutig ist wie Stewart von Appin. Ihr solltet alle gut zuhören.«

»Ich danke dir.« Robbie machte sich wieder an seine Zeichnungen.

Der junge Keppoch-MacDonald grinste Dair an. »Coll könnte ihm das eine oder andere beibringen.«

»Daran zweifele ich nicht. Aber ich sollte jetzt lieber schweigen, sonst benutzt er diesen Dolch noch, um mir meine Zunge herauszuschneiden.«

Und so schwieg er, verlor zwar das Interesse an der Erzählung, fühlte sich aber nicht veranlasst, wegzugehen. Seine Gedanken wanderten umher; Robbies Stimme verblasste immer mehr, bis sie nur noch im Hintergrund zu hören war, während Dair seinen Blick über das Lager schweifen ließ. Ein Dudelsackspieler hatte den *Ceol mor* angestimmt, wenn auch nicht als Kriegsmarsch, sondern als Klagelied. Ein anderer übernahm. Das Feld unterhalb der verfallenen Burg schien in Flammen zu stehen, überall waren Kochstellen errichtet. Es roch nach gebratenem Fleisch und Whisky und dem unterschwelligen Geruch angespannter, sich bewegender Männer, die sich in Leinen und Wolle gekleidet in der Sommerhitze trafen.

Es gab auch Frauen, wenn auch nicht sehr viele, die sich in kleinen Grüppchen um die Kochstellen scharten. Sein Blick blieb jedoch an einer ganz besonderen hängen, die geradewegs aus der Menge schritt, als hätte sie die Absicht, ihr zu entkommen, während andere sich dort versammelten. Sie war sehr groß, langgliedrig und bewegte sich rasch und forsch, mehr wie ein Mann als eine Frau. Die geflochtenen Haare glühten herrlich wie Kohlen in der untergehenden Sonne.

»Heiliger Himmel –«, entfuhr es Dair. Ihm war kalt und heiß zugleich, und er war wie erstarrt vor Erinnerungen, vor Entsetzen: Das letzte Mal hatte er sie auf einem Hügel im Rannoch Moor gesehen, und er hatte eine Schlinge um den Hals gehabt.

»Also gut.« Es war Robbie. »MacDonald – du bist an der Reihe. Ich bin nicht als Einziger dort gewesen, wie du weißt… du kannst jetzt reden.«

Aber Dair war nicht länger an Killiecrankie interessiert.

»Du kannst besser erzählen als ich… Ich überlasse es lieber dir, weiterzureden.«

»Ich kann aber doch nicht den ganzen Ruhm einheimsen –«

»Wieso nicht? Das tust du doch gewöhnlich immer…« Aber es war ein kläglicher Spott; er war nicht richtig bei der Sache. Er war bei der Frau, der rothaarigen Frau, die sich geschmeidig durch die Menge schlängelte und ganz verloren wirkte. Und er war bei seiner Kehle, deren Haut bei der Erinnerung an den Hanf, den Baum und den Campbell-Laird mit dem Claymore heiß brannte.

»So etwas tue ich nicht«, erklärte Robbie. »Habe ich nicht gesagt, dass auch du viele Mackay-Männer getötet hast?«

Aber Dair sah weder zu Robbie noch auf die mit der Dolchspitze hingekritzelten Malereien auf dem Boden. Er wandte sich von den wartenden Männern ab und ging dem Sonnenuntergang entgegen, auf der Suche nach Glenlyons Tochter, um ihr für sein Leben zu danken.

Er hoffte inständig, sie finden zu können. *Hoffentlich hört sie zu…* Hoffentlich glaubte eine Campbell den aus Dankbarkeit geäußerten Worten eines MacDonalds.

Hier würde es vielleicht möglich sein. Hier, wo der Geist von Breadalbanes Frieden wehte.

Auf der Suche nach den Chiefs wanderte Breadalbane zwischen den Anwesenden umher. Hatte er einen gefunden, isolierte er ihn von den anderen Chiefs, ihren Ghillies und Vasallen, Rivalen und Kameraden, so dass er in Ruhe und allein mit ihm sprechen konnte. Er sprach von seinem Stolz, ein Highlander zu sein, von seinem Wunsch, die Streitkräfte Williams besiegt zu sehen.

Wenn die Chiefs – was Breadalbane erwartete – Zweifel hegten und darauf hinwiesen, dass er doch eigentlich Williams Mann war, so leugnete er das. Er behauptete, ein Chief wie sie zu sein, in jeder Hinsicht verantwortlich für seine Leute, wie es bei einem Oberhaupt nun mal der Fall war. Wenn es also zum Wohle seiner Leute war, dass er sie von einer Schlacht abhielt, in der sie nur Schaden erleiden konnten, tat er das auch, indem er sagte, was gesagt werden musste. Und wenn es notwendig war, Stair und den Holländer glauben zu machen, dass er einer von ihnen wäre, ein echter Anhänger Williams – nun, dann war das eben so, auch wenn er in Wahrheit James Stuart diente. Er war ein Highlander, ein Campbell, ein Mann von ihrem eigenen Fleisch und Blut, und nie würde er Schottland schaden, selbst wenn es ihn das Leben kosten sollte.

Als der Earl diese Worte zu Coll MacDonald von Keppoch sagte – der sich ihm lange Zeit widersetzt hatte –, hockte er auf einem moosbewachsenen Granitfelsen in der Nähe der Ruinen, umgeben von Kiefern. »Ich werde von Euch keinen Eid verlangen, denn ich weiß, dass damit jener gegenüber König James zunichte gemacht werden würde – der, der mit dem Blut von Killiecrankie besiegelt worden ist. Aber ich biete Euch einen Waffenstillstand: Frieden bis Oktober. Mehr verlange ich gar nicht von Euch und Euren Leuten, Coll. Ist das zu viel?«

Coll MacDonald von Keppoch saß ebenfalls; er hockte auf einem Baumstumpf. Er hatte sich das Plaid in der warmen Sommerluft nur lose über die Schultern gelegt und verschränkte die Arme vor der Brust, während er angestrengt zu Boden starrte. Sein Clanmuster bestand aus schwarzen, sich kreuzenden Linien auf karmesinrotem Untergrund mit einem gelegentlichen Hauch von Blau darin. Wie alle MacDonalds trug er ungeachtet seiner Ländereien einen Heidekrautzweig an der Kappe und darüber hinaus die drei Adlerfedern, die ihm als Chief zustanden.

Keppoch war jung, kräftig und sah außerordentlich gut aus, aber er hatte auch einen klugen Verstand. Er ging mit dem Dolch oder dem Claymore so geschickt um wie jeder andere, und er besaß einen Stolz, den man leicht reizen konnte. Breadalbane unterließ es, zu beschwichtigen, zu betteln oder Ausflüchte zu machen, sondern sprach aufrichtig und direkt mit ihm. Er wusste, dass es mit Coll eine Zeit lang dauern würde, doch letztendlich würde er ihm antworten; ein geübter Mann wusste, dass die beste Methode darin bestand, einen dickköpfigen Menschen nicht zu drängen, sondern darauf zu warten, dass er von allein zur Besinnung kam.

Breadalbane wartete. Keppoch löste endlich den Blick vom Boden und blickte den Earl an. Sein Lächeln hatte etwas Scharfes, als verberge er einen Dolch hinter den Lippen. »Was habt Ihr davon? Was springt für Euch dabei raus?«

»Zeit.«

»Zeit wofür?«

»Um William Bedingungen zu entlocken, die wir als akzeptabel empfinden.«

Keppoch zog die dunklen Brauen hoch. »Wir? Wen meint Ihr denn mit ›wir‹, Breadalbane? An wen habt Ihr da gedacht?«

Die Frage kam nicht unerwartet; der Earl hatte ähnliche Bemerkungen schon von anderen gehört. »Ich bin ein Highlander, genau wie Ihr. Ich bin der Wächter meines Volkes –«

»Der Campbells.«

»Ja, der Campbells; wollt Ihr mich dafür tadeln?«

Coll lachte leise, entblößte dabei kräftige Zähne. »Es wäre ein Schock für Argyll.«

Über solch kleine Beleidigungen konnte der Earl hinwegsehen; er ging nicht darauf ein. »Auf meine eigene Weise habe ich das Anliegen der Stuarts verfolgt –«

»Indem Ihr die Campbells von Killiecrankie fern gehalten habt?« Keppoch zuckte die Schultern. »Diese Art der Unterstützung nützt uns nicht viel.«

»Jetzt biete ich eine andere an«, erklärte Breadalbane. »Ich habe lange und hart daran gearbeitet, das Vertrauen von Stair und William zu erlangen, aber jetzt habe ich es. Und ich habe vor, es zu benutzen – aber nicht auf eine Weise, wie sie es erwarten.«

Keppoch musterte ihn mit einem scharfen Blick, doch dann lächelte er wieder. Er wusste, wie er seine Ausstrahlung einsetzen konnte, und sein Lächeln war äußerst hübsch. »In welcher Weise werdet Ihr es denn benutzen?«

»So, dass ich den Clans damit helfen kann.«

»Ah.«

»Ich habe vom König persönlich –« Breadalbane hielt inne; für die Clans war *James* König, »– vom Holländer den Auftrag erhalten, den Clans einen Vorschlag zu unterbreiten. Er befindet sich im Krieg mit Frankreich. Die Rebellion der Jakobiten raubt ihm Kraft; es würde ihm sehr helfen, wenn er Highlander *in* seinem Regiment hätte, statt sie vernichten zu müssen.«

Keppoch grinste wieder. »Killiecrankie hat Spaß gemacht.«

»Und Dunkeld danach?« Der Earl sah die Wut in den Augen des MacDonald aufblitzen; sie alle hatten Männer in den Bränden verloren, die die Cameronianer gelegt hatten. »Er hat eine Armee unter dem Kommando von Livingstone in die Gebirgsausläufer bringen lassen, und eine Garnison liegt in Fort William bei Inverlochy. Es gibt Geschütze auf den Mauern. Ein mit Kanonen bestücktes Patrouillenboot befindet sich auf Loch Linnhe. Ähnlich bestückte Fregatten kommen von den Inseln her. Killiecrankie ist trotz all des Ruhmes eine Ausnahme gewesen, nicht die Regel.« Er wartete eine Weile, während Keppochs Gesicht von einer dunklen Farbe überzogen wurde, die dann wieder verblasste. »Ich beweine mein Volk. Ich beweine die Highlander. Ich habe nicht den Wunsch zu sehen, wie unsere Traditionen während der Herrschaft des Holländers unter seinen Füßen zermalmt werden.«

»Was habt Ihr vor?«

»Einen Waffenstillstand, wie ich schon sagte. Keinen Eid, obwohl William ihn bevorzugen würde. Zeit, damit ich unser Anliegen Stair und William vortragen kann, damit ich ihnen vermitteln kann, dass die Highlander eine Kraft darstellen, die er nicht ignorieren kann, wenn der Krieg gegen Frankreich nicht verloren gehen soll.«

»Zeit.« MacDonald von Keppoch verzog kurz die Lippen. Er war ein junger Mann, viel jünger als Breadalbane, aber die Highland-Chiefs waren an Entbehrung und Konflikte gewöhnt. Er würde sich durch die erwähnte Stärke des Königs nicht einschüchtern lassen, aber er war ihr gegenüber auch nicht blind. »Bedingungen, die für uns annehmbar sind?«

»So annehmbar wie nur möglich.«

»Er kann uns aber nicht als Soldaten bekommen, weil wir James Stuart einen Eid geleistet haben.«

»Natürlich nicht. Er ehrt den Eid, den ihr bei Dalcomera geschworen habt, und später, nach Dundees Tod, bei Blair. Der Holländer ist kein Schotte, aber das heißt nicht, dass er für den Stolz eines Mannes nicht empfänglich wäre.« Breadalbane lächelte. »Er würde Euch Zeit geben, herauszufinden, was James denkt.«

»Was James denkt?« Coll zog seine Arme unter dem Plaid hervor. »Wir haben seit Monaten vom König nichts gehört; wer könnte schon wissen, was er denkt?«

Breadalbane fuhr vorsichtig fort. »Wir könnten ihn fragen.«

»*Wer* würde so etwas tun?«

»Wir könnten Botschafter an seinen Hof bei Saint-Germain schicken und fragen, was der König denkt und was er von den Schotten erwartet. Wenn er Euch aus dem Eid entlässt, seid Ihr frei und könnt einen neuen gegenüber einem anderen schwören … und die Feindseligkeiten in den Highlands hätten ein Ende.«

Keppoch lachte leise. »Ihr tut gerade so, als wäre es ziemlich einfach, aye?«

»Es *ist* auch einfach, wenn man weiß, wie es geht.« Breadalbane machte sich nicht die Mühe, seine Zuversicht zu verbergen; Keppoch hätte ihn längst abgewiesen, wenn er es vorgehabt hätte. Die MacDonalds waren nicht gerade für ihre Geduld oder politische Weisheit bekannt, sondern wegen ihres stürmischen Temperaments und ihrer zügellosen Launen. »Drei Monate nur, Coll... und wenn in Saint-Germain nichts herauskommt oder William seine Truppen gegen Euch schickt, habt Ihr keine andere Wahl, als Euch gegenüber James loyal zu verhalten. Was könnte es schaden, zu warten?«

»Nichts, das weiß ich. Und was danach...« Keppoch zuckte die breiten Schultern. Die Bergkristalle auf seinem Plaid glänzten blutrot in dem Sonnenlicht, das durch die Blätter der Bäume schien. »Es ist an Jamie, das zu sagen, und an Willie, es zu tun.«

»Werdet Ihr einen Vertrag unterzeichnen?« fragte Breadalbane weich.

Keppoch verharrte still. »Einen Vertrag.«

»Das, was Ihr gerade gesagt habt. Unterschreibt Eure Worte mit Eurem Namen. Ein schriftlicher Vertrag.«

Die dunklen Brauen hoben sich wieder. »Ihr wollt es auf Papier haben?«

Der Earl lächelte schwach; er war sich des Kurses, den er eingeschlagen hatte, nur zu sicher. »William ist kein Mann, der das Wort eines Highlanders ehrt. Er ist unwissend und grob.«

Coll von den Kühen lachte ironisch. »Also nicht anders als Jamie, der in Frankreich verfault und ganz vergisst, dass er ein Stuart ist. Aber ein Eid ist ein Eid... also gut. Ich werde diesen Vertrag unterschreiben. Ihr bekommt meinen Namen, und den von acht meiner Vasallen.«

Breadalbane erhob sich. »Ich danke Euch, Coll. Ihr seid ein weiser Mann.«

Coll verzog wieder den Mund. »Ich bin ein Gäle; ich

würde mich niemals vor einer Schlacht drücken, noch eine andere Waffe anerkennen als mein Claymore und meinen Dolch. Aber nur ein Narr kann glauben, dass Stahl gegenüber so vielen Geschützen bestehen kann.« Das junge Gesicht verhärtete sich; Breadalbane hatte ein Scharmützel gewonnen, nicht den Krieg. »Bringt mir also Euren Waffenstillstands-Vertrag… ich werde meinen Namen darunter setzen. Aber –« Keppoch hob einschränkend eine Hand. »Da ist doch noch etwas, oder? Eine Art Gegenleistung?«

Breadalbane war lediglich überrascht, dass Keppoch so lange gebraucht hatte, diese Frage zu stellen; andere hatten schon viel eher gefragt, was sie dafür erhalten würden. Aber Coll MacDonald war jung, und er war noch nicht sehr erfahren. Daher machte sich der Earl daran, alles sehr deutlich zu erklären, so dass Coll MacDonald von Keppoch die Verlockungen auch genau mitbekam. In seiner Einfachheit war dieser Plan der raffinierteste, den er jemals verfolgt hatte.

»Vertrauliche Schreiben«, erklärte Breadalbane und ließ sie in seine Hand gleiten – so vertraut mit ihnen, wie es ein Mann nur sein konnte, der sie geschrieben hatte.

MacDonald von Keppoch war das Lächeln vergangen, und auch seine Ironie. »Der Beweis für diese ›Vertraulichen Schreiben‹ könnte dazu führen, dass Ihr wegen Verrates hingerichtet werdet. Die Gerüchte könnten Euch ruinieren.«

»Wenn sich herausstellt, dass sie wirklich von mir stammen, ja.« Der Earl lächelte. »Aber solche Dinge wie die Ehre verlangen Opfer und Risiken.«

»Und dies sind Eure, ja?«

»Und dies sind meine, ja.«

In Keppochs Blick lag nicht mehr Respekt als zuvor, aber die widerwillige Anerkennung, dass der Earl of Breadalbane klug genug war, um zu wissen, dass man nicht mit leeren Händen zum Verhandeln in die Highlands ging. Zu viele hatten das schon getan.

Der junge Chief drehte sich mit schwingendem Plaid um und schritt rasch davon, verursachte mit seinen bloßen Füßen auf dem Torf und den Kiefernnadeln kaum ein Geräusch. Breadalbane wartete, bis Coll von den Kühen verschwunden war, ehe er vor lauter Freude breit strahlte.

Coll MacDonald von Keppoch. Die anderen hatte er bereits, abgesehen von dreien: Robert Stewart von Appin, MacDonald von Glengarry und MacIain von Glencoe. Drei Männer noch, und die Highlands würden ihm gehören.

Breadalbane lachte. *Und William.*

Cat löste ihre Kleider von den Kornhalmen, an denen sie immer wieder hängen blieben. Bei dem Lärm – einer Mischung aus gälischen Rufen und Scherzen –, der zu ihr drang, musste sie sich an eine Geschichte erinnern. Sie stammte noch aus der Zeit, bevor die Burg entstanden war, und handelte von einem englischen Söldner, der kein Gälisch konnte und durch diese Gegend geritten kam. Er hatte sein Pferd auf einem Kornfeld grasen lassen und wurde dabei von den Fletchers entdeckt, denen das Achallader-Land damals gehörte; man fragte ihn nach dem Grund seines Auftauchens. Da er jedoch kein Gälisch konnte und auch sonst keine Antwort zu bieten hatte, forderten sie ihn auf, das Land zu verlassen – auf Gälisch, was er wieder nicht verstand, und weshalb er der Aufforderung auch nicht Folge leisten konnte. Daraufhin töteten sie ihn.

Die Stadt in der Nähe der Burg von Achallader war ebenfalls nach der Schlacht von Killiecrankie niedergebrannt worden. Aber auf den Weiden oberhalb der Ruinen erhob sich ein Erdwall, der sanft aus dem Torf aufstieg, und nach dem englischen Soldaten als Uaigh a'Choigrich, das Grab des Fremden, benannt war. Genau hierhin begab sich Cat, kletterte über Geröll und umrundete Bäume, um einen Blick hinab auf die Felder zu werfen, die einst sorgfältig bestellt worden waren, auf denen einst das Korn der Fletchers, dann das der Campbells gewachsen war, und auf denen jetzt hundert Highland-Chiefs und ihre Gefolgsleute herumtrampelten.

Ein grauer Dunst erhob sich von dem Feld und blieb in der Luft hängen, ein rauchiger Vorhang, durch den Cat die Farben zählte, die glänzenden Fibeln aus Zinn und Eisen, das Aufblitzen von Stahl. Es war Sommer, und so war die Landschaft voller verschiedener Grüntöne, die so satt waren wie frisch gefärbte Wolle; nirgendwo waren die brütenden, dunklen Farben des Winters – Braun und Grau und Schwarz – zu sehen. Der Sonnenuntergang tauchte den Himmel in ein goldenes Licht aus Karneol und Lachs und Orchidee, das sich von dem dunkleren Violett der heidebewachsenen Weiden, von dem lodernden Zinnoberrot der Torfbeeren, dem Flackern der überall neu entfachten Feuerstellen abhob.

Die Burgruine zeichnete sich schroff vor dem Horizont ab, ragte aus steinigem Boden gen Himmel. Cat fragte sich, was die Chiefs und Vasallen und Ghillies wohl dachten, wenn sie die Ruine sahen, das verfallene und geschwärzte Mauerwerk, die starren Ecken, die sich wie Wächter aufrecht zwischen den zerbröckelten Steinen erhoben. Dachten sie an die MacDonalds, die das Land der Campbells geplündert und eine Burg verwüstet hatten? Dachten sie an Breadalbane, dessen Anspruch sich jetzt auch auf zerbrochene Mauersteine und schwarzes Geröll bezog? Dachten sie an Killiecrankie und badeten in dem Gefühl des Sieges, wobei sie Achallader als Symbol jakobitischer Stärke bezeichneten?

Cat schaute zu den Ruinen hoch. Sie dachte an nichts von alledem, weder an Symbole noch an anderes, nur an einen Mann. Sie dachte an Dair MacDonald, von dem sie wusste, dass er irgendwo da unten war und sich um seinen Vater kümmerte, der Achallader eigenhändig in Brand gesteckt hatte, während sein zweitgeborener Sohn mit Robert Stewart nach Glen Lyon weitergeritten war.

Musik drang von unten herauf. Sie hörte die Harfe und das schwache Klagen eines Dudelsacks, das *Ceol mor*, das jetzt weniger ein Trauerlied des Krieges war als von den grübelnden Seelen kündete, von dem Kummer und den Highlandern, die so nah an den Hügelgräbern der Nordländer und den Gebräuchen der Kelten aufgewachsen waren und voller unbeschreiblicher Sehnsucht auf der Suche nach ihrer Vergangenheit waren.

Sie wusste, dass es Leute gab, die den Dudelsack verfluchten, Lowlander und Sassenachs, denen das Blut der Highlander, das Wasser ihrer Bäche und der Usquabae fehlte, der so heiß in ihren Adern floss. Aber sie gehörte nicht zu denen.

Ein anderer Spieler nahm das Klagelied auf. Bei dem *Ceol mor* zog sich ihr Herz zusammen, bis sie glaubte, vor Verlangen nicht mehr atmen zu können. Aus den Dudelsack-Klängen erwuchs eine Trauer, ein Sehnen und eine Einsamkeit, die sie nicht gänzlich erfassen konnte, da sie ihren Namen, ihre Not nicht kannte.

Sie schloss die Augen. Die Musik und das Versprechen, das sie gab, nahmen sie ganz gefangen – und dann war da plötzlich und unerwartet ein Feuer in *ihr*, war ihre Seele entfacht, und ihre Erregung erwacht, schickte ein krampfartiges Beben durch jeden Teil ihres Körpers, kroch bis in ihre Knochen.

Sie war zwanzig Jahre alt. Sie hatte keinerlei Erfahrung mit Männern. Sie war eine Frau, kein Mädchen mehr. In diesem Augenblick endlich, nach Jahren der Verleugnung, spürte sie das Aufwallen ihres Körpers, das Pochen des Blutes in den zerbrechlichen Gefäßen, die Hitze der lodernden Haut, die an den intimsten Stellen Feuchtigkeit hervorrief.

Und während die Dudelsack-Klänge sich aus dem Dunst der Kiefern zum Uaigh a'Choigrich erhoben, konnte Cat nicht länger leugnen, was sie wollte, wie sehr sie es wollte, und dass sie es nicht haben konnte.

Denn er war ein MacDonald und sie eine Campbell.

Der Ruf kam von hinten. »Alasdair!« Er zuckte zusammen, wie man es gewöhnlich tat, wenn man den eigenen Namen hörte, und doch zögerte er einen Augenblick, bevor er weiterging; es war ein gewöhnlicher Name, wie er zu Cat Campbell vor dem Haus ihres Vaters einmal gesagt hatte.

Da. Sie war wieder in seinen Gedanken. *Immer noch*… Der Ruf wurde wiederholt, näher diesmal und in einer Stimme, die ihm nur zu vertraut war; es folgte die gälische Kurzform, durch die man ihn von seinem Vater unterschied. »Alasdair *Og*!«

Er fluchte leise und wirbelte herum, die Stirn in finstere Falten gelegt. John kam auf ihn zu; sein Bruder störte sich nicht sehr an seiner düsteren Miene. »Was ist?«, fragte Dair. »Kannst du nicht warten?«

»MacIain sucht dich«, antwortete John. »Und ich würde an deiner Stelle nicht mit diesem Gesichtsausdruck zu ihm gehen… er hat selbst schon bessere Laune gehabt und keine Lust, bei seinem Sohn das Gleiche zu sehen.«

»Sein Sohn ist ein eigener Mann mit eigenen Launen und Stimmungen«, entgegnete Dair kurz angebunden, bereute seine Worte aber rasch wieder; sein Bruder hatte damit nichts zu tun, es ging nur seinen Vater etwas an. »Entschuldige, John – aber ich habe etwas zu erledigen.«

John MacDonald war wenig geneigt, sich so rasch von dem Vorhaben abbringen zu lassen, das sein Vater ihm aufgetragen hatte. »Aye, ich bezweifle auch nicht, dass du Zeit haben wirst, zu erledigen, was du vorhast – aber erst *nachher*. Es geht um die MacDonalds.«

»Genau wie bei mir.«

»Und um die Campbells.«

»Genau wie bei mir.«

»Oh, aye?« John verbarg seine Neugier nicht. »Ist Breadalbane schon bei dir gewesen, in der Hoffnung, einen von MacIains Söhnen auf seine Seite ziehen zu können?«

Verblüfft über diese Worte war Dair sofort abgelenkt. »Hat er das vor?«

»Ich nehme es an.«

Argwohn breitete sich jetzt anstelle von Entsetzen auf Dairs Gesicht aus. »Ist er bei dir gewesen?«

»Vorher, ja.«

Es war nahezu unbegreiflich. »Was hat er gewollt?« Johns Tonfall war überaus trocken, aber Dair kannte das ironische Glitzern in seinen Augen. »Er wollte mir weismachen, dass er ein Freund der jakobitischen Sache ist.«

»*Breadalbane*? Der ist doch Williams Mann!«

»Hier behauptet er etwas anderes.« John zuckte beredt die Schultern; er würde sich nicht bemühen, eine Erklärung für das Verhalten eines Mannes, wie der Earl einer war, zu finden. »Er hat bisher noch nicht mit MacIain gesprochen, und bei mir war er sehr darauf bedacht, nichts zu sagen, was man als politische Aussage hätte werten können; er kennt den Stolz eines Laird, wenn es um solche Sachen wie Rangordnung geht, und MacIain ist da noch ungestümer als die meisten. Aber er hat genug gesagt. Ich dachte, er hätte vielleicht nach dir gefragt.«

Dair schüttelte den Kopf. »MacIain wird mit mir nicht sprechen. Ich bin sein *zweiter* Sohn; es ist nicht notwendig, mit mir über Politik und James Stuart zu sprechen.« Er warf einen raschen Blick zur Seite, zwischen die Bäume hindurch und auf die Weide dahinter. Seine Gedanken schweiften von der Politik ab; *sie* war in diese Richtung gegangen. Aber seine eigene Neugier war nach Johns letzter Bemerkung erwacht. »Was hast du ihm gesagt?«

John drückte die flache Hand gegen das Plaid. »Ich habe ihm gesagt, dass ich noch nicht MacIain von Glencoe bin – und dass ein Mann, selbst wenn er ein Campbell und Earl ist, doch wohl den fragen sollte, der es ist.«

Dair grinste; er konnte die trockenen, diplomatischen Worte

seines Bruders nahezu hören, sah dessen Miene vor sich. »Kluger Mann…« Aber seine Erheiterung wich einer neu erwachten Bestürzung. »Glaubt MacIain etwa, dass er zu mir gekommen ist?«

John zuckte eine Schulter. »Ich habe nicht gefragt, was er von dir will. Würdest du es tun, wenn er dich nach mir ausschickt?«

»Nein, wohl nicht…« Dair sah ungeduldig auf die Weide, die sich über dem Lager erhob. »Es ist nur –«

»Du solltest am besten gehen, Alasdair. Er wird nicht die ganze Nacht warten.«

Dair schloss den Mund, und ein leichtes Klicken war zu hören, als die Zähne aufeinander schlugen. »Wo ist er denn jetzt?«

»Da.« John deutete mit einer kurzen Kopfbewegung auf eine Gruppe von Feuerstellen. »Er ist da hinten, zusammen mit den Glengarrys. Keiner von ihnen ist sehr zufrieden mit Breadalbanes Ansinnen oder der Atmosphäre dieser Zusammenkunft. Wähle deine Schritte also sorgsam.«

»Wieso? Glauben sie, dass die Lairds ihren Eid gegenüber James brechen werden?«

John seufzte. »Ich weiß nicht, was sie *denken*, Alasdair«, antwortete er geduldig, »abgesehen von dem, was sie gesagt haben. Aber wenn du es selbst erfahren willst, solltest du hingehen und es herausfinden.« Er warf einen Blick über seine Schulter, dann lächelte er seinen jüngeren Bruder an. »*Bevor* er herkommt und dir eine Ohrfeige gibt, weil du ihn hast warten lassen!«

Als das Licht des Tages verschwand, kehrte Cat langsam über den Hügel wieder zurück. Die Feuer, die unten brannten, verschwammen ineinander, so dass das gesamte Feld wie ein See aus Flammen wirkte, wie der Graben der Burgruine. Sie sah Menschen vor den Feuerstellen: Kilt tragende Männer, in Tuniken gewandete Frauen, je nach Geschlecht einige mit Kopftüchern, andere mit Kappen, mit blitzenden Fibeln und Broschen und Abzeichen. Einer von ihnen, irgendwo in ihrer Mitte, war Alasdair Og MacDonald.

Ihre Entschlossenheit geriet ins Wanken. Mit großer Mühe gewann sie sie zurück. Sie war am Grab des Fremden zu einer Entscheidung gekommen und würde sich jetzt nicht davor drücken, egal, wie schwierig es auch werden würde. Er verdiente es – und wenn auch nur, weil er überlebt hatte, er verdiente es, diese Worte zu hören. Aber es würde hart werden, sehr hart, ihm das zu sagen, was sie vorhatte.

Sie wusste nicht genau, wo er war, aber andere wussten, wo Glencoe und seine Söhne waren. Sie fragte einen Mann, und er erklärte es ihr; jetzt gab es keinen Grund mehr, davonzulaufen. Es wäre Feigheit gewesen, und so etwas konnte sie nicht gelten lassen.

Bis sie in die Nähe des Feuers kam und ihn dort neben MacIain sah.

Cat blieb abrupt stehen. Sie hätte nur ihre Stimme erheben und seinen Namen rufen müssen, dann hätte er sich umgedreht, sie gesehen, sie neben einer Feuerstelle bemerkt, an der keine Campbells erwünscht waren, schon gar nicht Glenlyons Tochter.

Es war so viel zwischen ihnen, das gemeinsame, wenn auch unterschiedlich erlebte Entsetzen über das, was auf dem Hügel im Rannoch Moor geschehen war. Sie rief sich sein Gesicht in Erinnerung, das so erstarrt und blutleer ausgesehen hatte, erinnerte sich an das Geräusch, das die Klinge ihres Vaters verursacht hatte, als er damit auf den Rumpf des Pferdes geschlagen hatte, und sie erinnerte sich an das Torkeln des Tieres, das seinen Reiter nicht mit sich genommen hatte.

Und an den Alptraum, als er in der Luft hing und mit den Füßen um sich stieß.

Cat schloss ihre Augen. Als sie sie wieder öffnete, stand er noch immer am Feuer, das Profil ihr zugewandt, ohne sie zu sehen, stumm und reglos, während die eine Hälfte seines Gesichts von Dunkelheit verhüllt und die andere in grelles Licht getaucht war.

Sie hatte vergessen, wie riesig MacIain war, um wie viel riesiger als all die anderen; er überragte alle, die mit ihm am Feuer waren. Die weißen Haare flossen wie geschmolzener Schnee über seine Schultern, der aufwärts gedrehte Schnurrbart verdeckte seinen Mund. MacIain sprach gleichmäßig und mit Nachdruck; sie konnte die Kiefer arbeiten sehen, auch wenn sie vom Bart verborgen waren, aber sie verstand die Worte nicht, denn Dudelsackmusik und Harfenklänge übertönten, was er sagte.

Cat sah von ihm zu seinem Sohn. Seine Haltung war angespannt; seine Sprache, auch im Schweigen, verriet Bedauern, tiefe Besorgnis, die pflichtgemäße Gehorsamkeit, zuzuhören und still zu sein, was immer er auch denken mochte.

Und dann hörte MacIain auf zu sprechen. Sie sah, wie der Riese sich umdrehte, das Plaid über der Schulter festzurrte. Er nickte kurz mit dem Kopf, als jemand mit ihm sprach, und dann entfernten er und die anderen sich, um sich anderen Aufgaben zu widmen. Dair stand allein am Feuer, und sie hatte keine weiteren Ausreden mehr.

In diesem Augenblick wünschte sie sich, dass sie sich kurz vor einem Viehdiebstahl befand, mit dem sie leichter hätte umgehen können. Es waren weniger Risiken damit verbunden. Und dann dachte sie an den Überfall, der ihren Bruder das Leben gekostet hatte, und den, der Dair beinahe das Leben gekostet hatte, und sie war zufrieden damit, hier bei ihm zu sein.

In diesem Augenblick drehte er sich um und sah sie. Das Licht des Feuers spiegelte sich auf seinem Abzeichen, auf der Fibel, überzog seine Haut mit einem leichten Schimmer und säumte die Linien seines Gesichts, arbeitete die Konturen heraus. Er sah sie und verharrte genauso reglos wie sie.

Um sie herum trauerten die Dudelsäcke. In dem schwachen Licht sah sie an seinem Hals eine dunkle, glänzende Narbe von dem Seil; sie war noch immer nicht gänzlich verheilt.

Er machte einen Schritt auf sie zu, und dann noch einen, und nach ein paar weiteren stand er vor ihr, nah genug, um sie berühren zu können. Sie war nicht geflohen.

»Cat«, sagte er nur, aber in dem einen Wort lag eine ganze Welt verborgen.

Noch mehr stand in seinen Augen, wie sie erkannte: ein Hügel, ein einsamer Baum mit einer Frucht aus Hanf... und ihr Vater, der sein Claymore benutzte, um das Pferd anzutreiben.

Er war noch lebendig abgeschnitten worden, aber in diesem einen Augenblick war er gehängt worden. In diesem einen Augenblick war er gestorben.

Ihre Brust, ihre Kehle füllten sich, und dann brach alles heraus, mit einem Mal. Sie musste es sagen, es musste wie ein Dolch, wie ein Claymore zwischen ihnen stehen, damit sie herausfinden konnten, wie sie damit umgehen sollten – ohne zu wissen, weshalb das überhaupt nötig war. »Das hätte ich nie von ihm gedacht.« Es war ein Anfang, wenn auch ein schlechter; sie hatte eigentlich ganz andere Worte sagen wollen. »Das hätte ich nie von ihm gedacht, ich schwöre es – ich hätte nie gedacht, dass mein Vater so ist. Und ich schäme mich dafür – ich *schäme* mich wirklich dafür –« Sie sah wieder auf die vom Hanfseil aufgeschürfte Stelle und fuhr sich mit der einen Hand an den Mund, unterbrach sich, denn die Worte, die sie hatte sagen wollen, fanden ihren Weg nicht durch die Tränen hindurch.

Ceol mor erfüllte die Nachtluft. Dunkle Brauen, im Feuerschein nur unklar zu erkennen, überschatteten seine Augen und dämpften deren whiskygoldene Farbe. Seine Haare waren noch dicker als sonst und voller Silberfäden, die auffallend hell in der Dunkelheit schimmerten. Stumm streckte er die Hand aus und ergriff ihr Handgelenk, nahm ihre Hand von ihrem Mund und führte sie an seinen Hals.

Ihre Finger zitterten. »Oh … nein –«

Aber er ließ nicht zu, dass sie ihre Hand wegnahm. »Spürst du es? Da … unter deiner Hand?«

Sie spürte noch viel mehr, als sie sich plötzlich seiner Berührung bewusst wurde, seiner Wärme, seiner Männlichkeit. Sie bebte leicht, während er sprach. Ihre Finger waren starr. Sie hatte das nicht erwartet; sie hatte sich nicht vorstellen können, dass er freundliche Gefühle gegenüber ihr, der Tochter Glenlyons, hegen konnte, sondern war vielmehr davon ausgegangen, dass er sich Bestrafungen ausgedacht dachte, für den Fall, dass er sie jemals wieder sehen sollte.

Die Haut unter ihrer Hand fühlte sich anders an, die vom Seil aufgeschürfte Haut war voller kleiner Narben, an anderen Stellen wie ein Ausschlag, der aufgescheuert worden war. Aber die Haut war warm, ebenso lebendig wie ihre eigene, nur dass die nicht verletzt worden war.

In diesem Augenblick zählte es nicht, dass er ein MacDonald war, nur dass er der Mann war, den sie in ihrer Dickköpfigkeit, in ihrem reizbaren Stolz beinahe getötet hatte.

»Es tut mir Leid«, sagte sie. »Ich schwöre es: Ich habe es nicht gewusst … ich war wütend, weil du trotzdem noch unsere Kühe stehlen wolltest, aber ich wollte nur, dass du aufhörst. Ich hätte nie gedacht, dass …« Ihre Hand, die noch immer an ihrer Kehle lag, zitterte. »Zuerst Robbie«, sagte sie mit gepresster Stimme, »*mein* Robbie, und dann – ich könnte es nicht noch einmal ertragen.«

Es war gesagt, es war heraus, sie hatte sich von der Buße befreit. Aber nichts in seinen Augen oder in seiner Haltung, in dem Druck seiner Finger veranlasste sie, ihre Hand wegzunehmen.

Sein Blick blieb fest. »Niemand weiß, zu was ein anderer Mensch in der Lage ist, bis er es tut«, erklärte er. »Nicht einmal die Tochter eines solchen Mannes.«

Er würde ihr verzeihen, obwohl sie Verbitterung erwartet hatte. Das war zu viel, und es schmerzte. »Ich dachte…« Cat holte tief Luft und atmete abrupt aus, damit der Schmerz ebenso wie die Anspannung weichen würde. »Ich dachte, du würdest mich hassen.«

Sie wartete. Er konnte jetzt so viel sagen, konnte aus seinen Worten eine Waffe schmieden. Aber sie war es ihm ihres Vaters und ihres Namens wegen schuldig gewesen; sie glaubte nicht, jemals wieder ruhig schlafen zu können, wenn sie das hier nicht durchstand.

Er drückte ihre Hand fester gegen den Puls an seinem Hals. »Es hat noch nicht aufgehört zu schlagen«, sagte er ruhig. »Deinetwegen.«

Sein Rhythmus war ihrem gleich, beschleunigte sich bei ihrer Berührung, wie auch ihrer sich bei der Erkenntnis beschleunigte, dass er sie nicht für das bestrafen wollte, was ihr Vater getan hatte.

Trotz ihrer Unschuld hatte sie begriffen. Etwas in ihr war entfacht worden, antwortete auf seine Berührung; etwas in ihr verstand die kleinen Anzeichen des Körpers, die noch kleineren Hinweise in den Worten. Worte zwischen den Worten, Andeutungen im Tonfall. Ihre Sprache bestand jetzt nicht aus alten Feindseligkeiten und Fehden, ertränkt in Dudelsack-Klängen und Schlachtrufen, sondern war stumm und persönlich, und vollkommen vertraut.

Hinter ihm flackerte das Feuer. Er nahm jetzt die Hand von ihrem Hals und führte sie an seinen Mund. Es fühlte sich warm an.

Cat zitterte. »Dair«, sagte sie hilflos. »Oh nein… tu das nicht…« Sie zog ihre Hand weg, ballte sie zur Faust, um die Erinnerung an seinen Mund auszuschalten.

Er lächelte. »Du weißt es«, murmelte er. »Es hat begonnen, nicht? Und ganz gegen unseren Willen.«

»– begonnen –«, echote sie. »Nein –«

»Ich bin etwas erfahrener als du«, sagte er. »Und auch etwas älter, nicht?« Sein Lächeln hatte jetzt etwas Wehmütiges. »Und vielleicht wünsche ich auch nicht so sehr, dass es anders wäre.«

Er *war* älter, und er war ein Mann, und er verstand etwas von diesen Dingen. Aber sie weigerte sich noch immer, es anzuerkennen. »Es ist *vorbei*. Nichts hat begonnen.« Wie konnte es auch begonnen haben? Es gab nichts zwischen ihnen, nichts als das Erbe, das ihre Gefühle vorschrieb. »Ich habe gesagt, was ich sagen wollte –«

»Warte«, sagte er. »Lauf jetzt nicht weg oder stolziere mit hoch erhobenem Kopf davon.« Das Lächeln erstarb nicht. »Ich habe etwas für dich. Ich wollte dich suchen – auf der Weide –, aber mein Vater… nun, warte…« Er griff in seine beschlagene Feldtasche und löste die Doppelschnalle. Er nahm etwas heraus, das im Feuerlicht aufblitzte, bis er es anders herum drehte. Dann legte er den Gegenstand in ihre Hände.

Cat schaute nicht sofort darauf. Sie sah stattdessen ihn an, sah die Freundlichkeit in seinen Augen, den Anfang von Hoffnung, hörte die Schüchternheit in seiner Stimme und auch ein unerwartetes, seltsam flehentliches Zögern.

»Du hast mehr verloren, als ich dir wiedergeben kann«, sagte er. »Ein Kessel ist wenig genug, ich weiß, und das hier ist es auch, aber –« Er zuckte die angespannten Schultern. »Es ist alles, was ich dir anbieten kann… und ich bitte dich, es anzunehmen.«

Jetzt schaute sie auf das, was er ihr in die Hand gelegt hatte. Es war ein Spiegel, ein kleiner, silberner Spiegel. Sein Griff war kurz und abgenutzt und hatte ein Loch am Ende, durch das man eine Kordel hindurchziehen konnte, um ihn an der

Taille vom Gürtel baumeln zu lassen. Die Mode hatte sich geändert; dieser Spiegel war alt, stammte aus einem anderen Jahrhundert, und er war nicht in Schottland hergestellt worden.

Sie konnte nicht anders; sie war noch immer eine Campbell, und er ein MacDonald. »Ist er ein Teil irgendeiner Plünderung?«

Es war ein harter Schlag, wenn auch ein geräuschloser. Farbe überschattete augenblicklich sein Gesicht. »Er hat meiner Mutter gehört«, sagte er schließlich. »Mein Vater hat ihr ihn vor einiger Zeit von einem Besuch in Paris mitgebracht. Er ist gekauft worden. Nicht gestohlen.«

Die Scham, die in ihr aufstieg, schmerzte. »Das hattest du nicht verdient.«

»Du hast nicht verdient, was Robbie getan hat.«

Die Spannung wich wieder. Von solchen Dingen konnte sie sprechen; es war weit einfacher, als die Wahrheit einzugestehen, sich selbst oder ihm gegenüber. »Warum entschuldigst du dich dann, wenn es eigentlich seine Sache wäre?«

Sein Mund war eine einzige, gerade Linie. »Weil Robbie an so etwas gar nicht denken würde.«

Das war nichts als die Wahrheit. »Er würde wieder tun, was er getan hat.«

Es gefiel ihm nicht, die Wahrheit über seinen Freund zu kennen, aber er weigerte sich, vor der Erkenntnis zu fliehen. »Ich zweifele nicht daran.«

»Und wirst du auch zu seinen anderen Opfern gehen und ihnen Wiedergutmachung anbieten?«

Sein Mund zuckte kurz. »Und wirst du dich für andere MacDonalds einsetzen, die eine Schlinge um den Hals haben?«

Sie bebte bei dem Gedanken, dass er sie auch ohne lange Erklärung so gut verstand. »Gott im Himmel«, sagte sie, »deine Worte schneiden so scharf wie ein Dolch.«

»Ich habe bereits etwas Erfahrung, aye? Wir haben schon oft miteinander geredet.« Sein Ton wurde sanfter. »Ich tue es, wenn ich mich schützen will, genau wie du.«

Die Laments, die klagenden Weisen des Dudelsacks, erstarben. Das Licht hinter ihm zeichnete lebhafte Kontraste in sein Gesicht. Seine Augen lagen im Schatten, nur das Weiß leuchtete, und in den Pupillen spiegelten sich die Flammen. In dieser Spiegelung sah sie einen Mann, und einen Baum, und ein Seil, und sie hörte sich zu ihrem Vater sagen, dass sie, und nur sie der Grund für den Tod ihres Bruders war.

Und während sie sich noch einmal an dieses Eingeständnis erinnerte, begriff sie die Wahrheit, rein und scharf wie eine Klinge. Sie gab ihm, was sie keinem anderen Mann geben würde, weil er es verdient hatte. Weil sie es so wollte.

Aber sie konnte ihren Widerstand nicht so leicht überwinden, und auch nicht die unruhige Vorahnung. »Du bist ein Mann«, sagte sie. »Wovor müsstest du dich schützen?«

»*Dass* ich ein Mann *bin*«, antwortete er, »ist immer die Entscheidung einer Frau.«

Sie dachte an Robert Stewart. »Nicht immer.«

Er erinnerte sich ebenfalls daran und widersprach nicht; er wusste es genau wie sie. »Hier aber doch. Bei mir.«

Er wollte die Wahrheit hören. Und Cat konnte nicht lügen, nicht ihm gegenüber, dem sie etwas schuldete, und sie wollte auch keine Ausflüchte machen. Sie verstand sehr gut – und sie war entsetzt darüber, wie gut –, was er verlangte. »Ich soll sagen, dass es deinetwegen war. *Deinetwegen*, ganz allein. Aber wenn ich das tue … wenn ich das tue …« Wenn sie das tat, würde er es wissen. Er würde alles wissen.

Doch er schien es bereits zu wissen. Er verstand sogar ihr Schweigen, ihre Unbeholfenheit, die ihr fürchterliche Angst machte. »Wir haben die Schulden unserer Namen bezahlt«, erklärte er. »Was jetzt geblieben ist, ist etwas Neues … weder Campbell noch MacDonald. Nur du und ich.«

Sie waren gefährlich nahe an einer Ehrlichkeit, die nicht von Irreführungen behindert war. Undeutlichkeit war einfacher, Unehrlichkeit viel sicherer. »Wir schulden uns gar nichts.«

Sein Lachen war leise, aber deshalb kaum weniger beredt. »Lüg mich nicht an, Cat.«

Vertrautheit, und eine Sackgasse. Sie starrte ihn an, und er starrte zurück, bis sie feststellte, dass sie die Silberfäden in seinen Haaren zählte – es waren weit mehr als damals, als sie ein kleines Mädchen gewesen war –, und die Falten neben seinen Augen musterte, die nun noch tiefer waren, die schrägen Wangenknochen, die Art, wie die Nase in einem Bogen zu den Brauen verlief, die Wärme um seinen Mund, der so vollkommen und so männlich war.

Cat zuckte hastig zurück. Es lag keinerlei Anmut in ihren Bewegungen, nur ein ruckartiger, unbeholfener Rückzug. Es war Flucht, nichts weiter, und er konnte es nicht übersehen.

Er sah es. »Wieso?«, fragte er. »Wieso *jetzt*?«

»Weil –« Sie hielt inne, dann lachte sie. Dann hielt sie wieder inne. »Das verstehst du nicht.«

»Dann sag es mir. Du hast mir einen Teil deines Herzens vor zehn Jahren ausgeschüttet… kannst du mir jetzt nicht auch vertrauen?«

»Das kann ich nicht.« Es war endgültig.

»Wieso nicht?«

»Weil ich kein kleines Mädchen mehr bin, und du… und du –«

Er wartete. Lächelte. Über alle Maßen geduldig.

Das Bekenntnis brach in einem einzigen Schwall aus ihr heraus. »Weil ich mich sehr bemühe, einen MacDonald nicht zu küssen!«

Seine Worte, auch wenn der Name anders lautete. Er wusste es. Er erinnerte sich.

Sein Grinsen war berauschend. »Dann hör einfach auf, dich zu bemühen, aye?«

»Oh, Himmel«, meinte sie entrüstet.

Dair begann zu lachen. Doch es lag nichts Böses darin, es klang weder belustigt noch sonst wie unfreundlich, sondern war einfach nur der stürmische Ausdruck seines Jubels und seiner Freude.

Und dann wurde er ernst. Er streckte seine Hand aus, wartete auf ihre Reaktion.

Zuerst die Fingerspitzen, ein sanfter Hauch von Berührung. Aber es genügte, es genügte vollkommen; es gab keine Möglichkeit mehr, es zu leugnen, auch keinen Wunsch mehr nach Entrinnen. Sie legte ihre Hand in seine.

»Komm mit mir«, sagte er. »Komm heim mit mir nach Glencoe.«

Die Männer, die sich um Robert Stewart von Appin scharten, waren alle noch sehr jung, was Breadalbane, der von seinem Treffen mit Keppoch zurückkehrte, einiges verriet: Stewart war selbst nicht sehr viel älter, und er würde sich zweifellos an Altersgenossen wenden, die leicht zu beeinflussen und schnell zu beeindrucken waren – Männer, die begierig jemandem aus ihrer Mitte lauschten, der an den Versammlungen von Männern teilnahm, die größer waren als sie selbst.

Er gesellte sich leise zu der Runde um Stewart, machte ein paar abwehrende Handbewegungen, als einige ihn erkannten und zur Seite wichen, um ihm den Blick auf das komplexe Gebilde auf dem Boden zu ermöglichen. »Wer ist wer?« fragte Breadalbane vorsichtig, als Stewart den Dolch aufnahm. »Ich war nicht dabei, müsst Ihr wissen … Es interessiert mich.«

Ein solch direktes Eingeständnis hatte niemand erwartet, und es tat seine gewünschte Wirkung. Sie alle wussten, dass die Glenorchy-Campbells sich auf Geheiß des Earl aus dem Konflikt herausgehalten hatten, und zweifellos hatten sie sie verhöhnt, hatten ihre Feigheit und ihr schwaches Rückgrat, ihr mit Wasser verdünntes Blut und ihre William treue Politik verspottet. Aber ihm gegenüber verrieten sie nichts davon, ihm präsentierten sie ihre ausdruckslosen Masken, in denen nichts stand als ein grundsätzlicher Argwohn sowie die Verwirrung und Neugier der Jüngeren: Er war immerhin Breadalbane, und Glenorchy, und Campbell.

Stewart deutete mit dem Dolch auf die Positionen der verschiedenen Clans, auf Dundees Position, und erklärte kurz und knapp, wie Hugh Mackay seine Männer den Pass hinunter in die Niederlage geführt hatte.

Breadalbane betrachtete den Dolch nur mit halbem Auge; seine wirkliche Aufmerksamkeit galt Robert Stewart, auch wenn er versuchte, das zu verbergen.

Er ist kein Narr, dieser Robbie Stewart… Aber auch kein Mann, der etwas von Geduld verstand, oder von Politik oder dem Bedürfnis, sich den jeweiligen Situationen so anzupassen, dass sie den eigenen Interessen am nützlichsten waren. *Sein Stolz wird dennoch einen Preis verlangen.*

Als der Appin-Erbe mit seiner Erklärung fertig war, nickte der Earl in onkelhafter Zustimmung. »Dundee ist ein militärisches Genie gewesen, so wie sein Vorgänger Montrose. Ich zweifele nicht daran, dass er ebenso viel für die Highlands hätte tun können wie Montrose, wenn er noch am Leben wäre.«

Stewart fiel die Kinnlade herunter. »Um ebenso seinen Kopf zu verlieren, aye?«

Breadalbane begegnete der Herausforderung mit einem schmeichelhaften Lächeln. »Es ist besser, auf dem Feld und in Ehren zu sterben als unter der Axt bei einer Hinrichtung.«

»Aye… Nun –« Stewart ließ seinen Blick über seine Clankameraden schweifen; er hatte ihre Aufmerksamkeit verloren. Er erhob sich und steckte den Dolch wieder zurück, während einige zu anderen Feuerstellen mit anderen Geschichten schlenderten. »Seid Ihr also gekommen, um mir zu sagen, dass Ihr Jamies Mann seid?«

Für Feinheiten hat er nicht viel übrig... Auch die Letzten verzogen sich jetzt. Breadalbane lächelte wieder. »Wollt Ihr Whisky mit mir trinken?« Er machte eine elegante Handbewegung. »Mein Feuer ist da drüben, bei den Ruinen, und dort ist auch ein Ghillie, der uns bedienen könnte. Wir können aber auch zwischen die Bäume des Schwarzen Duncan gehen.«

Die Flammen erzeugten einen goldenen Schimmer um Stewarts Haare. Er war nicht groß, aber muskulös, und in seinem Nacken zeichneten sich kräftige Sehnen ab. Die mit seinem Clanmuster bedeckten Schultern waren breit. »Ich ziehe es vor, hier zu bleiben«, erklärte er, »Ihr könnt mir hier sagen, was Ihr zu sagen habt, ohne dass wir uns zwischen den Bäumen herumtreiben.« Er machte eine Kopfbewegung zu den vereinzelten Feuerstellen, an denen sich Lairds und Clanmitglieder versammelt hatten. »Ihr habt sie alle zur Seite genommen, einen nach dem anderen; glaubt Ihr, ich hätte das nicht gesehen und wüsste nicht, wieso?«

»Nein, von Euch glaube ich das nicht. Ihr habt Euch bereits bewiesen.« Der Earl schaute dabei betont auf die Karte, die in die Erde gezeichnet war. »Und ich würde Euch gerne besser kennen lernen.«

»Ihr kennt mich gut genug. Ihr wisst, wer ich bin. Aber ich weiß nicht, wer *Ihr* seid – abgesehen davon, dass Ihr ein Getreuer Williams seid.«

Breadalbane zögerte, wehrte den Pfeil dann leichthändig ab. »Ich bin Schotte. Ein Highland-Schotte. Und ich liebe mein Volk.«

Stewart verzog kaum wahrnehmbar die Mundwinkel. »Genug, um ihnen einen Holländer aufzubürden.«

William von Oranien war außerdem ein Stuart und der Enkel eines anderen, aber der Earl wollte den zukünftigen Laird von Appin nicht daran erinnern; darum ging es nicht, und er hatte auch kein Interesse daran, Haarspalterei zu betreiben, so wie James mit seiner Herrschaft und seinem anschließenden Exil Schottland gespalten hatte. »Solche Dinge lassen sich ändern.«

»Ah.« Stewart nickte; seine Mundwinkel verzogen sich jetzt deutlicher. »Mit James' Rückkehr, nehme ich an?«

Der Earl zögerte nicht. »Er ist der rechtmäßige König.«

Stewart gab ein ungläubiges, bellendes Lachen von sich. »Bislang habe ich Euch immer etwas anderes sagen hören!«

»Ein Mann sagt vieles.«

»Das ist wahr.« Stewart bleckte die Zähne in einem kurzen, spöttischen Grinsen. »Und was sagt dieser Mann sonst so?«

»Dass er viel tun würde, damit dieses Land wieder gesundet.«

»Wie?«

»Indem es Frieden gibt.«

»Wie?«

»Indem die Lairds das erhalten, was sie verlangen.«

»So etwas wie Silber?«, erkundigte sich Stewart leise.

Genauso leise antwortete Breadalbane. »Es ist genug für alle da.«

Stewart zog eine rötliche Braue hoch. »Auch für MacDonalds?«

Breadalbane gestattete sich ein Lächeln. »Fragt Coll von den Kühen.«

Augenblicklich verschwand der Humor aus Robert Stewarts Miene. »Keppoch hat zugestimmt?«

Der Earl gefiel sich darin, einfach nur beiläufig die Schultern zu zucken, als handelte es sich um eine Belanglosigkeit. »Vor kurzem. Keppoch und seine Vasallen.« Sie sprachen jetzt ohne Umschweife miteinander, ohne Spielchen zu spielen. Sie verbargen auch keine Schwerter hinter ihrem Rücken, wenngleich der Tonfall ihrer Worte schneidend war. »Und andere. Viele andere.«

»Glengarry.«

»Noch nicht.«

»Glencoe.«

»Noch nicht.«

Das Grinsen kehrte zurück. »Niemals.«

Breadalbanes Bemerkung war vollkommen aufrichtig und so scharf wie eine Klinge. »Ich bin gekommen, um mit einem Appin zu sprechen. Mein letzter Kenntnisstand war, dass er ein Stewart war – kein MacDonald.«

Der Hieb saß. Hektische Röte überzog das Gesicht des Appin-Erben. Die blauen Augen blitzten unheilvoll. »Und er *ist* auch noch ein Stewart… aber er ist in Glencoe willkommen, was man von den Campbells nicht behaupten kann.«

Breadalbane wartete einen Augenblick. Es nützte nichts, wenn er die Geduld verlor. »Die Welt ändert sich im Laufe der Zeit. Alte Feindschaften werden begraben. Sollten wir unsere nicht auch begraben?«

In dem Schweigen zwischen ihnen erklang die Dudelsackmusik noch lauter. Es war *Ceol mor*, aber kein Pibroch. Ein Lament stattdessen, das von alten Zeiten kündete – von den geschätzten Zeiten, die sich verändert hatten, die verloren gegangen waren.

»Ihr wisst, dass die Loyalität der Appins dem Earl of Argyll gilt. Nicht Glenorchy.«

Und so sind nur noch zwei übrig… »Dies hat nichts mit Loyalitäten zu tun, die innerhalb des Clans Campbell gelten, und auch nicht mit denen aus längst vergangener Zeit, als ein Stewart noch jemandem wie mir etwas schuldete. Hier geht es überhaupt nicht um den Clan Campbell, sondern ganz allein um Schottland. Es gibt ein Fort bei Inverlochy, dessen Mauern mit Kanonen versehen sind, in den Gebirgsausläufern lauern Soldaten, ein Patrouillenboot hält sich in Loch Linnhe auf und Fregatten kommen von den Inseln her. Glaubt Ihr, dass wir siegen können?«

»Was *ich* wissen möchte, ist: Glaubt Ihr es?«

»Nein, ich glaube es nicht. Aber es gibt die Hoffnung auf Frieden. Was wir im Augenblick brauchen, ist nichts weiter als eine Vereinbarung mit Eurem Namen darauf. Niemand muss einen Eid schwören; ich werde Euch nicht auffordern, Eure Ehre zu beflecken. Es geht nur um einen Waffenstillstand bis zu dem Zeitpunkt, da James Euch die Erlaubnis gibt, einen neuen Eid gegenüber William zu schwören.«

Stewarts Miene war angespannt. »Müsste er nicht ein Narr sein, unser Jamie, dass er die Männer freigibt, mit denen er den Thron zurückgewinnen könnte?«

»Ich würde eine andere Frage stellen.«

Die Provokation saß, wie Breadalbane beabsichtigt hatte. »Oh, aye?«

»Ich würde mich fragen, ob *ich* nicht ein Narr bin, dass ich meinen Clan im Namen eines ins Exil gegangenen Königs zerbrechen lasse – im Namen eines Königs, der weder vom Leben in den Highlands noch von der Ehre der Highlander einen blassen Schimmer hat.« Der Earl hatte seine Worte mit großem Bedacht gewählt.

Die Lässigkeit verschwand aus Robert Stewarts Haltung, und sein muskulöser Körper versteifte sich. »Diese Frage würdet Ihr Euch stellen?«

»Das würde ich. Und das habe ich auch bereits getan.«

»Jamies Mann würde es nicht tun.«

»Jamies Mann würde besser daran tun, sich zu fragen, ob er durch den Frieden nicht mehr gewinnen kann als durch den Krieg.«

»Das würde Jamies Mann vielleicht. Aber auch Williams Mann würde es.«

Robert Stewart, entschied der Earl, war zu jung, um zu erkennen, dass er längst geschlagen worden war. Spätestens bei Anbruch des Morgens würde es ihm dämmern. Im Augenblick jedoch war da noch ein anderer, dessen Hilfe sich als wertvoll herausstellen mochte, wenn es ihm gelang, ihn von seiner Sache zu überzeugen.

Der Earl lächelte. »Ich danke Euch für Eure Zeit. Ich werde einen Mann nicht zwingen, mir etwas zu geben, das er mir nicht freiwillig geben will.«

Er achtete beim Weggehen darauf, dass sein Fuß wie beiläufig und unbeabsichtigt die Karte zerstörte, die Robert Stewart in die Erde geritzt hatte und die allzu deutlich den jakobitischen Sieg darstellte.

Sie spürte die Wärme seiner Hand. Die Wärme einer MacDonald-Hand, die die Hand einer Campbell-Frau umfasste.

Ich möchte, dass es so bleibt… so soll es immer bleiben.

Er wiederholte die Worte. »Komm mit mir.«

Sie sehnte sich so sehr danach, dass es so blieb. Sie brauchte es geradezu.

»Cat.«

Sie drückte seine Hand. *Kann ich das tun? Soll ich es tun?*

»Komm heim mit mir nach Glencoe.«

Und dann tauchte ein Mann in der Dunkelheit auf, in dessen Fibel sich ein Lichtstrahl des Feuers fing. »Wäre das der Preis«, fragte Breadalbane, »den Ihr dafür verlangt, dass MacIain in die Knie geht?«

2

Aus der Ferne hatte es unschuldig genug ausgesehen: Im Schimmer des Mondes und des Feuers hatte MacIains zweiter Sohn mit erwartungsvoller Miene einer Frau seine Hand entgegengestreckt. Es war indes ein sehr beredter Anblick, wie sie umgeben von zuckenden Flammen und eingehüllt in die traurigen Klänge des *Ceol mor* dastanden; nur ein Mann, der sich niemals nach einer Frau verzehrt hatte, konnte einen solchen Anblick nicht verstehen.

Breadalbane begriff zunächst gar nichts. Er fand die Berührung nur seltsam bewegend, eine schwache Erinnerung an seine Jugendzeit, als er mit Frauen geschlafen hatte, zu denen er sich hingezogen gefühlt hatte, nicht, weil es das Wohl seines Hauses erfordert hätte. Doch dann erkannte der Earl, wen der MacDonald gerade verführte.

Die Bestürzung wich augenblicklich einer wilden Wut, die sich jedoch kurz darauf in außergewöhnliche Ruhe verwandelte. *Daraus wird sich doch gewiss ein Vorteil ziehen lassen.*

Glenlyons Tochter zog ihre Hand als Erste zurück. Sie presste einen Gegenstand an sich – ein glänzendes, silbernes Stück, das kurz aufflackerte –, aber sie sagte nichts, weder etwas, das ihr Entsetzen offenbarte, noch etwas, das die Situation erklärt hätte; sie war klug genug, oder auch beschämt genug, angesichts der Entdeckung zu schweigen.

MacDonald, derart aus der verzauberten Stimmung gerissen und jeder Anmut bar, drehte sich abrupt um. Farbe überzog seine Wangen, unterstrich die gleichmäßigen Linien eines Gesichtes, das im Gegensatz zu dem seines Vaters bartlos war. Seine Gesichtszüge schienen dem Earl nicht sonderlich bemerkenswert, wenn auch von klarer Form; dennoch fand er ihn längst nicht so hübsch wie andere Männer, die ihres Aussehens wegen gerühmt wurden. Auch seine Ausstrahlung, seine Persönlichkeit wirkte auf ihn längst nicht so überwältigend wie die des derzeitigen Laird.

Aber er ist zufrieden mit seinem Körper… und war, wie der Earl begriff, auch höchst zufrieden mit seinem Platz in der Welt. Das allein machte ihn zu allem anderen als einem bloßen Hündchen, das man mit einem beiläufigen Fußtritt verscheuchen konnte.

Breadalbane war rasch mit seiner Musterung fertig. Er brauchte diesen Mann ebenso sehr wie Robbie Stewart oder

John MacDonald. Er wusste sehr gut, dass er die Väter möglicherweise auch dadurch besiegen konnte, indem er Streit unter ihren Söhnen anzettelte.

Der Earl warf einen hastigen Blick auf die Tochter seines Cousins. In ihren Augen war nicht die geringste Feindseligkeit, sie war viel zu beschäftigt mit dem Geschehen. Beide waren über seine Anwesenheit verblüfft, doch MacIains jüngstem Sohn gelang es schneller, seine Beherrschung wiederzuerlangen.

»Mein Vater gehört nicht zu den *Hunden*, die auf Kommando Pfötchen geben«, erklärte er direkt.

Breadalbane erstarrte überrascht, aber es gelang ihm, ein höfliches Lächeln zustande zu bringen. Das hier hatte eine tiefere Bedeutung. Es war wichtig. Und es machte Alasdair Og wichtiger für ihn, als er erwartet hatte: Er konnte es trotz allem erkennen.

»Oh, das glaube ich sofort«, sagte Breadalbane leichthin, »aber wir sind doch alle Hunde, die um den Knochen streiten, den einige auch Schottland nennen.«

»Schottland«, versicherte MacDonald. »Aber nicht diese Frau.«

Der Earl zog die Brauen hoch. »Und wieso nicht? Ist sie es etwa nicht wert?« Er sah sie durchdringend an. »Ihr gefährdet ihretwegen einen Vertrag.«

Sie wirkte bleich und angespannt, schlug aber ihre Augen nicht nieder, sondern sah ihn direkt an. Er konnte ihren Vater in ihr sehen – vielleicht auch ihre Mutter, an die er sich jedoch nicht mehr erinnern konnte –, aber sie hatte zweifellos eine größere Willenskraft als er.

»Das werdet Ihr nicht tun«, erklärte sie. »Nicht mit mir.«

Er lächelte, wobei er darauf achtete, dass sie es sah; sie mochte trotz ihres Elternhauses nicht dumm sein, aber sie verstand nichts von Politik. Sie verstand nur etwas von Gefühlen, wie alle Frauen, und besonders von denen, die der

MacDonald gerade erst erweckt hatte. Ihre Gedanken kreisten um sich selbst, ihre neu entfachte Begierde und MacIains Sohn.

Aber nicht um ihr Land, oder um die Beleidigung, die sie meinem Sohn zugefügt hat.

»Ich verfahre mit allen so, Mann oder Frau, solltest du wissen. Es geht um Schottland, aye? Und ich bin überzeugt davon, dass mein Land ein solches Vorgehen wert ist«, sagte er fest. Die Worte brachten sie zum Schweigen, wie er erwartet hatte; von der Frau befreit, wandte er sich wieder MacDonald zu. »Ziemlich stur ist er, der MacIain. Er will mein Silber nicht, ich weiß, und er will auch mein Wort nicht, dass alles, was ich tue, zum Wohle Schottlands ist.«

»Ist es das?«

»Immer.« Er schaute Glenlyons Tochter wieder an, die trotz ihrer offensichtlichen Entlassung noch nicht verschwunden war. »Geh zu Duncan«, ordnete er mit gleichgültiger Stimme an. »Er erwartet dich.«

Kleine, leuchtendrote Flecken färbten ihre Wangen. Dair machte eine Bewegung, streckte die Hand nach ihr aus, während sie sich bereits steif zurückzog. »Cat –«

Aber sie war fort, noch bevor er sie aufhalten konnte, und verschwand mit aufrechtem Rücken in den Schatten. Seine Hand sackte in einer sinnlosen, aber beredten Geste herab.

»Nun«, meinte Breadalbane, »sprechen wir über Glencoe.«

»Und über die Campbells?« Es klang höhnisch, aber es bereitete MacDonald sichtlich große Mühe, Cat aus seinen Gedanken zu verdrängen und über etwas anderes zu sprechen. »Wenn Ihr über Glencoe sprechen wollt«, sagte er direkt, »solltet Ihr besser *mit* Glencoe sprechen.«

Der Earl lächelte ihn freundlich an. »Das hat auch Euer Bruder gesagt.«

»Ein kluger Mann, aye?«, entgegnete MacDonald trocken.

»Und *er* wird eines Tages MacIain sein; es gibt also keinen Grund, mit mir zu sprechen.«

»Ich spreche mit jedem Mann, der etwas zu sagen hat, was die Zukunft Schottlands betrifft.«

MacDonalds Lächeln war dünn. »Die Zukunft, über die ich gerne sprechen würde, betrifft ganz und gar nicht das Land, jetzt jedenfalls nicht. Nicht in diesem Augenblick.«

Da war es: Er ging sehr wohl ein Risiko ein, wenn auch auf einer sehr persönlichen Ebene. Er verheimlichte die Wahrheit nicht, und er versuchte auch nicht, herunterzuspielen, was der Earl gesehen hatte. Es stand vielmehr deutlich zwischen ihnen, strahlend und scharf, und mit allen Konsequenzen.

Breadalbane verlor nicht rasch die Geduld, aber jetzt stieg doch Unwillen in ihm auf, als er an die Verwicklungen dachte, die mit seinem Auftrag nichts zu tun hatten, noch viel weniger mit Politik. »Sie ist wirklich hübsch, aye? Und sie unterscheidet sich von ihrem Vater so sehr, wie es einer Frau nur möglich ist. Wo er schwach ist, ist sie stark. Wo er gefügig ist, ist sie entschieden. Eine Frau, die sich ihres Stolzes nur zu bewusst ist.« Er wartete, sich seines Kurses sicher. »Aber mehr noch: Sie ist eine Campbell. Und sie untersteht voll und ganz der Autorität der Campbells. Meiner Autorität mithin, aye?«

MacDonald, so glaubte der Earl, unterschied sich kaum von anderen Männern, abgesehen von der Neigung zu frühzeitig ergrauenden Haaren – und abgesehen von dem Augenblick, in dem er sich entschied, ganz anders zu sein. Genau das tat er jetzt mit einer leichten Verlagerung seines Gewichts, während er seinen Feind argwöhnisch musterte.

Breadalbane war augenblicklich gewarnt. Er kannte so etwas von Hunden. Genau solche, nicht fassbaren Dinge waren es, durch die sich ein Leithund von seiner Meute unterschied.

»Sie ist nicht mein Preis«, erklärte MacDonald, »wie Ihr es

gerne hättet, aye? Es gibt nämlich keinen Preis. Nicht für Schottland. Nicht für eine Frau. Ich tue genau das, was ich tue. Und mein Vater tut, was er tut. Sofern Ihr also etwas über MacIain zu sagen habt, sagt es *zu* MacIain.«

»Ich sehe, der alte Fuchs hat gut gezüchtet.« Er schwieg. »Ihr seid redegewandter als Euer Bruder.«

Dair bleckte kurz die Zähne. »Ich bin nicht der Erbe, aye? Diese Tatsache verschafft mir eine gewisse Freiheit.«

»Die Freiheit, eine Frau zu verführen, die meinen Sohn heiraten soll?«

Falls MacDonald es gewusst hatte, so musste er es bereits wieder vergessen haben. Rötliche Flecken überzogen sein Gesicht, verblassten dann allmählich wieder. Selbst seine Lippen waren jetzt bleich.

Der Earl lächelte kühl. »Ihr habt unser Vieh gestohlen«, sagte er. »Meistens seid Ihr ungestraft davongekommen, auch wenn Euer Hals dem widersprechen würde – oh ja, ich kenne die Geschichte. Ich werde nicht zulassen, dass Ihr unsere Frauen stehlt.«

Seine Worte brachten eine nahezu greifbare Wut hervor; MacDonald übte sich jetzt nicht mehr in Selbstbeherrschung. »Ist das die Art, wie Ihr MacIain den Hof macht?«

»Ihr habt doch selbst erklärt, dass der Weg nicht über seinen Sohn führt.« Der Earl schwieg. »Ich züchte Jagdhunde. Wusstet Ihr das?«

Das hatte MacDonald eindeutig nicht gewusst, und genauso eindeutig wusste er auch nicht, wieso das überhaupt eine Rolle spielen sollte.

»Die Hündin, die ich in meinem Zwinger habe, ist für einen besseren Hund gedacht«, erklärte Breadalbane.

MacDonalds Hand fuhr augenblicklich zu seinem Dolch. »Himmel, Campbell –« Doch die vor Anspannung beinahe steife Hand ließ ihn wieder los, nur die Finger zitterten; er war so wütend, wie jeder andere es an seiner Stelle gewesen wäre und wie der Earl es beabsichtigt hatte. Doch er kannte seinen Platz, er kannte seinen Namen, den Namen des Mannes, der ihn so quälte, und er war eindeutig nicht gewillt, einen Kampf anzufangen, der zu einem für seinen Clan aussichtslosen Krieg führen würde. Er würde keinen Bannbrief riskieren, der den Zusammenbruch der MacDonalds zur Folge haben würde, wie es mit den MacGregors geschehen war.

»Angesichts dessen, was es zu gewinnen gibt, ist das Risiko gering«, meinte der Earl. »Glengarry. Glencoe. Wie wollt Ihr Euch nur einem vereinten Schottland gegenüberstellen?«

»Vereint unter William oder unter James?« Seine Wut war verraucht, oder er beherrschte sie jetzt besser. Dairs Blick war fest. »Oder spielt das für Euch überhaupt eine Rolle?«

»Es spielt eine Rolle. Und nein, es wird nicht unter einem König sein.« MacDonalds Vermutung verärgerte den Earl mehr, als er sich anmerken ließ; er gab jetzt aufrichtige Gefühle preis anstelle von diplomatischen Bemerkungen. »Sondern unter dem Master of Stair. Unter dem Earl of Breadalbane.«

MacDonald verzog den schönen Mund. »Da hätte der Earl of Argyll sicherlich auch noch ein Wörtchen mitzureden, aye?«

»Der Earl of Argyll ist aber nicht hier. Ich bin hier. Ich bin es, der diesen Vertrag zustande bringt.« Der Earl schwieg bedächtig. »Den alle Chiefs abgesehen von Glengarry und Glencoe unterschrieben haben, als Versprechen auf einen zukünftig zu leistenden Eid.«

»Was ist mit Appin?«, entfuhr es MacDonald, und in diesem Augenblick wusste Breadalbane, dass er gewonnen hatte.

»Fragt ihn doch selbst«, forderte der Earl ihn mit perfekter Liebenswürdigkeit auf.

Sie saß im Schein des aufgeblähten Mondes mitten in den Ruinen von Achallader. Im Laufe der Zeit hatten die kantigen Steine etwas von ihrer Schroffheit verloren, denn Gras hatte sich auf dem Mauerwerk ausgebreitet und Flechten überzogen die Pflastersteine. Es war alles mitgenommen worden, das irgendeinen Wert besessen hatte, so dass nur noch das nackte Gerüst übrig geblieben war; alles andere war der Plünderung zum Opfer gefallen. Jetzt standen nur noch drei der vier Grundmauern.

Sie saß auf einer leicht schiefen Mauer am Abhang. Es war kein bequemer Platz, aber Cat wollte auch gar nicht bequem sitzen; sie war wütend, sehr wütend sogar, und sie wünschte sich, sie wäre ein Mann. Dann hätte sie sagen können, was sie dachte, hätte sogar denjenigen herausfordern können, der sie so verletzt hatte.

– dieser elendige Bastard… dieser gottverfluchte, elendige Bastard!

Am liebsten hätte sie den Earl angeschrien und ihm gesagt, was sie von Männern hielt, die Frauen benutzten und sie zum Werkzeug machten, um andere Männer zu manipulieren. Sie hatte seine Augen gesehen, hatte seine stahlharte Stimme gehört. Hinter seinen Worten, die nach außen hin von Schottland und der Loyalität gegenüber dem König gekündet hatten – welcher auch immer es sein mochte –, hatte sich eine ganz andere Botschaft verborgen, eine Botschaft, die hauptsächlich für Dair MacDonald und nur zum Teil für sie bestimmt gewesen war – genug jedoch, um sie für ihre Vermessenheit zu strafen und an ihren eigentlichen Platz zu erinnern. Sie war wütend auf das, was er mit ihr gemacht hatte, aber noch wütender auf das, was er mit Dair gemacht hatte.

Und sie begriff, dass sie etwas verloren hatte, spürte den unerwartet großen Verlust von etwas, das gerade erst begonnen hatte.

Gerade begonnen? Nein. Es hatte in ihrer Kindheit stattgefunden, in ihren Kindheitsträumen, in den Erinnerungen an die Freundlichkeit und Güte, Milde und Anteilnahme, die ihr ein Feind entgegengebracht hatte. Selbst in dem Entsetzen, dass er sie gesehen hatte, als Robert Stewart sie vorgeführt hatte, über und über verdreckt mit Matsch und Pferdepisse, mit dem Gestank von Whisky, den sie verschüttet hatte, um einen MacDonald nicht bedienen zu müssen.

Ihn nicht bedienen zu müssen; aber hätte sie gewusst, dass er es war, hätte sie ihn nur zu gerne bedient. Er hatte es verdient, selbst als MacDonald, denn er war ihr gegenüber aufrichtig gewesen.

Und jetzt? Verlust. Das Ende von etwas, das nicht gerade erst begonnen hatte, auch wenn es in seinen Augen neu erscheinen mochte; er war ein Mann und erwachsen, und er hatte viele Mädchen gehabt, keine Frage; er hatte so etwas erwähnt, hatte von Erfahrung gesprochen. Und es war diese Erfahrung gewesen, die ihm an dem Tag vor der Hütte, als er eine Campbell küssen wollte, gesagt hatte, dass sie anders war.

Ein Ende ohne einen richtigen Anfang. Ein Ende all ihrer Mädchenträume und des soeben erst beginnenden Erwachsenendaseins, gestohlen von Breadalbane mit seinen stahlharten Worten.

Dair kannte die Wahrheit, oder er hatte sie zumindest einmal gekannt. Sie hatte es ihm – und Robert Stewart – in der Hütte erzählt: dass sie unterwegs nach Kilchurn war, um Breadalbane zu besuchen. Es war Stewart gewesen, der die einzelnen Stücke zu einem Ganzen zusammengefügt und erklärt hatte, dass sie vermutlich einen Sohn des Earls heiraten würde. Nicht John, hatte er gemeint, denn John war bereits verheiratet. Also Duncan, den Breadalbane trotz seiner Herkunft verachtete; aber zu diesem Zeitpunkt hatte es keine Rolle gespielt, was Dair MacDonald gedacht hatte. Zu diesem Zeitpunkt hatte zwischen ihnen nichts weiter als eine durch Traditionen geschmiedete Feindseligkeit geherrscht – abgesehen von dem, was sie geflissentlich verdrängt hatten. Was sie hatten verdrängen wollen, weil es einfacher gewesen war.

Und sie hatten so einiges verdrängt, hatten sich im Geiste bewusst dafür entschieden, auch wenn sie es niemals laut ausgesprochen, niemals voreinander zugegeben hätten.

Es machte auf grausame Weise Sinn, dieses Ende. Es lag keine Zukunft darin, der Wahnsinn hatte kein Ziel. Sie konnten niemals mehr sein als das, was ihre Clans gesät hatten, und die Ernte der Bitterkeit war das, was sie und Dair ernten mussten.

Ich will das nicht.

Da. Sie hatte es gesagt. Hatte ihre Loyalität erklärt.

Cat hielt noch immer den Spiegel in der Hand. Sie hob ihn, drehte ihn herum und schaute auf die gläserne Oberfläche. Es war dunkle Nacht um sie herum, abgesehen von dem schwachen Licht der entfernten Feuerstellen und dem Mond über ihr. Die Frau in dem Spiegel bot nichts weiter als eine Erinnerung an verschwommene Gesichtszüge, die durch Anspannung starr und bleich waren, und den falschen Glanz unvergossener Tränen.

Es hatte nicht gerade begonnen, was Breadalbane beendet hatte, und es war nicht leicht, sich damit abzufinden. Sie konnte die Tage, die Jahre, all die vergangenen Treffen zwischen ihnen zählen, aber so selten sie auch vorgekommen waren, beeinflusste das nicht im Geringsten ihre Bedeutung.

Sie ließ den Spiegel sinken und starrte auf das Lager, doch die Tränen, die jetzt ihr Gesicht hinabrannen, verschleierten ihre Sicht. »Du elendiger Bastard«, sagte sie. »Ich freue mich wirklich sehr, dass sie deine Burg geplündert haben.«

Dair wäre am liebsten sofort zu Cat gegangen, hätte versucht, ihre aufgebrachte Stimmung zu beruhigen, und sein Verhalten erklärt. Er hatte sie nach Glencoe eingeladen, ohne ernsthaft darüber nachgedacht zu haben, was er da sagte – er hatte sich ohne jede Vorwarnung von seinen Gefühlen und dem Augenblick hinreißen lassen. Doch diesmal war es *seine* Vorstellung, *sein* Wunsch, im Gegensatz zu damals, als er nach Castle Stalker gekommen war und Jean ihn gewollt hatte. Genauso wollte er jedoch jetzt Cat in den Ruinen Achalladers, wenn auch aus anderen Gründen. Aus tieferen, aufrichtigeren Gründen *und* auch aus bestimmten Bedürfnissen heraus; die Sehnsucht nach geistiger Nähe war dabei ebenso wichtig wie das bloße Verlangen des Körpers.

Aber er wusste, er durfte jetzt nicht zu Cat gehen. Nicht sofort, nicht so rasch nach dem Eingreifen des Earl. Es wäre genau das, was der Earl erwartet hätte, was Breadalbane vermutlich geplant hatte und was in der gegenwärtigen Stimmung, in der Dair sich befand, viel zu gefährlich gewesen wäre. Er wurde nicht leicht wütend, aber das Feuer brannte jetzt, da es einmal entfacht worden war, so heiß wie das von Robbie Stewart.

Aber es gab noch etwas anderes zu besprechen, mit einem anderen Mann. Dair machte sich auf, um es in Angriff zu nehmen.

Er schlängelte sich zwischen den Feuerstellen hindurch, um die sich seine Clanmitglieder versammelt hatten, und ging direkt zu den Appin-Stewarts. Sie hatten sich vor den Hang zurückgezogen, zufrieden damit, den Abend mit Gesprächen und Usquabae ausklingen zu lassen. *Ceol mor* hatte endlich feinsinnigerer Musik Platz gemacht, die jetzt die Nacht erfüllte.

Dair blieb beim Feuer stehen. »Hast du zugestimmt?« fragte er ohne große Einleitung. »Gütiger Himmel, Robbie – hast du wirklich zugestimmt?«

Robert Stewart, der sich etwas unelegant auf dem Torfboden ausgestreckt hatte und den Kopf auf einem Ellenbogen abstützte, reagierte mit Bestürzung. »Du zitterst ja, MacDonald... und du bist ganz schwarz im Gesicht!«

Es kostete ihn einige Mühe, nicht zu schreien, was ihn nur umso mehr zum Zittern brachte. »Es ist mir egal, welche Farbe mein Gesicht hat, und ich zittere, weil ich Breadalbane am liebsten einen Dolch in den Rücken stoßen würde, statt noch eine einzige Nacht auf seinem Land zu verbringen.«

»Das einmal das Land der Fletchers gewesen ist«, bemerkte Robbie milde. »Ein Campbell hat es ihnen gestohlen... aber ich würde sagen, heute ist da nicht mehr viel zu beanspruchen, es gibt weder ein Dach noch Mauern, die den Wind abhalten.« Er schwenkte seine Lederflasche in Richtung Ruine. »Er hat keinen Grund, dir gegenüber dankbar zu sein, dieser erbärmliche Earl.«

»Du meinst, er hat keinen Grund, MacIain gegenüber dankbar zu sein«, stellte Dair richtig. »Du und ich sind in Glen Lyon gewesen, als sie Achallader niedergebrannt haben.«

»Ja, das waren wir, haben Kühe und andere Beute geholt.« Stewart hob die Lederflasche. »Usquabae«, erklärte er. »Deinem Gesicht nach könntest du etwas davon gebrauchen.«

»Ich will keinen Whisky«, wehrte Dair ab. »Ich will die Wahrheit von dir wissen. Hast du zugestimmt, den Vertrag zu unterzeichnen?«

Robbie setzte sich auf. Seine Haare schimmerten golden im Schein des Feuers. »Das ist Sache der Stewarts«, sagte er. »Ich dachte, du wärst ein MacDonald.«

Dair ließ seinen Blick über Robbies Männer schweifen. Sie schauten ihn kurz an, sahen dann wieder ins Feuer, auf ihren Whisky, ihre Kameraden, entzogen sich dem Augenkontakt mit ihm. Die meisten von ihnen kannte er; sie hatten den Sohn ihres Laird auf den verschiedenen Streifzügen begleitet. Sie würden ihn mit dem Leben verteidigen, aber sie kannten Dair MacDonald. Sie würden ihn sagen lassen, was er zu sagen hatte, und sich heraushalten.

»Ein MacDonald«, meinte Dair. »Das bin ich wohl, aye? Robbie –« Er setzte sich abrupt hin, zu wütend, um weiter tatenlos stehen zu bleiben, und nahm den dargebotenen Whisky an. Mit einiger Mühe führte er die Flasche an den Mund, nahm einen großen Schluck und sah seinen Freund an. »Wie konntest du nur? Breadalbane spricht mit gespaltener Zunge, dem einen verspricht er das eine, dem anderen was anderes.«

»Ich habe noch keinen Schwur geleistet.«

Dair schaute ihn scharf an. »Er sagt aber, genau das hättest du getan.«

Robbie murmelte einen Fluch und machte eine Handbewegung, woraufhin einer seiner Ghillies ihm eine weitere Lederflasche zuwarf. »Das war voreilig von ihm – aber, ja, ich glaube, ich werde meinen Namen unter diesen Vertrag setzen. Siehst du eine andere Möglichkeit?«

»Tu es nicht!«

Robbie nahm einen großen Schluck, dann wischte er sich die glänzende Flüssigkeit von der Unterlippe. »So einfach ist das nicht.«

Dair trank ebenfalls, dankbar für die Wärme in seinem Magen. »Wieso nicht? Du unterzeichnest einfach nicht, Robbie; das scheint mir nicht so schwer zu sein.«

Der Stewart musterte ihn prüfend. »Nimm noch was. Verschütt's nicht; du zitterst immer noch, Mann.« Er grinste fröhlich. »Sonst sagst *du* immer zu mir, dass ich nicht so wütend sein soll… Himmel, MacDonald, es ist eine Schande, dass wir jetzt nicht in einer Schlacht sind! Du würdest hundert Mann niedermachen!«

»Fünfzig«, meinte Dair düster. »Übertreib nicht.« Dann kochte der Zorn wieder hoch. »Gott, dieser verfluchte Campbell…« Er hätte nichts lieber getan, als von Cat zu sprechen, von Breadalbanes gezielter Beleidigung, um den wahren Grund für seine Wut mit jemandem zu teilen. Aber er wusste, dass er es nicht tun durfte, nicht einmal jetzt, wo er so voller Zorn war: Jeans Bruder würde keine Sympathie für einen Mann hegen, der sich wegen einer anderen Frau so ereiferte. »Ich bin keine gute Gesellschaft …« Er streckte ihm die Flasche entgegen. »Hier, nimm sie zurück, ja? – Ich verschwinde.«

»Setz dich hin«, sagte Robbie. »Was wird MacIain tun?«

»MacIain?« Das Thema lenkte ihn ab. Er lockerte die Muskeln wieder, die er schon angespannt hatte, um aufzustehen, und ließ sich auf den Hintern fallen. »Er ist wenig begeistert von dieser Zusammenkunft.«

»Nun, das hatte ich nicht anders erwartet«, stimmte Robbie milde zu. »Nicht MacIain, aye? – Er mag Grey John Campbell nicht.«

»Magst du ihn denn?« Dair hatte zu schnell getrunken und kaum etwas gegessen, das die Wirkung hätte mildern können; das Feuer in seinem Bauch drohte ihm jetzt in den Kopf zu steigen. »Hat irgendjemand hier Grund, Breadalbane zu mögen?«

»Nun, die Campbells hätten einen …« Robbie grinste und machte eine beschwichtigende Geste, um den Einwand abzuwehren, den Dair gerade zischend von sich geben wollte. »Aber es ist keine Frage des Mögens. Es geht um unser Überleben.« Sein Humor verschwand, und seine Miene war nachdenklich, als er die Flasche beiseite stellte. »Da ist dieses Fort bei Inverlochy … und eine Armee liegt in den Bergen –«

»Ich habe selbst Augen im Kopf, ich weiß es, und ich lebe in Glencoe; ich habe es selbst gesehen«, gab Dair mit vernichtender Verachtung von sich.

Stewart beschloss, darüber hinwegzusehen. »Dann weißt du ja auch, was wir zu erwarten haben, wenn wir gegen Williams Streitkräfte vorgehen.«

Dair hob seine Flasche. »Das sind nicht die Worte eines Mannes, der bei Killiecrankie gewesen ist.«

Robbies Gesicht hellte sich auf. »Du willst mit mir kämpfen!«

»Nicht unbedingt mit dir. Aber mit irgendwem, ja. Du scheinst mir sehr geeignet dafür zu sein... und, Gott im Himmel, ich wollte es schon früher! Dieses Mal finden wir heraus, wer der bessere Mann ist.«

Stewart war hocherfreut. Seine blauen Augen strahlten. »Du würdest verlieren.«

»Das glaube ich nicht.«

»Ob *fou* oder nüchtern, du würdest verlieren.«

Dair lächelte mit bedächtiger Herablassung. »Ich glaube es nicht.«

»Es ist der Usquabae.«

»Spielt das eine Rolle?«

»Oh, er lügt, dieser Usquabae... er lässt einen Mann zu sehr von seiner eigenen Überlegenheit überzeugt sein.« Robbie lachte. »Ich ziehe dich nüchtern vor. Ich möchte, dass du dich an die Schlägerei erinnerst, die ich dir liefere.«

Dair stellte die Flasche ab. Seine Oberschenkel juckten vor Anspannung. Er zitterte wieder, aber jetzt nicht mehr vor Wut. Sein Körper wollte eine Entspannung; wenn nicht durch Liebesspiele, dann eben durch einen Faustkampf. »Nun?«

»So verführerisch es auch sein mag«, sagte Robbie, während seine blauen Augen grübelnd dreinblickten, »– nein.« Er seufzte und stützte sich wieder auf den Ellenbogen. »Wir sind wegen des Friedens hier.«

Dair wandte sich angeekelt ab. »Du solltest nicht so fromm klingen; du hast nicht das Rüstzeug eines Geistlichen, und auch nicht das eines Kirchenministers.«

Stewart grinste kurz, wurde dann wieder ernst. »Killiecrankie ist vorbei. Es liegt zwei Jahre zurück. Es gibt ein neues

Fort in der Nähe von Glencoe – und Appin ist auch nicht so weit weg davon. Denk doch mal nach, Mann: Auf welche Clans würden Livingstone und seine Armee zuerst stoßen? Welchen Clans würde Kommandant John Hill zuerst begegnen?«

»Robbie –«

»Warte.« Stewart ließ ihn gar nicht erst zu Wort kommen. »Was immer der Earl dir gesagt hat, hatte ein bestimmtes Ziel. Willst du ihn gewinnen lassen? Er könnte sich damit rühmen, dass er es geschafft hat, Alasdair Og aufzubringen.«

Dair blickte ihn finster an. »Dann unterzeichnest du also? Für Appin?«

Robbie blieb ernst. »Bevor du mich anbrüllst – ich sehe, dass du kurz davor stehst, aye –, warum fragst du nicht zuerst deinen Vater, was er zu tun gedenkt? Dann kannst du uns beide anbrüllen.«

Dair schüttelte den Kopf. »Er wird nicht unterzeichnen.«

»Hat er das gesagt?«

»Breadalbane hat noch nicht mit ihm gesprochen.«

»Dann hat er also *dir* gesagt, dass er nicht unterzeichnen würde.«

»Er hat mir gesagt, dass er sich anhören wird, was Williams Schoßhündchen zu sagen hat; deshalb ist er schließlich hergekommen.«

»Oh.« Robbie dachte nach. »Dann schlage ich dir vor, morgen um diese Zeit vorbeizukommen und die Worte zurückzunehmen, die du heute gesagt hast.«

Die Herausforderung saß, wie Stewart beabsichtigt hatte. »Glengarry ist auch nicht allzu begierig darauf, zu unterschreiben, aye?«

»Das hat der Earl mir gesagt.« Robbie runzelte die Stirn, nahm seine Flasche wieder auf. »Appin ist nicht sehr groß –«

»Glencoe auch nicht! Glaubst du, das würde MacIain davon abhalten, seinem Verstand zu folgen?«

Robbie seufzte. »MacIain tut, was MacIain will … ich weiß das.«

Dairs Stimme klang jetzt todernst. »Ich habe dich bisher nie für ein Schaf gehalten.«

Die Appin-Stewarts am Feuer verharrten reglos; dies versprach einen Kampf. Aber Robbie, eigentlich berühmt für seine leichte Erregbarkeit, blieb gelassen. Er grinste. »Du bist ganz schön griesgrämig, wenn du betrunken bist!«

»Himmel, Robbie …« Dairs Wut war verraucht; seine Missstimmung hielt nie lange an. Es folgte eine gewisse Müdigkeit, die er dem Whisky zuschrieb. Er seufzte und ließ sich zu Boden sinken, streckte sich der Länge nach auf dem Torfboden aus. »Ich kann Breadalbane nicht glauben. Ich kann seinen Versprechungen nicht glauben.« Er schaute in die Sterne, die wegen des Whiskys verschwammen. »Ich glaube, dass MacIain Recht hat: in Edinburgh ist er Willies Mann – und in den Highlands Jamies.«

Robbie lachte. »Das hat MacIain gesagt?«

»Genau das hat er gesagt.«

»Aye – seine Zunge war schon immer so scharf wie sein Dolch.« Robbie zupfte lässig Torf aus dem Boden. »Was hast du mit Jean vor?«

Die Frage kam vollkommen unerwartet, und augenblicklich war er wieder angespannt. »Jean?«

»Meine Schwester«, erinnerte Robbie ihn. »Die du in Glencoe zurückgelassen hast.«

Dair schloss die Augen. Es gab eine Menge, das er gerne gesagt hätte, aber er konnte es nicht. Sein Verstand war vom Whisky umnebelt, seine Zunge zu schwer. Was er sagen wollte, die Erklärung, die er abgeben wollte, verlangte einen klaren Kopf. Robbie Stewart war kein Mann, dem man sich betrunken entgegenstellte. »Nichts«, sagte er schließlich, in dem Wissen, ein Feigling zu sein.

Robbie grunzte. »Nun gut …« Er kämpfte sich auf die

Beine. Als Dair sich rührte, um sich ebenfalls aufzurichten, winkte Stewart ihn wieder zurück. »Nein, nein… geh noch nicht. Ich will mich nur erleichtern.« Er stieß sich einen Zeh an Dairs Flasche. »Trink noch etwas Usquabae; deine Stimmung wird langsam besser.«

Dair setzte sich auf, als Robbie verschwand; er wollte aufstehen und trotz der Einladung verschwinden, aber die Welt um ihn herum bewegte sich äußerst langsam und auf eine Weise, die nicht normal war. »Gar nicht gut«, murmelte er, und einer der Stewarts lachte.

Ganz und gar nicht gut. Und Cat verdiente etwas Besseres als einen betrunkenen Mann, der sich verfluchte; sie kannte das bereits von ihrem Vater. Er würde ihr nicht den gleichen Anblick bieten.

Dair sank wieder zurück und legte sich einen Arm über das Gesicht, um seine Augen vor dem Mondlicht zu schützen. »Himmel«, murmelte er und dachte an Breadalbane, an Glenlyon, einen Baum und eine Schlinge um seinen Hals.

Und er dachte an Jean und an Glenlyons Tochter.

Freundlich nach allen Seiten Grüße verteilend, als wären es Almosen, schritt der Earl of Breadalbane durch die Reihen der Anwesenden. Er hatte es auf eine Feuerstelle im Windschatten des Hügels abgesehen und blieb nur hin und wieder einmal stehen, um jemandem einen freundschaftlichen Schlag auf die Schulter zu geben oder mit ihm ein paar Worte zu wechseln. Beim Feuer fand er die arg mitgenommenen Überreste von einem Stück Fleisch, das mehr schlecht denn recht auf einem Holzspieß steckte, und seinen Sohn, nicht aber die Tochter seines Cousins.

Er blieb am Rande des vom Feuer erhellten Kreises stehen. »Wo ist sie?«

Duncan Campbell von Breadalbane hockte eingehüllt in ein Plaid, das an vielen Stellen vor Fettflecken glänzte, auf einem Stein und hielt einen Hornbecher in seinen ebenfalls fettigen Händen. Er lächelte sanftmütig und fuhr fort, an einem Bissen Fleisch zu kauen. »Dort oben.«

Der Earl wartete geduldig; das hier war Duncans Spiel.

»In der Ruine.« Schließlich schluckte Duncan und deutete mit einer lässigen Handbewegung auf den Hügel hinter sich. »Sie hat gesagt, sie wäre ganz in der Verfassung, sich das Werk des Mannes anzusehen, der dich besiegt hat.«

Breadalbane seufzte innerlich. Mitten in den Verhandlungen um ein neues Schottland musste er sich auch noch mit den unnötigen Schwierigkeiten auseinander setzen, die ihm die missratene Tochter eines unbedeutenden trunksüchtigen Cousins bereitete – eines Cousins zudem, der inzwischen fast nur noch dem Namen nach Laird war, weil er viele Ländereien an die Murrays hatte abtreten müssen. »Sie hätte hier bleiben sollen. Ich habe sie zu dir geschickt.«

»Sie hatte aber keine Lust, hier zu bleiben.« Duncan, der mit der einen Hand etwas Fett auf der Wange verschmierte, als er sich an einem Mückenstich kratzte, amüsierte sich augenscheinlich über die ganze Angelegenheit. »Sie ist hergekommen, hat mir einen finsteren Blick zugeworfen – sie kann fast so wütend dreinblicken wie du! –, und ist sofort Richtung Burg verschwunden.« Er warf einen Blick über die Schulter auf die verkohlten, skelettierten Überreste auf dem Hügel. »Ich habe diese Burg nie gemocht. Die MacDonalds haben ein gutes Werk getan.«

Breadalbane unterdrückte eine Bemerkung, die seiner unwürdig war. »Hat sie sonst noch etwas gesagt?«

»Oh, ja. Sie hat dich einen elendigen Bastard genannt.« Duncan grinste vor unverhohlenem Vergnügen und nahm einen kräftigen Schluck Whisky.

Jetzt war der Earl wirklich gereizt. Und hungrig. Die Fleischreste, von denen noch immer Fett in das zischende und fauchende Feuer tropfte, brachten seinen Magen zum

Knurren. »Wo ist Sandy? Ist er etwa auch zur Ruine gegangen?«

»Er schlägt Wasser ab.« Duncan wischte sich Fett vom Handrücken. Sein Ärmel starrte vor Schmutz. »Oder braucht er dafür etwa auch deine Erlaubnis?«

»Duncan –« Aber der Earl beherrschte sich. »Sie wird zurückkommen. Sie hat gar keine andere Wahl.«

»Oh, ich halte sie eher für eine Frau, die sich selbst dann eine Wahl erschafft, wenn sie gar keine hat.« Duncan rückte näher an das prasselnde Feuer; es war Mitte August, aber die Nächte waren kühl. »Du behandelst uns beide wie Idioten.«

»Ihr *seid* Idioten, ihr beide. Wenn man euch euch selbst überließe, würdest du Marjorie Campbell of Lawers heiraten, die der Grafschaft absolut nichts bringt –«

»Tut das denn Glenlyons Tochter?«

»– und Catriona Campbell würde das Bett mit einem MacDonald teilen.« Er war befriedigt, als er sah, dass diese Bemerkung die Aufmerksamkeit seines Sohnes erregte. »Aye, ein Glencoe-Mann. Deshalb habe ich sie hergeschickt, um sie vor unehrenhaftem Verhalten zu schützen.«

»Ein MacDonald«, echote Duncan mit belegter Stimme. »Welcher MacDonald?«

»Alasdair.« Da sein Ghillie nicht anwesend war, sorgte der Earl selbst für sich. Er nahm einen Silberbecher, der eigens für ihn mitgenommen worden war, und füllte ihn mit Whisky, dann kniete er nieder und zog seinen Dolch, um ein Stück Fleisch abzuschneiden.

»*MacIain*?«

»Nein, nicht MacIain – Alasdair *Og*. Sein jüngster Sohn.« Breadalbane biss in das abkühlende Fleisch, dankbar, dass er noch einen Großteil seiner Zähne besaß. Andere Männer seines Alters konnten das nicht mehr von sich sagen. »Aber trotzdem ein MacDonald, und einer von Glencoe.«

»Die ›Galgenvögel‹«, murmelte Duncan. Er war ganz offensichtlich erstaunt, was dem Earl gefiel; es war nicht immer einfach, seinem Erben ein ehrliches Gefühl zu entlocken. »Was hat sie mit ihm gemacht?«

»Sie hat zugelassen, dass er sie verführt.« Breadalbane kaute bedächtig – genau deshalb hatte er ja noch so viele Zähne, wie er glaubte – und spülte den Bissen mit Whisky herunter. »Es ist nichts passiert, du brauchst keine Angst zu haben, dass er mit ihr schläft, bevor du es tun kannst.«

Duncan fuhr zusammen. »Ich habe nicht vor, mit ihr zu schlafen!«

»Hast du das nicht?«

»Ich will mit Marjorie schlafen. Und das habe ich auch schon getan.«

Der Earl zog eine Sehne aus einem Backenzahn, musterte sie kurz und schnippte sie dann in die Dunkelheit. »Ist sie schwanger?«

»Ich weiß es nicht!«

»Nun, das spielt auch keine Rolle. Ich werde ihr Silber zukommen lassen, wenn es einen Bastard gibt.« Er machte es sich auf einem Stück Wollstoff bequem, das er mitgenommen hatte, um seinen Kilt vor dem Dreck zu schonen. »Ich werde morgen mit Glencoe sprechen, und mit Glengarry ... wir werden morgen Abend hier fertig sein. Dann gehen wir zurück nach Kilchurn. Ich muss weiter nach London, zur Königin und dem Kronrat, und dann nach Flandern, um dem König und Stair Bericht zu erstatten. Und du wirst Glenlyons Tochter heiraten.«

Duncans farbloses Gesicht verhärtete sich. »Sie will mich nicht, und ich will sie nicht. Aber wenn wir uns wirklich lieben würden, würdest du garantiert dafür sorgen, dass wir nicht heiraten könnten.«

Der Earl sah ihn überrascht an. »Weshalb sollte ich so abartig sein und mir so etwas einfallen lassen?«

»Genau deshalb.«
»Genau deshalb?«
»Ja. Genau deshalb, weil du es bist.«

Zerbrochenes Mauerwerk knirschte. Cat schaute rasch auf und stopfte den Spiegel unter ihr Arisaid. Eine irrationale Hoffnung erfasste sie, mit der ein Gefühl von Furcht, Nervosität und etwas, das mit Verlangen zu tun hatte, einherging – aber das alles verflog augenblicklich, als sie ihn sah. Es war nicht Dair, konnte auch gar nicht Dair sein, *würde* nicht Dair sein. Nicht jetzt.

»Eine schöne Aussicht.« Robert Stewart trat aus dem Schatten einer in der Mitte zerbrochenen Säule ins leuchtende Mondlicht dicht an den Abhang. »Campbell… und MacDonald.« Sein Ton klang äußerst ironisch. Er hatte keine Kappe auf, und so glühten seine ungekämmten rotblonden Haare in hellem Gold, als sie von hinten vom Schein des Feuers angestrahlt wurden. »Zärtliche Worte, aye? Ausgetauscht in einer Stimmung, die von Breadalbanes Friedensverhandlungen geprägt ist.« Seine Zähne blitzten kurz auf, als er vom Abhang zurücktrat und hin und her ging; Cat erinnerte es eher an ein Zähnefletschen als an ein Lächeln, zumal er nicht rasiert war und Stoppeln auf seinem Kinn glänzten. »Aye, ich kann es ihm nicht verübeln… ein Mann mag sich gern an einem Campbell-Feuer wärmen, wenn es ihm im Winter angeboten wird.«

Er machte eine lässige Pause, gab ihr Raum zum Nachdenken; den einen Fuß hatte er auf einen herabgefallenen Türsturz gestellt. Er hatte die Manschetten hochgeschoben, und so sah sie seine kräftigen Knöchel und Handgelenke. Es war offensichtlich, dass er besonders lässig erscheinen wollte, doch das gelang ihm nicht so recht, denn ihm fehlte die nötige Sorglosigkeit. Er erinnerte sie unangenehm an ihren Vater, an die Situation, als er mit dem Claymore in der Hand auf dem Hügel gestanden hatte.

Verfluchter Stewart… Sie konnte nicht begreifen, weshalb Dair ihn so schätzte; sie konnte sich nicht vorstellen, was die beiden verband, abgesehen von einer gewissen Vorliebe für Gegensätzliches. Vielleicht war es das. Vielleicht ergänzten sie einander, glichen sich aus. Sie konnte sich durchaus vorstellen, dass für jede gute Tat, die Dair MacDonald vollbrachte, für jeden guten Gedanken, den er erwog, Robert Stewart eine Möglichkeit fand, eine kindische Demütigung und Erniedrigung folgen zu lassen.

Die Ironie hatte etwas Köstliches. *Er ist gar nicht so viel anders als meine Brüder, wenn man genau hinsieht!* Mit dem Unterschied allerdings, dass diese sie nur in gewöhnlicher – wenn auch unangenehmer – Weise aufgezogen hatten; sie hatten sie genauso zu erniedrigen versucht, wie sie es untereinander getan hatten. Sicherlich war die Wirkung auf sie größer gewesen, da sie ihre Launen an ihr als Mädchen anders ausgelassen hatten. Sie vermutete jedoch, dass Robert Stewart richtiggehend nach Schwächen suchte, um sie ausnutzen zu können, um die Stimmung zerstören zu können, in der sie war.

Cat holte tief Atem; wie immer rief seine Anwesenheit eine tiefe Abneigung und Besorgnis bei ihr hervor. Sie bemühte sich jedoch, es sich nicht anmerken zu lassen. »Es ist Sommer«, sagte sie leichthin. »Wenn *Ihr* auf der Suche nach einem warmen Campbell-Feuer seid, solltet Ihr lieber woanders hingehen.«

»Weil ein anderer Mann den Funken entzündet hat?« Stewart bahnte sich seinen Weg zwischen torfbedeckten, wirr umherliegenden Steinen hindurch. Er war Dair so unähnlich, wie es nur möglich war, sowohl hinsichtlich seiner Gestalt als auch seines Wesens, aber es fehlte ihm nicht an Anmut. Sie hauste einfach nur in einer anderen Gestalt. »Ich bin in meinem ganzen Leben immer ehrlich gewesen, wenn es um die Fleischeslust ging…«

Cat hielt sich zurück. Sie hatte nicht vor, ihm einen Anlass oder ein Ziel zu bieten, auf das er einschlagen konnte.

Er wurde schneller, da der Weg jetzt frei vor ihm lag. »Aber ich weiß eine ganze Menge über die Gefühle von Frauen, und ohne Zweifel wünscht Ihr jetzt, ich wäre Alasdair Og von Glencoe statt Robert Stewart von Appin.« Der Mond schmeichelte seinem Gesicht; bei Tag wirkten seine Gesichtszüge härter, weniger lebhaft. »Hat er Euch von Jean erzählt? – Aber nein, das würde er nicht tun...« Er grinste. »Nur wenige Frauen wollen den Namen einer anderen Frau hören, wenn sie selbst ans Bett denken.«

Er stand jetzt nah bei ihr, sehr nah sogar; sie mußte ihren ganzen Willen aufbieten, um nicht aufzustehen. Sie gab ihm Macht, wenn sie sitzen blieb, weil er sie deutlich überragte, aber jetzt aufzustehen, wäre einem Eingeständnis von Furcht gleichgekommen, und diesen Triumph wollte sie ihm nicht gönnen.

»Jean«, meinte er, und das Wort klang wie ein Dolchstoß. »Jean Stewart. Meine Schwester. Mit der er seit sechs Jahren das Bett teilt.« Sein Lächeln war inzwischen verschwunden, und seine Stimme hatte eine gewisse Härte, seine Augen blitzten. »Haltet Ihr Euch wirklich für eine Frau, die ihn ihr wegnehmen kann?«

Sie rief sich ein Bild in Erinnerung zurück: Robert Stewart, wie er Dair den Kessel ihrer Mutter reicht und ihn auffordert, Jean etwas von Glen Lyon mitzubringen. Aber das hatte Dair nicht getan, sondern er hatte, nachdem die anderen bereits gegangen waren, ihn ihr heimlich zurückgegeben.

Und sich selbst Jean übergeben – Cat biss die Zähne zusammen. Sie wusste nur zu genau, was Stewart vorhatte. Auf seine eigene Weise war er ebenso schlecht wie Breadalbane, wenn auch aus anderen Gründen; beide griffen zielstrebig nach den Waffen, die gerade nötig waren, mochte es nun

Stahl oder eine scharfe Zunge sein. Aber *dieser* Angriff war unbesonnen und unklug; wäre es nicht Robert Stewart gewesen, der vor ihr stand und mit seiner Zunge focht, hätte er erfolgreich sein können. Sie kannte seine Stimmungen jedoch, kannte seine Methoden, und sie wusste genau, welche Neigungen er verfolgte. *Es ist keine Pferdepisse hier… was wird er stattdessen benutzen?*

Sie fragte sich, ob Stewart wusste, was Breadalbane gesagt hatte. Sicher hatte er sie mit Dair am Feuer der MacDonalds gesehen, sonst wäre er wohl kaum mit spitzen Worten und dem festen Willen, sie ihr entgegenzuschleudern, hier aufgetaucht. Aber sie war im Vorteil: Die Bemühungen des Earl hatten Stewarts Hieb bereits abgeschwächt. Über einen Menschen, der bereits am Boden lag, konnte man keinen richtigen Sieg mehr erringen.

Ihm gegenüber, *seinetwegen* – und Breadalbanes wegen – war sie jeder Trauer, jeder Wut bar. Was geblieben war, war der überwältigende Wunsch, ein kaltes Interesse, Robert Stewart zu schlagen. Und es gab nur eine einzige Art von Schlacht, von der Cat wusste, dass sie eine Chance hatte zu siegen.

Möge Gott mir den Verstand und das Mundwerk anderer Frauen gewähren! Vielleicht sogar den von Jean selbst.

Cat zog den silbernen Spiegel aus den Falten ihres Arisaids und hielt ihn sich vors Gesicht; sie tat so, als würde sie den unbedeutenden Schwung einer ansonsten recht geraden Braue mustern. »Wenn Ihr möchtet, dass ich Euch während seiner Abwesenheit anschaue, solltet Ihr sanftere Worte wählen«, schlug sie mit beabsichtigter Lässigkeit vor. »Und wenn Ihr wollt, dass ich ihn hasse, weil er mit Eurer Schwester das Bett teilt, nun …« Sie zuckte die Schultern, zog geschickt eine Braue hoch. »Er ist kein Priester, aye? Ich habe nicht erwartet, dass er Enthaltsamkeit geübt hat.«

Stewart lächelte dünn. »Oh, nein, nicht Alasdair Og – ich

schwöre, dass er kein Priester ist. Und auch meine Schwester würde das schwören … sie wartet in Glencoe auf ihn.«

Cat ließ den Spiegel sinken und musterte ihn. Sie vermutete, dass einige Frauen auf seine Kühnheit, seine verschlagene, hinterhältige Grausamkeit reagierten; selbst sie, die ihn zutiefst verabscheute, spürte etwas in seiner Haltung, das unterdrückt, gefesselt wirkte, wie ein Hund, der darauf wartete, endlich freigelassen zu werden und weglaufen zu können.

Sie wurde plötzlich an Killiecrankie erinnert, an zahllose Viehraubzüge. Er würde einen hervorragenden Feind abgeben – oder einen hervorragenden Verbündeten. In diesem Augenblick begriff sie, dass der Verstand eines Mannes anders als der einer Frau funktionierte, dass ein Mann andere Menschen nicht so ausgewogen beurteilte wie eine Frau, dass tatsächlich die Begierde seine Entscheidungen und Reaktionen bestimmte, und er ganz und gar abhängig von seinem Gefühl war.

Und schließlich begriff sie – und das war vielleicht das Wichtigste –, dass sie sich vermutlich glücklich schätzen würde, wäre er ihr Freund oder Bruder und darauf bedacht, sie zu beschützen. Gefährliche Männer hatten in gefährlichen Zeiten durchaus ihren Nutzen.

»Wäre ich Eure Schwester«, sagte Cat, »würde ich die Tage meiner Zukunft sicher nicht anhand der Tage meiner Vergangenheit zählen.«

»Weil er Euch die Hand gereicht hat?« Stewart warf einen raschen Blick auf die Mauerreste in ihrer Nähe, dann sah er sie wieder strahlend an. »Ein Mann kann sich umschauen, er kann darum bitten, er kann sich nehmen, was ihm dargeboten wird – nur ein Narr würde es nicht tun! Das bedeutet aber noch lange nicht, dass er die Frau, die zu Hause sein Bett teilt, hinauswirft, nur weil er eine andere in sein Plaid nimmt, wenn er draußen in der Heide ist.«

Sie wusste es besser; sie *kannte* ihn, aber ihre Kehle war so zugeschnürt, dass es schmerzte. Es kostete sie große Mühe, Stewart keine Verwünschungen ins Gesicht zu schreien. Ihr war sterbenselend von diesen erbärmlichen Bastarden und ihrem erbärmlichen Verhalten. »Gibt es in *Eurem* Plaid eine Frau?«

Seine Anspannung war nahezu greifbar. »Nicht diese Nacht. Auch nicht in meinem Haus, was das anbelangt; die Letzte habe ich rausgeworfen.«

Cat ließ den Spiegel auf ihren Oberschenkel sinken. »Dann seid Ihr also einsam?« fragte sie weich.

Zähne blitzten auf, Erwartung zeichnete sich auf seiner Miene ab, und er drückte eine Hand an sein Herz. »Ziemlich einsam sogar, Mädchen.«

Sie dachte an ihre Brüder und rief sich ihre Gewohnheiten in Erinnerung, ihre grausame Sprache, ihre Gerissenheit. In ihrer Kindheit hatte sie sich eine ganze Reihe Schläge eingehandelt, bis sie gelernt hatte, zu verbergen, was sie wusste, nur im Stillen darüber zu flüstern oder die Beleidigungen an Tieren auszulassen, die ihr nicht mit dem nötigen Respekt begegneten.

»Nun …« Sie erhob sich, seinen festen Blick nur zu deutlich auf sich spürend. Der Stein unter ihren Füßen machte sie noch ein bisschen größer, obwohl das bei ihm gar nicht nötig war. »Oh –« Sie täuschte Überraschung vor. »Ich hatte es vergessen …« Sie zuckte bedauernd die Schultern. »Es heißt, die Größe eines Mannes wäre identisch mit der Größe seines Schwanzes –«, sagte sie und musterte ihn, wie er sie zuvor gemustert hatte. »Wenn ich mir Euch so ansehe, glaube ich kaum, dass Ihr mir genug zu bieten habt.«

Der Earl of Breadalbane war in vielerlei Hinsicht zufrieden, und das nicht nur, weil er seinen bohrenden Hunger rasch gestillt hatte, er war auch zufrieden über seinen großen Plan, der sich immer mehr dem Höhepunkt näherte. Schottland gehörte beinahe ihm, wenn auch nur im übertragenen Sinne, denn zumindest dem Namen nach herrschte natürlich William, dem es allerdings schon bald ganz gehören würde. Er musste nur noch Glengarry und Glencoe überzeugen, was ein anderer Mann vielleicht als unmögliche Aufgabe empfunden hätte, was für ihn aber durchaus im Rahmen des Erreichbaren lag. Er war ein Mann, der Versagen nicht akzeptierte, und er hatte viel zu lange daran gearbeitet, die Früchte seiner Mühen einzuheimsen, als dass er ein Scheitern so einfach akzeptiert hätte.

In der Zwischenzeit gab es da noch seinen Erben, den er eigentlich viel besser hätte im Griff haben müssen als die Clans, der sich aber als äußerst anstrengend und nervenaufreibend erwiesen hatte.

Duncan, der sich an Whisky und Fleisch gütlich getan hatte, lehnte in einer höchst uneleganten Lässigkeit am Hang. Er lag auf dem Rücken, hatte die Beine angezogen und die Füße auf dem Boden aufgestellt, so dass sein Kilt sich etwas hochschob und ausgesprochen viel von seinen Oberschenkeln zu sehen war. Es war, wie der Earl empfand, eine höchst unwürdige Pose, was zweifellos auch der Grund war, weshalb Duncan sie eingenommen hatte. Entweder deshalb oder weil er zu *fou* war, um sich darum zu scheren.

Er musterte seinen Sohn mit größtmöglicher Objektivität. *Er ist ein willensschwacher, leicht zu verführender Junge von bedauerlicherweise unscheinbarem Äußeren, der viel zu viel darüber nachdenkt, wie er seinen Vater ärgern könnte.* Breadalbane begriff nicht, wie so etwas hatte geschehen können: Er hatte sich eifrig bemüht, Duncan die Verantwortung nahe zu bringen, die mit dem Grafentitel verbunden war, doch sein Erbe war von einer hartnäckigen Sturheit. Der Earl konnte nicht einmal erkennen, wie viel davon natürlicher, wenn auch unangemessener Trotz war – was zwar ärgerlich, aber kein dauerhaftes Betrübnis gewesen wäre, da sich so etwas gewöhnlich mit der Übernahme der Pflichten verlor –, und wie viel davon Dummheit war.

Breadalbane, der ebenfalls satt war, jedoch umsichtigere Gewohnheiten pflegte, ließ sich auf einer Wolldecke nieder, die er auf dem Torfboden ausgerollt hatte. »Es sind jetzt sechs Tage her, seit die Highland-Clans in das Gebiet der Campbells gekommen sind«, sagte er. »Welche Erkenntnis hast du daraus gewonnen?«

Duncan wackelte mit den Knien in lässiger Heiterkeit hin und her. »Dass viele Dudelsack-Spieler auf einem Fleck einen ohrenbetäubenden Lärm verursachen.«

Breadalbane wartete und machte sich daran, seinen Dolch sorgfältig zu reinigen.

Duncan selbst war nicht so gut darin, zu warten. »Dieses *Camanachd* ist ein ganz schön gefährliches Spiel; ich hätte mir mit den Stöcken beinahe ein Bein gebrochen.« Er tippte sich auf das Schienbein. »Siehst du die blauen Flecken?«

Der Earl sah sie, äußerte sich aber nicht dazu. Er untersuchte die Dolchklinge, schob sie dann wieder in seinen Gürtel zurück.

Müßiggang war ganz und gar nicht Duncans Tugend. »Dass niemand ganz sicher ist, was du bei all dem hier gewinnst, oder wieso du dich mit einem Eid gegenüber William beschäftigst, wo du doch Jamies Mann bist.« Er setzte sich aufrecht hin, rückte den Kilt zurecht, als er die Beine kreuzte. »Was *ist* es denn nun, was du hier gewinnst?«

»Frieden«, antwortete der Earl. »Und Macht.« Er rückte den Dolch zurecht, so dass der Horngriff leicht zu erreichen war, wenn es nötig sein sollte. »Sag mir, wie.«

»Erteilst du mir jetzt eine Lektion?«

»Das tue ich. Du hättest mehrere verdient, aber eine wird genügen – vorausgesetzt, dass es die richtige ist.« Der Earl lächelte nicht. »Sag mir, wie.«

Duncan zuckte die Schultern und schüttelte den Kopf.

»Macht ist einfach genug; der Mann, der den Frieden in den Highlands bewerkstelligt hat, wird William auf sich aufmerksam machen.«

»Aha?«

»Und Frieden ist das Mittel, diese Aufmerksamkeit zu erringen.«

»Das ist es.«

Duncan runzelte in der Dunkelheit die Stirn, ließ seinen Blick über das Lager schweifen. An den Feuerstellen weiter weg lachten und redeten Männer, erzählten sich Witze und Geschichten; die Barden kannten eine ganze Menge davon. »Sie trauen mir nicht, die Chiefs. Ich bin ein Campbell von Glenorchy und Grey Johns Erbe.« Er sah seinen Vater wieder direkt an. »Du hast eine ziemlich geschmeidige Zunge und den Verstand eines Fuchses. Welchem König dienst du?«

Breadalbane drückte sich nicht vor der Wahrheit. »Demjenigen, der Schottland besitzt.«

»Aber sie könnten es beide besitzen, William wie auch James.«

»Aye, das könnten sie.«

Duncan war verwirrt. »Die Jakobiten wollen James, aber die Sassenachs nicht. Sie ziehen William vor.«

Es ist so offensichtlich; bist du wirklich mein Sohn? Oder hat man dich mir untergeschoben? »Dann muss man abwägen, ob die Jakobiten stark genug sind, um zu siegen.«

Duncan fluchte leise. »Das ist das Einzige, was für dich zählt. Das Siegen.«

»Verlieren ist eine unangenehme Sache: Entweder lebt man dann am Rande der Politik, oder man verliert den Kopf.« Breadalbane lächelte noch immer nicht. »Ist das alles, was du gelernt hast? Meine Ziele in Frage zu stellen? Aber das hast du ja, wie ich wohl sagen sollte, schon lange zuvor gelernt.«

»Ich werde ernten, was du gesät hast«, gab Duncan zurück. »Deshalb ist es mir nicht gleichgültig, was du tust.«

»Wie es mir nicht gleichgültig ist, was *du* tust.« Die Stimme des Earl klang jetzt äußerst unversöhnlich. »Wie zum Beispiel, dass du gegen meinen Willen heiraten willst.«

Duncan versteifte sich. »Du kannst mir nicht die Schuld dafür geben! Du hast alles in meinem Leben bestimmt... und jetzt, wo ich ohne deine Unterstützung eine Frau getroffen habe, die *ich* will, sagst du, ich könnte sie nicht haben. Ich habe dir in allem nachgegeben – aber was das angeht, werde ich es nicht tun!«

Obwohl er kurz davor war, schrie Breadalbane nicht. Stattdessen suchte er Trost in herablassenden Worten. »Wenn ich über dich bestimme, dann deshalb, weil es jemand tun muss. Du bist ein Narr ohne jeden Verstand, der nicht erkennt, dass Opfer gebracht werden müssen –«

»*Welche* Opfer? Deine? Du hast niemals welche gebracht; immer bin *ich* es, der sie bringen muss!«

»Ah«, murmelte Breadalbane, dachte an die Armut und Entscheidungslosigkeit seines Vaters, der sie beinahe vollkommen ruiniert hätte. Aber das konnte Duncan nicht erkennen; er sah nur, was direkt vor ihm lag, was sein Vater erreicht hatte. Es war ein Kennzeichen seines Erfolgs, dass sein Sohn nicht das Versagen sehen konnte, das dem vorausgegangen war.

»Nun?«, forderte Duncan ihn heraus. »Es ist wahr. Du bist Earl of Breadalbane, Lord Glenorchy und Inhaber noch so vieler anderer Titel – du besitzt so viele Ländereien, dass ich sie nicht zählen kann, und in ganz Schottland stehen deine Burgen –«

»Und was glaubst du, wie ich zu all diesen Dingen gekommen bin?«, fragte der Earl sanft.

Duncans Wangen färbten sich. »Es heißt, du hättest sie gestohlen, mit Hilfe von Lügen und Tricks.«

Breadalbane hatte schon vor langer Zeit gelernt, nicht wütend zu werden; es schwächte die eigene Position und schadete der Würde. »Und, glaubst du das?«

Duncan machte eine ausholende Geste in Richtung Lager. »Die da tun es.«

»Ich habe dich gefragt, ob du es glaubst.« Breadalbane schwieg einen Moment. »Oder bist du ein Blinder, der sich von Einäugigen führen lässt, die gern anstelle des Earl of Breadalbane Könige wären?«

»Du würdest es gern sein«, erwiderte Duncan angespannt. »*Du* wärst gerne König, wenn du nur daran glauben würdest, die Krone behalten zu können!«

Der Earl lächelte kühl. »Wenn man sie mir anbieten würde, würde ich sie sicherlich annehmen … aber Campbells sind keine Könige.« Keine *gekrönten* Könige, hieß das; es gab Wege, Schottland zu regieren, ohne dass man gesalbt sein musste.

»Aye, aber –«

»In der Zwischenzeit hält William die Krone in der Hand, und James will sie zurück, während die Clans nichts weiter wollen, als in ihren armseligen Highland-Reichen in Ruhe gelassen zu werden, damit sie sich weiterhin ihren Viehraubzügen und Plünderungen widmen und sich gegenseitig abschlachten können.« Breadalbane zog eine Schulter in eleganter Verachtung hoch. »Aber der Preis ist zu hoch. William braucht Frieden in den Highlands, um sein Gesicht und seinen Stolz zu wahren – und Highlander, die anstelle der Holländer und der Engländer die Musketenkugeln und die Kanonen aufhalten.«

Duncan sah ihn offen an, dann unterdrückte er ein Lachen. »Wenn ich jetzt zu ihnen gehen und ihnen erzählen würde, was du wirklich glaubst –«

»Sie wissen, was ich glaube. Sie wissen es sehr gut. Aber sie wissen auch, dass die Tage ihrer Freiheit gezählt sind; William beherrscht die Highlands mit Hilfe seiner Forts und Soldaten – glaubst du, es gibt hier auch nur einen einzigen Clan-Chief, der dumm genug wäre, meinen Waffenstillstand auszuschlagen? *Das* ist Macht, Duncan … *das* ist ein Opfer: zu wissen, was getan werden muss, unabhängig davon, wie sehr man es auch hasst, und es dennoch zu tun. Einmal oder einhundert Mal.«

Duncan saß jetzt ganz still. »Dann spielt das hier gar keine Rolle. Überhaupt nicht.«

»Es ist vorbei«, sagte Breadalbane. »Sie werden meinem Waffenstillstand zustimmen und bis zum Ende des Jahres den Eid schwören – oder ihre Clans werden der Auslöschung anheim fallen.« Stair hatte es versprochen.

»Der Auslö –«

»Und sie alle hier … sie alle dort« – er machte eine ausschweifende Handbewegung – »wissen das nur zu gut.« Er lächelte; es war die Wahrheit, es war Macht, es war Duncans Zukunft – wenn er es verstand, sie zu ergreifen. »Auch wenn keiner von ihnen es zugeben wird.«

Duncans Kiefer mahlte. »Das ist Heuchelei, Betrug – du tust das nur zu deiner eigenen Erheiterung!«

»Nein, nichts von dem hier erheitert mich. Und ganz sicher nicht mein Sohn.«

Die Flecken auf Duncans Wangen verstärkten sich. »Ich werde dafür sorgen, dass du sie bekommst. *Erheiterung.*« Er warf sich der Länge nach auf den Torfboden, zog sich das Plaid über die Schulter und drehte seinem Vater den Rücken zu.

»Schlaf gut«, sagte Breadalbane.

Irgendwann vor der Morgendämmerung erwachte Dair. Langsam wurde ihm bewusst, dass die eine Seite seines Gesichts schmerzte und dass sein rechter Arm unter seinem Körper lag. Irgendwo klangen schwache Warnrufe, aber in diesem Zustand war er kaum in der Lage, sich mit dem Dolcharm, der so tot wie ein Stein war, zu verteidigen.

Er rollte sich zur Seite, griff nach dem rechten Arm und

zog ihn sich über den Bauch. Dann drehte er sich auf den Rücken, blieb eine Zeit lang still so liegen und versuchte, seine Gedanken zu sortieren. Schließlich erinnerte er sich.

Er starrte gen Himmel und verfluchte Breadalbane.

Er lag noch immer bei den Stewarts, obwohl er ein MacDonald war; Robbie hatte ihn nicht aus seiner Benommenheit gerissen und zu seinem eigenen Feuer zurückgeschickt. Um ihn herum auf dem Torfboden lagen andere in Plaids gehüllte Highlander. Einer schnarchte grauenhaft, während ein anderer zärtliche Worte murmelte, die nicht für die Öffentlichkeit gedacht waren.

Dair überdachte seinen Zustand. Er trank selten zu viel, und wenn doch, legte er sich gewöhnlich zum Schlafen nieder, bevor er zu viel Schaden anrichtete. Aber der Whisky verlor seine Wirkung; er wachte immer viel zu früh nüchtern wieder auf, mit umnebeltem Verstand und dem mächtigen Bedürfnis, sofort wieder in jene Art bleiernen Schlaf zurückzugleiten, der ihm diese Beschwerden verursacht hatte: ein mit Kiesabdrücken übersätes, vom Torf gekühltes Gesicht und einen vollkommen nutzlosen Arm.

Dair bearbeitete diesen Arm, versuchte, ihm Reaktionen zu entlocken – ohne die Unannehmlichkeiten, die gewöhnlich damit verbunden waren. Aber sie kamen trotzdem, und er biss die Zähne zusammen, so sehr kribbelte es. Um sich abzulenken, setzte er sich langsam auf und blickte sich im Lager um.

Es war eine trügerische Dämmerung, erhellt von einer Ansammlung von Sternen. Da die Feuerstellen zu Glut erloschen waren und der Mond langsam unterging, waren die Sterne klar zu erkennen. Er konnte gut sehen. Hier und dort saßen Ghillies Wache für ihre Chiefs, aber beinahe alle im Lager schliefen tief und fest.

Dair blickte auf den Mann neben sich. Er sah nur wenig von seinem Gesicht, das sich in ein Stück Wolle drückte, aber er kannte Robbie. Er wirkte jungenhaft im Schlaf, ganz und gar der Härte beraubt, die ihn hatte vorzeitig altern lassen.

Er bearbeitete seinen Arm erneut und gab dann auf. Er war jetzt zu wach und zu unruhig, um noch zu bleiben; zu viele Gedanken gingen ihm im Kopf herum. Er erhob sich leise und rückte das verrutschte Plaid zurecht. Dann bahnte er sich seinen Weg zwischen unbeachteten Feuerstellen und schlafenden Männern hindurch, eine Hand den wachsamen Ghillies zum Gruß erhoben. Schließlich hatte er das Glencoe-Feuer erreicht.

Es unterschied sich weder von dem der Appin-Stewarts noch von denen der anderen Clans: Nach Whisky stinkende Männer lagen darum herum, eingewickelt in ihre Plaids schnarchten sie sanft auf dem Torfboden, während die Ruine von Achallader auf sie herabstarrte.

Dair blickte die Burg an. *Was hatte MacIain gedacht, als er zur Ruine geritten war?* Es war sein Vater gewesen, der Achallader zusammen mit anderen gebrandschatzt und geplündert hatte, der alle Nebengebäude und auch die Behausungen auf der Weide zerstört hatte. Dair nahm an, dass sie in Jubel ausgebrochen waren, weil sie den Campbells einen weiteren Besitz hatten entreißen können, den diese sich aus Sicht der MacDonalds unrechtmäßig angeeignet hatten. Er nahm ferner an, dass MacIain dieses Gefühl auch empfunden hatte, als er über Rannoch Moor zu der Ruine gekommen war, für die er selbst die Verantwortung trug. Es würde mehr nötig sein als Breadalbanes Zusammenkunft zum Frieden, um die Fehde zwischen den Campbells und den MacDonalds zu beenden.

Dair wusste, dass niemand es bedauerte. Niemals bedauerten MacDonalds es, wenn sie den Campbells etwas nahmen, was diese sich zuvor mit Hilfe ihrer eigenen hinterhältigen Methoden genommen hatten. Und MacIain von

Glencoe würde der letzte Mann auf Erden sein, der so etwas auch nur im Entferntesten zugeben würde.

Ich bin nicht MacIain… und ich werde auch niemals MacIain sein. Dair stolperte über etwas, sah, dass es eine verschlossene Flasche war, und hob sie auf. Er setzte sich vorsichtig hin, rückte sein Plaid zurecht und öffnete die Flasche. Es war noch ein bisschen Whisky darin, und er leerte den Rest, legte die Flasche dann beiseite. In kürzester Zeit verband sich der neue Usquabae mit dem alten, und er spürte seinen Körper erschlaffen, was auf den willkommenen Schlaf deutete.

Er legte sich auf den Torfboden und gab sich dem Schlaf hin, der sich jedoch als widersprüchliche Bestie herausstellte und sich in der Dunkelheit seiner Gedanken verbarg. Er spürte das Bedauern, das seinem Vater verwehrt war oder dieser sich selbst verwehrte, wenn auch aus einem anderen Grund; er spürte die Verzweiflung darüber, dass er möglicherweise nicht bekam, was er wollte; und er spürte die Angst, dass sie selbst sich weigern würde.

Das Bündel auf dem Boden neben ihm rührte sich. Ergraute Haare, nicht grauer als seine eigenen, wühlten sich durch den Stoffberg. Nur die Brauen waren zu sehen; John MacDonald war noch nicht darauf vorbereitet, den Schlaf ganz aufzugeben, höchstens einen kleinen Teil davon. »Alles in Ordnung?«

Dair seufzte. Er war sich sicher, dass sein Bruder wusste, was ihn quälte. »Ich weiß es nicht.«

»Es hat viel Gerede gegeben. Wenn ihr vorgehabt hattet, es vor den anderen zu verheimlichen, hättet ihr euch einen anderen Ort aussuchen müssen.«

Es hatte keine andere Wahl gegeben. Sie hatten nicht daran gedacht, es geheim zu halten, denn in jenem Augenblick waren sie der Wirklichkeit vollkommen entrückt gewesen.

Unbehagen ergriff ihn. »Hat MacIain es gesehen?«

»Er war bei Glengarry; für sie hat es Wichtigeres als Catriona Campbell und Alasdair Og gegeben.« John schob sich den Wollstoff aus dem Gesicht. »Ist sie der Grund, weshalb du dich von Jean trennen willst?«

»Himmel, nein – ich wusste ja kaum, wer Cat überhaupt war … nun, ich wusste schon, wer sie *war* –« – *habe sie schon lange Zeit gekannt* – »– aber damit hat sie nichts zu tun gehabt.« Dair seufzte; der Whisky machte seinen Verstand benommen. »Sehe ich aus wie ein Narr?«

John lachte leise, aber nicht unfreundlich. »Alle Männer sind Narren, wenn es um eine Frau geht.«

»Hältst *du* mich etwa für einen Narren?« Es war wichtig für ihn.

»Ich liebe meine Frau«, sagte John. »Du fragst den falschen Mann.«

Dair bewegte sich unruhig. »MacIain wird mich schlagen.«

»Nicht, wenn Mutter ihn sich vorgeknöpft und ihm eine Ohrfeige gegeben hat.«

Dair lächelte. »Aye …« Er blinzelte ins Sternenlicht. »Ich habe ihr davon erzählt.«

»Mutter? – Nun … sie hatte dazu wohl einiges zu sagen, nehme ich an?«

»Nicht sehr viel«, erwiderte Dair. »Ich hatte mehr erwartet … aber sie hat gesagt, ich wäre noch nicht so weit, um es verstehen zu können.«

»Vermutlich, weil du da noch nicht gewusst hast, was du wolltest.« John zog sich das Plaid fester um die Schultern. »Weißt du es denn jetzt?«

Unbedingt. »Oh ja«, antwortete Dair ohne zu zögern. Seine Stimme klang fest und sicher. »Ich weiß es sehr gut. Aber Breadalbane steht mir im Weg.«

»Aye. Und ein Stewart«, meinte John mit ausdrucksloser Stimme.

Dair schloss die Augen. »Zwei Stewarts.«

3

Kommandant John Hill befand sich in seinem spärlichen Quartier innerhalb der Mauern von Fort William und empfing den Besucher mit gebotener Höflichkeit. Er bewunderte die Highlander aufrichtig, was immer für Geschichten über ihre Grausamkeit, ihre barbarischen Bräuche und Sitten es auch geben mochte, und es war immer ein Vergnügen, einen von ihnen willkommen heißen und mit ihm einen Schluck Whisky trinken zu können, mit ihm ein oder zwei Stunden über unwichtige Dinge statt über die Wirklichkeit zu sprechen.

Aber jetzt war die Wirklichkeit eingekehrt; dieser Mann war ein Cameron, ein staubbedeckter, windzerzauster Cameron von geringer Bedeutung und unwichtigem Rang, der sichtlich abgeneigt war, mehr Zeit mit dem Sassenach-Soldaten zu verbringen als irgend nötig. Selbst der Whisky übte keine Anziehungskraft auf ihn aus.

Hill bat ihn in sein winziges, privates Zimmer und befahl seinen Leuten, die Tür zu schließen und sie allein zu lassen, während der Highlander seine Kappe abnahm. Dann bot er dem Besucher Usquabae an – er benutzte absichtlich den gälischen Namen – und forderte ihn mit einer Geste auf, Platz zu nehmen. Aber der Mann lehnte das ebenso ab wie den Whisky. Das Licht der Lampe blitzte matt auf der matschverschmierten Schnalle auf, die den drapierten Wollstoff auf der einen Schulter befestigte.

»Ich kann nicht lange bleiben«, sagte er etwas schüchtern; ihm war offensichtlich unbehaglich, wie er mit der Kappe in der Hand so dastand. »Ich werde Euch sagen, was mein Laird mir aufgetragen hat, damit Ihr die Wahrheit kennt.«

Ein Junge. Fünfzehn? Sechzehn? Groß ist er, ich habe ihn für einen Mann gehalten… Aber er brachte ein Lächeln zustande, und er trank den Whisky nicht. Und er setzte sich nicht. »Dann seid Ihr also von Ewan Cameron?«

Der Cameron mit dem rötlichen Haarschopf nickte. Seine Augen lagen tief in ihren Höhlen, hell und wachsam wie die eines Fuchses. Sein Gesicht hatte zwar noch nicht die Züge eines Erwachsenen, aber die Linie des Kinns war bereits da, die Stoppeln waren ebenso rötlich wie seine Haare. »Cameron von Lochiel, aye«, bestätigte der Junge. »Ich soll Euch sagen, dass der Laird inzwischen nicht mehr uneingeschränkt zum Verhandeln bereit ist. Ich soll Euch sagen: Seht Euch *Iain Glas* an.«

Grey John auf Gälisch. Breadalbane. Hills Befürchtungen bewahrheiteten sich also jetzt. »Das heißt?«, fragte er vorsichtig.

Der Cameron trat von einem nackten Fuß auf den anderen, sichtlich bestrebt, endlich wieder verschwinden zu können. »Ich soll Euch sagen: Er vertraut nicht länger darauf, dass der Earl hält, was er verspricht. Es geht um das Silber. Es ist noch in London, sagt der Earl, aber es gibt Gerüchte, dass das meiste davon nach Edinburgh oder Kilchurn geschafft wurde.«

»Sie sind bei Achallader«, erklärte Hill leicht gereizt. »Die Lairds und ihre Vasallen, meine ich.« So sehr er Breadalbane auch verachtete, weil er ihm die Idee weggenommen hatte, die Highlander mit einem Vertrag zu zähmen – er konnte dem Earl seine Versuche, eine friedliche Lösung zu finden, nicht verübeln. »Wollt Ihr damit sagen, dass Ihr einem Vertrag nicht zustimmen werdet?«

Ein kurzes Zucken der Schulter mit dem Plaid: karmesinroter Untergrund, darauf schwarze Karos und ein schmaler weißer Streifen. »Ich soll Euch sagen: Lochiel von Cameron misstraut dem Earl, genauso wie MacDonald von Glengarry.«

»Glencoe«, murmelte Hill. Er atmete tief ein. Die Luft

brannte in seiner Lunge, bis er nahezu daran erstickte. »Würdet Ihr Lochiel mitteilen, dass ich vorhabe, ihn an seine Zustimmung zu erinnern? Dass er mir sein Einverständnis gegeben hat, den Vertrag in Betracht zu ziehen, und dass die Rücknahme dieses Einverständnisses die Sicherheit der Clans gefährden könnte?«

Er begriff, dass er trotz seiner Worte zu versöhnlich klang; er hätte *befehlen* müssen, nicht bitten. Aber man erreichte bei den Highlandern nichts, wenn man ihnen Befehle gab. Man fragte, hoffte. Man betete.

Der junge Cameron knetete die abgetragene Kappe in seinen schmutzigen Händen. Dann verharrte er und blickte Hill direkt ins Gesicht. Das Glitzern seiner Fibel war nichts gegen das Licht, das in seinen Augen strahlte. »Kümmert Euch um Eure eigene Sicherheit.«

Ein anderer Mann hätte ihn jetzt verhaften lassen, ihn für eine solche Unverschämtheit vor dem Kommandanten des Königs in Ketten legen lassen. Aber Hill wusste es besser. Es war keine Unverschämtheit. Es war die Wahrheit, so weit ein Highlander sie erkennen oder aussprechen konnte.

»Ich danke Euch für Eure Aufrichtigkeit«, antwortete Hill. »Werdet Ihr Usquabae trinken?«

Der Cameron lehnte ab. »Ich soll sofort zurückkehren, aye? Um weiterzugeben, was *Ihr* gesagt habt.«

»Aye.« Hill brachte ein Lächeln zustande. »Er ist ein wahrer Mann, euer Laird. Er ist es wert, geehrt zu werden.«

Der Junge lächelte. »Aye, das weiß ich!«

»Und ich auch.« Und während er die Tür öffnete, damit der junge Highlander aufbrechen konnte, wusste er auch, dass er einen Weg finden musste, solche Männer wie Ewan Cameron davon zu überzeugen, dass die einzige Sicherheit, die er und alle anderen, selbst dieser Junge, besaßen, darin lag, die im Fort von Inverlochy stationierten Soldaten zu respektieren.

Die Auseinandersetzung zwischen dem Earl of Breadalbane und dem Laird of Glencoe braute sich innerhalb kürzester Zeit zusammen, kochte dann über und wurde zur reinen Bösartigkeit. Cat, die inmitten der verbalen und körperlichen Schlachten ihrer Brüder aufgewachsen war – und auch ihren Teil dazu beigetragen hatte –, war nicht über Ursprung, Lautstärke oder Identität der beteiligten Männer schockiert, sondern über deren Verbitterung. MacIain kannte sie nur zu gut als lauten, streitsüchtigen Mann, aber Breadalbane war nicht so. Sie hatte ihn niemals wütend gesehen, höchstens auf verächtliche Weise kalt, wenn Duncan ihn mit seinem Trotz herausgefordert hatte. Es erstaunte sie, zu hören, wie er dem riesigen MacDonald Worte entgegenschleuderte, die selbst einen gemäßigten Mann zur Weißglut getrieben hätten.

Sie fragte sich, wie viele Wetten in diesem Augenblick wohl gewonnen oder verloren sein mochten, und konnte beinahe hören, wie die Münzen die Hände wechselten, als auch andere Männer des Streits gewahr wurden.

Der Streit, der im Schatten der Ruine von Achallader stattfand, war nur von kurzer Dauer. Der eine Kontrahent war ein großer, gewaltiger Gäle, gewappnet mit Plaid und Feindseligkeit, der andere etwas kleiner und schmächtiger und gekleidet wie ein Sassenach, als würde er sich trotz seines Highlander-Titels seiner Herkunft schämen.

Und vielleicht trug das seinen Teil dazu bei… Das und die Burg und die Kühe und die Titel und einhundert andere Beleidigungen, die sie gegenseitig vorbrachten, indem sie die Geschichte bemühten: ein Campbell und ein MacDonald, seit jeher verfeindet. Hineingeboren in eine Feindschaft, die auch sie aufrechterhalten mussten, da alles andere bedeutet hätte, dass sie sich ihrem Erbe widersetzt hätten.

Ist es das, was wir tun?, fragte sie sich und dachte an Dair, an das Feuer und den Funken, der zwischen ihnen entstanden war, der nichts mit Kohlen oder Flammen oder Musik zu tun gehabt hatte, die das Blut in Wallung brachte. *Widersetzen wir uns dem, was wir sind, spotten wir unserem Erbe –*

»Nun«, sagte Duncan und trat neben sie. »Es liegt eine gewisse Befriedigung darin zu sehen, wie er sich so vergisst. Sonst prallt jede Herausforderung wirkungslos an ihm ab.«

Sie warf ihm einen Blick von der Seite zu. »Was Euch dazu bringt, ihn nur noch mehr herauszufordern.«

Duncan lächelte gerissen. »Was Ihr sehr gut selbst beherrscht, aye? – Bei *mir*.«

»Und Ihr habt es auch verdient.« Zufrieden mit dem Austausch, grinsten sie einander an; sie hatten sich gegen seinen Vater verbündet, befanden sich im besten Einvernehmen.

Aber der Augenblick des Vergnügens war nur von kurzer Dauer. Nach einem letzten Austausch von Beleidigungen, die Breadalbane zischte, MacIain brüllte, machte der Riese auf dem Absatz kehrt und schritt den Hügel in Richtung der versammelten Menge hinab, während das Plaid hinter ihm herwehte und er seinen MacDonalds auftrug, dass sie sich zur Abreise aus diesem stinkenden Land der Campbell-Lairds bereitmachen sollten.

Jetzt lächelten weder Cat noch Duncan. Sie sahen zu, wie MacDonald, der die anderen weit überragte, sich rüde seinen Weg durch die Menge zum Feuer bahnte, an dem sie – wenn auch nur kurz – mit Dair gestanden hatte, und trotz der Gepflogenheiten, die in ihren getrennten Welten als angemessen galten, ihre Leidenschaft füreinander entdeckten.

»Kein Vertrag«, erklärte Duncan mit einem Hauch von Befriedigung in der Stimme. »Er wird Glencoe nach alledem nicht dazu kriegen, sich kaufen zu lassen.«

»Kaufen?« Cat klang ungläubig. »Hat er denn geglaubt, er könnte das?«

Er warf ihr einen Blick von vernichtender Abscheu zu. »Was glaubt Ihr denn, weshalb er hergekommen ist? Um die

Clans zu kaufen, damit sie Jamie den Rücken kehren und Willie seinen Krieg kriegen kann.«

Sie verfolgte MacIains Rückzug mit leichter Unsicherheit; würde sein Sohn sich von der Wut des Vaters anstecken lassen? »Ich habe gehört, dass sie dieses Fort bei Inverlochy errichtet haben… dass sie Gewehre und Soldaten dort haben. Und Boote auf dem Loch.«

Duncans Mund zuckte. »Er wird ihnen sagen, es war alles umsonst. Er wird ihnen sagen, dass es MacIain ist, ein erbärmlicher Viehdieb, und sie dazu bringen, die Sache aus seinen Augen zu betrachten.«

»Nicht MacIain.« Sie war sicher.

»Nein«, stimmte Duncan ohne Zögern zu. »Und vermutlich auch Glengarry nicht, wie ich gehört habe. Sie werden ihre Namen unter gar keinen Vertrag setzen. Aber die anderen werden es tun. Oder sie werden auch abreisen.« Er schaute an ihr vorbei, sah an seinem Vater vorbei. Er schien einen Gedanken zu verfolgen, und sein Gesicht nahm eine dunklere Farbe an. »Aye«, flüsterte er. »Aye – bei all der Verwirrung würde es niemand bemerken.«

Cat runzelte die Stirn. »Was?«

Er war so angespannt wie ein Jagdhund und zitterte beinahe. »Jetzt«, meinte er. »Dies ist der beste Zeitpunkt, aye? Während die MacDonalds ihre Pferde bereitmachen…«

»Duncan –«

Aber er war schon weg, rannte ohne jede Anmut über den felsigen Boden, ganz mit seinen eigenen Angelegenheiten beschäftigt.

Ein gewaltiger Fußtritt holte Dair aus dem Schlaf zurück. »Auf!«, brüllte eine Stimme. »Du beschämst mich, aye? Liegst hier schlafend wie ein Betrunkener auf Campbell-Boden!«

Dair erhob sich augenblicklich, reagierte mühsam um Atem ringend auf den Befehl wie auf den Fußtritt.

»Auf!« wiederholte MacIain, und sein Schnurrbart raschelte, als er sich wie ein Dämon aus den Volksmärchen mit blitzenden Augen über ihm auftürmte.

Hinter ihm warteten die Ghillies, die Gesichter aufgrund einer vorsichtig-diplomatischen Haltung so ausdruckslos, dass Dair es willkommen geheißen hätte, hätte er nur Zeit zum Nachdenken gehabt. Der Riese warf den MacDonalds, die jetzt zum Teil zögernd erwachten und ihre Plaids aufnahmen, während andere alarmiert zu ihren Waffen griffen, finstere Blicke zu.

»Ich werde nicht zulassen, dass noch einer von meinen Leuten einen Schluck von seinem Whisky nimmt oder auch nur ein Stück von dem Fleisch seines Viehs verspeist, aye? Wir haben genug! Pfui! Ich will nichts mehr hören von der Gastfreundschaft der Campbells; ein Blick auf diese Burg genügt, um zu wissen, was sie verdient haben!«

Dair holte tief Luft; es war ihm peinlich, so zerzaust und unvorbereitet von MacIain angetroffen zu werden. Sämtliche Glencoe-Männer hatten sich inzwischen versammelt. Hastig wurden Kappen über vom Schlaf zerzauste Haare gestülpt, Waffen verteilt, Pferde gebracht.

John stand neben Dair und befestigte das Plaid an der Schulter. »Breadalbane«, sagte er einfach nur; das genügte als Antwort.

»Dieser erbärmliche Bastard!« MacIain spuckte aus. »Ich will nichts mehr von ihm hören, aye? Keine Lügen mehr, keine weiteren Versprechen, keine weiteren Sassenach-Methoden.« Er riss den Kopf herum. »Wir kehren nach Glencoe zurück, ohne diesen verfluchten Eid … ich traue diesem Mann nicht, und ich traue auch seinem Vertrag nicht.« Er richtete seine blitzenden Augen auf seinen jüngsten Sohn, gab ihm einen Klaps hinter die Ohren. »Alasdair Og! Du hast mit dem Bastard gesprochen und mir kein Wort davon gesagt!«

Nein, das hatte er nicht. Er hatte nur an Cat, später auch an Robbie gedacht, aber ganz und gar nicht an MacIain.

Das malträtierte Ohr brannte, während er unter dem Schlag taumelte und auf dem felsigen Untergrund unbeholfen das Gleichgewicht wiederzuerlangen versuchte, was ihm durch sein Plaid erschwert wurde. Er erhob jedoch keinerlei Einwände – nicht gegenüber dem Mann, der das Recht hatte, ihn blutig zu schlagen, wenn er es wollte.

»Hol dein Pferd«, sagte MacIain. »Wir kehren nach Glencoe zurück.«

Da war Cat… da war Cat… »*Warte* –« Er war verzweifelt, aber der Riese hatte sich schon abgewandt, brüllte jetzt seine Ghillies an.

John hielt ihn am Arm zurück. »Alasdair – nein. Nicht jetzt, aye? Er hat heute Morgen mit dem Earl gesprochen, und es ist nichts Gutes dabei herausgekommen. Gönn ihm ein bisschen Ruhe… und wenn du ihm wirklich nichts von deinem Gespräch mit dem Earl gesagt hast, ist es kein Wunder, dass er wütend ist.«

Dair biss sich auf die Zunge und schmeckte Blut. Wut entzündete sich augenblicklich an der Demütigung. »Himmel, ich bin doch kein Idiot oder Baby, dass er mich so behandeln kann –«

»Wieso nicht?«, fragte John, während er seine Kappe und seine Flasche aufnahm. »Selbst ein Betrunkener weiß, dass er mit Neuigkeiten wie einer Unterredung mit Breadalbane sofort zum Laird gehen muss.« Dann wurde sein Gesichtsausdruck etwas milder. »Denk nach, Mann. Sie ist eine Campbell… und eine Verwandte des Earls, aye? Du solltest besser warten, bis MacIain sich etwas beruhigt hat, bevor du wieder einen Gedanken an sie verschwendest.«

»Ich kann nicht wegreiten, ohne noch mal mit ihr gesprochen zu haben!«

Johns Blick glitt an Dair vorbei. »Das solltest du aber besser«, antwortete er lakonisch und schlug ihm die Lederflasche sanft gegen die Brust. »Sonst riskierst du mehr als nur ein paar leichte Schläge von diesem Mann.«

Jean Stewart erwachte bei Morgendämmerung und starrte in den noch düsteren Tag. Sie verfluchte sich wegen ihrer Dummheit. Ihre Augen brannten, weil sie so lange in die Ferne gestarrt hatte, doch weder schloss sie die Augen noch blinzelte sie. Sie würde sich hinter nichts verstecken, nicht einmal hinter dem zerbrechlichen Schutz ihrer eigenen Haut.

Sie war eine Frau, die die Männer kannte, denn sie waren für sie das Einzige, was es wert war, dass man es kannte. Die meisten Frauen verachtete sie, abgesehen von jenen, mit denen sie umgehen musste, wie Lady Glencoe und Johns Ehefrau Eiblin. Frauen gewährten ihr nicht die gleichen Abwechslungen wie Männer, denselben Tanz zum Höhepunkt, der nur ein kurzfristiger Wettbewerb war und in dem Augenblick endete, da sie einem Mann die Erlaubnis gab, ihr seine Gunst zu bezeugen. Und sie bezeugten ihr ihre Gunst, sofort und vollkommen hingebungsvoll, so dass sie darüber ganz die anderen Frauen und deren Töchter vergaßen. Deren Trotz, Wut und Verbitterung tat Jean indes als deren eigenes, bloßes Unvermögen ab: Sie waren eben nicht so gut wie sie, was ihre Schönheit oder ihr Verhalten im Bett betraf.

Sie nahm es ihnen nicht wirklich übel. Sie wäre auch eifersüchtig, wenn eine andere Frau ihr den Mann wegnehmen würde.

Aber jetzt? Es ging um keine Frau; das wusste Jean genau. Es gab Hinweise, wenn ein Mann seine Aufmerksamkeit von ihr ab- und einer anderen Frau zuwandte, und bei Dair war davon nichts zu bemerken gewesen. Was er zeigte, war Gleichgültigkeit, als wäre er ein ganz und gar anderer Mann, der sich ihr immer mehr entfremdete. Er ähnelte wieder sehr dem Mann, der damals nach Castle Stalker gekommen war, mit nichts als seinem Namen, einem Lächeln und beiläufiger Höflichkeit; er hatte nicht einmal ein Strahlen in den Augen gehabt, sondern lediglich Anerkennung für die Schönheit, die er vor sich sah, ohne jedoch von ihr geblendet zu sein. So war es ihre Aufgabe gewesen, ihn zu derselben Aufmerksamkeit und Begierde zu verführen, die andere Männer bei ihrem Anblick empfanden.

Sie hatte ihn schließlich für sich gewonnen. Und sie hatte ihn weit länger behalten, als sie vorgehabt hatte. Sechs Jahre, alles zusammen, sechs Jahre mit dem gleichen Mann.

Für Jean gab es nur eins, was eine solche Treue rechtfertigte, und das bekam sie von ihm in reichlichem Maße, gab es bereitwillig zurück und setzte es ebenso häufig selbst in Gang. Aber es hatte kein Versprechen gegeben. Keine Erklärung vor Zeugen. Keine richtige Verbindung, so dass sie vor den anderen verheiratet gewesen wären, bis ein Kirchenmann gekommen wäre und sie vor den Augen Gottes hätte vermählen können.

Er hat es mir weder angeboten noch darum gebeten. Und jetzt hatte er seine Sachen selbst gepackt. Hatte ihren Überredungskünsten, den Verführungen ihres Körpers widerstanden – selbst der Beharrlichkeit ihrer Hände, die gut mit einem Mann umzugehen wussten. Er hatte ihr den Rücken zugekehrt und war in die Dunkelheit davongegangen, hatte sie nicht mehr gewollt, hatte ihr ausweichen wollen.

Sie hatte beinahe geschäumt vor Wut und Scham. Wer war er, dass er sie so behandelte? Wie konnte er es wagen, ihr auf irgendeine Weise nahe zu legen, dass sie ihn nicht erregen konnte?

Jean beruhigte sich plötzlich. Sie hatte es ihm klar und deutlich gesagt, zu deutlich vielleicht: fünfundzwanzig, hatte sie gesagt und ihr Alter zugegeben. War sie zu alt für ihn?

Ist mir meine Schönheit abhanden gekommen? Hatte sie in

ihrer Selbstgefälligkeit und Unachtsamkeit zugelassen, dass das Feuer zwischen ihnen erloschen war?

Dair besaß keinen Spiegel; sie hatte seine Augen und die der anderen Männer dazu benutzt, ihre Anziehungskraft zu erkennen. Aber diese Augen waren jetzt fort, waren wie die der anderen Männer mit MacIain nach Achallader geritten, und das Glas, dass sie normalerweise benutzt hatte, lag daheim auf Castle Stalker.

»Lady Glencoe«, murmelte sie. »MacIain hat ihr einen Spiegel aus Frankreich mitgebracht.«

Einen kleinen Spiegel, einen Spiegel für Frauen, der an einer Kordel hing, damit man ihn sich um die Taille binden konnte. Er würde genügen.

Jean Stewart stieg aus Dairs Bett und begann, sich anzuziehen. Schon kurz nach Sonnenaufgang würde sie in den Spiegel blicken und wissen, ob sie gewonnen oder verloren hatte.

Cat starrte Duncan hinterher, dann schaute sie auf die von Hufen aufgewühlte Staubwolke, die sich als Zeichen eines Aufbruchs in der Luft erhob.

MacIain brach auf. Und er nahm alle seine Männer mit, auch seinen jüngsten Sohn.

»*Komm mit mir*«, hatte er gesagt. »*Komm heim mit mir nach Glencoe.*« Er hatte es ehrlich gemeint, daran zweifelte sie nicht. Sie wusste nicht viel von Männern, abgesehen von ihren Brüdern, ihrem betrunkenen Vater und dem zielstrebigen Breadalbane, aber Dair MacDonald hatte ihr niemals etwas anderes als Aufrichtigkeit und Freundlichkeit entgegengebracht.

Die Feindseligkeit zwischen ihnen war verschwunden. Sie hatten sie in dem Feuer in der Nacht zuvor begraben, während sich das Wehklagen des *Ceol mor* in ihre Herzen und Seelen geschlichen hatte, um die lang anerzogene Feindseligkeit zwischen den Campbells und den MacDonalds auszurotten.

Und da war Robbie Stewart, der im Mondlicht von seiner Schwester gesprochen hatte, die in Glencoe auf Dair wartete.

Cat holte tief Luft, ihre Erinnerung wurde so plötzlich und unwiderruflich zerbrochen wie der Spiegel ihrer Mutter. Den Dair ersetzt hatte.

Aber Robbie Stewart war noch da, lachte sie in der Dunkelheit an, die Füße fest auf dem Boden, die breiten Schultern zurückgeworfen, der kräftige Hals unangetastet.

Seine Schwester in Glencoe. Und Dair lud *sie* ein.

Stewart hatte es klipp und klar gesagt: »Ein Mann –«

Was hatte Dair vorgehabt? Sie und Jean zusammenzubringen, um dann mit der Siegerin das Bett zu teilen? Trauer ergriff sie, und Verbitterung. Es schmerzte so sehr, dass sie würgen musste. »Erbärmlicher Bastard«, sagte sie. »Gottverfluchter, erbärmlicher Bastard.« Doch selbst in ihrer Verbitterung, in ihrer Scham, wusste Cat nicht, wen sie meinte. Die Worte schienen auf alle zuzutreffen: auf Breadalbane, auf Robert Stewart und auf Dair MacDonald.

Die Vasallen versammelten sich um John und Dair, die den hinteren Teil von MacIains Zug bildeten. Auch seine Söhne mussten sich anschließen, ohne jeden Protest. Der Laird selbst ritt bereits auf seinem kleinen Pferd davon. Er ging davon aus, dass alle anderen, die von Glencoe waren, ihm sofort folgten – ihre einzige Loyalität galt ihrem Laird.

Sicherlich nicht einer Campbell, ob es sich nun um eine Frau handelte oder nicht.

Es war sehr schmerzhaft. »John –«

»Tu es nicht, Alasdair.«

»Ich kann euch einholen.«

»Nein.« John griff wieder nach seinem Arm und riss ihn heftig herum. »Herrgott, Mann, ich weiß, was du empfindest – aber willst du ihn vor allen anderen beschämen? Vor Breadalbane?«

»Ich kann nicht einfach so gehen –«

»Wenn sie auch nur ein bisschen Verstand hat, versteht sie, was geschieht.«

Sie hatte Verstand, ja. Und eine Zunge, um ihm Ausdruck zu verleihen. Aber sie *war* eine Campbell, und sie verdiente eine Erklärung, damit sie nicht glaubte, dass er sie angelogen hatte.

Ein Ghillie brachte zwei Pferde. John nahm die Zügel und warf die anderen in Dairs Hände. »Sei kein Dummkopf«, schnappte er und schwang sich auf sein Pferd. »Du bist MacIains Sohn.«

Es ging um Ehre oder Anklage, je nachdem, von welcher Seite man es betrachtete. Verbittert richtete Dair die Zügel und sprang auf sein Pferd, ohne sich um die Unordnung seines Plaids und Kilts oder um seine gereizte Stimmung zu kümmern. Die Flasche war leer; er hatte sie einem Ghillie zugeworfen. »Ich gehe nach Chesthill«, verkündete er. »Ich gehe in Glenlyons Land, wenn es nötig ist.«

John zuckte mit dem Mundwinkel. »Er hat dich schon einmal gehängt«, sagte er. »Willst du ihm eine zweite Chance geben?«

Bevor Dair antworten konnte, setzte der Erbe von Glencoe sich in Bewegung, um seinem Vater zu folgen. Aber John verstand nichts von der Versuchung, von dem Konflikt, der verzweifelten, neu erwachten Sehnsucht. Seine Eiblin wartete zu Hause in Glencoe. Cat Campbell war hier beim Earl.

Dair trat dem Pferd die nackten Fersen in die Flanken, so dass das Tier sich überrascht in Bewegung setzte. »Himmel«, murmelte er, »er wird mich dafür kastrieren lassen, was? Damit sein Samen nicht mit dem Blut der Campbells befleckt wird!«

MacIain, das wusste sein Sohn, konnte durchaus das Blut

der Campbells vergießen. Aber er würde es nicht in Gestalt einer Frau – noch dazu Breadalbanes Nichte – auf dem Land der MacDonalds willkommen heißen.

Cat stand bei den Überresten des MacDonald-Feuers. Es war jetzt erloschen, zu Asche verbrannt und so machtlos wie ihre Wut. Doch sie bezweifelte nicht, dass darunter eine Glut glomm, die wieder zu Flammen erweckt werden konnte – wie auch ihre Wut sich in Trauer verwandeln konnte.

»Komm heim mit mir nach Glencoe.«

Sie waren gegangen, die MacDonalds, scherten sich nicht länger um Achallader und das Versprechen auf Frieden. Breadalbane hatte seinen Vertrag, auch wenn noch immer zwei Unterschriften fehlten.

Cat schaute auf. Sie waren einfach verschwunden, die MacDonalds, und nur noch Staubwolken waren von ihnen zu sehen, die jetzt auf den Boden herabsanken oder hinter den hastig dahingaloppierenden Pferden durch die Luft trieben.

Sie sah von ihnen nichts als die aufblitzenden Waffen, die Farben ihres Clanmusters, die sich in der Ferne miteinander verbanden. Und sie hörte die Dudelsackmusik des *Ceol mor*, die dazu geeignet war, Männer auf den Krieg vorzubereiten.

Ein einzelnes Pferd löste sich plötzlich aus dem Lager, und erschreckt stoben Clanmitglieder nach allen Seiten, wünschten den Reiter zur Hölle. Und dann sah Cat, dass es gar kein einzelner Reiter war, sondern zwei Menschen, die zusammen auf einem Pferd saßen. Die hintere Person war eine Frau, sie umfasste den Mann im Sattel, während ihre glatten, hellen Haare über ihre Schultern fielen.

Marjorie Campbell von Lawers. Und vor ihr im Sattel saß Duncan, der hastig den MacDonalds folgte.

Aber er folgte ihnen gar nicht wirklich; er wollte einfach nur den Eindruck erwecken, als gehörte er zu ihnen, hätte sich verspätet und versuchte nun mühsam, die anderen einzuholen.

Wie konnte man leichter mit einer Frau verschwinden als unter den Augen des herrischen Mannes, der sich ihm am meisten widersetzen würde?

»Oh, Duncan«, murmelte Cat, während sie Marjories wehenden Haaren nachsah. Und dann begann sie zu grinsen. »*Aye*«, meinte sie lachend. »Gib's ihm, für uns beide!«

Aber ihr Lachen erstarb, als Duncan plötzlich zögerte, hastig das Pferd zügelte, als ein MacDonald sich von den anderen löste und kehrtmachte. Eine Auseinandersetzung stand unmittelbar bevor – die sich allerdings auch genauso schnell auflöste. Der einsame MacDonald kam im vollen Galopp auf das erloschene Feuer zugeritten. Hinter ihm machte sich Duncan weiter daran, den Hügel zu erklimmen.

Sie kannte die Augen, kannte das Gesicht; sie liebte das hübsche Grinsen mit den blitzenden Zähnen.

Er riss sich die Kappe vom Kopf und warf sie ihr zu, während er das Pferd ruckartig zum Stehen brachte. »Kein ordentlicher Schotte verlässt ohne Kappe sein Haus«, sagte er. »Ich werde wiederkommen und sie mir abholen.«

Und dann ließ er sie mit seiner Gabe im Staubwirbel zurück, und während sie seine Kappe mit beiden Händen fest umklammerte, wirbelte er herum und galoppierte hinter seinem Vater her.

Nach Hause, nach Glencoe.

Am dreißigsten Juni des Jahres 1691 hatten bis auf zwei Ausnahmen alle Lairds, die mit Breadalbane in Achallader gewesen waren, den Vertrag unterschrieben; immer wieder las John Hill die Abschrift, auf der das stand. Es handelte sich nur um eine befristete Maßnahme, wie der Kommandant wusste, die nicht direkt in einen dauerhaften Frieden münden würde, wie es König Williams Wunsch war. Aber Breadalbanes Ansehen stieg, weil er zustande gebracht hatte, was Hill immer angestrebt hatte, und der Vertrag verschaffte Männern wie dem Master of Stair, der mit dem König in Flandern weilte, die nötige Zeit, sich auf die Rebellion vorzubereiten.

Es war ein überaus zerbrechliches Gleichgewicht – zu zerbrechlich für Schottland. Aus Unkenntnis heraus versuchte der in der Fremde geborene König mit Hilfe solcher Männer wie Stair und Breadalbane gegen jene vorzugehen, die er für seine Feinde hielt; und in voller Kenntnis der wahren Situation verkehrten Männer wie Stair und Breadalbane die Kraft und den wilden, störrischen Mut, die Schottland ausmachten, so sehr, dass ihren Zielen gedient war.

Hill wusste, dass er verloren hatte. Es war nur eine Frage der Zeit, bis man ihn entfernte; er ging davon aus, dass er den Posten nur noch so lange innehaben würde, bis Stair und Breadalbane Lippenbekenntnisse für einen Frieden abgegeben hatten.

Es sei denn, sie erwarten von mir, dass ich ihre Raubzüge durchführe.

Der Gedanke war nicht neu. Er war ein entbehrlicher Mann ohne jede Verbindungen und Familienehre. Niemand würde es erfahren, wenn er in den Highlands starb, und niemand würde sich darum scheren, wenn er in den Highlands tötete und sein Name dafür auf ewig verflucht sein würde.

Er sah wieder auf die Abschrift des Vertrags, den er am Tag zuvor erhalten hatte. Weitreichende Versprechen in einfachen Worten und Unterschriften, die Seelen verpflichteten. Allerdings nur, solange Männer wie Coll MacDonald von Keppoch und Robert Stewart von Appin, die beide arrogant und unbeherrscht waren, sich durch leere Versprechen und ebenso leere Börsen gebunden fühlten.

MacIain hatte nicht geschworen, und auch Glengarry nicht. Und Ewan Cameron von Lochiel hatte, nachdem er ein zweites und drittes Mal darüber nachgedacht hatte, seine Unterstützung zurückgezogen.

Sie würden sich an keine Abmachungen halten, denn für sie gab es keinen Vertrag. Das gab ihnen die Freiheit, zu tun, was sie wollten, und sie würden William genau den Grund liefern, den er brauchte, um die notwendige Strafaktion durchführen zu können.

Weil Stair und Breadalbane ihm erklärt hatten, dass eine notwendig war.

Als der Schlag auf ihn niederfuhr, platzte Dairs Lippe, ein Zahn knackte und sein Kopf dröhnte. Er taumelte. Das Sonnenlicht war zu grell und blendete seine Augen, und dann traf ihn der zweite Schlag mit so viel geballter Kraft, dass er zu Boden geschleudert wurde. Er lag der Länge nach ausgestreckt da, spürte, wie sich Steine in seinen Rücken bohrten. Noch mehr jedoch wurde er der Stille gewahr, die ihn umgab und die beinahe vollkommen war – bis auf das Keuchen seines Vaters.

Dair hatte damit gerechnet. Von dem Augenblick an, da er sich entschieden hatte, Cat seine Kappe zu überreichen, hatte er gewusst, welche Folgen es haben würde. Daher erhob er sich auch nicht sofort, sondern setzte sich nur langsam auf, blinzelte gegen die Sterne an, die seine Sicht behinderten.

Er stellte fest, dass seine Nase blutete. Er spuckte Blut und ein Stück von seinem Zahn aus und warf seinem Vater einen Blick zu.

MacIain bedeutete ihm mit einer herrischen Geste seiner ausgestreckten Hand, dass er sich unverzüglich erheben sollte. Dair stand auf.

»Bereust du es?«, fragte MacIain.

Ein weiser Mann hätte die Frage bejaht. Dair war zwar nicht eigentlich unweise, aber ehrlich. »Nein, das tue ich nicht.«

»Narr«, erklärte MacIain und schlug ihn erneut zu Boden.

Dair hätte eine Bestrafung im vertrauten Kreise vorgezogen, aber es handelte sich bei dieser Sache nicht um eine Privatangelegenheit. Da er sich seinem Vater vor den Augen der anderen widersetzt hatte, waren sie auch dazu berechtigt, Zeugen der Züchtigung zu werden; auf diese Weise begriffen sie, dass auch der eigene Sohn die Strafe des Laird hinzunehmen hatte, wenn er dessen Wünschen zuwider gehandelt hatte.

Das Ganze hatte jedoch nicht das Geringste damit zu tun, ihn zu beschämen oder zu demütigen. Dair hätte es sich zwar anders gewünscht, aber er akzeptierte die Konsequenzen. Es war seine Pflicht, die Strafe des Laird zu erdulden, ohne sie zu hinterfragen, wie auch jeder andere MacDonald sich dem fügte, was der Laird befahl.

Genauso gut hätte er sich auch wünschen können, dass MacIain kleinere Fäuste hatte.

Dair rollte sich unter Schmerzen auf die Seite und spuckte wieder aus. Whisky würde seine Wunden reinigen. Die Zeit würde seine Wunden heilen. Im Augenblick musste er erdulden, was sein Vater austeilte.

»Steh auf«, befahl MacIain.

Dair zögerte einen Augenblick, dann erhob er sich zum zweiten Mal. Er war sich der Blicke bewusst, die auf ihn gerichtet waren, aber niemand von den Umstehenden gab einen Laut von sich. Es war nichts zu hören als das klirrende Metall im Wind und die knirschenden Steine.

MacIains Augen blitzten unter den dichten Brauen. »Wenn du ein Junge wärst, würde ich dich jetzt verdreschen«, sagte er. »Ich würde dir solche Striemen auf deinem Hintern bescheren, dass du einen halben Monat nicht mehr sitzen könntest. Aber du bist jetzt ein erwachsener Mann, aye? Und du triffst deine eigenen Entscheidungen. Selbst dann, wenn du weißt, welche Folgen sie haben werden.«

Dair schwieg; man erwartete das von ihm. Aber er spürte nur zu sehr die Blicke der anderen, auch die seiner Mutter. Sie alle waren von Breadalbanes Achallader-Irrsinn nach Glencoe zurückgekehrt, und die öffentliche Bestrafung von Alasdair Og hatte bei den heimischen Aufgaben an oberster Stelle gestanden.

Der eigentliche Grund für die Bestrafung war allerdings nicht Cat, auch nicht die Frage ihrer Herkunft und Abstammung. Die Schläge hatte Dair sich eingehandelt, weil er den Zug seines Vater verlassen hatte, um – wenn auch nur kurz – zu Breadalbanes Lager zurückzukehren; das war einem Verrat gleichgekommen. Sein Verhalten, wenn schon nicht die Bestrafung, würde ohnehin Gerede hervorrufen, es würde sich schnell herumsprechen, dass der jüngste Sohn des Laird Augen für ein Campbell-Mädchen hatte.

Es war eine Beleidigung für alle Glencoe-Mädchen. Dieses Wissen, dass er es wagte, sich an eine Campbell zu verschwenden, wo es doch genügend MacDonald-Frauen gab, verdiente mehr Strafe als alles andere.

Dair verzog das Gesicht. *Und noch ist eine Stewart in meinem Bett…* Er hatte nach Jean Ausschau gehalten, als der erste Schlag gekommen war. Sie musste ebenfalls anwesend sein – sofern sie sich nicht gleich zu Beginn der Schläge davongeschlichen hatte, um später aus seinem eigenen Munde eine Erklärung zu verlangen.

Es schien ihm einfacher zu sein, die Schläge zu erdulden, als Jean die Wahrheit zu verkünden. Und das war, wie Dair nur zu gut wusste, die wirkliche Strafe.

»Pfui!« Voller Abscheu machte MacIain auf dem Absatz kehrt. Das war das Signal für die anderen, sich jetzt ebenfalls zu zerstreuen; die Männer trafen ihre Frauen, die Jungen ihre Mädchen, und Kinder kamen angerannt, um sich in die Arme der Clanmitglieder zu werfen, die wieder nach Hause gekommen waren. Selbst John ließ ihn allein, riss

Klein Sandy in seine Arme, während er mit seiner schwarzhaarigen Eiblin zu dem Haus zurückkehrte, das er errichtet hatte.

Zurück blieben Dair und seine Mutter. Sie wartete, bis alle gegangen waren, dann trat sie schweigend mit einem Tuch zu ihm, damit er sich das Gesicht abwischen konnte.

Als er fertig damit war, strahlte er sie trotz der Schmerzen in seinem Kopf an. Es war ein trockenes Lächeln, voller Eingeständnis der eigenen Dummheit.

»Hier«, sagte sie. »Da ist noch was.« Sie nahm das Tuch und wischte den letzten Rest Blut weg. Dann betrachtete sie ihn kritisch. »Es hat schon aufgehört zu bluten. Kommst du mit rein?«

Er sah an ihr vorbei zu dem Haus, in dem seine Eltern lebten; in dem er und John gelebt hatten, bis sie ihre eigenen Häuser ein Stück weiter das Tal hinab errichtet hatten. »Ich muss zu Jean gehen«, sagte er. »Ich schulde ihr eine Erklärung.«

Seine Mutter strich ihm mit einer schwieligen Hand die Haare aus dem Gesicht. »Jean ist weg, Alasdair.«

Die Worte klangen ganz und gar fremd. »Weg?«, echote Dair.

Lady Glencoe bedachte ihn mit einem sanften Blick. »Wenn du mit mir ins Haus kommst, erzähle ich dir, wieso.«

Es bereitete Cat ein unermessliches Vergnügen, dem Earl zu erklären, was mit seinem Erben geschehen war. Sie war am Anfang nicht sicher, ob er es auch verstanden hatte, so beschäftigt war er mit anderen Dingen, und so wiederholte sie den wesentlichen Inhalt ihrer Aussage: Duncan Campbell war weg, zusammen mit Marjorie.

Sie hatte Breadalbane nicht sofort vom Verschwinden des Liebespaares erzählt, sondern sich entschieden, das Wissen noch etwas für sich zu behalten, damit Duncan die Gelegenheit hatte, sich so weit wie möglich von seinem Vater zu entfernen, bevor der die Verfolgung aufnehmen ließ. Als sie es ihm schließlich mitteilte, tat sie das in sehr zusammengefasster Form, ohne zu verraten, dass sie Zeugin seines Aufbruchs gewesen war.

»Ich bin beschämt worden«, erklärte sie pflichtgemäß, während sie neben dem Feuer stand, das der Ghillie versorgte. Sie wusste nicht, was Sandy dachte, aber ein leichtes Flackern in seinen blauen Augen verriet eine eigenartige Erheiterung.

Der Earl beendete seine Tätigkeit, faltete und versiegelte mehrere Lagen Pergament, verbarg sie sodann in einer Ledertasche. Es war der Vertrag, wie sie wusste, den die anderen kurz zuvor – nach dem Aufbruch der MacDonalds – unterzeichnet hatten. Cat fragte sich, wie viel seiner immerzu ruhigen Haltung von dem Wunsch herrührte, MacIain einen Stich zu versetzen, der bei anderen entweder überwältigende Loyalität oder deutliche Ablehnung hervorzurufen pflegte.

»Du bist beschämt worden«, murmelte Breadalbane. »Aber deiner Stimme nach bist du nicht besonders verzweifelt.« Seine grauen Augen schimmerten dunkel, als er sie endlich ansah. »Du klingst sogar ziemlich fröhlich für eine Frau, die auf solche Weise beleidigt worden ist.«

Cat lächelte feierlich. *Soll er doch denken, was er will.*

»Aye, nun… er wird früher oder später zurückkommen, wenn er kein Silber mehr hat.« Er erhob sich und zupfte seine englischen Kleider zurecht. »Wir werden euch schon noch verheiraten. In der Zwischenzeit –«

»In der Zwischenzeit möchte ich nach Hause zurückkehren«, sagte sie. »Ich möchte mein gebrochenes Herz heilen, umgeben von Leuten, denen etwas an mir liegt.«

»Und du glaubst, mir, seinem Vater und deinem Verwandten, liegt nichts an dir?«

»Oh«, antwortete sie ohne zu zögern. »Euch liegt etwas an den Dingen und an den Leuten, die Ihr benötigt.«

Das Eis in seinen Augen schmolz. Zum ersten Mal sah sie einen Hauch von Humor seinen Mund umspielen. »Du wärst an Duncan verschwendet.«

Das wusste sie bereits. »Dann kann ich nach Hause gehen?«

»Vorläufig ja«, stimmte er zu. »Ich muss erst einmal nach London, dann zum König nach Flandern. Aber du brauchst nicht zu verzweifeln; du wirst dennoch Countess werden.«

Cat lachte. »Haltet Ihr es für so einfach, ihn zurückzuholen? Er ist Euer Sohn; und er hat endlich ein Rückgrat entwickelt.«

»Das ist möglich«, bekannte er. »Und es kann gut sein, dass John anstelle seines Bruders Earl wird. Was mir nicht missfallen würde.«

Auch das hatte sie bereits gewusst. Alle wussten das, selbst Duncan. Vor allem Duncan.

»Aber du wirst dennoch Countess werden«, wiederholte Breadalbane.

Das ergab keinen Sinn für sie. »John ist bereits verheiratet.«

Jetzt zeichnete sich der Humor noch deutlicher auf seinem Gesicht ab. »Aber ich bin noch nicht tot.«

»Nein, aber –« Und dann begriff sie. Schlagartig. »Das werde ich *niemals* tun!«

Zum ersten Mal in ihrem Leben sah sie den Earl lächeln. »Ich bin untröstlich, dass mein Ruf so schlecht ist«, sagte er trocken. »Du musst die Einzige in ganz Schottland sein, die meinen Reichtum zurückweist.«

»Die Euch zurückweist«, sagte sie, gleichermaßen entsetzt und schockiert. Es war alles, was sie hervorbringen konnte.

»Ich habe drei Frauen beerdigt«, meinte er. »Ich habe nichts gegen eine vierte.«

»Um sie auch zu beerdigen?«

In der Tat, das Eis seiner Augen war geschmolzen. »Reine Verschwendung bei Duncan … aber eine geeignete Partie für mich, aye? – Noch dazu eine, die dein Vater willkommen heißen würde.«

Was sagte man zu einem so mächtigen Mann, der über die Highlands herrschte? Einem Mann, der wusste, wie der Verstand funktionierte, ganz besonders der ihres Vaters?

»Es würde sich lohnen«, sagte Breadalbane, »schon allein, um das Gesicht von MacDonald zu sehen.«

Sie begriff. »*Deshalb also*«, brach es aus ihr heraus.

Er nahm dem Ghillie den Becher Whisky aus der Hand. »Unter anderem.«

John Hill legte die Feder nieder und verschloss das Tintenfass. Seine Hand zitterte leicht; sein Gesundheitszustand hatte sich wieder verschlechtert. Er nahm die Brille ab, legte sie zur Seite und rieb sich die Augäpfel, um den Druck etwas zu mildern. So viel Verantwortung –

Das Klopfen klang zurückhaltend, als würde der Adjutant auf der anderen Seite der Tür vermuten, dass der Kommandant schlief. Aber Hill hatte auch an den vielen Abenden zuvor seine Lampe nicht vor Mitternacht gelöscht, und so gewährte er mit lauter Stimme Einlass.

Der Adjutant trat mit ernster Miene ein. »Es ist dieser Schotte«, sagte er. »Ich habe ihm gesagt, dass er bis morgen früh warten soll, Sir. Er hatte jedoch die Unverfrorenheit, abzulehnen.«

»Dieser Schotte« konnte auf jeden zutreffen. »Welcher Schotte?«, fragte Hill sanft.

»Der Junge. Der Cameron. Er sagt, er hätte eine Nachricht, Sir. Soll ich ihm auftragen zu warten?«

Hill spannte sich an. »Er soll sofort reinkommen.«

»Sir.« Der Adjutant salutierte und schloss die Tür wieder.

Kurz darauf kehrte er zurück und bat den »Cameron-Jungen« zum Kommandanten.

Er war es, wie Hill vermutet hatte: Ewan Camerons Junge, die Kappe in den Händen, die rötlichen Haare zerzaust. Sein Kinn war wie zuvor stoppelig. Hill erhob sich. »Kommt rein.« Er bedeutete dem Adjutanten, sie allein zu lassen.

Der Junge war hohlwangig und schlank. Entweder er wuchs zu schnell für das, was er aß, oder es gab nicht genug zu essen. »Ich komme mit einer Nachricht«, sagte er etwas rau. »Der Laird sagt, dass Ihr alles in allem ein gerechter Mann seid, obwohl Ihr ein Sassenach seid.«

Es war ein Bekenntnis, das Hill sowohl befriedigt als auch überrascht aufnahm. »Ich glaube, in den Augen des Herrn sind wir alle gleich«, antwortete er. »Sassenachs und Highlander. Gott macht keinen Unterschied bezüglich des Namens oder der Abstammung.«

»Ihr habt Gewehre auf den Mauern«, sagte der Junge frei heraus. »Und Boote auf dem Wasser.«

»Und Soldaten in der Heide und ein Patrouillenboot auf Loch Linnhe«, ergänzte Hill. Er stützte sich mit einer Hand auf seinem Schreibtisch auf.

Der Junge sah das. »Ich werde mich hinsetzen«, meinte er, als hätte er verstanden, dass Hill ihm beispiellosen Respekt zollte, indem er sich in seiner Gegenwart nicht allein hinsetzte. »Auf diese Bank?« Er zog sie mit dem bloßen Fuß etwas zu sich heran, nahm aber nicht sofort Platz.

Der Kommandant setzte sich. Dieses Treffen war ganz und gar nicht so wie das drei Wochen zuvor. »Wie kann ich Euch helfen?«

»Ich habe eine Nachricht von Lochiel, auch wenn sie nicht von ihm direkt ist.« Der junge Mann griff in seine Tasche und zog ein zerknülltes Stück Papier hervor. »Das hier hat er von Charles Edwards erhalten. Dundees Kaplan.«

Viscount Dundee war seit zwei Jahren tot; er war gestorben, noch ehe die Schlacht bei Killiecrankie – die er gewonnen hatte – ganz zu Ende gewesen war. Dass sein Kaplan es jetzt für angemessen hielt, Lochiel zu schreiben, waren in der Tat Neuigkeiten – und möglicherweise nicht einmal gute, wenn Lochiel es für nötig hielt, Williams Kommandanten darüber in Kenntnis zu setzen.

Hill nahm den Brief entgegen, während der Highlander sich hinsetzte. Er las ihn nicht sofort. »Kennt Ihr den Inhalt?«

Das Grinsen kam rasch und verging genauso schnell wieder, aber es war vollkommen entwaffnend. »Ich bin der Sohn des Laird, aye? – Er sagt mir, was er vorhat oder was passiert.«

Lochiels *Sohn*. Dann hatte es mit der Nachricht mehr auf sich als bloße Höflichkeit. »Wollt Ihr es mir sagen?«, bot Hill ihm an. Es war ein Zeichen des Vertrauens, dass er den Worten eines Camerons Glauben schenken wollte, statt in seiner Gegenwart die Nachricht zu lesen.

Und es verfehlte seine Wirkung nicht. Ewan Camerons Junge lächelte wieder, doch rasch überschatteten ernste Züge sein Gesicht. »Edwards sagt, die bei Achallader gegebenen Versprechen wären nichts wert. Er meint, dass Breadalbane die Clans in den Ruin stürzen will und dass die erlogenen Abfindungen ein Teil dieses Plans sind.«

Hill holte etwas Luft; allzu tiefes Einatmen schmerzte zu sehr. »Es ist keine Lüge«, sagte er. »Es ist nur ein Waffenstillstand, eine Vereinbarung, die bis Oktober dauert.« Noch zwei Monate. Nur noch zwei Monate.

Der Junge nickte. »Ich weiß das. Das ist Teil des Plans, aye?«

»Dann ist Lochiel davon überzeugt, dass der Earl einen Betrug vorhat?«

»Breadalbane dient nur sich selbst, nicht den Highlands. In dem Brief steht, dass der Papst König James Silber gegeben hat; mein Vater meint, wir täten besser daran, den Worten eines Mannes von Dundee statt denen von Breadalbane zu glauben.«

Es kam Hill wie Ironie vor, dass die Highlander die Katholiken verachteten, während sie doch ihren katholischen Stuart-König anerkannten und auch gegen die Münzen des Papstes nichts einzuwenden hatten. Aber das Entscheidende war wohl, dass diese Münzen nur zu wirklich waren – eine Haltung, die der von Breadalbane sehr ähnelte.

Hill blickte auf den zerknüllten Brief in seinen Händen. Er glättete ihn wie beiläufig. »Wieso benachrichtigt er mich?«

»Weil Ihr Gewehre auf den Mauern habt und Boote von den Inseln unterwegs sind«, kam die prompte und offensichtliche Antwort. »Außerdem sind Soldaten in der Heide und ein Patrouillenboot ist auf Loch Linnhe.«

Er lächelte den Jungen in unverhüllter Ehrlichkeit an. Dieser Knabe und sein Vater waren ganz sicher nicht aus Breadalbanes Stall. »Sagt Lochiel, dass ich ihm dafür danke.«

Der Sohn des Laird erhob sich. »Er sagt, Ihr wärt ein gerechter Mann, aye? Und dass Ihr es verdient, die Wahrheit darüber zu wissen, was man über Achallader sagt.« Er nickte in Richtung Brief. »Er hat ihn allen geschickt, müsst Ihr wissen. Edwards, meine ich. Er hat ihn allen Chiefs und Lairds geschickt.«

Benommen erhob sich Hill. »*Dies* hier ist weitergeschickt worden? An alle?«

Lochiels Sohn nickte, verblüfft über die Reaktion des Kommandanten.

Hills Atem ging rasch. »Möge Gott im Himmel Erbarmen mit uns allen haben…« Seine Lippen waren trocken; er hatte keinen Usquabae getrunken. »Sagt Eurem Vater… sagt Eurem Vater, dass ich ihm sehr dankbar bin. Und sagt ihm ferner, dass, falls er sich mit anderen unterhält, es den Clans nützen könnte, wenn sie nicht allzu großes Vertrauen in diesen Brief legen.«

Der Junge zog die tief liegenden Augen zusammen. »Es ist Dundees Mann gewesen. Sein Kaplan.«

Es war eine Warnung, die Hill auch als solche akzeptierte. »Ich verstehe«, sagte er. »Aber wenn es einen Waffenstillstand geben soll, wie lange auch immer er währen mag, muss zuerst Vertrauen da sein. Was immer Ihr vom Earl haltet, er sollte eine Chance bekommen.«

Er hatte die Achtung des Jungen verloren. Es stand deutlich in seiner arroganten Haltung geschrieben.

»Wartet –« Hill machte einen Schritt auf den jungen Cameron zu; er wusste nicht, wieso es so wichtig war, dass der Junge verstand, aber es war ihm wichtig. »Ihr müsst es doch erkennen … Ihr müsst es verstehen.«

»Ich habe Euch den Brief gebracht«, sagte der Junge und wandte sich zur Tür. »Ihr müsst nun tun, was Ihr für richtig haltet.«

Die Worte klangen wie eine Anklage. Hill versuchte es erneut. »Ich habe keine andere Macht als die, die mir durch die Befehle meines Königs eingeräumt wird«, erklärte er. »Und dieser König ist nicht Eurer.«

»Das weiß ich«, verkündete der Cameron.

Hill legte dem Jungen seine zitternde Hand auf den Arm. Er war steif, so starr wie ein Stück Holz. Ein Sassenach berührte einen Highlander. »Wenn irgendein Chief aufgrund dieses Briefes handelt, ist der Vertrag null und nichtig. Und die Befehle, die ich geben muss, sind möglicherweise nicht sehr angenehm.« Er packte den Arm jetzt etwas fester. »Ihr dient Eurem Vater«, sagte er, »und ich diene meinem König. Es ist eine Sache der Pflicht. Der Ehre. *Unabhängig davon, was mir lieber wäre.*«

4

Breadalbane kam es vor wie ein Treffen von Königen, obwohl keiner von ihnen einer war. Sie waren gewöhnliche Männer, und Schotten, doch auch sie hatten Macht über einen bestimmten Bereich. Er und der Master of Stair waren es, die die Zukunft planten; zwischen ihnen würde sich entscheiden, wer starb und wer überlebte.

Die Vorgespräche waren vorüber. König William war von Breadalbanes Achallader-Vertrag in Kenntnis gesetzt worden, auch wenn die Einzelheiten nicht erwähnt worden waren. William war trotz seiner Abstammung kein echter Schotte und verstand nur wenig von ihnen. Er musste nicht mehr erfahren, als für die Sache wichtig war, nicht mehr als das, was er und Stair ausgeheckt hatten, um dann zuzustimmen oder abzulehnen. Um seinen königlichen Segen zu geben.

Flandern, so empfand der Earl, war jetzt – kurz vor dem Herbst – nicht angenehmer als die Highlands. Aber das Zimmer selbst war deutlich wärmer als Stairs Begrüßung.

Sir Dalrymple, Master of Stair, war jetzt Minister für Schottland und einziger Inhaber dieser Position. Stair stand in der besonderen Gunst des Königs, und wenngleich Breadalbane den Lowland-Schotten seiner protzigen Art und auch anderer Fehler wegen verabscheute, so bewunderte er ihn doch dafür, dass er sich einen Platz so nah beim König gesichert hatte. Während er selbst sich in Schottland abmühte, marschierte Stair durch die Gänge des Parlaments und durch den Palast von Kensington. In diesem Augenblick war er in Approbaix, wohin er den König begleitet hatte.

Sie saßen in der Nähe eines zweigeteilten Fensters, direkt im Licht der untergehenden Sonne, und hielten jeder ein schönes, venezianisches Glas mit Brandy in der Hand. Stair war klein und dick, und er hatte kleine, dunkle Augen. Die lächerliche Perücke, die er trug, stand ganz und gar nicht im Verhältnis zu seiner Größe und gab ihm, wie Breadalbane fand, das Aussehen eines Geistesschwachen. Bis man seine Worte hörte.

»Wir werden ihnen etwas geben müssen«, sagte Stair ruhig und schwenkte den Brandy in seinem Glas. »Ich verstehe genug von Highlandern, um erkennen zu können, dass sie eine Bezahlung für etwas fordern, das einem Frieden sehr nahe kommt.«

Breadalbane, selbst Highland-Geborener, enthielt sich zunächst einer Antwort.

»Wenn wir von ihnen erwarten, dass sie aus eigenem Entschluss vortreten und König William anstelle von James als Herrscher akzeptieren, müssen wir ihnen etwas versprechen.« Stair sah seinen Besucher an. »Ihr seid Highlander. Was würden sie Eurer Meinung nach genügend schätzen und für wichtig genug halten, um das zu tun?«

Der Earl nippte sorgsam an seinem Brandy, dann stellte er das Glas beiseite. Dieses Getränk war zwar weniger stark als Whisky, wärmte aber dennoch. »Silber«, erklärte er kurz und knapp, fügte dann rasch andere Bedingungen hinzu, als Stair ungeduldig zu werden drohte. »Zeit zum Nachdenken, Zeit, um bei schlechtem Wetter reisen zu können. Und eine Amnestie.«

»Wofür?«

»Für in der Vergangenheit begangene Verbrechen«, antwortete er leichthin. »In den Clans wimmelt es von Dieben und Mördern, und einige von ihnen sind gleichzeitig Chiefs und loyale Vasallen. Wir müssen uns an die Lairds und Chiefs halten, die anderen werden ihnen dann folgen.«

»Also gut. Geld. Zeit. Amnestie.« Stair blickte aus dem Fenster. Die untergehende Sonne färbte sein fahles Gesicht golden. »Zwölftausend Pfund Sterling an die Landbesitzer, was die Chiefs der Notwendigkeit enthebt, diese Männer zu unterstützen. Wir können Straferlass für Verbrechen gewähren, damit niemand bei dem Versuch, den Eid der Allianz zu unterzeichnen, gehängt wird. Und eine Erklärung der Amnestie, die selbst die schlimmsten Übeltäter begnadigt, mit dem Großen Siegel des Königs.«

Breadalbane lächelte anerkennend.

»Schickt das zum Mercat Cross nach Edinburgh und ferner Kopien davon in solche Städte, die Ihr für angemessen haltet.« Der Minister für Schottland klopfte mit einem Fingernagel beiläufig gegen das Glas. »Sie werden bis Ende des Jahres Zeit haben, ihr Vertrauen zu erklären. Sie müssen verstehen, dass die Begnadigung auslaufen wird, wenn sie nicht bis zu Beginn des nächsten Jahres vortreten und den Eid der Allianz unterzeichnen, und dass jeder mit der äußersten Macht des Gesetzes bestraft werden wird.« Er schaute den Earl an. »Wird dies genügen?«

Es war eine Gelegenheit, und Breadalbane ergriff sie. »Für einen weisen Mann, ja.«

Stair schwieg einen Augenblick, dann nickte er verstehend. »Weise Männer, die nicht weise sind, können sehr anstrengend sein. Daher könnte es sich als nötig erweisen, den Clans das volle Ausmaß unserer Macht und den Ernst unseres Anliegens zu vermitteln.« Er schürzte die Lippen. »Wir müssen für jene, die noch nicht ganz von ihrer Entscheidung überzeugt sind, ein Exempel statuieren.«

Die Antwort des Earl war vernünftig, und seine Worte kündeten von seinen diplomatischen Fähigkeiten. »Sicher muss ein Zögern oder ein Verspäten als Verrat bezeichnet und entsprechend bestraft werden.«

Stair lächelte nicht, doch etwas wie Erheiterung blitzte in seinen dunklen Augen auf. »Und wer von ihnen ist Eurer Meinung nach derjenige, der sich am wenigsten weise verhalten wird?«

Die Antwort lag auf der Hand, und sie war rasch verkündet. »Die MacDonalds«, sagte der Earl. »MacIain von Glencoe.«

MacIains riesige Hand schloss sich um die Schulter seines Sohnes. Dair zuckte zusammen. »Aye«, sagte sein Vater. »Es ist gut, wenn du dich daran erinnerst. Du tust, was ich dir sage, aye? Und du vergnügst dich nirgends, wo Breadalbane dich sehen könnte.«

Der Druck nahm zu, ließ dann endlich nach. Es war eine Berührung aus Anteilnahme, nicht als Strafe gemeint. »Aye«, sagte Dair, »aber ich habe in dem Augenblick gar nicht an den Earl gedacht –«

»Nein. Dieses Campbell-Weib …« Doch MacIain berichtigte sich, während er sich am Tisch gegenüber von seinem Sohn niederließ. »Mädchen«, sagte er. »Wie heißt sie doch gleich?«

Dair spannte sich an. »Catriona. Cat.«

»Cat.« MacIain hob sein mit einem silbernen Rand versehenes Glas, das er Jahre zuvor aus Paris mitgebracht hatte, und leerte es mit einem Zug.

Er hatte erst wenige Augenblicke zuvor seinen jüngsten Sohn beim Schach besiegt und befand sich in bester Stimmung. Sie erfüllten das schöne Steinhaus bei Carnoch mit Geselligkeit, während Lady Glencoe auf der anderen Seite des Glens in Achtriachtan war, wo sie ihren Enkel Sandy besuchte. Es war Abenddämmerung, und die Lampen waren bereits angezündet worden, verliehen den holzgetäfelten Wänden einen leichten Ockerton.

»Jean war ein nettes Mädchen«, bemerkte MacIain frei heraus, als würde er eine Schachfigur versetzen.

Dair erkannte das Spiel und weigerte sich, es mitzuspielen. Stattdessen goss er das Glas seines Vaters nach und trank seinen eigenen Usquabae.

»Wirst du sie zurückholen?«, versuchte MacIain es erneut wie beiläufig.

»Nein.«

»Bisher ist das so gewesen. Du hast sie zurückgeholt, oder sie ist zu dir gekommen.« MacIain stellte das Glas auf den Tisch. »Es ist gut, ein Mädchen wie sie im Bett zu haben.«

»Ich werde zu ihr gehen«, erklärte Dair mit lobenswerter Ruhe. »Ich werde ihr erklären, dass diese Trennung für immer ist. Das schulde ich ihr, nicht?«

»Und wirst du ihr von diesem Campbell-Weib erzählen?« Dieses Mal nahm er die Bezeichnung nicht zurück.

»Sie weiß es bereits«, antwortete Dair, während der Whisky in seinem Magen brannte. »Sie ist zur Mutter gegangen, um einen Blick in den Spiegel zu werfen ... aber ich hatte ihn Cat gegeben. Und Jean hat davon erfahren.«

»Von deiner Mutter!« In der Stille klang die Stimme seines Vaters richtig laut. »Den Spiegel aus Frankreich?«

Dair warf dem riesigen Mann einen vorsichtigen Blick zu. »Sie hat ihn mir von sich aus gegeben, als ich ihr die Geschichte erzählt habe.« Er leerte den Rest Whisky und stellte das Glas so heftig auf den Tisch zurück, dass die Geste etwas Endgültiges hatte. »Wir tragen große Schuld an ihren Verlusten.«

»An wessen Verlusten? An denen der Campbells? Hah!« Die gelassene Neugier verschwand aus MacIains Ton. »Sie haben uns im Laufe der Jahre genug Vieh gestohlen. Du solltest nicht so viele Tränen um sie vergießen, Alasdair!«

»Sie würde dir ins Gesicht spucken und dich anschreien«, sagte Dair schlicht. »Du kannst ihr nicht die Schuld an den Dummheiten ihres Vaters geben.«

»Ich tue, was ich will«, sagte MacIain. »Genauso, wie ich auch sage, was ich will.«

Die blauen Flecken waren verschwunden, bis auf einen am Kinn, der noch immer eklig gelb aussah. Die aufgeplatzte

Lippe war inzwischen verheilt, und der abgebrochene Zahn hatte keine Schmerzen verursacht. Aber Dair erinnerte sich noch sehr gut an das Pochen seines Kopfes, nachdem sein Vater aufgehört hatte, ihn zu schlagen.

»Du hast einen Erben«, sagte er. »Und *er* hat auch einen Erben. Was bin ich anderes als nur ein weiterer Körper?«

MacIains Zähne blitzten kurz in dem Dickicht aus Bart und Schnurrbart auf. »Von *meinem* Körper, nicht? Du bist Fleisch von meinem Fleisch, Blut von meinem Blut, Haut von meiner Haut… es ist mein Samen gewesen, der dir dein Leben gegeben hat.«

Dair wartete angespannt. Er wusste nicht, was er tun würde, bis sein Vater ihn darauf brachte.

MacIain griff in seine Tasche und zog einen zerknitterten Brief hervor. Er entfaltete ihn und legte ihn auf den Tisch, glättete das Papier mit seinen großen Händen. »Er ist von Edwards, Dundees Mann. Ein Wort an die Weisen, aye? Dass wir Breadalbane nicht zu viel Vertrauen schenken sollen.«

Dair hielt den Atem an.

»Ich bin sicher, er weiß, dass Glencoe diese Warnung nicht nötig hat, aye? Aber ich erkenne sie auch so an. Das ist die Bestätigung, Alasdair. Dieser Vertrag wird nichts Gutes bewirken.« Sehr sorgfältig faltete er das Papier wieder zusammen. »Es gibt niemanden, dessen Bösartigkeit ich so fürchte wie die des Earl of Breadalbane.«

Dairs Handflächen waren feucht.

Eine gewaltige Hand fuhr über das Schachspiel, hielt über der Königin inne. »Du bist mein Sohn«, rumpelte die tiefe Stimme. »Blut von meinem Blut, Fleisch von meinem Fleisch – und du wirst tun, was immer du für nötig hältst, um dem Earl sein Spiel zu verderben.«

Der Wind wehte über das Moor, zerrte das Haar unter dem Lederband hervor. Das Pferd, auf dem Cat saß, schüttelte die

Mähne, verwirrt über etwas, das es als nervenaufreibende Unentschiedenheit auffassen musste. Für sie war es keine Unentschiedenheit, sondern lediglich Geduld, untypische Geduld, während die Erinnerungen sie überwältigten.

– Bilder –

Und Geräusche. Gerüche. Die überwältigende Angst. Ihre eigene wie auch seine.

Cat überließ sich den Erinnerungen, während ihr der Wind ins Gesicht blies: Bildern, Geräuschen und Gerüchen, dem Gefühl einer Furcht, die so groß war, dass sie ihr beinahe das Herz zu brechen drohte. Schließlich stieg sie ab und ließ das Pferd frei, damit es etwas grasen konnte.

Sie ging im Sommer barfuß wie die meisten Highlander. Sie schritt über ein Gelände, das für jene, die an seine hinterhältigen Feindseligkeiten nicht gewohnt waren, durchaus etwas Gefährliches hatte, und kletterte die geschwungene Krone bis zum gespaltenen Szepter ganz oben hinauf. Hier war der Wind noch stürmischer, zerrte an ihren Haaren und Kleidern. Cat überließ sich ihm, während sie den Baum betrachtete, seine mitgenommene Gestalt und die nackten, unfruchtbaren Wurzeln, die aus den Torftaschen emporwuchsen, verknotet und verrenkt wie eine schmuckvolle keltische Brosche.

Sie trat unter den Baum, stellte sich unter einen kräftigen Ast. Sie schloss die Augen gegen das Tageslicht, gegen die tückische Sonne, und stellte sich Dair MacDonald vor, mit einer Schlinge um den Hals.

Dem Seil, das noch immer von dem Ast herabhing, den ihr Vater mit einem einzigen Hieb seines Claymores gespalten hatte.

Sie überließ sich Wind und Erinnerungen, verlor sich ganz in ihrem Zauber. Es fiel ihr nicht schwer; sie war immer in der Lage gewesen, Geschichten in ihrem Innern heraufzubeschwören, wie die von dem kühnen und hübschen Prinzen, der auf dem Weg war, sein Mädchen zu retten …

– mit silbernen Strähnen und blitzenden Zähnen –

Sie riss die Augen auf. Ohne einen Gedanken an das zu verschwenden, was sie tat, ohne an ihre Kleider zu denken, drehte sie sich um und kletterte auf den Baum, erklomm seine Äste. Als sie den Knoten erreichte, zog sie den Dolch aus ihrem Gürtel und durchtrennte das Seil mit grimmiger Entschlossenheit.

Es fiel herunter. Von ihrem Platz dort oben sah sie hinab. Es war ein zusammengerolltes Stück Hanf, auf dem Torfboden kaum zu erkennen.

Mit weniger Anmut und ganz und gar ohne jede Würde kletterte sie wieder hinunter. Ihr Körper war jetzt der einer Frau, wie sie bei solchen Gelegenheiten feststellen musste; sie hatte die Leichtigkeit verloren, die sie als Mädchen ohne Brüste und ohne Hüften noch gehabt hatte. Die Kleider verfingen sich, zerrissen. Ein Knöchel scheuerte an einem Ast entlang. Ihre Haare blieben in den Zweigen hängen. Doch schließlich konnte sie sich befreien und sprang auf den Boden.

Die Erinnerungen kehrten sofort zurück. Ein Körper lag dort, und Blut strömte aus einer Wunde am Hals … Es waren Campbell-Männer dabei gewesen, die den Interessen ihres Vaters dienten, und sie hatte sich zwischen ihnen hindurch kämpfen müssen, immer wieder den Campbell-Wahlspruch rufend … Ein anderer Körper hing am Baum, bis er heruntergenommen und durch den nächsten MacDonald ausgetauscht worden war.

Kein weiteres Blut mehr, jetzt nicht … Keine Körper mehr, die zum Verrotten zurückgeblieben waren. MacDonalds waren von Glencoe gekommen, um ihre von Campbells getöteten Männer zu holen.

Cat ließ sich auf dem Torfboden nieder. Sie holte aus der Ledertasche, die sie von den Sachen ihres Vaters genommen hatte, zwei Gegenstände und legte sie auf den Boden.

Ein Seil. Ein Spiegel. Eine Kappe. Das war alles, was sie von ihm hatte.

Und die Erinnerung an seine Worte. »*Komm heim mit mir nach Glencoe.*«

Während Dair über die Hügel auf das schattenbedeckte Land von Appin zujagte, wusste er, dass Mut manchmal in ebenso vielen Verkleidungen daherkam wie Feigheit, und dass nur ein Mann, der sie trug, den richtigen Sitz beurteilen konnte. Aber er war ganz und gar nicht sicher, welche der beiden er bei sich hatte, als er zu Jean Stewart ritt, die in der Abgeschiedenheit der winzigen Insel die Burgherrin von Castle Stalker spielte; er wusste, er würde diesmal nicht dorthin gehen, um seiner Überzeugung Ausdruck zu verleihen, dass sie viel zu lange nicht die Flamme ihrer Körper hatten entzünden können, sondern um ihr zu erklären, dass sie tatsächlich ausgegangen war.

»Gott möge mich retten!«, murmelte er in den Wind, »aber ich glaube, ich habe weniger Angst gehabt, als die Dudelsäcke uns bei Killiecrankie in die Schlacht gerufen haben!«

Aber das war immerhin eine echte Schlacht gewesen, zum Wohle Schottlands und des wahren Stuart-Königs. Dies hier war ein Krieg mit Worten, in dem weniger sein Körper als vielmehr sein Geist getroffen werden würde, umso mehr, weil sie vermutlich glaubte, den Grund erkennen zu können. Er hätte sie niemals angelogen, aber jetzt würde sie ihn Worte sprechen hören, denen sie in ihrem Kopf selbst eine Bedeutung gab, und so würde sie daraus einen Satz falscher Bilder wie auch falscher Vermutungen machen, wie immer die Wahrheit auch lauten mochte.

Es war keine andere Frau der Grund gewesen, nicht zu Beginn. Aber sie würde es so sehen.

Und wenn sie von ihm verlangte, die Wahrheit über seine Gefühle *in diesem Augenblick* zu sagen – nun, dann hatte er sie tatsächlich durch eine andere Frau ersetzt. Aber Jean würde niemals glauben, dass er sich von ihr schon vorher entfernt hatte, dass er sich nach Cat ebenso sehr wegen ihrer Gesellschaft wie auch wegen ihres Körpers sehnte; dass er in der Tat noch nicht das Bett mit ihr geteilt hatte.

Jean verstand nicht, dass die Bedürfnisse des Geistes die des Körpers beinhalteten. Jean würde glauben, dass ihr Platz besetzt worden war. Jean würde glauben, was immer sie glauben musste, um sich mit der Zurückweisung auszusöhnen. *Und sie wird Cat die Schuld geben…*

Ganz in Gedanken versunken, zügelte Dair sein Pferd. Der Pfad wand sich durch herumliegende Felsbrocken, Bäume, üppiges Heidekraut und Stechginster, kreuzte zahllose Wasserläufe – Bäche und Rinnsale –, die von den Bergen herunterkamen. Er schwang ein Bein herüber und stieg von dem kräftigen Pony, ließ die Zügel etwas locker, damit es trinken konnte, während er selbst ebenfalls eine Hand voll Wasser nahm.

Steine gruben sich in seine Knie, als er sich auf die Erde kniete, und das Pferd zerrte kräftig an den Zügeln. Als es zur Begrüßung wieherte, blickte Dair auf und sah Männer auf sich zukommen. Das Clanmuster, das zwar etwas verblichen und abgetragen war wie die meisten, erinnerte stark an das der Appin-Stewarts: tiefes Blau und kräftiges Waldgrün, abwechselnd mit schmalen schwarzen und leuchtend roten Streifen versehen.

Seine Stimmung machte sofort einen Satz. *Ich fürchte, Robbie will zu mir, bevor ich Jean sehen kann…* Dair erhob sich, und Wasser tropfte von seiner rechten Hand und auf den Boden. Die Abzeichen und Schnallen der Männer blitzten im Sonnenlicht auf, die sich jetzt durch Steine und über Bäche wanden. Robbie trug keine Kappe auf den rotblonden Haaren, als wollte er Dairs Geschenk an Cat auf diese Weise verspotten.

Der Erbe von Appin erhob seine Stimme, um über die Entfernung verstanden zu werden. »Hast du es gewusst? Dass ich zu dir wollte?«

Aber nicht so bald, nicht so schnell. Dair trat auf die andere Seite des Pferdes und blieb ruhig dort stehen. Er hatte einen Dolch und sein *Sgian dhu* bei sich, aber er wollte nichts davon gegen Robbie einsetzen. Er hätte es vorgezogen, die Angelegenheit mit Fäusten zu regeln, wenn Worte schon versagten. Und das würden sie bei Robbie Stewart. Bei ihm würden sie das immer.

»So.« Robbie zügelte sein Pferd neben ihm. Mit ihm ritt ein Tross von Männern, der beinahe so beeindruckend war wie der eines Laird, wenn auch weniger förmlich. Sie alle waren jung und hatten strenge Gesichter, trugen Pistolen in den Kiltgürteln. »Dann bist du bereit?«

Dair holte tief Luft. Robbie zeigte keinerlei Neigung, abzusteigen; wollte er ihn etwa niederreiten?

»Nun?« Stewarts Miene drückte Spott aus. »Lahmt dein Pferd etwa, oder willst du zu Fuß zum Loch Linnhe gehen?«

»Zum Loch Linnhe?«, wiederholte Dair verwirrt.

»Aye, wo die Boote liegen!« Robbie runzelte die Stirn. »Sicherlich hat MacIain davon gehört.« Er hielt inne, schätzte Dairs Gesichtsausdruck ab. »Das *Boot*, Mann! Ich dachte, du wüsstest, was ich meine!« Er streckte einen Arm in die Richtung aus, die er meinte. »Ein Versorgungsboot kommt die Küste von Lorn hoch, um die Lager von Fort William aufzufüllen. Wir dürfen das nicht zulassen, wo unsere eigenen Leute hungrig sind.« Er grinste, und seine blauen Augen strahlten. »Und wir werden tolle, romantische Piraten abgeben, was? Spanische Pistolen, schottische Dolche – dann werden sie begreifen, dass wir ihnen überlegen sind, diese erbärmlichen Sassenachs!«

»Piraten …« Dair riss sich zusammen. Es würde einfach sein, die Verantwortung erst einmal beiseite zu schieben und mit Robbie Stewart Pirat zu spielen. »Ich wollte zu Jean gehen.«

Robbie runzelte die Stirn, dann machte er eine viel sagende Geste. »Oh, Jean ist gar nicht zu Hause. Sie ist weg, um irgendein altes Weib zu besuchen … sie war schon fort, als ich von Achallader zurückgekommen bin.« Er grinste. »Bring ihr was von der Beute mit, Dair – sie wird dich dafür küssen!«

»Wann …«, setzte Dair erneut an. *Ich kann das nicht tun… es ist zu einfach…* Er fuhr sich mit der Hand durch die vom Wind zerzausten Haare. *Ich kann das nicht TUN…* »Wann wird sie zurückerwartet? Jean?«

Stewart stieß ein brüllendes Gelächter aus. »Guter Gott, kannst du deinen Schwanz nicht etwas zähmen, Alasdair Og? Du wirst sie noch lange genug haben, wenn die Beute erst unser ist!« Das Gelächter erstarb, und die Brauen wurden fragend in die Höhe gezogen. »Kommst du also mit uns? Wird ’ne tolle Sache, wenn wir erst das Boot haben!«

Jean war nicht zu Hause.

Jean war sonst wo.

Robbie wusste es nicht.

– Eine Gnadenfrist –

Die Erleichterung war überwältigend. Dair stieg auf sein Pferd und brachte es hastig auf den oberen Pfad, wo er neben Robbie stehen blieb und breit grinste.

Jean war nicht zu Hause … und im Augenblick, diesen Tag, vielleicht sogar die ganze Woche lang, konnten er und ihr launischer Bruder noch Freunde sein, sogar Piraten, die es auf einen Beutezug gegen die Sassenachs abgesehen hatten.

Dair hob seine aussagekräftigen Brauen; eine Spiegelung von Robbies Angewohnheit. »Was wird Breadalbane sagen, wenn du seinen Vertrag brichst?«

Robbie fluchte laut. »Himmel, Mann, es hat für mich keinerlei Bedeutung, was Grey John sagt. Er ist nicht mein Laird!«

Dair lachte. »Genauso wenig wie jeder andere, der sich einem Appin in den Weg stellt, um sich selbst zu dienen!«

»Aye…« Robbie grinste. »Und wem dienst du?«

»MacIain«, erklärte Dair ohne zu zögern, und er wusste, dass es die Wahrheit war.

Innerhalb weniger Stunden war Jean vergessen. Pulver und Rauch brannten in Dairs Augen, hingen unangenehm in seiner Nase und ließen ihn einen metallischen Geschmack in seinem Mund spüren. Er hörte Rufe, Flüche, Gemurmel auf Gälisch, verstohlenes Platschen im Wasser; Holzplanken quietschten unter seinen Füßen als Reaktion auf die Bewegung des Schiffes, das steuerlos dahintrieb. Es gehörte jetzt ihnen, die *Lamb*, und auch all die Vorräte, die für Fort William gedacht gewesen waren, würden stattdessen in Appin und Glencoe verteilt werden.

Er wandte sich zur Brüstung, um einen Blick auf die Mannschaft zu werfen, die in panikartiger Flucht über Bord gesprungen war, um sich zu retten. Es war ihm nicht wichtig, ob das den Männern gelungen war; er war nicht auf einen Kampf aus, in dem es um Leben und Tod ging, sondern nur auf ein paar Nahrungsvorräte.

»Robbie – *nicht*!« Dair sprang auf und bekam den ausgestreckten Arm von Robbie zu fassen, riss ihn zur Seite. »Schieß nicht, Robbie – wir haben nichts getan, als Vorräte gestohlen, und ein Boot… wenn du jemanden tötest, werden wir dafür hängen!«

Robbie fluchte und riss sich los, die Pistole fest umklammert. »Himmel, MacDonald –« Er drehte sich hastig um, lehnte sich gegen die Brüstung, um das Gleichgewicht zu halten, während er wieder nach den Engländern suchte. Die spanische Pistole hielt er noch immer in seiner pulververschmierten Hand. »Da!«

Die Pistole kam hoch. Dair sah aus dem Augenwinkel,

wie die klatschnasse Mannschaft sich zum Ufer von Loch Linnhe mühte, unbeholfen bestrebt, in Sicherheit zu gelangen. Einige bluteten, wie er wusste, andere waren richtig verwundet, aber niemand war getötet worden. Noch nicht.

»Verdammt, Robbie –« Dieses Mal hielt Dair sich nicht zurück. Er schlug ihm die Pistole rücksichtslos aus der Hand und sah zufrieden, wie sie harmlos ins Wasser fiel. Besser eine verlorene Pistole als ein verlorenes Leben. »Willst du für das hier hängen?«

»Weder hängen noch eingesperrt werden!«, rief Robbie zurück. »Hast du dein Rückgrat verloren, MacDonald? Sie werden als Zeugen gegen uns aussagen!«

»Hast *du* deinen Verstand verloren?«, entgegnete Dair. »Lass sie gehen, Robbie – wenn sie Fort William endlich erreicht haben, sind wir mit der Beute längst zu Hause in Sicherheit. Es ist nicht notwendig, ein Verbrechen zu begehen.« Er blickte ans Ufer und war glücklich, als er die Sassenachs in der Heide und im Stechginster verschwinden sah. »Sie werden die Geschichte erzählen, aye, aber sie wissen nicht, wer wir sind.«

»Schotten!«

»Oh, ja, Schotten!«, meinte Dair angeekelt. »Weißt du etwa nicht, dass ein Sassenach uns nicht auseinander halten kann? Darin liegt unser Vorteil, in unseren Namen – wie viele MacDonalds und Stewarts gibt es hier in den Highlands?«

Robbie atmete schwer. Er lehnte sich gegen die Brüstung und sah Dair an, versorgte eine Wunde am Finger, die ihm der Schlag mit der Hand zugefügt hatte. »Sie werden uns töten, sobald sie uns gefunden haben.«

»Sie haben uns hier nicht getötet, oder?« Dair ließ einen raschen Blick über das Boot schweifen. Es war nicht schwer gewesen, die *Lamb* mit ihren zwei eigenen von Ballachulish geliehenen Booten und einigen hilfreichen MacDonalds einzunehmen; der rasche Angriff hatte sie in den Besitz des

Versorgungsschiffes und seiner Ladung gebracht. Ein paar Schüsse, blankgezogene Dolche, ein bisschen Blut, aber keine Toten. »Wir sind zu nah an Glencoe – es ist offensichtlich…« Er sah Robbie an. »Appin.«

Der jüngere Schotte war sogleich abgelenkt. Das Grinsen hinter der Maske aus Schmutz war brillant. »Du vertraust mir die gesamte Beute an?«

»Würdest du dich trauen, es *mir* zu stehlen?«, grinste Dair zurück. »Ich glaube nicht, Robbie… aye, wir segeln zum Appin-Land, dann verteilen wir die Beute. Die Glens können sie gut gebrauchen.«

»Und die erbärmlichen Bastarde im Fort sollen ruhig hungern.« Robbies Wut war wie vergessen, so wie der blutverschmierte Finger, den er jetzt am pulververschmutzten Leinenhemd rieb. »Aye, wir bringen sie in den Appin-Hafen… kommst du mit uns?«

Dair schüttelte den Kopf. »Ich gehe zurück nach Glencoe – schlängele mich durch die Heide, bevor die Truppen ausrücken… Ich werde MacIain erzählen, was wir getan haben. Diese Männer von Ballachulish können Glencoes Anteil nach Hause schaffen.« Er schaute ans Ufer. »Lass mich eine oder zwei Meilen weiter an der Küste raus, ja?«

Robbie nickte abwesend, bereits ganz in Gedanken versunken. Er wandte sich an seine Stewarts und gab ihnen Befehle, das Boot zu wenden und nach Appin zurückzusegeln.

Dair nickte; er war zufrieden, dass Robbie so abgelenkt war. Es würde seinem Zweck nützen, wenn er sich am Ufer absetzen ließ, wo er trotz seiner Aussage nicht sofort nach Glencoe gehen würde. Die Truppen würden dort als Erstes suchen; es wäre am besten, wenn er nirgends zu finden wäre und niemand in Glencoe etwas über seinen Verbleib wusste.

Da das Ganze nahe bei Glencoe geschehen war, würde Colonel John Hill, der Sassenach-Kommandant, den offensichtlichen Schluss ziehen. Unwissend, was die Highlander und deren Clans und Sitten betraf, würde er nicht an Robbie oder seine Appin-Stewarts denken.

MacDonalds würden die Schuld bekommen.

Und der williamtreue Kommandant würde seine Sassenach-Soldaten zum Land der MacDonalds schicken.

»Soll er doch«, murmelte Dair. Robbie und das Boot würden bei Appin in Sicherheit sein, und *er*, klug wie er war, würde ganz woanders sein. Er unterdrückte ein Grinsen aus schierer Freude und Erwartung. *Niemand von ihnen, nicht einmal Robbie, wird glauben, dass ich dort hingehe, wo es mich am meisten hinzieht.*

John Hill entrollte die Karte auf dem Tisch in seiner persönlichen Kammer und beschwerte die Ecken mit Tintenfässern und Büchern. Als er damit fertig war, schaute er den Mann an, der auf der anderen Seite des Tisches stand. »Wenn Ihr mir bitte zeigen würdet, wo sich der Vorfall zugetragen hat, Captain Fisher.«

Captain Fisher kam der Aufforderung gerne nach. Er pflanzte einen entschiedenen Zeigefinger auf die Karte. »Hier«, sagte er bestimmt, die Augenbrauen unheilvoll über dem Rücken der missgestalteten Nase zusammengezogen. »Ein Stück von Ballachulish entfernt. Zwei Boote, vielleicht zwei Dutzend Männer. Schottische Piraten, Kommandant. Verfluchte, heidnische Wilde!«

Hill nickte freundlich, doch er versagte es sich, die rüde Bezeichnung zu korrigieren. Er nahm es dem in London geborenen und auf See aufgewachsenen Fisher nicht übel, dass er so aus dem Häuschen war; der Mann hatte sein Schiff verloren, seine Ladung. Er hatte ans Ufer schwimmen und zwei Tage durch die wilden Highlands streifen müssen, dabei verzweifelt bemüht, den »heidnischen schottischen Piraten« aus dem Weg zu gehen.

In Wahrheit war Hill nicht viel glücklicher; Fort William hatte die Vorräte, die jetzt woanders waren, dringend benötigt. »Ihr seid sicher, dass niemand getötet worden ist?«

»Ja, Sir, wir alle sind heil ans Ufer gekommen, und alle sind hier bei mir. Aber es gibt viele Wunden, Sir, von Pistolen und den verfluchten Kurzschwertern der Highlander – ich bitte um Vergebung, Kommandant.«

»Dolche«, erklärte Hill abwesend und warf wieder einen Blick auf die Karte. Er fuhr mit dem Finger einen Pfad nach. »Von Ballachulish – hier… bis hierhin, wo die *Lamb* war…« sinnierte er. »Ja, ich sehe es – Glencoe ist nur ein paar Meilen weiter talaufwärts… es musste ein offensichtliches Ziel für MacIains Leute gewesen sein, mehr Essen für sie und weniger für uns, die wir sie verabscheuen…« Hill nickte; es machte für ihn als alten Soldaten durchaus Sinn, wenn auch nicht für einen alten Seemann. Er sah Captain Fisher an. »Habt Ihr Namen gehört?«

»MacDonald«, antwortete Fisher sofort, »wie Ihr gesagt habt. Und Stewart – wie ihr päpstlicher König, dieser verrückte alte Bastard.«

»Ein anderer Clan, nehme ich an«, erwiderte Hill zögernd, aber er unterließ es, Fisher über die Einzelheiten aufzuklären, wieso ein Stewart aufgrund der Laune einer schottischen Königin, die mehr Französisch als Gälisch sprach, zu einem Stuart geworden war; wie ein einzelner Clan im Laufe der Zeit zu mehr als einem Einzigen werden konnte, so groß, so zerstückelt, so sehr über das ganze Land verteilt.

Es war eine einfache Sache für John Hill, die Wahrheit zusammenzusetzen, trotz der mangelnden Beweise. Er kannte die Karte sehr gut, und auch die Clans, die an den Grenzen lebten. »Denkt bitte nach, Captain. Könnt Ihr Euch erinnern, wer das Kommando hatte?«

Fisher blickte finster drein. »Ich verstehe ihre verfluchte heidnische Sprache nicht!«, erklärte er kurz und bündig, dann schwächte er seine Antwort etwas ab, als er sich erinnerte, mit wem er sprach. »Sir.«

»Nein, natürlich nicht; wie solltet Ihr auch?«, stimmte Hill ihm freundlich zu. »Aber ich möchte, dass Ihr noch einmal nachdenkt, Captain Fisher... ist da ein Mann gewesen, der mehr in der ›verfluchten heidnischen Sprache‹ gesprochen hat als die anderen? Mit deutlicher Autorität?«

Fisher überlegte und nickte dann. »Ein junger Mann, aye, Sir. Mit rötlichblonden Haaren und gefärbter Wolle. Nicht groß, aber gut gebaut. Und barfuß wie sie alle.« Er verzog das Gesicht. »Verfluchte Wilde.«

Hill nickte geduldig; es brachte nichts, mit Männern wie Fisher über die Wahrheit zu diskutieren. »Könnt Ihr Euch sonst noch an jemanden erinnern? Einen anderen Mann, der diesem öfter als alle anderen geantwortet hat?« Kein MacDonald würde Befehle von einem Stewart entgegennehmen; er würde auf Anweisungen eines eigenen Clanmitglieds warten.

Fishers Miene hellte sich auf. »Ja, natürlich, Sir... oh, jetzt verstehe ich! In der Tat, da war dieser junge Mann, der am meisten in der Sprache der Schotten gesprochen hat, aber ein anderer hatte ebenso viel zu sagen. Ich kann mich gut an ihn erinnern, Sir. Junges Gesicht, alte Haare.«

Hill wurde aufmerksamer. »Frühzeitig ergraut, meint Ihr?«

»Ja, Sir. Er hat keine Kappe getragen, Sir. Er war fast so grau wie ich, Kommandant, aber mindestens zwanzig Jahre jünger.«

»MacDonald...«, murmelte Hill. »MacIains Sohn – wie, John? John, glaube ich... vielleicht. Tatsächlich, vielleicht... die Söhne vom alten Fuchs, heißt es, sind weißhaarig, noch bevor sie vierzig sind...« Aber da war noch mehr: »Und keiner von ihnen hat den Vertrag unterzeichnet. Und wird es auch nicht tun. *Das* hier ist ihre Erklärung, ihr Trotz.« Er sah Fisher an. »Guter Mann, ich danke Euch. Ich glaube, Ihr habt die Frage der Identität für mich gelöst, wenn Gott will.« Er schob die Gewichte beiseite und begann, die Karte zusammenzurollen. »Ich danke Euch, Sir. Ihr habt mir viel Mühe erspart.«

Fisher war verblüfft über Hills plötzliche Entschlossenheit. »Ich bitte um Vergebung, Kommandant, Sir – aber was habt Ihr jetzt vor?«

Hill betrachtete die Pergamentrolle, dann schob er sie sorgfältig in die große Lederröhre, achtete darauf, dass die Ecken nicht einrissen. »Sie festnehmen«, erklärte er kurz und bündig. »Ich habe Truppen, Captain Fisher, gute englische Truppen. Wenn Gott will, schicke ich die Hälfte von ihnen nach Glencoe und die andere Hälfte nach Appin.« Er lächelte. »Trotz ihrer heidnischen Sprache, Captain, unterscheiden sich die schottischen Füchse nicht sehr von den englischen. Sie werden sich in das Gebiet zurückziehen, das sie am besten kennen.«

Ihre Brüder waren von ihren eigenen Häusern herbeigekommen, hatten ihre eigenen Angelegenheiten beiseite geschoben, um Cat die ihren zu erklären. Dass sie von Kilchurn zurück war, zurück auch von Achallader, wo der Vertrag unterzeichnet worden war, sprach sich schnell herum, und schon bald kehrten ihre Brüder zu dem Haus zurück, das sie Jahre zuvor verlassen hatten, um zu heiraten und eigene Kinder großzuziehen, während sie ihre Schwester sich selbst überlassen hatten.

Bis jetzt. Bis sie von Duncan Campbells Flucht erfahren hatten – es war eine dieser hübschen Kaffeehaus-Geschichten, die wie Wetten unter Breadalbanes Feinden gehandelt wurden. Die hier handelte jedoch von der Schmach, die ihrer Schwester – die Countess hätte werden sollen – angetan worden war.

Sie hatte keine andere Wahl, als sie einzulassen. Eines Tages, wenn ihr Vater tot war, würde Chesthill schließlich Jamie gehören. Und so traten sie ein, tranken Whisky, versammelten sich wie kiltgekleidete Hühner um die Henne, nahmen sie sorgfältig in Augenschein – wie eine Kuh! – und murmelten einander unter finsteren Blicken zu, dass eine solche Behandlung, wie sie sie durch Breadalbanes Sohn erfahren hatte, nach deutlichen Worten und Dolchen schrie.

»Oh«, erwiderte Cat und zeigte offen ihren Ekel. »Selbst der Earl kann seinen Sohn nicht finden… glaubt ihr, ihr könntet das besser?«

Jamie schritt wie eine Highland-Wildkatze auf und ab, völlig geräuschlos auf bloßen Füßen. Dougal und Colin, weit weniger gereizt als er, saßen anständig auf den Holzstühlen und tranken den Whisky ihres Vaters. Sie war einigermaßen überrascht, dass noch etwas übrig geblieben war, doch sie hatten ein Fass entdeckt, das hinter dem Haus verborgen gewesen war. Der rauchige, kräftige Geruch erinnerte sie an ihren Vater, der immer nach Usquabae gerochen hatte.

Cat setzte sich nicht auf einen Stuhl. Stattdessen ließ sie sich auf der untersten Stufe der Treppe neben der Haustür nieder, wo Robbie Stewart ihr einst das Schwert an den Hals gehalten hatte. Sie trug eine Hose, was ihnen nicht gefiel, aber sie hatte nie Kleider getragen, wenn sie allein war. Sie schlug die Beine übereinander und stützte ihre Ellenbogen darauf. »Ihr wisst sehr gut, dass *eure* Ehre beschmutzt ist«, murmelte sie säuerlich. »Um meine habt ihr euch nie besonders geschert.«

Jamie hörte auf, hin und her zu gehen und wirbelte herum, das Plaid hoch aufschwingend. »Und was hat der Earl vor? Es geht auch gegen seine Ehre… wir sind alle Campbells, aye?«

»Silber wäre vielleicht eine Möglichkeit«, bot Dougal an.

»Silber!«, rief Jamie. »Es geht um die Zukunft unserer Schwester, über die ich nachdenke, nicht um die Frage, ob sie wie eine Kuh verkauft wird!«

»Oh, spar dir dein Gebrüll für Breadalbane auf; glaubst du, du könntest mich zum Narren halten?«, sagte Cat müde und verlagerte ihre Arme und Beine so, dass sie sich schließlich höchst unelegant auf der Treppe ausstreckte. »Du nimmst Silber von ihm, Jamie – du machst nur deshalb so viel Krach, damit du mehr aus ihm herausholen kannst.«

Colin lachte kurz auf. »Aye … Es ist eine gute Möglichkeit, die Börsen zu füllen, Cat. Übrigens auch deine.«

»Dies ist mein Heim«, sagte sie; sie wollte sie daran erinnern, dass sie ein Recht hatte, hier zu wohnen.

»Es ist meins«, verbesserte Jamie sie.

Cat starrte ihn erstaunt an, dann erhob sie sich, um sich ihm direkt gegenüberzustellen, stocksteif wie eine Lochaber-Axt. »Und würdest du mich etwa hinauswerfen?

»Ich würde dich eher verheiraten«, versetzte er und trat einen Schritt zurück. »Du brauchst einen Mann, Cat.«

»Und möchtest du mich nur deshalb verheiraten, damit du dieses Haus haben kannst?« Sie hätte ihm am liebsten vor die Füße gespuckt. »Damit du Ellen herholen und mit ihr noch mehr Babys machen kannst? Nur, es ist nicht dein Haus, solange er nicht tot ist, Jamie –«

»Oder jemand ihn umbringt«, ergänzte Dougal milde. »Vermutlich wegen irgendwelcher Schulden.«

Colin lachte. »Oder er setzt sich die Pistole selbst an den Kopf!«

Cat starrte ihre Brüder der Reihe nach an. »Schämt ihr euch gar nicht?« brachte sie schließlich heraus. »Der Mann ist euer Vater!«

»Und vermutlich hat er uns einen nach dem anderen in seinen verschiedenen Sauftouren gezeugt«, gab Jamie ausdruckslos zurück. »Ich bezweifle, dass er ansonsten die nötigen Mittel dafür besessen hätte.«

»Oh, aber *du* hast sie«, schoss sie zurück. »Ist Ellen schon wieder schwanger?«

Das war sie. Jamies Gesicht lief dunkel an. »Es ist für mich nicht überraschend, dass dich kein Mann haben will... du würdest ihn mit deiner Zunge nur beschämen.«

»Oder seinen Schwanz mit deiner Gehässigkeit zum Schrumpfen bringen«, stimmte Dougal fröhlich mit ein.

Colin grinste sie an. »Das solltest du dir merken, Cat, wenn du einen Mann haben willst.«

»Aye«, meinte Jamie anzüglich. »Oder sollen wir annehmen, dass Duncan Campbell weggelaufen ist, um einer Heirat mit dir zu entkommen?«

»Geht nach Hause«, befahl Cat. »Ich will von eurem whiskyverseuchten Geschwätz nichts mehr hören. Ihr seid so schlimm wie er. Glenlyon hat erbärmliche Narren statt Söhne aufgezogen.«

»Es gibt bestimmte Formen, die gewahrt werden müssen, wenn es um Genugtuung geht«, erklärte Jamie düster.

Cat seufzte. »Dann geht nach Flandern, aye? Und lasst euch von dem Earl das Silber geben, von dem ihr glaubt, dass es euch zusteht. Und jetzt verschwindet. Alle. Una ist nicht hier – ich muss mich um die Wäsche kümmern.«

»Wenn du Countess wärst«, erklärte Colin, »wärst du nicht auf Una angewiesen, die gerade mal nicht da ist, sondern hättest viele Frauen, die dir die Wäsche machen könnten.«

Cat marschierte zur Tür und riss sie auf. »Ich will keine Countess sein. Ich will nicht zahllose Frauen haben, die mir die Wäsche machen. Ich will in diesem Augenblick nichts anderes, als allein sein.« Sie zog die Tür so kräftig auf, dass sie gegen die Wand krachte und das Tageslicht hereinfiel. »*Geht.*«

Sie gingen; Jamie murmelte im Vorbeigehen etwas über ihre große Dickköpfigkeit, über ihre Undankbarkeit, was die große Sorge und Anteilnahme ihrer Brüder anging, während Colin und Dougal ihr – weit weniger wütend über ihre Stimmung – ihr die Hornbecher in die Hände drückten und zur Tür schritten.

»Wenn du ohnehin schon Leinen wäschst«, erklärte Colin, »kannst du die Becher ja gleich mitwaschen.«

Cat schlug die Tür hinter ihnen zu. Ärgerlich lehnte sie sich mit dem Rücken dagegen; es war der hoffnungslose Versuch, sie daran zu hindern, noch einmal das Haus zu betreten. Wenn sie jedoch wirklich hätten hereinkommen wollen, hätten sie es auch getan. »Erbärmliche Bastarde«, murmelte sie. »Es gibt keinen Mann auf der ganzen Welt, für den eine Frau ihre Zeit opfern sollte!«

Sie schaute die Becher finster an. Einer war leer, der andere noch zur Hälfte gefüllt. Sie würde sie in der Tat waschen müssen, aber es war eine Verschwendung von gutem Whisky. – *Ich sollte wissen, was mein Vater so sehr liebt*! Cat hob den Becher, zögerte, beäugte kritisch seinen Inhalt und stürzte den Whisky hinunter.

»*Cruachan*!« keuchte sie, als das Getränk wie Feuer in ihrem Bauch brannte. »Oh, gütiger Himmel … kein Wunder, dass ein Mann schreiend wie ein *Bean sidhe* in die Schlacht rennt – es ist, als hätte man Kohlen im Bauch –« Sie hustete, hielt sich die eine Hand fest vor den Mund. Ihre Augen füllten sich mit Tränen. Sie schnappte nach Luft, schmeckte den Torfgeruch im Mund und spürte die Kohlen im Bauch, dann verschluckte sie sich beinahe, als ein Scharren an der Tür erklang.

Sie torkelte zur Tür, taumelte. »Wer von euch versteht kein gutes Gälisch mehr –?« Sie nahm beide Becher in eine Hand, griff nach dem Riegel und riss die Tür auf. »Ich will nichts mehr von dem erbärmlichen Quatsch hören, den ihr von euch gebt –«

Sie würden keinen Quatsch mehr von sich geben. Und auch *er* nicht, der lässig mit der einen Schulter am Türpfosten lehnte. »Ich habe meine Kappe verloren«, sagte er. »Hast du vielleicht eine, die ich tragen könnte?«

Dair MacDonald lächelte bei diesen Worten.

– schöner, schöner Prinz –

»Himmel«, platzte Cat heraus. »Ich kann doch nicht *jetzt schon* betrunken sein –«

Er zog eine Braue hoch, die im Vergleich zu den silbrigen Haaren erstaunlich dunkel war. »Jetzt schon? Hast du also bereits damit begonnen?« Er entdeckte die Becher in ihren Händen. »Einen für jede Faust, aye? Nun, ich habe Männer gekannt, die es so bevorzugt haben … aber noch nie ein Mädchen.« Er grinste. »Aber du bist ja nie wie andere Mädchen gewesen.«

»Allerdings nicht«, sagte Cat, deren Sinne ziemlich konfus waren; nichts in ihrer Welt, nichts in ihrem Körper machte irgendeinen Sinn. »Ich mag andere Mädchen nicht.«

Das Grinsen verschwand. Die apfelweinfarbenen, whiskyfarbenen Augen waren plötzlich eindringlich und intensiv. »Ich auch nicht«, sagte er einfach.

Und Glenlyons Tochter schwieg, als er in ihr Haus kam.

Ein MacDonald, in ihrem Haus.

– schöner, schöner Prinz –

Er schloss die Tür. »Cat«, sagte er. »Komm heim mit mir nach Glencoe.«

Sie lachte ihn an. *Oh, gütiger Himmel … rechnet er damit, dass ich nein sage*? Und dann ließ sie die Becher fallen, legte ihre Hände vielmehr auf das Plaid auf seiner Schulter, auf sein Hemd, auf die dicken, windzerzausten Haare, die von keiner Kappe gezähmt wurden.

– mit silbernen Strähnen und blitzenden Zähnen –

Und eine wilde, stürmische Musik tobte durch ihren Körper, weit machtvoller noch als das *Ceol mor*, mit dem die Gälen zur Schlacht aufgefordert wurden.

Ein schmerzhafter Buchstabe nach dem anderen, eine Seite nach der anderen, die Feder fest aufgesetzt, so dass sich die Tinte auch verteilen kann. Sehr schwarze Buchstaben, die selbst ein Mann mit nachlassender Sehkraft lesen kann.

Sie unterzeichnet nicht mit ihrem Namen. Sie ist eine Frau; wer würde sich um die Trauer einer Frau kümmern? Es ist besser, sie glauben zu lassen, dass ein Mann schreibt, ein verzweifelter Mann, dessen Welt zerstört worden ist.

Sie taucht die Feder wieder in die Tinte, dann schreibt sie unten auf das Pergament: »MacDonald von Glencoe«.

Sie hat nicht die Kraft, die Seite mit Sand zu bestreuen. Sie lässt die Tinte einziehen, lässt sie trocknen, wartet solange in dem Sessel und versucht, Kraft zu sammeln.

Sobald sie kann, sobald die Tinte auf allen Seiten getrocknet ist, faltet sie sie zusammen und versiegelt sie mit Wachs. Es gab Männer, die den Brief nach Edinburgh bringen werden… er wird seinen Bestimmungsort erreichen.

»Gut«, murmelt sie. »Sollen sie die Wahrheit über die Heldentat erfahren.«

FÜNFTER TEIL

1691

1

Auf dem Fußboden sah es aus wie auf den Weiden von Craigh Eallaich kurz vor der Schlacht von Killiecrankie: Überall waren Schottenmuster zu sehen. Dairs Kilt lag befreit von Gürtel und Schnalle achtlos auf der Erde, zusammen mit einer Wollhose, die einst einem Mann gehört hatte, in der letzten Zeit jedoch – und mit weit größerer Anmut! – eine Frau gekleidet hatte. All diese und noch andere Kleidungsstücke lagen verstreut auf dem Holzboden eines Zimmers herum, von dem Dair glaubte, dass es dem Laird von Glenlyon gehörte. Das Bett war groß genug für zwei, und da sie beide etwa gleich groß waren, gefiel es ihm sehr gut.

Aber noch besser gefiel ihm die Frau, die darin lag; ihre rötlichgold schimmernden Haare hatten sich zwischen ihren und seinen Schultern verfangen.

Er berührte eine Locke, die sich im Schlaf etwas verheddert hatte und auf dem hellen Leinen von unglaublichem Rot war; zarte Farben wie rotblond oder kastanienbraun gab es bei Cat Campbell nicht. Sie schlief noch, genauso unbefangen, als wäre sie wach; selbst im Schlaf strahlte sie Stolz und Selbstsicherheit aus.

Dair lächelte müde und zufrieden mit dem Tag, mit der Morgendämmerung; zufrieden auch mit sich, mit dem, was sie in Glenlyons Bett zustande gebracht hatten. Ihre ungeübte Leidenschaft war unter seiner Führung, seiner Zurückhaltung und mühsam erarbeiteter Geduld umso herrlicher gewesen. Sie war eine fähige Schülerin, aber sie täuschte keine Reaktionen vor. Während Jean sehr wohl gewusst hatte, wie sie einem Mann Lust verschaffen konnte – und dieses Wissen auch bis zur Vollendung eingesetzt hatte –, waren Cat solche Dinge noch völlig unvertraut, ihr Verhalten daher umso ehrlicher. Sie war noch Jungfrau gewesen, und er hatte ihr wehgetan, aber der Augenblick war vergangen. Zwischen Abend- und Morgendämmerung hatte sie die Schmerzen und das Blut vergessen und sich in all ihrer Unbeholfenheit unverstellt und unverkrampft hingegeben.

Er bezweifelte, dass auch für sie die Erde gebebt hatte. Es war bei einer Frau schwieriger, wie er wusste, da sie gewöhnlich mehr Zeit benötigte. Er war jedoch nicht in der Lage gewesen, so lange zu warten, wie er es gerne getan hätte. Aber sie war ganz offensichtlich auch nicht unzufrieden gewesen, und im Laufe der Zeit würde auch für sie mehr möglich sein. Sie hatten alle Zeit der Welt, um die verschiedenen Wege, die Bewegungen herauszufinden, die jedem selbst und ihnen gemeinsam gefielen.

Er rückte näher an sie heran. Ihre Füße und Knie waren jeweils auf gleicher Höhe. Sie war beinahe so groß wie er, und so passten sie wie zwei Löffel zusammen. Er lag hinter ihr, seine Brust berührte ihren Rücken, und er konnte ihren gleichmäßigen Herzschlag spüren; so merkte er sofort, als sich ihre Atemzüge änderten.

Sie versteifte sich, als hätte seine Anwesenheit sie erstaunt. Dann entspannte sie sich wieder und drehte sich um, griff nach ihren Haaren und zog sie unter seiner Schulter hervor. Er rückte lächelnd etwas von ihr ab, damit sie freikam.

Sie blickte ihn jetzt an, die Brauen gerade und ausdrucksvoll, und in ihren Augen stand ein solch kritischer Blick, dass Dair lachen musste. »Hast du gedacht, ich wäre gegangen? Alles wäre nur ein Traum gewesen?«

»Kein Traum hätte *das* zustande gebracht«, erklärte sie. »Aber gegangen – aye. Es ist hier gefährlich für dich.«

»Wieso, glaubst du, deine Brüder kommen mit gezogenen

Dolchen und Claymores zurück?« Er grinste. »Aye, ich habe sie gestern gesehen – ich musste mich verstecken, bis sie das Haus verlassen hatten. Einer von ihnen hat ein ziemlich finsteres Gesicht gemacht, aber die anderen schienen nicht so aufgeregt.«

»Jamie.« Cats volle Lippen zuckten. »Er glaubt, ich sollte heiraten und in ein anderes Haus ziehen, damit er dieses hier noch schneller kriegt. Und was die Gefahr angeht – aye. Eine Frau wohnt bei mir.«

»Ich habe sie gehört«, stimmte Dair zu. »Sie ist letzte Nacht die Treppe hochgekommen, aber sie hat hier nicht reingeschaut.«

»Himmel, nein!« sagte Cat inbrünstig. »Una hätte wie ein gefangenes Kaninchen gekreischt…« Sie räkelte sich unter den Laken, den einen Fuß lässig mit seinem verschränkt; sie war unsicher, ob ihre Berührung willkommen war, wünschte sie aber dennoch. »Das hier ist das Zimmer meines Vaters. Nie würde sie hier reinkommen.«

»Dann sind wir ja vor den Augen eines kreischenden Kaninchens und dreier erbärmlicher Brüder in Sicherheit«, sagte Dair und schlang seine Füße um ihren Knöchel. Er beugte sich zu ihr, rollte sich dann abrupt zurück, als sie ihm das Laken von den Hüften riss. »Himmel, Cat – was ist los?«

Sie blinzelte argwöhnisch unter die Decke. Als sie sie endlich wieder sinken ließ, schaute sie äußerst verwirrt drein.

»Was ist?« Ihr Gesichtsausdruck bereitete ihm Sorge. »Cat – was ist?«

Ihre Stimme klang gepresst. »Dougal hatte Recht.«

»Dougal?« Es ergab für ihn keinen Sinn. »Was hat er denn damit zu tun?«

»Er hat gesagt, ich würde ihn zum Schrumpfen bringen, und das habe ich getan!«

»Zum Schrumpfen?… Himmel, Cat –«

»Mit meiner Gehässigkeit«, erklärte sie. »Bin ich denn so gehässig gewesen?«

Es war ziemlich schwierig, nicht in lautes Gelächter auszubrechen, bis er an Una dachte. Er musste sein Gesicht gegen ein Kissen drücken.

Sie war sehr verwirrt. »Weinst du?«

Als er wieder atmen konnte, nickte er. »Aye – aber ganz sicher nicht vor Schmerzen oder Kummer.« Er stützte sich auf einem Ellenbogen auf und ergriff ihre Hand, verschlang seine Finger mit ihren. »Cat – das hat nichts mit Gehässigkeit zu tun. Das verspreche ich dir.«

»Aber –« Ihr Gesichtsausdruck sprach Bände.

Dair öffnete den Mund, schloss ihn wieder, begann von neuem. »Du hast doch Bullen und Hengste in der Brunftzeit gesehen –« Sie nickte. »– nun,dann weißt du sehr gut, dass sie nicht *immer* so groß aussehen.«

»Ja«, stimmte Cat ihm zu. »Es wäre für einen Bullen auch recht schwierig, mit einem solchen Ding herumzulaufen.«

Er unterdrückte wieder ein Lachen. »Oh … und das Gleiche gilt auch für Männer.«

Sie zweifelte noch immer. »Ich habe Robbie einmal gesehen – meinen Bruder. Mit Mairi. Er hat ziemlich wie ein Bulle ausgesehen.«

»Kleiner, hoffe ich, im Interesse von Mairi!« Dair küsste einen Fingerknöchel, dann den Handrücken. »Du hast ihn nicht zum Schrumpfen gebracht, Cat. Weder mit deiner Gehässigkeit oder sonst irgendwie. Er ruht sich nur aus.«

Sie war trotz ihrer Unschuld ziemlich gerissen und ergriff die Gelegenheit. »Dann weck ihn auf, aye?«

Dair grinste. »Das ist Sache der Frau.«

»Oh, aye? Und wie soll das gehen?«

»Bei dir genügt es vollkommen, wenn du nur atmest«, sagte er. »Siehst du?« Er führte ihre Hand unter die Decke, über seinen Bauch und tiefer. »Gar nicht mehr so klein… und wenn du –«

Ein Klopfen an der Tür unten unterbrach seine ruhigen Worte. Cat riss ihre Hand los und setzte sich stocksteif auf, bedeckte sich mit Laken. Das Klopfen wiederholte sich, wurde stärker.

»Oh, Himmel«, zischte sie, sprang aus dem Bett und suchte verzweifelt nach ihren Kleidern. »Oh, heilige Maria –«

Das Klopfen ging unbeirrt weiter.

»Wo hast du nur die –? Oh, Himmel, wo ist bloß Una?« Cat kniete auf dem Boden und begann, die Kleider zusammenzuwerfen. »Ist dies meins? Nein, das gehört dir… *hier*… um Himmels willen –«

Dair saß aufrecht im Bett. »Hör auf zu fluchen«, sagte er, »und komm zurück ins Bett. Es ist doch dein Haus, oder? Du hast das Recht, dann auf das Klopfen zu reagieren, wenn du es willst.«

Cat schaute ihn an, während sie mit einem Bein in die Hose fuhr. »Und soll Una sehen, wie ich aus dem Zimmer meines Vaters komme…?« Sie kämpfte mit dem anderen Bein. »Wer könnte um diese Zeit an der Tür sein?«

»So früh ist es gar nicht.« Er konnte sie nicht davon abbringen. Ergeben beugte Dair sich vor und griff nach einem Hemd. »Hier, du kannst meins haben.« Er stand auf, ganz und gar nicht beschämt über seine Nacktheit, und zog ihr das Hemd über den Kopf. »Gib mir deinen Arm, Cat – *hier* –« Er beugte ihren Arm etwas.

»Ich lasse nicht zu, dass du mich anziehst, als wäre ich ein Kind«, sagte sie trotzig und schob den Arm ohne seine Hilfe in den Ärmel. »Oh, ich hätte diesen Whisky gestern nicht trinken sollen – ich schmecke noch immer danach –«

»Und nach mir, und ich nach dir.«

Ihr Gesicht rötete sich. Sie riss den Ärmel hoch, so dass ihre Hand frei war, dann streckte sie den anderen Arm hindurch, während Dair den leeren Ärmel hochhielt. »Mein Gürtel –«

Sie erstarrte, als sie draußen vor der Tür Unas Stimme hörte.

Das Klopfen unten hatte aufgehört. Die Stimme eines Mannes begehrte laut Einlass.

Unas Stimme erklang, gedämpft durch die Entfernung und das Holz. »Catriona – steh auf. Ich gehe nach unten und sehe nach, wer draußen ist.«

»Oh«, keuchte Cat, »sie ist an *meiner* Tür … warte!« Und dann flüsterte sie eindringlich weiter. »Wo ist mein Gürtel?«

»Hier. Pass auf, dass dir die Hose nicht runterrutscht, sonst wissen alle, dass du kein Junge bist.« Er grinste, als sie fluchte. »*Ich* bin ja mit der Wahrheit bestens vertraut, aber Fremde sehen das vielleicht nicht.«

Sie band den Gürtel über Hose und Hemd zusammen. Ihre glänzenden Haare fielen ihr in weichen Locken über die Schultern. »Mein Schal –«, murmelte sie, dann bückte sie sich und hob einen Haufen Stoff auf, der sich als sein Plaid und Kilt entpuppte. »Das wird gehen, denke ich.«

»Cat!« Aber schon hatte sie es sich über den Kopf geworfen, hatte den Stoff um den Körper gewickelt und war durch die Tür hindurch nach draußen verschwunden, so dass er mit nichts anderem zurückblieb als einem safrangefärbten Hemd – wie ein Gäle auf dem Weg in die Schlacht. »Himmel«, murmelte er. »Ich könnte auch einer sein, aye?«

Cat blieb oben an der Treppe stehen, während Una unten die Haustür öffnete. Sie hörte eine männliche Stimme, die trotz aller Höflichkeit etwas sehr Gebieterisches hatte. Cat holte tief Luft, rückte rasch Dairs riesiges Plaid zurecht und fragte Una, was geschehen war.

Bevor Una zu einer Antwort ansetzen konnte, war der Mann auch schon im Haus. Er war noch jung, trug Militärkleidung und hatte den Hut unter den Arm geklemmt. »Ich bin Major Duncan Forbes von Fort William bei Inverlochy«, sagte er. »Ich habe die Aufgabe, einen Mann mitzunehmen, der wegen Piraterie gesucht wird.«

Una schnappte geräuschvoll nach Luft. »Piraterie!«, rief sie scharf; sie stand kurz davor, lautstark zu protestieren. »Wir sind hier aber ziemlich weit vom Wasser entfernt, Major … wieso glaubt Ihr, ein solcher Mann würde sich hier aufhalten?« Cat riss sich zusammen und ging so beherrscht wie möglich die Treppe herunter. Sie war sich seiner verwirrten Blicke nur zu bewusst; sah er die Hose unter dem Kilt und Plaid? Sie hatte versucht, sie unter einem Schwall Stoff zu verstecken, aber es war nicht sehr viel Zeit gewesen. »Was sucht Ihr?«

»Einen Jakobiten«, sagte der Major forsch; dann, als ihm einfiel, dass er sich möglicherweise im Haus eines jakobitischen Kumpanen befand, mäßigte er seinen Ton. »Ein Versorgungsschiff ist auf dem Weg nach Fort William angegriffen worden. Das Boot und seine Ladung sind gestohlen worden.«

Cat war jetzt auf der untersten Stufe angekommen und blieb stehen. Entsprach dieser Vorwurf den Tatsachen? *Oder war er nur eine billige Ausrede, weil Dair bei Killiecrankie gekämpft hatte, wo die Jakobiten gewonnen hatten?*

»Und wieso glaubt Ihr, dass ein solcher Mann hierher kommen würde?«, fragte sie geringschätzig; sie hatte sich jetzt ganz und gar in ihrer Rolle zurechtgefunden. »Mein Vater ist Laird von Glenlyon – Ihr kennt ihn, aye? Er hat William die Treue geschworen. Er ist gerade jetzt im neuen Regiment des Earl of Argyll.« Das entsprach alles der Wahrheit; es war deutlich von ihren Augen abzulesen. »Glaubt Ihr etwa, die Tochter dieses Laird würde einen jakobitischen Piraten verstecken?«

Major Forbes nickte leicht. »In der Tat, ich kenne den Namen. Es ist außerdem bekannt, dass Captain Campbell im

Regiment ist. Aber das hat mit meiner Aufgabe nichts zu tun. Wir haben Beweise, dass der gesuchte Mann hierher gekommen sein könnte. Es tut mir Leid, aber ich habe Anweisungen, das Haus sowie die Nebengebäude zu durchsuchen.« Seine Miene wurde weicher. »Es gibt keinerlei Grund zur Beunruhigung; Ihr habt nichts zu befürchten. Falls jemand Druck auf Euch ausübt, möchte ich Euch sagen, dass Euch Euer Leugnen nicht zur Last gelegt werden wird.«

Ein netter Mann, trotzdem, aber auch ein Narr. *Gut.* Cat trat jetzt auch die letzte Stufe hinab. »Wir verstecken niemanden, Major Forbes, und wir leugnen auch nichts. Aber ich kann nicht –«

Una schreckte mit einem lauten Schrei zurück. »*Wer ist denn das* –?«

Cat drehte sich um. Dair stand oben auf der Treppe in den düsteren Schatten; er trug die Hosen ihres Vaters. »Major Forbes«, sagte er mit gelassener Stimme und dem Versuch, seinen Highland-Akzent etwas zu mildern. »Kennen wir uns?«

Der Soldat runzelte die Stirn. »Nein, Sir, das tun wir nicht. Darf ich Euren Namen erfahren?«

Dair kam herunter, trat ins Tageslicht, und Una holte tief Luft.

»Das ist Alasdair –« begann sie.

»– *Campbell*«, beendete Cat rasch, aber sie wagte es nicht, Una einen Blick zuzuwerfen. Sie wusste nicht, wieso Dair sich entschieden hatte, aufzutauchen, doch wenn sie schnell genug war, konnte sie den Schaden möglicherweise begrenzen. »Er ist ein Cousin meines Vaters, und wir – ich –« Sie konnte es nicht verhindern; ihr Gesicht brannte, so peinlich war ihr das alles.

Dair stand jetzt neben ihr. Er legte ihr vertraulich eine Hand auf die Schulter. »Würdet Ihr erlauben, dass das Mädchen etwas Privates bespricht, Major?«

»Catriona«, brach es aus Una heraus. »*Catriona Campbell* –«

Das war die Gelegenheit. Cat wandte sich an sie. »Ich konnte es dir nicht sagen«, erklärte sie. »Wie hätte ich es auch tun können? Er ist nicht der Mann, den mein Vater oder meine Brüder anerkennen würden –« *Ganz sicher nicht*! »Aber ich habe mich entschieden, das zu tun, was *ich* will, und mein Leben nicht mehr von anderen bestimmen zu lassen.« Jedes Wort davon war wahr. »Una, es tut mir Leid – aber kannst du es denn nicht verstehen?«

»Verstehen!« Una war schockiert. »Ich verstehe sehr gut, Catriona – aber wenn du glaubst, dass ich solche Ehrlosigkeit im Haus deines Vaters dulde, dann –«

»Ich will sie heiraten«, sagte Dair. »Dürfen wir uns vor euch beiden vermählen? Ihr würdet gute Zeugen abgeben, aye?« Er drückte Cats Schulter. »Ihre Brüder mögen damit nicht einverstanden sein, aber sie und ich sind füreinander bestimmt ...« Sein Lächeln war warmherzig, als er Una jetzt ansah, und wunderschön. »Könnt Ihr es nicht über Euch bringen, uns zu vergeben, Una?«

Major Forbes lächelte höflich. »Ich fürchte, das muss warten. Ich glaube nicht, dass diese Frau willens ist, einem jakobitischen Lügner zu vergeben.« Er sah Cat kurz an, dann wieder Dair, während er mit einer knappen Geste seine Soldaten ins Haus bat. »Sir, ich muss Euch unter Arrest nehmen. Ihr seid der Piraterie angeklagt und werdet nach Fort William gebracht, bis man Euch nach Edinburgh in den Tolbooth bringen kann, wo Ihr der Gnade des Königs überantwortet werdet.«

»Er ist kein Pirat!« schrie Cat. »Er ist mein Verwandter, Alasdair –«

»– MacDonald«, beendete der Major den Satz. Er lächelte freundlich. »Er mag Euer Bett teilen, aber er ist kein Verwandter von Euch.« Er wiederholte die Geste, und ein Mann wurde von draußen reingebracht.

Es war Robbie Stewart, in Fesseln. Das Eisen klirrte, als er sich bewegte. Sein Gesicht war bleich und angespannt und voller blauer Flecken und Kratzer. Seine Augen flackerten lebhaft in einem intensiven, leuchtenden Blau.

Zu einem anderen Zeitpunkt hätte Cat sich gefreut, ihn so erniedrigt vor sich zu sehen. Aber in diesem Augenblick, in diesem Haus, wünschte sie ihn sehnlichst sonstwohin, weit weg, damit er Alasdair Og nur nicht identifizieren konnte.

Er schaute sie eine Zeit lang mit unergründlicher Miene an – einen langen, sehr langen Augenblick. Dann sah er Dair an, der wie erstarrt an der Treppe stand. »Du fragst gar nicht, wieso, MacDonald. Glaubst du, sie haben mich dafür foltern müssen?«

Selbst Cat wusste es besser.

Trotz stand in Robbies Augen, während der Soldat sich Dair näherte. »Oh, ein kleines Handgemenge – ich habe nichts für Eisen übrig, aye? –, aber es ist mir nicht sehr schwer gefallen, Klartext zu reden, als sie mich gefragt haben, welcher von MacIains Söhnen mit mir unterwegs gewesen ist.« Seine Wangen waren glühendrot. »Wie du siehst, ist Jean inzwischen nach Hause gekommen.«

Dairs Gesicht wurde kreidebleich. »Sie ist aus freien Stücken gegangen.«

»Oh, aye? Dann sollte ich meine Schwester wohl eine Lügnerin nennen?« Robbie spuckte auf den Boden. »Ich glaube nicht.«

»Sie ist gegangen«, wiederholte Dair, »sie war weg, als ich zurückgekommen bin.«

»Sie ist rausgeworfen worden.«

»Das ist sie nicht.«

»Sie ist von einem Mann rausgeworfen worden, der lieber ein Campbell-Weib in sein Bett nimmt!« Er starrte Cat wütend an. »Glaubst du, ich habe nicht gesehen, wie du ihr deine Kappe gegeben hast? Himmel, MacDonald, das ganze Lager hat es gesehen! Und es gab nicht einen einzigen Mann von

Appin oder Glencoe, der nicht gewusst hätte, was das bedeutet hat!«

»Robbie –«

Aber Stewart weigerte sich, weiter zuzuhören; er zog es vor zu handeln. Bevor irgendjemand ihn daran hindern konnte, war er an den Soldaten vorbei auf Dair zugesprungen und schlang ihm die Fesseln um den ungeschützten Hals.

Dairs Kopf flog zurück. Er taumelte, fiel auf die Stufen. Sein Schädel knallte mit einem lauten Geräusch auf den Boden.

»Du verfluchter Bastard –!« Cat, ohne Fesseln und somit sehr viel beweglicher als Stewart, stieß ihn hin und her, bis er zu taumeln begann und sich an der Wand abstützen musste. Ganze Stoffbahnen fielen von ihren Schultern. »Du erbärmlicher, verfluchter Bastard –«

Überall waren Männer, Soldaten in ihrem Haus. Jemand packte ihren Arm und zog sie von Robbie weg, der sie angrinste und ihr vulgäre Flüche entgegenschleuderte. Seine Lippe war aufgeplatzt, und er blutete, doch sie hörte nichts mehr, nichts als unsäglichen, ohrenbetäubenden Lärm, und dann war da dieses Licht, so viel Licht, dass ihre Augen ganz geblendet davon waren.

»Der Teufel soll dich holen!« schrie sie, dann riss sie sich von ihnen los, um zu Dair zu gehen, der gekrümmt auf dem Boden ausgestreckt lag; sie wollte sich neben ihn knien, sein blutiges Gesicht berühren.

»Catriona –«, platzte Una heraus. »Du wirst nicht –«

Aber die Worte verblassten, als wieder Hände nach ihr griffen. Sie zogen sie, zerrten sie weg von ihm. »Lasst mich –«

»Legt ihn in Eisen«, befahl Forbes. »Wir können ihn auf sein Pferd binden.«

Seine Stimme klang wie aus weiter Ferne.

»Das war unnötig«, sagte diese Stimme zu Robbie.

»Nein, oh, nein, das war es ganz und gar nicht.«

Forbes wandte sich knapp seinen Soldaten zu. »Schafft Stewart hier raus. Er hat seine Aufgabe erfüllt.« Er wandte sich an Cat. »Wie ich Euch gesagt habe, werdet Ihr nicht des Leugnens bezichtigt. Es wird Euch nichts geschehen.«

Eine Hand hielt sie zurück, als sie Anstalten machte, sich zu rühren. Sie lachte ihm ins Gesicht und sah ihn erröten. Forbes wandte sich ab.

Sie legten Dair Fesseln um die Handgelenke, verschlossen sie und hoben ihn auf. Er war bewusstlos und konnte sich nicht zur Wehr setzen. Blut befleckte das safrangelbe Hemd. Blut verschmierte auch die erste Stufe, bildete eine Pfütze auf dem Boden.

Dort, wo sie einst in Hemd und Hose gestanden hatte, wo Robbie Stewart ihr ein Schwert an den Hals gehalten hatte.

Sie hätte ihm von Herzen gewünscht, dass man ihn ins Tolbooth nach Edinburgh bringen und dort hängen würde. Nur würde Dair dann mit ihm sterben.

Das Tosen in ihren Ohren währte noch immer, und auch das Licht verschwand nicht aus ihren Augen. So viel Lärm und so viel Licht… sie fragte sich, ob es von der Wut kam, ob etwas im Innern ihres Kopfes zersprungen war, so wie bei Dair, der sich den Schädel aufgeschlagen hatte.

Robbie war weg, und auch Dair. Sie waren alle weg, die Soldaten, Stewart, MacDonald. Nur Forbes war noch nicht gegangen.

Cat sah ihn an. Der Lärm ließ nach. Das Licht in ihren Augen verblasste. All die Schwere, der Schmerz, die lähmende Angst krochen jetzt ihre Kehle empor. »Tut es nicht«, sagte sie mit gepresster Stimme. »Er ist bereits einmal gehängt worden. Es bringt Unglück, einen Mann zweimal zu hängen.«

Es lag keine Freude in seinen Augen, nur Pflichtbewusstsein und Anteilnahme. »Das hat der König zu entscheiden«, sagte Forbes und ging hinaus.

Dair erwachte in dem Augenblick, als sie ihn vom Pferd rissen. Er war sich des Kampfes bewusst, der in seinem Magen tobte, auch der Donnerschläge in seinem Kopf. Einen Augenblick war ihm, als wäre er wieder bei Killiecrankie, als würden Stahlklingen klirrend aufeinander prallen, bis seine Füße den Boden berührten. Hände legten sich auf seine Schultern, aber das hatte keine Bedeutung; er sackte gegen das Pferd und spürte, wie es sein Gewicht verlagerte.

– oh, warte –

Die kleine Bewegung genügte. Seine Beine gaben unter ihm nach, und er plumpste wie ein nasser Sack auf den Steinboden, wo er sich aus einem alten, tiefen Instinkt heraus auf die Seite rollte, sich dann trotz der Ketten – *immerhin keine Schwerter* – unbeholfen auf Ellenbogen und Hüfte stützte. In diesem Augenblick verlor Dair den Kampf, und alles, was er in der letzten Zeit gegessen und getrunken hatte, verließ seinen Magen.

Wäre er voll bei Bewusstsein gewesen, hätte er sich vor den Sassenach-Soldaten geschämt, aber er war noch gar nicht richtig bei sich, und so kümmerte es ihn nicht im mindesten, was sie von ihm dachten. Er konnte sich nicht erinnern, jemals so krank gewesen zu sein, so erbärmlich krank, mit unbeschreiblichen Schmerzen am und im Kopf. Als sein Magen leer war, wurde er von starken Krämpfen geschüttelt. Sein Schädel schien sich zu öffnen und sämtliches Licht hereinzulassen, das viel zu grelle Licht eines Tages, den er nur zu bald vergessen würde.

Eisen klirrte, als jemand sich neben ihn stellte. Die Stimme klang ausdruckslos und unfreundlich. »Sie haben angehalten, damit wir pinkeln können.«

Dair hustete und wünschte sogleich, es nicht getan zu haben.

Das Eisen klirrte erneut. Der Mann kniete sich neben ihn. »MacDonald.« Eine Hand berührte seine Schulter. Dieses

Mal klang die Stimme freundlicher. »Du wirst nicht ersticken, hörst du?«

Ein Schotte, kein Sassenach. Zudem eine vertraute Stimme.

»Dair –« Jetzt war Betroffenheit zu hören. »Himmel, du wirst nicht sterben, aye? Und sie um das Vergnügen bringen, uns hängen zu sehen?«

Robbie. Robbie Stewart. Der verantwortlich war für seine Lage.

Die Krämpfe versiegten mit einem unkontrollierbaren Zittern tief in seinem Bauch. Dair blieb weiter so gekrümmt liegen, das eine Bein unter den Körper gezogen. Er fürchtete sich davor, den Kopf vom Boden zu heben – er hätte schließlich abfallen können. Der Kiefer, fürchtete er, war es bereits.

»Ich habe Wasser«, sagte Robbie. »Willst du dir das Gesicht waschen, Mann?«

Sein Gesicht kümmerte ihn am allerwenigsten. Alles, was er tun konnte, war zu versuchen, das Gleichgewicht zwischen Tag und Nacht zu bewahren.

Eine andere Stimme schaltete sich jetzt ein. »Wir müssen weiter.«

»Glaubt Ihr, er läuft weg, wenn wir noch ein bisschen warten?«, entgegnete Robbie voller Verachtung.

Die andere Stimme blieb davon ungerührt. »Ich glaube, so lange wir in der Heide sind, geben wir ein hervorragendes Ziel für Eure Clanmitglieder ab, die euch beide lieber in Freiheit als in Fort William sehen. Wir müssen weiter.«

»Er ist verletzt –«, begann Robbie.

»Dann kümmert Euch um ihn«, erklärte der andere. »Ihr habt ihn schließlich auch verletzt.«

Dair, in seinem Unglück, begriff nicht, warum der Stewart etwas anderes tun wollte, als seinen Kopf ein zweites Mal zu zertrümmern. Doch eine Hand lag noch immer auf seiner Schulter.

»Kannst du sitzen?«, fragte Robbie. »Sonst werden sie dich

wieder quer über das Pferd legen; willst du ihnen diese Befriedigung geben?«

Er hätte ihnen gegeben, was immer er ihnen geben konnte. Dair bewegte sich vorsichtig und kämpfte sich langsam in eine aufrechte Position. Die Hand fiel mit einem klirrenden Geräusch von ihm herab. Robbie beäugte ihn aufmerksam.

Unbeholfen wischte sich Dair mit dem Ärmel über den Mund, dabei bemüht, den schweren Fesseln auszuweichen. Dann richtete er seinen verschwommenen Blick auf Robbies ebenfalls übel zugerichtetes Gesicht. »Der Teufel soll dich holen, du erbärmlicher Bastard«, sagte er trotz der Schmerzen in seinem Kiefer.

Stewart unterließ es, auf die Beleidigung einzugehen. »Oh, was das betrifft – das hat er bereits. Willst du was trinken?«

Die aufrechte Haltung bekam seinem Kopf nicht. Die Schwärze kroch wieder näher. »Trink es selbst«, brachte er hervor, »und verschluck dich daran.«

Doch jede Erwiderung darauf ging verloren, als Dairs Bewußtsein erneut schwand.

Es waren nur kleine Truhen aus Holz, die Ecken mit Zinn verstärkt, mit Lederriemen verschließbar. Cat wollte nur ein einziges Pferd mitnehmen und konnte es sich daher nicht leisten, mehr einzupacken, als was in zwei kleine Truhen passte.

Etwas abseits auf dem Bett – *ihrem* Bett, nicht dem ihres Vaters – lag ein kurzer, schöner Stoff mit dem Muster ihres Clans, in dessen Mitte sich drei Gegenstände befanden: ein Stück Seil, ein silberner, französischer Spiegel und eine blaue Highland-Kappe mit Abzeichen und Adlerfeder. Er war der Sohn eines Laird.

Una war endlich irgendwann gegangen. Cat hatte sie während ihres Streits zunächst ignoriert, bis Una sie ein unerzogenes, unflätiges Weibsstück genannt hatte, woraufhin Cat mit deutlicher Schärfe erwidert hatte, dass Una ihre Zunge hüten sollte, solange sie nicht Herrin des Hauses und Frau des Laird war.

Cat mochte es nicht, so arrogant auftreten zu müssen, aber sie hatte die Provokationen satt. Und sie war erfolgreich gewesen; Una hatte sich sogleich zurückgezogen. Doch als die Tür unten so kräftig aufgerissen wurde, dass sie mit einem lauten Knall gegen die Wand donnerte, wusste Cat, dass Una – die ein erbärmlicher Feigling war – nur weggegangen war, um die Artillerie zu holen.

Ihre Brüder gehörten nicht zu den Menschen, die ihre Privatsphäre respektierten oder ihre Wünsche tolerierten. Sie kamen donnernd die Treppe heraufgerannt, rissen die Tür auf und verteilten sich auf dem engen Raum, der ihnen zur Verfügung stand. Das Zimmer war nicht so groß, dass die drei zusätzlich zu ihr noch Platz gefunden hätten, doch sie gaben sich große Mühe.

Jamie schäumte vor Wut. Er warf ihr beleidigende Worte an den Kopf, noch dazu so viele auf einmal, dass sie die Beleidigungen – oder die ihnen zugrunde liegenden Absichten – gar nicht im Einzelnen begreifen konnte. Als Jamie mit seinem Schwall aus Flüchen fertig war, machte Dougal weiter, wenn auch weniger hitzig. Colin wartete, bis beide fertig waren.

»Wieso?«, fragte er dann. »Wieso ein MacDonald?«

Cat fand die Frage kurios. Nicht *wieso ein Mann*?, sondern *wieso ein MacDonald*? An ihn richtete sie ihre Antwort; er hatte es sich aufgrund seines sanfteren Verhaltens verdient. »Weil mein Herz mir in dem Augenblick, als er hier im Haus war, gesagt hat, dass ich genau das tun sollte. Dass ich nichts anderes *wollte*, als mit ihm zu schlafen.« So. Das war offen genug. Niemand konnte es missverstehen, nicht einmal ihre Brüder.

Jamie war angeekelt. »Ich werde nicht zulassen, dass irgendein Mann sagt, meine Schwester wäre eine Hure –«

»Gut. Dann sieh zu, dass es niemand sagt. Soweit ich weiß, ist eine Frau allerdings erst dann eine Hure, wenn sie Geld dafür nimmt.«

Dougal war neugierig geworden. »Es kümmert dich nicht, was sie denken?«

»Nein«, antwortete Cat schlicht. »Haben solche Gedanken euch etwa jemals davon abgehalten, mit einem Mädchen zu schlafen?«

»Das ist etwas anderes«, erklärte Jamie. »Es ist das Recht eines Mannes, sich eine Frau auszusuchen –«

»Er hat mich gewählt.« Sie schloss eine der Truhen. »Ich sehe keinen Sinn darin, mich zu verteidigen. Es ist geschehen.«

»Wohin gehst du?«, fragte Colin.

Cat verschloss den Riegel. »Nach Glencoe. Ich bin dort eingeladen.«

»Wieso?« Jamie war jetzt trotz seines lärmenden Auftritts verblüfft, beinahe verzweifelt. »Was hast du mitten unter den MacDonalds zu schaffen?«

Cat nahm die Truhe vom Bett und stellte sie auf den Boden. »Ich will ihnen die Wahrheit über das erzählen, was mit ihm geschehen ist.«

»Ich zweifle nicht daran, dass sie sie bereits wissen.« Verachtung schlich sich in seine ironischen Worte. »Die Sassenachs sind zuerst bei ihnen gewesen, aye?«

»Sie wissen es nicht«, antwortete sie beharrlich. »Ich muss es ihnen sagen.«

Dougal blickte ungläubig drein. »Glenlyons Tochter in Glencoe? Bist du von Sinnen, Cat? Sie könnten dich dort behalten und einen Handel vorschlagen: dich gegen Alasdair Og einzutauschen!«

Cat schloss jetzt auch die zweite Truhe und verriegelte sie. »*Du* bist von Sinnen, Dougal. Was für einen Wert habe ich für die Sassenachs? Wir sind keine Jakobiten, aye? Und der Laird von Glenlyon dient König William in Argylls Regiment.«

»Du hast einigen Wert für uns«, erklärte Jamie säuerlich. »Falls Breadalbanes Sohn eine beschmutzte Ware überhaupt noch haben will.«

Cat lachte. »Breadalbanes Sohn hat seine eigene Ware beschmutzt und ist mit ihr weggelaufen«, sagte sie, »ich glaube nicht, dass er zurückkommt, weil er mich haben will.«

»Cat –« Als sie sich mit einer der Truhen auf den Armen zur Tür wandte, verstellte Jamie ihr den Weg. »Ich kann das nicht zulassen.«

»Wegen deines erbärmlichen Stolzes? Nun, es kümmert mich nicht, ob du es zulassen kannst oder nicht«, sagte sie. »Ich werde tun, was ich tun muss.«

Er wich nicht von der Stelle. »Ich werde das nicht zulassen.«

Wut kochte in ihr hoch. »Du bist hier noch nicht der Laird«, schrie sie. »Himmel, Jamie, würde Robbie noch leben, wärst du nichts anderes als der zweite Sohn eines Trunksüchtigen! Lass mich vorbei.«

»Und Robbie hat seinen Tod den MacDonalds zu verdanken.«

Es kostete sie unendlich viel Mühe, ihn nicht anzuschreien, ihre Wut und Enttäuschung nicht an einem Mann auszulassen, der ihre Gefühle entweder nicht verstehen wollte oder nicht verstehen konnte – so mächtig und aufrichtig sie auch waren.

Cat starrte ihn mit blitzenden Augen an. »Robbie hat seinen Tod mir zu verdanken. Mir, Jamie! Weil ich den Dolch unseres Vaters genommen habe und euch nachgeschlichen bin, als ihr Vieh stehlen wolltet. Darin liegt die Schuld! In dir selbst oder in mir, weil ich euch gefolgt bin! Aber ich werde nicht zulassen, dass du Dair für etwas die Schuld gibst, bei dem er nicht einmal anwesend war!«

»Und wo war er?«, fragte Dougal. »Dabei, *unser* Vieh zu stehlen, aye?«

»Oder Campbell-Land zu plündern, nachdem sie Argyll hingerichtet haben«, ergänzte Jamie schroff. »Er war dort, aye? Mit all den anderen Glencoe-Männern hat er der Hinrichtung zugesehen, abgesehen von den Jungen, die zu uns unterwegs waren, um unsere Kühe zu stehlen!«

»Genauso, wie ihr deren Kühe stehlen wolltet!«

»Aber wir haben niemanden getötet!«

»Hört auf«, befahl Colin, der viel zu lange geschwiegen hatte. »Beruhigt euch, alle beide. Du entehrst das Haus unserer Mutter mit solcher Bitterkeit.« Er blickte seinen älteren Bruder an. »Lass sie gehen, Jamie.«

Dougal war sichtlich überrascht. »Colin – was hast du vor, Mann?«

»Lass sie gehen«, wiederholte Colin. »Sofern du nicht vorhast, sie ans Bett zu binden, kannst du sie hier nicht festhalten. Es steckt genug von uns in ihr, aye? Und sie ist ganz und gar nicht wie unser Vater, dem das Rückgrat fehlt, um aufrecht gehen zu können. Du wirst sie nicht dazu bringen, vor dir zu kriechen, Jamie. Sie wird dich nicht anbetteln.« Er warf seiner Schwester einen raschen Blick zu. »Und selbst wenn du es könntest, würde ich es nicht zulassen, fürchte ich.«

Jamie war sprachlos. Colin nahm Cat die Truhe ab und nickte in Richtung Bett. »Nimm den Rest, Cat. Ich lasse nicht zu, dass du mit nichts weiter als dem, was du auf der Haut trägst, nach Glencoe gehst.«

»Hosen«, murmelte Jamie. »Sie ist gekleidet wie ein Junge.«

Dougal lachte. »Aye, aber sie hat bewiesen, dass sie keiner ist, als sie mit dem MacDonald im Bett war!«

Jamies Miene war finster. »Solange er nicht Jungen bevorzugt… er ist immerhin ein MacDonald –«

»Oh, hör auf«, unterbrach Cat ihn müde, packte Seil, Spiegel und Kappe zusammen. »Geh zurück zu deinen Kindern und deiner Frau, Jamie… sicher sind sie besser darin, dein Gejammer anzuhören.«

Colin wartete. Cat befestigte das kleine Bündel an ihrem Gürtel, dann nahm sie die Truhe von dem schmalen Bett auf, von dem sie hoffte, nie wieder darin schlafen zu müssen.

»Sei kein Dummkopf«, sagte Dougal mit drängender Stimme. »Oh, Cat –«

»Lass sie durch«, sagte Colin.

Jamie warf ihm einen durch und durch giftigen Blick zu. »Dann wirst du auch derjenige sein, der es unserem Vater erzählt.«

»Das werde ich tun.« Colin ging aus dem Raum, folgte Cat, die schon die Treppen hinunterstieg. Unten wartete Una mit angespannter Miene.

»Catriona –«

»Es ist entschieden«, sagte Cat. Dann wurde sie etwas weicher. »Ich muss gehen, Una. Aber wenn du glaubst, du solltest mitkommen und mich begleiten –«

»Das tue ich nicht«, entgegnete Una scharf. »Du hast bewiesen, dass du keine Ehre hast. Ich könnte nichts tun, um sie dir wieder zu verschaffen.«

Es schmerzte mehr, als sie erwartet hatte. Cat biss die Zähne zusammen und trat durch die Tür ins Freie.

Colin stellte die Truhe auf die Bank. »Ich hole dir ein Pferd. Und ich werde unserem Vater schreiben – ich werde die Geschichte milder erzählen, als Jamie es getan hätte.«

Davon war Cat überzeugt. Cat legte ihm eine Hand auf den Arm. »Colin – wieso tust du das?«

Er lächelte. »Weil ich niemals gesehen habe, dass du etwas so sehr gewollt hast wie das hier. Und du hast immer nach dem verlangt, was möglich war.«

Es machte keinen Sinn. »Colin –«

»Du liebst ihn«, sagte er.

Cats Magen zog sich zusammen. »So sehr, wie ich irgendetwas auf dieser Welt nur lieben kann.«

»Aye …« Colin zuckte unbeholfen die Schultern; eine solche Wahrheit war für ihn schwer zu ertragen. »Du hast deine Leidenschaften niemals für dich behalten, Cat. Du teilst anderen immer gleich mit, was in deinem Herzen vor sich geht... und du findest die passenden Worte und hast genügend Verstand, dass es schmerzt! Das macht es so schwierig mit dir. Und das macht Jamie so wütend.« Er lächelte etwas schief; er, der Beste von ihnen: ein Mann, der ihr die Freiheit gab, die zu sein, die sie sein musste. »Aber wenn *er* dich haben will – sei er nun ein MacDonald oder nicht –, wird er sehen müssen, wie er damit fertig wird.«

Sie war sich nicht sicher, ob das als Schmeichelei oder als Beleidigung gemeint war, aber sie fragte nicht nach. Sie würde nehmen, was ihr angeboten wurde, voller Dankbarkeit, und ihn in ihre Gebete einschließen.

Als Colin ging, um das Pferd zu holen, lächelte Cat durch die Tränen hindurch, die sich in ihren Augen bildeten. *Wenigstens einer meiner Brüder ist meine Tränen wert*!

Staub stieg vom Exerzierplatz auf, als die Soldaten mit ihren Gefangenen in Fort William einritten. Es war am Nachmittag des fünften Tages, nachdem Captain Fisher vom Angriff auf die *Lamb* berichtet hatte; die Festnahme der beteiligten Schotten war äußerst zügig vonstatten gegangen.

Kommandant Hill stand mit seinem Adjutanten vor den Offiziersquartieren, als man den Gefangenen befahl, von den zotteligen Highland-Ponys abzusteigen, die von den größeren und schwereren Militärpferden seiner Soldaten um einiges überragt wurden.

Gegenüber den Uniformen und der starren Disziplin von Major Forbes' Truppen wirkten die Schotten überaus barbarisch. Sie waren barfuß, die Beine bis über die Knie unbedeckt, und trugen farbenprächtige Stoffe. Es war ganz und gar nichts Zivilisiertes an ihnen. Und doch wusste Hill es besser. Die Lairds waren keine Wilden, sondern häufig genug hochgebildete Männer, die sich als Highland-Geborene dazu entschlossen hatten, in ihrem wilden Land zu bleiben und nach einem überaus starren Regelwerk zu leben – einem Regelwerk, das von Stammesloyalität und dem heiligen Gesetz der Gastfreundschaft geprägt war, trotz aller Clanrivalitäten, die den Stechginster und die Heide in Blut ertränkten. Und nach den gleichen Maßstäben erzogen sie auch ihre Söhne.

Jetzt hatte Hill zwei von ihnen bei sich: den Erben der Appin-Stewarts und einen Sohn von MacIain.

Ein anderer Mann hätte vielleicht frohlockt. Aber Hill hielt es für unglücklich, wenn auch schicksalhaft, dass es unumgänglich geworden war, die beiden einzusperren. Er kannte keinen einzigen Schotten, der sich an Gefangenschaft gewöhnt hätte, ebenso wenig wie afrikanische Löwen sich im Tower von London wohl fühlten.

Aufgrund von Captain Fishers Beschreibung erkannte Hill den Stewart und den MacDonald sofort. Es war auch nicht besonders schwierig: Stewart war tatsächlich ein kräftig gebauter junger Mann, obwohl er alles andere als groß war, und er hatte selbst jetzt, in den Eisenfesseln, eine Arroganz an sich, die von den Umständen ganz unberührt zu bleiben schien.

Er stellte sich breitbeinig neben sein Pferd und starrte Hill direkt in die Augen, und ein spöttisches Lächeln verzog sein schmutziges Gesicht.

Der andere war ganz anders. MacIains Sohn war nicht nur an den deutlich grauen Haaren zu erkennen, sondern auch an der grimmigen Betroffenheit, die sich auf den Gesichtern derjenigen Clanleute spiegelte, die ebenfalls das Abzeichen der MacDonalds trugen. Er war unfähig, allein zu stehen, und musste von zwei Soldaten gestützt werden. Getrocknetes Blut befleckte sein Hemd, seine Haare und sein Gesicht, als hätte er versucht, sich selbst zu waschen und wäre dabei gescheitert. Hill erkannte augenblicklich den unkonzentrierten Blick in seinen Augen, die Unsicherheit, die überaus vorsichtige Haltung seines verletzten Kopfes. MacDonald war bei Bewusstsein, aber er nahm die Geschehnisse um sich herum nicht wirklich wahr. Oder er war zu sehr verletzt, um sich darum zu scheren.

Forbes trat vor und salutierte geflissentlich. Er erstattete knapp Bericht, ohne unnötig weit auszuholen: Robert Stewart und bestimmte Clanleute waren im Land der Appin verhaftet worden, ebenso gewisse MacDonalds vom nahen Glencoe und Alasdair Og MacDonald.

MacIains jüngerer Sohn, nicht der Erbe. Hill sah an Forbes vorbei auf den benommenen Gefangenen. Unter der Beobachtung bewegte sich MacDonald und versuchte, ohne fremde Hilfe zu stehen. Eisen klirrte, als er sich aufrecht hinzustellen versuchte. Die leuchtenden Anfänge eines hässlichen blauen Flecks kündigten sich an seinem geschwollenen Kiefer an. Sein Blick kreuzte sich mit dem von Hill, und er hob den Kopf, den Schmerz verachtend, den die Bewegung auslöste. Aber Hill sah ihn durch die starre Maske seines geschundenen Gesichts hindurch, sah die bleichen, zusammengebissenen Lippen.

Wut stieg in ihm auf; er würde unnötige Brutalität nicht dulden. »Wieso ist dieser Mann verwundet, Major Forbes?«

»Sir –«

»*Ich habe das getan.*« Robbie Stewart trat einen Schritt vor, bis ein Soldat ihm den Weg versperrte. Er blieb stehen, warf dem Soldaten einen spöttischen Blick von der Seite zu und blickte Hill geradewegs in die Augen. »Ich war das, aye? Es war eine Sache zwischen uns; es hatte nichts mit Euch zu tun.« Sein Englisch war gut, wenn auch mit deutlichem Highland-Akzent. »Das geht nur die Schotten was an, nicht die Sassenachs. Ihr würdet es nicht verstehen.«

Hill unterdrückte ein Lächeln. »Wisst Ihr, junger Sir, wenn ihr Schotten nur in der Lage wärt, lange genug damit aufzuhören, euch gegenseitig umzubringen, und euch stattdessen vereinigen und den Sassenachs in einer richtigen Schlacht entgegenstellen würdet, hättet ihr vermutlich große Chancen, eure Unabhängigkeit zu erlangen. Dundee hat seine Sache bei Killiecrankie immerhin sehr gut gemacht. Er war ein militärisches Genie; schade, dass er getötet worden ist.«

Stewart riss vor Überraschung die Augen auf. »Wird Euch Euer erbärmlicher König nicht des Verrats anklagen, wenn Ihr so etwas sagt?«, fragte er streitlustig.

»Mein erbärmlicher König ist nicht hier, um es zu hören«, antwortete Hill. »Und Eurer, fürchte ich, ist kein bisschen näher, um zu hören, was Ihr in seinem Namen tut. Wir sind ganz auf uns gestellt, Sir – und haben es nur mit unserem eigenen Krieg zu tun.« Er sah Forbes wieder an. »Major, würdet Ihr diese Gefangenen in die Zellen bringen. Steckt Robert Stewart und Alasdair MacDonald in eine gemeinsame, die übrigen in eine andere. Und holt mir den Arzt her; ich will MacIain nicht einen weiteren Grund geben, uns zu hassen.« Er war sich der unnatürlichen Reglosigkeit des MacDonald bewusst, auch des überraschten Zuckens von Stewart, und er sah sie wieder an. »Gentlemen, seid versichert, dass ihr mit soviel Gastfreundschaft behandelt werdet, wie uns möglich ist, solange wir auf die Erklärung des Königs in dieser Angelegenheit warten. Ich bedauere nur, dass es ausgerechnet solche Umstände sind, die euch hierher führen.«

Keiner der beiden jungen Männer glaubte ihm, genauso wenig wie die anderen gefangenen Highlander. Hill bedauerte es zutiefst. Hätte er die Welt erschaffen, er hätte dafür gesorgt, dass die Menschen einander vertrauten.

Selbst Schotten und Sassenachs.

Selbst Robert Stewart und Alasdair Og MacDonald.

2

Es war ein fremdes Land für Cat, auch wenn sie über seine Beschaffenheit Bescheid wusste, seinen Namen kannte. Der Große und der Kleine Hirte. Die Teufelstreppe. Die Klippen von Feinn. Der Pap von Glencoe. Sie war mit den Geschichten über das Land aufgewachsen, Geschichten, die von Fehden und Morden handelten, von Viehraubzügen und Feldspielen. Es gab keine Highlander, die die Beschaffenheit ihrer Gegend nicht gekannt hätten, ob Männer oder Frauen.

Rannoch Moor mit seinen Sümpfen und verschlungenen Bäumen blieb hinter ihr zurück, mit ihr die Erinnerung an den Versuch, jemanden aufzuhängen. Sie ritt ins Glen hinein, in ein üppiges und fruchtbares Tal, das von dem Fluss Coe geteilt wurde und eingehüllt war in eine schroffe und gewaltige Schönheit, die eifersüchtig über eine höchst geheimnisvolle Pracht wachte: über zerklüftete Klippen, die von Wasserfällen zerteilt wurden, die sich in Bäche verwandelten; über weich abfallende Böschungen, denen diese Bäche ein Karomuster verliehen, als wären sie der Kettfaden eines Clanmusters; über die wilde, stürmische Kraft eines Flusses, der das ganze Glen in zwei längliche Hälften teilte; über senkrecht aufragende Felsauswüchse, die sich über den baumbestandenen Hügeln erhoben; über die Bäche auf dem Talboden, die mäandernd hinab zum Loch Linnhe flossen.

Glencoe wirkte nicht gerade wie ein sanfter Ort, sondern so, als wäre es von hastigen Händen errichtet und dann im Laufe der Zeit geformt worden. Seine Stärke lag in seiner zerklüfteten, schroffen Art, sein Glanz im Überleben. Hier war Dair geboren worden, hier war er aufgewachsen, hier, wo der Riese MacIain für seine Leute eine Heimat geschaffen hatte, sich mit all seinem Verstand und der Stärke einer robusten Persönlichkeit in einem riesigen Körper um seine

Leute gekümmert hatte. MacIain *war* Glencoe, seine Knochen waren aus Glencoes Stein, sein Blut aus dem Wasser des Baches gespeist, und sein Stolz stammte von den Klippen und Felsspalten. Und jetzt würde die Tochter eines Feindes dem Vater erzählen, was aus seinem Sohn geworden war.

Cat gestattete ihrem Pferd, sich seinen Weg langsam zu bahnen, denn sie hatte es nicht eilig. Als sie Glen Lyon verlassen hatte, war sie sich ihres Zieles sicher gewesen, hatte aufgrund ihrer eigenen Wünsche und der Notwendigkeit, die Informationen weiterzugeben, immer weiter gedrängt. Doch jetzt war sie da, mitten in Glencoe mit dem Pap über ihr, wo sich der Hass auf die Campbells aus der Fantasie speiste.

Ihre Schultern schmerzten, so angespannt war sie. Sie musste an sich halten, um nicht das Pferd zu wenden und wieder umzukehren. Wer war sie denn, dass sie ohne Begleitung mit der Nachricht vom Sohn des Laird herkam: mit der Nachricht, dass dieser Sohn von den Sassenachs aus dem Haus einer Campbell geschafft worden war, direkt dem Bett von Glenlyons Tochter entrissen.

Niemand von ihnen kannte sie. Sie hatten höchstens von ihr gehört, wenn überhaupt: Sie war die Tochter eines Trunksüchtigen und hatte Breadalbanes Sohn heiraten sollen. Doch selbst hier hatte sie durch Duncans Flucht mit Marjorie eine Zurückweisung erlitten, die in den Augen anderer höchst unehrenhaft war – so sehr sie es den beiden auch gönnte, weil sie ohnehin nichts von Duncan gewollt hatte. Doch es blieb die Tatsache, dass ein Mann sie zurückgewiesen hatte, weil er den Reichtum seines Vaters ablehnte.

Das Pferd schritt weiter. Cat schloss die Augen. Schweiß lief an ihr herab, und ihre Brüste und Lenden schmerzten; trotz der Stille des Sommers spürte sie eine Art Ungeduld und Vorahnung.

»*Komm heim mit mir nach Glencoe.*« Nun, sie war gekommen. Aber er war nicht da.

»Seid Ihr krank?«, fragte eine Stimme.

Cat riss die Augen auf. Ein Mann stand neben dem Pfad und streckte die Hand aus, um nach dem Zaumzeug des Pferdes zu greifen. Ein Kind war bei ihm, klammerte sich an seinen Kilt.

Sie zog an den Zügeln, wischte sich hastig eine Strähne aus dem Gesicht und versuchte, so etwas wie Haltung anzunehmen. »Ich bin gekommen, um MacIain zu sehen.«

Er zog eine Braue hoch. »Oh, aye? Ich hätte gedacht, Ihr würdet seinen Sohn sehen wollen.« Er lächelte, um der beabsichtigten Ironie seiner Worte die Schärfe zu nehmen. »Ich bin John MacDonald, Alasdairs Bruder.« Er legte dem Kind die Hand auf den Kopf. »Und dieser Winzling hier ist mein Sohn, Sandy.«

»Dair hat gesagt, dass er sich deshalb anders nennt, weil es schon zu viele Sandys gibt.« Die Worte waren ihr so rausgerutscht, ehe sie den Mund hatte halten können.

»Oh, aye … aber hier ist er Alasdair. Alasdair Og. Obwohl ich bezweifle, dass ihn jemals jemand mit unserem Vater verwechseln könnte.« Seine Augen waren so braun wie die von Dair, und auch die Gesichtsform ähnelte seiner. Er lächelte wie sein Bruder, freundlich und sehr hübsch. »Niemand in der Welt könnte einen anderen für MacIain halten. Am allerwenigsten seine Söhne.«

»Man hat ihn ergriffen«, brach es plötzlich aus ihr heraus, und sogleich verwünschte sie sich dafür. So hatte sie es nicht geplant. »Sassenach-Soldaten. Sie haben ihn zusammen mit Robbie Stewart nach Fort William gebracht.«

Johns Lächeln verschwand. Er warf einen kurzen Blick auf seinen kleinen Sohn, dann wieder auf Cat. So sehr er auch jede Ähnlichkeit mit seinem Vater zurückgewiesen hatte, sah Cat in diesem Augenblick doch MacIain in seinem Erben und eine raubtierhafte Reglosigkeit in den braunen Augen. »Ist er verletzt worden?«

Nicht durch die Sassenachs – noch nicht – »Er und Robbie haben sich geschlagen.«

»Er und *Robbie*?« Dann wich die Überraschung aus seinem Gesicht. »Ah … Aye, ich wusste, dass das passieren würde. Aber die Sassenachs haben ihm keinen Schaden zugefügt?«

»Noch nicht. Aber sie haben ihn in Fesseln gelegt.«

Johns Mund zitterte; die Augen hatten wieder etwas Raubtierhaftes. »Kommt mit mir«, sagte er mit ruhiger Stimme. »Ich bringe Euch zu meinem Vater.«

Seinem Vater. Dairs Vater.

Für sie war es der riesige Mann, der zehn Jahre zuvor ein kleines Mädchen verängstigt hatte. Und der mit seinem polternden Auftreten, seiner arroganten Haltung dazu geführt hatte, dass Dair mit seinem hübschen Lächeln und seiner Ehrlichkeit die wütende Tochter Glenlyons wieder beruhigt hatte.

Sie hatten eine gemeinsame Vergangenheit, wie ihre Körper durch Dair verbunden waren. Sie würde nicht zulassen, dass MacIain auch nur irgendetwas davon entwertete.

Sie kletterte von ihrem Pferd; wenn MacIains Erbe zu Fuß ging – und *dessen* Erbe –, konnte sie es auch.

»Ich bin Cat«, sagte sie. »Glenlyons Tochter.« So. Sie hatte es gesagt. Die Wahrheit. Das Bekenntnis. Sie wartete auf eine Reaktion, hoffte, sich auf die folgende Feindseligkeit genügend vorbereitet zu haben.

»Oh, aye«, meinte er lediglich. »Meine Mutter hatte schon gehofft, Euch zu treffen.«

Cat erstarrte. Irgendwie war die Aussicht auf Dairs Mutter noch schlimmer als die, seinem Vater zu begegnen.

John MacDonald lachte. »Sie wird nicht beißen, das schwöre ich – aber könnte es sein, dass eine Campbell Glencoes Gastfreundschaft zurückweist?«

Kein Highlander würde so etwas tun, genauso wenig, wie er sie missbrauchen würde. Es war ein heiliger Eid. Cat sah ihn finster an. »Das würde ich nicht.«

»Dann kommt mit mir.« Er nahm Klein Sandy auf den Arm und ging mit den gleichen geschmeidigen und langen Schritten voran, die sie bei seinem jüngeren Bruder gesehen hatte.

Dair erwachte, als jemand am Riegel rüttelte. Einen Augenblick später trat ein Soldat ein und stellte ein zugedecktes Tablett auf den Boden, dann ging er wieder, ohne ein einziges Wort gesagt zu haben. Die Tür wurde wieder verschlossen, der Riegel vorgeschoben.

Die Orientierungslosigkeit dauerte nur einen Augenblick. Er wusste, wo er war, wieso er hier war und wer bei ihm war. Und nichts davon gefiel ihm.

Zwei schmale, vergitterte Fenster ließen etwas Tageslicht herein, doch es war bereits Dämmerung, und so war auch das Licht zum größten Teil gegangen. Innerhalb einer halben Stunde würden sie ganz von der Dunkelheit verschluckt sein, da sie weder eine Lampe noch eine Kerze hatten, und so würden sie eine ziemlich lange und schwarze Nacht als Gefangene verbringen.

Er hörte das Klirren von Ketten. Durch seine leicht geöffneten Augen erkannte er, dass Robbie sich zum Tablett hinbewegte, dass er das Tuch zurückschlug. Zwei Becher, Brot, Fleisch und Käse. »Ein Fest«, murmelte Robbie in verbittertem Spott. Er hockte bei dem Tablett und warf einen durchdringenden Blick auf seinen Mitgefangenen. »Lebt er denn noch?«

Dair erinnerte sich schwach daran, wie sie in diese Zelle gebracht worden waren. Er erinnerte sich ebenso schwach, dass er versucht hatte, die Pritsche auf dem Boden zu erreichen, bevor er das Bewusstsein wieder verloren hatte. Er erinnerte sich jedoch gar nicht, dass er sich selbst auf dem Rücken ausgestreckt hatte, die gefesselten Hände friedlich über den Rippen gefaltet, als wäre er eine Leiche. Er bezweifelte, dass die Sassenachs das getan hatten.

»Wird er essen?«, fragte Robbie.

Er war hungrig, aber er wusste, dass er nichts essen sollte. Sein Magen hatte sich noch nicht wieder beruhigt, und sein Kopf schmerzte fürchterlich. Aber er bezweifelte ohnehin, dass er mit seinem geschwollenen Kiefer überhaupt beißen konnte.

Dair fuhr mit der Zunge über die Zähne, dort, wo Robbie mit seinen Fesseln zugeschlagen hatte. *Aye, da sind welche locker...* Wenn er Glück hatte, konnte er sie behalten. Er hörte mit der Untersuchung auf; selbst die leiseste Berührung schickte einen fürchterlichen Schmerz durch seinen Kiefer und den Schädel. »– Bastard«, murmelte er.

»Oh, er spricht!« Das Eisen klirrte wieder. »Wollen wir essen, MacDonald?«

»Wasser.«

Robbie brachte einen Becher und setzte sich neben die Pritsche, die Beine bequem gekreuzt, als würde er an einem schönen Lagerfeuer mit Dudelsackmusik im Hintergrund sitzen. Sein Gesicht war staubverschmiert und grün und blau, und die Haare standen ihm wie ein Hut aus goldenen Locken vom Kopf. Ein goldener Schatten lag um seinen Kiefer; Dair zweifelte nicht daran, dass er selbst auch mal wieder eine Rasur vertragen könnte.

Er stützte sich auf einem Ellenbogen auf, wurde dann vollkommen still. Der Schweiß brach ihm aus, legte sich als glänzender Film auf sein Gesicht. Er wollte so gerne eine Reihe von wütenden Flüchen loswerden, aber es schmerzte zu sehr, die nötige Kraft dafür aufzubringen.

»Hier.« Robbie reichte ihm den Becher. »Brauchst du Hilfe?«

Mit der freien Hand nahm Dair das Wasser an. Er war schwach und zitterte, aber es gelang ihm, den Becher an den Mund zu führen. Das Wasser war kalt, und seine Zähne schmerzten. Er wollte würgen, aber es ging nicht; sein Magen war noch immer nicht in Ordnung.

»Genug?« Robbie nahm den leeren Becher wieder zurück. »Willst du noch mehr? Ich habe auch noch was.«

Dair runzelte die Stirn. »Du hast mir beinah den Schädel eingeschlagen, aye? Willst du mich jetzt ersäufen?«

Robbie beäugte ihn in dem schlechten Licht. »Du hast ja vielleicht eine schlechte Laune!«

»Himmel«, murmelte Dair, legte sich wieder richtig hin. Er fuhr sich mit der schmutzigen Hand an die Stirn und massierte sanft die Haut; ein notdürftiger Versuch, die Schmerzen zu lindern. »Erwartest du, dass ich dir vergebe? Es vergesse? Du hättest mich beinahe getötet, Robbie!«

Robbies Stimme klang erstaunlich gelassen. »Dann haben wir uns gegenseitig etwas zu verzeihen.«

Dair erstarrte, dann ließ er seine Hand unter lautem Klirren sinken und starrte Robbie an. Dessen Ausdruck war so farblos wie seine Stimme, und ganz und gar zweideutig.

»Willst du es mir vorwerfen?«, forderte Robbie ihn heraus.

Er wollte es. Er konnte es nicht. Die aufflackernde Wut wurde erstickt durch den bitteren Hauch der Erkenntnis. »Nein«, sagte er schließlich. »Ich habe es verdient, aye?«

»Das hast du.«

Dair brachte ein Lächeln zustande; ein leichtes Zucken seiner Lippen in trockener Selbstverachtung. »Und ich hätte wohl dasselbe getan.«

»Nun, also dann.« Die Erleichterung war nur vage zu spüren, verstärkt durch die Genugtuung. Fürs Erste war die Angelegenheit erledigt. Robbie griff hinter sich und zog das Tablett näher heran. »Willst du was essen, MacDonald?«

Er betastete mit der Zunge seine geschwollene Wange. »Nicht, wenn du es nicht vorher für mich kaust.«

»Oh… nein, ich glaube, eher nicht. So weit geht das Verzeihen denn doch nicht.« Robbie legte sich eine Scheibe Käse und Fleisch aufs Brot und begann zu essen. »Ich hätte dich töten können, in jenem Augenblick; ich habe es wirklich gewollt. Aber es wäre ein sauberer Tod gewesen, aye? Und aus einem guten Grund. Es ist etwas anderes, von den Sassenachs gehängt zu werden, weil wir ein Boot geentert haben.«

Robbies Sicht der Dinge hatte sich immer deutlich von seiner eigenen unterschieden. Trotz der Schmerzen in seinem Kiefer konnte Dair ein Lachen nicht unterdrücken. »Du hättest einen Dolch benutzen sollen.«

»Oh, sie hatten mir meinen schon weggenommen.« Er kaute bedächtig. »Ich habe mich wirklich ein bisschen besser gefühlt, als du wie ein gestolpertes Kalb zu Boden gesunken bist – nur hat dann das Mädchen angefangen, auf mich einzuschlagen, und vor lauter Sorge um mich selbst habe ich dich ganz vergessen.«

Dair öffnete die Augen. »*Cat* hat dich geschlagen?«

»Sie hat es versucht. Die Sassenachs mussten sie von mir wegzerren.« Er nahm einen Schluck Wasser. »Passender Name, was? *Cat.* Sie hätte mir fast die Augen ausgekratzt.«

Dair fiel, angesichts der Umstände und der Person, die bei ihm saß, keine geeignete Antwort dazu ein.

»Wer eine Stewart gegen eine Campbell eintauscht, muss schon ein ziemlicher Narr sein«, meinte Robbie leichthin.

Dair wartete angespannt, aber es kam nichts weiter. Robbie beendete sein Mahl, trank das restliche Wasser und lehnte sich dann gegen die Zellenwand.

Dunkelheit senkte sich herab, und mit ihr kam eine Stille, die keiner der beiden brach.

Lady Glencoe hatte ihren Söhnen mehr mitgegeben als MacIain, wie Cat bemerkte. Sie waren so groß wie er – John noch mehr als Dair –, und sie hatten auch die früh ergrauenden Haare von ihm, aber da endete die Ähnlichkeit auch schon. Die Augen hatten sie von ihrer Mutter, ebenso die Eleganz ihrer Haltung, die stille Anmut ihrer Bewegungen.

Ganz sicher jedoch hatten sie ihr Lächeln und ihre Warmherzigkeit. Sie war keine junge Frau, aber eine sehr freundliche.

Cat war verblüfft. Sie verstand nicht, wieso Dairs Mutter ihr gegenüber so liebenswürdig sein konnte, trotz aller Regeln der Gastfreundschaft. Nichts an ihrer Art wirkte gezwungen, keinerlei Spannung war ihr anzumerken. Sie bot ihr etwas zu trinken, zu essen und einen Stuhl an, dann führte sie die Unterhaltung, während John, immer noch Klein Sandy auf dem Arm, hinausging und MacIain suchte. Sie sprach von unwichtigen Dingen, nachdem sie sich versichert hatte, dass Dair nicht ernsthaft verletzt war, bis Cat aufhörte zu antworten und einfach nur still und starr dasaß. Sie war sich der eingehenden Beobachtung bewusst, mit der Lady Glencoe sie bedachte, und nicht zum ersten Mal wünschte sie, klein und unscheinbar zu sein.

»Hast du den Spiegel, Cat?«

Die Frage schockierte sie. Hastig zog Cat das Bündel aus ihrem Gürtel und legte es auf den Tisch, faltete vorsichtig die Ecken zurück, bis die Gegenstände zum Vorschein kamen: Seil, Spiegel, Kappe. Sie nahm den Spiegel auf und hielt ihn hoch, versuchte, das Zittern ihrer Hände zu überspielen.

Lady Glencoe lächelte. »Nein, Cat, ich will ihn nicht zurück. Ich wollte nur sicher sein, dass er ihn dir gegeben hat.«

Sie war vielleicht zum ersten Mal in ihrem Leben wirklich sprachlos.

Ein flüchtiger Gedanke: *Jamie würde zufrieden sein, aye*?

Voller verzweifelter Befangenheit nahm Cat die Kappe auf und widmete ihr ihre ganze Aufmerksamkeit; sie glättete sie, strich über die Adlerfeder. Als sie damit fertig war, als sie nichts mehr zu tun hatte, legte sie sie wieder zurück und starrte auf das Abzeichen.

»Was ist das für ein Seil?«, fragte Lady Glencoe.

Erstaunt sah sie ihr in die Augen – in *seine* Augen – und gab ihr eine ehrliche Antwort. »Ich habe es vom Baum geschnitten. Ich konnte es dort nicht hängen lassen … ich hätte meinem Vater nie das Vergnügen gönnen können, zu sehen, was er getan hat.«

Die Antwort bewegte die Frau zutiefst; so etwas hatte sie nicht erwartet. Die Farbe wich aus ihrem Gesicht, ließ sie schlagartig um Jahre altern. Das schwere Weiß, das ihre braunen Haare durchdrang, wirkte plötzlich viel stärker, und die Haut über den feinen Wangenknochen erschlaffte sichtlich.

Cat biss sich auf die Lippe und verfluchte sich für ihre vorschnelle Zunge. »Vergebt mir –«

Dairs Mutter streckte die Hand aus und nahm eine von Cats Händen. »Da gibt es nichts zu vergeben. Du bist nicht dein Vater, Cat – und du hast meinem Sohn das Leben gerettet. Für das allein segne ich dich, aber da ist noch mehr.« Sie schaute auf die ausgebreiteten Gegenstände, die blaue Kappe ihres Sohnes, das Seil, mit dem ein Campbell-Laird ihren Sohn gehängt hatte. »Männer verstehen das nicht. Sie können es nicht verstehen. Sie benutzen den Namen, um das Blut in Wallung zu bringen, als wäre es Kriegsmusik. MacDonald. Campbell. MacGregor. Stewart. In den Namen liegt Macht, aber auch Blut und Tod – und Männer vergessen allzu häufig, dass es wichtigere Dinge gibt als die Frage, wie ein Mann sich nennt oder wie der Wahlspruch seines Clans lautet.«

Cat starrte sie verblüfft an.

Lady Glencoe lächelte, sah wieder jünger aus. »Er hat nur von seinen eigenen Gefühlen gesprochen, als er mir von dem zerbrochenen Spiegel erzählt hat … Er konnte natürlich nicht sagen, was *du* gefühlt hast, aber er hatte Angst, dass es möglicherweise nicht das war, was er sich wünschte. Aber jetzt, da ich gesehen habe, was dir so wichtig ist, dass du es bei dir trägst, weiß ich es. Es sind keine Worte nötig.«

Cat schluckte mühsam. »Ich habe Angst. Vor Euch. Vor MacIain. Selbst vor Dair.«

Seine Mutter drückte ihre Hand ein letztes Mal und ließ sie dann los. »Das ist nicht ungewöhnlich: Wenn wir einen Mann so sehr lieben, ängstigt uns das zu Tode, und auch die Frage, was seine Leute von uns denken. Und in der Hinsicht hast du wohl mehr zu befürchten als andere, nicht?«

Cat nickte stumm.

»Kannst du wütend werden?«

»Oh, das kann ich allerdings –«, platzte sie heraus und errötete sogleich.

Vor der Tür erklang Lärm. MacIain war gekommen.

»Gut«, erklärte seine Frau. »Denn das wirst du bei MacIain auch können müssen – und ich fürchte, auch bei meinem Sohn! Denn trotz seines hübschen Aussehens und seiner schönen Worte ist er doch auch MacIains Sohn, nicht nur meiner. Die beiden sind nicht gerade friedfertig, wenn es drauf ankommt.« Sie runzelte die Stirn, als die Tür heftig aufgerissen wurde. »Allerdings sind John und Alasdair Og etwas leiser dabei!«

»Leiser, ja?« donnerte MacIain. »Muss ich mich für den Lärm rechtfertigen, den ich in meinem eigenen Haus veranstalte, Frau?« Aber er wartete nicht auf eine Antwort, sondern duckte seinen schneeweißen Kopf und trat ein. Nach zwei langen Schritten hatte er Cat erreicht. »Steh auf«, sagte er. »Zeig dich.«

Ihre Haut prickelte; wäre sie ein Stück Wild gewesen, hätte sie die Nackenhaare aufgestellt. Sein Verhalten war nicht einmal unhöflich zu nennen – es war genau so, wie sie es erwartet und bereits zehn Jahre zuvor erlebt hatte.

Aber sie war keine zehn mehr. Und sie würde bestimmt nicht zulassen, dass sie erneut auf solch erbärmliche Weise behandelt wurde.

Cat stützte sich mit einer Hand auf dem Tisch ab und erhob sich langsam und bedächtig. »Wie eine verfluchte Kuh?«, fragte sie.

Jetzt trat auch John mit seinem Sohn ein; er schloss die Tür hinter sich und befahl Klein Sandy, sich in eine Ecke zu setzen.

MacIains Augen glitzerten in den tiefen Höhlen. »Wie eine verfluchte Kuh, wie ein verfluchtes Schaf, wie ein verfluchtes Huhn, wenn ich es so will!« Aber eine leichte Falte stand auf seiner Stirn. »Du bist nicht gerade klein. Du bist so groß wie die Hälfte der Männer von Glencoe!«

»Das bin ich«, bestätigte sie kühl. »Diesmal wird es nicht einfach sein, mich vom Boden aufzunehmen und hochzuhalten!«

Er war verblüfft. »Was? Wieso sollte ich dich hochhalten wollen?«

»Ihr habt es vor zehn Jahren getan.«

»Ich soll so etwas getan haben?« Er runzelte die Stirn. »Aus welchem Grund hätte ich das denn tun sollen?«

»Es war im Haus meines Vaters.«

»Ich habe so etwas nicht getan, dummes Mädchen!«

»Doch, das hast du«, mischte John sich von der Ecke aus ein. »Glenlyons Tochter, aye?« Er lächelte leicht. »Ich sehe es genau vor mir, jetzt, wo ich wieder daran erinnert werde.«

Sie war vielleicht so groß wie die Hälfte der Glencoe-Männer, aber MacIain türmte sich noch immer vor ihr auf. Sie hatte nie einen Mann gekannt, der so groß wie er war. »Ich hatte Angst, dass Ihr mich fallen lassen würdet.«

Er reckte herausfordernd das Kinn. »Und wieso hätte ich ein kleines Mädchen fallen lassen sollen?«

Cat grinste. »Weil ich gesagt habe, dass Ihr keine Manieren hättet und gekommen wärt, um unsere Kühe zu stehlen.«

»Das hast du gesagt?«

»Das habe ich. Und Ihr habt wirklich keine Manieren gehabt – aber Ihr seid nicht gekommen, um unsere Kühe zu stehlen.« Sie machte eine Pause. »*Damals.*«

»Damals?«

»Wegen der Kühe seid Ihr später gekommen.«

MacIain grunzte. »Auf Glen Lyons Weiden sind vermutlich auch Kühe von Glencoe.«

»Und werdet Ihr mir heute ein Stück Fleisch von einer Campbell-Kuh anbieten?«

»Oh, du erwartest also eine Mahlzeit von mir?«

»Lady Glencoe hat mich eingeladen.«

Seine Augen wurden schmaler, als er sie betrachtete. »Und hat sie auch wirklich gesagt, dass ich dir was zu essen gebe? Vielleicht hat sie auch vor, dich mir zum Essen zu geben?«

»Oh, ich bin zu zäh«, versetzte Cat. Dieses Wortgefecht bereitete ihr unglaubliches Vergnügen. »Es ist nichts Weiches an mir, müsst Ihr wissen. Ich bin keine sanfte Maus, die sich in die Ecke verzieht, wenn MacIain brüllt.«

Die blauen Augen blitzten auf. »So wie Jean Stewart, wolltest du das sagen?«

Ihr war der Humor vergangen. Sie starrte ihn an, den Mund vor Erstaunen geöffnet.

»Hah.« MacIain sah seine Frau an. »Sie haben ihn nach Fort William gebracht«, sagte er weich. »Die Sache war umsonst; die Sassenachs haben ihre Vorräte zurück. Und auch das Boot.«

Sie nickte. »Ich habe es von Cat gehört.«

Cat warf ihm einen finsteren Blick zu. »Ist das alles, worum Ihr Euch sorgt? Vorräte und ein Boot, während Euer Sohn gefangen ist?«

Der Riese grunzte und zog mit dem Fuß einen Stuhl zu sich. Als er sich setzte, fragte Cat sich ernsthaft, ob der Stuhl wohl halten würde. »Setz dich.« Er machte eine Geste mit der gewaltigen Hand. »Mach dir keine Sorgen um ihn, Mädchen – dafür werden sie ihn nicht hängen.«

Sie setzte sich. »Woher wisst Ihr das?«

»Weil der erbärmliche Kommandant von Fort William seit mehr als einem Jahr mit mir sprechen will.« Er lächelte, obwohl das bei seinem mächtigen Bart kaum sichtbar war. »Ich werde ihm anbieten, den Vertrag zu unterzeichnen.«

»Es ihm anbieten«, wiederholte sie, den Sinn seiner Worte begreifend.

»Es ihm *anbieten*, aye. Und er wird mir meinen Sohn dafür geben.«

»Was ist mit dem Stewart?«

MacIain zuckte die Schultern. »Er hat einen eigenen Vater, aye?«

Ein Lächeln huschte kurz über Cats Gesicht, verschwand aber rasch wieder. »Ihr glaubt also, dass sie ihn aufgrund des Versprechens freilassen, obwohl Ihr keinerlei Absicht habt, diesen Vertrag wirklich zu unterschreiben?« Sie hielt inne, von seiner Miene irritiert. »Ihr werdet nicht unterschreiben, aye? Dair hat es mir gesagt.«

Das Glitzern verschwand aus seinen Augen. »Was ich tue oder nicht, ist allein meine Sache. Und ich kümmere mich schon um mein Haus, vielen Dank.«

Sie war einen Schritt zu weit gegangen, das wusste sie, aber die Sache war ihr zu wichtig. Sie war zutiefst überzeugt von dem, was sie tat. »Ich habe ein Recht zu fragen, was Ihr mit ihm vorhabt.«

»Und was für ein Recht wäre das, in meinem Haus?«

Seine Arroganz war verblüffend. »In Eurem Haus oder nicht, ich werde mich nach seinem Wohlergehen erkundigen. Es ist mein Recht, MacIain. Wäre ich nicht gewesen, wäre Euer Sohn jetzt tot.« Sie griff nach dem Seil und warf es ihm zu. »Seht es Euch an, MacIain! Es hat eine Geschichte zu erzählen.«

Trügerischer Boden. Sie hatte sich von der Verpflichtung entfernt, die Gastfreundschaft mit Freundlichkeit zu erwidern; sie hatte sich der Tradition widersetzt, sie mit Füßen getreten, was bei einem solchen Mann niemals gut war.

Sein Mund zuckte kurz, dann entspannte er sich. »Du gehst zu weit, Mädchen.«

Sie versuchte es erneut mit der Wahrheit. »Bei Euch muss man das tun. Sonst würdet Ihr mir ja gar nicht zuhören.«

»Das ist gar nicht so falsch«, stimmte John ihr zu, der ganz vergessen worden war. »Er hat einen ziemlichen Dickschädel, aye? Vergisst manchmal ganz, zuzuhören.«

»Sie hat Recht«, erklärte Lady Glencoe ruhig. »Und das weißt du auch, MacIain. Du hast ihn blutig geschlagen dafür … dafür, und wegen Breadalbane. Alasdair …« Sie warf Cat einen raschen Blick zu. »Du bist ein dickköpfiger alter Narr, aber nicht blind, aye?«

MacIain betastete das Seil, musterte die Enden. Dann legte er es zurück auf den Tisch. Sein Blick war fest, als er Cat wieder ansah. »Hat er dich in sein Haus gebeten?«

»Das hat er.«

»In sein Bett?«

»Er ist bereits in meinem gewesen.«

Ein Flackern in den blauen Augen bestätigte das. »Und würdest du Glen Lyon verlassen – das Haus des Laird – und in Glencoe wohnen?«

»Ich habe Glen Lyon bereits verlassen.«

Er wartete, angespannt wie ein Wolf, der es auf ein bestimmtes Wild abgesehen hatte. Er wusste, dass da noch mehr war. Er war kein geduldiger Mann, MacIain von Glencoe, aber diesmal würde er Geduld üben müssen.

Für seinen Sohn. Für sein Haus. Für die Ehre seines Namens, den sie so oft verflucht hatte.

Dann lachte Cat, als sie sich des Handels bewusst wurde, der da mit wenigen Worten geschlossen worden war. »Ich verlasse das Haus eines Laird, um mit dem Sohn eines Laird zu leben. Scheint ein gerechter Tausch zu sein, aye?«

MacIain lehnte sich auf seinem Stuhl zurück. »Das Beste daran ist, Mädchen, dass du in meinem Glen lebst.«

»Hah«, gab Cat zurück.

MacIain grinste, und seine Zähne wurden sichtbar. »Gieß uns Usquabae ein, Margaret. Ich werde einen Schluck mit dem Mädchen teilen.«

Cat erinnerte sich an die Folgen des ersten und einzigen Males, da sie Usquabae getrunken hatte. Sie errötete.

MacIain sah es. Und lächelte.

Als Dair Wasser, Seife und Tücher erhielt, wusch er sich, befreite sein Gesicht von Schmutz und verkrustetem Blut sowie die Hände vom Dreck. Die blauen Flecken blieben, auch die Stoppeln am Kinn, doch er fühlte sich zumindest wieder sauber. Sorgfältig benetzte er auch die Haare, drückte einen Teil des Blutes aus ihnen heraus und betastete mit den Fingerspitzen die verschorfte Wunde, aber es war nichts da, das nicht hätte heilen können. Sein Kiefer schmerzte noch immer, wurde aber langsam besser.

Er fuhr mit der Zunge über den Backenzahn, prüfte seinen Sitz. *Ich behalte möglicherweise alle meine Zähne, aber das ist nicht Robbies Verdienst…* Doch er war ganz und gar – wenn auch schmerzhaft – aufrichtig gewesen, trotz der Schmerzen in Kopf und Kiefer. Er hatte es verdient, von Jeans Bruder geschlagen zu werden. Und an Robbies Stelle hätte er das Gleiche getan.

Dair legte das feuchte Tuch zur Seite. Sie hatten ihn allein gelassen, damit er sich waschen konnte – und auch, damit er nachdenken konnte, wie er vermutete. Robbie, der solches Entgegenkommen abgelehnt hatte – und der keine Zeit zum Nachdenken brauchte, es sei denn, um sich Pöbeleien auszudenken –, war einige Zeit zuvor geholt worden. Dair war also alleine in der Zelle, saß stumm mit dem Rücken an die Wand gelehnt da. Er war sich seiner Selbstbeherrschung sehr bewusst, und er hatte neue Hoffnung; Essen, Trinken, Utensilien, um sich zu waschen – all das ermöglichte es ihm, eine gewisse Würde zu bewahren, und die Möglichkeit, wieder Vertrauen zu fassen.

Dair fragte sich, ob die Behandlung etwas mit den persönlichen Wünschen von Kommandant Hill zu tun hatte, der möglicherweise darauf bestand, dass seine Gefangenen gut behandelt wurden, oder damit, dass er der Sohn von MacIain war und Robbie der Erbe von Appin.

Mit großer Vorsicht ließ er den Kopf gegen die Wand sinken. Er zog die Knie hoch und lehnte die Arme darauf, dann atmete er laut seufzend aus. Es hatte keinen Sinn, die Ziele der Sassenachs zu deuten, nicht einmal im Stillen. John Hill war Kommandant von Fort William, ein Mann des Königs, ein Soldat, der ganz und gar auf die Unterwerfung seines Clans aus war.

Er sollte lieber an Cat denken. Cat, die versucht hatte, Robbie zu schlagen; Cat, die versucht hatte, für ihn zu lügen; Cat, die ihn trotz ihrer Unschuld dazu gebracht hatte, etwas Neues über den Körper einer Frau zu erfahren. Mit der er eine Kameradschaft des Geistes wie auch des Fleisches teilte.

Dair schloss die Augen. *Himmel, wenn sie vorhaben, uns zu hängen –*

Der Riegel wurde zurückgeschoben. Er saß aufrecht da, fluchte, um die spitze Lanze aus Schmerz abzuwehren, die durch seinen Kopf schoss, und sah die Tür aufschwingen und Robbie Stewart eintreten. Bei ihm waren zwei Soldaten, die ihm bedeuteten, mit ihnen zu kommen.

Robbie hatte noch immer seine Handfesseln. Sein Mund und sein Kopf drückten noch immer Arroganz aus, wie auch sein stolzer Gang. Dair konnte ein schiefes Grinsen nicht unterdrücken.

»Nun«, sagte Stewart großspurig und setzte sich auf seine schmale Pritsche. »Es lohnt sich, seinem Gejammer zuzuhören, wenn auch nur für den Whisky.«

Dair erhob sich mit unendlicher Vorsicht. Die Soldaten

machten keine Anstalten, ihm zu Hilfe zu eilen, aber sie ließen ihm jede Zeit, die er brauchte, um zu ihnen zu kommen. Hinter ihm wurde die Tür wieder verschlossen und verriegelt.

Hinter der schweren Tür wurde ziemlich unmelodiös ein Lied gepfiffen. Robbie hatte noch nie die richtigen Noten getroffen.

Dann hörte er auf zu pfeifen. Stattdessen begann er, in breitem Schottisch einen Song zu brüllen, der von einem Stewart handelte, der einst König gewesen war.

»Und so ziehen wir niemals mehr umher,
in tiefer Nacht,
Und so ziehen wir niemals mehr umher,
so hell der Mond auch scheint.«

Seine Beine waren wie Säulen, fand Cat, sie hielten MacIain aufrecht, er kam ihr vor wie Atlas, der die Welt trug. Aber vielleicht war er ja auch Atlas, dachte sie, denn auf seinen gewaltigen Schultern ruhte das Gewicht eines ganzen Clans.

Er watete mit bloßen Füßen hinaus in die Untiefen des Flusses. Er ging nicht weit, aber weit genug; ein anderer Mann hätte einen Felsblock gesucht, so dass er hätte aus dem Wasser herausklettern können, doch MacIain tat das nicht. Er pflanzte sich in die Strömung, drehte sich dann um und starrte sie an.

»Nun?« Seine Aufforderung übertönte das Rauschen des Flusses. »Glaubst du, ich würde dich tragen?«

Das tat sie nicht. Sie sah ihn an und stieg in den Fluss, suchte vorsichtig nach dem Weg.

Es war nicht tief, und so bestand nicht wirklich Gefahr für sie. Aber es war trotzdem anstrengend, und sie taten es nur, weil er wollte, dass sie versagte.

Oder dass sie bestand, damit er ihren Wert feststellen konnte.

»Meinen Wert«, murmelte sie. »Wie bei einer Kuh oder einem Pferd …«

Sie trug die Hose, in der sie zwei Tage zuvor gekommen war, und jetzt war sie nass geworden. Das Wasser kletterte an der Wolle zu ihren Knien hoch.

»Aye, prüfe das Temperament der Stute, stell sie auf die Probe …« Mit ausgebreiteten Armen gelang es ihr mühsam, das Gleichgewicht zu halten. »… begleite sie zum Rand, dann tritt ein oder zwei Schritte zurück und lass sie entscheiden, ob sie Manns genug ist, es zu schaffen …«

Ein Stein rollte unter ihrem Fuß weg, und Cat fluchte, als sie gegen einen anderen Stein stieß, doch sie hielt ihren Mund und gewann das Gleichgewicht zurück. Sie warf MacIain, der ungeduldig wartete, einen Blick zu, sah das Leuchten in seinen Augen. »Wollt Ihr ein Damm sein?« rief sie ihm zu. »Oder ein Fels, der die Richtung des Flusses ändert?«

Er zeigte kurz seine Zähne, als er lächelte. »Ich bin ein Stein«, sagte er. »An mir zerbrechen die Sassenachs.«

Sie taumelte, fing sich wieder und ging weiter. »Glaubt Ihr, sie kümmern sich um Euch? Um einen einzigen Laird in einem vergessenen Glen –?«

»Vergessen? – Nein, nicht Glencoe. Sieh dich um, Mädchen – könntest du diesen Ort je vergessen?«

Sie musste sich nicht umsehen. Selbst wenn sie dieses Tal niemals wieder sehen sollte, würde sie es immer in Erinnerung behalten.

»Ein Fels, aye«, erklärte er. »Obwohl einige sagen, die Felsen liegen zwischen meinen Ohren.«

Er streckte ihr eine Hand entgegen. Sie spürte, wie sie sich um ihre eigene schloss: eine riesige, schwielige Hand, so hart wie Horn, und ein Griff, der einen Mann zerbrechen konnte, wenn MacIain das wollte. Er packte zu und zog sie näher zu sich heran, so dass sie neben ihm stehen konnte. Der rasch fließende Fluss, wenngleich er hier etwas gemächlicher war, brach sich an ihren Schienbeinen, zerrte an der bereits durchnässten Hose.

MacIain machte eine ausholende Geste mit der anderen Hand: eine Präsentation. »Glencoe«, verkündete er mit unendlicher Befriedigung.

Sie stand mitten im Coe mit einem Mann, der von Kriegern, von einem feindseligen Land erzogen worden war. Und sie wusste, dass sie in Sicherheit war. Dieser MacIain hätte im Gegensatz zu ihrem Vater niemals zugelassen, dass ihr Schaden zugefügt worden wäre, oder Unehre oder irgendetwas Anstößiges oder dass sie nicht ehrerbietig behandelt würde. *Solange er nicht selbst dafür verantwortlich war.* Cat musterte ihn, wie er sie musterte. Er hatte sie noch immer nicht losgelassen, und sie ihn auch nicht.

»Es ist eine schwierige Sache«, sagte er schließlich, »dem eigenen Willen zu folgen, wenn andere das nicht wünschen.«

Verblüfft über das Thema hielt Cat den Mund.

»Es ist eine ziemlich schwierige Angelegenheit, zu wissen, was man will, und es sich zu nehmen.«

Sie sagte noch immer nichts.

»Noch schlimmer ist es sogar, etwas zu tun, wofür andere dich verfluchen, besonders, wenn es der Vater ist.«

Cat schluckte mühsam, sobald es ihr möglich war. »Ich habe meinem Vater Grund gegeben, mich zu verfluchen. Er hat mir niemals welchen gegeben.« Sie starrte angestrengt auf das vorbeifließende Wasser. »Weil es ihn nicht genügend berührt.«

Jetzt war es an ihm, zu schweigen.

Sie erhob die Stimme. »Ihr habt Dair geschlagen, weil er mich liebt.«

»Ich habe meinen Sohn geschlagen, weil er ungehorsam war, weil er zu spät war, weil er meine Position gegenüber Breadalbane geschwächt hat. Es hatte nichts mit dir zu tun.«

Sie blickte ihn scharf an. »Gar nichts?«

»Wo mein Sohn schläft, geht mich nichts an.«

Es war eine Herausforderung. »Nicht einmal, wenn das Bett unter einem Campbell-Dach steht?«

Er grinste. »Oh, aber jetzt steht es unter dem Dach eines MacDonalds, aye? Und es ist hier in Glencoe.«

Cat seufzte. »Ja, das stimmt. Und ich bin hier. Aber *er* ist nicht da.«

Seine Hand schloss sich fester um ihre. »Er wird kommen.«

Sie warf ihm einen wilden Blick zu. »Wenn Ihr ihn nicht da rausholt –«

Er fletschte kurz die Zähne. »Dann? Willst du mich dann schlagen?«

Cat musterte seine riesige Gestalt. »Wenn ich glauben könnte, dass ich Eure Ohren erreichen kann, würde ich beiden einen Schlag versetzen.«

»Beiden?«, rief er laut.

»Einem nach dem anderen. Bis Ihr um Gnade winselt.«

Er grunzte. »Es ist ziemlich schwer, mich dazu zu bringen, Mädchen.«

»Selbst ein Riese hat eine Schwachstelle«, erinnerte Cat ihn. »Die Geschichte von David und Goliath, erinnert Ihr Euch?«

»Und Achilles hatte seine Ferse.«

»Und Samson seine Haare.« Sie sah ihn eingehend an. »Ihr könntet selbst einen Haarschnitt vertragen.«

Die weißen Haare legten sich weich um seine gewaltigen Schultern. MacIain drückte kurz ihre Hand, dann ließ er los. »Du kannst das machen.«

Cat schnaubte. »Weil ich dumm genug bin, mit Euch durch den Fluss zu waten?«

»Oh, nein.« MacIain grinste. »Weil es dir gefallen würde.«

Als John Hill das Gesicht mit den grauen Haaren aus der Nähe betrachtete, erkannte er, dass der Mann jünger war, als er angenommen hatte. Er war kein Junge mehr, dieser Alasdair MacDonald, im Gegensatz zu dem Sohn von Cameron von Lochiel – *zumindest näher an dreißig als an zwanzig, würde ich sagen* –, aber auch noch nicht so alt, wie seine Haare nahe legten. Die Gesichtszüge waren schön und klar, die Haut darüber, trotz der blauen Flecken und dem eine Woche alten Bart, straff und jugendlich. Hill hatte schon eine Reihe atemberaubend schöner Männer gesehen, und er wusste, dass dieser hier nicht dazu gehörte, aber selbst in Fesseln, selbst in der heruntergekommenen Kleidung und mit den blauen Flecken, hatte er etwas Bezwingendes.

Vertrauen... Aber kein Aufschneiden, keine Arroganz, wie sie Robert Stewart versprüht hatte. Es war eine ganz und gar andere Ausstrahlung, vollkommen unaufdringlich, bis man genau hinschaute.

Hill schaute jetzt hin, und er bemerkte sie. Er sah MacIains jüngeren Sohn eintreten, hörte das leise Klirren der Ketten; er sah, wie er in der Mitte des kleinen, von einer Lampe erleuchteten Raumes stehen blieb; er sah, wie er sich darauf vorbereitete, zu warten, zuzuhören, abzuwägen. *Ganz und gar nicht Robert Stewart.* Er deutete auf die Bank, die an der Wand lehnte. »Bitte – nehmt doch Platz. Möchtet Ihr Usquabae?«

»Nein.«

Hill schwieg. Eine weiche, höfliche Stimme, ohne den verächtlichen Ton von Stewart. Eine ruhige, leise Stimme, die weder Ironie noch Feindseligkeit versprühte. »Ihr gehört mir nicht, nur weil Ihr hier bei mir sitzt und meinen Whisky trinkt«, erwiderte der Kommandant. »Mir sind Eure Loyalitäten durchaus vertraut.«

Der Mund war beweglich und ausdrucksvoll, aber er reagierte kaum auf den trockenen Ton von Hills Worten. »Wenn es Euch recht ist, Kommandant, Ihr sitzt nicht in meinem Schädel.«

»Und Eurem Aussehen nach sollte es mir allerdings recht sein«, schoss der Engländer zurück; befriedigt nahm er das leichte Hochziehen der Augenbrauen zur Kenntnis. Etwas gelassener fügte er hinzu: »Ich habe mir sagen lassen, dass diese Verletzungen nichts mit meinen Soldaten zu tun haben. Ist das wahr? Ich möchte es wissen, wenn Ihr schlecht behandelt worden seid.«

»Wer immer das getan hat, aye«, antwortete der MacDonald. »Ich war nicht in der geeigneten Verfassung auf dem Ritt hierher, so dass ich nicht weiß, was passiert ist. Ihr müsst also jemanden anderen fragen, aye?«

Oh, er hat also doch Stolz, und Arroganz!

Hill setzte sich schließlich. Er bestand nicht darauf, dass MacDonald es ihm gleichtat; sollte der Mann selbst entscheiden, ob er mit der Kopfverletzung in der Lage war, so lange zu stehen, oder ob er, der Sohn eines Highland-Laird, sich herablassen würde, in der Anwesenheit eines Sassenachs Platz zu nehmen.

»Es ist nicht meine Aufgabe, Euch zu bestrafen«, verkündete der Kommandant. »Es ist nur meine Aufgabe, Euch so lange festzuhalten, bis mir die Wünsche des Königs oder der Königin übermittelt werden. Und ich werde mich auch nicht mit dem Offensichtlichen aufhalten: dass Ihr mit Robert Stewart und begleitet von Appin-Männern und MacDonalds, von manchen als Highland-Wilde bezeichnet, ein englisches Schiff und für englische Soldaten bestimmte Vorräte gestohlen habt.«

Das Gesicht des MacDonald war eine einzige Maske der Selbstbeherrschung, vollkommen gelassen.

»Und doch habt Ihr niemanden getötet, und es auch nicht versucht«, sagte Hill. »Es gab keine Toten, keine ernsthaft Verletzten, und allen Seeleuten wurde die Flucht ans Ufer ermöglicht.« Er machte eine Pause, fuhr dann mit aller Deutlichkeit fort. »Ihr tötet mehr eigene Leute bei Euren Viehraubzügen als Sassenach-Seeleute, die ein Fort versorgen, das Ihr lieber heute als morgen in Flammen aufgehen sehen würdet.« Hill bemerkte den gelassenen Ausdruck. »Ich bewundere Eure Zurückhaltung«, sagte er, »und ich danke Euch dafür. Das wird Euch vermutlich das Leben retten.« Er unterdrückte ein Husten, dann erhob er sich. Schweigend ging er um den Tisch herum und trat vor den MacDonald, so dass sie sich gegenseitig in die Augen schauen konnten. Der MacDonald war größer, aber er benutzte seine Größe nicht, um sich einen Vorteil zu verschaffen. Er stand einfach nur da und wartete.

Der Kommandant bemerkte die dunklen, getrockneten Blutspuren am Kragen, die von der rechten Schulter zum Hemd verliefen. Er bemerkte auch, dass der Kragen etwas abstand und die Sicht auf geschundene Haut darunter freigab.

John Hill erkannte die Narbe einer Schlinge auf den ersten Blick. Er betrachtete Alasdair Og MacDonald jetzt noch eingehender, betrachtete die ruhigen Gesichtszüge, die Geduld, die Spannung in den Schultern, den Versuch, sich zu entspannen.

Aber nur jetzt. Nur jetzt zeigte sich die Spannung, der Versuch und sein Misslingen, jetzt, da ein Sassenach-Soldat eingehend und in wachsender Erkenntnis die Narbe an seinem Hals betrachtete.

Schotten haben das getan… Hill riss seinen Blick von der mitgenommenen, allzu rosigen Haut los und blickte wieder in die ruhige Miene, begegnete dem festen Blick. Und in dem kurzen Augenblick, da er die Augen niederschlug, sah er die Scham, die deutlich über sein Gesicht huschte, sich in dem fest verschlossenen Mund spiegelte. Das Eisen klirrte schwach; der Kommandant hatte MacIains Sohn, der nicht wollte, dass ein Sassenach-Soldat die Wahrheit über seine Scham kannte, erreicht.

Oder war es Mut, und Glück, das niemandem sonst gewährt worden war? *Gehängt zu werden und es zu überleben.* Ein Mann, der einmal getötet wurde, konnte dem Tod auch ein zweites Mal entgegensehen. Er mochte davon überzeugt sein, nun keinerlei Furcht mehr zu empfinden vor dem, was ein kleiner, abgeschobener Kommandant des Königs zustande bringen mochte – ein Kommandant noch dazu, der dazu verurteilt worden war, im Land der wilden Barbaren zu dienen und vielleicht auch zu sterben.

Aber John Hill beurteilte einen Menschen nicht nach den Maßstäben der Barbarei oder der Wildheit, solange er nicht Zeuge derartiger Eigenschaften geworden war. Und das war er nicht. Noch nicht. Nicht hier, wo er die Gelegenheit hatte, den Highlands Frieden zu bringen und von Breadalbane daran gehindert wurde.

»Ich kann mich nicht für Euch einsetzen«, sagte Hill, »weil solche Strafen, wie Ihr sie verdient, vom König oder der Königin verhängt werden … aber ich sage Euch Folgendes: Wenn MacIain nicht für seine Leute vortritt und den Eid der Allianz spätestens am ersten Tag des neuen Jahres schwört, werden er und seine ganze Familie, sein ganzer Clan Opfer einer außerordentlichen Disziplinarstrafe, wie sie sich zwei Männer, die ihn lieber erschlagen sehen, als dass sie ihm verzeihen, überhaupt nur ausdenken können.« Hill begegnete dem nach wie vor reglosen Blick der whiskybraunen Augen. »Wollt Ihr wirklich, dass das Schicksal Glencoes von Männern wie dem Master of Stair, einem Lowlander, und dem Campbell Earl of Breadalbane entschieden wird?«

Das Eisen klirrte leise, doch MacDonald rührte sich nicht. Jedenfalls nicht so, dass man es hätte sehen können.

»Denkt darüber nach«, sagte Hill ruhig. »Denkt gut darüber nach. Und dann, solltet Ihr Eure Freiheit zurückbekommen, teilt es MacIain mit, der nicht nur Euer Vater, sondern auch der Vater eines ganzen Clans ist. Das Überleben von Glencoe liegt jetzt in seinen Händen.« Er holte schmerzhaft Luft. »Ich habe versagt. Ich bin die Zielscheibe von Spott und Hohn. Ich bin eine armselige Gestalt, über die in den Kaffeehäusern von London und Edinburgh Witze gerissen werden.« Er schwieg. »Schottland wird überleben. Schottland wird immer überleben. Aber Männer wie MacIain, stolze Leute wie die MacDonalds, haben möglicherweise nicht mehr die gleiche Zukunft.«

Er drehte sich um. Er ging ruhig zur anderen Seite seines Tisches zurück, blieb kurz stehen, um sich zu sammeln. Er hatte nicht so unverblümt sein wollen, so offen mit seinem Bekenntnis; bei Robert Stewart war er es nicht gewesen. Aber es war geschehen, es war gesagt.

Die Stimme klang ruhig, aber klar. »Ich würde jetzt gerne Euren Usquabae trinken.«

Hill drehte sich rasch um, stützte sich mit einer Hand auf dem Tisch auf. Und zum ersten Mal sah er Alasdair Og lächeln.

»Das war sehr aufrichtig von Euch«, erklärte der MacDonald. »Und Ihr verdient Respekt dafür.«

Dankbar für die Ehre, eine seltsame, unerwartete Ehre – *in London würden sie mich dafür auslachen* –, goss John Hill Whisky in zwei Becher.

3

Cat stand im Schatten des überwältigenden Pap von Glencoe auf dem gewaltigen Felsen, der senkrecht aus der Erde ragte, und spürte die Spalten und Vertiefungen unter den nackten Füßen. Das Glen erstreckte sich ein ganzes Stück nach Westen; dahinter lag Loch Linnhe mit Ballachulish und seinem Fährhafen. Dort hatten Dair und Robbie Stewart ein Schiff gestohlen.

Die Unsicherheit nagte an ihr. »Das dauert mir alles zu lange«, sagte sie.

John MacDonald, der neben ihr stand, legte ihr eine Hand auf die Schulter. »Mir auch. Aber MacIain weiß, was er tut.«

»Er lässt seinen Sohn in einem Sassenach-Loch verrotten, das tut er«, sagte sie verbittert. »Wie viele Tage sind jetzt vergangen?« *Und wie viele Tage lebe ich schon in MacIains Haus und mache mir Sorgen um seinen Sohn*?

»Zwei Wochen«, antwortete John. »Ich weiß, dass es dir vorkommt, als wären es zwei Monate, Cat.« Er verstärkte kurz den Druck seiner Hand, dann ließ er los. »Er muss langsam vorgehen, aye? Sonst werden der Kommandant und die, denen er untersteht, wissen, dass sie gewonnen haben. Er darf nicht zu schnell machen.«

Es raschelte in den Bäumen und im Blattwerk unterhalb des Felsens, als etwas Wind aufkam. Sie atmete den Duft des Glens und der Freiheit ein, die sich in sommerlichem Staat präsentierte. »Und so lange liegt Dair weiterhin in Fesseln.«

»Ich bin darüber gewiss nicht glücklicher als du«, sagte er mit schier grenzenloser Sanftheit. »Aber ich habe gelernt, geduldig zu warten, bis MacIain das getan hat, was er sich vorgenommen hat. Er ist beinahe siebzig – solange lebt man nur, wenn man weiß, was man zu tun hat.«

Die Brise zerrte an ihren Haaren, hob sie hoch. Ein stärkerer Windstoß blies ihr die Kleider gegen den Leib. Cat zitterte. Sie war jung, ihr Körper gerade erst erwacht; sie empfand es als äußerst schwierig, sich so still verhalten zu müssen. Sie wollte laufen, springen, sich vom Felsen abstoßen und davonfliegen, den Tag mit dem Mann verbringen, der ihr nicht nur beigebracht hatte zu leben, sondern auch zu lieben.

Auf der anderen Seite fühlte sie sich seltsam nackt, als hätte man ihr alles genommen, nur die Verzweiflung gelassen. »Du meinst also, dass sie MacIain, wenn er zu schnell vorgeht, nicht glauben werden. Dass sie davon ausgehen, dass er sein Wort brechen wird.«

Sie hörte ihn leise auflachen. »Du bist ganz schön schlau, aye? Es ist der einzige Weg, Cat. Alasdair würde es verstehen.«

»Wenn er wieder frei ist.«

»Niemand ist umgekommen«, entgegnete John. »Es hat nur blaue Flecken und ein paar oberflächliche Wunden gegeben, sonst nichts. Sie werden ihn deswegen nicht hängen.«

Sie konnte ihre Verbitterung nicht verbergen. »Aber sie stecken ihn möglicherweise in den Tolbooth von Edinburgh, wo er dann auf Geheiß des Königs bis in alle Ewigkeit verrottet!«

John schwieg einen Augenblick, als ob der Wind ihn seiner Antwort beraubt hätte. Er reckte ihm das Gesicht entgegen und verschränkte die Arme. »Du hast Angst, aye? Vor dem, was die anderen denken könnten«, meinte er ruhig.

Cat wich seinem Blick aus, starrte ins Glen hinunter. »Ich bin eine Campbell.« Das genügte als Erklärung, wie sie wusste.

»Du bist Gast des Laird.«

»Das ändert aber nichts an meinem Namen.«

John lachte leise. »Das kann sich noch ändern, aye? Catriona Campbell… Catriona MacDonald.«

Sie drehte sich schnell zu ihm um; es gab da etwas, das sie wissen musste. »Wäre das so wichtig?«

»Für mich? Nein. Für die meisten von uns ist es nicht wichtig.«

»Aber da war Jean Stewart…« Endlich hatte sie den Namen ausgesprochen. Sie fürchtete, dass dies eigentlich ein Thema war, das sie mit einer Frau besprechen sollte, aber sie konnte besser mit Männern umgehen. Vier Brüder hatten sie das gelehrt. »Sechs Jahre waren sie zusammen, hat man mir gesagt – und jetzt ist sie durch eine Campbell ersetzt worden.«

»Mit wem er sein Bett teilt, geht niemanden etwas an, Cat.«

Sie lächelte schräg. »MacIain hat das Gleiche gesagt.«

»Dann hast du es zweimal gehört, aye? Vielleicht solltest du es dann glauben«, antwortete John mit leiser Ironie. Er lächelte.

Cat blieb hartnäckig. »Aber sie hat Freunde hier... Leute, die sie gut gekannt haben.«

Er zuckte lässig die Schultern, schob einen Stein mit der Fußspitze hin und her. »Niemand hat Jean gut gekannt. Sie gehört nicht zu denen, die andere gern nah an sich heranlassen.« Er kickte den Stein über den Rand. »Sie hat ihre Gedanken und ihre Gefühle immer vor anderen verborgen gehalten.«

»Nur vor Dair nicht.«

»Aye...« John seufzte. »Es ist wirklich vorbei, Cat. Es war schon vorbei, bevor er dich bei Achallader wieder gesehen hat.«

Sie wurde wütend, als sie das hörte. »Du solltest mich nicht anlügen, nur damit ich mich besser fühle, John MacDonald!«

Er lachte. Die Fältchen in seinen Augenwinkeln verstärkten sich. »Oh, nein, das habe ich auch gar nicht vor... nicht mal aus reiner Höflichkeit.« Er strich sich eine Haarsträhne über dem linken Auge aus dem Gesicht. In dem Silber waren schon jetzt weiße Strähnen. »Hier haben wir gestanden, Dair und ich, als wir darüber gesprochen haben.«

»Worüber. Über *mich*?«

»Nein, nicht direkt über dich. Aber darüber, wie man erkennt, dass man einen falschen Weg eingeschlagen hat und sein Leben ändern muss«, erklärte John ruhig. »Er hat es bereits gewusst, Cat. Ich kann dir nicht sagen, ob er gewusst hat, dass du es warst, die er wollte, aber eines ist ganz klar: Jean hat er nicht mehr gewollt. Das hat er deutlich gesagt. Und er hatte sich fest vorgenommen, es ihr nach Achallader zu sagen.«

Sie verschränkte die Arme vor dem Bauch; der Wind wehte ihr ins Gesicht. »Ich habe mich gewundert, dass er mich gebeten hat, mit ihm nach Glencoe zu kommen, wo Jean doch noch da war.«

»In seinem Herzen war sie längst nicht mehr. Ganz und gar nicht.«

Cat lächelte ein bisschen, obwohl die Erinnerung schmerzte. »Das ist doch ein gutes Zeichen, aye? Dass er nicht vorgehabt hat, uns beide gleichzeitig bei sich wohnen zu lassen.«

»Oder die eine in Glen Lyon und die andere in Appin?« Sein Ton klang freundlich. »So ist es sicher nicht, Cat. Alasdair ist niemals so gewesen.«

Es brach plötzlich aus ihr hervor, ohne jede Warnung. »Ich möchte nicht in Jeans Haut stecken«, platzte sie heraus. »Ich möchte nicht wie sie das Haus des Mannes verlassen müssen, den ich geliebt habe.«

»Was sie verbunden hat, war keine Liebe.«

Sie war erstaunt. »Aber –«

»Du bist noch jung, Cat.« Seine Augen – Dairs Augen – schauten sie warmherzig an. »Das ist nicht als Beleidigung gemeint – du bist eine erwachsene Frau, aye? Aber es gibt Dinge zwischen Männern und Frauen, die du dir nicht vorstellen kannst. Und so Gott will, wird es auch so bleiben.«

Sie traute sich, eine persönliche Frage zu stellen. »Was ist mit dir und Eiblin?«

»Eiblin und ich haben schon gewusst, dass wir füreinander bestimmt sind, als wir noch Kinder waren. Es hat niemals andere für uns gegeben.«

Sie probierte es noch einmal: »Aber –«

»Aber nicht alle sind so, Cat. Und ein Mann kann eine ganze Weile damit zufrieden sein, Vergnügen ohne Liebe zu bekommen.«

»Sechs Jahre«, sagte sie, es war wichtig für sie.

»Aber nicht an einem Stück, aye? Immer unterbrochen durch Pausen. Es gab genauso viele Zeiten, in denen sie nicht zusammen waren. Mehr sogar.«

»Es ist wichtig für mich«, sagte sie.

»Ich weiß das«, antwortete er fest.

»Und doch glaube ich, dass ich nicht gehen würde, wenn er von Fort William käme und mir sagen würde, ich soll verschwinden. Ich *könnte* es nicht. Wieso konnte sie es?«

»Weil Jean zu den Frauen gehört, die nicht um einen Mann kämpfen. Er hat um sie zu kämpfen. So wollte sie es. So brauchte sie es.« John zuckte die Schultern. »Aber Dair hat das niemals getan, und genau deshalb sind sechs Jahre daraus geworden – weil Jean die Vorstellung nicht ertragen konnte, dass *er* sich abwenden könnte. Es hat an ihr gelegen. Es war ihre Entscheidung.«

»Das ist keine Liebe«, erklärte Cat entschieden. »Das ist Krieg.«

Dairs Bruder lächelte. »Und sie hat ihren Platz verlassen. Du hast ihn jetzt eingenommen.«

Cat wandte sich ab, blinzelte ungebetene, unerwünschte Tränen fort. »Nur, wenn er zurückkommt.«

Der Earl of Breadalbane vollführte eine tiefe Verbeugung vor der Königin von England und Schottland. Es entsprach nicht unbedingt seinem Wunsch, dass sie sich um die Staatsgeschäfte kümmerte – das war Sache des Königs, der gerade in Flandern weilte –, doch unerwartete Umstände hatten es erforderlich gemacht. Daher sah er sich ihr in London im Kensington Palast gegenüber, während sie verzweifelt darum bemüht war, sowohl Diplomatie als auch Autorität zur Schau zu stellen.

Sie bedeutete ihm, sich zu erheben. Sie hatte einen unförmigen Körper, ein rundes Kinn und runde Schultern, eine stolze, aufrechte Nase – die längst nicht so buckelig war wie die ihres Mannes – und einen ausgesprochen kleinen Mund, dem beinahe die Lippen fehlten. Dunkle Haare türmten sich in einer Woge aus Wellen und mit Eisenwicklern hergestellten Locken über ihrem Kopf auf. Sie ähnelte ihrem Vater, dem ins Exil gegangenen König, und war nicht besonders attraktiv. Aber Schönheit war ohnehin nicht ihre Stärke, genauso wenig wie ihre Narretei. Ihre Stärke war im Augenblick Williams Abwesenheit; die Narretei eine romantische Ader für schottisches Blut. Und erst heute hatte sie ziemlich unangemessen beschlossen, sich wieder daran zu erinnern.

»Eure Majestät«, begann Breadalbane vorsichtig. »Ich habe von Eurer Absicht bezüglich der Highlander erfahren, die die *Lamb* und ihre Vorräte bei Fort William gestohlen haben.« Schweiß bildete sich unter seinen fleischigen Achselhöhlen, verschmutzte seine vornehme Kleidung; er trug seine besten Londoner Kleider für das Treffen mit der Königin. »Wenn Ihr mir meine Unverschämtheit vergeben wollt, Eure Majestät – ich möchte Euch bitten, Eure Entscheidung noch einmal zu überdenken.«

Mary saß aufrecht in dem riesigen Stuhl neben einem mit Stoff behängten Sofa, als würde ihr die Umgebung Angst einflößen und sie wäre bestrebt, es zu verbergen. Zu ihren Füßen lagen eine Reihe sanfter, bunter Hunde, die Spaniels, die nach ihrem Großvater Charles dem Ersten benannt worden waren. Der Earl nahm zwar Notiz von ihnen, schenkte ihnen aber keine weitergehende Aufmerksamkeit; es waren keine eleganten Jagdhunde, und daher spielten sie keine Rolle. Nicht weit von ihrem Stuhl, wenn auch ein deutliches Stück entfernt, hielten sich einige Frauen in Seidenkleidern auf, die so unauffällig waren wie die Hunde.

»Wieso solltet Ihr das wollen?«, fragte Mary mit einer dünnen, kindlichen Stimme.

»Ich glaube, dass es im Interesse Englands ist, wenn sie in den Tolbooth in Edinburgh geschafft werden, Eure Majestät –«

»Um dort das Urteil des Königs zu erwarten?«, unterbrach sie. »Nun, Unser königlicher Ehemann hat wichtigere Dinge zu bedenken, als über Eure rebellischen, jungen Highlander zu urteilen.«

»Jawohl, Eure Majestät, aber –«

»Er befindet sich im Krieg, Mylord Earl. Die Zukunft unseres Landes hängt von seinem geliebten Kopf ab. Er muss mit dieser Sache nicht belästigt werden, denken Wir.« Der Saum ihrer Gewänder wurde plötzlich von ihren Füßen hochgezerrt, als einer der jungen Spaniels den Stoff zu fassen bekam und daran zerrte. Die Königin lachte in milder Erheiterung und neigte sich hinab, um ihre Kleider zu befreien, machte dabei sanfte und ganz und gar unwirksame Vorhaltungen, die die Hunde mit einem beachtlichen Mangel an Respekt quittierten.

Breadalbane kaute an dem Innern seiner Backen. Er wusste nicht, wieso diese Frau ihm so zusetzte – er war sehr gut darin, mit Widerspenstigen umzugehen –, doch er konnte nicht die Waffen benutzen, an die er sonst gewöhnt war. Sie war eine Frau, ohne Sinn für Verstand und Politik, aber da William weg war, hielt sie genügend Macht in ihren Händen, um seine Pläne zu durchkreuzen.

Geduldig begann er von neuem. »Eure Majestät, diese Highlander sind weit mehr als nur rebellische junge Männer, sondern Krieger –«

»Wir haben angeordnet, dass sie auf freien Fuß gesetzt werden«, erklärte sie fest entschlossen. »Wir haben das dem Rat gesagt, und die Anordnungen sind bereits unterwegs. Sie werden aufs Strengste verwarnt, Mylord Earl – aber man kann den Highlandern nicht dafür die Schuld geben, dass sie Highlander sind.« Sie lächelte, und ihre Lippen verschwanden jetzt ganz. »Wir, die schottisch sind – Wir, die *auch* schottisch sind! –, verstehen das schottische Temperament.«

Seine Handflächen waren feucht. Er drückte sie gegen

seinen Mantel. »Sie sind nicht vorgetreten, um den Eid zu schwören, Eure Majestät. Sie sind Rebellen, nichts weiter, und sollten bestraft werden.«

»Welchen Monat haben wir, Mylord Earl?«

Die Frage schien ihm unpassend und verblüffte ihn. »August, Eure Majestät.«

»Das dachten Wir.« Marys Lippen wurden dünner, und in ihren Augen war ein Glanz, der an Bösartigkeit grenzte. »Dann haben diese jungen Männer noch vier weitere Monate Zeit, ehe sie den Eid unterzeichnen müssen.« Sie warf einen heimlichen, verstohlenen Blick zu ihren Frauen. »Lasst die jungen Männer doch noch ein paar Abenteuer erleben.«

Er konnte nicht begreifen, dass sie so blind war. »Aber sie hätten die Seeleute töten können, Eure Majestät –«

»Aber sie haben sie nicht getötet; Wir haben das prüfen lassen.« Die dunklen Augen wurden härter. »Seid versichert, dass Wir, hätten sie auch nur einen einzigen Engländer getötet, Euren Wünschen nachkommen würden. Aber sie haben es nicht getan. Und Wir wären ziemlich dumm, wenn Wir glauben würden, dass die Friedensverhandlungen zwischen den Clans nicht durch unverhältnismäßig harte Strafen gefährdet werden könnten. So etwas verlangt eine vorsichtige Herangehensweise.«

Breadalbane, der nicht mehr an Verhandlungen glaubte, seit er und Stair sich auf eine weit härtere und unsanftere Vorgehensweise geeinigt hatten, biss sich wieder in die Backe. Dieses Mal schmeckte er Blut.

»Wir werden ihnen vergeben«, erklärte sie. »Wie auch Ihr es tun werdet, Mylord Earl.«

Es war entschieden. Er war entlassen. Breadalbane verneigte sich, fluchte im Stillen und zog sich zurück.

Robbie Stewart kümmerte sich nicht um die Steigbügel. Nicht länger durch Handfesseln gebunden, griff er nach der

Mähne des Pferdes und schwang sich in den Sattel. »Quidder we'll zie«, sagte er: »Verdorren sollt ihr«, das Stewart-Motto, das ihm in diesem Augenblick besonders angemessen schien.

Dair wusste, was das bedeutete. Aber er wusste auch, dass er erst einmal Geduld üben musste; sie hatten zunächst – auf dem Exerzierplatz vor dem Tor – Robbie die Fesseln abgenommen, ebenso den Appin-Männern und denen vom Clan MacDonald. Nur er war noch gefesselt.

Er fragte sich einen Augenblick, ob Kommandant Hill wohl vorhatte, ihn noch bei sich zu behalten. Aber nein. Major Forbes kam mit dem Schlüssel und schloss die Fesseln rasch auf, dann trat er beiseite.

Dairs Handgelenke und Arme fühlten sich nach drei Wochen Eisenfesseln merkwürdig leicht an. Er presste seine Arme an die Seiten, damit die Sassenachs sein Unbehagen nicht sehen konnten.

Robbie rief – noch immer auf Gälisch, damit die Soldaten es nicht verstehen konnten – etwas Ungehobeltes über Männer, die ihre Zeit besser mit Mädchen verbringen sollten. Dair nickte stumm und ging zu seinem Pferd, aber John Hill trat ihm in den Weg.

»Ihr habt meine Worte gehört«, sagte der Kommandant. »Im Namen des Herrn, ich bitte Euch, erzählt es MacIain. Ich möchte einen dauerhaften Frieden in den Highlands, keinen ewigen Krieg.«

Ein schmächtiger, unauffälliger Mann, zu dem die Zeit so unsanft gewesen war wie das Klima der Highlands. Und doch wusste Dair, als er die Entschlossenheit in Hills Augen sah, dass der Kommandant ein Mann war, der meinte, was er sagte.

»Ich werde es ihm sagen«, erklärte Dair. »Aber ich weiß nicht, was er tun wird.«

John Hill lächelte plötzlich leicht. »Wer könnte schon vorhersagen, was MacIain tut, außer MacIain selbst?«

Dair hielt das für eine sehr wahre Aussage, ob sie nun von einem Sassenach stammte oder nicht. Er erwiderte Hills Lächeln, dann ging er eilig zu seinem Pferd. *Am besten, wir verlassen Fort William, bevor die Frau des Königs ihre Meinung ändert.*

Zurück nach Hause, nach Glencoe. Zurück zu der rothaarigen Cat.

Er und Robbie verschwanden im Galopp, gefolgt von den anderen. Und die Luft um Fort William war voller Staubwolken und gälischer Flüche.

Cat saß in Dairs Haus. Es war ein gutes, kleines Haus, das Wind und Wetter standhielt und auch den Schneestürmen der Highlands nicht nachgab. Es hatte trockene Mauern und ein Dach aus Schiefer, und wenn es auch nicht so schön war wie Chesthill, so hatte es doch noch einen weiteren Vorteil: Es erinnerte überall an Dair MacDonald.

Sie fürchtete zuerst, sie würde Jean dort finden, Jean dort spüren, vielleicht sogar riechen, als sie schließlich das Schlafzimmer, einen kleinen Raum, betrat. Aber da war nichts von Jean, abgesehen von einer Hand voll vertrockneter Blumen, deren Blüten und Blätter sich auf der Fensterbank verteilt hatten.

Das Bett war nicht so breit wie das ihres Vaters, genügte aber durchaus für zwei Personen. Für einen Mann und seine Frau.

Cat ließ sich auf dem Rand nieder, hörte das schwache Quietschen des Leders unter der dünnen Pritsche. Sie hatte die Haustür offen gelassen, damit der Wind hereinwehen konnte.

Sie hatte nicht damit gerechnet, dass auch Lady Glencoe hereinkommen würde.

Cat erhob sich hastig, als Margaret MacDonald eintrat. Sie hielt ein zusammengefaltetes Bündel in den Händen, das sie mit ruhiger Autorität in Cats Arme legte. »Frische Leinen«, sagte sie. »Meine eigenen Laken.«

Zuerst war sie schockiert, dann war es ihr peinlich. Und dann überwältigte sie die Frage, wieso seine Mutter nur so nett sein konnte. Wieder und wieder und wieder.

»Da du ja jetzt hier wohnen wirst, sollten wir die anderen wegwerfen.« Lady Glencoe machte sich energisch an die Arbeit, zog Laken und Leintücher vom Bett. »Ich überlasse es dir, die frischen aufzuziehen.«

Es dauerte nicht lange, und dann ging die Frau, ohne noch ein weiteres Wort dazu gesagt zu haben. Cat, die nur wenig über Frauen wusste, verstand den Sinn des Geschenkes dennoch. Sie verstand den Segen, den sie ihr unausgesprochen gegeben hatte.

Sie drückte die neuen Leinentücher an ihr Gesicht, sog den schwachen Geruch nach Wolle und Wald und Tabak, Whisky und getrockneten Kräutern ein. Voller Sorgfalt begann sie, sie auseinanderzufalten.

Cat war beinahe fertig, als sie Rufe an der Tür hörte, die schwachen Willkommensrufe der MacDonalds. Sie verließ das Bett, das Zimmer, und ging zur Tür, schützte die Augen mit der Hand vor der grellen Sonne.

Alasdair Og, so nannten sie ihn. Alasdair den Jüngeren. Aber Cat, überwältigt vor Erleichterung, formte einen anderen Namen – und mit ihm ein Gebet der Dankbarkeit. Dann trat sie hinaus in die Sonne und wartete darauf, ihn zu sehen.

Er kam zunächst gar nicht. Da waren andere, die er zuvor begrüßen musste, die auf ihn zurannten, um ihn zu Hause willkommen zu heißen. Sie erzählten ihm von den Gerüchten, die ihn schon in Edinburgh gesehen haben wollten, wo er angeblich auf das Urteil des Königs gewartet hatte. Sie sah ihn lächeln, sah ihn sprechen, Hände drücken und sich umschauen. Und dann war da MacIain, so riesig zwischen all den anderen, und seine Mutter und sein Bruder, und dann war Dair vom Pferd, drückte Schultern und Arme.

Cat fühlte sich seltsam, sie stand nur am Rand des Geschehens. Die ganze Welt drehte sich um einen einzigen Mann, der sämtliche Aufmerksamkeit mit bezwingender Kraft auf sich zog. Sie fühlte es, wollte darauf reagieren und zu ihm gehen, tat es aber nicht. Sie konnte es nicht. Dies war nicht ihr Platz, solange er ihn nicht dazu machte. Er schuldete seinen eigenen Leuten mehr.

Sie sah, wie seine Mutter sich umdrehte und ihn sanft anschubste. Er blickte auf. Lächelte. Er ließ die anderen hinter sich zurück, ging barfuß und verwahrlost durch die sonnenumflutete Tür zu ihr.

Sie bemerkte die schwarzverschmutzten Stoppeln, die sich langsam in einen richtigen Bart verwandelten. Seine Zähne wirkten dadurch nur umso weißer.

– mit blitzenden Zähnen –

Cat sagte es laut: »– und silbernen Strähnen …«

»Oh, aye«, sagte er reuevoll. »Stören sie dich so sehr?«

Das taten sie nicht, ganz und gar nicht; weder der Dreck noch der Geruch der Sassenach-Zelle.

Er war wohlauf, und er war wieder zu Hause.

Und das Bett gehörte allein ihnen, nicht länger Jean Stewart.

Schnee jagte über die Highlands, färbte die Berge weiß und überzog die Teiche mit einer Frostschicht. Das Land glitzerte vor knisterndem Eis, und es knirschte und knackte unter den Füßen, die jetzt in hohen Stiefeln steckten, deren Leder um die Füße gewunden und dann mit Bändern an Waden und Knöcheln festgebunden war. Riesige Plaids dienten den Männern als Decken und Umhänge, hielten die Körperwärme beisammen, während weißbestäubte, blaue Kappen die bittere Kälte von ihren Köpfen fern hielten. Die Frauen trugen Tücher oder Plaids, die sie tief über ihre Köpfe gezogen hatten, um auch ihre Gesichter vor der Kälte zu schützen.

In Dairs Haus hing der stechende Geruch eines Torffeuers, doch die Wärme, die er suchte und fand, kam nicht von dem getrockneten Torf der Weiden, sondern von der Frau unter den Leinentüchern, die ihre nackten Brüste gegen ihn drückte. Ihre Füße hatten sich mit seinen verhakt, und ihre Haare waren unter seinen Schultern festgeklemmt. Er lag entspannt und erschlafft neben ihr, weil er alles, was er an Kraft noch gehabt hatte, bereits mit ihr verausgabt hatte.

Es war nicht viel Platz zum Atmen; sie hatten die Laken eng um sich geschlungen, um die kalte Luft fern zu halten. Noch wenige Augenblicke zuvor hatten sie keinen Gedanken daran verschwendet; aber jetzt wurde ihnen kälter, und Cat hatte die Leinentücher hochgezogen.

Sie war kein Mädchen mehr, wie er nur zu gut wusste, aber sie war auch noch nicht durchtrieben. Ihr Wunsch, zu lernen, war von schmeichlerischer Unerbittlichkeit, aber sie verspürte noch immer das Gefühl von Scham, wenn sie die Bedürfnisse ihres eigenen wie auch seines Körpers kennen lernte, die komplizierten Feinheiten, was die Art und Weise der Vereinigung betraf. Doch sie war eine überaus leidenschaftliche Frau in Worten als auch Taten, und sie war freigiebig mit dem, was sie zu geben hatte, und auch freigiebig in dem Bekenntnis, dass sie mehr wollte, obwohl sie weniger wusste. Und so nahm er alles sanft von ihr an, ohne etwas zu erzwingen; aber er nahm es auch energisch und gab ihr etwas, lehrte sie, dass es keine besondere Etikette im Bett gab, nur die Frage der Art und Weise. Und Vergnügen, Respekt, Leidenschaft und die Mittel, dies alles miteinander zu teilen.

Sie war groß, und im Gegensatz zu Jean war ihr Kopf nicht auf der Höhe seiner Brust, wenn sie beieinander lagen. Dazu hätte sie sich krümmen müssen, und im Augenblick hingen sie eng aneinander: Hüfte an Hüfte, Knöchel an Knöchel, Braue an Braue. Auf diese Weise hatten sie beide nur einen einzigen Arm frei.

Cats Arm lag entspannt auf seiner Schulter, und ihre langen Finger strichen hin und wieder sanft durch seine Haare, kämmten sie geistesabwesend. Er bewegte seinen Arm; die Finger stießen gegen ihre Rippen, glitten dann über die Haut bis zur Rundung ihrer Hüfte und ihrer Taille.

Ihr Atem fühlte sich warm an seiner Wange an. »Wird es immer so sein?«

»Was, das hier?« Seine Finger schlossen sich fest um ihre Hüfte.

Sie lachte zärtlich. »Alles«, erwiderte sie, während das Lachen verklang und sie ernster wurde. »Die Tage, die Dunkelheit… oder werden wir es eines Tages aufgebraucht haben und nichts wird mehr übrig bleiben?«

Er wusste, was sie meinte. Nicht nur die Freuden des Bettes, *ihres* Bettes, sondern auch die Tage, die Wochen; selbst die Jahre ihres Lebens. Sie lebten jetzt drei Monate zusammen. Sie hatten das unbeschreibliche Gefühl, als wäre es schon immer so gewesen, als hätten sie sich nur für diesen einen Augenblick kennen gelernt, und als wäre der jeweilige Augenblick so viel wichtiger als all die anderen.

Dair lächelte und strich über ihre Haut. Es gefiel ihm, ihren Körper zu spüren, zu erfahren, wie er sich als Antwort darauf straffte. »Ich bin so sehr zufrieden, wie ich es niemals gewesen bin«, sagte er. »Ich habe in dem Haus meiner Mutter und meines Vaters gelebt und Sicherheit kennen gelernt; und ich habe allein in diesem Haus gelebt und Stolz kennen gelernt, als ich älter wurde, als ich ein Mann wurde« – er fuhr ihr durch die Haare, legte seine Hand um ihren Kopf –, »aber ich bin niemals so zufrieden gewesen wie jetzt mit dir in meinem Haus. In meinem Herzen.«

Cat schwieg eine Zeit lang. Als sie dann endlich sprach,

klang ihre Stimme heiser. »Mein Vater hat eine Schwäche für Alkohol, wie du weißt… und er war immer dann besonders glücklich, wenn ein neues Fass aus Frankreich eingetroffen war, mit dem Getränk, dass er Brandywein nannte. Ich habe das Bedürfnis in seinen Augen gesehen, an seinem Körper… aber er hat alles geleert, aye? Das ganze Fass… und als es leer war, als er sich bis zur Besinnungslosigkeit betrunken hatte, blieb ihm nichts mehr übrig als die Unzufriedenheit darüber, dass nichts mehr da war. Es lag kein Vergnügen mehr in dem, was er getrunken *hatte*, sondern in dem, was er wieder haben konnte.«

Dair lächelte nicht. »Willst du dich mit Brandy vergleichen, Cat?«

Etwas säuerlich antwortete sie: »Alkohol wird besser im Lauf der Zeit, Frauen nicht.«

Jetzt lächelte er doch. »Dann möchte ich dich Folgendes fragen: Wirst du mich verlassen, wenn ich so weißhaarig bin wie MacIain?«

Sie atmete tief und amüsiert aus. »Wenn das so wäre, sollte ich mich vielleicht in zwei Wochen schon verabschieden, was?«

Er grinste. »Das war ein kräftiger Schlag.«

Cat spielte die verletzte Unschuld. »Möchtest du, dass ich lüge?«

»Nun«, bemerkte er wohl überlegt, »möglicherweise hättest du mit der Wahrheit etwas sanfter umgehen können.«

Sie grunzte. »Ich kann nicht erkennen, dass die weißen Haare MacIain das Mark aus den Knochen gezogen hätten.«

»Oder den Dolch abgestumpft hätten, der seine Zunge ist?« Seine Hand fuhr wieder über ihre Rippen zur Hüfte und weiter zum Oberschenkel. »Er hat Achtung vor dir.«

Sie dachte darüber nach. »Es herrscht Friede zwischen uns.«

»Ich bin auch da gewesen, aye? Ich habe die kämpferischen Worte zwischen euch gehört.«

Sie zuckte die Schulter. »Ich kann nicht Schach spielen, und beim Backgammon bin ich auch nicht gut.«

»Also gibst du ihm Worte stattdessen.«

Cat schwieg einen Augenblick. Ihr Körper war jetzt ruhig, als sie ihm eine weitere Wahrheit offenbarte. »Ich habe niemals einen Mann wie ihn kennen gelernt, Dair ... da war ein Mann im Bett meiner Mutter, aber er hat nicht mehr zustande gebracht, als Söhne und eine Tochter zu zeugen. Ich weiß nicht, wie meine Mutter war – sie ist gestorben, als ich noch sehr klein war –, aber er war ganz sicher nie ein Vater. MacIain ...« Sie seufzte, schmiegte ihren Kopf an seine Schulter. »MacIain könnte unser aller Vater sein, aye? Der Vater jedes Mannes, jeder Frau, jedes Kindes hier in Glencoe.«

Dair dachte an das, was John Hill ihm zum Ende seiner Gefangenschaft gesagt hatte: »... *denkt gut darüber nach. Und dann, solltet Ihr Eure Freiheit zurückbekommen, teilt es MacIain mit, der nicht nur Euer Vater, sondern auch der Vater eines ganzen Clans ist. Das Überleben von Glencoe liegt jetzt in seinen Händen.*«

»Selbst meiner«, sagte sie und verfolgte ihren Gedanken weiter, während er noch ganz woanders war.

Sein Vater musste noch immer den Eid schwören. In vier Wochen würde die zugesicherte Garantie auf Straferlass auslaufen.

»Er ist ein ziemlich starker Mann«, fuhr Cat fort. »Stärker als jeder andere, den ich kenne.«

Zu einem anderen Zeitpunkt hätte Dair vielleicht so getan, als wäre er beleidigt, da sie so etwas doch eigentlich von dem Mann in ihrem Bett hätte sagen müssen, nicht von seinem Vater. Doch seine Gedanken waren jetzt ganz bei John Hill, bei dem Eid und den Versprechungen, die ein Holländer gemacht hatte, der sich König von England und Schottland nannte.

»*Wird es immer so sein?*«, hatte sie gefragt. Dair wusste es nicht. Die Welt war größer als ihr Bett, größer als Glencoe, größer sogar als die Highlands. Die Welt war Schottland, aber auch solche Männer wie Breadalbane, ein Campbell; und der Master of Stair, ein Lowlander; und ein ins Exil gegangener König, der ihnen noch immer keine Antwort auf ihre Frage gegeben hatte: Würde er die Highlander von dem Eid entbinden, den sie ihm bei Dalcomera am Vorabend von Killiecrankie geschworen hatten? *Oder wird James für immer in Frankreich bleiben und Schottland und den Clans den Rücken kehren*?

Er wollte mit solchen Gedanken nichts zu tun haben, nicht hier, nicht jetzt. Um sie zu vertreiben, löste er seinen Fuß von ihr, beugte das Bein und schob sein Knie unter ihr Gesäß. Er verlagerte das Gewicht, stützte sich auf einen Ellenbogen und war frei, frei, um sich auf sie zu rollen, um sie unter sich zu ziehen, sie mit seinem Körper zu bedecken, um Erleichterung in den Genüssen ihres Körpers zu finden, während sie, die ebenso rasch erregt war, unzusammenhängendes Zeug murmelte und ihm Einlass gewährte, ihm ein Ende der unerwarteterweise aufwallenden Vorahnungen bot, der verzweifelten Unsicherheit über das, was vor ihnen lag.

Es war Feigheit, kein Mut. Flucht statt Auseinandersetzung. Vermeidung der Wahrheit zugunsten einer Lüge. In ihr konnte er vergessen. In ihr gab es keine Furcht.

Cat führte ihn, wie er sie gelehrt hatte. Hieß ihn ohne Zögern willkommen. Nahm von ihm, was er bot, und erwiderte es um ein Vielfaches. Sie klemmte ihre Beine um ihn, zog ihn tiefer, weiter in sich hinein, um sich seine Substanz, sein Selbst zu holen, und er riss überwältigt den Kopf zurück, offenbarte die angespannten Sehnen am Hals mit der Narbe darauf… betete stumm, dass sie ihn noch tiefer führte, noch weiter, so dass er sich in der einzigen Weise verlieren konnte, die ihm möglich war, dass er nicht mehr an Dinge wie den Eid gegenüber dem einen König und die Erklärung des anderen denken musste. Dass er stattdessen nur an den Moment denken konnte, an die Frau, an das Abkommen, das sie beide verband, an die Überzeugung, dass das, was zwischen ihnen war, im Gegensatz zu Glenlyons Brandyfass niemals weniger wurde.

Cat lachte tief, als sie ihre Finger in seine Haare grub und seinen Kopf zu sich zog. »Chruachan!«, jubelte sie.

Und er, ein MacDonald, wusste in diesem Augenblick ganz und gar nicht, ob er Sieger oder Besiegter war.

Aber es kümmerte ihn auch nicht.

Als John Hill den Brief auf den Tisch legte, den er erst kürzlich vom Minister für Schottland, dem Master of Stair, erhalten hatte, zitterte das Pergament leicht. Auch Hills Hände zitterten. Sein Herz klopfte unregelmäßig und so heftig, dass er schon fürchtete, es könnte ganz zu schlagen aufhören.

Vielleicht wäre es für ihn auch besser gewesen, wenn es das getan hätte. Vielleicht wäre er dann von der lästigsten Pflicht, die er jemals hatte ausführen müssen, verschont geblieben, von der schmerzlichsten Anweisung überhaupt.

Er musste sich noch einmal vergewissern, suchte nach mildernden Worten in der unbarmherzigen Aufforderung. *Kein Befehl* – noch nicht. Ein Rat. Informationen, die ihn über die brutalen, grausamen und höchst arroganten Highlander und ihre ebenso ungestümen Clans in Kenntnis setzten.

Kein Befehl. Eine Belehrung, die, wie Stair in dem Schreiben betonte, von allen anderen unnachgiebigen Lairds verstanden werden würde, weil sie durch Blut und Feuer in der Sprache der Highlands erfolgen würde: in der Sprache der Vernichtung. Das Ende eines Clans, eines ganz bestimmten Clans stand bevor, damit alle anderen es hören konnten, es wissen würden, Angst empfinden würden. Und still sein würden.

William würde Schottland kriegen. William würde seine Highlander kriegen. Und William würde sie losschicken, um gegen den französischen König zu kämpfen, dessen Gunst es dem Stuart, dem Schottland-Monarchen, ermöglichte, im Exil zu leben.

– es darf nicht geschehen –

Aber es war geschehen, es war geschehen.

– ich muss mich verlesen haben –

Aber das hatte er nicht, das hatte er nicht.

– es muss sich um einen schrecklichen Fehler handeln –

Das war kein Fehler, und es würde nie einer sein.

Hill führte einen verzweifelten Dialog mit sich: »Noch ist Zeit …«

– noch ist Zeit –

»Er könnte noch immer vortreten …«

– tut es aber wahrscheinlich nicht –

»Sobald Buchan und Menzies von James zurückkehren und die Nachricht überbringen, dass er die Highlander von ihrem Eid entbindet, werden alle Lairds unterzeichnen …«

– selbst MacIain –

Vielleicht sogar MacIain.

Aber genauso gut – und das war eine schmerzhafte Erkenntnis –, genauso gut vielleicht auch nicht.

Kommandant John Hill saß in seinem Zimmer, roch den starken Geruch des zum Heizen benutzten Torfs und presste die schwieligen Hände auf den primitiven Schreibtisch. Er zerknüllte das Pergament. »Herrgott, ich bitte dich –« Er neigte den Kopf und rieb sich über die Stirn. »Herr, ich bitte dich im Namen deines heiligen Sohnes –« Seine Augen schmerzten von den plötzlichen Tränen, die sich hinter den geschlossenen Lidern sammelten. »– lass nicht zu, dass dies geschieht!«

Cat lachte laut; es war nicht mehr kalt, sondern wieder warm. Er lag neben ihr, in jeder Hinsicht zusammengebrochen, ganz und gar sprachlos, und grinste geistlos in sein Kissen, während sie sich – vergebens – bemühte, ihn noch einmal aufzurichten.

»Ist er müde?« fragte sie. »Hat er die Flagge gehisst?«

Er zuckte, als sie sich bemühte, und holte hastig Atem. »Himmel, Cat –«

»Ist sein Claymore abgestumpft?«

Dairs Lachen klang unterdrückt. »Würdest du es dann bitte von mir nehmen?«

»Ich ziehe es gezogen vor.«

»Aye, wie ich auch – Himmel!« gurgelte Dair, als sie weiter drückte – »Aber du könntest mir die Möglichkeit geben, es neu zu schärfen –«

»Es ist an mir, das zu tun, aye?«

»– lass mich…«, keuchte er.

»Oh, aye?« Sie zupfte sanft weiter. »Was soll ich denn lassen –? Oder möchtest du, dass ich …?«

Seine Antwort war eine Mischung aus halbverständlichen Worten und Silben.

Cat lachte. Das Lachen bildete sich tief in ihrer Kehle, sprudelte dann wie der Kriegsgesang des Dudelsacks bei Morgendämmerung herauf. Sie war wie ein dampfender Schwefelteich, aus dem Bläschen aufstiegen, so voller Überschäumen, dass sie schon glaubte, in tausend Stücke zu zerspringen. Einem plötzlichen Einfall folgend setzte sie sich auf, legte sich dann auf ihn. Sie strich über seine Oberschenkel. Ihre Haare verteilten sich über seinem Körper, kringelten sich auf seiner Haut, und sie streckte ihre Wirbelsäule und reckte die Hände jubelnd in die Luft. »*Chruachan*!«

Mit deutlich weniger Begeisterung bot Dair die entsprechende Erwiderung. »*Fraoch Eilean.*«

Sie ließ sich wieder herunter, stützte die Unterarme rechts und links von seinem Kopf ab. Ihre Haare fielen wie ein schimmerndes, kupferfarbenes Plaid über ihn. »Was wir haben«, sagte sie, »was uns verbindet…«

Er blinzelte, konnte sie aus solcher Nähe kaum erkennen. Sie hing wie ein Falke über ihm, der mit raschen Flügelschlägen und geöffnetem Schnabel über seiner Beute kreiste. »Was uns verbindet –«, wiederholte er.

»›Ne obliviscaris‹. Das ist das Motto der Campbells.«

»Niemals vergessen?« Dair lächelte. »Oh, wir vergessen nicht. Niemals.« Er schwieg einen Augenblick. »Nicht, solange du in meinem Haus bist – und mit einer solch mächtigen Überredungskunst!«

Sie ergriff die Gelegenheit. »Was?«

»Oh …«, keuchte er, »… aye …«

Cat lachte wieder, ihrer Sache gewiss. »›Ne obliviscaris.‹ Aye?«

Aber er konnte nicht mehr antworten, und an seinem angespannten Schweigen erkannte sie, dass sie eine größere Freiheit erlangt hatte, als sie sich jemals hatte vorstellen können.

4

Breadalbane saß in seinem Schlafzimmer in Kilchurn, wo er Zuflucht vor dem Winter suchte, und hielt ein zerknittertes Stück Pergament in den Händen. Er nickte kurz. Was er las, gefiel ihm. Über alle Maßen sogar. So sehr, dass er sein Herz vor Freude hüpfen spürte, in einer Art und Weise, über die er sich längst erhaben gefühlt hatte. Die einzelnen Teile seiner Pläne hatten sich endlich zu einem Ganzen verbunden.

Die Plünderung Achalladers würde also endlich gerächt werden. Und der brutale Raubzug durch Glenorchy ebenso wie der durch Glen Lyon. Und auch alle anderen Beleidigungen, alle Feindseligkeiten; die endlos währende Fehde, die tausend Jahre zurückreichte.

Bis zu den MacDonalds von den Inseln, den Besatzern Schottlands, und den ersten Campbells.

So viele Jahre. So viele Beleidigungen. Und jetzt hatte der Master of Stair Vergeltung versprochen. Das erklärte er in diesem Brief.

Alle sollten sterben.

Breadalbane erhob sich vom Bett, sammelte sich und kniete neben der Holzkiste nieder. Mit einer Hand, auf der sich blaue Venen abzeichneten, streichelte er den Kopf der Jagdhündin, kraulte sie zärtlich hinter den angelegten Ohren. »Mein braves, hübsches Mädchen«, sagte er mit schmachtender Stimme. »Mein braves, hübsches Mädchen, aye? Und ein schöner Wurf.«

Die Hündin leckte ihm die Hand. Der lange, geschwungene Schwanz schlug heftig auf den Boden. Tief unter ihrem geschwollenen Bauch lagen fünf sich windende, saugende Welpen.

Aber in Glencoe würden die noch ungeborenen Welpen nicht mehr geboren werden – und auch die ungeborenen Kinder nicht.

Stair hatte es versprochen. Stair hatte es in so vielen Worten niedergeschrieben. Alle sollten sterben.

»Aye«, sagte er leise und streichelte das drahtige Haar. »Am ersten Januar wirst du diese lästigen Münder los sein, so wie ich dann MacIain los bin.«

Gott würde sicher verstehen, dass es so sein musste, wenn die Highlands an das Rad von England geschnallt werden und so überleben sollten, statt von ihm vernichtet zu werden. Glencoe war schließlich nur eine kleine Länderei, und die MacDonalds weniger wichtig für die Mechanismen der Highland-Politik als für andere der Vorname.

Alles war jetzt in Bewegung. Es konnte nicht mehr aufgehalten werden. Stair hatte es versprochen.

Der Campbell-Earl lächelte. *Sie werden vergessen werden,*

MacIain und seine MacDonalds, und das Glen beim Coe... und wenn diese Sache beendet ist, wird sich niemand mehr an sie erinnern, oder an das, was ihnen widerfahren ist.

Dair stand am Fuß des großen Felsens am östlichen Ende des Glens und schaute Cat an, die oben stand. Sie war barfuß, trug Hose und Hemd, darüber ziemlich willkürlich irgendein Männerplaid. Ihre Haare waren gelöst und weder von einem Tuch noch einer geliehenen Kappe bedeckt, sondern wehten im Wind hin und her. Hinter ihr hüllten Wolken den Morgen ein, krönten den Pap und die Teufelstreppe.

»Was tust du?«, fragte er verblüfft; er war gerade von seinem Haus – ihrem Haus – hergekommen, um sie zu suchen.

Cat wiegte sich im Wind und lächelte in überglücklicher Zufriedenheit. »Ich schaue mich um.«

»Oh, aye – das sehe ich wohl.« Er schaute neugierig zurück, um zu sehen, was sie wohl sah, aber er stand nicht so hoch wie sie. Er sah nichts, das er nicht zuvor schon gesehen hätte. »Was schaust du denn so intensiv an?«

»Ich schaue nichts *an*, aye? Ich schaue darüber. Ich schaue über das Glen.« Sie stand an der westlichen Seite, die Arme vor dem Plaid verschränkt, die Zehen schmutzig und leicht über die Kante des Granitfelsens herausragend. »Glencoe.«

Das verblüffte ihn. »Glencoe?«

Sie streckte einen Arm aus und deutete auf das Gelände. »Gleich da vorn ist MacIains Winterhaus – Carnoch, da, man kann es durch die Bäume sehen... und da vorn ist das von John und Eiblin« – sie schwenkte ihren Arm über den Pfad, der sich durch die Mitte des Glens wand – »und unseres ist ein bisschen weiter unterhalb, hinter diesem Berg da... und alle anderen sind wie Würfel hier und da zwischen den Felsen und Bäumen verteilt, oder wie Küken, die sich zu weit von der Henne entfernt haben –« Sie ließ ihren Arm sinken. »Und noch weiter dahinter liegen Ballachulish und die Fähre und Loch Linnhe, und noch *dahinter* die Inseln. Wenn nicht die Bäume wären, könnte man sie beinahe sehen« – Cat grinste – »und vielleicht sogar Sommerled.«

Er hatte ihr das beim Torffeuer beigebracht, hatte ihr beim Whisky lange, wahre Geschichten erzählt: vom kühnen Sommerled, der von den Landen im Norden mit seinen Söhnen hergekommen war, um die Inseln in Besitz zu nehmen; von Donald, dem Vorfahr von ihnen allen, die jetzt im Glen des Flusses Coe lebten, von den stolzen Gipfeln und den gefrorenen Wasserfällen, von steinernen Zwischenwänden, die beinahe unpassierbar waren.

Dair grinste zurück; er bewunderte eine andere Aussicht, die nichts mit einem Haus oder Bäumen oder Inseln zu tun hatte. »Du könntest die Galionsfigur eines Schiffes sein, so, wie du da oben stehst.«

»Oh, ich wäre lieber ein Seemann als ein Stück Holz … und ich würde über die Ozeane segeln und sehen, was es dort alles gibt, ich würde ins ferne Indien zu den Gewürzen und nach China wegen der Seide reisen …« Sie schaute auf ihn herab, strahlend und sehnsüchtig, eine Haarsträhne quer über ihrem hübschen, wilden Gesicht. Es war das Gesicht einer Kriegerin. »Du bist in Frankreich gewesen, aye? Ich war noch nirgendwo.«

»Du bist weiter gereist, als du glaubst, Cat.« Er ging zum hinteren Teil des Felsens. »Sehr viel weiter, aye?«

Ihr Ton klang zweifelnd. »Bin ich das?«

Er kletterte die schlichten Stufen hinauf, die nicht Menschen, sondern Gott in den Stein gemeißelt hatte, und trat zu ihr auf das von Wind und Wetter heimgesuchte Plateau. Der Wind wehte unter seinen Kilt, blähte sein Plaid auf. Wie sie war auch er barfuß; sobald der Schnee geschmolzen war, war es schön, die Erde unter den Füßen zu spüren.

»Das bist du.« Dair stand jetzt neben ihr, streckte die eine Hand aus, um ihre zu ergreifen. »Hättest du vor zehn

Jahren gesagt, dass du eines Tages hier mit mir stehen würdest?«

Sie war so nah, so warm, und schützte ihn vor dem Wind. »Vor zehn Jahren haben MacDonalds das Vieh von Glen Lyon gestohlen«, erklärte sie mit deutlicher Ironie. »Aber nein, ich glaube nicht, dass ich damals so etwas gesagt hätte.«

Er lachte. »Es ist nett, mich daran zu erinnern.«

»Aye, es ist wahr. Und ich habe damals geschworen, dich zu hassen.«

»Mich zu *hassen*!«

»Wegen des Viehraubs.«

»Ich bin nicht dabei gewesen, Cat!«

Sie sah ihn scharf an. »Das bist du. Sie haben es mir gesagt.«

»Wer hat das gesagt?«

»Meine Brüder!«

Er tat so, als würde er sie verstehen, als wäre er ihrer Meinung. »Oh, aye, nun – und *sie* hätten ganz sicher nicht gelogen, oder? Und sie sind auch sicher dabei gewesen, wo sie doch so genau wussten, dass ich es war?«

»Nein, aber –« Cat unterbrach sich. Sie schwieg einen Augenblick, und ihre Mundwinkel zuckten. Ihr Körper versteifte sich. »Verfluchte Bastarde!«, murmelte sie. »Verfluchte, verdammte Lügner!«

»Ist schon gut, so sind Brüder nun mal. Manchmal jedenfalls.«

»Sie *wollten*, dass ich dich hasse! Sie wussten, was ich empfunden habe –« Sie brach abrupt ab, das Gesicht gerötet.

Sie schwieg trotzig.

Dair lachte und schlang einen Arm um ihren Nacken, zog sie noch näher zu sich heran. »Du wirst doch nichts vor mir verbergen, oder?«

Cats Mund zuckte, sie dachte nach. Dann seufzte sie und lachte reumütig, warf ihm einen raschen Blick zu. »Erinnerst du dich an den Tag, als du mit MacIain gekommen bist? Um meinen Vater wegen der MacGregors zu sehen, aye?«

»Ich erinnere mich.«

»Du bist damals so freundlich zu mir gewesen.«

Er lächelte. »Es gehört nicht zu meinen Angewohnheiten, unfreundlich zu einem kleinen Mädchen zu sein.«

Cat sah ihn mit blitzenden Augen an. »Ein kleines Mädchen... Ich bin niemals ein *kleines* Mädchen gewesen! Nicht einmal ein Mädchen, nach allem, was meine Brüder mir immer gesagt haben.« Sie sog laut seufzend die Luft ein, und mit ihr den ganzen Ärger, und atmete dann alles gleichzeitig wieder aus. »Du hast mit mir gesprochen, als hättest du verstanden, was es heißt, übersehen zu werden, so wie MacIain mich übersehen hat.«

Es gefiel ihm außerordentlich, wie sie so dastanden, den einen Arm um ihre Schultern gelegt, während die Hand schlaff herunterhing. »Weil ich mich kannte. Ich habe es dir gesagt, aye? Ich war ein Winzling, und außerdem nur der zweite Sohn. Es ist John, der eines Tages anstelle unseres Vaters der MacIain sein wird.«

Cat schenkte ihm plötzlich ein strahlendes Lächeln. »Du hast gesagt, dass du lange Zeit gedacht hast, du wärst ein Wechselbalg – bis du silberne Strähnen bekommen hast.« Sie hob eine Hand und berührte seine Haare, fuhr mit ihren Fingern hindurch. »Niemand würde das jetzt noch vermuten.«

Er lachte. »Meine Mutter hat es niemals getan. Eine Mutter kennt ihre Kinder, hat sie gesagt. Aber wechsle nicht das Thema. Was hast du denn nun empfunden, weshalb deine Brüder dich angelogen haben?«

Ihre Hand löste sich von seinen Haaren, wanderte unter seinem Plaid zu seiner Taille, wo sie ruhig liegen blieb. »Ich habe es dir gesagt. Du bist freundlich zu mir gewesen. Und du warst ein verfluchter MacDonald vom verfluchten Glencoe, und ich konnte nicht anders, als dich für ein Ungeheuer halten.« Sie lachte weich. »Du warst schon ziemlich bemerkenswert, aye? Ein Ungeheuer, ein MacDonald, aber dennoch freundlich zu einem unscheinbaren Mädchen.«

»Oh«, sagte er, und ein fröhliches Lachen bildete sich in seiner Kehle, drängte nach oben. Er hatte ein solches Gefühl niemals mit Jean gehabt, und es erstaunte ihn noch immer. »Ein großer, romantischer Held, aye? Wie im *Rosen-Roman* oder im *Rolandslied.*«

Cats Mundwinkel zuckten wieder, und dann lächelte sie. »Aber ich war nur ein schwärmerisches Mädchen – und dann habe ich die Wahrheit über dich erfahren.«

»Aber ich bin bei diesem Überfall nicht dabei gewesen«, verteidigte er sich.

»Nein, bei *dem* vielleicht nicht… aber bei anderen, aye?« Sie warf ihm einen schrägen Blick zu. »Da gab es einen nebligen Morgen bei einer Hütte in Glen Lyon – und du bist mit Robbie Stewart da gewesen.«

Er suchte Bitterkeit in ihrer Stimme, fand aber keine. Sie zog ihn auf, nichts weiter, als hätte sie jede Bitterkeit aus der Vergangenheit hinter sich gelassen, genauso, wie die Waffen nun ruhten zwischen ihnen, zwischen Glen Lyon und Glencoe.

Überwältigt schlang er seine Arme um sie und drückte sie an sich. »Himmel, Cat –« Er vergrub sein Gesicht in ihren Haaren, hielt sie fest an sich gepresst, ganz fest. Der Wind wehte über ihnen, fuhr zwischen die Bäume und brachte die Plaids durcheinander. »*Verlass mich nie…*«

Ihr Griff war kräftig, und der Atem fühlte sich warm auf seinem vernarbten Nacken an. »Es ist mein Heim«, sagte sie schließlich. Und dann, als hätte sie verstanden, was er nicht ausdrücken konnte, die Furcht, die er nicht zugeben konnte, fügte sie die Worte hinzu, die er sich am meisten von ihr wünschte. »*Dies* ist mein Heim. Glencoe.«

Kommandant Hill starrte den jungen Cameron an, der gekommen war, um ihm eine Nachricht zu überbringen. Er umklammerte die Armlehnen seines Stuhls so fest, dass die Knöchel schmerzten. »James hat die Clans von dem Eid entbunden, den sie bei Dalcomera geleistet haben!«

Lochiels Sohn würde einmal ein gut aussehender Mann werden. Er hatte ein äußerst ausdrucksvolles Gesicht. »Das hat er getan.«

Die Erleichterung war überwältigend. Obwohl Hill still dasaß, schien er in sich zusammenzubrechen, hörte den Stuhl unter sich knirschen. »Gott sei gedankt für Seine Weisheit«, murmelte er leise, dann erhob er sich. Die Freude verlieh ihm eine neue Stärke. »Wollt Ihr Usquabae trinken?«

Der junge Cameron lehnte ab. »Es sind nur noch sechs Tage, bis die Amnestie ausläuft«, sagte er. »Mein Vater sagt, ich soll sofort zum Campbell von Ardkinglas gehen, um unseren Namen auf das Pergament zu setzen.«

In der Tat, die Zeit wird knapp… Aber Hill glaubte nicht, dass das noch eine Rolle spielte, genauso wenig, wie Stairs Hass auf die Highlander; er glaubte, dass ein solches Bekenntnis von Ewan Cameron von Lochiel als Folge von James Entscheidung die Runde machen und auch die anderen Clans davon überzeugen würde, dass es die richtige Entscheidung war.

Bis auf einen alten Laird, möglicherweise. »Glencoe«, brach es aus ihm hervor.

Lochiels Sohn zuckte eine Schulter. »Wir haben nichts von MacIain gehört.«

Die Freude verkümmerte zu Asche. Es war wichtig, dass MacIain unterzeichnete. *Wenn er noch in dieser Woche vortritt, muss Stairs Plan nicht in Gang gesetzt werden, aber wenn er es nicht tut –*

Hill dachte zurück an die Unterhaltung, die er mit MacIains Sohn Alasdair Og geführt hatte. Er hatte ihn für einen angenehmen, jungen Mann gehalten, einen intelligenten jungen Mann, und Hill hoffte, dass der zweite Sohn des Laird seinem Vater von der drohenden Gefahr erzählt hatte, der die Glencoe-MacDonalds vermutlich ausgesetzt sein würden, falls er nicht vortrat. Aber es gab keine Garantien.

Wenn MacIain nichts davon gehört hat und sich weiter weigert, zu unterzeichnen, weil er fälschlicherweise glaubt, dass James die Highlander nicht von dem Eid entbunden hat… »Ich werde ihm eine Nachricht schicken müssen«, erklärte Hill schließlich entschieden.

Die Augen des Cameron verengten sich. Er war angespannt wie ein Jagdhund. »Das würdet Ihr tun?«

Hill gab ein kurzes, humorloses Lachen von sich. »Im Namen des Himmels, junger Mann, natürlich würde ich das! Wenn ich auch nur ein einziges Menschenleben retten kann, indem ich einen Sassenach-Soldaten nach Glencoe schicke, werde ich das tun. Und ich werde MacIain erklären, dass er mehr als nur ein einziges Menschenleben retten kann, sondern das vieler Schotten *und* Engländer.«

Nach einem Augenblick angespannter Stille lächelte der Cameron. »Ich werde meinen Vater bitten, selbst hingehen zu dürfen.«

»Ihr schuldet den MacDonalds nichts«, erwiderte Hill überrascht.

»Und Ihr schuldet ihnen noch weniger, aye?« Er zupfte an seiner Kappe. »Ich werde jetzt keinen Whisky mit Euch trinken, Kommandant… die Zeit wird knapp, aye?« Es stand ein deutliches Leuchten in seinen Augen. »Mein Vater ist ein Mann, der nach Aufmerksamkeit anderer trachtet… sie werden reden, jetzt, wo die Frist sich dem Ende nähert.«

Hill sah zu, wie sich die Tür hinter dem jungen Highlander schloss. Männer wie Lochiel wurden von Stolz angetrieben. Wenn er erst nach James Entscheidung, kurz vor dem Ende der Frist, einwilligte, würde er als Mann gelten, der tat, was er im Namen seines Clans und seines Landes hatte tun müssen, nicht als ein verängstigter Schwächling, der den Sassenachs nachgegeben hatte.

John Hill sprach die Worte laut, weil sie laut ausgesprochen mehr Gewicht besaßen. »Lochiels Sohn wird zu MacIain gehen, und Glencoe wird gerettet werden.«

Der Earl of Breadalbane schritt am Ufer von Loch Awe entlang, über frostkalten Boden, vorbei an braunem, sprödem Ried, und schaute seinen Jagdhunden zu, die spielerisch herumtollten. Die Hündin war jetzt von den Jungen befreit und sehr erleichtert darüber, obwohl die Welpen sich noch immer nach ihr sehnten; doch ihre Milch war versiegt, und sie duldete die aufdringlichen Münder nicht länger. Die fünf langschwänzigen, dürren Hündchen zockelten hinter ihr her, immerzu bemüht, ihre Beinchen unter Kontrolle zu halten, die noch zu lang und viel zu steif für ihre schmalen Körper waren.

Fünf gesunde Welpen. Er schätzte besonders die vier Hündinnen, denn von ihnen würden weitere Würfe kommen. Und eines Tages würde er eine Zucht aus Jagdhunden aufgebaut haben, die seinesgleichen suchte.

Die Welpen hatten es nicht leicht; mit sechs Wochen waren sie zwar unabhängig und neugierig genug, um die Welt erkunden zu wollen, aber sie waren unbeholfen und neigten dazu, in Schwierigkeiten zu geraten. Und das taten sie jetzt auch am felsigen Ufer, stolperten über Felsen und verfingen sich im Ried und dem geschmolzenen Schnee, bis sie alle völlig durchnässt waren. Daher pfiff der Earl die Hündin an seine Seite und machte sich auf den Rückweg zur Burg. Und sie kamen auch sofort, alle fünf wie erwartet, jetzt, da ihre Mutter weg war; bellend mühten sie sich wackelig über den matschigen Torf.

Die bittere Kälte hatte etwas nachgelassen, aber es war

noch immer Winter, und die Welpen waren noch sehr jung. Im Innenhof nahm Breadalbane das Juteleintuch und kniete sich nieder, um mit viel Mühe und nicht wenig Protest die steifen Gelenke abzutrocknen.

Es war eine anstrengende Arbeit, und die Tiere mochten es gar nicht, versuchten unablässig, sich ihm zu entwinden. Er hätte sie auch einem Wildhüter übergeben können, aber es machte dem Earl Spaß. Kilchurn war seine Welt, wo er unbehelligt von solchen Dingen wie den Entscheidungen anderer war, und er verbrachte viel Zeit damit, die Hündchen mit sanftem Nachdruck zu fangen und zu trocknen. Nacheinander widmete er sich seinen langbeinigen, struppigen Jagdhunden, die sich wehrten und wanden und schließlich doch von dem Leintuch des Earls abgetrocknet wurden. Dann ließ er sie alle wieder frei, und sie zeigten ihren Widerwillen, indem sie sich auf dem Boden rollten oder in vorgetäuschtem Ärger aufeinander losgingen.

Er erhob sich schließlich, wenn auch langsam, und warf das feuchte Tuch weg. Seine Bemühungen hatten seine Kleidung in Mitleidenschaft gezogen, aber das kümmerte ihn nicht. Und dann kam Sandy mit einem Brief in der Hand, sagte, dass ein Kurier von Edinburgh eingetroffen wäre.

Breadalbane brach das Siegel und entfaltete das Pergament. Er überflog es rasch, dann noch einmal, weniger schnell. Und dann zerknüllte er den Brief in der Hand, die gerade noch Jagdhund-Welpen abgetrocknet hatte. »Nach London«, sagte er kurz und knapp, »sofort.«

Sandy ging eifrig davon, um sich um die Vorbereitungen zu kümmern. Sein Herr verweilte noch einen kurzen Moment bei den Hunden, aber er sah sie nicht mehr wirklich. Und selbst, als die Hündin zu ihm kam und ihm den Kopf in die Hand legte, sich an sein Bein schmiegte, ließ er sich nicht dazu herab, sie zu tätscheln.

»Eine Woche«, sagte der Earl voller Bitterkeit. »Nur noch

eine Woche bis Jahresende, bis der Plan in Gang kommt und meine Vergeltung beginnt – und ausgerechnet jetzt entbindet James sie von ihrem Eid.«

Aber er beruhigte sich wieder. Es war noch nicht alles verloren. Er musste noch nicht in Panik geraten. In den Highlands konnte eine Woche nach Einbruch des Winters einen Monat bedeuten, wenn man auf der Straße unterwegs war. Und dann wäre die Frist für die Begnadigung vorüber, und die MacDonalds würden doch noch sterben.

Grey John Campbell blickte zum wolkenlosen, klaren Himmel. »*Schnee*«, befahl er, als wäre er Gott.

Cat, inzwischen an MacIains Launen gewöhnt, saß still beim Feuer in MacIains Haus, als Ewan Cameron seine Nachricht überbrachte. Die Ausgelassenheit, die nach dem Essen in Carnoch eingesetzt hatte, als zunächst John und dann Dair gegen seinen Vater Schach gespielt und von ihm in deutlicher Zurschaustellung seiner Fähigkeiten geschlagen worden waren, verschwand.

Lady Glencoe, die gerade sich und Cat Wein eingeschenkt hatte, stellte die Karaffe auf den Tisch. Dair hatte neben dem Feuer gekniet, um nachzulegen, und erhob sich jetzt. Niemand von ihnen sprach, nicht einmal der kleine Sandy, der gegen seinen Vater gesunken war, als ihn der Schlaf überwältigt hatte. Das bewahrte John davor, etwas anderes zu tun, als den Cameron anzustarren, der die Neuigkeiten gebracht hatte.

Eiblin MacDonald, die schon in wenigen Wochen ihr und Johns zweites Kind zur Welt bringen würde, hielt beide Hände schützend über ihren dicken Bauch. Sie schaute MacIain erwartungsvoll an. Das taten sie jetzt alle; sie wandten sich MacIain zu, der mit völlig ausdruckslosem Gesicht und einer Schachfigur in der Hand vor dem Schachbrett saß.

»Ich danke Euch für die Neuigkeiten«, sagte er ruhig. »Werdet Ihr Usquabae mit uns trinken?«

Der rotschopfige Cameron nickte. Er war sichtlich nervös – MacIain war berüchtigt –, aber auch stolz auf seine eigene Herkunft: Auch er war der Sohn eines Laird, wie Dair und John. Sein Vater war von gleichem Rang wie Glencoe.

Aber Cat konnte ein leichtes Lächeln nicht unterdrücken; niemand auf der Welt, ob Laird oder nicht, würde MacIain in mehr als nur dem Titel ähneln.

Eine Zeit lang wurde der Cameron bewirtet, wie es den Gepflogenheiten der Gastfreundschaft, die in den Highlands üblich war, entsprach. Er lehnte das Angebot, im Haus des Laird zu übernachten, jedoch ab, da, wie er erklärte, sein Vater und seine Ghillies in der Nähe der Fähre von Ballachulish auf seine Rückkehr warteten – an der Straße nach Inveraray, wo sie sich mit Ardkinglas treffen würden.

Inveraray lag im Land der Campbells, und der dortige Sheriff war selbst ein Campbell. Cat sah MacIain an. Er hatte eine Campbell in seinem Haus willkommen geheißen, sicher, aber das war etwas ganz anderes, als einen Eid zu schwören.

Nachdem einige freundliche Worte ausgetauscht und Whisky getrunken worden waren, verabschiedete sich der Cameron. Jetzt waren nur MacDonalds zugegen, abgesehen von Cat Campbell. Sie überlegte, ob sie nicht auch besser gehen sollte. Aber Dair, der hinter ihr stand, legte ihr eine Hand auf die Schulter, als Zeichen, dass sie bleiben sollte.

MacIain trank von dem Whisky, dann stellte er das Glas mit einem lauten Knall auf den Tisch zurück. »So«, sagte er.

Niemand sagte etwas. Klein Sandy rührte sich, murmelte kurz und sank dann im Schlaf wieder gegen seine Mutter, die gleich neben ihm saß und sich vorbeugte, um ihm über die Haare zu streicheln. Die Uhr auf dem Sims – auch sie stammte aus Paris – tickte laut.

Cat war froh über Dairs Hand auf ihrer Schulter. Sie wollte aufsehen, ihm ins Gesicht schauen, seinen Ausdruck abschätzen, aber sie konnte ihren Blick nicht von MacIain abwenden. Er hatte sie alle in seinen Bann geschlagen.

John war der Erbe, und deshalb vielleicht der Mutigste. »Wenn wir von dem Eid befreit sind, den wir James bei Dalcomera geleistet haben, haben wir jetzt die Möglichkeit, einem anderen einen zu leisten.«

MacIain grunzte. »Ich habe den Jungen gehört, aye?«

Wieder Stille, das Ticken der Uhr. Cat hatte das Gefühl, schreien zu müssen.

John fuhr fort. »Die Erklärung war eindeutig. Wenn wir nicht bis zum Ende des Jahres unterzeichnet haben, werden wir bestraft werden.«

»Oh, ich erinnere mich«, sagte MacIain. »›... mit der äußersten Strenge des Gesetzes‹.« Er goss sich noch mehr Whisky ein. »Ich bin weder taub noch blind, John, ich weiß, was uns bevorsteht.«

Ein sanfter, aber deutlicher Tadel. Cat, die sonst nur einen wüsten Wortschwall von ihm gewohnt war, spürte, dass dies hier weit gefährlicher war. Der Ausdruck auf Johns Gesicht bestätigte es ihr.

Dair meldete sich hinter ihr ruhig zu Wort. »Du kennst auch die Warnung, die ich von Kommandant Hill von Inverlochy mitgebracht habe.«

»Die kenne ich, aye.« MacIain nippte langsam an dem Whisky, genoss den Geschmack. »Du hast mir alles genau erzählt, Alasdair.«

»Dafür, dass er ein Sassenach ist, habe ich ihn als sehr fairen Mann empfunden. Einen aufrichtigen, ehrlichen Mann.«

»Das hast du gesagt. Zweimal bereits.«

»Sechs Tage«, sagte John.

Die weiße Mähne schimmerte im Kerzenlicht. »Weder taub noch blind, aye? Und durchaus in der Lage, zu zählen.«

»Was werdet Ihr tun?«, fragte Cat, weil niemand sonst das gefragt hatte. Weil sie dachte, dass es auch niemand tun würde.

MacIain richtete seinen Blick auf sie. »Was würdest *du* denn tun?«

Sie war verblüfft. »Ich? Aber ich bin kein Laird!«

»Macht das einen Unterschied?«

»Natürlich macht es das! Wenn ich nur für mich verantwortlich bin, kann ich die eine Entscheidung treffen … aber wenn ich einen Clan beschützen muss, ist eine andere Entscheidung vielleicht geeigneter.«

Zähne blitzten kurz in einem wilden Lächeln auf, verschwanden dann in einem Gestrüpp aus Bart und Schnurrbart. »Und doch hast du die Kühnheit, mich zu fragen, was ich tun werde, hier und jetzt, wo so viele Dinge in Betracht gezogen werden müssen, nicht zuletzt all die Menschen – *meines* Clans, aye? –, die von mir abhängen.« Er ließ seinen Blick durch das Zimmer schweifen. »Ihr alle stellt diese Frage. Ich sehe es euch an.«

Cat konnte sich nicht erinnern, dass sie ihren Vater einmal so viel wie jetzt MacIain über die Verantwortung gegenüber seinen Leuten hatte sagen hören. Glenlyon war auch ein Laird, und doch beherrschte er nichts als Würfelspiele, sehr schlecht zudem – dafür konnte er mit Whisky umso besser umgehen. *Was würde ich tun, wenn ich Laird von Glencoe wäre*? Sie war nur die Tochter eines Laird. Sie hatte keine weitergehenden Verpflichtungen als die, die sie selbst sich auferlegte.

MacIain grunzte. »Das Spiel ist vorüber.« Er löste die harterkämpfte Position auf und stellte die Schachfiguren für ein neues Spiel auf. »Ein Neues hat begonnen.«

Eiblin MacDonald sah ihren Mann an, der mit angestrengt nachdenklichem Blick seinen Sohn anschaute. Lady Glencoe hatte die Hände in ihrem Schoß gefaltet, das Gesicht war beherrscht, aber Cat sah die Anspannung in der Haltung ihrer Schultern. Und Dair, der noch immer hinter Cat beim Feuer stand, atmete leise aus, so langsam, dass es eine Aussage für sich war.

Cat wartete. Sie hatte gesagt, was sie hatte sagen können, und mehr wusste sie nicht zu sagen, seit der Cameron gekommen war. Aber die Welt hatte sich vollständig geändert, und auch das Leben der Menschen in diesem Zimmer. *Es ist an ihm, zu entscheiden, was aus uns allen wird…* Und in diesem Augenblick wusste sie, dass sie niemandem sonst als dem alternden riesigen MacDonald diese Entscheidung überlassen wollte. Er war ein schroffer Mann, ein dickköpfiger alter Fuchs, aber er liebte seine Leute. Sie vertraute seiner Überzeugung mehr als ihrer eigenen.

Er sah sie alle der Reihe nach an, dann erhob er sich und schritt zur Tür. Er öffnete sie und drehte sich um. »Bringt eure Frauen nach Hause«, sagte er zu seinen Söhnen.

Eine elende Entlassung. Cat versteifte sich.

MacIain sah es und schaute sie direkt an. »Bringt eure Frauen nach Hause«, wiederholte er, »und lasst mich allein.« Draußen fiel Schnee. Die Schonfrist war vorüber, der Winter war zurückgekehrt.

Cat erhob sich fröstelnd, als Dair sich an ihre Seite begab. *Aber er könnte nicht bitterer sein als der Winter in seinen Augen.*

John Hill zuckte deutlich zusammen, als die Tür zu seinem Zimmer aufflog. Ein Mann stand auf der Schwelle. Wie er so im flackernden Licht vor ihm stand, hinter ihm die durch den Schnee gemilderte Dunkelheit, hätte er auch ein Held aus einer der Erzählungen der keltischen Barden sein können, ein riesiger Nordmann, der aus den Hügelgräbern gestiegen war und tropfte. Aber John Hill sah sofort, dass die Feuchtigkeit Schnee war und dass überhaupt keine Erde an ihm war. Nur schien er anstelle eines menschlichen Gesichts eine Maske aus undurchdringlichem Stein zu tragen.

Er trug Wolle, Leder und Stahl. Es glänzte im Kerzenlicht, ein hartes, kriegerisches Glitzern von Pistolen, einem Dolch und einem Schwert. Und ganz in Stoffe mit seinem Clanmuster gehüllt, den Kopf jetzt ohne Kappe, so dass die schmelzenden Schneeflocken weiße Diamanten in seinen weißen Haaren und auf dem Schal auf seinen Schultern bildeten.

»MacIain«, sagte Hill, denn es gab keinen Zweifel daran.

»Kommandant«, erklärte MacIain als Erwiderung mit tiefer, ruhiger Stimme.

Hinter ihm schneite es weiter. Ein hartnäckiger Sturm hatte dazu geführt, dass sich vor den Gebäuden ein zweiter Wall gebildet hatte, wenn er auch weicher war als die Palisade. Es war eine bemerkenswerte Leistung, dass MacIain den Weg von Glencoe bis zum Fort auf sich genommen hatte – bis man den Mann anschaute und seinen Geist beurteilte, die niemals wankende Entschlossenheit. Er durfte einfach nicht versagen, weder sich selbst noch seinen Leuten gegenüber. Sein Stolz würde es nicht zulassen.

MacIain füllte den ganzen Türeingang aus, er ließ den kleinen Raum des Kommandanten noch mehr schrumpfen. Aber es war der einzige Schutz vor dem Wetter, der angemessen genug für Hills Gast war. »Kommt herein. Möchtet Ihr Whisky oder Wein haben?«

Die Augen des Riesen blitzten. Seine Kiefer mahlten einige Zeit, Wasser tropfte von seinem Bart auf sein Plaid, Tropfen rollten über das Leder seines silberbeschlagenen Gehenks. Er war vor allem ein Krieger, ein riesiger Gäle aus einer anderen Zeit. »Ich bin gekommen, um den Eid zu schwören«, sagte er schließlich leise, noch leiser, als Hill erwartet hatte. »Werdet Ihr ihn entgegennehmen, damit die Amnestie von König William auch mir gewährt wird?«

In dem kurzen Augenblick vor der entsetzlichen Erkenntnis, in dem Augenblick, der dem schmerzhaften Einwand vorausging, sah John Hill die bittere Überzeugung in den alternden Augen, hörte er die Schärfe seiner donnernden Stimme, begriff er, dass das, was Glencoe geschah, dem Willen MacDonalds zuwiderlief. Und doch war er gekommen.

– *Und sehr wahrscheinlich zu spät…* »Nein«, platzte Hill heraus, ließ vor Überraschung jede Form von Diplomatie außer Acht. »Oh nein, versteht Ihr nicht? *Ich* kann Eure Unterschrift nicht annehmen. *Ich* kann den Straferlass des Königs nicht auf Euch übertragen. Ihr müsst zu Ardkinglas gehen, nach Inveraray.«

»Ich bin gekommen«, erklärte MacIain mit einer Stimme, die keinen weiteren Protest duldete.

Das Wissen kam aus der Tiefe der Dunkelheit, erfüllte seine Seele mit einer düsteren, Übelkeit erregenden Befürchtung. *Stair wird seine Sache doch noch durchziehen können* – »Oh, nein – MacIain, ich bitte Euch… ich kann für Euch nichts tun.« Er fuhr rasch fort, trotz der sich verengenden, misstrauischen Augen. »Ihr müsst nach Inveraray gehen, zu dem Sheriff von Argyll. Ardkinglas wird Eure Unterschrift entgegennehmen, nicht ich.«

Das alte Gesicht verhärtete sich, bis Hill glaubte, es würde zersplittern. »Ihr weigert Euch?«

»Ich *muss* mich weigern!«, schrie Hill. »Es ist nicht mein Recht… es ist Ardkinglas, der den Eid entgegennimmt. Ihr wisst das, MacIain – es stand in der Erklärung. Ihr müsst zu den Sheriffs der Lairds gehen.«

Immer noch fielen riesige Schneetropfen vom Highlander auf den Boden. Ein Windstoß blies Schnee ins Zimmer, hätte beinahe die durch Glas geschützten Lampen gelöscht; und doch konnte Hill keine Möglichkeit erkennen, wie er die Tür hätte schließen können, da Glencoe noch immer auf der Schwelle stand. »Ich habe es gelesen«, sagte MacIain schließlich. »Aber *Ihr* seid doch Soldat, aye? – kein verfluchter Campbell.«

Es war Schmeichelei, und für Colonel John Hill durchaus nachvollziehbar; er hatte sein ganzes Leben beim Militär und damit verbracht, England zu dienen, und er verstand sehr gut, dass ein Krieger einen solch konkreten Dienst, Feind oder nicht, anerkennen würde. Es war eine Ehre, trotz des Namens, den der König hatte. Er war kein Politiker, kein Adeliger, lediglich ein Soldat. Und an diesen Soldaten richtete sich MacIain jetzt, auch wenn er ein Sassenach war – aber immerhin kein Campbell.

Sprachlos blickte Hill den alten Mann an, der Schottland verkörperte, der die Knochen und das Blut des Landes in sich trug, den Stein und die Bäche und Flüsse. Seine Augen hatten eine Vielzahl an Sünden gesehen, seine Hände hatten sie begangen, und doch kam er her, um einen Eid zu leisten, der ihn für immer als Mann des Holländers kennzeichnen würde statt als Jakobiten. Glencoes Kapitulation war das Ende der Rebellion.

Und doch konnte Hill weder Freude noch Erleichterung darüber empfinden. Er verspürte nur eine große, wachsende Furcht. *Er weiß nicht, was Stair geplant hat – und ich kann es ihm nicht anvertrauen* – »Ihr müsst gehen«, drängte er verzweifelt. »Ihr müsst weiter nach Inveraray gehen. Ihr dürft nicht länger zögern!«

Die Maske aus Granit, die MacIains Gesicht war, begann langsam zu zerbrechen. »Das kann ich nicht«, sagte er. »Es würde zwei Tage länger dauern, als mir bis Jahresende zur Verfügung stehen.«

Und so würde es sein. Das Wetter würde ihn einen weiteren Tag aufhalten, und es war keine Zeit mehr übrig.

Ein Tag, nicht mehr… Er war gekommen, der MacIain; Glencoe war endlich gekommen. Es war der Preis des Überlebens, das Ende eines grausamen Plans, und doch war es möglicherweise zu spät.

»Wartet –« sagte Hill. Er ging sofort zu seinem Schreibtisch und nahm eine trockene Feder auf. Er tauchte sie in Tinte, zog ein Stück Pergament zu sich heran und begann zu schreiben. »Ich werde Ardkinglas bitten, Euch als verlorenes Schaf aufzunehmen…«

Es geschah in aller Eile, mit rascher Erklärung: ein Fehler, nichts weiter, und der Vergebung würdig; sicher konnte Ardkinglas den Eid trotz der Verspätung entgegennehmen ... *»er ist bei mir gewesen, hat aus Unkenntnis jedoch einige Tage verloren, aber man sollte ein verlorenes Schaf zu jeder Zeit aufnehmen, und er wird sich als Vorteil für den König erweisen.«* Hill bestäubte das Pergament mit Sand, faltete und versiegelte den Brief. Dann reichte er ihn MacIain. »Und jetzt muss ich Euch dringend auf den Weg schicken.«

Der alte Fuchs ließ sich nicht drängen. Er nahm den versiegelten Brief in aller Bedächtigkeit an, steckte ihn in seinen abgetragenen, lederfarbenen Mantel und setzte seine Kappe wieder auf. Das trübe Silber seines Clan-Abzeichens glänzte schwach.

»Möge Gott mit Euch sein«, sagte Hill, als MacIain sich umdrehte und zur Tür hinausging, den Kopf unter dem Türsturz einzog, der für einen Mann gewöhnlicher Größe errichtet worden war.

Der Kommandant verriegelte die Tür und drehte sich um, ging zurück zu seinem Bett. Die Erleichterung wärmte ihn etwas in dem Raum, auf dessen Fußboden jetzt Schneereste lagen. *Ardkinglas ist ein guter Mann, auch wenn er ein Campbell ist. Glencoe ist schließlich doch in Sicherheit.*

Cat glitt in den Schlaf. Sie wollte nicht wirklich schlafen; das Bett war leer, Dair war nach draußen gegangen, um mit John zu sprechen, der ihn aufgeweckt hatte. Aber sie ließ sich von der Wärme unter den Decken verführen. Erst als die Tür sich wieder öffnete und Dair hereinkam, zwang sie sich, ganz wach zu werden.

Er schloss die Tür und trat in den kleinen Raum, legte das Plaid ab. Schnee bedeckte seine Haare; er sah in diesem Augenblick seinem Vater noch ähnlicher, abgesehen davon, dass sein Gesicht erstaunlich jung wirkte.

Die Erkenntnis traf sie von neuem, das Wissen und das Staunen: *Dieser Mann gehört mir…* Sie bemerkte die Narbe an seinen Rippen, die er der Klinge eines Sassenachs verdankte, die Spuren an seinem Hals, die die Schlinge hinterlassen hatte. Auf der Haut, die nicht vernarbt war, bildete sich vor Kälte eine Gänsehaut. »Komm zu mir.« Cat schlug die Laken zurück. »Ich vertreibe dir die Kälte aus den Knochen.«

»Du könntest mehr tun, als nur die Kälte aus den Knochen vertreiben, wäre ich nur nicht schon halb erfroren.« Der Wind hatte sein Gesicht gerötet. Als er neben ihr ins Bett kroch, von dem Sturm draußen murmelte, biss sie die Zähne zusammen und schlang ihre Füße um seine.

»– warm«, murmelte er. Seine Haare fühlten sich feucht an, als er seinen Kopf an ihren lehnte. »Er hat eine Botschaft von MacIain gebracht. Er ist nach Inveraray geschickt worden, zu Ardkinglas.«

Cat, die ihn mit all ihren Gliedern umschlang, um ihn zu wärmen, zitterte. Die Worte waren einfach genug, aber der Ton enthielt Besorgnis. »Es ist ein schlimmer Sturm«, meinte sie, »und ein weiter Weg bis Inveraray. Konnte er den Eid denn nicht im Fort leisten?«

»John sagt nein, und dass Malcolm ihm aufgetragen hat, weiterzugehen. Aber der Kommandant hat MacIain einen Brief mitgegeben, der seine Verspätung erklärt.« Er strich ihr eine Haarsträhne aus dem Gesicht. »Er wird ein oder zwei Tage brauchen, um Inveraray zu erreichen, aber John Hill hat für ihn ein paar gute Worte eingelegt.«

Er wurde nur langsam wärmer. Cat presste sich fester an ihn. Inveraray war eine Campbell-Stadt, und früher einmal, vor vielen Jahren, war MacIain in ihr gefangen gehalten worden. »Was geschieht, wenn er ankommt?«, fragte sie unsicher.

Dair zuckte kaum merklich die Schultern. »Er schwört König William die Treue, in seinem Namen und im Namen Glencoes.«

Einfache Worte, die ebenso einfache Taten erklärten. Aber zwei Jahre zuvor, am Vorabend der Schlacht von Killiecrankie, hatten sie, kurz bevor die Kriegsmusik der Dudelsäcke erscholl, James die Treue geschworen. Die Sache war, wie Cat wusste, bei weitem nicht so beiläufig, wie Dair jetzt vorgab.

– nicht, wenn man in ihre Herzen blickte –.

Sie kannte seines jetzt, besser als ihr eigenes, kannte es so gut wie seinen Mut. Und was er nicht zugeben würde, was er nicht bekennen konnte, waren seine eigenen Gedanken und Gefühle. Auch wenn er Angst um seinen Vater hatte, sprach er nicht davon. Aber sie war anders als MacIains Sohn. Sie sorgte sich um den MacDonald, der tief ins Land der Campbells gehen wollte, wo er keine andere Unterstützung hatte als die Kraft seines eigenen Willens.

Aber es war immer noch MacIains Wille. Sie bezweifelte, dass Ardkinglas, der als ein anständiger Mann galt, versuchen würde, ihn zu brechen. Breadalbane, ein Campbell-Earl, und all die anderen Williamiten hatten ihren Triumph mit Glencoes Kapitulation. Sie würden, so betete sie um das Wohl des Mannes willen, der neben ihr lag, in diesem Wissen großzügig sein.

»Was bedeutet der Eid?«, fragte sie ruhig. *Für uns?,* meinte sie damit, aber diese persönliche Frage konnte sie nicht laut äußern.

Er rührte sich, rückte näher. »Nicht mehr und nicht weniger als das, was er James gegenüber bedeutet hat.« Der Ton seiner Stimme verhärtete sich. »Aber er ist kein Schotte, dieser William.«

Es war ein Unterschied. Es würde immer ein Unterschied sein. England hatte so viel von dem besetzt, was Schottland gehörte. Selbst ihre Könige, die später die Gepflogenheiten und die Lebensweise der Sassenachs übernahmen. Es hieß, dass weder James noch seine Tochter Mary, Williams Frau, ein einziges Wort Gälisch sprachen.

Cat strich über die kalte Schulter ihres Mannes, massierte die Haut. »Ein Mann des Königs«, murmelte sie.

Dair gab einen unterdrückten, unverständlichen Laut von sich. »Aye, nun – *das* hat sich nicht geändert. Nur der Name des Königs ist anders.«

Cat vermutete, dass es wirklich so war. Und sie vermutete auch, dass der Friede, wenn er denn folgte, den Eid wert war. Andere mochten dem nicht zustimmen, aber MacIain war offensichtlich der gleichen Meinung.

Und auch Dair und John. Die Frauen waren nicht gefragt worden. *Es sei denn, er hat mit seiner Frau darüber gesprochen, nachdem er uns alle nach Hause geschickt hat.* Das war sogar zu vermuten. Margaret MacDonald, Lady Glencoe, war keine dumme Frau, und MacIain war kein Narr, der scharfsinnigen Rat in den Wind schlug.

Cat starrte in die Dunkelheit und fragte sich, was ihr Vater wohl gesagt hatte, als er Colins Brief mit der Nachricht erhalten hatte, dass sie zu Dair nach Glencoe gegangen war, um bei den MacDonalds zu leben; sie fragte sich, was er jetzt sagen würde, wenn er wüsste, dass Glencoe und Glenlyon nach so vielen Jahren der Feindschaft endlich die gleichen Interessen teilten.

Der Wind blies ihm ins Gesicht, wirbelte Kilt und Plaid auf und brachte den Geruch von Wasser, in Kürze fallendem Schnee, feuchter Wolle und Torf mit sich, als Dair neben seinem Bruder am Gleann an Fiodh stand, dem Tal des Waldes gleich bei Invercoe. Er war sich wie John auch der Männer in ihrem Rücken bewusst, aber noch mehr der Männer vor ihnen, die glitzernden englischen Stahl in Form von Musketen, Piken und Schwertern mit sich führten.

Dair musterte sie eingehend, versuchte, sich ihre Waffen einzuprägen, damit er wusste, wie man sie aufhalten konnte; er war sich jedoch nicht sicher, ob das überhaupt möglich war. Die Steinschlossgewehre, die die Soldaten bei sich trugen, waren den Luntenmusketen von Killiecrankie überlegen, wie auch die neuen Vorrichtungen, die es ermöglichten, dass die Bajonette unterhalb des Musketenlaufs befestigt werden konnten, so dass das Gewehr immer noch abgefeuert werden konnte, anders als bei den alten Bajonetten, die direkt auf den Lauf gepflanzt worden waren. Die Männer trugen außerdem mit Speerspitzen versehene Piken, in Scheiden steckende Kurzschwerter, die auch als kurze Säbel bekannt waren, sowie Patronentaschen an den Gürteln. Sämtliche Soldaten waren in Scharlachrot, Schwarz, Gelb und Grau gekleidet, hatten Schnallen an den Schuhen und sahen sich unsicher um.

Zwanzig MacDonalds, nicht mehr, warteten hinter Dair und John auf dem Pfad, der vom Abhang hinunter zum Ufer des Lochs führte. Sie waren weit in der Unterzahl, noch dazu trug keiner von ihnen Waffen; MacIain hatte dafür gesorgt. Er hatte allen verkündet, dass sie im Namen der Garantie von Kommandant Hill und der Sache des Friedens ihre Waffen beiseite legen mussten, wie es der Eid verlangte. Und das hatten sie getan, aber nicht ohne Hinterlist, denn sie hatten sie in Torfballen oder unter Steinhaufen auf dem Abhang versteckt. Trotzdem gab es in diesem Augenblick keinen Mann, der angesichts der Soldaten nicht misstrauisch gewesen wäre, der sich nicht eine Tartsche oder ein Claymore oder auch nur eine Lochaber-Axt gewünscht hätte.

»Heiliger Himmel«, murmelte Dair. »Müssen wir die alle als Freunde willkommen heißen? Ich habe schon Feinde gesehen, die weniger Waffen bei sich hatten.«

»Es herrscht Frieden zwischen uns«, gab John gelassen zurück. »MacIain hat den Eid geleistet; also haben wir von diesen Männern nichts zu befürchten.«

Dair schnaubte spöttisch. »Aye… ich nehme an, du nimmst es mir nicht übel, wenn ich ihnen gegenüber weiterhin misstrauisch bin. Wir wissen immerhin, dass sie bei Killiecrankie gegen uns gekämpft haben.«

»Dann müssten sie sich eigentlich vor *uns* fürchten, aye?« John lächelte kurz, wurde aber rasch wieder ernst. »Komm schon, Alasdair – sie haben einen Mann losgeschickt. Hören wir uns an, was er zu sagen hat.«

Sein Körper wollte ihm nicht gehorchen. »Mir gefällt das nicht, John.«

»Mir auch nicht. Aber der Eid ist geleistet; sie sind nicht gekommen, um uns Schaden zuzufügen, jetzt, wo wir ihrem Sassenach-König dienen.« Mit aufrechtem Rücken, den Kopf hoch erhoben, marschierte John MacDonald los.

Dair folgte nach kurzem Zögern. Der Sturm hatte schließlich nachgelassen, und es war wieder wärmer geworden. Dennoch traute er der Ruhe genauso wenig wie den vielen Soldaten, die sich in disziplinierten Reihen aufgebaut hatten und den matschigen Weg verstellten, der sich am Loch entlangzog.

Ein junger, uniformierter Mann wartete auf sie; er stand etwas steif vor den anderen. Blätter flatterten in seiner Hand, vom Wind aufgewirbelt. »Ich bin Lieutenant John Lindsay von der Königlichen Infanterie, dem Regiment des Earl of Argyll«, sagte er. »Dies sind unsere Befehle.«

Lindsay streckte sie John entgegen, aber der weigerte sich, sie entgegenzunehmen. »Seid ihr als Freunde oder als Feinde gekommen?«, fragte er stattdessen ruhig.

Das Gesicht des jungen Offiziers erstarrte. »Als Freunde, bei Gott! Sir, bei meiner Ehre, es ist nicht beabsichtigt, MacIain und seinen Leuten Schaden zuzufügen. Aber wir haben Befehle, und entsprechend seinem Eid muss er sie erfüllen. Wie Ihr selbst lesen könnt.«

Jetzt nahm John die Papiere in Empfang. Er überflog sie kurz, das Gesicht nach wie vor ausdruckslos. Selbst Dair, der neben ihm stand, konnte die Gedanken seines Bruders nicht erahnen.

»Zwei Kompanien sollen in Glencoe untergebracht werden«, sagte John schließlich. »Zu welchem Zweck?«

Lindsay war sichtlich nervös, aber es gelang ihm, in aller Ruhe eine Erklärung abzugeben. »Es gibt noch rebellische Clans, die sich dem Eid widersetzen. Die Aussetzung der Strafverfolgung ist abgelaufen. Doch Fort William ist überfüllt, und so ist angeordnet worden, dass wir bei Euch in Glencoe untergebracht werden sollen, nur so lange, bis das Wetter sich gebessert hat und wir uns weiter um unsere Angelegenheiten kümmern können. Eine Woche, vielleicht auch zwei… sicherlich nicht mehr. Wir hoffen, dass es keine allzu große Last sein wird.«

Das würde es allerdings sein. »Und was sind das für Angelegenheiten?«, wollte John wissen.

»Die Bestrafung solcher Schotten wie Glengarry, die sich dem Eid noch widersetzen«, antwortete Lindsay ohne Umschweife. Er zögerte, sah Dair an, dann wieder John. »Es ist kein Platz im Fort.«

Ein anderer Mann trat jetzt vor, eindeutig ein Offizier, der einen karmesinroten Mantel und eine stählerne Halsspange trug; er war aber ein Schotte und hatte wie die Schotten auch ein Plaid quer über seine Schultern gehängt. Er schaute seinen jungen und ernsten Lieutenant an, sprach dann laut und deutlich auf Gälisch. »Werdet Ihr uns aufnehmen? Ich will mich nicht auf Befehle berufen – was sind sie anderes als die Worte eines Sassenachs, niedergeschrieben von Engländern?«, fragte er mit eleganter Verachtung. »Ich möchte mich eher auf Euer Entgegenkommen und Eure Großzügigkeit berufen, die uns, die wir in den Highlands geboren wurden, aufgrund des Gesetzes der Gastfreundschaft verbindet und ehrt.«

Es war ein klarer, berechnender Aufruf, von brutaler Aufrichtigkeit und sicherlich bestens geeignet, den beabsichtigten Zweck zu erfüllen – oder vielleicht auch die MacDonalds zu beschwichtigen, die argwöhnisch wie unruhige Hunde hinter ihm warteten. Dair schaute den Mann zuerst gleichgültig an, doch dann musterte er ihn genauer. Er erstarrte, als ihm das Entsetzen durch Mark und Bein fuhr.

Der Mann hatte sich sehr verändert. Er war jetzt älter, abgezehrter, mit gerötetem Gesicht, strähnigen, gelblichgrauen Haaren und rotgeränderten Augen. Er war ein Offizier im Regiment des Earl of Argyll und trug eine Uniform, doch seine Identität – und sein Titel – waren unverkennbar.

Herr im Himmel –

Und plötzlich stand Dair nicht länger auf dem Land der MacDonalds in der Nähe des Lochs, sondern auf Campbell-Land, auf einem windumtosten, zerklüfteten Hügel im Rannoch Moor neben einem alten Baum; er saß auf einem Pferd und hatte eine Schlinge um den Hals, gefesselte Hände und ein stummes Gebet auf den Lippen –

– und in seinen Ohren erklang ein pfeifendes Geräusch, als der Mann die flache Seite seines Schwertes ohne Zögern auf das Hinterteil des zotteligen Pferdes klatschen ließ, um es anzutreiben.

Dieser Mann, dieser Campbell: *Glenlyon* – im Dienst des Königs stand er jetzt vor ihm, forderte von ihnen Gastfreundschaft. Er kannte die Ehre der Highlands und die Verpflichtungen, die damit verbunden waren, und er wusste, wie sie darauf antworten mussten.

Dair fluchte grollend. Er spürte den entsetzten Blick des jungen Lieutenants, war sich Johns scharfer Musterung bewusst, spürte die abrupte Anspannung in den Glencoe-Männer hinter sich – und doch konnte er den Blick nicht von den verlebten Gesichtszügen Robert Campbells abwenden.

Glenlyon lächelte warm, ohne erkennbaren Hass. »Alasdair Og«, schalt er, als spräche er mit einem Sohn. »Würde ich etwa Böses im Schilde führen, wo doch meine Tochter hier in Glencoe ist?«

Sie wartet ungeduldig, während er die Pferde in den Hof bringt. Sie sieht seine Miene, die Anspannung seines Körpers, aber sie gibt keiner dieser unausgesprochenen Bitten nach. Als er bei ihr stehen bleibt, streckt sie rasch die Hand aus und nimmt ihm die Zügel ab.

Er schaut besorgt drein. »Wozu soll das alles dienen?«

Hat er geglaubt, sie würde es sich noch einmal überlegen, im Laufe der Zeit? Oder hat er es zumindest gehofft?

»Es soll dazu dienen, mir zu zeigen, was aus meinem Heim geworden ist, und aus dem Mann, den ich geheiratet habe«, sagt sie grimmig.

Er runzelt noch immer die Stirn, als er auf sein Pferd steigt, doch er sagt nichts.

»Du hast selbst eine Frau«, erklärt sie. »Und zwei Kinder. Denk an sie. Stell dir vor, du wüsstest nicht, ob sie überlebt haben oder gestorben sind. Für den Rest deines Lebens.«

Er verzieht das Gesicht. »Es mag besser sein, es nicht zu wissen.«

»Das ist es nicht.« Sie lenkt ihr Pferd auf den Pfad, der sich durch Rannoch Moor windet.

Man kann es nicht verstehen, wenn man nicht dabei gewesen ist. Und bis sie nicht zurückgeht, wird sie niemals die Wahrheit wissen.

Sie muss es wissen. Sie hat keine Zukunft, nur die Vergangenheit, bis sie die Wahrheit weiß. In Glencoe wird sie es wissen. Ob er lebt. Oder nicht.

SECHSTER TEIL

1692

1

Glenlyon bemerkte rasch, dass seine Tochter ganz anders war, als er sie in Erinnerung hatte – sie war nicht die Catriona von früher, nicht mehr das Kind, das Mädchen, nicht einmal die blühende Schönheit, sondern eine erwachsene Frau mit einem wilden, klaren Willen, die nur zu genau wusste, wie man seine Kraft, seine Stärke einsetzen musste.

Mit diesem Wissen hielt sie auch jetzt nicht hinter dem Berg, als er zu dem Haus ging, das MacIains Sohn ihm beschrieben hatte, als er ihn nach dem Weg gefragt hatte. Glenlyon hatte den verschlossenen Ausdruck in den Augen von Alasdair Og gesehen, das Erstarren seines Körpers, den angespannten Zug um die Mundwinkel, aber der MacDonald hatte ihm höflich geantwortet, und Glenlyon hatte sich bedankt.

Jetzt stand er vor dem Haus und betrachtete die Frau in der Tür. *Bei Gott, ich habe sie gezeugt… niemand sonst hat einen Anspruch auf sie!*

Sie gab sich keinerlei Mühe, ihren Schock zu verbergen, unterdrückte auch die erbarmungslose Verachtung in ihrer Stimme nicht. »Was wollt Ihr hier?«

Glenlyon zwang sich zu einem Lachen. »Hast du für deinen Vater keinen freundlicheren Empfang übrig?«

Ihre Miene änderte sich nicht, auch nicht ihre Frage. »Was wollt Ihr hier?«

Er richtete sich auf, raffte den kläglichen Rest an Würde zusammen, auf den er sich gelegentlich noch besinnen konnte. »Die Pflicht hat uns hierher geführt«, antwortete er. »Wir sollen hier untergebracht werden, bis das Wetter sich bessert und wir uns daranmachen können, Männer wie Glengarry zu bestrafen, die die Großzügigkeit des Königs zurückweisen.« Und dann fügte er – vielleicht in der Hoffnung, sie mit offener Verachtung aus ihrer selbstsicheren Haltung stürzen zu können – hinzu: »Glaubst du, ich bin gekommen, um eine Frau zurückzuholen, die sich selbst aus meinem Haus ausgeschlossen hat?«

Der Versuch schlug fehl; sie war ganz und gar nicht erschüttert; ihr breiter Mund zuckte nur kurz, als würde sie die Worte ironisch und erheiternd finden. »Aye, ich habe mich ausgeschlossen. Und ich habe jetzt ein besseres Heim.«

»Aber nicht ein besseres *Haus*.«

»Aber eines, das mir gehört.«

»Oh, ja? Ich dachte, es wäre von einem MacDonald errichtet worden.«

»Und wird von einer Campbell bewohnt.«

»Aha.« Das erste Gefecht war vorüber. »Ich sehe, er hat dein Mundwerk nicht gezähmt.«

»Hast du geglaubt, er würde das tun?«

»Ich hatte es gehofft.« Das verblüffte sie. Er lächelte herablassend und richtete sein vom Wind verrücktes Plaid zurecht, ebenso die stählerne Halsspange. *Sie soll sehen, was aus mir in der Armee des Königs geworden ist… ein Mann, dem man Respekt schuldet.*

Sie zog fragend die Brauen hoch. »Ich kann kaum glauben, dass dein erster Gedanke meinem Mundwerk gegolten hat, nachdem du Colins Brief erhalten hast.«

»Das hat er auch nicht«, gestand er. »Mein erster Gedanke entspricht ungefähr dem, was du dir vermutlich vorgestellt hast.«

Jetzt war sie amüsiert. Und befriedigt. Glenlyon war nicht sicher, ob auch nur eines davon ihm gefiel. Aber er war höchst neugierig.

»Hast du es getan, um dich mir zu widersetzen?« Es hätte zu ihr gepasst. Es wäre typisch für sie gewesen. Und dennoch fand er die Vorstellung angenehm, dass sie auch eine Mutter gehabt hatte, dass er sich nicht allein die Schuld geben musste.

Sie lachte laut; es war ein herrlicher, unverfälschter Klang, der da durch die Bäume hallte. »Ich habe dabei überhaupt nicht an dich gedacht!«

Und in diesem Augenblick wusste er, dass er sie für immer verloren hatte. *Nie wieder mein Mädchen, meine Cat...* Nie wieder wirklich seine Tochter. Die Preisgabe ihrer Jungfräulichkeit beunruhigte ihn nicht im geringsten, doch ging damit eine neue Entschlossenheit einher, ein ungestümes Selbstvertrauen, das ihn wie der Hieb eines Claymores traf.

Sie hatte sich ihm schon immer widersetzt, bereits als kleines Mädchen, hatte sich dabei auf ihre eiserne Dickköpfigkeit und ihr schnelles, kluges Mundwerk gestützt. Jetzt jedoch war sie gefasst, zuversichtlich, weniger getrieben, als hätte sie jetzt als Erwachsene seine Schwäche erkannt, sie benannt und akzeptiert – und als ganz und gar unwichtig verbannt. Er war nicht mehr wichtig genug für sie, um sie wütend machen zu können.

Und das war etwas, das wiederum *ihn* ziemlich wütend machte. »Willst du mir keine Gastfreundschaft anbieten? MacIain hat es getan.«

»Dann nimm seine an«, schlug sie vor.

Irgendwie schaffte sie es, ihm das Gefühl zu geben, kleiner zu sein. Unwichtig zu sein. Da stand er in seinem ganzen militärischen Glanz und Ruhm vor ihr, befehligte zwei Kompanien der Soldaten des Königs, und vor ihr stand ein Nichts, ein zügelloser, hohler Mann, ganz ohne Wert, wie ein Dudelsack ohne Luft; ein kraftloser Mann mit schwachem Rückgrat, der alle Reichtümer von Glen Lyon bis auf ein einziges

Haus verspielt hatte. Und dieses Haus hatte sie verlassen, um bei dem Sohn seines größten Feindes zu leben.

Sie nahm ihm seine Männlichkeit, das war es, was seine Tochter tat, und zwar mit nichts weiter als ihrer Verachtung, dadurch, dass sie klar und deutlich wusste, was und wer er war, trotz seiner besten Anstrengungen, etwas anderes – und *mehr* – darzustellen.

Glenlyon spürte einen schmerzhaften Stich tief in seinem Innern. »Hast du keinen Whisky?«

Sie schmeckte Winter in ihrem Mund. »Geh und hole ihn dir selbst.«

Erstaunt sah er zu, wie sie wegging; wie sie an ihm vorbei den Pfad entlangging, der sich durch das Tal schlängelte, zu den winzigen Siedlungen hinauf, die sich am Fluss entlang erstreckten – so wie MacIains Carnoch oder Inverrigan oder Achnacone. Ihre Schritte waren lang und ruhig, gleichmäßig und unbeirrt, und sie führten sie immer weiter von ihm fort, bis er nichts mehr von ihr erkennen konnte.

Entlassen. Weggeschickt. Eines weiteren Gedankens nicht wert. Entmannt – Sein Bauch krampfte sich zusammen. Das Haus lag vor ihm, bot indes nur einen traurigen Empfang. Aber er nahm ihn an, trotz seiner Kälte. Er wollte den Whisky haben, um die Bitterkeit wegzuspülen, die seine undankbare Tochter hinterlassen hatte.

Er war Robert Campbell, fünfter Laird von Glen Lyon. Er würde sich selbst in dem Haus seiner Tochter willkommen heißen, wenn sie es schon nicht tat – weder für sich, noch für den Mann, mit dem sie schlief, den er selbst erst ein Jahr zuvor auf Rannoch Moor gehängt hatte.

Glenlyon richtete sich auf und ging in das Haus. Solche Dinge zählten nicht mehr. MacIain hatte ihm die Gastfreundschaft Glencoes angeboten, und ein solches Vertrauen war unantastbar.

Cat hatte kein anderes Ziel, als einfach wegzukommen. Sie hatte es keinen Augenblick länger in seiner Gegenwart aushalten können, hatte seinen erbärmlichen Ausreden nicht länger zuhören können. Er war wie immer, aber gleichzeitig auch anders: genauso, weil er so sehr der Alte war wie sonst, was bedeutete, dass er kaum ein Mann war; anders, weil sie jetzt seine Fehler verstand, seine Schwäche, die sie immer dazu gebracht hatte, ihn nicht nur als einen schwachen, sondern auch als einen schlechten, nutzlosen Vater zu sehen.

Sie ging einfach nur *weg*, ohne ein bestimmtes Ziel anzusteuern, fand sich jedoch plötzlich beim riesigen Felsen im Schatten des Paps neben dem Fluss wieder. Sie blieb stehen, ganz gebannt von der steinernen Schönheit, die umso viel älter und stärker war als sie.

Hilflosigkeit überkam sie. »Wenn es Whisky in der Hölle gibt, wird er sie sicher restlos leer trinken!«

»Cat.«

Sie kannte die Stimme, liebte die Stimme, aber in diesem Augenblick milderte das ihre Wut nicht im Geringsten. Sie drehte sich nicht einmal um, sondern starrte hasserfüllt weiter auf den Stein. »Ich hasse diesen Mann. Ich *verachte* ihn.«

Er trat neben sie, berührte sie aber nicht. Es war genug, dass er überhaupt so nah bei ihr war. »Das tust du nicht.«

»Doch.«

»Du liebst ihn, Cat.«

»Ihn lieben?« Es brach schmerzhaft aus ihr heraus, es war wie eine Harfensaite, die zu straff gespannt war und zerriss.

Er ließ einen Augenblick verstreichen, ehe er antwortete. »Du willst, dass er vollkommen ist, weil er dein Vater ist. Wäre er irgendein anderer Mann, würde es dir nichts ausmachen, aye? Aber er ist mehr. Er hat dich gezeugt, er ist in dir, er hat dir geholfen, die Frau zu werden, die du bist. Und du willst, dass er vollkommen ist, damit seine Schwächen und Fehler nicht auf dich abfärben.«

Er schwieg, und in der Stille konnte sie den Wind durch die Bäume streichen hören. Tränen der Wut traten ihr in die Augen. »Wie kannst du das wissen? Ich sehe keinen Grund, wieso du so etwas kennen solltest.«

»Nein?« Er lächelte, als sie ihn ansah. »Ich habe auch einen Vater, aye?«

Es war lächerlich. »Aber – er ist MacIain!«

»Und gar nicht so vollkommen.« Jetzt berührte er sie, trat hinter sie und legte ihr die Hände auf die Schultern. »Du bist plötzlich erwachsen geworden. Manche Männer und manche Frauen erleben das genau so, wie du jetzt… eines Tages weichst du nicht mehr zurück, sondern widersetzt dich – nicht, weil du deinen Vater ärgern oder ihm trotzen willst, sondern weil du es tun *musst*. Weil du in diesem Augenblick mit jeder Faser deiner Seele begreifst, dass du an das glaubst, was du fühlst, und weil du weißt, dass du nicht zulassen kannst, wie es von anderen klein gemacht oder verspottet wird. Es spielt keine Rolle, was andere von dir denken, sondern nur, was *du* selbst von dir denkst. Und wenn du mit dir zufrieden bist, hat es keinerlei Bedeutung mehr, was die anderen über dich denken oder sagen. Es schmerzt nicht mehr.«

Sie starrte angestrengt auf den gewaltigen Stein. »Dann bin ich jetzt also erwachsen.«

Er lehnte seine Wange gegen ihren Hinterkopf und umarmte sie. Sie spürte seine Wärme. »Oh, ja. Und wenn es dich schmerzt, dann deshalb, weil du begreifst, dass du kein Kind mehr bist. Es ist die Pflicht der Erwachsenen, dafür zu sorgen, dass es den Kindern gut geht, aber du bist jetzt groß. Du bist also doppelt gestraft: Du willst immer noch von ihm, dass er dafür sorgt, dass es *dir* gut geht, weil er dein Vater ist und es die Pflicht eines Vaters ist; aber gleichzeitig willst du etwas tun, dass es *ihm* besser geht, weil er in vielerlei Hinsicht selbst ein Kind ist und deine Hilfe und deren Beistand braucht. Du weißt das. Und es schmerzt.«

Sie löste sich von ihm und drehte sich um, damit sie ihn ansehen konnte. »Er hat dich gehängt!«

Dair nickte und ließ die Arme herabsinken. »Aber er ist nicht mein Vater. Ich habe die Freiheit, ihn zu hassen.«

»Aber mir gönnst du diese Gunst nicht!«

»Oh, wenn du ihn hassen willst, weil er mich gehängt hat, werde ich dir das nicht verwehren.« Er lächelte, aber nur kurz. »Das ist ein richtiger Grund, aye? Aber du kannst einen Menschen nicht allein deshalb hassen, weil er schwach ist.«

»Wieso nicht?«

»Weil nicht alle so sein können wie du.«

Cat gab ein barsches Geräusch von sich. »Die Welt wird mir dafür dankbar sein!«

»Die Starken sollten niemals die Schwachen verachten, Cat –« Abrupt riss er sie in seine Arme und hielt sie fest, schlang einen Arm um ihre Schultern und drückte sie an sich. »Ich weiß es, ich weiß es … es schmerzt tief da drinnen, nicht? Du willst, dass er all das ist, was deiner Vorstellung von einem Vater entspricht, aber er ist nur ein Mann … ein schwacher Mann, und ein zu großer Freund des Whiskys – aber er ist kein wirklich schlechter Mann.«

Sie klammerte sich an ihn. »Er hat dich gehängt.« Es war das Einzige, woran sie ihren Ärger noch festmachen konnte; alles andere hatte er bereits in Nichts aufgelöst.

»Ich bin auf seinem Land gewesen und habe versucht, sein Vieh zu stehlen, und außerdem bin ich ein verfluchter MacDonald, einer von den Galgenvögeln. Zweifellos gibt es ein Dutzend anderer Männer, die genau das Gleiche getan hätten wie er.«

Und so machte er auch das zunichte. Sie lachte kurz und schmerzlos in die Falten seines Plaids, fühlte die harte, kalte Kante seiner Brosche an ihrem Kinn. »Sag so etwas nicht.«

»Aber es ist wahr. Wir haben das Vieh von den Weiden vieler Männer gestohlen und ihre Häuser geplündert. Wir alle sind nicht so vollkommen, aye? Und ich hoffe, dein Vater trinkt nicht den ganzen Whisky weg, damit für uns auch noch etwas übrig bleibt.«

Das Schlimmste war vorüber. Cat rückte etwas von ihm ab, lächelte ihm ins Gesicht und drehte sich um. »Ich dachte, er würde mir befehlen, nach Hause zu kommen.«

»Und du bist enttäuscht, dass er das nicht getan hat?«

Sie dachte darüber nach. »Ein bisschen«, gestand sie nach einem Augenblick. »Ich dachte, er würde es tun, aber er hat es nicht getan – und so hatte ich das Gefühl, als wäre ich ihm ganz egal. Das hat mich, glaube ich, noch wütender gemacht.«

»Es ist einfacher, gegen einen richtigen Feind zu kämpfen als gegen einen Mann, dem man egal ist«, stimmte Dair ihr zu. »Es raubt deiner ganzen Wut das Feuer, und du bleibst zurück und kannst dich nur noch um die kalten Kohlen kümmern. Es ist unangenehm.«

Cat seufzte. Nachdem der große Ärger, der stürmische Ausbruch vorbei war, fühlte sie sich lustlos und matt. »Also bin ich jetzt erwachsen geworden?«

»In jeder Hinsicht, wie eine Frau erwachsen wird … so weit *ich* etwas dazu sagen kann.« Er hielt sie noch immer in den Armen, starrte aber den Felsen an, als traute er sich nicht, sie anzublicken. »Willst du zurück nach Glen Lyon?«

Sie war entsetzt. »Nein!«

Jetzt sah er sie doch an. »Wieso trauerst du dann so? Du hast deine Entscheidung gefällt, aye?«

»Frauen trauern nun mal«, versetzte Cat. »Wir trauern, weil Männer uns Grund dazu geben.«

»Ah. Jetzt ist also alles mein Fehler.« Er war völlig ernst.

»Oft.«

»Oh, aye, ich weiß. Nun denn.« Er war immer noch vollkommen ernst.

Cat blickte ihn finster an. »Hör auf damit, mich aufzuziehen, Alasdair Og.«

Seine Zähne blitzten weiß. »Was heißt hier aufziehen? Ausziehen wäre mir lieber …«

Sie rückte von ihm ab und streckte ihm drohend die Faust entgegen. »Sei nicht so ungehobelt! Es ist helllichter Tag!«

»Aha. Nun, dann hebe ich es eben für heute Abend auf.«

Cat widersprach. »Heute Abend wirst du mit John in MacIains Haus sitzen und Whisky mit meinem Vater trinken, Würfel und Schach und Backgammon spielen, fröhlich Lügen und halbwahre Geschichten erzählen. Ihr werdet euch mit Worten messen – *wie Männer es tun* –, und wenn du dann endlich zu mir kommst, wird es so spät sein, dass ich nur noch schlafen will.«

Er lachte. »Würdest du darauf wetten?«

»Das würde ich nicht«, sagte sie. »Aber mein Vater würde es. Er wettet immer.«

»Oh, Cat.« Er zog sie nah zu sich heran und drückte ihr einen Kuss auf die Stirn. »Trauer nicht zu sehr um ihn. Er ist so, wie er ist, aye? Aber du wirst es viel weiter bringen.«

»Glaubst du? Glencoe ist nicht sehr weit, wie du weißt.«

»Von Glen Lyon?« Dair lachte. »Oh, Cat, denk doch mal nach. Die Entfernung, die du zurückgelegt hast, lässt sich nicht in Meilen messen, sondern nur in Jahren und Jahren, den ganzen Weg zurück bis zu Sommerled und den Herren der Inseln.«

»MacDonalds«, sagte sie bitter. »Aye, ich bin nicht nach Glencoe gekommen, um mit der Geschichte zu schlafen. Ich bin gekommen, um mit dir zu schlafen.«

Dair blickte abschätzend gen Himmel. »Die Wolken brauen sich zusammen«, sagte er. »Wenn wir die Tür hinter uns verschließen und keine Lampe anmachen, wird es uns drinnen vorkommen, als wäre es Nacht. Dann werde ich nicht mehr ungehobelt wirken.«

»Und wirst du schwören, dass MacIain nicht im schlimmsten Augenblick nach dir rufen wird?«

Dair seufzte. »Aye … ich habe ja auch nicht behauptet, er wäre vollkommen, oder? Das warst du.«

Cat dachte nach. »Dann habe ich meine Meinung über ihn geändert.«

»Das hab ich mir gedacht.«

»Aber wir könnten versuchen …«

»Das hab ich mir gedacht.«

Cat sah ihn mit gerunzelter Stirn an. »Halt deinen Mund, MacDonald. Und schau nicht so selbstgefällig drein.«

Er lachte sie an. »Ich bin das, was du aus mir gemacht hast.«

»Oh, nein … diese Verantwortung möchte ich lieber nicht auf mich nehmen!«

Er neigte seinen Kopf zu ihrem herab. »Aber du wirst die Verantwortung für das übernehmen, was unter meinem Kilt ist.«

Cat wurde feuerrot. Sie konnte es nicht verhindern. Es war noch neu, viel zu neu, und sie wusste noch immer nicht, wie sie damit umgehen sollte. Sie hatte keine Antwort parat.

Aber Dair hatte eine. »Komm mit«, sagte er. »Komm heim mit mir.«

Kommandant Hill sank in seinem kleinen Zimmer neben dem Schreibtisch auf die Knie. Dann betete er eine ziemliche Zeit lang, versuchte, seinen Glauben mit der Pflicht in Einklang zu bringen, sein Gewissen mit seinen Befehlen zu versöhnen. Er hatte sein ganzes Leben im Dienste der Krone verbracht, und jetzt war er wieder einmal aufgerufen, ohne Zögern zu antworten. Er nahm an, dass selbst dieses Gebet als Verzögerung betrachtet wurde, aber er hielt es für nötig. Er hielt es für erforderlich, wenn er als guter und bekennender Christ in der Überzeugung sterben wollte, dass seine Seele einst in den Himmel käme.

Er sprach nicht laut, denn er wusste, dass Gott ihn auch

im Herzen hören konnte. Und er fand, es war genug, denn er wollte, dass Gott wusste, wie schmerzhaft ihm diese Pflicht war, als wie quälend er diesen Dienst empfand. Er hatte Briefe geschrieben. Er hatte Versprechungen gemacht. Er hatte geglaubt, dass jene mit größerer Macht ebenfalls so viel Anstand besaßen, die Nöte eines alten Highland-Fuchses zu verstehen, dem es schwer fiel, seinen persönlichen Stolz mit den Notwendigkeiten seines Clans in Einklang zu bringen.

Ich habe versagt... Er hatte stillschweigend so sehr an die Gerechtigkeit geglaubt, dass er die Dringlichkeiten der Gegenwart, die Politik des Augenblicks, allzu kurz abgefertigt hatte: Männer wie Breadalbane, Männer wie Stair waren nicht bereit, MacIain auch nur eine einzige Stunde Verspätung zu vergeben. Und er hatte sich sogar um ganze sechs Tage verspätet.

Wäre ich doch nur überzeugender gewesen... Er hatte sich so sehr in vielen, vielen Bittbriefen bemüht, hatte darauf vertraut, dass seine Vorgesetzten einem Soldaten, der seine Zeit in den Highlands statt in den Ratszimmern verbrachte, Glauben schenkten.

Sie wollen sie töten, trotz des Eides und der Ehre... Und so würden sie sterben, weil an ihnen ein Exempel statuiert werden sollte, weil es in London Männer zu erfreuen galt, die Interessen verfolgten, die in Hills Augen nicht mit denen des Königs identisch waren.

Aber auch der König war nicht frei von Schuld. Hill hatte den Befehl gesehen, die kühn hingekritzelte Unterschrift oben und unten. Er hatte dem Befehl trotz des königlichen Siegels widersprochen, aber Stair hatte auch diese Bitte in seinem letzten Brief beiseite gefegt, und jetzt kniete Hill auf dem Steinboden in seinem winzigen Zimmer und wusste, dass das Ende gekommen war. Es würde keine weiteren Bittbriefe geben.

»*Ihr werdet keine weiteren Befehle erhalten...*«, hatte Stair geschrieben. Und auch die verfluchten Worte: »*Es soll heimlich und verborgen geschehen… handelt schnell…*«

Er hatte seine eigenen Eide geschworen und gehalten, hatte niemals auch nur einen Einzigen gebrochen. Er war ein Soldat. Er war ein Offizier. Niemand sollte sagen, dass er seine Pflicht und die Verantwortung, die mit seinem Rang einherging, nicht ernst nahm.

Andere Worte gingen ihm im Kopf herum, jene, die er geschworen hatte, als James seinen Thron aufgegeben hatte, um England als Ganzes zu erhalten. Er sprach sie zum ersten Mal seit jenem Zeitpunkt laut aus. »»Ich werde in jeder Hinsicht ein treuer, ergebener und gehorsamer Diener sein und so gut wie möglich meinen Dienst für Ihre Majestät erfüllen, Befehlen gehorchen und mich all den Regeln und Kriegsgesetzen unterwerfen, die bereits bestehen oder von Ihrer Majestät eingesetzt werden. So wahr mir Gott helfe.«

Es war kalt im Zimmer, doch die Feuchtigkeit brachte die Haut zum Prickeln. Mit einiger Mühe kämpfte Hill sich auf die Beine und setzte sich auf seinen Stuhl. Er nahm seine Feder, tauchte sie in die Tinte und zog ein neues Pergament hervor. Dann begann er die entsprechenden Befehle an Kommandant Lieutenant Colonel John Hamilton zu schreiben.

»*Ihr werdet mit vierhundert Mann meines Regiments sowie den vierhundert Mann des Regiments des Earl of Argyll, die unter dem Kommando von Major Duncanson stehen, direkt nach Glencoe marschieren und dort augenblicklich die Befehle ausführen, die Ihr von dem dortigen Befehlshaber erhaltet.*«

Er streute Sand darüber. Er faltete es. Er versiegelte es. Legte es für seinen Adjutanten beiseite.

Es war geschehen. Aber er war nicht Pilatus. Er würde seine Hände nicht waschen.

Der Soldat schwang den knorrigen, mit einem Haken versehenen *Camanachd*-Stock mit großer Kraft und traf Dairs rechten Knöchel. Der Hieb riss ihn aus seiner ruhigen Haltung und brachte ihn zum Taumeln, so dass er sich unbeholfen verrenken musste, um nicht böse zu stürzen. Es gab Männer, die sich beim Shinny die Knochen gebrochen hatten; er weigerte sich, einer von ihnen zu werden.

Aber auch das Stürzen allein schmerzte. Er endete in einem Gewirr aus Gliedern und Stöcken, darunter auch sein eigener, und war sich des Schmerzes bewusst, der sich in seinem Knöchel entfaltete. Um ihn herum war Gelächter zu hören, die vulgären Scherze und herben Spötteleien von MacDonalds, die es einem Campbell unter dem Siegel der Gastfreundschaft nicht übel nahmen, dass er einen der ihren zu Fall gebracht hatte – nicht einmal, wenn es der Sohn ihres Laird war. Es war ein schnelles, manchmal auch brutales Spiel, das von jedem Mann ganz bestimmte Fähigkeiten erforderte.

Dair stützte sich auf den Ellenbogen und fluchte leise. Er löste seinen Stock aus dem Gewirr und stieß den seines Gegners weg, um sich aufzurappeln, dann setzte er sich auf und betrachtete das steinige, tückische Feld. Das Spiel ging weiter, wie erwartet, und es blieb ihm überlassen, sich um seine Glieder zu kümmern … abgesehen von seinem Bruder, der mit einem breiten Grinsen auf ihn zumarschiert kam.

John streckte seinen Stock aus und piekste Dair in den Oberschenkel, wie es ein Käufer bei einem Pferd machte, das er zu kaufen gedachte. »Aye – willst du hier den ganzen Tag sitzen, oder kommst du zurück und beweist dich?«

Dair zog ein finsteres Gesicht. »Du könntest mir aufhelfen.«

»Bist du denn ein solcher Schwächling, dass du das nötig hast?«

Nein, das war er nicht – ganz sicher nicht jetzt, wo Campbells im Tal waren. Dair stand auf, biss die Zähne zusammen und betastete seinen Knöchel. Er war noch ganz, aber ein bisschen geschwollen.

John schnalzte mit der Zunge. »Ein kleines Kind wie du sollte sich zu den Frauen setzen, aye? Und das Spiel den Männern überlassen.«

Dair antwortete mit einem kurzen und vulgären Ausspruch. John lachte und machte sich auf, zum Spiel zurückzukehren, während sein Bruder von dem Platz humpelte, der als Spielfeld diente. Er hielt nach Cat Ausschau und fand sie dabei, wie sie Whisky für all jene in Becher goss, die gerade zufällig mit einer vom Schreien heiseren Kehle vorbeikamen.

Er sah das Leuchten in ihren Augen, als er zu ihr humpelte. »Ich habe gesehen, dass du beim *Camanachd* nicht sehr viel besser bist als beim Baumstammwerfen.«

Das Werfen der Baumstämme hatte damit geendet, dass er etliche Splitter in seinen Unterarmen sowie einen schmerzenden Rücken hatte. Ein einziger Fehltritt hatte den Baumstamm aus dem Gleichgewicht gebracht, und statt ihn nach hinten über die Schulter abzurollen, hatte er mutig erscheinen wollen und versucht, ihn vorne aufzufangen. MacIain, der mit Glenlyon und einigen anderen Offizieren zugesehen hatte, war ganz und gar nicht begeistert gewesen.

Dair sah sie finster an. »Weißt du nicht, dass es Sache der Frau ist, dem Mann die Wunden zu versorgen, statt ihm noch zusätzliche hinzuzufügen?«

»Hier.« Cat drückte ihm einen Becher in die Hand. »Whisky wird dir besser bekommen als mein Mundwerk.« Sie lächelte breit. »Und was kommt als Nächstes? Wirst du den Stein heben?« Ihre Augen leuchteten. »Oder ist die Gefahr zu groß, dass er auf deinem Kopf landen könnte und dir das Gehirn zermatscht?«

Er leerte die Hälfte des Whiskys in einem einzigen Schluck, dann wischte er sich den Mund mit einem Ärmel ab. »Himmel, Cat, ich sollte dich mal dahin schicken, dann kannst du es ja selbst probieren. Vielleicht wärst du mit deinen Beleidigungen dann nicht mehr so großzügig.«

Sie zuckte mit den Schultern. »Das habe ich von meinen Brüdern gelernt.«

Was vermutlich so war. Und vermutlich hatten sie kein Erbarmen mit ihr gehabt. Der Gedanke beschwichtigte ihn etwas. »Ich habe beim Bogenschießen gewonnen«, meinte er.

Cat wölbte die Brauen. »Du konntest schon immer gut mit einem Pfeil umgehen.«

Dair, der gerade wieder den Becher an die Lippen gesetzt hatte, verschluckte sich so sehr, dass er husten musste. Als er seine Beherrschung wiedererlangt hatte, standen ihm Tränen in den Augen.

»Noch mehr?« Grinsend hielt Cat ihm einen anderen Becher entgegen, als er wieder atmen konnte.

Er blickte den Whisky an. »Himmel – damit du mich wieder zum Husten bringst? Ich glaube nicht!«

Einer von seinem Clan kam vorbei und nahm den Becher an seiner Stelle dankend an. Er gab Dair einen kräftigen Schlag auf die Schulter, so dass er beinahe getaumelt wäre; als er sich wieder gefangen hatte, war der MacDonald mit einem Grinsen verschwunden.

Cat kam um den Tisch und legte ihm eine Hand auf den Arm. »Dann komm mit… sie können sich selbst den Whisky eingießen. Wir suchen uns ein schönes Plätzchen, wo du dich ein bisschen von deiner Niederlage erholen kannst.«

Er ließ sich von ihr wegführen, eine sanfte Anhöhe hinauf zu einer kleinen Kieferngruppe. Auf der anderen Seite, hinter den Kiefern und anderen Bäumen, floss der Coe, der jetzt vom vielen Schnee angestiegen war; das Wetter war zu Beginn der Woche milder gewesen und hatte einen Frühling vorgetäuscht, der erst in einem oder mehreren Monaten Einzug halten würde.

Dair setzte sich hin und ließ sich gegen einen Baumstamm sinken. Cat schmiegte sich an ihn, zog aus einem zusammengebundenen Plaid ein Stück Brot und ein Stück Käse. Sie teilte beides so gut es ging und reichte ihm eine Hälfte.

Er hatte sein Plaid abgelegt, um *Camanachd* zu spielen. Jetzt, in Hemdsärmeln, Kilt und mit bloßen, mitgenommenen und schmutzigen Füßen, lehnte Dair sich gegen den Baum und kaute bedächtig vor sich hin. Die Tage im Winter waren kurz; noch zwei Stunden, dann würde die Dämmerung einsetzen und alle würden sich in ihre Behausungen zurückziehen, um zu trinken und von den Helden zu singen. Im Hause seines Vaters würde Glenlyon als Gast Fleisch essen, Whisky trinken und Wetten über Kartenspiele abschließen, während Big Henderson vor dem Torffeuer auf dem Dudelsack spielen und das Haus des Laird mit Musik erfüllen würde.

Es gab auch jetzt Dudelsackmusik, die vom Tal in die Höhe stieg, und den Gesang von Frauen, die damit beschäftigt waren, das Fleisch zu kochen. Der schwüle Wind zerrte an seinen Ärmeln und zerwühlte seine ergrauenden Haare; es würde Schnee geben, möglicherweise bei Morgendämmerung. Die Wolken über dem Loch hingen tief, umgaben die Berge wie Küken die Henne.

Dair sah nach unten auf das Spielfeld und suchte John. Im Augenblick genossen die meisten Soldaten von Argylls Regiment die großzügige Gastfreundschaft der MacDonalds, wenn auch immer einige als Wache bereitstanden. Die Pflicht würde sie bald rufen; doch im Augenblick warteten sie, aßen das Fleisch ihrer Gastgeber. Es war eine seltsam kameradschaftliche Zeit, in der viele alte Auseinandersetzungen vergessen waren.

Aber nicht alle. »Es ist schwer«, sagte Dair etwas träge, »sich dem Mann gegenüber normal zu verhalten, der einen gehängt hat.«

Sie warf ihm einen scharfen Blick zu, sah dann wieder weg. »Ich habe ihn nicht eingeladen, Dair. Er kommt einfach so.«

»Jeden Morgen?«

Sie zuckte die Schultern, zupfte ihr Brot in kleine Stücke. »Er könnte woanders hingehen. Aber er tut es nicht.« Sie starrte intensiv auf das Spiel unten auf dem Feld. Rufe, Gelächter und Flüche drangen zu ihnen herauf, waren trotz der Musik des Dudelsacks und des Gesangs zu hören. »Möchtest du, dass ich woanders hingehe, damit er nicht mehr kommt? Ich könnte zu John und Eiblin gehen.«

Er streckte die Hand aus und nahm ihre. »Ich möchte, dass du bei mir bleibst.«

Sie zupfte weiter an dem Brot. »Ich wünschte, er würde weggehen. Ich wünschte, sie alle würden weggehen. Sie sollen uns allein lassen.«

»Sie können nicht mehr viel länger bleiben, sonst fangen die Schneestürme wieder an, und sie werden den ganzen Rest des Winters hier festhängen.« Er drückte ihre Hand kurz und ließ sie dann los. »Obwohl Glengarry, wie es heißt, inzwischen vorgetreten ist und sich bereit erklärt hat, den Eid zu schwören.«

Sie wandte sich ihm zu. »Aber dann müssen sie ihn doch nicht bestrafen! Sie können woanders hingehen und einen anderen Clan ärgern.«

Er lächelte träge. »Da spricht eine MacDonald.«

Sie wurde rot. »Da spricht eine Frau, die nichts mehr mit ihrem Vater zu tun haben will, und die auch so viele Soldaten nicht verpflegen will.«

»Aye – sie werden schon bald weiterziehen. In ein oder zwei Tagen vielleicht.« Er vertrieb mit der Hand einen kleinen Mückenschwarm, der sich an seinem Ohr festgesetzt hatte. »In ein oder zwei Tagen werden wir von ihnen befreit sein.«

Sie rückte näher und lehnte ihren Kopf an seine Schulter. »Ich wünschte, er würde so bald wie möglich verschwinden und nie mehr zurückkehren.«

Er grinste. »Und da spricht eine pflichtbewusste, liebende Tochter!«

»Es ist die Wahrheit, auch wenn sie nicht schön klingt.« Sie seufzte. »Ich habe nicht viel für Pflicht übrig.«

»Aber für die Liebe, aye.« Er schlang einen Arm um ihre Schulter. »Es ist gar keine so schlechte Sache, auf einen Haufen MacDonalds und Campbells hinabzusehen, die gemeinsam Whisky trinken, essen und spielen, ohne dass mehr Gewalt zwischen ihnen herrscht als ein Fluch oder ein böser Blick. Keine Messerstechereien, keine Faustkämpfe, keine Beleidigungen. Vielleicht hätte MacIain schon vor einem Jahr William die Treue schwören sollen.«

»Das meinst du nicht *wirklich*!«

»Nun, nein...« Er lächelte. »Vielleicht nicht.« Ein Jahr zuvor hätte MacIain niemals auch nur an so etwas gedacht, geschweige denn es getan, oder zugelassen, dass sein Sohn an so etwas dachte.

Sie saß still bei ihm. »Vor einem Jahr hätte ich so etwas niemals für möglich gehalten – nichts von alledem: dass die Campbells und die MacDonalds in Glencoe sind, ohne dass Blut fließt... oder dass MacIains Sohn und Glenlyons Tochter miteinander das Bett teilen.«

Ein Jahr zuvor war die Frau in seinem Bett eine Stewart gewesen, und er hatte eine solche Zufriedenheit, wie er sie jetzt verspürte, noch gar nicht gekannt.

Der Gedanke kam ihm schlagartig. »Cat.« Er richtete sich auf und wandte sich zu ihr um, ohne an seine schmerzenden Muskeln und blauen Flecken zu denken. »Cat, willst du mich heiraten?«

Sie war vollkommen überrascht. »Heiraten?«

»Ja. Wir können es hier vor Zeugen tun, und wenn wir einen Geistlichen finden – oder es findet uns einer –, können wir es mit der Heiligen Schrift tun.« Die Vorstellung brachte sein Inneres zum Lodern. »Cat, sag ja! Was für ein Zeitpunkt wäre besser geeignet als der jetzt, wo die Campbells und die MacDonalds einträchtig beisammen sind?«

Sie starrte ihn an. Dann füllten ihre Augen sich mit Tränen.

Es verblüffte ihn. »Cat –«

Sie lachte, dann wischte sie die Tränen mit beiden Händen weg. »Oh, ich hätte niemals gedacht, dass … niemals hätte ich gedacht …«

Er wartete angespannt. Er sah in ihrem Gesicht, in ihren Augen alle möglichen Gedanken, aber keine, die er hätte benennen können. Sie kamen und gingen so rasch, dass sie nichts als Tränen und zögerndes Lachen hinterließen.

Sie holte tief Luft und sprach es endlich aus. »Ich hätte nie gedacht, dass jemand mich würde haben wollen.«

So einfache, so schlichte Worte, und eine so viel sagende Erklärung. In diesem Augenblick teilte er all den Schmerz mit ihr, all die Unsicherheiten eines unscheinbaren Mädchens, das man hatte glauben lassen, sie sei wertlos für einen Mann, abgesehen von einem zügellosen Vater, der Whisky trank und Wetten abschloss, um auf sich und seine Tochter stolz zu sein.

Er griff nach ihrer Hand, streichelte sie sanft und führte sie zu seinem Mund. Er küsste den Handrücken. »*Ich* will dich haben«, sagte er.

Als sie dieses Mal weinte, wusste er, dass es Tränen der Freude waren.

Reichlich versehen mit Essen, rauchigem Whisky und angenehmer Gesellschaft lehnte der Laird von Glenlyon sich in dem besten Sessel, den sein Gastgeber zur Verfügung hatte, zurück und reckte sich. MacDonald von Inverrigan, seine Frau und sieben Kinder verwöhnten ihn wie einen König. Glenlyon, der das spärliche Essen als Soldat – selbst das etwas bessere, das einem Offizier zustand – ohnehin satt hatte, fühlte sich wie zu Hause und, obwohl er im Tal seiner Feinde und ein verhasster Campbell war, respektiert.

Wind war am späten Nachmittag nach den Feldspielen aufgekommen, trug schneebeladene Sturmwolken von Ardgour über Loch Linnhe herbei. Glenlyon war geübt darin, einen beginnenden Schneesturm sofort zu riechen, und er begriff augenblicklich, dass man bei Morgendämmerung kaum noch etwas vom Glen würde sehen können. MacIains Haus in Carnoch würde von Inverrigan aus nur noch schwer zu erkennen sein, nicht einmal die kleineren Siedlungen Achnacone und Achtriachtan.

Glencoe war kein richtiges Dorf; vielmehr erstreckten sich das ganze Glen von der Teufelstreppe bis zur Fähre bei Ballachulish entlang kleine Grüppchen von Behausungen. Alle gehörten zu MacDonalds, zu Glencoe, aber um sie voneinander zu unterscheiden, hatten die Vasallen verschiedene Ortsnamen angenommen. Und sein jetziger Gastgeber war Inverrigan, dessen Laird weiter unten in Carnoch war, dessen Söhne wiederum noch weiter weg waren, John und seine Frau sogar in Achtriachtan.

Das Zimmer war rauchig vom Torfqualm und einer spuckenden Öllampe, ocker- und achatfarben mit einem Hauch von Kupfer und Silber, der matten Patina des gealterten Zinns. Es war spät, noch in dieser Stunde würden die übermüdeten Kinder zu Bett gebracht werden, und er und sein Gastgeber sowie zusätzliche Gäste würden sich die Zeit bis zum Morgen mit Kartenspielen und Backgammon vertreiben. Inverrigan gewann häufig, aber Glenlyon wurde dadurch nicht zum armen Mann. Der MacDonald nahm seine Pflicht als Gastgeber ernst, und alle seine Speisekammern waren inzwischen geleert.

Und Schneestürme standen bevor… Glenlyon wusste, dass es der Bevölkerung von Glencoe schwer fallen würde, die geleerten Speisekammern wieder zu füllen, bevor der Schnee sie in ihren Behausungen gefangen halten würde, aber er konnte nichts dagegen tun. Die Befehle waren deutlich gewesen: Argylls Regiment unter Captain Robert Campbells Kommando sollte auf weitere Befehle warten, bevor es weiterziehen konnte, und bis zu diesem Zeitpunkt hatten die MacDonalds, deren Laird den Eid geschworen hatte, keine andere Wahl, als die Soldaten ordnungsgemäß zu versorgen.

Bei ihm am Tisch saßen die Söhne MacIains. Den ältesten, John, hatte Glenlyon als freundlichen Mann erlebt, ruhig, aber klug, doch Alasdair Og umgab eine knisternde, schroffe Höflichkeit. Glenlyon konnte es ihm nicht einmal so recht verübeln; die Narbe in seinem Nacken war eine allgegenwärtige Erinnerung an eine bestimmte Unhöflichkeit seitens des Mannes, der ihm jetzt gegenüber saß, und mit dessen Tochter er erst wenige Stunden zuvor formal die Eheschließung verkündet hatte. Es war eine Highland-Heirat ohne den Segen eines Geistlichen, aber vor dem schottischen Gesetz legal. Und so hatte Glencoe seine Tochter für immer verloren, während seine Söhne in Glen Lyon Kinder zeugten.

Selbst jetzt war Alasdair sichtlich ungeduldig, als er die Karten mischte, bevor er sie austeilte. Glenlyon lächelte; so wünschte ein Mann sich gewöhnlich nicht, die erste Nacht nach der Hochzeit zu verbringen. Eine Einladung von seinem neuen Schwiegervater hielt ihn jedoch noch eine Weile in Inverrigan fest. Glenlyon fragte sich, wie ausführlich und nachdrücklich MacIain seine Söhne wohl angewiesen hatte, den Campbell-Captain mit größtmöglicher Höflichkeit zu behandeln.

Der alte Fuchs wird nicht zulassen, dass auch nur ein einziges Wort gegen seine Gastfreundschaft zu sagen ist – Ein Klopfen erklang an der Tür. Als der Riegel zurückgeschoben wurde, trat ein Soldat ein; Schneeflocken fielen von den scharlachroten Ärmeln.

Inverrigan legte weiteren Torf auf das Feuer und grunzte. »Ein neuer Schneesturm, aye?«

Der Soldat ignorierte ihn. »Captain Thomas Drummond«, verkündete er und musterte MacIains Söhne mit deutlichem Missfallen. Dann sah er Glenlyon an. »Captain Campbell, Sir, ich habe Befehle von Major Duncanson.«

Inverrigan wandte sich an seine Frau. »Die Kinder müssen ins Bett«, sagte er. » Das hier sind Männer-Angelegenheiten.«

Drummond nahm den gefalteten und versiegelten Befehl aus der schweren Manschette seines Handschuhs und streckte ihn Glenlyon mit einer knappen, abgezirkelten Bewegung entgegen. Er wartete steif.

Glenlyon brach das Siegel, entfaltete das Pergament und überflog das Geschriebene im flackernden Lampenlicht, die Zeilen enträtselnd. Er kam nicht weiter als bis zum ersten Satz nach den Grußworten, als sein Herz höchst verräterisch zu klopfen begann und ihm der Atem stehen zu bleiben drohte.

»*Hiermit ergeht an Euch der Befehl, über die Rebellen, die MacDonalds von Glencoe, herzufallen, und alle unter siebzig dem Schwert zu überantworten.*«

Die Worte verschwammen vor seinen Augen. Sicher konnte Inverrigan selbst am Feuer sein Herz pochen hören.

»*Besondere Sorgfalt gilt dem alten Fuchs und seinen Jungen, die Euch auf gar keinen Fall entwischen dürfen.*«

Das Atmen war schmerzhaft. Glenlyon benetzte die trockenen Lippen. Mit großer Anstrengung las er den Rest der Befehle ruhig weiter, dabei unterdrückte er jede Gefühlsregung in seinem Gesicht – außer einer höflichen Erwartungshaltung. Als er fertig war, faltete er das Papier noch fester zusammen und steckte es in seinen Mantel; er achtete sehr darauf, dass es sicher verwahrt war.

Eines der jüngeren Kinder begann trotzig zu schreien, als Inverrigans Frau sie alle in einen anderen Raum scheuchte.

Das durchdringende Geräusch zog die Aufmerksamkeit der anderen Anwesenden auf sich; nur Drummond, der – mit der einen behandschuhten Hand am Schwertgriff – bei der Tür wartete, ließ sich davon nicht beeinflussen.

Glenlyon sah in das pockennarbige, gefühllose Gesicht des Mannes. Drummond wusste, um was für einen Befehl es sich handelte.

»Die Vernichtung beginnt genau um fünf Uhr morgens, und zu dieser Zeit oder kurz danach werde ich Euch mit einer größeren Truppe zu Hilfe kommen. Wenn ich nicht um fünf Uhr bei Euch sein sollte, dürft Ihr jedoch nicht warten, sondern müsst allein beginnen.«

Glenlyon nahm seinen Zinnbecher auf und stürzte den verbliebenen Rest Whisky in einem Zug hinunter. Als er fertig war, schauten MacIains Söhne ihn erwartungsvoll an, hofften auf eine Erklärung.

»Es entspricht dem ausdrücklichen Befehl des Königs zum Wohl und zur Sicherheit des Landes, dass die Übeltäter mit Stumpf und Stiel ausgerottet werden.«

»Ich fürchte, ich muss unser Spiel vorzeitig beenden«, erklärte Glenlyon bedauernd. »Wir sollen morgen bei Morgenanbruch aufbrechen, und ich werde den Rest der Nacht mit Vorbereitungen zubringen müssen. Aber dafür werdet Ihr endlich von einer großen Last befreit, aye? Jetzt müsst Ihr keine Campbell-Münder mehr stopfen.« Er brachte ein Lächeln zustande und schob den Sessel zurück, als er aufstand. »Ich bitte um Vergebung, aber ich muss mich kurz draußen mit Captain Drummond besprechen.«

Drummond öffnete sofort die Tür und ging hinaus in den wirbelnden Schnee. Der Sturm hatte gerade erst angefangen; noch waren dunkle, harte Flecken auf dem Boden zu erkennen.

Glenlyon folgte ihm, zog seinen Kragen hoch. Sie blieben nicht vor dem Haus stehen, sondern gingen ein paar Schritte weg, in den Wind hinein, wo niemand hören konnte, was sie miteinander zu besprechen hatten.

»Was ist geschehen?«, wollte Glenlyon wissen, als sein wachhabender Offizier zu ihm kam.

Drummond verzog den Mund zu einer dünnen, angespannten Linie. »Alle Truppenteile sind benachrichtigt worden. Die Offiziere sind bereit. Es gibt keinen Grund, den Soldaten mitzuteilen, worum es geht, bevor Ihr Euren Befehl dazu gebt.«

Meinen Befehl… Es würde seine Verantwortung sein, seine Pflicht, das Gemetzel an allen MacDonalds in Glencoe zu befehlen. Um fünf Uhr am Morgen, in nur wenigen Stunden von diesem Augenblick an.

Der Wind wehte seine Freude weg. Der kalte Schnee erstickte ihn fast; oder war es die kalte Furcht?

»Sorgt dafür, dass dieser Befehl ohne Ausnahme und Nachsicht in die Tat umgesetzt wird, da Eure Aufrichtigkeit dem König gegenüber ansonsten in Frage gestellt wird und Ihr als ein Mann gelten werdet, der nicht geeignet ist, einen Auftrag im Dienste des Königs zu erfüllen.«

»Sir«, sagte Drummond, »MacIains Söhne sind noch da drinnen.«

Er hatte den Auftrag, besonders darauf zu achten, dass die Jungen des alten Fuchses seinen Händen nicht entschlüpften. Auf gar keinen Fall durften sie das.

»Sir«, sagte Drummond; als Captain der Grenadier-Kompanie war er der Ranghöhere, aber er machte keinerlei Anstalten, das Kommando zu übernehmen.

Gott helfe mir, ich soll den Tod von Menschen befehlen, die mich als Gast aufgenommen haben –

»Sir –«

Ein Strahl blasses Lampenlicht erleuchtete kurz den fallenden Schnee. Die Tür von Inverrigan öffnete sich, und zwei Männer traten heraus in die Nacht, Kappen auf den Köpfen und Plaids über den Schultern. Das Haus hinter ihnen zeichnete sich plump und schwarz gegen den leuchtenden Schnee ab.

Es waren MacIains Söhne, die Captain Robert Campbell nicht – *auf gar keinen Fall* – entkommen lassen durfte.

Er hörte das verräterische Zischen eines Schwertes, das aus der Scheide gezogen wurde. Drummond.

»Wartet«, sagte Glenlyon scharf. »Lasst mir noch etwas Zeit.«

John MacDonald kam auf sie zu, machte dann aber einen Bogen, als hätte er sich noch rechtzeitig daran erinnert, dass sie über militärische Angelegenheiten sprachen, die ihn nichts angingen. »Aye«, rief er über den Wind hinweg, »wir gehen schlafen, Glenlyon. Wir danken Euch für das Spiel.«

Glenlyon drehte sich rasch um; Alasdair Og wollte in die andere Richtung gehen, das Glen hinab, unterhalb von Carnoch, wo MacIain schlief.

»Wartet!« Er hörte Drummond leise fluchen, schenkte ihm aber keine weitere Beachtung. »Alasdair Og, ich werde morgen früh aufbrechen. Würdet Ihr einem Vater ein privates Gespräch mit seiner Tochter erlauben?«

Die zweite Figur schwankte jetzt. John drehte sich um. »Komm mit zu mir. Wir nehmen noch einen Schluck zusammen, bevor du zu Cat gehst.«

Glenlyon hielt den Atem an. Wenn Alasdair Og darauf bestand, sofort nach Hause zu gehen… *Aber ich muss Cat alleine sprechen*! »Es wird nicht lange dauern«, sagte er ruhig. »Wir haben uns nicht immer sehr nahe gestanden, meine Tochter und ich, und ich würde mich gerne von ihr verabschieden.« Er brachte ein entschuldigendes Lächeln zustande, von dem er hoffte, dass es im Schneetreiben zu sehen war. Es wurde zwar immer dichter, aber noch konnte man etwas erkennen. Es war noch kein richtiger Sturm. »Ich bin kein guter Vater, aber sie ist jetzt verheiratet, und ich möchte ihr meinen Segen geben.«

Das genügte, um Dair zu überzeugen. Mit einem leichten Kopfnicken ging MacIains jüngster Sohn mit seinem Bruder und überließ Glenlyon einer elterlichen Pflicht, von der weit mehr abhing, als er sich jemals hätte vorstellen können.

»Sir?«, meldete sich Drummond erneut zu Wort.

Glenlyon starrte ihn an. »Ich habe Zeit bis fünf Uhr morgen früh, Captain, und das gibt mir ein bisschen Zeit, mit meiner Tochter zu sprechen.«

Es war eindeutig, was er damit meinte. Drummonds Gesicht erstarrte. »Ihr werdet ihr nichts davon sagen! Wenn MacIain oder seine Söhne etwas davon erfahren –«

»Glaubt Ihr wirklich, das wüsste ich nicht?« Glenlyon wurde wütend. »Herr im Himmel, Mann, sicher würde der König nicht von mir verlangen, dass ich meine Tochter so gefährde! Und ich nehme an, auch Ihr würdet das nicht, wenn Ihr daran denkt, dass ich darüber Bericht erstatten könnte!« Noch bevor der andere antworten konnte, drehte er sich zu seinem wachhabenden Offizier um, der schweigend gewartet hatte, während der Schnee sich auf seinen Schultern sammelte. »Ihr und Captain Drummond geht sofort wieder ins Haus, wo Ihr Inverrigan, seine Frau und alle ihre Kinder fesseln und knebeln werdet. Sofort.« Er warf Drummond einen verächtlichen Blick zu. »Wird das Eure Zustimmung finden, Captain?«

Drummond antwortete mit ebenso großer Verachtung. »Ich nehme an, das tut es, Captain.«

Glenlyon fluchte, dann drehte er sich auf dem Absatz um und begann, das Glen zu dem Haus seiner Tochter entlangzugehen, die dort mit einem Mann wohnte, den er in weniger als sechs Stunden töten lassen würde.

2

Zuerst war Cat, gerade frisch verheiratet, über die Verspätung ihres Mannes erzürnt, dann verärgert. Er hatte ihr fest versprochen, dass er nicht lange bleiben würde; tatsächlich hatte er gar nicht erst gehen wollen. Doch MacIain hatte seinen beiden Söhnen – und auch seiner neuen Schwiegertochter – in aller Deutlichkeit erklärt, dass es *seinem* ausdrücklichen Wunsch entsprach, Glenlyon freundlich und entgegenkommend zu behandeln. Cat, die jetzt mit beiden Männern verwandt war und auch den Tonfall ihres Schwiegervaters gut einzuschätzen wusste, hatte sofort instinktiv gespürt, dass sie gegen diesen Wunsch weder Einwände erheben noch ihn für unsinnig erklären konnte.

Doch jetzt, so allein im Haus, tat sie genau das. *Er hätte ruhig ein bisschen verständnisvoller sein können, dieser MacIain!*

Und doch war sie sich nicht sicher, ob der alte Laird nicht genau gewusst hatte, was er tat. Als er das unausgesprochene Missfallen seines Sohnes bemerkt hatte, hatte er breit gegrinst und ihm eine freundschaftliche Kopfnuss gegeben, bevor er ihn zusammen mit seinem Bruder davonschickte. Cat, die auf diese Weise plötzlich ohne Ehemann war, hatte sich daraufhin allein auf den Weg zu dem Haus gemacht, das sie jetzt gemeinsam bewohnten, um dort auf ihn zu warten.

Zunächst war die Zeit auch rasch vergangen, denn sie hatte zu putzen begonnen. Das hatte sie zwar bereits drei Tage zuvor schon getan, aber das hatte keine Bedeutung – jetzt waren sie verheiratet. Es war ihre Pflicht. Ihre Verantwortung. Sie würde dafür sorgen, dass das Haus wie neu aussah, trotz seines Alters. Das Kind, das sie einst gewesen war, würde unter den Schieferziegeln, die das Dach des Erwachsenenlebens bildeten, von Neuem beginnen.

Cat schrubbte die schwere Tischplatte und stellte plötzlich

fest, dass sie leise vor sich hin pfiff. Sie erstarrte einen Augenblick, dann lachte sie laut. »Du erbärmliches Weib!« rief sie aus. »Schau dich nur an, wie du das Haus putzt – wie eine Ehefrau, und noch dazu ohne Unas Hilfe!«

Una, die, wie sie vermutete, noch immer in Chesthill war und sich um das Haus ihres Vaters kümmerte. *Weit besser, als ich es je könnte…* Cat lachte laut und fuhr fort, die Tischplatte mit einem feuchten Tuch abzuwischen. Sie musste ihre ganze Kraft dafür aufbieten. »Und ich werde seine Hemden stopfen und sein Plaid flicken und ihn fragen, ob das Fleisch auch gut so ist, und ob er noch einen winzig kleinen Schluck Whisky haben will… oh, aye – *das* ist wirklich eine gerechte Rache! Auch Una würde ziemlich stolz auf mich sein!«

Als der Tisch sauber war, hatte Cat nichts mehr zu putzen. Sie wusch das Tuch in einem Wasserkrug aus und hängte es zum Trocknen neben den Ofen, dann schlenderte sie zur Tür. Sie blieb dort einen Augenblick stehen, versuchte vorauszuahnen, ob Dair eher verärgert oder zufrieden sein würde, wenn sie draußen in der Kälte auf ihn wartete. Dann fluchte sie zwischen zusammengebissenen Zähnen hindurch und riss die Tür auf.

Soll er doch lachen, wenn er will – Sie blinzelte. Schnee. Der Sturm, der sich am Tag schon angekündigt hatte, hier war er nun. Und von Dair war weit und breit nichts zu sehen.

Cat schlug die Tür wieder zu und warf sich dagegen, als wollte sie sie mit ihrem Gewicht zuhalten. Sie presste die Wirbelsäule gegen das Holz, verschränkte die Arme vor der Brust und schaute äußerst finster drein. Sie hatte alle Lampen bis auf eine gelöscht, und jetzt war ihre Laune der Dunkelheit um sie herum ziemlich ähnlich.

»Mein Vater hat ihn verdorben! Schon nach so kurzer Zeit!«, sprach sie in die Stille hinein.

Würde sie mit einem Mann leben können, der sich wie ihr Vater dem Würfelspiel und dem Trinken hingab?

Cat war wütend. »Ich sollte dir den Kopf mit einer Lochaber-Axt abhauen, oder sogar mit einem Claymore – aber du hast sie alle unter diesen Torfballen verborgen!« Sie lachte reumütig. »Vielleicht ist das ja auch gut so – sonst sorgt deine Frau noch dafür, dass du niemals Vater werden kannst.«

Aber nein, das hielt sie für unwahrscheinlich. Es gab einige gute Gründe, einen Mann heil und ganz zu lassen, selbst einen, der sich dazu herabließ, ihrem Vater Gesellschaft zu leisten.

Sie wurde wieder gereizter, richtete sich auf und ging zur Schlafkammer. »Nun, ich werde nicht auf dich warten. Komm, wann du willst – ich werde tief schlafen.«

Aber das stimmte nicht. Selbst als sie sich ausgezogen hatte und in ihrem wollenen Nachtgewand unter ihren Decken lag, konnte sie nicht schlafen. Nach nur vier Monaten des Zusammenlebens mit ihm war sie darauf angewiesen, dass er neben ihr lag, um einschlafen zu können.

Cat warf sich auf die Seite und trommelte mit den Fingern auf das Kissen. »Himmel, ist die Spannung zwischen uns schon abgeflaut? Bedeute ich ihm denn gar nichts mehr, obwohl er erst heute – heute! – so zärtlich geschworen hat, mich auf ewig zu lieben?«

Aber ein Mann konnte eine Frau lieben und sich trotzdem dem Würfelspiel ergeben. Oder dem Schachspiel. Oder dem Whisky.

Oder dem Kartenspiel mit ihrem Vater.

Ein Gedanke schoss ihr durch den Kopf, und sie wurde ruhig. Was würde ein Mann von seiner frisch vermählten Frau halten, wenn sie mitten in der Nacht zu ihm kam, stürmisch und wild wie ein Gäle aus der Vergangenheit? Mit Kniehosen, die Haare unter der Kappe hoch gesteckt, den Dolch in ihrem Gürtel … Würde er lachen? Wäre es ihm peinlich? Oder wäre er selbst vor so vielen anderen glücklich darüber, dass sie sich so um ihn sorgte?

»Oh, guter Herrgott…« Cat schlug die Laken zurück. Untätigkeit war der schlimmste Feind, den sie kannte, wenn alle ihre Sinne sie dazu drängten, zu gehen. Er konnte ihr nicht vorwerfen, dass sie sich selbst gegenüber treu blieb, oder? Er selbst hatte ihr doch gepredigt, dass dies ein Teil des Erwachsenseins war!

Kniehosen. Das safrangelbe Hemd. Eine abgetragene Jacke. Eine mitgenommene, ausrangierte Kappe. Und Lederstiefel gegen den Schnee… keine bloßen Füße mehr, seit Schneestürme bevorstanden.

Cat schnappte sich ein langes Plaid und begann, es um ihren Körper zu wickeln, während sie durch das Vorderzimmer ging. Gerade als sie die Tür erreichte, stolperte sie über das freie, herabbaumelnde Ende und öffnete die Tür daher etwas unbeholfen.

Sie wich augenblicklich zurück, vollkommen verblüfft. Ihr Vater stand vor der Tür, die Faust zum Anklopfen erhoben.

Seine Miene war seltsam schlaff, als er sie ansah, und die blauen, von roten Rändern umgebenen Augen wirkten in der Dunkelheit ganz schwarz. Das Lachen, das er ihr schenkte, hatte etwas Geisterhaftes. »Catriona…«

»Du«, sagte sie mit ausdrucksloser Stimme und begriff beinahe gleichzeitig, dass das nicht gerade ein herzliches Willkommen war. Aber sicher würde er es verstehen. »Ist Dair bei dir?«

Er machte eine verneinende Geste. »Er ist bei John. Er wird gleich hier sein.« Er schluckte mühsam. »Darf ich einen Augenblick mit dir sprechen?«

Sie trat jetzt beiseite, erinnerte sich an die gebotene Höflichkeit. Er trat steif ein, Schnee lag auf seinen Schultern und dem Kopf, und sie bot sich sogleich an, ihm Whisky zu holen.

»Nein, ich danke dir.« Er blieb etwas unschlüssig bei der Tür stehen.

»Nein?«, fragte Cat vollkommen erstaunt.

Es schmerzte ihn, sie konnte es sehen. Der Schmerz war kurz, aber sichtbar, und er ließ sie wünschen, dass sie eine andere Antwort gewählt hätte. Aber – Glenlyon, der Whisky ablehnte?

Sein Gesicht war angespannt. »Du wirst mir nicht danken, wenn du hörst, weswegen ich gekommen bin, was ich dir sagen will. Ich möchte nicht, dass auf dem Tisch Whisky steht, den du nach mir werfen kannst.«

Und da begriff sie, wieso er ohne Dair gekommen war. Wieso er ohne eine offizielle Eskorte in der Dunkelheit gekommen war. Wieso er ohne Kappe gekommen war und Schnee auf ihren Fußboden tropfen ließ.

»Ich werde es nicht tun«, sagte Cat. Das war alles. Mehr war nicht nötig.

Ein schroffes Lachen entrang sich seiner Kehle. »Oh, aye, ich wusste, dass du das sagen würdest. Es ist nicht nötig, dich zu fragen, oder? Aber ich werde es trotzdem tun.« Sein Blick wanderte durch das Zimmer, musterte es, ohne wirklich etwas zu sehen, dann sah er sie wieder an. »Wirst du mit mir zurück nach Chesthill kommen?«

Sie hätte ihn am liebsten angeschrien. Stattdessen hörte sie, wie eine ruhige, kühle Stimme ihm antwortete. »Mein Platz ist hier, bei ihm.«

»Bei einem *MacDonald*!« rief Glenlyon laut, und in der kurzen, abgehackten Sprechweise erkannte sie seine tiefe Verzweiflung.

»Aye«, sagte sie, »das bin ich jetzt.«

»Nein, nein – du verstehst nicht… oh, Cat –« Er biss sich auf die Unterlippe. Seine Hände zitterten, als er sie an sein Gesicht hob, um sich die Tropfen von der Stirn zu wischen, die von den geschmolzenen Schneeflocken herrührten. »Catriona, ich möchte, dass du mit mir nach Hause kommst.«

»Mit *dir*?«

»Sobald ich gehe«, wandte er ein. »Ich habe die Erlaubnis, morgen früh aufzubrechen. Meine Befehle sind eingetroffen.« Seine Augen leuchteten schwach im Lampenlicht. »Wirst du jetzt mit mir kommen und morgen früh mit mir abreisen?«

Seltsamerweise hätte sie am liebsten geweint; er würde sie niemals verstehen. »Hast du so wenig Ehre«, sagte sie, »dass du mich allen Ernstes dazu überreden willst, mein Wort aufgrund der Aufforderung eines Mannes zu brechen, der bisher nichts anderes getan hat, als sich und sein Vermögen seiner dummen Vergnügungssucht zu opfern?«

Und dann verrauchte ihr Ärger, nahm die Verachtung mit, die sie erfüllt hatte. Was sie sagte, war grausam, aber sie meinte das nicht so. Nicht in diesem Augenblick. Es war die Wahrheit. Es war nicht mehr und nicht weniger als die Erklärung ihrer Freiheit, ihrer Überzeugung. Ihres Erwachsenseins.

»Du hast mir ein Heim gegeben«, erklärte sie. »Und du hast mich ernährt und gekleidet, und mich so gut wie es dir möglich war, aufgezogen… ich weiß das. Und du hast versucht, so gut es ging zu ersetzen, was verloren war, zu reparieren, was zerbrochen war…« Sie lächelte den verlebten, weinenden Mann an und fragte sich, wie er wohl gewesen sein mochte, bevor er sich dem Trinken und dem Würfelspiel hingegeben hatte. »Aber ich bin jetzt erwachsen, und ich habe ein eigenes Heim. Ich habe einen Mann, aye?«

Sein Kiefer mahlte. Sie sah das Zittern in den schlaffen Muskeln, die Flecken unter den rotgeränderten Augen. Er war alt und müde, das Zerrbild eines Soldaten, und er ähnelte dem Bild eines Laird weit weniger, als dass sie ihn hätte respektieren können. Aber er war immer noch ihr Vater.

»Dair hat doch nicht ganz Unrecht gehabt«, sagte sie. »Ich liebe dich. Und ich werde es immer tun.«

Er wandte sich bei diesen Worten um, stolperte beinahe

vor Unbeholfenheit und riss die Tür auf. Er ging nach draußen in die Dunkelheit, taumelnd und schwankend, obwohl er nicht rannte, sondern er schritt mit steifen Schritten davon. Die Uniform glänzte matt im fahlen Lampenlicht.

Hinter ihm fielen Schneeflocken auf den Boden. Und Tränen. Cat schloss die Tür.

Dair saß im warmen Haus seines Bruders und stellte den Hornbecher auf den Eichentisch in der Mitte des Zimmers. »Es reicht«, meinte er. »Noch mehr, und ich finde nicht mehr zu meinem Haus zurück.«

John saß ihm gegenüber; er hatte es sich in seinem Sessel bequem gemacht, streckte die Beine aus und hielt die Hände vor dem Bauch gefaltet. Er lächelte schläfrig. »Du könntest auch hier übernachten und morgen nach Hause gehen.«

»Gütiger Himmel, Mann, hast du keinen Verstand?« Dann grinste Dair, als Johns Lächeln ihm verriet, dass sein Bruder nur einen Scherz gemacht hatte. »Aye … der ging auf meine Kosten, was? Aber du kannst es mir wohl kaum vorwerfen!«

John kicherte und rieb sich über das eine Augenlid, das vom Rauch gerötet war. »Ich habe selbst eine Frau, die auf mich wartet, aye?«

Jetzt war es an Dair, zu kichern. »Oh … so kurz vor dem Termin wirst du aber doch nichts als Klagen hören, oder? Wie lange dauert es noch? Zwei Wochen?«

»Drei, nehmen wir an.« John zuckte die Schultern. »Wer weiß das schon? Das Kind wird kommen, wenn es soweit ist.«

Dair schob seinen Stuhl zurück. »Es ist Zeit, dass ich mich um meine eigene Frau kümmere« – er grinste, als er an Cat als seine Frau dachte und nicht als seine Geliebte –, »und um die Zeugung weiterer MacDonalds.«

»Arbeite nur nicht zu sehr daran«, riet John. »Kinder haben die Angewohnheit, immerzu aufzutauchen, ob man dazu bereit ist oder nicht.«

Dair lachte. »Nun, ich habe Glenlyon jetzt genug Zeit mit ihr gelassen, aye? Ich gehe ins Bett. Den Rest der Zeit kann er seinen Verstand in Usquabae ertränken, wenn er will ... soll Inverrigan seinen Schlaf opfern, um ihm Gesellschaft zu leisten, wie es Sache eines guten Gastgebers ist –« Er unterbrach sich, weil er fürchterlich gähnen musste – »aber das ist nicht meine Aufgabe, aye? Er ist nicht mein Gast.«

»Sei froh darüber«, antwortete John. »Sonst wäre deine frischvermählte Frau zu schüchtern, um deinen Soldaten zu begrüßen.«

Dair kicherte wieder und schritt zur Tür. Er rückte seine Kappe zurecht und zog das Plaid hoch über den Nacken. Er entriegelte und öffnete die Tür, warf einen Blick über die Schulter zurück zu seinem Bruder. »Wir haben bei Killiecrankie gewonnen. Mein Soldat ist unbesiegbar, aye?«

»Aber noch ein kleines Kind«, gab John spöttisch zurück, »und er hat sich noch nicht bewiesen, wenn es darum geht, Kinder zu zeugen.«

»Nun, ich habe ja gesagt, ich würde welche machen –« Dair brach ab und wurde ernst. »John – kommst du mal?«

John stand von seinem Stuhl auf und trat zu ihm. Zusammen schauten sie hinaus in den Sturm und sahen, wie schräg der Schnee in dem starken Wind fiel; überall bewegte sich durch die Windstöße etwas, und Metallklingen blitzten auf.

»Ich höre Rufe«, sagte John und zog die Tür trotz des Sturms noch weiter auf. Hinter ihnen begann die Lampe zu flackern.

Unsicher blinzelte Dair hinaus in den Schnee. »Soldaten – sie haben die Schwerter gezogen, und sie haben Musketen.«

»Aye ...« Johns gerunzelte Stirn glättete sich wieder etwas. »Glenlyon hat ja gesagt, dass sie noch viel zu tun haben, wenn sie morgen früh losmarschieren wollen. Es sind nur noch wenige Stunden bis zur Morgendämmerung, aber ich nehme an, es braucht seine Zeit, so viele Männer bereitzumachen, die vom MacDonald-Whisky halb betrunken sind.«

Dair zitterte. »Mir gefällt das nicht, John.«

John ging von der Tür weg und nahm sein Plaid und seine Kappe, wickelte sich ebenso ein, wie sein Bruder es getan hatte. »Dann gehen wir zusammen zu Inverrigan und sprechen mit Glenlyon.«

Dair öffnete den Mund, um zu sagen, dass das nicht nötig wäre, doch seine Nerven waren völlig angespannt. Er würde keinen Frieden finden, ehe er nicht Bescheid wusste. »Aye«, sagte er stattdessen. »Willst du Eiblin noch Bescheid sagen?«

»Nein. Ich lasse sie schlafen. Das Baby macht es ihr nicht leicht, so groß und lebhaft wie es ist.« Seine Zähne blitzten kurz in einem raschen, selbstsicheren Lächeln auf, als er die Tür hinter sich zuzog. »Noch ein Junge, meint sie.«

Dair grunzte. »Lass einen für mich übrig, aye?«

»Du bist nicht Manns genug, einen zu machen.«

»Hör auf!«

John lachte, gab ihm einen freundschaftlichen Schlag auf die Schulter. »Aye – du hast Nachsicht verdient, weil deine Frau auf dich wartet… komm jetzt, gehen wir zu Inverrigan und bringen wir diese Sache hinter uns, aye?«

In Inverrigans Haus machte sich Glenlyon unter dem verächtlichen Blick von Captain Thomas Drummond daran, das bevorstehende Morden in Gang zu setzen. Bei ihnen waren seine Offiziere und die Sergeants, die damit beschäftigt waren, die Musketen schussbereit zu machen, die Klingen zu schärfen und die Bajonette an den Unterseiten der Läufe zu befestigen, die es ermöglichten, dass man gleichzeitig schießen und jemanden aufspießen konnte, wenn man feuerte. Es war ein entscheidender Vorteil gegenüber den alten, auf die Mündung gesteckten Bajonetten, die es unmöglich gemacht hatten, die Waffe abzufeuern, wenn sie erst einmal aufgepflanzt waren.

Durch den Raum trieb ein übel riechender Nebel, eine Mischung aus Rauch – der Torf, der von draußen hereingeschafft wurde, war noch feucht und brannte schlecht –, dem Gestank von Schießpulver und dem strengen Geruch nervöser, angespannter Erwartung. Er hatte gerade in aller Ruhe mit ihnen gesprochen, ihnen ihre Aufgabe erklärt. Es sollte eine militärische Aktion werden, ohne überflüssige Brutalität, und Glenlyon wünschte, dass man sagte, er hätte sie mit einem Maximum an Präzision und möglichst wenig Chaos durchgeführt. Am besten war es, die MacDonalds in ihren Betten zu erschießen, oder wenigstens in ihren Häusern zu töten, wo sie vom Whisky träge und müde und aufgrund des Eides, den MacIain bei Inveraray geschworen hatte, unbewaffnet waren.

Die Männer im Raum gehörten alle zu Argylls Regiment: Die MacDonalds von Inverrigan – alle neun, auch die Kinder – waren gefesselt und geknebelt ins Schlafzimmer gesteckt worden, das nur durch eine mit einem Kuhfell verhängte Türöffnung von dem großen Raum abgetrennt war. Sie waren unfähig, auch nur den kleinsten Laut von sich zu geben, irgendeinen Warnruf auszustoßen. Die rotberockten Soldaten arbeiteten rasch und ruhig, bereiteten sich auf die vor ihnen liegende Aufgabe vor.

Draußen erklangen scharfe Fragen und herrische Antworten. Die Männer im Raum erstarrten. Noch während sich Drummond auf die Tür zubewegte, um sie zu öffnen, wurde sie aufgestoßen, und MacIains große Söhne traten aus dem Sturm draußen ins Innere; sie waren in schneebedeckte Plaids gewickelt und trugen Kappen auf den Köpfen.

Nicht jetzt… Glenlyon warf Drummond einen befehlenden Blick zu; der Offizier stand hinter den MacDonalds und hatte in der einen Hand ein Bajonett und in der anderen eine Muskete. Aber er hob lediglich die Brauen.

John MacDonald hatte sich dem Gast seines Vaters bisher als ruhiger, freundlicher Mann präsentiert; jetzt sah Glenlyon einen Hauch des alten MacIain in seiner Haltung und seinem Verhalten. Die Augen wurden hart, als ihr Blick im Lampenlicht auf die Musketenläufe und die pulverbefleckten Hände fiel. »Überall im Glen sind Soldaten«, sagte er. »Ich wüsste gerne, wieso.«

Glenlyon nickte verständnisvoll. »Wir müssen morgen früh bei Morgendämmerung nach Glengarry marschieren, wie ich schon zuvor gesagt habe. Meine Männer sind über das ganze Glen verteilt, von Achriachtan bis Ballachulish. Wir müssen uns hier sammeln, aber bei dem Sturm dauert das einige Zeit.«

»Glengarry hat den Eid doch unterzeichnet«, sagte Alasdair Og scharf. »Wieso müsst Ihr dann noch zu ihm?«

Glenlyon musste seine Überraschung nicht heucheln; wenn Glengarry das wirklich getan hatte, war er zumindest nicht darüber informiert worden. »Wir haben die Nachricht nicht erhalten«, erklärte er also wahrheitsgemäß. Er wusste, sie würden erkennen, dass er nicht log, denn er war auch beim Kartenspiel immer so leicht zu durchschauen gewesen. »Meine Befehle sind eindeutig, und sie lauten, dass wir bei Morgendämmerung losmarschieren sollen.«

Er wartete. Sie waren argwöhnisch wie Jagdhunde, ganz steif vor Unsicherheit und Erwartung, und vermutlich auch vollkommen angespannt. Ihre misstrauischen Blicke wanderten durch den Raum und über die dort Anwesenden, und sie sahen den karmesinroten Stoff im zuckenden Lampenlicht, den frischpolierten Stahl. Keiner von ihnen war so groß oder so gewaltig wie MacIain, aber es mangelte ihnen weder an Verstand noch an Schlauheit.

Wie viele meiner Kühe mögen sie wohl gestohlen haben? Wie viel Geschirr, wie viele andere Gegenstände?

Glenlyon, der allmählich in Wut geriet, erhob sich. »Glaubt

Ihr, wir wollten Euch Schaden zufügen? Seid Ihr deshalb gekommen? Ihr vermutet Böses von uns, weil wir Campbells sind.« Er lachte schroff, wandte sein Gesicht dem älteren Sohn zu und blickte ihn herausfordernd an. »Wenn meine Befehle so lauten würden, hätte ich dann nicht meiner Tochter und ihrem Ehemann, Eurem Bruder, eine Warnung zukommen lassen?«

Das genügte, um sie zu besänftigen. Glenlyon sah es sofort und atmete auf. Er hätte die Frage der Ehre ansprechen können, hätte erklären können, dass er in einer solchen Vermutung eine Beleidigung sah, doch es war ihm gelungen, den richtigen Ton zu treffen. *Kein Mann würde seine Tochter einer solchen Gefahr aussetzen.* Sein Magen krampfte sich zusammen. *Aber es ist nicht mein Wunsch…* Und doch diente es seinem Ziel, es diente ihm so sehr.

Die beiden MacDonalds entspannten sich sichtlich. Der Ältere war offensichtlich erleichtert und trat lächelnd vor, streckte Glenlyon die Hand entgegen. »Dann wünsche ich Euch also für morgen einen guten Marsch. Wir werden Euch nicht länger belästigen.«

Nachdem sie wieder nach draußen in den Sturm getreten waren, schloss Drummond mit einem lauten Klappern die Tür. Er war wütend, obwohl er versuchte, sich nichts anmerken zu lassen. »Sie müssen sterben«, sagte er. »Es steht ausdrücklich in dem Befehl. Die Jungen des alten Fuchses müssen getötet werden.«

Glenlyon setzte sich wieder. »Oh, aye«, meinte er. »Aber das Töten soll nicht vor fünf Uhr beginnen – und ich will die Befehle des Königs nicht überstürzt ausführen.« Er begegnete Drummonds verärgertem Blick. Merkwürdigerweise kam er sich gar nicht mehr zaghaft oder ängstlich vor. Er war einst Soldat gewesen; er hatte für seinen Cousin Breadalbane sogar einmal eine Schlacht gewonnen. Er konnte wieder Soldat sein, und wieder eine Schlacht gewinnen – diesmal für einen König. »Es wird heute noch genug Blut vergossen werden«, sagte er gelassen. »Ist es so schwer, noch ein paar Stunden zu warten?«

Drummonds Kiefer wirkte wie eine Klinge unter der von Pockennarben überzogenen Haut. »Dann werde ich das Signalfeuer von diesem großen Felsen aussenden, wenn es Euch recht ist, Captain.«

Glenlyon lachte leise. »Lowland-Narr«, sagte er. »Ihr kennt die Highlands nicht, oder? Das Feuer wird sich nicht entfachen lassen – oder es wird noch vor der Morgendämmerung verlöschen.«

Drummond öffnete die Tür. »Wenn es Euch recht ist, Captain, würde ich mich gerne darum kümmern.«

Angeekelt bat Glenlyon ihn zu gehen. Dann sah er die Offiziere und Sergeants an, wartete, bis er deren ungeteilte Aufmerksamkeit besaß. Er gab seine Befehle ruhig, aber mit unmissverständlicher Klarheit. »Ihr werdet Euren Männern erklären, dass Alasdair Og sterben muss«, sagte er, »doch seine Frau ist meine Tochter, und ich werde jeden Mann eigenhändig töten – sei er nun ein Offizier oder nicht –, der ihr in irgendeiner Weise Schaden zufügt.« Er hielt inne, registrierte, dass sie ihn mit gespannter Aufmerksamkeit beobachteten. »*Aye*?« Sie nickten ihm still und zustimmend zu. »Gut.« Er fingerte an seinem Schwert herum, das in der polierten Scheide auf dem Tisch lag. »Um fünf Uhr schlagen wir los. Es wird keinen Fluchtweg geben – Major Duncansons Männer und einige von diesem Regiment werden den Pass, der über die Teufelstreppe führt, und die Fähre bei Ballachulish blockieren.«

Er zog das Schwert ein Stück aus der Scheide und prüfte die Schneide. *Das Blut und die Knochen werden sie stumpf machen.*

Glenlyon sah die anderen an. Der Befehl hatte sich in seinem exakten Wortlaut in sein Gehirn gebrannt. »Hiermit ergeht an Euch der Befehl, (…) alle unter siebzig dem Schwert zu überantworten. Besondere Sorgfalt gilt dem alten Fuchs und seinen Jungen, die Euch auf gar keinen Fall entwischen dürfen.«

Cat erwachte, als Dair das Bett verließ. Er gab sich große Mühe, sie nicht zu wecken, doch sie spürte den kalten Luftzug unter den Decken. Sie murmelte schläfrig etwas und zog die Decken fester um sich. Sie vermutete zunächst, dass er den Nachttopf benutzen wollte, doch dann stellte sie fest, dass er sich anzuziehen schien.

Es war noch immer dunkel, die Morgendämmerung noch weit. Sie rollte sich auf die Seite und blinzelte in das düstere Licht; nur das Glühen eines Torffeuers und eine einsame Kerze erhellten das Haus. Sie sah, wie er das Plaid an der Schulter befestigte und sich bückte, um die Lederstiefel zu binden. Cat stützte sich auf einem Ellenbogen auf. »Wohin gehst du?«

Er wandte sich zu ihr um. Seine Miene wirkte besorgt. »Ich kann nicht schlafen.«

Sie lächelte und ließ die Decken so weit herabsinken, dass sie eine nackte Schulter offenbarte. »Ich wüsste eine Möglichkeit, dich so müde zu machen, dass du wieder schlafen kannst.«

Er lächelte zurück, wurde jedoch rasch wieder ernst. »Ich bin im Augenblick zu beschäftigt. Vergibst du mir? Ich will noch einmal zu Inverrigan gehen.«

Cats Schulter zitterte vor Kälte, und so zog sie die Decken wieder hoch. »Du hast gesagt, dass sich die Soldaten auf Befehl meines Vaters zum Abmarsch bereitmachen.«

»Aye, nun …« Er zuckte die Schultern, überprüfte die geschnürten Stiefel. »Ich will lieber noch einmal nachsehen.«

Sie versuchte, nicht anklagend zu klingen, höchstens neugierig. »Wann wirst du zurückkommen?«

Er trat zu ihr und lächelte. »So bald es geht, das verspreche ich dir. Und dann können wir gerne daran gehen, mich müde zu machen.« Sie reckte sich ihm entgegen, um ihn zu küssen, während er sich zu ihr hinabbückte, dann setzte er seine Kappe auf und verließ das Haus.

Nachts wirkte das Haus leerer. Wenn er tagsüber nicht da war, fand sie viele Möglichkeiten, sich zu beschäftigen, doch nachts, wenn er vom Würfeln mit ihrem Vater oder von den Gesprächen mit den anderen Offizieren noch nicht wieder zurück war, kam ihr die Leere des Hauses grauenhaft vor. Die Erkenntnis, dass sie sich so abhängig von ihm gemacht hatte, hatte sie zunächst erschreckt; sie war jahrelang nur von sich selbst abhängig gewesen. Doch sie hatte sich rasch mit der Vorstellung versöhnt, als ihr klar geworden war, dass es ihm genauso ging – auch er fühlte sich einsam, wenn sie nicht da war.

Sie versuchte zu schlafen, aber daran war jetzt nicht mehr zu denken. Selbst die Wärme, die sein Körper unter den Decken hinterlassen hatte, verschwand nach und nach, und schließlich gab Cat das Unterfangen auf. *Ich setze mich vor das Feuer... mache ein bisschen Brandywein warm...* Um während des Wartens etwas davon zu trinken.

Sie kroch unter den Laken hervor und griff nach einem zusammengeknüllten Plaid, zog es sich über den Kopf und die wirren Haare. Sie besaß warme Wollpantoffeln für ihre blaugeäderten Füße und streifte sie voller Dankbarkeit gegenüber Dair über, denn sie hasste einen kalten Fußboden im Winter.

Cat ging in das vordere Zimmer, rückte das Plaid zurecht, so dass es bequemer saß. Als Dair gegangen war, hatte er einen kalten Windhauch und etwas Schnee ins Haus gelassen. Sie sah die feuchte Stelle, sah die schmelzenden Kristalle auf dem Hartholzboden und lächelte reumütig bei dem Gedanken, dass seine warme, starke Anwesenheit zu einer kleine

Pfütze auf dem Holzboden geschrumpft war. Dann wurde sie abgelenkt; draußen erklangen Rufe, und irgendwo in der Ferne dröhnte immer und immer wieder ein schwaches Krachen.

Jemand rüttelte am Riegel. Cat machte einen Schritt darauf zu, streckte schon die Hand danach aus, doch im gleichen Augenblick wurde die Tür aufgestoßen, und sie sah eine wilde Szenerie:

– ein Schneegestöber, das zum Schneesturm wurde –

– Männer, die sich in ihrem Innenhof zusammendrängten, um die aus Stein gebaute Veranda herumstanden –

– rotberockte Soldaten mit Musketen und Schwertern und Schnee auf ihren Schultern –

Ihre Münder und Nasen waren von Tüchern verhüllt, doch Schießpulver hing unter ihren lebhaften Augen, schwärzte ihre Haut, so dass das Weiß wie Leuchtfeuer hervorstach.

Der Mann im Türrahmen hob seine Muskete, unter deren Lauf ein heimtückisches Bajonett befestigt war. »Campbell?«, fragte er scharf.

Fragen gingen ihr durch den Kopf, aber ihre Lippen formten nur eine Einzige. »Was tut Ihr hier?«

»*Frau – bist du eine Campbell?*«

Eine sonderbare Gereiztheit ging von ihm aus … »MacDonald«, erklärte Cat. Denn jetzt war sie eine.

Er hob das Gewehr und schoss.

Der Sturm hatte sich verstärkt, und der Schnee wurde jetzt sowohl von der Seite herangefegt, wie er auch in aufgeregten Wirbeln tanzte. Der Pfad, den Dair beschritt, war voller Schneewehen, so dass er immer wieder taumelte und Mühe hatte, das Gleichgewicht zu halten. Er schützte sich vor dem Wind, indem er das Plaid hochzog. Er hatte eine Hose anstelle des Kilts angezogen, was er jetzt sehr zu schätzen wusste; als Highlander war er abgehärtet, was gewöhnliche Winter betraf, doch jetzt war es kurz vor der Morgendämmerung, und der Sturm war bitterkalt. Er hatte Wollstreifen um seine Beine gewickelt, die einen zusätzlichen Schutz gegen den beißenden Wind gewährten.

Er hatte Carnoch beinahe erreicht, als er ein vom Sturm gedämpftes Krachen hörte, das so klang, als würde ein Ast unter einem Stiefel knacken. Es war nicht sein eigener; er ging auf dem ausgetretenen Pfad, der von Schnee überdeckt war. Dair blieb stehen, schärfte seine Sinne. Er hörte nichts als den heulenden Wind.

Er zitterte. Es war ein langes Zittern, das sein gesamtes Rückgrat hinabrann, ihm bis in die Glieder fuhr. *Mir gefällt das nicht.* Die Nacht war ruhig. Ein Mann sollte nicht draußen herumlaufen. *Ich sollte zu Hause bei Cat sein* – Schnee sammelte sich auf seinen Wimpern. Dair blinzelte sie rasch weg; er hatte keine Zeit für solche Irritationen. *Mir GEFÄLLT das nicht* –

Sein Instinkt siegte über sein Denken. Er drehte sich um und verließ den Pfad, wand sich zwischen den Bäumen hindurch. Der Wald bei Glencoe war nicht sehr dicht, aber es gab genug Bäume, hinter denen man sich verbergen konnte, und die eine Möglichkeit boten, sich zu verteidigen. Er blieb ein Mal stehen, um hinter einer riesigen Fichte, die auf der einen Seite mit Schnee und Eis bedeckt war, Luft zu schöpfen, dann rannte er weiter.

Der Wald führte ihn zum Haus seines Vaters, aber nicht zur Vorderseite, wie der Pfad es tat, sondern an die Seite. Dair blieb am Rand zögernd stehen. Durch das Schneetreiben sah er Flammen aufblitzen, und er hörte wieder das Krachen. Er begriff, dass es Musketenfeuer war.

– MacIain –

MacIains Haus. Das Haus seiner Mutter.

Laute Rufe erfüllten seine Ohren, und das schrille Geschrei einer Frau. Aus den Behausungen neben dem Haus des Laird drang das Geräusch von Musketenfeuer, das jetzt nicht länger vom Sturm und der Entfernung verfälscht wurde.

Er erkannte die Schreie seiner Mutter.

Dair rannte. Der Schnee erschwerte ihm das Laufen, aber er zögerte nicht. Er hatte die eine Hand fest um den Dolch an seinem Gürtel gekrallt, zog ihn aber noch nicht. Bei dem tückischen Wetter hätte er stürzen und sich so selbst erdolchen können, statt einen Feind zu verwunden. – *oder ich könnte den Dolch verlieren* –

Noch mehr Schüsse. Noch mehr Rufe. Noch mehr Schreie. Im ganzen Glen sah er Flammen aufblitzen, hörte er das Feuer von Gewehrsalven.

Er dachte daran, nicht ins Freie zu treten und sich so selbst zur Zielscheibe zu machen. Stattdessen ging er am Waldrand entlang zur Hinterseite des Hauses, bis er von dort die Vorderseite sehen konnte, die Tür –

– und die zerbrochenen Angeln … das matte, schwelende Feuer in einem der Fenster … das helle Schimmern der Musketenläufe und der geschärften Bajonettte, das Aufblitzen der Schwertklingen –

– *seine Mutter schrie* –

Sie zerrten sie vom Haus weg, Männer in karmesinrotem Wollstoff, und sie grölten und lachten und scherzten dabei. Sie rissen ihr das blutverschmierte Nachtgewand vom Körper, so dass sie nackt war und bebend in der Kälte stand, und trotz ihrer flehentlichen Bitten zogen sie ihr die Ringe von den Fingern. Als zwei nicht abgehen wollten, sich trotz des Blutes nicht abziehen ließen, riss einer der Männer sie ihr mit den Zähnen von den geschwollenen Knöcheln.

Der Schlachtruf, den die MacDonalds am meisten hassten, hallte jetzt laut in der Morgendämmerung. »*Chruachan*!«, riefen die Campbells.

Der Klang dröhnte das Glen hinauf und hinab; Heimlichkeit war nicht mehr vonnöten. Glencoe war überrannt.

Cat erwachte plötzlich wieder; im ersten Augenblick war sie wie tot gewesen, dann wieder ins Leben zurückgerufen worden. Sie lebte. Aber sie begriff instinktiv, dass sie sich nicht rühren durfte, damit die anderen nicht die Wahrheit ahnten.

Wind und Schnee wehten in den Raum. Die Tür stand also offen … sie biss die Zähne zusammen, um das Zittern zu unterdrücken. Eine tote Frau konnte nicht zittern, und sie würde auch nicht die Zähne aufeinander beißen.

Sie lag mit dem Gesicht nach unten auf dem Boden, den einen Arm unter ihrem Körper eingeklemmt. Der linke war frei, lag zur Seite ausgestreckt … hatte sie sich beim Sturz verrenkt? Hatte die Musketenkugel sie herumgewirbelt?

Musketenkugel. Cat biss sich auf die Lippe. Der Soldat hatte auf sie *geschossen.*

– *wo ist Dair?* –

Oh, Herrgott. Wo war Dair?

Er hatte sie gefragt, ob sie eine Campbell war.

»MacDonald«, hatte sie geantwortet.

MacDonald – und er hatte auf sie geschossen.

– *wo ist Dair?* –

Bereits tot? Sie lag auf dem kalten, harten Boden, ohne Hausschuhe, nass vor Blut und Angstschweiß, und versuchte an den Geräuschen zu erkennen, ob die Soldaten gegangen oder noch anwesend waren.

Campbell-Soldaten.

Ein Zittern überwältigte sie. – *Campbells töten MacDonalds* –

Die Tür schlug im Wind gegen die Wand. Der Lärm dröhnte in ihrem Kopf.

Wenn sie sich rührte, würden sie sie erschießen.

Wenn sie noch hier waren.

Die Lampe war ausgegangen. Nur das Torffeuer verbreitete etwas Licht, und das sanfte Leuchten des Schnees.

Blut tränkte ihr Nachtgewand, aber sie verspürte keinen Schmerz. Schnee trieb auf ihre Füße, aber sie spürte die Kälte nicht.

– *Dair*? –

Wieder schlug die Tür gegen die Wand.

Eine tote Frau weinte nicht.

Cat biss sich auf die Lippe, bis sie blutete. Sie wusste, das spielte keine Rolle; sie würden denken, es stammte vom Aufprall der Musketenkugel.

– *sterbe ich*? –

Ganz Glencoe lag im Sterben.

Nackt, blutend und jetzt auch ohne ihre Ringe wurde Lady Glencoe achtlos liegen gelassen, während die Soldaten in das Haus stürmten, in dem der Laird, ihr Ehemann, wohnte. Dair erhob sich aus der Hocke, verließ seinen Platz unter den Bäumen und rannte quer über den Hof.

Er riss seine Mutter in seine Arme, erschreckte sich beinahe zu Tode, als er das Entsetzen in ihren Augen sah, in den leeren Augen, die ihn aus einer blutverschmierten Maske heraus anstarrten. »Still«, sagte er, »sag nichts –« Er berührte kurz ihren Mund, um seinen Befehl zu unterstreichen, dann zog er hastig sein Plaid aus. »Hier … wir müssen gehen … hier, Mutter –« Er wickelte das Plaid rasch, wenn auch etwas unbeholfen, um sie. Sie machte keinerlei Anstalten, ihm zu helfen. »Komm mit mir … wir gehen die Hänge hoch … Mutter …« Er führte sie durch den Sturm, durch die größer werdenden Schneewehen. Sie war nackt bis auf sein Plaid, und barfuß.

»Alasdair«, sagte sie.

»Nein, Mutter – sag nichts –«

»Alasdair?«

Sie meinte nicht ihn. Dair wusste das. »Komm mit mir, aye? Wir gehen den Hang hinter dem Haus hoch –«

»Alasdair!«

»Mutter, nein … du darfst nicht reden, aye?« Er glaubte nicht wirklich, dass jemand sie hören konnte – ihre Stimme war dünn und zittrig –, aber er wollte das Risiko gar nicht erst eingehen. »Komm mit, aye? Wir müssen von dem Haus weg –«

Sie wehrte sich gegen seinen Griff. »Sie haben ihn erschossen«, sagte sie. »Sie haben ihn in den Rücken geschossen …«

»Mutter –«

»– in den Rücken, als er sich gebückt hat, um die Hose anzuziehen –«

»Mutter, still – wir werden noch Zeit genug dafür haben-«

»– in den *Rücken*… haben sie ihn für einen Feigling gehalten?«

»Komm mit mir, aye? Hier, den Hang rauf –«

»Konnten sie ihn nicht wenigstens erst die Hose anziehen lassen?«

Sein Gesicht war kalt und nass. Der Wind ließ seine Tränen gefrieren. »Mutter, still –«

»*Alasdair* –«

Jetzt, als sie die Bäume hinter dem Haus erreicht hatten, blieb er stehen und nahm sie in seine Arme. Sie zitterte heftig. Dair sagte Dinge zu ihr, die ein Vater zu seinem Kind sagte, versuchte, ihren Schmerz zu lindern, das Wissen um das, was sie gesehen hatte.

Sein Vater war in den Rücken geschossen worden. Als er sich gebückt hatte, um die Hose anzuziehen.

»– Süßer Jesus –«, sagte Dair mit brüchiger Stimme, dann hob er seine Mutter auf und trug sie weiter. »Wir gehen nach Meall Mor hoch«, sagte er. »In den Höhlen werden wir Unterschlupf finden.«

Sein Vater war tot. Was aber war mit Cat?

Seine Mutter war weder groß noch schwer, doch der

Schnee erschwerte ihm das Gehen. Dair taumelte, biss sich auf die Lippe, als er darum kämpfte, das Gleichgewicht nicht zu verlieren. Er würde sie nicht fallen lassen; er würde nicht zulassen, dass er zusammenbrach.

– MacIain tot… und Cat –?

Er hörte wieder Rufe und Schreie. Das Krachen von Musketenfeuer, Flammen, die im Dunkel aufblitzten.

– MacIain, John, Cat –

Die Welt bestand aus nichts als Schnee und Flammen.

Cat wusste nicht, wie lange sie so ausgestreckt auf dem Boden gelegen hatte, aber ihr Körper war steif und kalt. Sie vermutete, dass man sie für tot halten musste. Aber da war niemand mehr, keine Männer; die Soldaten waren gegangen. Sie war sich dessen jetzt ganz sicher.

Sie lag auf ihrem rechten Arm. Sie versuchte, ihn zu bewegen, ihn unter ihrem Körper wegzuziehen, damit sie sich auf beide Arme aufstützen konnte. Wo ihre Hand Stoff fühlte, war er nass, nass und kalt –

– der Soldat hat auf mich geschossen –

Aber sie war nicht tot. Er hatte auf sie geschossen, aber er hatte sie nicht töten können.

Sie hatte Angst, sich zu rühren, aber sie musste es tun. Sie musste Dair finden, Dair, der weggegangen war, der ein komisches Gefühl gehabt hatte, der etwas *gespürt* hatte – der zu Inverrigan hatte gehen wollen, um mit ihrem Vater zu sprechen.

Cats Körper zuckte in Krämpfen. Schmerz ging damit einher, ließ sie noch stärker zittern, machte sie auf ihre Wunde aufmerksam. Es war Blut, was sie in ihrem Nachtgewand spürte, Blut, das sie in ihrer Hand spürte.

– mein Vater –

Der das Kommando über die Soldaten hatte. Campbells, sie alle.

»*Campbell?*«, hatte der Soldat sie gefragt.

Er war gekommen, ihr Vater war gekommen, um sie nach Chesthill zurückzuschicken.

Selbst ihr Kiefer schmerzte. »Verfluchter Bastard«, flüsterte sie, kaum in der Lage, den Mund zu bewegen. »Oh Himmel, du mordender Bastard –«

Ein schwacher Säufer … ein schwacher, saufender Feigling …

Glenlyon hatte es *gewusst.*

Cat biss die Zähne zusammen und spannte den Kiefer an, zog ihren linken Arm zu sich und stützte sich auf dem Holzboden ab, so dass sie sich auf ihre rechte Seite rollen konnte.

Sie roch Blut. Ihre rechte Hand, die das Nachtgewand umklammerte, war voll davon. Ein tiefer Schmerz bohrte sich durch ihre Rippen. Unbeholfen zog Cat den schweren Stoff an der Seite hoch, versuchte, die Wolle etwas von ihrem Körper wegzuschieben, um die Verletzung zu sehen.

Es gelang ihr nicht. Sie konnte das Nachtgewand nicht höher als bis zur linken Hüfte schieben. Sie würde sich aufsetzen müssen.

Der Wind ließ die Tür gegen die Wand schlagen. Verblüfft sah Cat von dem Stoff auf, in der Erwartung, einen Soldaten zu sehen – *er wird die Aufgabe beenden* –, aber da war niemand. Der Wind heulte durch den Raum und brachte Schnee mit, so dass Cat wider Willen erneut zu zittern begann.

Der Schmerz kam stoßweise. Cat hielt die Luft beim Einatmen an, doch auch das schien ihre Rippen in loderndes Feuer zu verwandeln. Sie atmete so lange nicht, wie sie konnte, dann entließ sie die Luft langsam wieder. »– bewegen«, murmelte sie. »Wenn sie dieses Haus noch nicht geplündert haben, werden sie zurückkommen …«

Sie würden sie töten, wenn sie kamen. Sie würde es jedoch lieber selbst tun, als es einem Soldaten zu überlassen. Und sie würden sie rücksichtslos erschießen, noch während sie versuchte, ihnen zu sagen, wer sie war: Sie war bereits angeschossen, und sie blutete; nur ein Narr würde ihr glauben. Vermutlich würden sie ihr unterstellen, dass sie log, um ihre Haut zu retten.

»– aye, das würde ich auch –« Cat holte Luft, schloss die Augen, hievte sich vom Boden hoch in eine aufrechte Position.

Die Welt um sie herum begann sich zu drehen. Sie bewahrte sich davor, wieder auf den Boden zu rutschen, indem sie beide Hände dagegen presste. Die rechte rutschte etwas auf dem blutverschmierten Untergrund weg, hielt sie aber aufrecht.

Schweiß überzog ihre Haut. Sie zitterte im kalten Wind, und eine neue Schmerzwelle überwältigte sie.

Sie musste es wissen. Sie durfte nicht länger zögern. Sie musste Dair finden.

Cat hob ihre Hüfte vom Boden und zog an dem Nachtgewand. Sie befreite es von ihrem Gewicht, schob es über ihr Gesäß; dann holte sie noch einmal Luft und zog ihre Arme durch die Ärmel, so dass sie schließlich davon befreit war, und das Nachtgewand nur noch lose um ihren Hals hing. Sie griff nach den Schultern und bekam den Stoff zu fassen, suchte nach dem unteren Saum. Als sie in der Lage dazu war, zog sie es sich über den Kopf.

Sie zitterte vor Kälte und Schmerzen. Der Schnee wehte um ihre Füße. Auf ihrer hellen Haut zeichneten sich die blaugrünen Adern ab, die Dair so oft mit den Fingern nachgefahren hatte, und das getrocknete Blut, das von ihrer linken Seite von den Rippen herrührte.

Zitternd berührte Cat die Rippen. Sie fand kein Loch.

Verkrustetes Blut, ja, und auch Schießpulver, aber kein Loch.

»Oh«, meinte sie angeekelt. »Dann ist es ja nicht so schlimm, aye? Ich darf keine Zeit mehr verlieren …«

Die Erleichterung war greifbar; sie würde an dieser Verletzung nicht sterben. Aber Dair starb vielleicht. Dair war vielleicht schon tot.

Nackt und zitternd mühte Cat sich auf die Beine. Der Schock hatte nachgelassen; sie wusste jetzt, was für eine Verletzung sie hatte, wusste, dass sie sie nicht töten würde, dass sie nur einen Streifschuss abbekommen hatte. Wunden, die man verbinden konnte. Die man ertragen konnte.

In der Zwischenzeit musste sie etwas anziehen und Waffen holen.

»*Chruachan*«, murmelte sie in alter Gewohnheit, als sie an den Feind dachte und daran, was sie vorhatte – und dann biss sie sich in schmerzhafter Erkenntnis auf die Zunge.

Campbells hatten das getan. Campbells töteten MacDonalds.

»*MacDonald*«, hatte sie gesagt. MacDonald würde sie sein.

Cat öffnete den Mund, und die Zähne blitzten. »*Fraoch Eilean.*«

3

Glenlyon war bei Inverrigan und überwachte die Hinrichtung seines Gastgebers sowie all der anderen Männer, die dem MacDonald gedient hatten. Sie wurden aus dem Haus herausgezerrt, auf einen Misthaufen geworfen und erschossen. Andere MacDonalds wurden mit dem Bajonettt aufgespießt oder von Schwertern in Stücke gehackt – von Schwertern, die von Campbells geführt wurden.

Der Schneesturm war jetzt noch heftiger geworden, und der Schnee wirbelte so dicht herum, dass man kaum die Hand vor den Augen sehen konnte, wenn nicht hin und wieder der Wind den Schnee wie einen Vorhang zerteilt hätte.

So konnte Glenlyon sehen, wie immer weitere Männer starben, und auch Frauen und Kinder.

Er überwachte die Zerstörung von Inverrigans Haushalt, bis ein Soldat ihm ein zerrissenes und blutverschmiertes Stück Papier aus Inverrigans Tasche brachte. Glenlyon nahm es voller Ekel an sich und überflog es; es stammte von Kommandant Colonel John Hill von Fort William, der darin bekräftigte, dass keine MacDonalds getötet oder verletzt werden würden, und dass ihnen auch kein Besitz genommen werden würde.

Glenylon zitterte. Es handelte sich um das Versprechen eines Mannes, der Autorität besaß … aber Hill war doch sicherlich mit dem Plan vertraut. Einige der Kompanien, die hergekommen waren, um die Pässe zu blockieren, stammten von Fort William und waren auf Befehl von Hill dorthin geschickt worden.

Das Papier wurde feucht in seiner Hand und zerriss. Die einzelnen Stücke flogen davon. Glenlyon drehte sich um und schaute auf das Haus hinter sich, wo er auf jene Weise aufgenommen worden war, die den Highland-Gepflogenheiten der Gastfreundschaft entsprach.

Ich führe einen Befehl aus. Er blinzelte sich den Schnee aus den Augen. *Man hat mir befohlen, das zu tun.* Und doch hatte Kommandant Hill ihnen erst vor kurzem zugesichert, dass sie in Sicherheit waren. *Ich führe einen Befehl aus.* Welches Recht hatte er, ihn in Frage zu stellen? Als Captain in Argylls Regiment war er dazu bestimmt, Befehle auszuführen. Es war seine Pflicht.

Acht Männer waren schon tot, darunter Inverrigan, und jetzt wurde ein neunter von den Soldaten unsanft aus dem Haus gezerrt.

Glenlyon dachte wieder an Hills Brief. »Halt!«, rief er, als sie sich daranmachten, den MacDonald auf den Misthaufen zu ziehen.

Sie befolgten seinen Befehl und warteten, die Augen gegen den Sturm zusammengekniffen und den verängstigten MacDonald fest im Griff, ohne auch nur daran zu denken, ihn loszulassen.

Captain Thomas Drummond, der eigenhändig den Befehl überbracht hatte, trat hinter ihnen aus dem Haus. Sein pockennarbiges, von Schießpulver verschmiertes Gesicht hob sich deutlich gegen den weißen Schnee ab. »Wieso lebt er noch?«, rief er. »Was ist mit unseren Befehlen? Tötet ihn!«

Die Männer sahen Glenlyon an, der zu keinerlei Bemerkung fähig war.

Mit einer verächtlichen Grimasse zog Drummond eine Pistole und schoss dem jungen Mann in den Kopf. »Alle!«, schrie er. »Sie alle müssen sterben!«

Bis auf das Kind waren jetzt alle tot; ein Junge, der weinend durch den Schneesturm gelaufen kam, warf sich Glenlyon zu Füßen, umklammerte seine Beine. Er war etwa zwölf Jahre und bettelte darum, am Leben bleiben zu dürfen. Er würde mit den Campbells überall hingehen, sagte er, wenn sie ihn nur am Leben ließen.

Drummond riss den Jungen weg und schleuderte ihn einem Soldaten entgegen. »Erschießt ihn! Jetzt!«

Glenlyon zuckte zusammen, als der Knall ertönte.

Drummond wandte sich ihm zu. »Seid Ihr ein Mann oder ein Feigling?«, fragte er verärgert. »Unsere Befehle lauten, alle zu töten – wir müssen sie unbedingt ausführen! Alles andere ist Verrat!«

Alles andere würde in der Zerstörung der kleinen Welt münden, die Glenlyon verlassen hatte. Die Befehle waren sehr deutlich gewesen: »*...da Eure Aufrichtigkeit dem König gegenüber ansonsten in Frage gestellt wird und Ihr als ein Mann gelten werdet, der nicht geeignet ist, einen Auftrag im Dienste des Königs zu erfüllen.*«

Hier waren alle tot. Aber Inverrigan und seine Söhne waren nicht die wichtigsten Personen.

»MacIain«, sagte Glenlyon. »MacIain und seine Söhne.« Er hielt Drummonds Blick stand. »Carnoch ist weiter das Tal entlang.«

Drummonds Zähne blitzten hell in seinem vernarbten Gesicht auf. »Carnoch«, stimmte er zu.

Oberhalb der Hänge gab es in den Felsen kleine Mulden und schroffe Höhlen. Dair trug seine Mutter hoch, verzweifelt darum bemüht, auf dem unsichtbaren Gelände unter dem Schnee Tritt zu fassen. Die Gegend war nicht freundlich zu einem Mann, der weder etwas sehen noch etwas fühlen konnte, und noch unfreundlicher war sie zu einer nackten, lediglich in ein Plaid gewickelten Frau von sechzig Jahren.

– *kalt, so kalt…* er war nur in Hemd und Hosen gekleidet, aber seine Mutter war noch viel kälter. Sie brauchte dringend eine Feuerstelle, etwas zum Anziehen, Decken, und doch hatte er nichts, das er ihr hätte geben können. Nichts außer seiner Stärke, die unter diesen Umständen aber auch nicht unerschöpflich war.

Er rutschte aus, fing sich wieder, rutschte wieder aus, und sank schließlich auf ein Knie. Er fluchte lautlos, wild entschlossen, sich wieder auf die Beine zu kämpfen und sie aus dem Schnee zu heben.

»Alasdair«, sagte sie.

Nicht Alasdair Og.

»Alasdair –?«

Sie hatte ihn niemals MacIain genannt, den Mann, den sie geheiratet hatte, sondern immer bei seinem Vornamen gerufen.

»Bleib stehen«, sagte sie. Und dann: »Alasdair *Og*!«

Er blieb stehen. Die Kälte brannte in seiner Brust, als er versuchte, Luft zu schöpfen.

»Alasdair Og, ich will nicht, dass du dich so verausgabst –«

Sie war wieder seine Mutter. Er brachte ein unterdrücktes Lächeln zustande. »Oh, ich habe mich bereits verausgabt, aye? Es ist zu spät, mir das zu sagen.«

Sie versuchte, das Plaid enger um ihre Schultern zu ziehen. »Wo ist John?«

»Ich weiß es nicht.« Er hustete, beugte sich vor, spuckte in den Schnee.

»Du musst John suchen.«

»Mutter –« Er hustete und spuckte wieder. »Mutter, ich will dich zu den Höhlen bringen.«

»Ich weiß«, sagte sie, »aber du musst deinen Bruder suchen.«

»Eins nach dem anderen –«

»Alasdair! Du musst deinen Bruder suchen!«

Sie hatte also doch die ganze Zeit über ihn gemeint. Ihr Alasdair war tot, *der* Alasdair MacDonald, auch MacIain genannt.

Alasdair Og spürte den Winter in seinen Lungen und bemühte sich, auszuatmen. Und als er sah, dass sie wieder zu zittern begann, zog er hastig sein Hemd über den Kopf und nahm ihren Arm, um ihr beim Anziehen zu helfen. »Hier –«

»Alasdair –« Sie kämpfte ein bisschen gegen das Hemd. »Du wirst vor Kälte sterben!«

»Aye – sieh dich selbst an!« Sie war kalt und stand unter Schock; sie war zu schwach, als dass sich sich ihm hätte widersetzen können. Er löste das Plaid, wickelte es dann über das Hemd. Er zog seine Kappe vom Kopf und setzte sie ihr auf, versuchte, sie ihr über die Ohren zu ziehen. Es reichte niemals, niemals reichte es, bei soviel Schnee und Wind, aber er besaß nichts mehr, das er ihr noch hätte geben können. »Wir müssen da hoch, Mutter –«

»Such deinen Bruder, Alasdair.«

Ihre Unerbittlichkeit war anstrengend. Mit einiger Mühe

gelang es ihm, leise zu sprechen, damit seine Worte nicht vom Wind ins Tal getragen würden. Sie hatten die Bäume und die Hälfte des Hangs hinter sich gelassen und waren aller Wahrscheinlichkeit nach in Sicherheit vor den Campbells, doch er wollte kein Risiko eingehen.

»Wir werden hier hinaufgehen«, sagte er. »Ich werde John suchen, nachdem ich dich vor dem Sturm in Sicherheit gebracht habe.«

Sie schloss ihre Hand um sein Handgelenk. Er spürte, wie sich ihre zerbrochenen Fingernägel in seine Haut gruben, spürte die geschwollenen Fetzen ihrer Finger, wo Soldaten ihr den Ring abgebissen hatten. »Suche ihn«, befahl sie. »Er ist jetzt der MacIain.«

Er wusste jetzt, um was es ihr ging, was sie von ihm wollte. Der alte Laird war tot, der große Mann, der einen ganzen Clan mit der Kraft seiner Persönlichkeit geleitet hatte, mit der Macht seiner Ausstrahlung. Es gab Menschen in Glencoe, die nie einen anderen Laird als Alasdair MacDonald gekannt hatten. Inmitten ihres Kummers und Schmerzes dachte Lady Glencoe – die jetzt nicht mehr Lady Glencoe war – an ihren Clan.

MacIain war tot. John war jetzt MacIain.

»Ich kann nicht gehen«, sagte er. »Ich kann dich hier nicht allein lassen.«

Sie umfasste seine Hand noch fester. »Im Namen deines Vaters –«

»Ich werde es nicht tun.« Er umfasste ihre schmalen Schultern und hob sie wieder auf, immerzu bestrebt, sie nicht fallen zu lassen. Wenn er weiterging, wenn er sie höher brachte, wenn er seine Gedanken auf sie konzentrierte, würde er die Kälte nicht spüren.

Cat band sich eine Bandage um die Rippen, die sie aus einem Teil ihres Nachthemds machte. Dann zog sie Hemd und Hosen an; das Schnüren der Schuhe war anstrengend, ließ ihre Wunde schmerzen, aber sie konnte nicht barfuß nach draußen gehen. Als sie damit fertig war, die Knoten zu binden, klammerte sie sich an den Bettpfosten, bis der Schweiß auf ihrem Körper wieder getrocknet war, dann nahm sie eins von Dairs älteren Plaids und wickelte es sich um ihren Körper. Sie befestigte es mit einem Gürtel, steckte einen Dolch hinein, dann flocht sie ihre Haare und stopfte sie unter die Kappe, die sie getragen hatte, als sie Glen Lyon verlassen hatte.

Wenn es ihr möglich gewesen wäre, hätte sie ein Claymore mitgenommen. Aber Dair hatte solche Waffen wie Claymores, Äxte und Pistolen auf Befehl von MacIain versteckt. Es war ein Kompromiss gewesen; sie hatten diese Waffen nicht den Soldaten in Fort William übergeben, wie es gefordert worden war, sondern hatten ihnen rostige, alte Klingen überreicht. Den Rest hatten sie in Torfhaufen oder unter Steinhaufen auf den Hängen versteckt.

Und jetzt lagen sie auch noch unter dem Schnee begraben. Es gab keinerlei Markierungen, an denen sie sich hätte orientieren können – vorausgesetzt, sie hätte überhaupt gewusst, wo er sie vergraben hatte.

Es hatte lange Zeit gedauert, sich anzuziehen, und in dieser Zeit hatte sie den Plan soweit durchschaut, dass ihr ganz schlecht davon war. Kommandant Hill hatte MacIain und anderen geschrieben, dass Glencoe in Sicherheit sein würde, sobald der Eid geleistet würde. Breadalbane hatte es versprochen. Und ihr Vater hatte, als er in Glencoe aufgenommen worden war, geschworen, dass sie Glengarry bestrafen wollten; Glencoe war sicher, hatte er gesagt, weil MacIain den Eid unterzeichnet hatte. All die Waffen lagen irgendwo verstreut. Dreizehn Tage hatten die Campbells und die MacDonalds im Namen der Gastfreundschaft friedlich unter den gleichen Dächern gelebt – um den Eid zu feiern, durch den die Glencoe-MacDonalds der drohenden Vergeltung entgingen.

»– wie Lämmer, die zur Schlachtbank geführt werden«, murmelte sie. »All die Eide für nichts und wieder nichts …« Sie verließ das kleine Schlafzimmer und betrat den Raum, dessen Tür noch immer offen stand und gegen die Wand knallte. Sie kümmerte sich nicht weiter darum und trat hinaus in den Sturm.

Schnee wirbelte auf, teilte sich, wurde dünner. Der Schneesturm hing tief über dem Tal, doch als Dair und seine Mutter höher kletterten, ließen sie ihn unter sich zurück. Die Sicht wurde besser, doch der Wind war bitterkalt. Obwohl sie jetzt in ein Hemd und ein Plaid gehüllt war, spürte er das Zittern ihres Körpers.

Sie fiel hin, trotz seiner Bemühungen, sie davor zu bewahren. Er kniete sich sofort nieder, umarmte sie, zog sie vom Schnee hoch. Sie war ganz klein in seinen Armen, als hätte der Tod seines Vaters jede Lebenskraft aus ihr gezogen. Sie war so dünn, dass er ihre Knochen spüren konnte.

Sie verlor seine Kappe beim Fallen. Er sah, wie sie auf dem schneeumtosten Boden wegrollte, vom Wind erfasst wurde. Sekunden später war sie nicht mehr zu sehen.

Die graubraunen Haare wehten ihr ums Gesicht: ein dünner, geisterhafter Vorhang, der ihr Gesicht abwechselnd verdeckte und enthüllte. Blut klebte auf ihren Wangen und auf ihrer Stirn. Dair nahm eine Hand voll Schnee und rieb an den Flecken, nahm eine Ecke des Plaids zu Hilfe, um die verkrustete Blutschicht zu entfernen.

»Hör auf.« Sie packte wieder sein Handgelenk. »Neunundzwanzig Jahre ist es her, dass ich dich geboren habe, und noch zwei mehr bei John. Ich bin kein kleines Kind, aye? Also wirst du mich auch nicht wie eins behandeln.«

»Mutter –«

»Du wirst mich jetzt hier zurücklassen und den Hang hinuntergehen und deinen Bruder suchen.«

Er schützte sie mit seinem Körper vor dem Wind; die Kraft des Sturms ließ nach, und er sah die zerbrechlichen Knochen unter der dünnen Haut ihres Gesichts. Die Augen über der vom Wind und Alter mitgenommenen Nase zeigten jetzt nicht die geringste Trauer; sie war ganz und gar auf ihren ältesten Sohn konzentriert, der jetzt der MacIain war.

Er würde also hinabgehen. Er würde sie hier allein zurücklassen. Aber er würde nicht nach John suchen. – *Decken… Ich werde Decken und Kleider aus dem Haus holen* – Sofern Carnoch noch stand. Aber er bezweifelte, dass es nicht mehr da war; in dem Schneesturm würde es nur schwer brennen, und es würde mehrere Stunden dauern, ehe das Holz verkohlt war.

»Aye«, stimmte er also zu. »Aber ich lasse dich nicht an dieser Stelle zurück. Ein paar Schritte weiter oben ist ein Felsvorsprung. Ich bringe dich dort hin, denn da bist du vor dem Wind etwas geschützter.«

Ihre überwältigende Erleichterung ließ ihn beinahe zerbrechen. Sie nickte; es war genug. Im Augenblick war es genug.

Cat war klug genug, den Pfad nicht zu benutzen. Stattdessen mühte sie sich – auf ihre Erinnerung vertrauend – zwischen den Bäumen hindurch. Sie musste zuerst nach Carnoch gehen, dann nach Inverrigan. MacIain war in Carnoch, und auch Lady Glencoe war dort, und all die anderen, die zusammen den starken Clan bildeten. MacIain konnte ihr sagen, wo Dair war, und was zu tun war; sie war eine Fremde im Glen und wusste nichts über Verteidigungsmöglichkeiten, über die Gewohnheiten seiner Bevölkerung, wenn Gefahr im Verzug war.

Die Wunde brannte, wurde trotz ihres sorgfältigen Verbandes immer wieder aufgescheuert. Sie konnte nichts dagegen tun und musste die Unannehmlichkeit, so gut es ging, ignorieren; es war kein Loch, und sie hatte keine Kugel im Körper. Sie tat gut daran, sich zu erinnern, dass es anderen gewiss schlechter ergangen war. Sie hatte das dumpfe Krachen der Musketen gehört, die Schreie und Rufe. Sie zweifelte nicht daran, dass MacDonalds gestorben waren; welcher Sinn lag also darin, sich wegen einer Schürfwunde Gedanken zu machen?

Bei gutem Wetter war Carnoch nicht weit entfernt. Bei schlechtem jedoch verdreifachte sich die Zeit, die man brauchte. Die Kälte kroch in Cats Lungen und verharrte dort, raubte ihr den Atem, bis sie stehen bleiben musste und gezwungen war, zu husten und auszuspucken. Das Husten zerrte an ihrem Körper und setzte ihre Seite in grelle Flammen.

Trotz der Kälte schwitzte sie, und Tränen rannen ihr über das Gesicht. Cat richtete sich fluchend wieder auf und ging weiter, die eine Faust fest um den Horngriff des Dolches gekrampft.

Am Waldrand blieb sie stehen. Carnoch türmte sich vor ihr auf, wie ein unkenntliches Ungeheuer in dem wirbelnden Schnee und Rauch. Soldaten hatten das Haus in Brand gesetzt, aber bisher glomm es nur träge, statt lichterloh zu brennen. Sobald jedoch kein Schnee mehr fiel, würde es vom Wind unterstützt hell auflodern und wie ein Maifeuer den ganzen Glen erleuchten.

Cat fluchte. Der willkürlich fallende Schnee, vom Wind mal hierhin, mal dorthin getrieben, behinderte die Sicht erheblich. In dem einen Augenblick konnte sie deutlich sehen, im nächsten war sie praktisch blind.

Wenn das Haus brennt, müssen alle tot sein – Sie beendete den Gedanken nicht. Nicht MacIain. Nicht Lady Glencoe. Ein paar Clanangehörige möglicherweise, aber nicht die wichtigen, die dem Irrsinn ihres Vaters ein Ende bereiten konnten.

Ihre Gedanken schlugen eine andere Richtung ein. Sie wusste, wo das Haus war. Der Schnee konnte sie verbergen.

Was sie nicht sehen konnte, konnten auch andere nicht sehen; der Sturm würde ihr dienen, wenn sie sich geschickt anstellte.

Es waren keine Schüsse zu hören, auch keine Angst- oder Wutschreie, nicht die triumphierenden Schlachtrufe der Campbells. Es war vorüber, und niemand war zurückgeblieben. Cat holte tief Luft, wurde jedoch durch einen heftigen Schmerz in ihrer Seite jäh davon abgehalten, dann rannte sie los.

Sie rannte, bis sie über ein Hindernis direkt vor der Tür stolperte. Der Schmerz raubte ihr den Atem, und ehe sie sich versah, lag sie ausgestreckt auf dem Boden. Erst nach einer Weile, als ihre Sinne das Hindernis als einen Körper erkannten, bemühte sie sich, aufzustehen – in einem wilden Versuch, vor der Leiche zurückzuweichen.

Ihr Sturz hatte den Schnee über dem Körper verwischt. Sie sah die Hose um seine Knöchel, das blutverschmierte Nachtgewand, die rotgetränkten, einst weißen Haare. Sie erkannte ihn an der Größe, an seinem gewaltigen Körper; sein Gesicht war nicht zu erkennen. Nichts war von seinem Antlitz geblieben als der mattweiße Kieferknochen.

Der Klagelaut stieg in ihrer Kehle auf, wurde vom Wind davongetragen.

Glenlyon und Drummond gingen begleitet von anderen nach Carnoch. Um sie herum heulte der Schneesturm, immer wieder unterbrochen von Hundegebell, Schüssen und den verklingenden Schreien und Rufen. Um fünf Uhr hatte die Exekution begonnen; eine Stunde später war der größte Teil der Arbeit erledigt, obwohl Soldaten immer noch Nester mit MacDonalds fanden oder ihre Häuser in Brand setzten.

Andere Soldaten kamen herauf, um weitere Befehle entgegenzunehmen, als Glenlyon nach Carnoch hinabgehen wollte. Drummond riss das Wort an sich und sprach an Glenlyons Stelle; er erklärte, dass sie die Häuser der toten MacDonalds plündern und in Brand stecken sowie das Vieh von den Winterweiden treiben müssten, um so Profit aus dem zu machen, was die MacDonalds zuvor gestohlen hatten.

Glenlyon hatte selbst eine Plünderung erlebt. Dem Raubzug nach Killiecrankie war auch das Wenige zum Opfer gefallen, das er noch gehabt hatte, nachdem er seine Schulden bezahlt hatte. Es war also nur gerecht, wenn dem eigenen Schmerz Vergeltung widerfuhr.

Carnoch geriet in Sicht. Das Haus war noch nicht niedergebrannt, doch die Bewohner waren tot oder geflohen. Es brannte nirgendwo Licht, und es waren auch keine Bewegungen zu sehen – es waren keine MacDonalds da, die es hätten verteidigen können.

»Wartet …« Drummond legte ihm die Hand auf den Arm, um ihn zurückzuhalten. »Da ist jemand …«

Der Vorhang aus Schnee teilte sich etwas. Eine Gestalt vor der Tür kauerte neben einer Leiche, die aus dem Haus gezerrt worden war. Sie blickte auf und starrte ihn an.

»Glenlyon!«, rief die Gestalt und begann, über den schneebedeckten Boden auf ihn zuzulaufen.

Drummond murmelte leise etwas, das sich wie »MacDonalds« anhörte, und zog seine Pistole.

Es war weit schwieriger, den Hang hinab-, als hinaufzusteigen, denn jetzt kam ihm der Sturm entgegen, versuchte, ihn wieder nach oben zu treiben. Dair erkämpfte sich seinen Weg durch Schneewehen hindurch, vom Wind umtost, immer bemüht, aufrecht zu bleiben. Sein Körper war jetzt ganz taub und zitterte nicht mehr, und auf seiner Brust lag eine vom Wind gehärtete Schneeschicht. Auch seine Ohren spürte er nicht mehr, doch er konnte den schrillen Ton des Sturms hören, der über die Steine fuhr, über die Mulden und Hügel, und sich zwischen den Bäumen brach.

Er richtete seine ganze Aufmerksamkeit auf eine einzige Aufgabe: Er musste zum Haus hinuntergehen und Kleider und Decken holen – sofern davon noch etwas übrig war –, und sich dann auf den Weg zurück zu seiner Mutter machen. Aber andere Gedanken mischten sich jetzt darunter. Viele Gedanken mischten sich darunter. Den einen, der immer wiederkam, konnte er nicht abschütteln, obwohl er ihn mit einer einfachen Tatsache zu besänftigen versuchte: Sie war Glenlyons Tochter. Er würde seiner Tochter keinen Schaden zufügen. Niemand, nicht einmal ein Narr – und auch ein trunksüchtiger, erbärmlicher Bastard nicht! – würde zulassen, dass seine Tochter ermordet wurde.

Glenlyon war zu Cat gegangen. Er hatte Dair um die Erlaubnis gebeten, mit ihr alleine zu sprechen, bevor er das Glen verlassen würde. Dair hatte ihm diese Erlaubnis gegeben, und als er später zu Cat gekommen war, hatte sie ihm nichts weiter gesagt, als dass ihr Vater gekommen und wieder gegangen war.

Ein Mann würde seine Tochter nicht töten oder töten lassen.

Von ihnen allen war Cat am besten geschützt. Cat würde nichts zustoßen.

Sein Vater war tot. Seine Mutter würde sterben, wenn er ihr keine Kleidung besorgen konnte, wenn er sie nicht mit Decken umhüllen konnte. Er kämpfte sich zwischen den Bäumen hindurch, bis er schließlich stolpernd den Waldrand hinter dem Haus erreichte.

Etwas regte sich. Eine Bewegung im Schnee. Dair drehte sich alarmiert um und riss den Dolch aus dem Gürtel. Er sah einen Mann, in ein Plaid gehüllt, mit einer Kappe auf dem Kopf – und dann sah er die lebhaften Augen: seine eigenen.

»– Himmel, John«, krächzte er.

John umarmte ihn. »Bist du in Ordnung? Alasdair –?«

Er nickte wortlos, versuchte den Dolch in den Gürtel zurückzustecken. »Und du?«

»Aye – aye! Und auch Eiblin geht es gut; ich habe sie und Klein Sandy den Berg hochgeschafft, wo sie in einer Höhle warten … es sind einige andere Männer und Frauen bei ihr, auch einige Verwundete –« John brach ab. »Alasdair?«

»Mutter«, brachte Dair hervor. »Sie ist oben in der Nähe der Höhlen – ich bin nur wegen ein paar Decken wieder runtergekommen, John … sie trägt nichts als mein Hemd und mein Plaid. Sie haben sie ausgezogen und dann aus dem Haus getrieben …«

Auf Johns Miene spiegelten sich Verzweiflung und Wut. »Verfluchte Bastarde! Oh, Himmel –« Er ließ seine Wut heraus, und seine Hände krampften sich um Dairs nackte Arme. »Du bist ja fast aus Eis, Junge! Komm rasch ins Haus – wir holen Decken für uns alle …«

Sie huschten wie wilde Tiere am Waldrand entlang. Noch ein paar Schritte, dann der Hof … sie mussten ihn nur noch rasch überqueren und ins Haus gehen.

An MacIains Leiche vorbei.

»Er ist tot«, platzte Dair heraus. »Du bist jetzt der MacIain.«

John wandte sich zu ihm um, das Gesicht hart und unbewegt. Er öffnete den Mund, um zu sprechen, aber Dair sah an ihm vorbei, auf die Ecke des Hauses, wo er eine Gestalt vor der Tür sah. Sie hockte neben der Leiche, erhob sich jedoch dann und rief Glenlyons Namen …

Er kannte sie eher in Männerkleidern als in Frauenkleidern. »*Cat* –«

Die Flamme der Pistole brach nur etwa zehn Schritte entfernt von ihm aus dem Schneegestöber. Sie erhellte kurz ein pockennarbiges Gesicht voller Schießpulver und weiße Zähne, dann hörte er den Knall.

John packte Dair bei den Armen und riss ihn zu Boden,

begrub ihn unter sich im Schnee. Aber Dair wusste es besser. Dair kannte die Wahrheit.

»Ich bin nicht getroffen –« Er würgte, wehrte sich vergeblich. »Himmel – nicht *ich* bin es –«

Er war es nicht. Es war Cat.

Zu spät stieß Glenlyon Drummond beiseite. »Nein-*nein* –!« Soldaten traten zu ihnen, deren Bajonette matt auf den Musketenläufen glänzten. Er roch den sauren Geruch des Schießpulvers, schmeckte ihn in seinem Mund, spürte das Metall auf dem Handschuh, als er Drummond die Pistole aus der Hand riss.

Dann ließ er ihn allein, ließ sie alle allein, rannte, taumelte, stolperte. Er verfluchte Drummond wegen seiner Genauigkeit, wegen seiner Sehfähigkeit, seines Pflichtbewusstseins – alles höchst lobenswerte Eigenschaften in einer Schlacht, aber nicht dann, wenn dadurch das Leben seiner Tochter in Gefahr geriet.

Der Aufprall hatte sie nach hinten geschleudert. Sie lag zusammengesunken im Schnee, die Kappe neben ihr, so dass sich die roten Haare um sie herum ergossen. Auf dem weißen Schnee sahen sie wie Blut aus, und zuerst konnte er nicht erkennen, was was war.

»Catriona –?« Er kniete zitternd nieder und schob eine Ecke des Plaids von ihrem Gesicht. Der Boden unter seinen Knien fühlte sich warm an, warm und feucht … und es waren keine Haare. Drummond hatte gut gezielt.

Er riss sie in seine Arme, wiegte ihren Kopf in seiner Armbeuge. Soldaten kamen herbei, um nachzusehen; auch Drummond, der erneut seine Pistole zückte.

Glenlyon hörte einen heiseren Schrei. Zuerst glaubte er tatsächlich, er hätte ihn selbst ausgestoßen, doch Drummond bellte augenblicklich einen Befehl. Vier Soldaten feuerten. Der Krach war so laut, dass Glenlyons Ohren ganz betäubt waren; er zuckte zusammen und hielt seine Tochter in den Armen, schützte sie vor weiteren Gräueltaten. Der Gestank des Schießpulvers brannte in seiner Nase.

»Sie alle müssen sterben«, betonte Drummond schroff. »Selbst die Frauen, damit sie keine erbärmlichen Diebe mehr gebären können.«

Drummond war nicht dabei gewesen, hatte das Haus schon verlassen, als Glenlyon den Befehl ausgegeben hatte, dass seiner Tochter unter keinen Umständen Schaden zugefügt werden dürfte. Drummond hatte den Befehl nicht gehört. Drummond war nicht dreizehn Tage in Glencoe gewesen, um zu wissen, dass sie Glenlyons Tochter war.

»Diese Frau –«, sagte Glenlyon. »Diese Frau ist eine Campbell.«

Drummond war entsetzt. »*Hier*?«

»Sie hat Alasdair Og, MacIains jüngsten Sohn, geheiratet.«

Das Pockengesicht verzog sich. »Dann hat sie den Tod verdient.«

Glenlyons Gelächter war kaum mehr als ein schrilles, grelles Kreischen. »Sie ist meine Tochter«, sagte er, »und Ihr solltet besser darum beten, dass sie es überlebt, denn sonst werde ich Euch wegen Missachtung eines Befehls erschießen lassen.«

»Missachtung eines Befehls –!«

»Ich hatte ausdrücklich befohlen, dass ihr nichts geschehen darf.« Er blickte die Soldaten an. »Habt ihr den Befehl erhalten?«

Sie alle nickten, achteten aber tunlichst darauf, jeden Blickkontakt mit Drummond zu meiden.

»Ich habe nichts davon gehört!«

»Alle haben es gewusst«, erklärte Glenlyon. »Alle.« Er erhob sich jetzt, trug Cat in den Armen. Sie war keine kleine Frau, seit langem schon nicht mehr; in diesem Augenblick jedoch kam sie ihm wieder wie ein Kind vor, ein rothaariges, hilfloses Kind, dass zu blind war, um sehen zu können, aber nicht als Folge der Geburt, sondern als Folge der Dummheit eines Mannes.

Außer sich vor Wut schüttelte Dair seinen Bruder ab und kämpfte sich auf Knie und Hände, dann richtete er sich mühsam auf. Sein Ruf hatte nichts bewirkt, gar nichts; ohne Widerstand zu leisten, war sie bei dem Schuss zusammengesackt.

»Alasdair –« John hielt ihn wieder fest. »Alasdair – *nicht* –«

Er konnte seinen Arm nicht bewegen, da John ihn festhielt. Dair wirbelte wütend herum und blickte seinen Bruder aufgebracht an, während er versuchte, sich aus dem Griff zu befreien. »Himmel – lass mich *los*!«

»Alasdair, tu das nicht!«

Er stieß John einen Schritt zurück. »Halt mich nicht auf –« Er hörte einen Schrei, hörte den Knall. Er spürte den Aufprall in seiner Hüfte: ein scharfer Schlag, ein Bersten in seinem Bein, dann ein mattes Krachen. Sein Bein gab augenblicklich nach, und er sackte gegen seinen Bruder.

»Oh Himmel – *Alasdair…*«

Hände zogen ihn hoch, bemüht, ihn aufrecht zu halten. Aber er sank erneut schlaff zu Boden. Sein rechtes Bein war absolut taub, von der Hüfte an nutzlos. »– Cat…«, murmelte er.

»Alasdair – kannst du stehen?«

Er konnte nicht stehen. Er versuchte es, aber es gelang ihm nicht.

»Sie werden zu uns kommen… Alasdair, kannst du gehen?«

Und dann kam der Schmerz schließlich, schlängelte sich aus der Dunkelheit in sein Bewusstsein. Sein Körper zog sich zu einem einzigen Krampf zusammen.

Er vergrub sein Gesicht im Schnee, damit sie seinen Schrei nicht hören konnten.

»Alasdair –« Der Griff wurde stärker, er wurde umgedreht, dann legten sich Arme um seine Brust.

John zog ihn einen Schritt weg. Dann erwies sich der Sturm in seinem Körper als noch mächtiger als der Schneesturm, gewährte ihm eine wohl tuende Zufluchtsstätte. Wenn er jetzt starb, würde er es niemals erfahren.

Die meisten Behausungen von Glencoe standen in Flammen, ohne dass der Schnee sie daran hindern konnte. Glenlyon trug seine Tochter ins Haus von Inverrigan, das noch nicht niedergebrannt war, und legte sie in das Bett des Vasallen. Inverrigan würde das nicht mehr kümmern; er war tot, wie auch alle seine Männer.

Glenlyon legte seine Tochter auf das Bett und machte sich daran, sie zu untersuchen, um herauszufinden, wie schwer sie verletzt war. Sie blutete aus der Wunde an ihrer linken Schulter, aber die Kugel schien keine wichtigen Blutgefäße verletzt zu haben; die Kugel selbst war, aus so naher Entfernung abgefeuert, mitten durch das Fleisch gegangen. Glenlyon war schon zuvor in Schlachten gewesen und hatte sich um solche Dinge gekümmert; die Eintrittsstelle war nicht größer als ein Fünf-Penny-Stück, und die Austrittstelle sogar noch kleiner. Sofern er die Wunde vom Schießpulver und den Stofffetzen reinigen und sie vor einer Entzündung bewahren konnte, würde sie leben. *Wenn sie es wollte…*

Der Gedanke zermürbte ihn. Hastig zog er ihr das Plaid vom Leib, die Jacke, das übergroße Hemd. Er errötete angesichts der Intimität, als er ihre Brüste abtastete und die Bandagen fand. Blut befleckte die Wolle, und als er die Bandagen abnahm, sah er die verkrusteten Striemen, die sich über ihre Rippen zogen und an den Rändern schwarz von Schießpulverrückständen waren.

»Oh Cat… oh, mein Mädchen –« Seine Augen füllten sich mit Tränen. Jetzt, nach dem Töten, hatte er endlich Zeit zum

Nachdenken – darüber, was über sie gekommen war, über ihn selbst, dem man ein solches Unternehmen aufgebürdet hatte. Und jetzt musste seine Tochter darunter leiden.

Unter dem Verlust von MacIains Sohn würde sie noch viel mehr leiden.

Doch es gab noch immer keine Nachricht, was den Verbleib der Jungen des alten Fuchses betraf. Alle wussten, dass MacIain tot war; der Tod des Mannes, der von so vielen mit gleicher Inbrunst entweder angebetet oder gehasst worden war, konnte nicht lange geheim bleiben. Aber es gab keinerlei Informationen über MacIains Söhne, und Glenlyon spürte, wie sich sein Magen zusammenkrampfte, wie sich ein Knoten darin bildete. Ihr Tod war ebenso deutlich gefordert worden wie der ihres Vaters; wenn er darin versagte, hatte er insgesamt versagt.

Und doch lag hier seine Tochter, die einen dieser Söhne liebte, die einen dieser Söhne geheiratet hatte, und die sich den Wünschen ihres Vaters, einen dieser Söhne zu verlassen, widersetzt hatte. Und all das hatte sie hierher geführt.

Ein Adjutant trat ein. Glenlyon ließ sich Wasser bringen, für die vorhandene Seife und für Whisky. Er hatte eine ganze Menge davon vor dem Torffeuer seines Gastgebers getrunken, aber es war sicher noch etwas übrig. Er würde jetzt ein bisschen trinken, um die Spannung zu lösen, und er würde Cat zwingen, etwas zu trinken, und dann eine reichliche Menge auf die Wunde schütten.

Sie würde schreien, das wusste er, und sie würde vermutlich auch weinen. Aber etwas anderes konnte er nicht tun, und sicherlich konnte er ihre Trauer nicht anders lindern, als sie mit einem ordentlichen Schluck Whisky unempfänglich dagegen zu machen.

Er wusste es nur zu gut. Es war auch sein einziger Zufluchtsort.

Glenylon blickte auf das blasse, verschmierte Gesicht hinab. Sie war älter geworden, seit er sie zum letzten Mal gesehen hatte; die Vergänglichkeit ihrer Jugend war der Entschlossenheit des Erwachsenseins gewichen. Ihre Gesichtszüge hatten immer eine gewisse Härte gehabt, voller Temperament und Entschlossenheit, aber jetzt lag auch eine unverkennbare Erfahrung des Alters in ihnen. Sie war nicht das, wonach sich alle Männer sehnten, denn dafür war sie zu kühn und zu schroff, hatte eine zu große Neigung, ihre eigene Meinung kundzutun – doch einem Mann, der das Blut und die Gebeine Schottlands liebte, dessen Geist auf die Geschichte der Schotten, auf die Balladen der Barden reagierte, musste Catriona Campbell erscheinen, als wäre sie eine leibhaftige Legende.

Glenlyon fuhr sich über die vom Wind aufgeplatzten Lippen. »Er muss tot sein«, sagte er sanft. »Er muss tot sein, mein Mädchen – selbst wenn er lebt.« Zum Wohl ihres Vaters wie auch zu ihrem eigenen; er kannte sie zu gut. Wenn sie glaubte, dass MacIains Sohn noch lebte, würde sie die Hoffnung niemals aufgeben, dass sie eines Tages wieder vereint sein würden.

Eine rote Haarsträhne war über das eine, blaugeäderte Augenlid gerutscht, und er schob sie zurück. »Er ist tot, mein Mädchen... aber du lebst, aye? Und wir werden einen Weg finden, wie du diesen Tag vergessen kannst.«

Dair wurde von Soldaten niedergedrückt, unter Soldaten begraben, die ihre grausamen Hände auf ihn legten, ihn gegen den kalten Stein pressten, obwohl er weder ein Hemd noch ein Plaid anhatte, und auch kein Kissen für seinen Kopf, der auf dem eisigen, harten Stein lag. Sie drückten ihn nieder und hielten ihn fest, ignorierten seine Versuche, sich zu wehren, mit gezischten Schmähungen und den Aufforderungen, sich still zu verhalten, ihn zu Schmerz und Nutzlosigkeit verdammend. Er bekämpfte sie, bis er sich auf die Lippe biss und ihm Blut das Kinn hinablief.

Sie würden ihn wieder in Eisen legen ... sie würden seine Handgelenke wieder fesseln und ihn nach Fort William bringen ...

»Alasdair – wo ist sie?«

Er murmelte etwas, gab unverständliche Laute der Verweigerung von sich.

»Alasdair – hörst du mich? Wo hast du unsere Mutter zurückgelassen?«

Er erinnerte sich an Schnee, an viel Schnee, und an das Heulen des Windes, der wie ein *Ceol mor* ertönte, als wäre er auf dem Weg in die Schlacht.

»Erinnerst du dich an einen Markierungsstein, Alasdair – gibt es etwas, an dem wir uns orientieren, mit dessen Hilfe wir sie finden können?«

Sie verlangten Informationen. Er würde ihnen keine geben.

»*Alasdair* –«

Er bleckte die Zähne und spuckte die schlimmsten Wörter aus, die ihm das Gälische zur Verfügung stellte.

»– kein Wasser«, sagte jemand.

Und »– Schnee«, sagte ein anderer.

Dann erklang wieder die Stimme, die seinen Namen kannte. »Wir haben kein Feuer, um ihn zu schmelzen ... und wir könnten nicht einmal eins machen, hätten wir die notwendigen Dinge dafür. Die Soldaten würden es sehen.«

Er drehte seinen Kopf von der Hand weg, spuckte Blut, das seine Brust verschmierte. Es war wie ein warmer Regen, so warm auf seiner vom Stein eiskalten Haut.

»Ich fürchte, er hat sich den Knochen gebrochen«, sagte jemand.

»Oh, aye – ich habe das Krachen gehört ... und die Kugel ist noch drin, siehst du sie?« Jemand fingerte an seinem Oberschenkel herum, schob die zerrissene Hose beiseite. »Dieser kleine Höcker da, unterhalb der Haut.«

»Schneide sie raus.«

»Aber wie? Wir müssen uns noch um andere kümmern … und er wird nicht gleich dran sterben.« Eine Hand umklammerte seinen Arm. »Alasdair, wir kümmern uns um dich, das verspreche ich dir – aber kannst du mir sagen, wo du sie zurückgelassen hast?«

Er zitterte. Diese Hände waren nicht so schwer, weniger grausam. Es gab gar kein Eisen, kein Klirren, kein Läuten. Und es wurde auch kein Schlüssel im Schloss umgedreht.

Die Stimme einer Frau erklang jetzt, verängstigt und angespannt, erstarb dann wieder.

Frauen waren hier … waren sie denn alle nach Fort William gebracht worden?

Dann eine andere, drängende Stimme. »John – du solltest mal herkommen.«

»Eiblin?« Die Stimme wurde schwächer, als wäre der Kopf zur Seite gewandt worden. »Oh, Himmel, das Kind …« Die Stimme klang heiser, als sie wieder kräftiger wurde. »Hört nicht auf, ihn zu fragen. Wir müssen wissen, wo sie ist.«

»Er kann uns nicht hören«, sagte jemand.

»Woher weißt du das, Murdo? Hat er dir das gesagt?« Aber es klang heiser und müde, trotz der vorgetäuschten Forschheit.

»MacIain«, murmelte jemand leise.

Um ihn herum war Stille. Dann das Geräusch sich bewegender Körper. »Er hat ihn noch nicht beansprucht.«

»Wieso beansprucht? Er gehört ihm doch. Er ist jetzt Laird von Glencoe.«

Mit der Erinnerung kehrte das Licht in seinen Kopf zurück. Seine Augen öffneten sich endlich; er starrte von seinem kalten Steinbett auf die niedrige Felsendecke über sich, die zu den Höhlen oberhalb von Glencoe gehörten.

»Cat«, sagte er. Und dann, drängender: »Mutter!« Er fuhr in kurzer, ihn überwältigender Panik vom Stein hoch, stützte sich mit den Ellenbogen ab –

– und der Schmerz bemächtigte sich seiner erneut, verlangte wieder seine Unterwerfung.

Er sank augenblicklich auf den Stein zurück, den Mund vor Schmerz weit aufgerissen. »Mutter.«

»Wo?« fragte jemand mit scharfer Stimme. »Wo ist Lady Glencoe?«

Eine Frau begann zu weinen, und ein Mann versuchte, sie zu trösten.

»Lady Glencoe?«

Lady Glencoe. Seine Mutter. »Hang«, keuchte er. »Unterhalb –«

»*Wo?*«

»– Unterhalb des Felsvorsprungs… Windbrecher –« Der aufgerissene Mund schien ihn nahezu zu verschlingen. Er sank noch weiter in sich zusammen. Schließlich überließ er sich der Bestie, als die Flamme in seinem Kopf erlosch.

Als Cat erwachte, war es, als würde eine Flamme in ihrem Körper brennen. Der Schmerz saß tief, fraß an ihrer Schulter. Würde er auch ihre Knochen verzehren?

Sie kämpfte gegen ihn an, kämpfte gegen die Hände an. Ein neues Feuer war entfacht, und jetzt schrie sie auf, schrie dagegen an. Hände lagen auf ihr, drückten sie nieder, hielten sie fest, damit das Feuer sie auch wirklich verzehren konnte.

»Aye, Mädchen, ich weiß… oh, Maria im Himmel –«

Tränen rollten ihr über das Gesicht, obwohl es ihr peinlich war. War sie so schwach? Oh, was dieses qualvolle Feuer anging, war sie es.

Sie hatten Glencoe in Brand gesteckt, und jetzt wurde sie verbrannt.

Sie wehrte sich lautstark dagegen, kämpfte wieder gegen die Hände an, versuchte, der Flamme wie auch ihren Häschern zu entkommen. Sie sprach von Soldaten, von Musketen und verfluchten, erbärmlichen Campbells… und auch von Mord und dem Versuch ihres Vaters, sie wegzuschicken, damit sie dem entkommen konnte, dem die MacDonalds nicht entkommen konnten.

»Catriona – oh, Herrgott …« Jemand schob ihr etwas zwischen die Lippen, rüttelte an ihren Zähnen. Eine andere Hand packte ihr Kinn mit aller Kraft, öffnete ihren Mund. »Du musst schlucken – *schluck*!«

Sie schluckte. Sie hustete.

»Mehr.«

Sie spuckte so viel aus, wie sie trank. Ihr Hals war nass und stank nach Whisky.

Whisky. Ihr Vater.

Cat öffnete die Augen. Über ihr hing ein Gesicht – die Überreste eines rauchverschmierten Gesichts mit wässrigblauen, vor Furcht verzerrten Augen, eingerahmt von strähnigen Haaren.

»Bastard …«, brachte sie mit großer Mühe hervor. »Glaubst du, ich werde nicht weitersagen, was du getan hast?«

»Ich hatte Befehle«, sagte er hilflos.

»Welcher Mann –« – *oh Gott, tat das weh* – »Welcher Mann würde wohl jemandem befehlen, die MacDonalds umzubringen?«

»Der König«, antwortete ihr Vater.

Wieder war ihr, als würde ihre Schulter aufgefressen. Er hatte neues Feuer hineingesandt. »– der König?«

»Der König.«

»Das glaube ich nicht!«

»Doch, Cat. Es war ein Befehl. Alle sollten sterben.«

Der Raum um sie herum löste sich auf, bis sie nur noch sein Gesicht vor sich sah. »Wo ist Dair?«

Er schwieg.

»*Wo ist Dair?*«

Er sagte noch immer nichts.

»Ich glaube das nicht. Wo *ist* –« Die Hand schloss sich wieder um ihren Kiefer und zwang sie, den Mund zu öffnen, während ihr die Flasche zwischen die Zähne gezwängt wurde. »Ich will nicht –« Aber er schüttete das Zeug rücksichtslos in sie hinein, bis sie keine andere Wahl hatte, als zu schlucken.

Wenn sie sich verschluckte, würde sie sterben, und dann wäre niemand mehr da, um die Wahrheit zu erzählen, um von MacIain zu berichten, der in den Hinterkopf geschossen worden war, so dass von seinem Gesicht nichts mehr übrig geblieben war.

»Trink«, sagte er.

Und sie trank.

Dair war so unruhig wie ein Pferd, das sich über eine Fliege am Nacken ärgerte. Er zuckte immer wieder zusammen, rieb mit den Ellenbogen über den rauen Stein, grub die Fersen in den Boden. Er konnte einfach nicht still liegen. Die Fliege an seiner Hüfte störte ihn sehr. Er konnte und konnte nicht stillliegen-

»John«, sagte jemand.

Er hörte Gemurmel und das kummervolle Schluchzen einer Frau. Dann raschelte Stoff auf Stein, und jemand ließ sich neben ihm nieder. Er konnte spüren, wie nah diese Person an seinem Oberschenkel war. Wenn er sich nur genügend rühren könnte, um die Fliege zu verjagen –

»Alasdair – kannst du mich hören?«

Er hörte. Er zuckte zusammen, drehte den Kopf, spürte unter dem Schädel harten, kalten Stein, ein viel zu hartes Kopfkissen für einen Menschen. Er bewegte seine Hand, schüttelte die Taubheit ab und strich mit den Fingern über die Hose. Er würde das lästige Tier verjagen –

»Nicht, Alasdair …« Eine Hand nahm seine gefangen und hielt sie fest. »Lass das. Lass das.«

Er versuchte, seine Hand zu befreien. Wenn es ihm nur gelänge, die Fliege zu töten …

Eine andere Hand berührte ihn, trennte die Hose auf. Eine Handfläche betastete seinen Oberschenkel. »Warm… oh, gütiger Gott…« Die Hand fuhr vom Oberschenkel zu seiner Stirn. Ein leiser gälischer Fluch ertönte in der Dunkelheit.

»Usquabae«, sagte jemand. »Wir müssen das Wundfieber ausbrennen.«

Die Hand löste sich von seiner Stirn. »Habt ihr eine Flasche? Hat jemand eine Flasche?« Die Stimme klang angespannt, blieb aber ruhig. »Wir haben nichts, Murdo. Nichts als das, was wir tragen. Und bis wir sicher sein können, dass die Soldaten weg sind, dürfen wir diese Höhle nicht verlassen.«

Ein Kind jammerte kurz, wurde sogleich von einer Frau beschwichtigt.

»MacIain –«

»*Ich heiße John.*«

»– tot –«, murmelte Dair.

Eine Hand berührte ihn an der Schulter. »Bist du wach, Alasdair?«

Er war wach. Er öffnete die Augen und sah sich dem Gesicht seines Bruders gegenüber, der sich weigerte, den Titel seines Vaters anzunehmen. »Mutter –?«

Die Knochen in Johns Gesicht traten so scharf hervor, dass sie ihm glatt die Haut hätten durchtrennen können.

Er war nicht in der Lage, seine Miene zu deuten. »Wo ist? Ich habe sie oben am Hang gelassen… unterhalb der Höhlen –« Aber er war doch selbst in einer dieser Höhlen. »Unterhalb… in der Nähe einer Felsenrippe –«

»Alasdair.« Johns Miene hatte etwas Gespenstisches. »Wir haben sie gefunden, aye, schon vor einiger Zeit… und wir haben sie hierher geschafft. Aber – sie ist gestorben, Alasdair.«

»John –« Er packte Johns Hemd und zerrte daran. »– ist sie tot?«

»Sie ist tot, Alasdair.«

Er zog noch stärker an dem Hemd. »Aber du hast sie gefunden!«

»Wir haben sie gefunden, aye ... aber sie ist zu schwach für den Sturm gewesen. Der Wind war zu stark, und der Schnee – und der Kummer ...« Johns Hand schloss sich um seine. »Du hast es versucht, Alasdair. Du hast es wirklich versucht.«

»Sie hat noch gelebt –«

»Alasdair ...« John machte sein Hemd von der Hand los, die daran zerrte. »Sie ist gegangen.«

»– sie war noch am Leben –« Die Hand sank kraftlos auf den Stein. »Sie hat Decken gebraucht ... ich bin hinunter gegangen, um Decken zu holen ...«

»Sei still«, mahnte John sanft. »Es hat keinen Sinn, dass du dir Vorwürfe machst. Es ist der Sturm gewesen, Alasdair – es war einfach zu viel für sie.«

»Wenn ich sie gefunden hätte ... wenn ich sie gefunden und zu ihr gebracht hätte –« Und dann kehrte die Erinnerung zurück: der Schnee und der Sturm, die ausgestreckte Leiche seines Vaters, und ein in der Dunkelheit abgefeuerter Schuss. »Oh Himmel – Cat –!«

»Sei ruhig, Alasdair – du darfst dich nicht bewegen, aye? Du hast eine Kugel in deinem Bein, und der Knochen ist gebrochen.«

Er kümmerte sich nicht darum. »Sie ist gefallen, John ... sie ist gefallen –« Er erinnerte sich so deutlich an sie, an ihren Schrei, den Schuss, die Bemühungen seines Bruders, ihn daran zu hindern, zu ihr zu rennen. »Ich dachte, sie wäre in Sicherheit – sie ist eine Campbell, keine MacDonald –«

Eine Frauenstimme erklang: Eiblins. Sie rief ihren Ehemann zu sich.

John drückte kurz Dairs Schulter. »Wir können jetzt nichts tun, Alasdair, aber wenn wir hinunter gehen können – wenn wir sicher sein können, dass sie weg sind, dann werden wir runtergehen und die Toten begraben.«

Die Toten begraben. Seinen Vater. Seine Mutter. Und Cat?

John ließ ihn allein und ging zu seiner Frau. Trotz des Insektenbisses – eigentlich eine Musketenkugel und ein gebrochener Knochen – drehte Dair sein Gesicht zur Wand und weinte still um die Toten.

Nachdem seine Tochter schließlich in einen unruhigen Schlaf gefallen war, der zum Teil eine Ohnmacht, zum Teil Benommenheit war, die dem Whisky zu verdanken war, verließ Glenlyon das Haus von Inverrigan und trat hinaus in den Hof. Es war Vormittag, und noch immer hingen dünne Wolken am Himmel, die sich zu einem Schneesturm verdichten mochten. Der eigentliche Sturm war jedoch zum Erliegen gekommen, und Glencoe war jetzt ein Feld aus altem Weiß, das die Ruinen der niedergerissenen Behausungen auf unpassende Weise unterteilte; umgestürzte Balken, herabgefallene Steine, schneeverkrustete, blutverschmierte Lachen neben erschlagenen MacDonalds. Noch immer loderten Holzbalken in noch nicht abgebrannten Behausungen, und Rauch hing stickig im Glen.

Drummond war da, und auch Lieutenant Lindsay, der behauptete, MacIain getötet zu haben. Nur wenige andere waren ebenfalls da, mit Spuren von Blut und Schießpulver im Gesicht und an ihrer Kleidung, während wieder andere noch immer nach jenen suchten, die hatten entkommen können, oder nach etwas, das der bisherigen Plünderung entgangen war.

Glenlyon runzelte die Stirn. »Wo sind die anderen?«

Drummonds pockennarbiges Gesicht blieb ausdruckslos. »Welche anderen, Sir?«

»Duncansons Truppen. Wir hatten das hier nicht allein erledigen sollen.« Auf gar keinen Fall allein; es hatten noch andere Truppen kommen sollen. Und doch waren jetzt gar nicht so viele Männer da. »Sind denn so viele von uns gestorben?«

»Nein, Sir.« Drummond schaute ihn träge an. »Nur drei, Captain.«

Glenlyon war verblüfft. »Wo sind dann die anderen? Sie hatten uns unterstützen sollen. Duncansons Männer!«

»Sir.« Drummond richtete sich auf. »Sir, wir sind alle hier. Niemand ist gekommen.«

Allein. Er allein hatte es getan. Inmitten des wahnsinnigen Tötens hatte er alles vergessen, alles bis auf das Töten, auf den Befehl selbst. Und doch hatte es das Versprechen gegeben, dass ihm jemand zu Hilfe kommen würde. Duncansons Männer.

Aber sie waren nicht hier. Sie waren nicht gekommen. *Er* allein war verantwortlich.

»MacIain ist tot«, erklärte er; so viel hatte er erreicht.

Drummond nickte.

»Und seine Söhne?«

Jetzt lächelte Drummond. Es war kein angenehmes Lächeln. »Wir haben keine Nachricht von ihnen, Sir. Die Leichen werden gerade untersucht; möglicherweise sind sie unter ihnen.«

Keine Nachricht. Sie mochten überlebt haben.

Er hatte versagt. Die Befehle waren eindeutig gewesen.

»Findet sie!«, schrie Glenlyon, und das Echo seiner Worte hallte im Tal wider.

Betrunken vom Whisky und benommen vor Schmerz lag Cat schlaff auf dem Bett und versuchte, sich die einzelnen Erinnerungsfetzen sowie das, was sie wusste und was sie mitbekommen hatte, ins Gedächtnis zurückzurufen. Es war weit schwerer, als sie erwartet hatte, denn alles war von einem schwachen Glühen umgeben, als ob alles in Flammen stehen würde. Sie konnte sich keinen Grund vorstellen, warum das so sein sollte, und doch war es so; selbst ihre leise gemurmelten Protestworte konnten es nicht verjagen.

Im Gegensatz zu den Fragmenten in ihrem Kopf stand das schwache, unermüdliche Dröhnen, als würde ein Dudelsackspieler unentwegt die Basspfeife spielen. Es gab keine Melodie, kein klagendes *Ceol mor*, nur den endlosen Ton, tief und hartnäckig.

Eine Hand berührte ihre Stirn, strich ihr die Haare aus dem Gesicht. Eine andere Hand glitt unter ihren Kopf und hob ihn hoch, hielt ihn sorgfältig in die Höhe. Sie trank, als sie etwas zu trinken bekam, denn wenn sie es nicht getan hätte, wäre ihr die Flüssigkeit über das Gesicht und den Nacken gelaufen. Sie wusste, wie man trank. Sie wollte nicht nass werden und nach Usquabae stinken.

Sie trank. Als sie trank, hörte das Dröhnen auf, und die Stille war eine Wohltat. Sie hatte nicht gewusst, wie sehr der Krach ihren Ohren schadete, wie sehr er ihren Kopf mit Unruhe erfüllte.

»– wollt Ihr sie für eine ganze Woche betrunken machen?«

»Wenn es sein muss.«

»Sie wird aufwachen, Glenlyon.«

»Das wird sie, aye.«

»Ihr könnt sie nicht für immer hier behalten.«

»Ich will sie nach Chesthill mitnehmen. Das ist ihre Heimat.«

Nein. Nicht Chesthill. Sie hatte Chesthill verlassen.

»– nein, Cat… lass das. Lass das.«

Sie leckte sich über die whiskyfeuchten Lippen. »– Glencoe – *Heim* –«

»Seht Ihr?« fragte eine Stimme.

»Ich werde sie nach Hause bringen.«

»Und sie für immer betrunken machen?«

»Was wir getan haben, haben wir aufgrund unserer Befehle getan, Captain Drummond.«

»Oh, aye. Und wenn es keine Überlebenden geben würde, die davon berichten könnten, bräuchten wir uns auch gar keine Sorgen zu machen. Aber es *gibt* Überlebende, Captain Campbell… und sie werden davon erzählen.«

»Wem?«, fragte der andere. »Den Männern anderer Clans? – aye, sollen sie doch! Niemand wird etwas gegen uns sagen, aus Angst, dass wir das Gleiche mit ihnen machen.«

Stille. Cat rührte sich, murmelte etwas. Das Dröhnen begann wieder.

Jemand äußerte seinen Abscheu. »Könnt Ihr nicht dafür sorgen, dass sie still ist?«

»Captain Drummond, wenn Sie Euch stört, könnt Ihr genauso gut woanders hin gehen.«

»Es stehen keine anderen Häuser mehr. Und dieses wird auch nicht mehr stehen, wenn wir es erst verlassen haben.« Er machte eine Pause. »Wir sollten noch in dieser Stunde aufbrechen, Captain.«

»Dann werde ich Euch eine Aufgabe übertragen, Captain Drummond. Lasst eine Trage herstellen und sorgt dafür, dass Männer abkommandiert werden, sie zu tragen. Ich werde meine Tochter nach Hause bringen.«

»Duncanson wird das nicht gefallen.«

»Aye, aber Duncanson war nicht hier, wie er es eigentlich hätte sein sollen. Er hat mir nichts darüber zu sagen, wie ich mit meiner Familie umgehe.«

Schweigen. »Ich habe sie für einen Mann gehalten«, sagte Drummond mit gepresster Stimme.

»Frau oder Mann, Ihr hättet trotzdem geschossen, aye?« Er klang verbittert. »Kümmert Euch um die Trage und die Leute.«

Cats Augen öffneten sich, ihre Lider zuckten. Sie sah ihren Vater, und einen anderen: einen pockennarbigen Mann, dessen Miene Verachtung ausdrückte. Aber sie kannte ihn nicht, und so schloss sie die Augen wieder.

Ein Geräusch. Jemand zog sich zurück. Die Hand lag wieder auf ihrer Stirn, und jemand strich ihr die Haare zurück.

»Ja, Cat, ich werde dich nach Hause bringen. Noch heute Nacht wirst du wieder in deinem guten, alten Bett schlafen.«

Seine Kehle brannte. Wie ein Haus – wie sein Haus – wurde sie von einer Flamme verzehrt; alle Häuser im Glen wurden das. Das wusste er tief in seinem Innern, obwohl er es nicht sehen konnte. Glencoe war in Brand gesteckt worden, blutete … und jetzt erging es ihm genauso, Flammen und Blut zermürbten sein Fleisch und seinen Geist. Er zuckte, fuhr zusammen, als er den harten Stein unter seinem Schädel spürte.

Hände waren auf ihm, Hände mit Eisen. Das Klirren der Ketten ging in dem Gemurmel der Stimmen unter, in dem festen Ton, in dem Befehle gegeben wurden; und sie ketteten ihn an, banden seine Hände am Boden fest, streckten ihm die Arme über den Kopf und knieten sich darauf. Dann war auch auf seinen Knöcheln Eisen, noch als er versuchte, sich zu befreien.

»– er darf sich nicht bewegen –«

»– er ist halb tot und kämpft immer noch …«

»Aye, ich würde auch so kämpfen – er ist im Augenblick nicht bei Verstand, leider.«

»Immerhin ist er noch genug bei Verstand, um zu wissen, dass er nicht eingesperrt werden will«, sagte jemand mit fester Stimme.

»Aye, wir haben aber keine andere Wahl – wir müssen ihn festhalten … Ich muss die Bleikugel rausschneiden, und dann müsst ihr ihn mit dem Gesicht zum Boden drehen, damit ich Usquabae in die Wunde gießen kann, wo die Kugel reingegangen ist.«

Da spürte er das Messer, wie es sich in sein Fleisch bohrte. Er versteifte sich, zischte in wütendem Entsetzen und atmete in einem einzigen, kräftigen Stoß aus.

»– aye, nicht so hart … Alasdair, die Kugel ist raus, hast du verstanden? Dreht ihn jetzt um –«

Sie drehten ihn also um, was ihm so starke Schmerzen verursachte, dass er laut aufschrie. Die kleine Bleikugel war nichts gewesen gegen das, was sie jetzt mit ihm machten.

Feuer. Es drang durch die Unterseite seines Oberschenkels ein und verharrte dort. Er schrie wieder auf, obwohl sein Schrei vom Stein unterdrückt wurde; er schürfte sich die Wange und das Kinn auf bei dem Versuch, Luft zu kriegen.

»– keine Bandage, Murdo – die Wunde muss langsam trocknen, damit das Gift rauskommt. Und jetzt wieder auf die andere Seite –«

Er schrie vor Wut auf, erzürnt über die Qualen, die sie ihm antaten.

»– aye, ich weiß Bescheid, Alasdair – *Murdo*! Das Holz, aye, und jetzt die Binden …«

Sie legten Stöcke an beide Seiten des rechten Beins, dann begannen sie, es festzubinden. Wieder und immer wieder bewegten sie das Bein auf unbarmherzigste Weise.

Er kam jetzt zu sich, entsetzt und wütend, und sah die Gesichter derer, die sich um ihn herum versammelt hatten, alle angespannt und blass in der Düsternis. Es waren sein Bruder und eine Hand voll anderer MacDonalds, darunter auch Murdo, einer der Ghillies seines Vaters.

Sein Vater war tot.

Es lag kein Eisen auf seinem Körper, es waren nur Hände. Sie hielten ihn gegen den kalten Steinboden der Höhle gepresst. »John –«, sagte er atemlos. »– Mutter –«

Johns Gesicht war grimmig, als er weiterarbeitete. Er antwortete nicht.

Und dann erinnerte er sich wieder an die Worte, hörte wieder die Stimme, die sie verkündet hatte: Lady Glencoe war tot.

»Hier.« Murdo beugte sich vor. »Wir haben jetzt Usquabae, Alasdair Og.«

Wie waren sie an den Whisky gekommen? »Woher –?« Aber er war zu schwach, zu krank, um mehr zu reden.

Murdo lächelte schwach. »Ich habe ein bisschen herumgeschnüffelt. Die Soldaten brechen auf. Ich habe eine weggeworfene Flasche gefunden. Leider ist es kein MacDonald-Whisky, aber immerhin Whisky… hier. Ein oder zwei Schluck sind noch da. Willst du trinken?«

Er wollte. Er tat es. Aber es konnte seinen Durst nicht löschen. »Wasser –«

John löste die Knoten. »Wir werden einen Mann zum Fluss schicken, sobald es möglich ist, Alasdair.«

Dairs Kinn schmerzte, weil er die Zähne so sehr zusammengebissen hatte. »Wie viele –?«

»Wie viele tot sind? Oder wie viele leben?« John verzog das Gesicht. »Ich weiß es nicht, Alasdair. Hier oben sind ein Dutzend, die leben. Und zwei Tote.«

Eine davon war seine Mutter.

»Wer noch –?«

Johns Miene war jetzt eine steinerne Maske aus unterdrückter Trauer. »Das Kind ist zu früh gekommen.«

»*Eiblins* Kind?«

»Aye.« John machte eine Geste, die die Sinnlosigkeit andeuten sollte. »Die Nabelschnur hatte sich um den Hals gewickelt. Es hat nicht überlebt.«

»Oh, Gott im Himmel…« Derart mit Holz und Wolle fixiert, war das Bein jetzt steif. Er konnte es nicht bewegen, konnte keine Position suchen, die etwas angenehmer gewesen wäre als die, die er bereits innehatte, ausgestreckt auf dem kalten Stein.

»Hier.« John drückte ihm etwas in die Hand.

Dair schloss seine Finger darum, spürte etwas Kugelförmiges, Kleines und Hartes. Er hielt es in die Luft, damit er erkennen konnte, was es war, und sah eine verunstaltete Bleikugel. Sie war einmal rund gewesen, eine perfekte runde

Musketenkugel, doch sie hatte seinen dicken Oberschenkelknochen durchschlagen und dadurch ihre Form verloren.

Der Gedanke hatte etwas Ironisches … *wie auch das Bein…*

Auch Cat war angeschossen worden.

Die Ironie verlor sich. Er schloss die Augen. Er ließ die Hand, die die Kugel umfasste, auf die Brust sinken. Es würde leichter sein, dachte er, wenn die Dunkelheit ihn wieder mit sich nahm … aber das geschah nicht. Dieses Mal nicht.

Er lag gebunden von Holz und Wolle da, schwitzte vor Schmerzen und beharrlichen Erinnerungen, während eine Frau leise um ihr tot geborenes Kind weinte.

So viele Tote. Zu viele Tote.

Sogar Glenlyons Tochter.

Der Wind raschelt in den Bäumen. Es liegt kein Torfqualmgeruch in der Luft, auch nicht der von gekochtem Fleisch oder Fisch, der auf flachen Steinen im Feuer gebraten wird. Es gibt keinen anderen Geruch als den der Bäume, des Gebüschs und des Torfs.

Das Glen ist geblieben, umgeben von Klippen und Gipfeln, von einem Fluss durchtrennt, doch niemand lebt hier, trotz der offensichtlichen Fruchtbarkeit. Das Glen ist aller Bewohner bar, abgesehen von den natürlichen Wildtieren. Aber es sind keine MacDonalds da.

Sie reitet unbeirrt zu dem Haus, das sie und Dair bewohnt haben, und ignoriert die Häuser der anderen. Sie findet dort die gleiche Zerstörung vor wie bei den anderen: verkohlte Balken und zerbrochene Steine, die durch die Hitze zusammengefallen waren, eingestürzte Dächer. Der Wind hat die Ruinen von Asche befreit, so dass sich nur noch die festen Balken unverschämt gen Himmel recken, zusammengefallen wie eine Hand voll umgefallener Stöcke.

Nichts ist noch übrig, das von menschlicher Behausung gekündet hätte. Kein Stück Kleidung, keine Zinnplatte, kein Parfüm aus Frankreich. Nur der Schutt des Massakers, des Feuers und der Plünderung, und die Blumen, die im späten Frühling aus der geschwärzten Erde wachsen.

SIEBTER TEIL

1692

1

Cat erinnerte sich kaum an die Reise von Glencoe nach Glen Lyon, abesehen davon, dass sie starke Schmerzen gehabt hatte und ihr vom Fieber und dem vielen Whisky immer wieder grauenhaft übel geworden war. Doch im Grunde hatte sie das alles nur wie durch einen Schleier wahrgenommen – bis auf die lebhaften, rotgoldenen Flammen, die sie nicht aus ihrem Kopf bekommen konnte.

Die Soldaten, die ausgewählt worden waren, um Glenlyons Tochter über das vereiste Rannoch Moor nach Chesthill zu tragen, waren nicht begeistert darüber gewesen, sondern hatten vielmehr recht entsetzt reagiert. Obwohl die Schneestürme aufgehört hatten und es auch nicht mehr schneite, war es eine anstrengende Reise gewesen – umso schwieriger, da die Frau, die sie hatten tragen müssen, ununterbrochen gestöhnt und sich immer wieder übergeben hatte. Cat erinnerte sich ein bisschen an den Ekel, den die Männer gezeigt hatten, an ihre leisen Bemerkungen und die kurzen Flüche, sobald sie wieder whiskygetränktes Erbrochenes über den Rand der Trage von sich gegeben hatte.

Jetzt bedauerte sie, dass sie sie nicht aufgefordert hatte, ihr dankbar zu sein, weil sie immerhin ihre Füße verfehlt hatte. Aber die Soldaten waren weg, und sie lag auch nicht mehr auf der Trage, sondern in ihrem alten Bett in Chesthill – in dem schmalen, quietschenden Bett in ihrer winzigen Kammer –, und die Übelkeit war vorüber. Von Una erhielt sie anstelle von Whisky Haferbrei zum Essen, und den behielt sie im Magen.

Sie wusste nicht, welcher Tag es war; sie hatte durch das Fieber zu viele verloren. Aber das Fieber war schließlich wieder gesunken, und ihr Körper hatte Ruhe bekommen – und sie hatte viel Zeit, die Erinnerungen an das heraufzubeschwören, was geschehen war, bevor Drummond sie angeschossen hatte.

Cat hätte ihn am liebsten für das gehasst, was er getan hatte, aber sie konnte es nicht. Es wäre schlimmer gewesen, wenn ihr als Glenlyons Tochter nichts geschehen wäre. Auf diese Weise litt sie unter den gleichen Verletzungen und Verlusten wie die anderen Opfer, und niemand konnte behaupten, dass sie den Schrecknissen entkommen war, weil sie eine Campbell war. Sie kannte die Wahrheit besser als alle anderen, wusste von all den Grausamkeiten, die einfach nur deshalb begangen worden waren, weil sie MacDonalds waren, ungeachtet des Alters oder des Geschlechts. Und eine MacDonald, das war sie jetzt auch.

Zuerst hatte sie einfach nur sterben wollen, doch dann hatte ihr Verstand eingesetzt und ihr gesagt, dass das nicht geschehen würde. Die Verletzung war schmerzhaft, würde aber heilen, und das Fieber war gesunken. Sie war verschont worden, im Gegensatz zu vielen anderen.

Wie vielen anderen –?

Sie starrte zur Decke, ohne wirklich etwas zu sehen. Sie erinnerte sich daran, wie andere gestorben waren, erinnerte sich an MacIains Leiche und sein zerstörtes Gesicht; sie erinnerte sich an die Schüsse, an die gellenden Schreie, die Rufe und das Hundegebell – und an die Flammen, die Flammen, die überall waren, die das Herz von Glencoe verzehrten, seine Haut vernichteten und nur die Knochen zurückließen, ehe sie auch diese zerstörten. Sie verwandelten Holzbalken in verkohlten, qualmenden Schutt, der wie ein Haufen weggeworfener Späne wirkte, die zwischen Geröll herumlagen, aufgewirbelt von Pferdehufen.

– und so viel Schnee und Wind – Und heftige Flammen, die durch das ganze Tal jagten, von der eisigen Teufelstreppe bis zum windgepeitschten Loch, ehe sich eine Flamme mit der anderen verband und sie eine endlose Familie aus brennenden Kindern bildeten, bösartigen Kindern, die von einer Behausung zur nächsten sprangen. Es waren unendlich viele Flammen.

Und so viele Tote.

Sie erinnerte sich nur wenig an die Zeit nach Drummonds Schuss, aber an sehr viel von dem, was davor geschehen war – und an eines ganz besonders: an den Besuch ihres Vaters, der zu ihrem Haus gekommen war, um sie zu bitten, Glencoe zu verlassen und mit ihr nach Hause zurückzukehren.

Und sie erinnerte sich an sein müdes Gesicht, die Verzweiflung in seinen Augen, den bittenden Ton.

Er hatte gewusst, was er tun würde. Er hatte es gewusst. Er hatte es angeordnet.

Drummond konnte sie nicht hassen. Aber sie würde Glenlyon hassen.

John Hill stand auf der Brustwehr von Fort William und schaute auf die unruhige Herde aus Kühen, Schafen und Ziegen, die neben dem Friedhof gehalten wurde. Der Ort kam ihm ziemlich makaber vor; das Vieh war zehn Tage zuvor von Glencoe hergetrieben worden, nachdem die unter dem Kommando von Glenlyon stehenden Campbell-Soldaten sie den toten MacDonalds weggenommen hatten.

Es oblag jetzt seiner Verantwortung, sich um die weitere Zukunft der Tiere zu kümmern und sie gerecht aufzuteilen – in diejenigen, die geschlachtet und als Nahrung für seine Soldaten dienen sollten, und diejenigen, die an Lowlander mit einer Vorliebe für Fleisch aus dem Highland verkauft werden würden. Aber ihm war ganz und gar nicht danach, sich mit dieser Aufgabe zu befassen.

Müde schloss Hill die Augen. Obwohl das Gebrüll der Kühe sich lautstark mit dem Blöken der Schafe und dem Meckern der Ziegen vermischte, wandten sich seine Gedanken von der Gegenwart ab. Er beschwor die Vergangenheit herauf, rief sich den Anblick des riesigen, alten Laird in Erinnerung, der erst wenige Wochen zuvor zu ihm gekommen war, um den Eid zu leisten – einen Eid, der seinen Clan eigentlich vor den königlichen Maßnahmen hatte schützen sollen.

So viele Eide waren geleistet und gebrochen worden… Auch Hills Versprechen in dem Brief an MacIain, in dem er zugesichert hatte, dass Glencoe nichts zustoßen würde, sobald er unterzeichnet hätte. Dennoch war MacIain jetzt tot, und mit ihm so viele andere von seinem Clan – Menschen, die er hatte schützen wollen, indem er William die Treue geschworen hatte.

»Kommandant Hill, Sir.«

Er riss die Augen auf und verjagte die Erinnerung. Er wandte sich seinem Adjutanten zu und nickte, um seinen Bericht entgegenzunehmen.

»Ein Highlander ist hier, Sir. Er behauptet, der Sohn eines Chiefs zu sein und wünscht, sofort den Eid leisten zu können. Er ist krank und musste mit einer Trage hergebracht werden.«

Hill spannte sich an. Den Berichten zufolge waren beide Söhne von MacIain entkommen; sein Besucher konnte demnach John MacDonald sein, der jetzt anstelle seines Vaters Laird von Glencoe war. Auch er würde, als der neue MacIain, den Eid leisten müsten.

Sofern der neue MacIain kommt – Mit ebenso viel Eifer wie Umsicht ließ Hill sich zu seinen kargen Gemächern begleiten.

Vor der Tür wartete ein Haufen Highlander mit wachsamen Blicken und der angespannten Haltung derer, die

Unannehmlichkeiten erwarteten. Hills Neugier wurde größer; wenn John MacDonald hergekommen war und den Eid schwor, würden alle, die das Massaker überlebt hatten, von dem Befehl des Königs befreit sein. Es würde keine weiteren Toten mehr geben.

Er grüßte sie geistesabwesend, registrierte ihre verblüfften Gesichter, während er an ihnen vorbei durch die Tür trat. Drinnen warteten andere Highlander; sie bewachten den Mann, den sie auf einer Trage nach Fort William gebracht hatten.

Mit einem Dankesgebet bahnte sich Hill seinen Weg zwischen den Männern hindurch. Dann blieb er wie angewurzelt stehen.

Der Mann lag gar nicht mehr auf der Trage, sondern hatte es sich auf Hills Stuhl bequem gemacht – dem stabilsten im ganzen Raum. Er war dünn, seine Augen lagen in tiefen Höhlen, und er war eindeutig krank. Doch selbst die Krankheit konnte nicht das anmaßende Glitzern in seinen Augen verbergen, auch nicht den ironischen Zug um seinen Mund.

»Ihr seid nicht John MacDonald«, platzte Hill heraus.

Das ironische Grinsen wurde breiter. »Der bin ich in der Tat nicht. Aber Ihr wisst, wer ich bin, aye? – Ich bin bereits Gast in Eurer schönsten Zelle gewesen.«

Nicht John MacDonald. Nicht einmal Alasdair Og.

Robert Stewart von Appin.

Stewart rückte sich auf dem Stuhl zurecht und verzog kurz das Gesicht, als schmerzten seine Knochen, dann lächelte er wieder. »Habt Ihr erwartet, John MacDonald vorzufinden?«

»Ich hatte es gehofft«, gab Hill freimütig und ohne Zögern zu. »Ich habe nicht das Bedürfnis, den Glencoe-MacDonalds noch mehr Schaden zuzufügen.«

»Oh, das habt Ihr schon genug getan, aye?« Das stoppelige Kinn blieb trotz der vom Fieber blassen Haut fest entschlossen. »Wir alle wissen, was geschehen ist… nur ein wirklich dummer Narr hatte glauben können, dass eine solche Geschichte geheim bleiben würde.«

»Lebt er? Ich meine John MacDonald und seinen Bruder?«

Stewart zuckte kurz die Schultern. »Das kann ich nicht sagen.«

»Ihr meint, das *wollt* Ihr nicht sagen«, berichtigte Hill. Er konnte es ihm nicht einmal verübeln. »Ich habe diese Befehle nicht gemocht, Stewart. Ich wünschte, es wäre nie geschehen – und dass MacIains Erbe herkommen und sich einverstanden erklären würde, den Eid zu leisten. Er ist jetzt Laird von Glencoe.«

»Und er würde gern am Leben bleiben, damit er auch wirklich der Laird sein kann«, sagte Stewart mit leiser Stimme. »Kommt ein fast zu Tode geprügelter Hund etwa mit dem Stock in der Hand zurück?«

»Ich weiß nicht, welche Strafe als Nächstes verhängt werden wird, falls er es nicht tut«, antwortete Hill genauso leise.

»Eine Strafe?« Stewart hob die rötlichbraunen Brauen. »Glencoe ist bis auf die Grundmauern niedergebrannt, aye? Und genau in diesem Augenblick habt Ihr das Vieh bei Euch, das einst bei ihren Häusern geweidet hat. Glencoe ist jetzt ein Tal der Tränen, ein leerer Ort voller blutiger und zerbrochener Steine, verbranntem Holz und Steinhaufen auf Gräbern – ist da noch irgendetwas, das man bestrafen könnte?«

Hill spürte, dass sich die Männer hinter seinem Rücken rührten – Zeichen ihrer unterschwelligen Anspannung. Doch niemand von ihnen sprach, und er hörte auch kein metallenes Geräusch, das darauf hingedeutet hätte, dass Dolche gezogen wurden. So etwas war allerdings auch eher unwahrscheinlich, denn Stewart und seine Männer wussten so gut wie er, was geschehen würde, wenn sie den Forderungen der Sassenachs nicht Folge leisteten.

Er sah Stewart direkt ins Gesicht. »Was immer es ist, das

noch bestraft werden könnte, sollte *un*bestraft bleiben – so lange mir genügend Gründe gegeben werden, mich zurückzuhalten.«

»Aye, nun …« Stewart klang jetzt weniger unverschämt und trotzig. Die Farbe wich aus seinen geröteten Wangen und der strahlende Glanz in seinen Augen verschwand. »Nun, das ist mir einigermaßen klar, Kommandant Hill – und genau deshalb bin ich auch hergekommen, um Euch den Eid der Appin-Stewarts anzubieten.«

»Von Eurem Krankenbett aus.«

»Oh, aye … ich möchte verhindern, dass wir glencoeisiert werden.«

Hill spürte, wie sich die Muskeln in seinem Gesicht anspannten. Sie hatten aus dem Massaker bereits einen Begriff geformt, der die drohende Gefahr treffend beschrieb. »Dann werde ich Euer Angebot erfreut annehmen, Stewart, doch ich werde Euch die gleiche Antwort geben, die ich MacIain geben musste: Ihr müsst den Eid vor Ardkinglas in Inveraray schwören.«

»Ich weiß das«, sagte Stewart, »aber es waren nicht *seine* Soldaten, die sich in die Häuser der MacDonalds geschlichen und sie getötet haben, aye?«

Hill vermutete, dass er diese Zurechtweisung verdient hatte. »Dann werde ich Euch einen Passierschein ausstellen, damit Euch keinerlei Voreingenommenheit zurückhalten kann.«

Stewart lächelte wieder, wenn auch nur kurz. »Stört es Euch, wenn ich auf Eurem Stuhl warte, bis Ihr ihn geschrieben habt? Es fällt mir ziemlich schwer, mich zu bewegen.«

Hill tauchte die Feder in Tinte und zog ein Pergament heran, schrieb dann trotz der unbeholfenen Haltung in klaren, sauberen Buchstaben. Er war sich sehr wohl bewusst, dass der Stewart seine Bewegungen genauestens beobachtete, und er fragte sich, ob er ihm wohl zutraute, Lügen einzuflechten und ihn so zum Tode zu verurteilen. Sicherlich würde ihm jetzt kein Highlander mehr trauen, nicht einmal Ewan Cameron von Lochiel, der seinen Erben so oft zu ihm geschickt hatte.

Das Vertrauen war dahin. Jetzt hatte das Gefühl von Bedrohung den Platz eingenommen.

Hill setzte die Feder ab, streute Sand über das Papier, faltete und versiegelte es. Er reichte es Stewart, der es mit einer überaus warmen, zitternden Hand annahm.

»Es tut mir Leid«, sagte Hill. »Ich weiß, dass Ihr und Alasdair Og Freunde seid.«

Stewart wurde still. »Das war einmal.«

»Obwohl diese Befehle seinen Tod verlangt haben, hoffe ich, dass er überlebt hat.«

»Aye… ich für meinen Teil kümmere mich nicht darum.« Stewart warf ihm einen schalen Abglanz seines wie immer charmanten, unverschämten Lächelns zu. »Ich habe einen persönlichen Grund zu hoffen, dass die Campbells erfolgreich in dem Bemühen waren, ihn zu töten.« Er reichte das Papier weiter an einen seiner Highlander, dann richtete er sich in dem Stuhl auf und umklammerte die Armlehnen. Sein Mund war so hart wie Stein. »Wollt Ihr bleiben und zusehen, wie ein kranker Mann weggetragen wird, als wäre er schon tot? Es könnte sehr amüsant für einen Sassenach werden.«

Aber Hill, der schon zu viele Berichte über tote Highlander gehört hatte, war nicht erpicht darauf, so etwas zu sehen. Er drehte sich auf dem Absatz um und verließ das Zimmer.

Sie hatten Dair aufrecht gegen die kalte, raue Steinmauer der Höhle gelehnt, doch obwohl seine Knochen gegen diese Position protestierten, achtete er nicht weiter darauf. Sein Körper war in der letzten Zeit schon zu lange gepflegt und versorgt worden, hatte sein Leben bestimmt; jetzt war es höchste

Zeit, dass er sich von der Trägheit, der Schwäche und den Schmerzen befreite und sich mit der Gegenwart befasste, um trotz der Trauer über die Vergangenheit die Zukunft mitzugestalten.

Er war längst nicht mehr halb nackt, sondern trug das blutverkrustete Hemd eines Toten und dessen angesengtes Plaid; sie hatten Lady Glencoe in dem Hemd und Plaid ihres jüngsten Sohnes begraben. Sein gebrochenes Bein war noch immer geschient.

Dair lächelte seinen Bruder an. Er kannte dessen Miene, das trotzig angespannte Kinn. »Du musst es tun, John. Du weißt genau, dass es der einzige Weg ist.«

John MacDonald war nicht überzeugt. Er stand in der Mitte der Höhle und schaute auf seinen Bruder herab. »Glaubst du wirklich, ich könnte so etwas tun?«

»Du musst es tun«, wiederholte Dair. »Wenn ich gehen könnte, würde ich es selbst tun, aber du darfst darauf nicht warten.«

»Das alles ist dumm, Alasdair –«

»Du kannst nicht *hier bleiben*, John, und das weißt du sehr gut. Es ist viel zu gefährlich. Die Soldaten werden zurückkommen. Möchtest du, dass die wenigen, die übrig geblieben sind, das Schicksal der anderen erleiden?«

Es war ein schmerzhaftes Argument, das Dair da ins Feld führte, doch er hatte Recht. John blieb keine andere Wahl. Dair achtete Johns Loyalität sehr, seinen Wunsch, bei seinem Bruder zu bleiben, aber es machte keinen Sinn, wenn er andere dadurch in Gefahr brachte.

»Wir haben hier nichts zu essen bis auf das, was wir fangen«, sagte Dair mit ruhiger Stimme. »Die Lager sind verbrannt, das Vieh ist weggetrieben worden, um die Bäuche der Sassenachs und Lowlander zu füllen, auch die der Argyll-Mörder. Aber auch in Appin gibt es Höhlen, und es gibt dort Menschen, die dir helfen werden, so gut sie können. Es wird schwierig werden, aber es ist nicht so unmöglich, wie du behauptest – nur um hier bleiben zu können.«

Johns Stimme klang heiser. »Dies ist unser Heim, Alasdair!«

»Unser Heim ist abgebrannt«, antwortete Dair. »Unser Heim ist jetzt nichts weiter als ein Friedhof… zu viele MacDonalds liegen unter den Steinhaufen begraben.« Auch ihre Mutter, ihr Vater und die zu früh geborene Tochter seines Bruders, die möglicherweise eines Tages auf der heiligen Insel von Eilean Munde beigesetzt werden würden. »Du musst Eiblin und Klein Sandy und die anderen von hier wegbringen. Du bist jetzt MacIain. Bring sie hier weg, John. Bring sie über die Berge nach Appin und bilde einen neuen Clan aus dem, was von den Lenden unseres Vaters übrig geblieben ist.«

Die anderen warteten schweigend in den Schatten. John war MacIain, John war Laird. Sie würden tun, was er von ihnen verlangte.

Aber Dair war nicht der Mann, der vor der Auseinandersetzung mit einem anderen Mann flüchtete, nicht einmal vor seinem Vater, von dem er immer wieder eine Ohrfeige riskiert hatte. Aber sein Vater war jetzt ohnehin tot, und John stand an seiner Stelle. Mit John konnte er streiten, bei John konnte er gewinnen. Und er riskierte keine Ohrfeige, ganz besonders jetzt nicht. Er würde aus dem Garn seiner Verletzung eine kräftige Wolle weben.

»Wenn du hier bleibst, wirst du sterben«, sagte Dair ruhig. »Du wirst den harten Umständen zum Opfer fallen oder von Soldaten getötet werden.«

Johns bleiches Gesicht wurde von einem dunklen Schatten bedeckt, der sich langsam in einen dichten Bart verwandelte. »Wir könnten dich mitnehmen.«

Dair lachte. »Es ist schwierig genug für einen aufrecht laufenden Menschen, von hier nach Appin zu gehen… du hast

Frauen und Kinder bei dir, John. Niemand kann mich so weit tragen.«

»Du kannst nicht hier bleiben, Alasdair!«

»Nicht allein, nein«, pflichtete Dair ihm bei. »Murdo kann bei mir bleiben. Er soll dem Sohn seines alten Laird so dienen, wie er dessen Vater gedient hat, aye? Und wenn ich gesund genug bin, werden wir nachkommen.«

Murdo löste sich aus den Schatten. Er war ein Mann von mittlerer Größe und Statur, wirkte jetzt allerdings durch das Elend und die Trauer etwas gedrückter. Die wirren Haare hatten graue Strähnen, denn er war kein junger Mann mehr, aber nicht so alt, wie sein Laird gewesen war. Seine Augen waren von einem klaren, unverhüllten Blau und hatten etwas Durchdringendes. Wie alle anderen Männer hatte er darauf verzichtet, sich zu rasieren, und die Anfänge eines dichten Bartes verdeckten die Hälfte seines Gesichts.

»Du musst dich entscheiden«, erklärte Murdo. »Du bist jetzt der Laird. Aber du solltest besser gehen, John. Alasdair Og und ich werden nachkommen, sobald sein Bein wieder ganz ist.«

John drehte sich um, wandte ihnen den Rücken zu. Er stand fest und aufrecht in der Höhle. Dair konnte auch an der Haltung seines Rückens erkennen, was er dachte. Er musste sein Gesicht dazu nicht sehen.

Sei kein Narr, John… nicht meinetwegen. Er rückte sich etwas zurecht und erstickte ein aufkommendes Zischen; er wollte seinen Bruder nicht wissen lassen, wie groß seine Schmerzen waren, denn dann würde der sich niemals bereit erklären zu gehen.

Noch während ihm der Schweiß auf dem Gesicht trocknete, wirbelte John wieder herum. »Aye!«, rief er. »Aye, wir gehen. Aber es gefällt mir nicht, Alasdair! Hörst du mich?«

»Oh, aye«, meinte Dair sanft. »Und ich glaube, auch alle Soldaten, die noch unten im Glen sind.«

John fluchte wütend, dann riss er sich zusammen. Frauen und Kinder warteten in Hörweite in den Schatten. »Also gut. Aber du kommst nach Appin, sobald du kannst.« Er sah Murdo eindringlich an. »Sorg dafür, dass er es tut!«

Murdo gab mit einem Nicken seine Zustimmung zu verstehen. Dair wartete, bis John sich abgewandt hatte, um sich an die Vorbereitungen zu machen. Dann schloss er die Augen. – *Robbie wird ihnen helfen.*

Und sie würden nicht mehr jeden Tag befürchten müssen, dass es ihr letzter sein könnte.

Trotz Unas Versuchen, sie davon abzubringen, ging Cat die Treppe hinunter zum Schreibtisch ihres Vaters und nahm Pergament, Tinte und Feder heraus. Es war eine mühsame Arbeit; sie konnte ihren linken Arm noch immer nicht ohne starke Schmerzen bewegen, doch wenn sie Schmerzen hatte, konnte sie gar nicht schreiben. Also machte sie sich mit unendlicher Mühe und Geduld daran, die Aufgabe, die sie sich gestellt hatte, nur mit Hilfe ihres rechten Arms durchzuführen.

Schon das Hinabsteigen der Treppe hatte sie mehr angestrengt, als sie erwartet hatte. Sie blieb einen Augenblick in dem harten Sessel sitzen, schloss die Augen, um die Benommenheit abzuschütteln, öffnete sie dann wieder und begann langsam zu schreiben. Sie war niemals gut im Schreiben gewesen, und jetzt sahen ihre Buchstaben sogar noch schlimmer aus, deutlich beeinträchtigt durch Schmerz und Schwäche.

»Ich werde es tun«, erklärte sie laut und grimmig. »Ich werde es tun, aye?« Wenn sie es nicht tat, würde es niemand tun. Und sie musste unbedingt verhindern, dass sich falsche Geschichten verbreiteten. »Ich werde es tun.«

Ein schmerzhafter Buchstabe nach dem anderen, eine Seite nach der anderen, die Feder fest aufgesetzt, so dass sich die Tinte auch verteilen konnte. Sehr schwarze Buchstaben, die selbst ein Mann mit nachlassender Sehkraft lesen konnte.

Cat unterzeichnete nicht mit ihrem Namen. Sie war eine Frau; wer hätte sich um die Trauer einer Frau gekümmert? Es war besser, sie glauben zu lassen, dass ein Mann schrieb, ein verzweifelter Mann, dessen Welt zerstört worden war.

Sie tauchte die Feder wieder in die Tinte, dann schrieb sie unten auf das Pergament: »MacDonald von Glencoe«.

Sie hatte nicht die Kraft, die Seite mit Sand zu bestreuen. Sie ließ die Tinte einziehen, ließ sie trocknen, wartete solange in dem Sessel und versuchte, Kraft zu sammeln.

Sobald sie konnte, sobald die Tinte auf allen Seiten getrocknet war, faltete sie sie zusammen und versiegelte sie mit Wachs. Es gab Männer, die den Brief nach Edinburgh bringen würden... er würde seinen Bestimmungsort erreichen.

»Gut«, murmelte sie. »Sollen sie die Wahrheit über Glenlyons Heldentat erfahren.«

Glenlyon atmete hastig und oberflächlich. Wie konnten sie ihn nur so anstarren? Wie konnten sie nur so über ihn reden? Wie konnten sie es wagen, auch nur daran zu denken, dass er es verdiene, in Ungnaden zu fallen?

Das Königliche Kaffeehaus beim Parliament Close war immer eine vorzügliche Möglichkeit gewesen, sich zurückzuziehen, wenn er Edinburgh besucht hatte, doch jetzt war es plötzlich sehr ungastlich. Zuvor war er mit dem Respekt behandelt worden, der einem Laird gebührte, doch jetzt starrten sie ihn an, jetzt tuschelten sie über ihn, jetzt warfen sie ihm finstere und viel sagende Blicke zu – als dem Schlächter von Glencoe.

Es ist nicht gerecht! Er hatte Befehlen gehorcht. Er hatte dem König gedient. Er hatte getan, was man ihm aufgetragen hatte.

Er wollte Whisky, keinen Kaffee. Ein Schokoladengetränk

stand unberührt auf dem Tisch vor ihm. Seine Hände, die er unter der Tischplatte verbarg und verschränkte, zitterten heftig. Es fiel ihm schwer zu atmen, den Eindruck eines Offiziers zu erwecken, der sich in seiner Freizeit entspannte, während er auf seinen Befehl wartete, hinüber zum Kontinent, nach Flandern und zu den Streitkräften von König William zu segeln.

Die Nachricht von dem Überfall war schließlich auch nach Edinburgh gelangt, hatte von da den Weg nach London gefunden. Es war nicht länger ein Geheimnis, was er und seine Soldaten getan hatten. Was als diskrete Aktion geplant gewesen war, um eine Rebellion zu unterdrücken und den Highland-Clans den Frieden aufzuzwingen, wurde jetzt mit einer abartigen Mischung aus Faszination und Entsetzen betrachtet.

Männer, die in ihren Betten erschossen worden waren. Frauen und Kinder, die durch den Schneesturm hatten fliehen müssen, durch Campbell-Schwerter gefallen waren.

Wie konnten sie es wagen? *Können sie es nicht verstehen?*

Flugblätter lagen im Königlichen Kaffeehaus ebenso herum wie in anderen öffentlichen Gebäuden. Wenig von dem, was geschrieben wurde, entsprach der Wahrheit; Glenlyon hatte ein zerknülltes Blatt gefunden und unbeobachtet von anderen gelesen. Er war entsetzt über die brutalen Worte gewesen, mit denen er beschrieben worden war, über die unbarmherzige Blutgier, die ihm als Campbell, der die Glencoe-MacDonalds hasste, zugeschrieben worden war.

Jetzt traute er sich gar nicht mehr, überhaupt noch etwas zu lesen, zumindest nicht in der Öffentlichkeit, wo sie ihm beim Lesen zuschauen und Bemerkungen über ihn machen konnten, über seine Blässe, die dünne Linie seines Mundes, die angespannten Schultern. Und so saß er nur still an seinem Tisch, ließ die Schokolade unberührt und versuchte, den missbilligenden Blicken seiner ehemaligen Freunde standzuhalten.

Niemand von denen, die nicht dabei gewesen waren, wusste wirklich Bescheid.

Die Geschichten waren offenkundig falsch, viele von ihnen jedenfalls, doch es lag auch ein bisschen Wahrheit in ihnen. Er glaubte nicht wirklich, dass die üblen Gerüchte von einem Glencoe-MacDonald stammten, aber er befürchtete das Schlimmste. Wie sonst hätte es zu einer solchen Mischung aus Halbwahrheiten und Wahrem kommen können?

Niemand von denen, die nicht dabei gewesen waren, wusste wirklich Bescheid.

Aber nicht alle MacDonalds waren tot. In Glencoe lebten zwar keine MacDonalds mehr, und auch die Behausungen waren leer bis auf die Aschereste, doch ein Teil der Leute hatte überlebt.

Wie kam man zu solchen Berichten? Woher wussten sie, was sie drucken sollten? Er traute sich nicht, auch nur ein bisschen davon zu bestätigen. Es hätte ein zu schwarzes Bild gemalt.

Sie können das nicht verstehen! Er brauchte dringend einen Whisky. Noch lieber wäre er gegangen. Aber das konnte er nicht. Er weigerte sich, sich geschlagen zu geben, sich von einem öffentlichen Ort vertreiben zu lassen wie eine Kuh von der Weide.

Eine Campbell-Kuh, die von Glen Lyon gestohlen und nach Glencoe getrieben wurde.

Er schwitzte. Glenlyon fuhr mit der Hand in die Tasche seines Mantels, um nach einem Stück Stoff zu greifen und sich den Schweiß von der Stirn zu wischen. Stattdessen bekam er ein zerknittertes Stück Papier zu fassen. Er zog es heraus, blinzelte, um die dunklen, verschmierten Buchstaben auf dem Pergament besser erkennen zu können, und faltete es auseinander.

– *Duncansons Befehl*… Verzweiflung bildete sich in Glenlyons Brust, nistete sich in seiner Kehle ein. Hier war er. Hier war der Beweis. Hier war seine Rechtfertigung.

Er erhob sich plötzlich, schob seinen Stuhl zurück. Das unangenehme Geräusch, mit dem die Holzbeine über den Boden schrammten, sicherte ihm die Aufmerksamkeit aller anderen Anwesenden in dem Kaffeehaus und brachte jede Unterhaltung zum Erliegen; Glenlyon fesselte ihre Aufmerksamkeit weiter, indem er das blutverschmierte, zerknüllte Pergament in der Luft herumwirbelte, als wäre es eine Siegesflagge.

»Hier ist es!«, rief er mit scharfer Stimme. »Alle, die mich in Frage stellen, sollen es lesen und begreifen: Ich bin ein Soldat und Offizier, und ich habe die Befehle des Königs befolgt!« Er knallte das Papier auf den Tisch neben den Becher mit der Schokolade. »Und ich würde es wieder tun!«, rief er. »Ich würde jeden Mann in Schottland oder England erdolchen, ohne nach dem Grund zu fragen, wenn mir der König den Befehl dazu gibt! Wie es alle Untertanen Seiner Majestät tun sollten!«

Aber sie waren immer noch feindselig und reglos, die Gesichter; niemand glaubte ihm. Sie bevorzugten es, den Gerüchten und Halbwahrheiten zu glauben.

Zitternd stützte Glenlyon seine Faust auf das Stück Papier. »Hier ist es. Ihr müsst es nur lesen, um zu wissen, dass ich meine Pflicht getan habe.«

Und dann kamen sie. Langsam zunächst, dann in immer größerer Anzahl, und lasen die Worte, die Duncanson im Namen von König William geschrieben hatte.

Zufrieden lehnte Glenlyon sich zurück. Sie würden verstehen. Sie würden erkennen, dass er nur getan hatte, was jeder getan hätte, der seinem Monarchen diente.

Irgendwo in London zuckte das Lampenlicht. Der Earl of Breadalbane korrigierte den Docht ein wenig, dann beugte er sich wieder über seine Arbeit. Als er fertig war, legte er die Feder beiseite und bestreute das Papier mit Sand.

Zufrieden nickte er. In sorgfältigen Worten hatte er eine wichtige Nachricht an John MacDonald verfasst, den jetzigen MacIain: Wenn er und sein Bruder, Alasdair Og, schwören und niederschreiben würden, dass der Earl of Breadalbane keinen Anteil an dem Massaker hatte, würde er seinen ganzen Einfluss dafür geltend machen, dass ihnen vollkommener Straferlass und Wiedergutmachung widerführe.

Eine vernünftige Geste, dachte er, dazu gedacht, den erheblichen politischen Schaden zu mindern, den der fehlgeschlagene Angriff hinterlassen hatte. Selbst in einer rücksichtslosen Welt hatte Barmherzigkeit ihren Platz.

In Dairs Träumen lebte sie: eine lebhafte, lebendige Frau, die ihm ihre Liebe schenkte, ihre Leidenschaft, ihren Stolz und ihren Trotz, die starke Männer in hohle Echos ihrer bloßen Existenz verwandelte. Er sah sie auf dem großen Felsen in Glencoe, die leuchtenden Haare vom Wind gelöst, der vom Loch herwehte, auf dem Leib eine Hose statt einem Kleid und auf dem Kopf die Kappe eines Mannes.

Gib ihr ein Claymore, und sie würde es schwingen… gib ihr eine Muskete, und sie würde sie abfeuern. Gib ihr deinen Samen, und sie würde ihn annehmen, verschwenderisch in ihrer Lebenskraft, in der Leuchtkraft ihres Geistes. Er würde geschwächt werden, bis sie ihm wieder Kraft gab, die Inspiration und die Fähigkeit, von Neuem zu beginnen.

Er rührte sich, sich des Drangs in seinen Lenden bewusst. Er suchte Entspannung, wusste aber genau, dass er keine andere bekommen würde als die, die sich ein junger Mann ohne Selbstdisziplin beschaffte. Und so ließ er den Traum los, ließ die Erinnerung verblassen und öffnete die Augen, um die bleiche Höhle zu betrachten, das traurige, leere Bett, dem eine Frau fehlte.

Die Intensität seiner Trauer erschreckte ihn. Es war Schwäche, und doch die Bestätigung, dass er noch lebte. Es gab keine Dudelsackspieler, die bittere Laments über den Mann hätten verfassen können, dem man seine Familie und das einzige Heim, das er je gekannt hatte, genommen hatte. Es gab keine Barden, die aus diesem Schicksal eine Legende hätten knüpfen können, um ihn mit der Disziplin seiner Worte daran zu erinnern, was in seinem Leben geschehen war. Es gab überhaupt keine Struktur, nichts, was seine Gedanken hätte zu einem Ort leiten können, wo er Entspannung hätte finden können – und jenen Frieden, der damit einherging. Und es gab auch keinen solchen Ort, der den Schmerz gelindert hätte. Es gab nichts und niemand außer Murdo MacDonald, der durch den Tod seines Laird selbst seinen Lebensinhalt verloren hatte.

Das Bein schmerzte noch immer unbarmherzig. Dair wusste nur wenig über gebrochene Knochen, abgesehen davon, dass solche Verletzungen häufig genug tödlich endeten, wenn die Haut durchstoßen war und die Wunde sich entzündete. In seinem Fall war es dazu nicht gekommen, dank John, der so entsetzlich viel Whisky in die Wunden geschüttet hatte. Keine Entzündung konnte einen solchen Angriff überstehen, und so heilte das Bein, wenn auch langsam. Die Schienen und die Binden schützten es, doch sie machten es ihm beinahe unmöglich, sich zu bewegen. Jeder Teil seines Körpers schmerzte von der Unmöglichkeit, sich richtig zu bewegen, und er sehnte sich danach, die Höhle zu verlassen, um die Welt bei Tag zu sehen, um hinauszugehen und das Glen seiner Kindheit aufzusuchen.

Murdo war dagegen. Murdo zog nicht nur seine Gesundheit, das Wohlergehen seines Beins in Betracht, sondern er war darüber hinaus der Meinung, dass die Wahrheit über das, was mit Glencoe geschehen war, ihm auch die letzten Illusionen rauben würde.

Murdos Miene war aussagekräftig genug gewesen, als er von dem Unterfangen zurückgekehrt war, möglichst viele Häuser zu durchsuchen. Seine Hände und Arme waren voller Asche und Schutt gewesen, seine Nägel hatten schwarze Ränder gehabt und ein schwarzer Streifen hatte seine Wange dort geziert, wo kein Bart wuchs. Seine Augen waren unruhig gewesen, hatten von großer Trauer gekündet, doch er hatte nicht darüber gesprochen.

Bis es Nacht geworden war und eine Dunkelheit sie umgab, die die schonungslose Wahrheit etwas abschwächte.

»Nichts«, sagte Murdo leise.

Dair lehnte sich gegen die Wand. »Nichts?«

»Nichts.«

Es gab Wasser von den Bächen und das zu essen, was Murdo erlegen oder in seinen behelfsmäßigen Fallen fangen konnte, oder was er mit dem Speer im Wasser erwischte. Doch er traute sich nicht, viel Zeit mit solchen Dingen zu verbringen, damit nicht die Soldaten auf sie aufmerksam wurden und sie fanden. MacDonalds waren noch immer gesuchte Männer und Zielscheiben für andere.

»Du hast alle Ruinen durchsucht?«

»Die letzte war heute dran. Da ist nichts, Alasdair Og – die Campbells haben alles mitgenommen. Nur Fetzen sind noch übrig, oder das, was kaputtgegangen ist. Nicht einmal ein Hund ist noch da.«

Nein. Sie waren entweder getötet worden oder auf der Suche nach Nahrung der Spur gefolgt, die nach Fort William führte.

Aber *sie* würden das nicht tun, er und Murdo; sie würden nichts davon tun.

»Wir werden es schaffen, aye?«

Murdos Lächeln war nur flüchtig. »Wie wir es bisher geschafft haben. Aber wir müssen mit immer weniger auskommen.«

»Oh, ein bisschen Not wird uns schon nicht schaden. Wir kommen noch früh genug nach Appin.«

Das Lächeln war jetzt ganz aus Murdos Gesicht verschwunden. Appin war nicht gerade das, was den Ghillie beschäftigte. »Er sollte auf Eilean Munde beerdigt werden.«

Ja, das sollte er. Das sollten sie alle. »Wenn wir wieder in Glencoe leben können, ohne Angst davor haben zu müssen, dass wir getötet werden, tun wir das auch.«

Murdo nickte. Er ließ sich auf dem Steinboden nieder. »Ich habe die Stelle markiert, wo er liegt, damit wir ihn finden.«

Niemand konnte die Größe von MacIains Knochen verwechseln. Aber sie konnten unter der Erde, dem Torf und Schnee verschwinden, noch bevor Glencoe wieder frei war und sie sich um die ermordeten MacDonalds kümmern konnten.

Dair dachte an Cat. *Wo liegen ihre Knochen? Wie kann ich sie erkennen?*

Oder hatte ihr Vater sie, noch von Fleisch und Haut überzogen, mit nach Glen Lyon genommen?

Murdo wandte ihm jetzt den Rücken zu. Dair hörte sein unterdrücktes Schluchzen. Er wusste, dass es auch für ihn viel einfacher war zu wissen, dass er in der vertraulichen Atmosphäre, die sie sich geschaffen hatten, weinen konnte.

Ihre Schulter schmerzte noch immer fürchterlich, aber darum scherte Cat sich nicht. Sie verstand die Schmerzen als Strafe für ihren Namen und hieß ihn daher willkommen.

Sie ritt das Pferd ohne Sattel, gekleidet in Hose, Hemd und Plaid und mit einer Kappe auf dem Kopf. Der Schweiß brach ihr vor Schmerz und Anstrengung aus, aber sie kümmerte sich nicht darum. Sie fror nicht. Der Winter war endlich vorüber.

Sie kam nicht weit. Noch bevor sie Rannoch Moor erreichte, hatten zwei ihrer Brüder sie eingeholt. Dougal packte ihre Zügel und hielt sie fest, während Jamie, der Älteste und Grausamste, ihr den Weg versperrte.

»Lasst mich gehen«, sagte sie mit fester Stimme – wild entschlossen, ihre Schmerzen nicht zu zeigen.

Auch wenn Jamie es bemerkt hatte, wurde er deshalb keine Spur weicher. »Du kommst mit uns nach Chesthill zurück.«

»Das ist nicht mein Heim.«

»Doch, das ist es.«

Sie dachte daran, Dougal die Zügel aus der Hand zu reißen, aber sie wusste, es würde ihr nicht gelingen. Dieses Mal nicht. »Mein Heim ist in Glencoe«, erklärte sie.

James lächelte mit ruhiger Befriedigung. »Glencoe gibt es nicht mehr.«

Cat reckte ihr Kinn. »Das Glen ist noch da«, entgegnete sie trotzig, »und Häuser können neu errichtet werden.«

»Mit welchen Händen?«, wollte Jamie wissen. »Es leben keine MacDonalds mehr, die das tun könnten.«

Dougal blickte besorgt drein. »Komm mit uns zurück, Cat. Es ist am besten für uns alle.«

»Am besten für euch, meinst du wohl«, erwiderte sie verbittert. »Ihr könnt nicht zulassen, dass Glenlyons Tochter zu den Ruinen zurückkehrt, für die ihr törichter Vater verantwortlich ist, aye? Es würde nicht sehr hübsch wirken.«

»Es ist nichts mehr da«, sagte Dougal geradeheraus.

Sie ging sofort darauf ein. »Woher weißt du das? Bist du dort gewesen?«

»Vater ist dort gewesen«, sagte Jamie. »Und er hat uns gesagt, was geschehen ist.« Sein Pferd tänzelte ein bisschen, und er zügelte es sofort wieder. »Sie haben es verdient. Sie waren Jakobiten, die sich geweigert haben, den Eid zu leisten.«

Jetzt war ihr doch kalt, so kalt wie ein Claymore im Winter, und sie ließ ihren ganzen Hass heraus. »Oh, er ist geleistet worden«, sagte Cat leise. »MacIain hat unterschrieben. Aber sie sind trotzdem gekommen. Sie haben ihn trotzdem getötet. Sie haben getötet, so viele sie konnten, weil der König es so wollte.«

Sie sah es ihren Gesichtern an, dass sie ihr nicht glaubten. Vielleicht konnten sie es auch nicht, selbst wenn sie gewollt hätten; sie waren Glenlyons Söhne.

»Ihr müsst mich gehen lassen«, sagte sie. »Mein Platz ist nicht hier.«

»Nimm sie mit«, sagte Jamie kurz angebunden und lenkte sein Pferd hinter ihres.

Dougal hielt die Zügel in seiner Hand. Cat hatte keine Möglichkeit zu entkommen, wenn sie nicht vom Pferd springen und zu Fuß nach Glencoe gehen wollte. *Aber das schaffe ich nicht. Noch nicht.* Nicht, solange ihre Wunden nicht geheilt waren.

Sie führten sie an den Zügeln nach Chesthill zurück, trotz ihrer Einwände, dass sie ihr Pferd auch selbst lenken konnte. Dann brachte Dougal die Pferde weg. James verschwand.

Cat stand im Hof, schlagartig von Erinnerungen überwältigt: ein jungenhaftes Mädchen, das einen MacDonald warnte, dessen Vater laut und schroff gewesen war; ein umgestürzter Becher mit Campbell-Whisky darin, der für einen von Killiecrankie heimkehrenden MacDonald gedacht war; sie in der Tür, wie sie den gleichen Mann willkommen hieß, der gekommen war, um seine Kappe zu holen.

Seit zehn Jahren liebte sie ihn.

»Ich *werde* gehen«, sagte sie stürmisch und schritt ins Haus.

Colin, der auf sie gewartet hatte, sagte nichts, als sie hereinkam. Sie sah jedoch die Sorge in seinen Augen, die tiefen Linien, die sich in seine Haut gegraben hatten, seine angespannte Haltung.

Er entspannte sich etwas, als er sie sah. »Cat«, sagte er nur. Freundlich.

Überwältigt taumelte sie. Er fing sie auf, hielt sie fest, umschloss sie mit seinen Armen. Die Tränen brannten heiß auf ihren Wangen. »Ich muss gehen«, sagte sie. »Es gibt zu viele Geschichten über diese Nacht... wenn ich nicht gehe, werde ich die Wahrheit niemals wissen.«

Er antwortete sehr ruhig. »Selbst wenn er noch lebt, wird er nicht da sein, Cat. Es ist den MacDonalds verboten, sich in Glencoe zu zeigen; sie riskieren, getötet zu werden, wenn man sie dort sieht.«

»Ich muss gehen«, wiederholte sie. »Nur in Glencoe kann ich es sicher wissen.«

»Oh, Cat –«

»Glencoe wird es mir sagen«, beharrte sie. »In Glencoe werde ich es sicher wissen.« *Ob er tot ist oder noch lebt.* Aber das sagte sie nicht laut. Sie traute sich nicht, es laut auszusprechen, damit sie damit nicht das Schicksal herausforderte.

Nach einer langen Zeit seufzte Colin. Sie hatte ihren Kopf an seine Brust gelehnt und konnte es hören und fühlen. »Also gut«, sagte er schließlich. »Aber nur, wenn du wieder richtig gesund bist. Ich nehme keine Frau den ganzen Weg über Rannoch Moor mit, die mir irgendwann bewusstlos wird.«

»Ich werde nicht bewusstlos!«

Sie hörte sein hohles Kichern. »Du bist aber bewusstlos gewesen, als du angekommen bist.«

»Ich war *betrunken*, als ich angekommen bin. Himmel, Colin, er hat so viel Whisky in mich reingeschüttet, dass ich dachte, er würde mich ertränken!«

»Aye – unser Vater kennt kein Maß. Weder bei sich selbst noch bei seiner Tochter.«

Cat versteifte sich. »Und nicht beim Töten von MacDonalds«, sagte sie, gegen seine Brust gelehnt.

2

Die Dämmerung war vorüber; jetzt brach die Nacht an. Glenlyon, den Bauch voller Whisky, stolperte durch die feuchte Dunkelheit, die in regelmäßigen Abständen von Fackeln in Eisenkörben erhellt wurde; Edinburgh war eine laute Stadt, und es stank nach Abwässern, Rauch, Feuchtigkeit sowie den trüben Ausdünstungen der Armen, die sich mit dem feineren Geruch der Wohlhabenden vermischten. Was ihn selbst betraf, so war er, was die Münzen anbelangte, so arm wie immer, doch was seinen Bekanntheitsgrad betraf, war er bekannter als jeder andere.

Er hörte Schritte hinter sich und griff instinktiv nach der Tasche in seinem Mantel, dann lachte er rau. Es war nichts darin, was man hätte stehlen können. So hielt er an und fuhr unsicher herum, bereit, sich dem Unbekannten entgegenzustellen – der würde einen Soldaten mit einer Pistole am Gürtel vor sich sehen.

Der Unbekannte blieb wenige Schritte von ihm entfernt stehen. »Ich komme vom Earl of Breadalbane«, sagte er mit ruhiger Stimme. »Ihr werdet gebeten, Euren Cousin aufzusuchen.«

»Cousin, ja? Ich hatte den Eindruck, er würde jede Verwandtschaft mit mir leugnen!«

Der Mann vollzog eine Geste im düsteren Licht. »Ich habe Euch seine Worte übermittelt.«

»Und will *er* mich auch kritisieren?« Doch dann schüttelte Glenlyon den Kopf. »Oh, nein – das tut er dort, wo alle zuhören… es bringt ihm nichts, es nur im Stillen zu tun, aye?« Er blinzelte den Mann müde an. »Wird er mir Usquabae anbieten?«

Der Bote zögerte nicht. »Und Brandywein aus Frankreich.«

Glenlyon grunzte beschwichtigt. Dann folgte er Breadalbanes Mann.

Mit schmutzigen Händen und schwarz geränderten Fingernägeln zerrte Dair einen Streifen dreckiges Leinen vom Hemd des toten Mannes, das jetzt seinen Körper bedeckte. Er band sich die wirren Haare hinter dem Kopf zusammen. Sie hätten dringend geschnitten werden müssen, aber er traute sich nicht, es selbst zu tun, und Murdo war fort, in der Hoffnung, im Fluss ein paar Fische zu fangen.

Bei diesem Gedanken krampfte sich sein Magen zusammen und knurrte laut. Sie litten häufig Hunger und waren auf das bisschen Wild angewiesen, das Murdo in seinen behelfsmäßigen Fallen fangen konnte, oder auf die wenigen Fische, die er mit dem Speer erwischte. Dair hatte sich daran gewöhnt, die Rationen zu verringern, aber zwei Tage ohne Essen forderten dennoch ihren Tribut. Murdo hatte kein Glück mehr.

Sein Bein heilte von Tag zu Tag mehr, aber trotz seiner Bemühungen schmerzte es noch immer. Jeden Tag bearbeitete er die Muskeln mit beiden Händen, bemühte sich, sie beweglich zu halten. Seit dem Massaker hatte er jedoch an Gewicht verloren, und jegliche Kraft in seinem fest geschienten Bein war verschwunden. Die Schienen halfen seinem Bein, aber nicht dem Rest, und er befürchtete, ein Krüppel zu werden, wenn die Muskeln ganz verschwanden. Dieser Gedanke trieb ihn immer häufiger dazu, die Muskeln zu kneten, und entfachte immer stärker den Wunsch, ungehindert durch die Schienen und die Bandagen endlich wieder stehen zu können.

Murdo hatte ihm eine grobe Krücke aus einem dicken Ast geschnitzt, den er von Rinde befreit hatte, damit sie nicht in sein Fleisch schnitt. Die Krücke genügte, damit Dair sich aufstützen und zum Eingang der Höhle humpeln konnte, oder zu der Nische im hinteren Teil, wo er sich erleichterte. In der ganzen Höhle roch es jetzt danach, aber er hatte keine andere Wahl. Im Gegensatz zu Murdo konnte er nicht nach draußen gehen und einen geeigneten Platz suchen, sondern war durch sein Bein auf die Höhle beschränkt.

Ironisch verzog er seinen Mund. »Ich lebe wie ein Tier, aye? Suhle mich in meinem eigenen Dreck und bin an meinen Bau gebunden, damit die Jäger ihre Beute nicht finden können.«

Und so war das stolze Glencoe gedemütigt worden, ihr Geist durch Campbell-Soldaten, durch einen Campbell-Laird gebrochen worden. MacIain war getötet worden, seine Frau war tot, so wie viele andere MacDonalds auch. Selbst eine als Campbell geborene Frau.

Denk jetzt nicht an Cat. Er bewegte sich, verlagerte sein Gewicht, fluchte im Stillen. Die Schienen machten es ihm schwer, eine bequeme Position zu finden. Sein Körper schmerzte, und die Muskeln zitterten vor Krämpfen, als wollten sie ihn daran erinnern, dass er ein Mensch war, der auf zwei Beinen ging und nicht wie ein Tier über den Boden rutschte. Genau das tat er immer dann, wenn es ihm zu schwer fiel, aufzustehen und das Gleichgewicht zu halten, um von dem düsteren Teil der Höhle an ihren Rand und in den beleuchteten Teil des Frühlingstages zu treten.

Murdo ist noch nie so lange weg gewesen. Sein Körper dröhnte regelrecht vor Anspannung. Er konnte nicht stillsitzen. Es juckte, er zuckte, er biss sich auf die Lippe, um den Drang, sich zu bewegen, zu unterdrücken, die Notwendigkeit, auf irgendeine Weise den drängenden Forderungen seines Körpers nachzugeben.

Zwei Tage.

Murdo hatte sich immer geweigert, so lange wegzubleiben.

MacIain hätte nie zugelassen, dass *ihn* etwas so Lächerliches wie ein gebrochenes Bein davon abhielt, zu tun, was immer er hatte tun wollen.

Nein, nicht MacIain. *John ist jetzt MacIain.*

Er konnte nicht ruhig sein, weder im Geist noch was seinen Körper betraf. Fluchend griff Dair nach der Krücke und begann mit der mühsamen Arbeit, vom Boden aufzustehen.

Cat wartete ungeduldig, während Colin die Pferde in den Hof brachte. Sie sah seine Miene, die Anspannung seines Körpers, aber sie gab keiner dieser unausgesprochenen Bitten nach. Als er bei ihr stehen blieb, streckte sie rasch die Hand aus und nahm ihm die Zügel ab. »Du musst nicht mitkommen«, sagte sie. »Ich kenne den Weg, aye?«

Er presste die Kiefer aufeinander. »Ich werde dich nicht allein gehen lassen.«

»Nein?« Cat biss die Zähne zusammen und stellte einen Fuß in den Steigbügel, dann schwang sie sich auf das Pferd. Ein Stich fuhr ihr durch die Schulter, aber bis auf einen unterdrückten Fluch ignorierte sie den Schmerz, während sie sich im Sattel zurechtrückte und die Falten des Plaids aus dem Weg schob. »Wenn du also mitkommen willst, solltest du am besten aufsteigen. Ich möchte hier nicht noch länger stehen, damit Jamie und Dougal mich wieder daran hindern können.«

Colin sah besorgt aus. »Wozu soll das alles dienen?«

Cat schaute auf ihn herab. Hatte er geglaubt, sie würde es sich noch einmal überlegen, im Laufe der Zeit? Oder hatte er es zumindest gehofft?

»Es soll dazu dienen, mir zu zeigen, was aus meinem Heim geworden ist, und aus dem Mann, den ich geheiratet habe.«

Colin runzelte noch immer die Stirn, als er auf sein Pferd stieg, doch er sagte nichts.

»Du hast selbst eine Frau«, erklärte Cat. »Und zwei Kinder. Denk an sie. Stell dir vor, du wüsstest nicht, ob sie überlebt haben oder gestorben sind. Für den Rest deines Lebens.«

Colin verzog das Gesicht. »Es mag besser sein, es nicht zu wissen.«

»Das ist es nicht.« Cat lenkte ihr Pferd auf den Pfad, der sich durch Rannoch Moor wand. *Und wenn du an meiner Stelle wärst, wüsstest du das.*

Man konnte es nicht verstehen, wenn man nicht dabei gewesen war. Und bis sie nicht zurückging, würde sie niemals die Wahrheit wissen.

Cat musste es wissen. Sie hatte keine Zukunft, nur die Vergangenheit, bis sie die Wahrheit wusste. In Glencoe würde sie es wissen. Ob er lebte. Oder nicht. »Fraoch Eilean«, murmelte Cat leise, während sie aus dem Hof hinausritten.

Dair war schweißüberströmt. Er hatte nicht erwartet, dass es *so* schwer sein würde, *so* schmerzhaft... es bereitete ihm unendlich viel Mühe zu atmen, Luft in seine Lungen zu bekommen und sie einige Zeit drinzubehalten, bevor er sie mit einem lauten, angestrengten Keuchen angesichts der unglaublichen Mühe, die ihn jeder einzelne Schritt kostete, wieder entließ.

Aber es waren keine Schritte. Er konnte keine Schritte machen.

Es war ihm unmöglich, sich daran zu erinnern, wie es war, ganz zu sein, durch den Glen zu schreiten, behände den Zweigen und Wurzeln auszuweichen, die nach einem griffen. Er konnte sich nicht einmal an das einfache, ungehinderte Gehen erinnern, an die Fähigkeit, zu springen und zu laufen oder auch nur zu kriechen.

Es war ein unfreundliches Gelände. Hoch über der Baumgrenze gab es wenig Schonung; wilde, zerfurchte Mulden gruben sich in die Felsvorsprünge. Steine lösten sich, als er den Weg nahm, der von der Höhle wegführte, nahmen der Krücke und den Schienen den Halt, rutschten unter seinem bloßen Fuß weg, so dass er die Schienen immer wieder hochziehen musste, um das Gleichgewicht zu halten.

Schmerz fuhr durch seinen Oberschenkel. Dair gab ihm nach, zu schwach, um dagegen anzukommen; er versuchte, sich so gut es ging nach links zu orientieren, indem er das Gewicht auf das linke Bein verlagerte, und so rutschte er mit dem linken Fuß aus und fiel hin, stieß sich die linke Hüfte hart auf dem Stein.

Er blieb einen Augenblick in Schweiß gebadet so liegen, atmete geräuschvoll durch die raue Kehle. Er wagte nicht, einen Laut von sich zu geben, damit ihn niemand hören konnte, damit niemand Geschichten von einem sich verbergenden MacDonald erzählen konnte, der dann leichte Beute für die Soldaten sein würde. Stattdessen ballte er die rechte Hand zu einer Faust und schlug damit gegen den Fels, schlug immer und immer wieder dagegen, bis er ihren Schmerz spürte, die aufgeplatzte Haut an den Knöcheln. Wenn es dort wehtat, würde er den anderen Schmerz nicht so sehr spüren.

Er presste seine Hand gegen den Mund und biss auf die Knöchel, deren Haut so hart war wie die eines Mannes, der sein ehrliches Tagewerk verrichtete. Und als der Schmerz des gebrochenen Beins schließlich so weit nachließ, dass er es ertragen konnte, fluchte er leise und sehr ausführlich, rief sich die seltsamen Obszönitäten der Männer bei Killiecrankie in Erinnerung, die ihre Furcht mit harten Sprüchen im Zaum gehalten hatten, um die Gedanken daran, durch eine Kugel oder ein Bajonett der Sassenachs zu fallen, zu verdrängen.

»Murdo«, murmelte er vollkommen erschöpft.

Murdo wird mich finden –

Der Wind raschelte in den Bäumen. Es lag kein Geruch von Torfqualm in der Luft, auch nicht der von gekochtem Fleisch oder Fisch, der auf flachen Steinen im Feuer gebraten wurde. Es gab keinen anderen Geruch als den der Bäume, des Gebüschs und des Torfs.

Es war Glencoe. Es war nicht Glencoe. Das Glen war geblieben, umgeben von Klippen und Gipfeln, von einem Fluss durchtrennt, doch niemand lebte hier, trotz der offensichtlichen Fruchtbarkeit. Das Glen war aller Bewohner bar, abgesehen von den natürlichen Wildtieren. Aber es waren keine MacDonalds da.

Cat ritt unbeirrt zu dem Haus, das sie und Dair bewohnt hatten, und ignorierte die Häuser der anderen. Sie fand dort die gleiche Zerstörung vor wie bei den anderen: verkohlte Balken und zerbrochene Steine, die durch die Hitze zusammengefallen waren, eingestürzte Dächer. Der Wind hatte die Ruinen von Asche befreit, so dass sich nur noch die festen Balken unverschämt gen Himmel reckten, umgefallen wie eine Hand voll Stöcke.

Nichts war noch übrig, dass von menschlicher Behausung gekündet hätte. Kein Stück Kleidung, keine Zinnplatte, kein Parfüm aus Frankreich. Nur der Schutt des Massakers, des Feuers und der Plünderung, und die Blumen, die im späten Frühling aus der geschwärzten Erde wuchsen.

Sie kletterte vom Pferd und ließ es grasen. Sie ging zu der Stelle, wo einst die Tür gewesen war – man konnte die Überreste noch sehen –, und trat hindurch, ging in den Raum, in dem der Soldat auf sie geschossen hatte, weil er sie für eine MacDonald gehalten hatte.

Weil ich gesagt habe, dass ich eine bin.

Es war kein Zimmer da. Es war kein Haus da. Aber sie sah trotzdem alles, als sie mitten in den Ruinen stand.

Cat schloss die Augen und beschwor die Erinnerung herauf. Das Haus war wieder ganz, mit einem Torffeuer im Herd und dem heulenden Wind, der über die Steine fegte, an den Schieferziegeln des Daches rüttelte. Sie rief sich das kühle Bett in Erinnerung, in dem Dair fehlte, und das Krachen, von dem sie jetzt wusste, dass es Musketenschüsse gewesen waren.

Sie ließ die Erinnerung kommen, Stück für Stück. Die Geräusche. Die Furcht. Sie ließ zu, dass alles zurückkam, vor ihrem geistigen Auge entstand, sie umfing und mitnahm. Sie gestattete sich, alles noch einmal zu durchleben: die Leere, die Angst, die wachsende Befürchtung, das Entsetzen, als sie angeschossen wurde. Und als sie in den Sturm hinausging, um Dair zu finden, damit ihm nichts zustieß, damit er nicht allein war.

Sie erinnerte sich an die Wut, als sie begriff, dass das alles das Werk ihres Vaters gewesen war.

Sie hatte keine Tränen mehr. Sie hatte genug geweint. Nichts war in ihrem Geist noch lebendig bis auf den Hass auf Glenlyon.

»Alasdair Og«, flüsterte sie. »Alasdair Og MacDonald.«

»Cat.«

Sie öffnete erstaunt die Augen; stattdessen sah sie das Gesicht ihres Bruders. »Da liegt ein toter Mann am Fluss. Ich würde dich normalerweise nicht zu ihm bringen, aber es könnte jemand sein, den du kennst.«

»*Wo?*«

»Am Fluss.« Er deutete in die Richtung des Flusses.

Ohne darauf zu achten, wohin sie ihre Füße setzte, rannte Cat so schnell wie möglich dorthin. Sie war dankbar, dass sie eine Hose anstelle eines Kleides trug, und Lederschuhe anstelle von nackten Füßen ... doch als sie die Leiche sah, vergaß sie alle Gedanken an passende Kleidung.

»Dair?« Sie warf sich neben ihn. Er war zerlumpt, grauhaarig, bärtig ... aber mit dem Gesicht nach unten konnte sie nicht erkennen, wer es war. »Dair?« Colin hatte nur von einem toten Mann gesprochen. »Du darfst nicht tot sein, Dair ...« Sie packte mit beiden Händen das verschmutzte Plaid und drehte ihn auf den Rücken. »Dair –?« Sie starrte ihm ins Gesicht, in das blasse, blutleere Gesicht.

Colin trat neben sie. »Er hat sich das Genick gebrochen. Ich nehme an, er ist hier bei den Steinen gestürzt – siehst du?«

Er machte eine Pause, als sie nicht antwortete. »Cat – kennst du ihn?«

Sie sagte nichts. Sie konnte nichts sagen. Sie hatte keine Stimme, um zu antworten.

»Cat –?«

Schließlich kamen die Worte. »Ich kenne ihn.«

»Ist … ist er es?«

Vorsichtig. Besorgt. Um seiner Schwester willen wünschte Colin, dass es nicht so war, wie er befürchtete.

Das zerbrach sie. Jetzt konnte sie weinen. Jetzt konnte sie trauern. »Es ist Murdo. Er war MacIains Mann.« Sie blinzelte ihren Bruder mit tränenverschleiertem Blick an. »Ich dachte, ich würde es wissen … ich dachte, wenn ich hierher komme.« Alles war wieder wie neu, die Wunde aufgerissen, so dass sie von neuem bluten konnte. »Oh Himmel, ich weiß es nicht – *ich weiß es nicht, Colin*«

Er wirkte plötzlich bestürzt und kniete sich neben sie. »Oh, Cat –«

Sie wiegte sich vor und zurück, wünschte sich, laut aufheulen zu können. »Ich dachte, ich würde es wissen, wenn ich hierher käme … aber ich weiß es nicht. *Ich weiß es nicht.*«

In schmerzvollem Verstehen streckte er voller Mitleid die Hand nach ihr aus und streichelte sanft ihre Haare. Er zog sie zu sich heran und drückte ihren Kopf gegen seine Schulter.

Nichts als tiefe Trauer, und sehr wenig Luft. »Ich dachte, ich würde es wissen – ob er lebt oder nicht.« Und es war schlimmer, begriff sie jetzt, unaussprechlich viel schlimmer, nach all dem immer noch nichts zu wissen.

»Lass dir etwas Zeit«, sagte er sanft, »und dann werde ich einen Platz für ihn und den Steinhaufen suchen.«

Als es Cat wieder besser ging, richtete sie sich auf und löste sich von Colins Schulter. Dankbar drückte sie kurz seinen Arm und sah den toten Murdo an. »Aye«, sagte sie dann ruhig. »Suche ein paar Steine. Ich werde solange bei ihm sitzen bleiben, damit er nicht allein ist.«

Der Earl of Breadalbane konnte seine Verachtung nicht verhehlen, als sein Cousin vor ihm stand. »Du bist betrunken«, sagte er ihm auf den Kopf zu.

Glenlyons gerötete Augen glänzten hasserfüllt. »Was glaubst du denn, was ich jetzt sein sollte? Es ist schon schlimm genug, wenn ich so nüchtern bin, dass ich das Geflüster hören kann, das mich umgibt. Betrunken ist es nicht ganz so laut.«

Sie sahen sich über den Schreibtisch im Stadthaus des Earl in der Nähe des Holyrood Palastes hinweg an. Der Earl setzte den glänzenden Becher, den er gerade eingegossen hatte, ab und sah zu, wie Glenlyon sogleich eine zitternde Hand danach ausstreckte.

»Du hast getan, was man dir befohlen hatte«, sagte er kühl.

Glenlyon stürzte die Flüssigkeit hinunter, leckte sich über die trockenen Lippen, wischte sich den Mund am schmutzigen Ärmel seines Mantels ab, dann starrte er seinen Verwandten ärgerlich an. »Oh, aye, das habe ich getan – aber sie müssen jemandem die Schuld geben, aye? Und ich bin da gewesen. Meine Schuhe sind mit dem Blut der MacDonalds beschmutzt.« Er sah in das leere Glas, dann knallte er es auf die Tischplatte. »Hast du mich herrufen lassen, um mir zu sagen, dass ich zu viel trinke? Nun, lass es bleiben. Das haben schon zuvor andere probiert.«

»Ich würde mich nie mit einer unmöglichen Aufgabe abgeben.« Mit genau einstudierten Bewegungen ließ sich Breadalbane hinter seinem Schreibtisch nieder. Er machte sich nicht die Mühe, seinem Verwandten gegenüber auf den anderen Stuhl zu deuten: Sollte Glenlyon doch stehen, wenn er wollte. »Die einzige Hoffnung auf Erfolg hing davon ab, dass alle getötet würden. Aber das war nicht so. Und jetzt weiß es die ganze Welt.« Er legte seine Hand auf eine zusammengefaltete Zeitung. »Dies ist ein Pamphlet von Charles Leslie, einem Iren, der Schottlands private Sorgen in Münzen verwandelt. Und überall in der Stadt sind Flugblätter, die nach London getragen werden.«

»Was heißt das schon?«, fragte Glenlyon herausfordernd, dann fuhr er mit der Hand in seinen Mantel. »Ich habe den Befehl hier. Es ist offensichtlich, was ich zu tun hatte.«

»Offensichtlich«, echote Breadalbane. »Und noch offensichtlicher ist dein Versagen.«

»Gütiger Himmel, ich habe getan, was ich konnte!«, schrie Glenlyon schroff. »Mir ist Hilfe von Hamilton versprochen worden, aber es sind nie Männer angekommen. Mir ist Hilfe von Duncanson versprochen worden, aber es sind nie Männer angekommen. Bis es zu spät war!« Seine Worte klangen undeutlich, aber seine Wut vertrieb einen großen Teil seiner Trunkenheit. »Man hat mir gesagt, es soll um fünf Uhr beginnen, und zu dieser Zeit habe ich den Befehl gegeben, die MacDonalds zu überfallen. Und trotzdem ist die Unterstützung erst einen halben Tag später eingetroffen!«

»Sie hatten alle sterben sollen«, sagte Breadalbane leise.

»Wir haben so viele wie möglich getötet«, gab Glenlyon zurück. »Gott im Himmel, das Glen ist rot gewesen von all dem Blut, das von der Teufelstreppe bis zum Loch Linnhe floss, und alle Häuser sind niedergebrannt…« Seine Augen glänzten plötzlich, als Tränen über sein leichenblasses Gesicht rannen. »Du warst nicht da und hast nicht gesehen, was passiert ist, aye? Du hast die Männer und Frauen und Kinder nicht sterben sehen –«

»*Alle* hatten sterben sollen.«

»Du bist nicht dabei gewesen!«, schrie Glenlyon und ließ die Faust so heftig auf den Tisch krachen, dass das leere Glas auf dem Holz auf und ab sprang. »Wie kommst du dazu, mir Vorwürfe zu machen? Warum *wagst* du es, meine Kompetenz in Frage zu stellen –?«

»Weil ich es muss. Du hast versagt.«

Glenlyon packte das leere Glas und schleuderte es gegen die Wand. Es fiel herab und zerbrach, hinterließ eine rötlichbraune Spur. »Der Teufel soll dich holen!«, rief er voller Wut. »Du hast das Schlimmste von mir verlangt, und ich habe mein Bestes gegeben!«

Der Earl holte langsam und tief Luft; es würde nichts nützen, wenn sie beide die Beherrschung verloren. »Und *das* war meine eigene Dummheit, dass ich von dir einen Erfolg erwartet habe.«

Glenlyon hielt sich mit ausgestreckten Armen an dem Tisch fest. Seine Stimme krächzte. »Du bist nicht dort gewesen, Cousin. Du kannst nicht wissen, ob es ein Erfolg oder ein Versagen gewesen ist.«

»Doch, das kann ich. Und das tue ich auch. Ich erkläre es zu einem völligen Versagen.« Breadalbane war von der aufgeregten, gehässigen Stimmung seines Cousins nicht im mindesten eingeschüchtern. »Und ich fürchte, es wird uns alle ruinieren.«

»Ruinieren. Ruinieren?« Glenylon war sichtlich verblüfft. »Was meinst du mit ›ruinieren‹?«

Er versteht gar nichts von Politik, dieser verfluchte Narr von einem Campbell! »Nur ein Mann wie der König kann ein solches Debakel überleben«, erklärte Breadalbane. »Es tauchen schon jetzt Fragen darüber auf, weshalb das Unterfangen stattgefunden hat.« Er tippte auf das Pamphlet unter seiner Hand. »Selbst der höchste Mann kann stürzen, abgesehen vom König selbst.« Selbst Stair. Selbst er. Besonders er, der von niemandem geliebt wurde.

Glenlyon grunzte vor Verachtung. »Muss mich das kümmern?«

»Das sollte es allerdings.« Breadalbane schüttelte den Kopf. »Du bist ein Narr, Robin. Ein blinder, trunksüchtiger Narr. Deine Unfähigkeit wird für uns alle Folgen haben.«

»Du solltest besser Duncanson und Hamilton fragen, wieso sie nicht nach Glencoe gekommen sind, als die Aktion noch im Gange war«, entgegnete Glenlyon schroff. »Bei dem Wetter hätten wir ihre Hilfe brauchen können… und die Pässe sind offen geblieben. Wenn welche entkommen sind, dann auch deshalb, weil wir nicht genügend Soldaten hatten, um sie zu fassen.«

Aber Breadalbane antwortete nicht. Er hatte seine eigenen Vermutungen, wieso Duncanson und Hamilton nicht rechtzeitig eingetroffen waren. Es war besser, einem trunksüchtigen Spieler die Schuld für den Fehlschlag zuzuschieben, als möglicherweise selbst etwas angehängt zu bekommen.

Es war möglich, dass die zusätzlichen Truppen bei dem schlechten Wetter einen Unterschied ausgemacht hätten. Es hätten trotzdem einige MacDonalds entfliehen können. So wie es stand, war nur bekannt, dass *Glenlyons* Kommando gescheitert war, und jene Leute, die die Aktion insgesamt ablehnten, konnten nur ihm die Schuld geben.

Aber Glenlyon hatte Befehle befolgt. Befehle, die die gegeben hatten, die den Plan ausgeheckt hatten; sie würden letztendlich ihren Teil der Verantwortung tragen müssen.

»Das wird noch Ärger geben«, sagte Breadalbane. »Ich bin in London gewesen. Ich habe die Gespräche gehört. Das wird noch Ärger geben.«

Glenlyons Miene zeigte nichts als Verachtung.

»Warte nur eine Weile«, meinte der Earl düster. »Warte nur eine Weile, und du wirst sehen.«

Hoch über der Baumgrenze lag Dair im Gebüsch und trieb träge im Dämmerzustand dahin. Hunger war jetzt nur eine schwache, kaum spürbare Geißel, ersetzt durch Gleichgültigkeit und Teilnahmslosigkeit, als wären die Schmerzen seines Körpers ein allzu gehorsamer Wachhund, der nicht zuließ, dass er seine Aufmerksamkeit auf etwas anderes wandte. Er hatte versucht, sich zu erheben, sich aufzurichten, die Krücke aufzusetzen und sich auf die Beine zu zwingen, aber er war zu schwach, zu übel zugerichtet, und der Wachhund war zu unerbittlich.

– warte am besten auf Murdo – Murdo würde den Hund zähmen.

Es war leichter, zu schlafen. Leichter, loszulassen. Leichter, zu vergessen, was aus MacIains jüngstem Sohn geworden war…

Nein. Aus MacIains *Bruder.*

3

Die Jagdhündin saß neben dem Earl; sie hatte ihre Schnauze zwischen seine Hände gelegt, so dass er gezwungen war, sie zu beachten. Und das tat er, wenn auch eher geistesabwesend; er strich ihr über das raue Fell, während sie ihr Kinn auf seinem Oberschenkel ruhen ließ. Ihr ganzes Gewicht schien in ihren Schädel gerutscht zu sein, so dass er gezwungen war, sie hochzuhalten. Sie erweckte den Eindruck, als würde sie in sich zusammensinken, wenn er ihr nicht half.

Es beruhigte ihn, sie zu streicheln, und ihre Anwesenheit tröstete ihn. Hunde spürten – das wusste er nur zu gut – die Stimmung ihrer Herren sehr genau, sie erkannten, ob er fröhlich oder traurig war. Diese Hündin hier kannte ihn mindestens so gut wie er sie.

Nur ein paar Schritte entfernt graste sein schönes Pferd, wühlte träge den Torf auf. Breadalbane saß auf einem kleinen Erdhügel, und es war ihm gleichgültig, ob das möglicherweise respektlos war. Trotz der Legende war dies noch immer sein Land, und wenn er sich entschloss, auf einem Grab zu sitzen, dann war es sein Recht, das auch zu tun.

Uaigh a'Choigrich. Das Grab des Fremden. Der arme Sassenach-Soldat, der, weil er die gälische Sprache nicht beherrschte, von Highlandern dafür ermordet worden war, dass er unerlaubt ihr Kornfeld betreten hatte.

Jetzt, in den freundlicheren Tagen des Sommers, wuchs das Kornfeld erneut, und die Spitzen wiegten sich in der leichten Brise. Nicht mehr lang, und die verschwenderische Fülle würde geerntet und fortgeschafft werden, um von ihm selbst gegessen oder an andere Leute verkauft zu werden. Selbst nach Edinburgh. Selbst über die Grenze zwischen England und Schottland hinweg.

Unterhalb der Böschung, unterhalb des Grabes des Fremden verspottete ihn das in Schutt und Asche gelegte Achallader dennoch durch seinen Zustand, durch MacIains Feindseligkeit. Aber das war jetzt vorüber; MacIain selbst lag in Schutt und Asche, und den Gerüchten nach wusste niemand zu sagen, welches Grab auf Eilean Munde, wo die MacDonald-Lairds begraben wurden, seines war.

Wenn er überhaupt begraben worden war... Selbst das war nicht sicher. Dass einige MacDonalds überlebt hatten – und zwar mehr, als zuerst angenommen – war jetzt offensichtlich; auch, dass sie aus ihren Zufluchtsorten in den Bergen herabgestiegen waren, um den Toten die letzte Ehre zu erweisen. Es lagen jetzt keine Leichen mehr in Glencoe herum, außer denen, die mit frischen Steinhaufen bedeckt oder zur Insel weggeschafft worden waren.

So viel vollbracht. Und so wenig gewonnen. Glencoe war zerstört; die Männer lebten in Verstecken wie Tiere, fern von denen, die sie schon gekannt hatten, bevor sie zu Gesetzlosen geworden waren. Der Earl wusste, dass der König sie schließlich begnadigt hatte; er hatte sich von anderen dazu bewegen lassen, ihnen die Erlaubnis zu geben, nach Hause zurückzukehren, aber niemand wusste, wie viele überlebt hatten oder wohin man die Nachricht hätte bringen können.

Breadalbane lächelte verbittert. »Sollen sie in ihren Höhlen doch verrotten.«

Auf seiner Zunge lag der Geschmack von Wermut. So viel vollbracht, und so wenig gewonnen. – *und so viel steht jetzt auf dem Spiel* – Glenlyon war in Flandern, diente seinem König im Krieg. Stair war ebenfalls dort. *Ihn* hatte man zurückgelassen, damit er den Gerüchten und Anschuldigungen entgegentrat, und *er* mußte mit dem wenigen Respekt umgehen, den man ihm – wegen seiner Rolle in einer inzwischen als eher zweifelhafte Angelegenheit bezeichneten Sache – jetzt noch entgegenbrachte. Wären alle gestorben, hätten solche Gerüchte unter Kontrolle gehalten werden können. Aber es gab Überlebende, und alle, die nicht so skrupellos waren, standen auf der Seite der MacDonalds, nachdem sie die Geschichten gehört hatten, sprachen insgeheim von Mord.

Achallader zerstört. Seine Karriere in Gefahr. Und selbst seine Familie war zerrissen; niemand wusste, was aus Duncan geworden war, der mit seiner Marjorie davongelaufen war.

So viel verloren. Sein zweitgeborener Sohn John war jetzt der Erbe. Es gab also jemanden, der seine Arbeit, seine Grafschaft erbte, aber was gab es da zu hinterlassen außer einem bevorstehenden Desaster?

Eine Untersuchung.

Das war das Wort, das jetzt in aller Munde war. Eine Untersuchung war seine Zukunft, und möglicherweise auch seine Gegenwart. Die politische Vernichtung; er war nicht mehr zeitgemäß, ein Leprakranker mit einem Makel; niemanden kümmerte mehr, was er zusammen mit seinem König zuwege gebracht hatte, und er würde für seinen Anteil an dem Unternehmen in Glencoe öffentlich zur Rede gestellt werden.

Jemand muss bezahlen, aye?

Der alte Mann streichelte seine Jagdhündin und sah hinauf

in den Sommerhimmel, der sich über dem Grab des Fremden erhob. Er ließ zu, dass sich seine Augen mit Wasser füllten. »Lass mich leben«, sagte er. »Gib mir die Möglichkeit, lang genug zu leben, dass ich meinen Ruf wiederherstellen kann.«

Er war Grey John Campbell, der Earl of Breadalbane. Er hatte es verdient, dass Gott ihm soviel gewährte.

Jemand rüttelte am Riegel. John Hill blickte auf und kniff die Augen zusammen, während sein Adjutant zur Tür eilte, um sie zu öffnen.

Eine schmale, dürre Gestalt stand im Türrahmen. Noch während sein Adjutant den Besucher ankündigte, winkte Hill ihn herein. Neugierig erhob er sich. »Habt Ihr Neuigkeiten von John MacDonald?«

Der Junge schlüpfte mit der Vorsicht einer wachsamen Katze herein, ging dem Adjutanten in seiner Uniform aus dem Weg. Hill gab ihm ein Zeichen, und der Soldat verließ das Zimmer, zog die Tür hinter sich zu. Der Junge entspannte sich etwas und zog ein schmutziges Pergament aus dem alten Lederbeutel an seinem Gürtel.

Es war, wie Hill feststellte, sein eigener Brief an John MacDonald, doch auf der Rückseite hatte der in etwas kritzeliger, aber doch geübter Schrift eine Antwort geschrieben – ganz, als wären die widrigen Umstände das Einzige, was ihn daran hinderte, schöne Buchstaben zu schreiben.

Das Pergament riss an einer Stelle ein. Hill fluchte leise, dann glättete er das Papier etwas vorsichtiger. Er hielt es sich dicht vor die Augen, haderte wieder einmal mit der nachlassenden Sehkraft seiner Augen.

»*... ich übermittle Euch meinen herzlichsten Dank für Eure Güte, des Königs Straferlass und Vergebung zu erwirken, was ich aufrichtig annehmen werde, um sodann Zuflucht zu nehmen zu* *der Möglichkeit, unter dem königlichen Schutz Seiner Majestät auf eine solche Weise zu leben, dass die Regierung es niemals bereuen wird oder es für Euch einen Anlass gibt, den Gefallen, den Ihr mir und meinem Clan erwiesen habt, zu bedauern.«*

Ohne jede Vorwarnung füllten sich Hills Augen mit Tränen.

»Ich bereite mich nun auf die Reise vor, um zu Eurer geschätzten Zufriedenheit jene Schritte zu unternehmen, die unseren Schutz bedeuten, und werde mir sodann erlauben, zu Eurer Garnison zu kommen und um die Ehre zu bitten, Eure Hand zu küssen und auf diese Weise meine Angelegenheiten zu beenden. Mit herzlichem Dank für Eure Gefälligkeit, die niemals vergessen sein wird, verbleibe ich

Euer stets gehorsamer
John MacDonald«

»Gesegnet sei Gott«, krächzte Hill. »Gesegnet sei Gott für diesen klugen Mann.« Er ließ das Papier sinken und sah den jungen MacDonald an. »Wann wird er kommen?«

Der Junge stand aufrecht da, in der Absicht, wie ein Fuchs wegzulaufen, sobald er die Möglichkeit dazu hatte. »So bald wie möglich. Es sind Frauen und Kinder bei ihm. Er ist jetzt MaIain, aye? Er muss sich um seinen Clan kümmern.«

Hill sah wieder den jungen Highlander an, der wie ein Mann im Körper eines Jungen wirkte. Ein Junge, der um seine Kindheit gebracht worden war – durch die Taten Breadalbanes und solcher politischer Kreaturen, die sich den Schotten generell überlegen fühlten, den Highlandern jedoch ganz besonders.

»Habt Ihr jemanden behalten?«, fragte er. »Einen Vater … Eure Mutter? Brüder und Schwestern?«

»Niemanden«, antwortete der Junge mit fester Stimme; er hatte seine Trauerarbeit bereits geleistet. Es gab keinen

Schmerz mehr, den er hätte lindern können. »Aber ich möchte jetzt heimkehren. Es wird in Glencoe nicht mehr so schlimm sein.«

Er wünschte ganz offensichtlich, gehen zu können. Der Kommandant dankte ihm und entließ ihn, dann sank er auf seinen Stuhl. »Heimkehren«, sagte er laut, und er wusste, dass er, John Hill, abgesehen von der Armee und dem Trost, der im Herrn lag, kein Heim besaß.

Dair arbeitete sich bis zum Rand der letzten Höhle vor. Sein ganzer Körper schmerzte vor Anstrengung, aber er gab nicht nach. Das Bein war wieder ganz, wenn auch die Muskeln noch schwach waren, und er war den ganzen Weg durch das Tal von Glencoe zu der freundlicheren Gegend von Appin gegangen, gehumpelt und gekrochen, auf der Suche nach seinem Bruder und den Resten seines Clans.

Asche. Verbranntes Holz. Fetzen im Schmutz. Ein Haufen Knochen, die er für die eines Kaninchens hielt. Selbst ein Steinhaufen, der ein Grab markierte, nicht weit von der Höhle entfernt. Aber keine MacDonalds. Alle waren gegangen.

Verzweiflung bemächtigte sich seiner. So weit war er gekommen, so hartnäckig war er gewesen, um seinen Clan zu finden, seinen Bruder wieder zu sehen, nur um sich in der Einöde wieder zu finden.

Die Schienen hatte er auf halber Strecke abgenommen, sich anfangs jedoch noch darauf gestützt, weil das zerbrechliche Bein an unsicheres Gelände nicht gewöhnt war. Doch trotz der Schmerzen in den zurückgebildeten Muskeln, trotz des Protestes des neu zusammengewachsenen Knochens weigerte er sich, der Schwäche nachzugeben. Er hinkte, ja, aber er war ganz, und er ging Schritt für Schritt weiter.

– *oh, guter Himmel!* – Er lehnte sich auf die Krücke, von Verzweiflung überwältigt. Hatte John ihn für tot gehalten?

Hatte er darauf vertraut, dass Murdo sich um ihn kümmern würde? Oder lag er selbst unter einem der Steinhaufen?

Und der kleine Sandy war jetzt der MacIain.

– fort –

Überwältigt schloss Dair die Augen. Während sein Bein geheilt war, hatte er es geschafft, kleines Ungeziefer zu essen und aus den Bächen zu trinken, doch er hatte niemals so viel gegessen, dass er richtig zu Kräften gekommen wäre. Murdo war weg; er war seit Wochen weg. Er nahm an, dass Murdo tot war. Aber was auch immer mit ihm geschehen sein mochte, er musste sich selbst um sich kümmern, oder er würde einsam in der Höhle unterhalb des Paps von Glencoe sterben, wie auch seine Mutter – eingehüllt in ein geliehenes Hemd und ein blutverschmiertes Plaid – gestorben war.

Draußen vor der Höhle hatte jemand einen Stein losgetreten. Dair, der an seinen Bruder, an seinen Clan dachte, drehte sich herum und taumelte und verfluchte seine Unbeholfenheit; es war die Krücke, die ihn davor bewahrte, der Länge nach zu Boden zu stürzen.

Ein Mann trat aus dem Sonnenlicht und kam auf ihn zu. Dair starrte ihn mit offenem Mund an. Seine Stimme, lange Zeit kaum benutzt, bis auf gelegentliche Diskussionen mit seinem Bein, krächzte heiser. »Robbie –?«

In der Tat, Robbie Stewart. »Jean ist tot«, sagte er nur, und ein Dolch blitzte in seiner Faust auf.

Die Heide leuchtete in der Sommersonne. Cat ritt allein, ungehindert durch ihre Brüder; sie entfernte sich immer weiter von Chesthill. Sie folgte dem gewohnten Weg, der gewöhnlich von Wild benutzt wurde, später auch von den Vieh stehlenden MacDonalds auf der Suche nach Campbell-Kühen, und einen Bogen um die Sümpfe von Rannoch Moor machte.

Una spielte nicht länger eine Rolle, genauso wenig wie die

Herabsetzung durch Männer wie Jamie und Dougal. Colin sagte nichts. Und so trug sie eine Hose und ein Männerhemd, das von einem Gürtel gehalten wurde, den sie doppelt um ihre Taille geschlungen und hinter den sie einen Dolch gesteckt hatte. Sie trug kein Plaid; es war ein schöner Tag. Sie trug auch keine einengende Kappe, und so flatterten ihre roten Haare frei im Wind.

Cat nickte grimmig. Es war dieser Weg, dieses Moor, dieser Hügel mit seinem einsamen und verwachsenen Zepter oben auf der Steinkrone, von dem sie einst das Seil abgeschnitten hatte, das beinahe Dair das Leben genommen hätte.

Sie zügelte ihr Pferd und blieb einen Augenblick still sitzen. Der Baum trug keine Früchte, kein Seil, kein Mensch hing an ihm; der Hügel war frei von Campbells, abgesehen von der Erinnerung an inzwischen verwehte Fußspuren. Ihr einziger Zeuge war das Pferd, auf dem sie ritt, und der einsame Adler, der über ihnen kreiste.

Sie stieg jetzt ab und wandte sich dem Korb zu, der am Sattel befestigt war. Sie holte eine kleine Holzkiste heraus und einen rostigen Spaten, und dann kletterte sie damit auf den Hügel bei der Steinkrone und dem Zepter. Sie grub ein Loch, sammelte Steine zusammen. Dann stellte sie die Kiste in der Mulde ab, bedeckte sie mit Erde und legte die Steine darauf.

Es war keine Kirche und kein Friedhof, keinerlei geweihter Boden. Aber es würde für das Baby reichen, das sie in der Woche geboren hatte, als sie nicht nur mit Whisky, sondern auch mit Dairs Kind im Bauch heimgekommen war.

So lange hatte sie gewartet. Una war entsetzt gewesen und hatte auf Cats Wunsch mit Abscheu reagiert, doch schließlich hatte sie nachgegeben. Im Licht des Viertelmonds hatten sie und Cat neben dem Haus ein vorläufiges Grab gegraben und das winzige Kind in einer Holzkiste hineingelegt; jetzt, als der Sommer gekommen war und Cat richtig Lebwohl sagen konnte, hatten sie es wieder ausgegraben.

Kniend legte sie die letzten Steine auf das behelfsmäßige Grab. Sie hatte nichts von dem Vater des Kindes. Nichts von seinem Clan. Nichts, das nicht in der Nacht verbrannt war, als Glenlyon sie verraten hatte.

Ochone.

Cat sah hoch zu dem Adler, der hoch am Himmel kreiste.

So viele MacDonalds waren gestorben.

– *Ochone* –

– *Ochone* –

Und eben auch MacIains Enkel.

»*Ochone*«, murmelte Cat.

Leer. Leer. Leer.

Über ihr schrie der Adler.

Robbies Gesicht wirkte gehetzt, die Haut schien schlaffer, so dass seine Augen in tiefen Höhlen lagen und feindselig glitzerten. Scharfe Linien hatten sich um seinen Mund und auf der Stirn gebildet. Er trug keine Kappe, und die rotblonden Haare hingen ihm im Nacken. Er trug einen Kilt, ein Plaid und ein Hemd, aber keine Schuhe.

Vor der Höhle stand sein Pferd und wieherte. Der Himmel hinter ihm war von einem strahlenden, leuchtenden Blau.

»Tot«, wiederholte Dair heiser. Nicht Jean. Nein. – *nicht auch noch Jean* –

Robbie krampfte seine Hand so fest um den Horngriff seines Dolches, dass die Knöchel weiß wurden. »Sie wollte ein Kind abtreiben. Sie wollte es nicht gebären. Die alte Frau hat ihr Kräuter gegeben …« Tränen schimmerten kurz in seinen Augen, verschwanden aber rasch wieder. »Sie ist daran gestorben.«

So viele MacDonalds.

So viele MacDonalds: Vater, Mutter, Verwandte.

Ein Campbell-Mädchen.

»– und jetzt eine Stewart«, platzte Dair heraus. »Oh, *Himmel* –« Er fuchtelte mit seiner Krücke, richtete sich mit einiger Mühe auf. Er war müde, so müde und hungrig, und völlig ohne jede Kraft, die er benötigt hätte, um trauern zu können … *und das hätte sie verdient* – Wie so viele andere.

Stewart starrte ihn stumm an, die blauen Augen schwarz im dämmrigen Licht der Höhle.

Dair holte rasselnd Luft. »Ich habe es nicht gewusst – ich habe es nicht gewusst, Robbie, ich schwöre es … oh, *Robbie* –«

Stewart bleckte kurz die Zähne. »Es war nicht deins«, sagte er lässig. »Willst du die Leistung eines anderen Mannes als deine ausgeben?«

Dair schwieg entsetzt und starrte ihn nur stumm an.

»Es war nicht deins«, wiederholte Stewart. »Aber sie hat sich den Bastard eingefangen, weil du sie verlassen hast.«

»– dann ist das mein Fehler –?« Er konnte sich der Trauer nicht entziehen. Das zumindest schuldete er Robbie. Und Jean. »– *oh, Jean* –« »Mein Fehler. Aye.«

Schlagartig verflog Robbies Wut. Er verzog das Gesicht. »Gott im Himmel –« Robbie steckte den Dolch zurück. »Gott im Himmel, ich bringe das nicht fertig …« Er drehte sich jetzt mit wehendem Plaid um und stapfte zum Rand der Höhle, wo er stehen blieb, die Hände in die Hüften gestemmt, und hinaus ins Tageslicht blickte. Sein Rückgrat war steif, als hätte er einen Stock verschluckt. »Sie war alles, was ich hatte, meine Jean. Wir waren Zwillinge!«

Dair sagte nichts.

»Alles«, wiederholte Robbie mit erstickter Stimme. »Mein Vater ist nichts als ein Invalide, nur dem Namen nach Laird, und Jean, nur Jean …« Als er sich wieder zu Dair umdrehte, war sein Gesicht feucht. »Ich weiß, was sie war. Sie war ich, in einem weiblichen Körper. Aye, das war sie. Ich habe sie gelassen, weil ich weiß, was es heißt, so zu sein.« Er runzelte die Stirn, wirkte gequält. »Du bist ein Mann, den andere lieben. Ich bin einer, den sie fürchten.«

Dair schwieg noch immer. Es war jetzt an Robbie, loszuwerden, was er sagen wollte.

»Ich habe mir geschworen, dich zu töten, MacDonald. Als sie den letzten Atemzug tat.« Stewart lächelte kurz. »Aber wie soll man einen toten Mann töten? Himmel, ich habe dich nicht erkannt, bis ich deine Augen gesehen habe… hast du dich mal angesehen, so schmutzig und bärtig, wie du bist?«

Dair starrte angestrengt den Dolch an, der jetzt wieder in Stewarts Gürtel steckte; er war einfach unfähig, woanders hinzublicken. »Das habe ich nicht«, sagte er geistesabwesend. »Ich habe keinen Spiegel, aye? Und das Wasser im Bach trinke ich.« Jetzt erst konnte er Robbie wieder sehen. Er schluckte vorsichtig. Sein Körper, der sich bisher große Mühe gegeben hatte, drohte jetzt zu versagen. »Hast du etwas zu essen?«

Stewart öffnete den Mund. Schloss ihn wieder.

Ernüchtert machte Dair unbeholfen eine abwehrende Geste. »Ich hätte nicht fragen sollen, aye? Nicht dich. Nicht nach – Jean.«

»Mein Pferd«, sagte Stewart heiser. »Möchtest du, dass ich es für dich schlachte?«

Ein schwaches Lachen entrang sich seiner Kehle. »Oh, nein, Robbie –«

»Himmel – ich *sollte…*« Stewart musterte ihn eingehend. »Ich kann es nicht tun, Jean. Er hat genug für Glencoe gelitten«, sagte er leise.

Dair blinzelte benommen, klammerte sich an seine Krücke.

Stewarts feindseliges Verhalten verflog jetzt, wurde von Müdigkeit und Erschöpfung abgelöst. »John hat gesagt, dass du kommen würdest. Er und die anderen sind weitergezogen. Er hat mich gebeten, täglich nachzusehen, ob du hier bist, damit ich dir sage, was aus den anderen geworden ist, und was du tun sollst.« Der Blick seiner blauen Augen war fest. »Der König hat den MacDonalds Straferlass gewährt. Du kannst wieder nach Hause gehen.«

»– nach Hause?« Es war unglaublich. Dair klammerte sich an die Krücke, um nicht umzufallen. »Nach Glencoe –?«

»Nach Hause«, erwiderte Robin. »John und die anderen sind nach Fort William gegangen, um Governor Hill zu danken. Er hat Ardkinglas in Inveraray gegenüber den Eid geleistet.«

Dairs Lippen waren kalt und steif. »Mein Vater hat Ardkinglas in Inveraray gegenüber auch den Eid geleistet. Sie haben ihn trotzdem umgebracht.«

»Das war damals. Jetzt ist es anders. Sie werden so etwas nicht noch einmal tun.« Robbies dünnes Lächeln wirkte erstarrt. »Sie haben ihre Lektion gelernt.«

»*Sie* haben ihre Lektion gelernt!« Seine Wut, die angesichts des allgegenwärtigen Hungergefühls etwas in den Hintergrund getreten war, loderte jetzt von neuem auf. Dair, der vorsichtig auf zwei zitternden Beinen balancierte, schleuderte die Krücke gegen die Wand der Höhle. »Was für eine Lektion haben sie denn gelernt, außer der, wie man einen Clan abschlachtet, indem man sein heiliges Versprechen bricht? Was für eine Lektion haben sie gelernt, außer der, wie man einen Laird tötet, seine Frau, wie man Frauen und Kinder in Stücke hackt?«

Entsetzt starrte Stewart ihn an.

Dair holte geräuschvoll Luft. »*Was haben sie gelernt*, Robbie, das sie entschuldigt? Dass hungernde Männer nicht kämpfen können? Dass Menschen ohne Heime wie Tiere leben? Dass eine Frau, die man nackt ausgezogen hat, im Schneesturm erfriert? Dass eine Frau erschossen wird, obwohl sie eine Campbell ist?« Seine Kehle war jetzt ganz rau und heiser. Es kümmerte ihn jedoch nicht, ob sie blutete. »Welche Lektion haben sie schon gelernt, dass sie sich das Recht nehmen, *unschuldigen* Leuten Straferlass zu gewähren?«

Tränen liefen über Robbies Gesicht. Er warf den Kopf zurück und heulte wie ein alter Gäle, und seine Trauer und seine Wut erklangen laut in der Höhle und hallten wider, während er die Fäuste in die Luft reckte.

Und dann brach er so plötzlich ab, wie er begonnen hatte, und starrte Dair leidenschaftlich an, während neue Tränen in seinen Augen glänzten. »Ich hatte dich töten wollen. Für Jean. Ich hatte es dir nicht sagen wollen. Für *mich*. Damit ich sicher sein konnte, dass du leidest.« Er hatte sich auf die Lippe gebissen. Sein Mund war blutig. »Aber du hast genug gelitten.«

Dair sah ihn verständnislos an, erschöpft durch seinen Ausbruch.

Verbittert spuckte Stewart Speichel und Blut. »Sie ist nicht tot, MacDonald. Glenlyons Tochter lebt.«

Jetzt fiel er doch hin. Er gestattete es sich, hinzufallen.

»– *Himmel* –« Robbie fing ihn auf, half ihm, sich auf den Boden zu setzen. Der Arm, mit dem er Dairs Schultern hielt, seinen Kopf stützte, war kräftig. »Aye…« Verständnis und Erkenntnis kämpften mit der Loyalität gegenüber seiner Schwester. »Ich würde mir eine solche Liebe für mich wünschen, eines Tages, aber ich halte es für unwahrscheinlich. Ich bin, wie ich immer gewesen bin. Aber ich kann es dir nicht vorenthalten, nicht einmal um Jeans willen.« Er legte kurz die Hand auf Dairs Schulter. »Warte«, sagte er mit rauer Stimme. »Ich hole das Pferd.«

In einem großen, heftigen Schluckauf begann Dair zu atmen, zu lachen, zu weinen. Seine Schwäche zählte nicht länger. Selbst den Hunger konnte er ertragen.

Glenlyons Tochter lebte.

Verlockt vom Sommerlicht, saß Cat zusammengesunken auf der breiten Holzbank vor dem Haus ihres Vaters und starrte über den Hof. Weil es so warm war, hatte sie die Schuhe ausgezogen, Hosenbeine und Manschetten hochgerollt und sich im Schneidersitz auf die Bank gesetzt; schon in ihrer Kindheit hatte sie sich gerne in dieser Haltung an die Wand gelehnt, aber es war ihr nur gelungen, wenn Una es nicht sehen konnte.

Das zählte jetzt nicht mehr – sie war inzwischen erwachsen, und außerdem war Una damit beschäftigt, Brot zu backen.

Der Anblick des Hofes und dessen, was dahinter lag – ein geschlängelter Pfad, der vertraute Hügel, die spärlichen Grüppchen aus Kiefern und Fichten – war unverändert, wie auch die Trauer, die unendliche Einsamkeit. Einen Augenblick, einen winzigen Augenblick nur, hatte sie in der Sonne Entspannung gefunden; jetzt kam die Trauer jedoch wieder und griff nach ihrem Herzen.

– *so viele Gerüchte* – so viel Tratsch, freizügig und ausgeschmückt weitergegeben von lebhaften Mündern, die von dem Massaker und dem Entkommen einiger MacDonalds berichteten –

Aber niemand kannte die Wahrheit, und niemand würde es *ihr* sagen: Sie war Glenlyons Tochter.

Sie würde, überlegte sie, selbst nach Fort William gehen und den Kommandanten fragen, der wissen musste, was aus den MacDonalds geworden war.

Aber was, wenn er mir sagt, dass Dair tot ist?

Cat schloss die Augen, beschwor die Erinnerung an Dair herauf, wie er sie verlassen hatte, um mitten in einem Schneesturm nach Inverrigan zu gehen, weil er kein gutes Gefühl hatte, was die Anwesenheit der Soldaten betraf. Ein kurzer Kuss, ein gemurmeltes Versprechen, dass er gleich zurück sein würde … und dann hatte sie ihn nie wieder gesehen.

Wenn er mir sagt, dass Dair tot ist –

Das unterdrückte Schnauben eines Pferds riss sie aus ihren Gedanken, lenkte sie von dem Schmerz ab. Sie öffnete die Augen, blinzelte die Tränen weg und sah einen Reiter näher kommen.

Sie gab den Schneidersitz auf und setzte sich richtig hin; Besucher waren ungewöhnlich, und sie war mit der Gastfreundschaft der Highlander aufgewachsen. Ihr Vater war derjenige, der sie vergessen hatte.

Sie sah, wie er langsam näher kam: ein alter Mann von dünner Gestalt mit hagerem Antlitz und vollständig weißen Haaren, die jetzt, ungehindert durch eine Kappe, im Wind flatterten, wie geschmolzener Schnee von seinem Gesicht flossen.

Er lenkte das Pferd in den Hof. Am Brunnen blieb er stehen, und das Tier reckte seinen Hals und zerrte an den Zügeln; es hatte Durst. Der Reiter stieg langsam ab, vorsichtig, wie ein alter Mann es zu tun pflegte, löste er die Zügel und zog einen Eimer herauf, dann ließ er das Pferd saufen.

Schließlich wandte er sich ihr zu, blieb stehen, begann dann, den Hof zu überqueren.

Er war barfuß und hinkte.

Dünn, mager, weißhaarig. Aber Cat erkannte die Augen. Cat erkannte das Lächeln.

– schöner, schöner Prinz –

In einem einzigen Satz war sie von der Bank aufgesprungen.

– Dair – oh Dair –

Barfuß rannte sie auf ihn zu.

»– Dair – oh, Dair-«

Dünn, mager und weißhaarig. Weniger als zuvor. Mehr, als sie erwartet hatte.

»– lebendig –«, brach es aus ihr heraus.

»Oh, aye, leider…« Er umarmte sie. Er hielt sie fest. Er presste sie an sich.

Keine Worte, es gab keine Worte; in ihrer, in seiner Welt existierten keine Worte, da gab es nur die Sprache ihrer Gefühle. Es war zu groß, zu intensiv, als dass jenseits ihrer keuchenden Atemzüge, jenseits des verzweifelten Aneinanderklammerns noch etwas anderes Platz gehabt hätte.

Erkennen. Verstehen. Gewissheit.

– lebendig –

Lebendig.

Er sank zu Boden, und sie sank mit ihm, und so saßen sie im Schmutz, auf dem Torf; er lachte, während sie weinte, und weinte, als sie lachte, und sie teilten sich mit, was in ihren Herzen und Körpern existierte, all die zurückgehaltenen, unterdrückten Gefühle. All das Wissen, all die Erinnerungen, die trostlosen Wochen der Unwissenheit, in denen ihnen Unwahrheiten untergeschoben worden waren; dass er tot war, dass sie tot war.

Nicht tot. Weder sie noch er.

Sie hingen wie kleine Hündchen aneinander, ihre Glieder stützten sich auf dem Boden ab, umklammerten sich gegenseitig. In der Nähe wieherte das Pferd, verunsichert durch ihr seltsames Verhalten.

Sie kosteten es aus, das Verhalten. Setzten sich auf, ohne sich voneinander zu lösen, ohne den Trost zu verlieren, den die Berührung ihrer Haut, ihrer Körper ihnen spendete.

Er war gar nicht so alt, nur stärker gealtert, als er es hätte tun sollen. Aber sie hatten Zeit, sie hatten viel Zeit, das zu beenden, was sie – ganz und gar nichts ahnend – begonnen hatten, an dem feuchten Tag vor dem Haus ihres Vaters.

Cat beugte sich vor, steckte ihre Arme in sein Plaid; sie spürte die Knochen unter seiner Haut, die drahtigen Sehnen, die durch den Mangel an Nahrung noch stärker hervortraten. Aber er war Dair.

Alasdair Og MacDonald.

Den ihr Vater hatte umbringen wollen.

Sie umklammerte ihn stürmisch, legte ihr Gesicht in seine Nackenbeuge. Seinen warmen, von einem Seil aufgeschürften Nacken.

So viel war diesem Mann angetan worden.

Sie erzählte ihm dann, in Worten, die sie im gleichen Augenblick wieder vergaß, in dem sie sie gesagt hatte, von den schwelenden Schuldgefühlen, der außerordentlichen Scham, dem Kummer und der Wut und dem Hass. Es war wichtig, dass er es wusste, wichtig, dass sie es sagte: wie es war, wenn das Herz mit der Bürde von so viel Scham, so viel bitterem Schmerz belastet war. Sie war Glenlyons Tochter.

Und sie konnte es den MacDonalds nicht übel nehmen, wenn sie ihr die Schuld gaben.

»Was?«, fragte er daraufhin, nur dieses eine Wort, mit dem er ihren Redefluss unterbrach.

Und so erzählte sie es ihm: Wäre sie nicht da gewesen, hätte ihr Vater nicht ihren Namen benutzt, wäre er vielleicht nicht aufgenommen worden, wäre ihm vielleicht nicht so viel Gastfreundschaft entgegengebracht worden. Und alle wären noch am Leben.

Er war nicht so schwach, dass er sie nicht durch eine kräftige Umarmung am Weiterreden hindern konnte. »Niemand wird so etwas behaupten! Niemand wird so etwas behaupten, MacDonald oder nicht.«

»Aber –«

»*Niemand*, Cat, das schwöre ich bei der Seele meines Vaters.«

Die große, ungestüme Seele, die in einem so riesigen Körper lebte, dass selbst ein Fluss aufgehalten wurde, wenn er sich in die Strömung stellte.

Und dessen Gebeine jetzt auf Eilean Munde ruhen.

Tränen traten ihr in die Augen. So vieles war noch zu sagen, so vieles zu bekennen, aber jetzt drängte sich etwas anderes in den Vordergrund. »Zehn Jahre«, sagte sie.

Auf seiner Stirn vertieften sich Falten, die zuvor nicht da gewesen waren. »Zehn Jahre?«

Es war jetzt einfacher, es zu gestehen, viel einfacher, als wenn sie es zuvor gesagt hätte. »Zehn Jahre kenne ich dich. Seit zehn Jahren liebe ich dich.«

Er lachte ganz leise. Ließ seinen Kopf gegen ihren sinken. »Komm heim mit mir«, flüsterte er in ihr Haar.

Ihre Finger zitterten, als sie seine Haare berührte. Ganz weiß, so weiß wie die von MacIain, abgesehen von einem Hauch Grau dort, wo die Schläfen waren.

Er nahm ihre Hand und führte sie an seinen Mund, küsste ihre Handfläche, wie er sie schon einmal geküsst hatte, damals an einem MacDonald-Feuer vor den Ruinen von Achallader, unterhalb des Grabes des Fremden.

»Oh Himmel – *Dair* –«

Er lachte in ihre Hand hinein. Aber da war mehr in seinen Augen, so viel mehr, als Lachen: Erinnerungen – und Tränen. »Komm heim mit mir«, sagte er. »Komm heim mit mir nach Glencoe.«

Durch den Schleier ihrer eigenen Tränen hindurch lachte Cat laut auf. Alles, was jetzt noch nötig gewesen wäre, waren ein Dudelsackspieler und das Wehklagen des *Ceol mor.*

In ihrem Kopf formte sie ihr eigenes Lied: – mit silbernen Strähnen.

Und blitzenden Zähnen.

Edinburgh

Sommer 1695

Es war Sommer, und es war warm; aber es war nicht die Wärme, die für den Glanz auf dem Gesicht von John Hill verantwortlich war. Vor den Türen des Holyrood-Palastes hielt er noch einmal an, um sein Äußeres zu überprüfen, bevor er hereingerufen werden würde, um sich für die Taten zu verantworten, die drei Jahre zuvor stattgefunden hatten.

Er war noch immer Colonel, noch immer Kommandant, noch immer im Dienst, und er trug die scharlachrot-goldene Uniform, die er immer im Dienst anhatte. Er schloss die Manschetten des Leinenhemdes unter dem karmesinroten Umhang, richtete die polierte Halsspange und nickte dem Mann zu, der die Türen des gewaltigen Palastes weit aufriss.

Solcherart eingelassen, solcherart vorgeladen, betrat Hill die Halle. Er wusste, was ihm bevorstand: eine Untersuchung. König William hatte endlich, mürbe gemacht durch Verdächtigungen und Fragen, eine Untersuchung einberufen, um den Schuldigen für Glencoe feststellen zu lassen.

Ich bin es. Er akzeptierte es. Er würde es jetzt vor den anderen zugeben, vor der Kommission, die sich zur Klärung der Fragen versammelt hatte. Allesamt Männer mit Titeln, mächtige Männer, Männer der Politik. Er war nur ein einfacher Mann, und ein Engländer – *ein Sassenach*! –, der Gott liebte und seinem König diente … wer immer dieser König sein mochte, der Engländer oder der Holländer. John Hill hatte keine Macht. Er war kein Mann der Politik.

Aber John Hill hatte so sehr wie jeder andere Glencoe in Schutt und Asche gelegt.

Es war dunkel im Holyrood-Palast, nur Lampen gaben etwas Licht. Hinter dem Vorzimmer lag die richtige Halle, wo die Untersuchungsbeauftragten warteten. An den Wänden, unter den schmuckvollen Balken, zogen sich die besetzten Bänke entlang.

So viele haben sich versammelt, um etwas über die Tragödie von Glencoe zu erfahren – Ein Geräusch ertönte hinter ihm, das Licht veränderte sich plötzlich.

Hill drehte sich um, einen Augenblick vom Sonnenlicht des Sommers geblendet. Er kniff die Augen zusammen und stellte fest, dass sein Augenlicht sich weiter verschlechtert hatte. Dann schob er solche Gedanken beiseite. Andere waren gekommen, wie er als Zeugen geladen, um zu erklären, was um fünf Uhr morgens mitten in einem fürchterlichen Schneesturm geschehen war.

Zwei Männer. Zwei Highlander. Zwei MacDonalds.

Zwei große Glencoe-Männer: der Mann, der jetzt MacIain war, und sein jüngerer Bruder.

Nicht der alte Fuchs. Der alte Fuchs war drei Jahre zuvor auf Eilean Munde beerdigt worden.

Hill holte tief Luft. *Hier steht Schottland vor mir…*

Sie trugen cremefarbene, safrangefärbte Leinenhemden; mit einer Brosche an der Schulter befestigte Plaids und Kilts; feingewebte Hosen im Muster ihres Clans und mit Silber beschlagene Stiefel; ein *Sgian dhu*, eine beschlagene Felltasche, Dolche; mit Feder und Heidekraut geschmückte Kappen, die leicht schräg auf ihren stolzen erhobenen Köpfen saßen.

Dann nahmen sie, nacheinander, die Kappen ab und hielten sie in den Händen.

– wie weiß die Haare sind, obwohl sie noch so jung sind –

Die Tür öffnete sich wieder. Sonnenlicht blitzte auf den silbernen Schnallen und Broschen auf. Eine Frau trat hinter ihnen ein, noch während sie zur Seite wichen, um ihr Platz zu machen. Einer streckte die Hand nach ihr aus.

Hill hatte Alasdair Og getroffen; von ihm wusste er, wer die Frau war.

Ihre Augen waren sehr klar, so durchdringend wie ein Claymore. Das Lampenlicht verlieh ihren Haaren einen leichten Schimmer. Sie war größer als er, beinahe so groß wie ihr Mann. Sie musterte Hill, schätzte ihn ein, wägte ihn ab. Das schwache Licht im Holyrood-Palast glänzte sanft auf ihrem Gesicht, aber die kräftigen Knochen standen vor, als wären sie aus Stein gehauen.

Er holte Luft und machte einen Schritt auf sie zu. Er verneigte sich vor ihr. »Colonel John Hill«, sagte er. »Kommandant von Fort William.«

Ihre Stimme klang kühl. »Hat man Euch vorgeladen, um gegen meinen Vater auszusagen?«

Er wusste nicht, was er antworten sollte. Sie war Glenlyons Tochter, aber mit einem MacDonald verheiratet. Solche persönlichen Verwicklungen lagen außerhalb seines Verständnisses, und so sagte er schließlich die Wahrheit. »Wenn sie mich darum bitten, werde ich das tun. Aber ich werde auch gegen mich selbst aussagen.«

Sie lachte kurz auf, aber ohne jede Heiterkeit. »Oh, das ist es nicht, was mich interessiert, aye? Ich bin gekommen, um zu hören, wie sie die Wahrheit über *ihn* verkünden: dass er ein Mörder ist.«

Der Schweiß brach ihm aus. Hill tat, was er konnte, um die Situation zu entschärfen. »Er hat nichts anderes getan als das, was man ihm befohlen hatte.«

»Befohlen«, wiederholte sie. »Befohlen, die MacDonalds umzubringen. Oh, ich weiß, was ihm befohlen wurde. Ich weiß, wie er es ausgeführt hat. Ich weiß, *was* er getan hat.« Sie sah ihren Mann an. Etwas ereignete sich zwischen ihnen, etwas Mächtiges, wenn auch Unausgesprochenes, und sie sah Hill wieder an. »Ich war da, aye?«, sagte sie leise.

Das Lampenlicht flackerte auf der Plaidbrosche und der

Kappe, als John MacDonald sich bewegte. »Wir danken Euch für das, was Ihr getan habt«, sagte er ruhig. »Ihr habt mehr als jeder andere Mann getan, was Ihr tun konntet.«

Die Absolution war schmerzhaft. Er konnte es nicht so einfach zulassen. »Nein«, wandte Hill schroff ein, »ich habe gar nichts getan. Nichts als Glencoe zu vernichten.«

»Nun«, MacIain tauschte einen Blick mit seinem Bruder. »Wir werden die Häuser reparieren.«

»Und die Familien?«, fragte Hill. »Wie wollt Ihr die Toten wieder auferstehen lassen?«

»Das können wir nicht.« Alasdair Ogs Stimme war gelassen. »Wir müssen mit dem neu beginnen, was übrig geblieben ist.«

»Wir sind zu Hause«, sagte MacIain. »Wir sind noch immer in Schottland, in den Highlands, in Glencoe. Wir haben von Neuem begonnen.«

Hill hörte Schritte hinter sich und eine scheue Stimme. »Colonel Hill, Sir. Ihr werdet vor die Kommission gebeten.«

Er nickte geistesabwesend, wandte sich aber noch nicht von den Highlandern ab. *Noch nicht* – »Von neuem beginnen«, sagte er und seine Stimme verriet, wie sehr er sich selbst verachtete. »Das kann man hoffen. In der Tat, das kann man. Aber man kann niemals vergessen.«

»Das tun wir auch nicht«, stimmte MacIain ihm zu; er vergaß nichts. »Und so lange es Dudelsäcke gibt und Barden und Poeten, wird niemals vergessen werden, was in Glencoe geschehen ist.«

Glenlyons Tochter lächelte, und dieses Mal war es ein offenes, freies Lächeln. »*Ne obliviscaris.*«

Von hinten erklang jetzt eine weit ungeduldigere Stimme. »Colonel Hill, *Sir.*«

Jetzt drehte er sich um und verließ sie. Es kümmerte ihn wenig, was mit ihm geschah, dort vor den Untersuchungsbeauftragten. Es kümmerte ihn sehr, was aus ihnen wurde.

»›Niemals vergessen‹«, murmelte Hill.

Er sah keine Möglichkeit, wie er das hätte tun können.

Nachbemerkungen der Autorin

Die meisten historischen Ereignisse, die in *Lady of the Glen* dargestellt sind, vor allem das tragische Massaker selbst, sind dokumentiert, wie auch die Briefe, die im Text zitiert werden. Mit Ausnahme von Cat Campbell und Jean Stewart haben alle anderen wichtigen Personen in diesem Roman auch tatsächlich gelebt. Dair, bekannt als Alasdair Og (Alexander der Jüngere) MacDonald hat in der Tat eine Campbell von Glen Lyon geheiratet, wenngleich ihr Name Sarah und sie Glenlyons Nichte und nicht seine Tochter war.

Das Massaker von Glencoe selbst ist eine düstere und blutige Fußnote der britischen Geschichte, aber es hat sein Ziel erreicht: Die Glencoe-MacDonalds, die überlebt hatten, wurden zum Gehorsam gegenüber William und Mary gebracht, und Männer wie Ewan Cameron von Lochiel, Coll MacDonald von Keppoch und der junge Robert Stewart von Appin waren überzeugt worden, den Eid zu leisten.

Im August 1692, sechs Monate nach dem Gemetzel, führte John MacDonald – jetzt der MacIain – die Überlebenden aus den Bergen hinunter, um den Treueeid zu schwören. Sein dickköpfiger, jüngerer Bruder Alasdair Og hielt noch bis Oktober aus.

Der Unmut der Bevölkerung gegen das Gemetzel war zu Beginn nicht laut genug, um eine offizielle Untersuchung des Massakers in Gang zu setzen, bis eine beträchtliche Zeit verstrichen war. Erst dreieinhalb Jahre später, im Juni 1695, fand die Untersuchung in Edinburgh statt; es wurde ein vollständiger Bericht an König William geschickt, der sich – wie viele

Politiker und Monarchen vor ihm – entschloss, seinen eigenen Anteil an den Vorgängen geflissentlich zu übersehen und das inzwischen unpopuläre Massaker auf andere abzuwälzen, obwohl er Sir John Dalrymple, Master of Stair und Minister für Schottland, sowie Grey John Campbell, Earl of Breadalbane, durchaus entlastete.

Eine Zeit lang hielten die MacDonalds sich an ihren Eid gegenüber William und Mary. Aber Highlander sind Highlander, und die meisten bekannten sich zu den Zielen der Jakobiten. In der Rebellion von 1715 führte Alasdair Og hundert Schwertkämpfer in die Schlacht. Dreißig Jahre später führte John MacDonalds Sohn den Clan im Auftrag von Prinz Charles Edward Stuart bei Culloden in die Schlacht.

Und so endete 1746 die Zeit der Clans, der Dudelsäcke, des Gälischen, wie auch die der Kilts und der Plaids. Die MacDonalds wurden schließlich wie Tausende andere Highlander im Rahmen der Highland-Clearances aus ihren Tälern verjagt, und ihre geliebten Kühe wurden durch Schafe ersetzt.

Vor zwanzig Jahren hielt mein Professor an der Northern Arizona University in einer Klasse für Britische Geschichte eine Vorlesung über die schottische Geschichte vor Culloden, und er sprach kurz von einem »unbedeutenden«, kleinen Zwischenfall zwischen den Campbells und den MacDonalds im Jahre 1692, einer von König William eigenhändig angeordneten Ermordung von Highlandern. Dieser Zwischenfall, der als das Massaker von Glencoe bekannt geworden ist, wie er sagte, hätte den Grundstein für die Feindseligkeit der Highlander gelegt, die bis zum heutigen Tag andauere.

Ich dachte damals, dass sich aus den bemerkenswerten historischen Ereignissen in Verbindung mit den faszinierenden Highlands – sowie der Romanze zwischen zwei Personen – eine interessante Geschichte schreiben lassen müsste – doch ehe ich vor zehn Jahren begann, die Fakten des Massakers zu recherchieren, hatte ich keine Ahnung, wie viel es da zu erzählen gab, und wie viel Dramatik sich offenbarte.

Ich habe mich auf einige Bücher gestützt, denen ich viel verdanke. Sie sind zu zahlreich, um sie hier alle aufzulisten, doch ganz besonders erwähnen möchte ich die Penguin-Ausgabe von John Pebbles' hervorragendem und unschätzbarem Buch *Glencoe*, einer detaillierten, prägnanten und verständlichen und tiefsinnigen Wiedergabe der zu dem Massaker führenden Ereignisse, des Gemetzels und seiner Nachwirkungen. Leserinnen und Lesern, die daran interessiert sind, mehr über dieses Debakel zu erfahren, möchte ich dringend raten, dieses faszinierende Buch zu lesen.

Als Leserin und Autorin von historischen Romanen bin ich sehr daran interessiert, soviel Genauigkeit wie möglich walten zu lassen; dennoch habe ich mich gelegentlich auf persönliche Annahmen und Interpretationen verlassen und wenn nötig, den Zeitrahmen und die Chronologie deutlich gestrafft, um den Lauf der Handlung zu verbessern.

Im März 1985 habe ich Glencoe besucht. Das Tal selbst ist genauso, wie ich es beschrieben habe: es ist an drei Seiten von zerklüfteten, fast immer von Wolken verhüllten Bergen umgeben und an einer vierten von dem kalten, tiefen Loch Linnhe begrenzt, und der Coe fließt hindurch. Der »Signal Rock«, auf dem – wenn man der Legende glauben will – zu Beginn des Massakers ein Leuchtfeuer entzündet wurde, steht mitten im Tal. Schafe und Vieh liefen frei auf den Weiden herum, und Touristen durchstreiften die Berge. Aber überall war die Erinnerung allgegenwärtig, und das Wissen um die Tragödie.

Heute steht in Glencoe zum Andenken an die gefallenen MacDonalds ein keltisches Steinkreuz. Seine Inschrift lautet:

This cross
is reverently erected
in memory of
MacIan, chief of the MacDonalds
of Glencoe
Who fell with his people
in the Massacre of Glencoe
of 13 February 1692
by his direct descendant
Ellen Burks MacDonald of Glencoe
August 1823
THEIR MEMORY LIVETH FOREVER MORE

Dieses Kreuz
ist voller Ehrerbietung
in Erinnerung an
McIan, Chief der MacDonalds
von Glencoe, errichtet,
der am 13. Februar 1692
zusammen mit seinen Leuten
im Massaker von Glencoe
gefallen ist.
Von seiner direkten Nachfahrin
Ellen Burks MacDonald von Glencoe
August 1823
DIE ERINNERUNG AN SIE LEBT EWIG WEITER.

-J.R.
Chandler, AZ
1995

Vernichtungsbefehl

Im Auftrag Seiner Majestät,
An Captain Robert Campbell von Glenyon

Sir,

hiermit ergeht an Euch der Befehl, über die Rebellen, die MacDonalds von Glencoe, herzufallen, und alle unter siebzig dem Schwert zu überantworten. Besondere Sorgfalt gilt dem alten Fuchs und seinen Jungen, die Euch auf gar keinen Fall entwischen dürfen. Die Vernichtung beginnt genau um fünf Uhr morgens, und zu dieser Zeit oder kurz danach werde ich Euch mit einer größeren Truppe zu Hilfe kommen. Wenn ich nicht um fünf Uhr bei Euch sein sollte, dürft Ihr jedoch nicht warten, sondern müsst allein beginnen. Es entspricht dem ausdrücklichen Befehl des Königs zum Wohl und zur Sicherheit des Landes, dass die Übeltäter mit Stumpf und Stiel ausgerottet werden. Sorgt dafür, dass dieser Befehl ohne Ausnahme und Nachsicht in die Tat umgesetzt wird, da Eure Aufrichtigkeit dem König gegenüber ansonsten in Frage gestellt wird und Ihr als ein Mann gelten werdet, der nicht geeignet ist, einen Auftrag im Dienste des Königs zu erfüllen. In Erwartung, dass Ihr schon aus Eigeninteresse in der Durchführung des bisher Genannten nicht versagen werdet, unterzeichne ich dies mit eigener Hand am 12. Februar 1692 in Ballachulish.

Robert Duncanson

Politische Nachwirkungen

Die Hauptpersonen:

Grey John Campbell, *Earl of Breadalbane*

Im Juni 1695 wurde der alternde Earl im Zuge der Untersuchungen unter dem Vorwurf des Verrats festgenommen, weil er den Oberhäuptern der Highland-Clans bei Achallader einen Geheimvertrag angeboten hatte, ohne dass er zu den darin gemachten Versprechungen autorisiert noch in der Lage gewesen wäre, sie halten zu können. Bis Oktober wurde er im Edinburgh Castle festgehalten, dann auf Befehl des Königs freigelassen. Nach seiner Freilassung zog er sich zum Loch Tay zurück, wo er ein ruhiges Leben führte, allerdings sympathisierte er mit dem Jakobiten-Aufstand von 1715 und wäre deshalb auch beinahe verhaftet worden – obwohl er sorgfältig darauf geachtet hatte, nicht mit dem Aufstand in Verbindung gebracht werden zu können. Er berief sich auf sein hohes Alter, und man ließ ihn in Ruhe. Er starb noch im gleichen Jahr im Alter von einundachtzig Jahren.

So, wie der Earl of Breadalbane von seinem Vater gehasst worden war, hasste auch Breadalbane seinen Erben Duncan. Nachdem Duncan mit Marjorie Campbell von Lawers davongelaufen war, erbat der Earl die Zustimmung des Königs, ihm das Recht zu gewähren, einen anderen Sohn als Erben einzusetzen.

Zweihundert Jahre später meldeten sich Nachfahren von Duncan und Marjorie und erhoben Anspruch auf die entsprechenden Titel.

Sir John Dalrymple, *Master of Stair, Minister für Schottland*

Im Laufe seines gesamten politischen Lebens hatte Stair sich mächtige Feinde gemacht. Daher war es für seine Gegner nicht schwer, die Kommission zu bewegen, ihm das inzwischen unpopuläre Massaker anzuhängen. Aber da Stair nach dem Tod seines Vaters in den Rang eines Viscounts aufgestiegen war und sich aus dem öffentlichen Leben zurückzog, war seinen Feinden keine echte Befriedigung vergönnt.

König William unterließ es, irgendwelche Schritte zu unternehmen; tatsächlich entlastete er Stair, indem er behauptete, dass dieser in London und damit weit weg von den Highlands war, und in London hätte er von den barbarischen Morden nichts ahnen können. Aber William starb, genau wie Mary, und Marys Schwester Anne wurde Königin.

Während der Herrschaft von Königin Anne trat Stair wieder ins Licht der Öffentlichkeit, und dort blieb er bis zu seinem Tod 1707.

Captain Robert Campbell, *Laird of Glen Lyon*

1695, drei Jahre nach dem Massaker, starb Glenlyon nach langer Krankheit verarmt in Brügge und wurde in einem unbekannten Grab beigesetzt. Nachdem er die Highlands verlassen hatte, um auf der Seite Williams in Flandern zu kämpfen, sah er Schottland nie wieder. Er hinterließ einen Haufen Schulden, einen kleinen Besitz und keine Mittel, die Schulden zu begleichen; auch sein zweitältester Sohn, inzwischen der Laird von Glenlyon, war gezwungen, seinen Verwandten Breadalbane um Geld zu bitten. Es wurde ihm gewährt, und die Kinder des »Trunksüchtigen« begannen damit, den guten Ruf ihres Namens wiederherzustellen.

Eine Aufgabe, die sich als beinahe unmöglich erweisen sollte. Es heißt, dass Glenlyons Enkel, der Schwarze Colonel, einmal den Auftrag hatte, die Exekution von Deserteuren durchzuführen. In letzter Sekunde erhielt er jedoch den Befehl, sie zu verschonen. Als der Colonel die Begnadigung aus der Tasche zog, fiel ihm sein Taschentuch hinunter. Das Erschießungskommando reagierte auf das übliche Signal und erschoss die Männer. Als der Campbell von Glen Lyon das sah, schrie er, dass es der Fluch von Glencoe wäre, der sich somit erneut bemerkbar machte.

Später legte er sein Amt nieder. Er selbst blieb unverheiratet, und so waren er und seine beiden ebenfalls kinderlosen Brüder die Letzten, die der direkten Linie der Glenlyon-Campbells entstammten.

Colonel John Hill, *Kommandant von Fort William*

Colonel Hill, der ein Fürsprecher der Highlander und besonders der Glencoe-MacDonalds gewesen war, wurde vom Untersuchungsausschuss als nicht-schuldig beurteilt, da man herausgefunden hatte, dass er den Befehl zur Ermordung der MacDonalds so lange hinausgezögert hatte, bis er keine andere Wahl mehr gehabt hatte, als den im Wortlaut identischen Befehl an seinen Stellvertretenden Kommandanten Lieutenant Colonel John Hamilton zu senden. Hill sagte bei der Untersuchung gegen andere aus, darunter auch gegen Glenlyon, und widmete sich später wieder seinen Pflichten in Fort William; er bemühte sich, zugunsten der überlebenden MacDonalds und anderer Lochaber-Männer einzutreten, die aufgrund von hohen Steuerlasten nahezu am Ende waren.

Kommandant Hill wurde schließlich zum Ritter geschlagen, doch 1698 wurde sein Regiment aufgelöst. Er wurde mit halbem Sold aus dem Militär entlassen und starb später in England.

Robert Stewart, *Appin-Erbe*

Obwohl er sich auf einer Trage hatte nach Fort William bringen lassen, um dort zu erklären, dass er den Eid leisten wolle, unternahm der junge Robert keine großen Anstrengungen, um dem nachzukommen. Die nächsten Jahre nach dem Massaker war er Ursache für ständigen Ärger für Kommandant Hill und seine Soldaten. Schließlich wurde Stewart nach Edinburgh gerufen, um sein Verhalten zu erklären; auf dem Weg dorthin beleidigte er einen von Hills Hauptleuten, und in Edinburgh geriet er in einen Kampf mit zwei Stadtwachen. Er wurde in den Tolbooth geworfen und blieb dort solange, bis er sich bereit erklärte, den Eid zu leisten und sich bei Hill und seinem Hauptmann zu entschuldigen.

König William (III.), *ehemaliger Prinz von Holland*

William war sehr wütend über die Nachwirkungen des Massakers. Sein Krieg in Flandern verlief schlecht, und seine wichtigsten Berater bezüglich der Schotten-Frage, Stair und Breadalbane, standen wegen ihrer Rolle an dem Massaker unter Beschuss. Da William sich aufs Höchste von dem Parlament beleidigt fühlte, das Schritte des Königs in der Sache forderte, ignorierte er die immer wieder vorgetragenen Bitten um eine Untersuchung zunächst und weigerte sich, auch nur einen schriftlichen Bericht entgegenzunehmen.

Erst als die Fragen immer drängender wurden, wandte sich der König ihnen schließlich zu. William erklärte, erst achtzehn Monate nach dem Gemetzel davon erfahren zu haben, und behauptete, vollkommen entsetzt darüber zu sein. Er begnadigte alle, die darin verwickelt gewesen waren, selbst die Soldaten und die Offiziere, die bei Glencoe stationiert gewesen waren. Seine Frau, Königin Mary, war so schockiert gewesen, dass sie am liebsten alle hängen gesehen hätte, aber Mary war inzwischen tot.

William unternahm nichts. Er starb 1702 an Komplikationen im Zusammenhang mit einer Asthma-Erkrankung.

König James (II.), *freiwillig im französischen Exil lebender König von England*

Trotz der Unterstützung der Jakobiten verbrachte James den Rest seines Lebens in Frankreich, vollkommen blind gegenüber den politischen Auswirkungen, die er als im Exil lebender König heraufbeschworen hatte. Er hatte seinen kinderlosen Bruder Charles II. überlebt und beerbt, und auch seine Töchter Mary und Anne, die Königinnen geworden waren, weil er selbst nicht hatte als König herrschen können. Sein Sohn James Francis Edward wuchs im Exil auf; ihm wurde der Thron von England vorenthalten. Außerdem hielt sich dauerhaft das Gerücht, dass dieses Kind gar nicht wirklich von James war, sondern das Neugeborene eines Dienstmädchens, das man in einer Wärmepfanne ins Schlafzimmer der Königin geschmuggelt hatte.

James II. starb 1701; sein Sohn, genannt der »Ältere Prätendent«, der bei Toasts auch als »König über dem Wasser« bezeichnet wurde, wurde in Schottland zu James III. ernannt; er diente kurze Zeit als Galionsfigur der erfolglosen Jakobitischen Revolution von 1715.

Der »Ältere Prätendent« zeugte Charles Edward Stuart, der den Beinamen »Junger Prätendent« erhielt, und es war dieser »bonnie prince«, der auf Geheiß der Jakobiten und der Franzosen später nach Schottland segelte, um sein Erbe zu beanspruchen.

Dieser schändliche Versuch, zurückzuholen, was James II. zwei Generationen zuvor verloren hatte, endete 1746 katastrophal auf dem Schlachtfeld von Culloden, als die Highlander von englischen Truppen niedergemetzelt wurden – Truppen, die der Sohn von George II., der Duke of Cumberland, angeführt hatte, der später wegen seines Vorgehens gegen die Schotten als »der Schlächter« bekannt wurde.

An' we'l gang nae mair a'rovin,'
A-rovin' in the nicht,
An' we'll gang nae mair a'rovin,'
Let the müne shine e'er sae bricht.

[»Und so ziehen wir niemals mehr umher,
in tiefer Nacht,
Und so ziehen wir niemals mehr umher,
so hell der Mond auch scheint.«]

Begriffserklärungen

Arisaid	Schal, von Frauen anstelle eines Plaids getragen
Cameronianer	strenggläubiger schott. Presbyterianer
Chief	Oberhaupt eines Clans bzw. Clanzweigs
Clan	Sippenverband
Claymore	schottisches Zweihänderschwert
Covenanter	Anhänger der Covenant genannten Bündnisse zur Durchsetzung des presbyterianischen Glaubens
Ghillie	einfache Clansangehörige
Glen	gälisches Synonym für Tal
Jakobiten	Anhänger der 1688 entthronten Stuart-Dynastie
Kilt	karierter Schottenrock
Laird	gälisches Synonym für Lord
Lochaber-Axt	langstielige Streitaxt
Mercat Cross	Platz in Edinburgh, an dem königliche Proklamationen verlesen und Hinrichtungen durchgeführt wurden
Pap (von Glencoe)	Berg (von Glencoe)
Plaid	breite Tartan-Bahnen, die um den Körper geschlungen werden
Sassenach	gälisches Synonym für Engländer

Sgian dhu	kleiner, oft verdeckt getragener Dolch
Sheriff	Verwaltungsbeamter, Vertreter der Krone in einer Grafschaft
Signal Rock	Felsen im Tal von Glencoe
Tartan	Stoff im Schottenkaro
Tartsche	Rundschild
Tolbooth	Gefängnis in Edinburgh
Usquabae	gälisches Synonym für Whisky

Danksagungen

Den wahren Profis:
Russell Galen, Agent; Ann LaFarge, Lektorin
Mit dem größten Dank für ihr unerschütterliches Vertrauen, ihre Unterstützung und ihre Ausdauer.

Und besonderen Dank an meine Freunde und meine Familie:
Debby Burnett; Mike Stackpole und Liz Danforth;
Sam Stubbs; Shera Roberson und S.J.Hardy;
Georgana Wolff Meiner; Arzelle Drew; Clare und Dick Witcomb; Phil und Greta Murnane;
Jay Dunkleberger; Tom Quaid;
Simon Hawke; Robyn Carr; Melanie Rawn;
Alis Rasmussen;
Sam Hardy; New Years/40ster-Geburtstags-Gruppe;
der Donnerstag-Morgen-Corgi-Club; Genie »Runcibles«;
die Haushalt-Menagerie.
Ihr wart alle da, als ich euch am Nötigsten gebraucht habe.